HEYNE BÜCHER

Tip des Monats

W0340267

In derselben Reihe
erschienen außerdem als Heyne-Taschenbücher:

Alistair MacLean · Band 23/1
Johannes Mario Simmel · Band 23/2
Sandra Paretti · Band 23/3
Willi Heinrich · Band 23/4
Desmond Bagley · Band 23/5
Victoria Holt · Band 23/6
Michael Burk · Band 23/7
Marie Louise Fischer · Band 23/8
Will Berthold · Band 23/9
Mickey Spillane · Band 23/10
Robert Ludlum · Band 23/11
Susan Howatch · Band 23/12
Hans Hellmut Kirst · Band 23/13
Colin Forbes · Band 23/14
Barbara Cartland · Band 23/15
Louis L'Amour · Band 23/16
Alistair MacLean · Band 23/17
Victoria Holt · Band 23/18
Jack Higgins · Band 23/19
Utta Danella · Band 23/20
Desmond Bagley · Band 23/21
Caroline Courtney · Band 23/22
Robert Ludlum · Band 23/23
Gwen Bristow · Band 23/24
Heinz G. Konsalik · Band 23/25
Leon Uris · Band 23/26
Susan Howatch · Band 23/27
Colin Forbes · Band 23/28
Utta Danella · Band 23/29
Craig Thomas · Band 23/30
Daphne Du Maurier · Band 23/31
Robin Moore · Band 23/32
Marie Louise Fischer · Band 23/33
Johanna Lindsey · Band 23/34
Alistair MacLean · Band 23/35
Philippa Carr · Band 23/36
Joseph Wambaugh · Band 23/37
Mary Stewart · Band 23/38
John D. MacDonald · Band 23/39
Caroline Courtney · Band 23/40
Robert Ludlum · Band 23/41
Utta Danella · Band 23/42
Johanna Lindsey · Band 23/43
Stefan Murr · Band 23/44
Marie Louise Fischer · Band 23/45
John Gardner · Band 23/46
Alistair MacLean · Band 23/47
Gwen Bristow · Band 23/48
Jackie Collins · Band 23/49
John Saul · Band 23/50
Alexandra Cordes · Band 23/51
David Morrell · Band 23/52
Philippa Carr · Band 23/53
Eric Van Lustbader · Band 23/54

3 Romane in einem Band

Barbara Cartland

Das Schloß der Liebe
Ein widerspenstiger Engel
Duell der Herzen

WILHELM HEYNE VERLAG
MÜNCHEN

HEYNE TIP DES MONATS
23/55

DAS SCHLOSS DER LIEBE/THE SECRET FEAR
Copyright © 1970 by Barbara Cartland
Copyright © der deutschen Ausgabe 1983
by Wilhelm Heyne Verlag GmbH & Co. KG, München
Aus dem Englischen übersetzt von Iris Foerster
(Der Band erschien bereits in der Allgemeinen
Reihe mit der Band-Nr. 01/6259.)

EIN WIDERSPENSTIGER ENGEL/A VERY NAUGHTY ANGEL
Copyright © 1975 by Barbara Cartland
Copyright © der deutschen Ausgabe 1985 by
Wilhelm Heyne Verlag GmbH & Co. KG, München
Aus dem Englischen übersetzt von Iris Foerster
(Der Band erschien bereits in der Allgemeinen Reihe
mit der Band-Nr. 01/6585.)

DUELL DER HERZEN/ELIZABETHAN LOVER
Copyright © 1983 by Barbara Cartland
Copyright © der deutschen Ausgabe 1983
by Wilhelm Heyne Verlag GmbH & Co. KG, München
Aus dem Englischen übersetzt von Iris Foerster
(Der Band erschien bereits in der Allgemeinen Reihe
mit der Band-Nr. 01/6225.)

Copyright © dieser Ausgabe 1990 by
Wilhelm Heyne Verlag GmbH & CO. KG, München
Printed in Germany 1990
Umschlagzeichnung: Fawcett/Schlück
Umschlaggestaltung: Atelier Ingrid Schütz, München
Satz: Compusatz, München
Gesamtherstellung: Presse-Druck Augsburg

ISBN 3-453-04237-9

Inhalt

Das Schloß der Liebe

1. *Kapitel*

Vor der Bibliothek waren Schritte zu hören. Eine kleine Gestalt lief leise über den dicken Teppich und versteckte sich hinter den langen Samtvorhängen, die das Fenster einrahmten.

Eine Sekunde später ging die Tür der Bibliothek auf, und Arabella wußte, daß ihr Stiefvater das Zimmer betreten hatte.

Sie hörte, wie er seine Reitpeitsche auf den Schreibtisch warf, und dann fiel ihr ein, und es wurde ihr beinahe schlecht dabei, daß sie ein Buch auf dem Lehnsessel hatte liegenlassen.

Sie konnte seine harten Augen unter den dunklen, buschigen Augenbrauen im Geist fast vor sich sehen, wie sein Blick darauf fiel, und er würde die Rosenholztreppe vor dem Regal, aus dem sie das Buch entnommen hatte, bemerken.

Sie hielt den Atem an und fürchtete, er könnte jeden Augenblick Verdacht schöpfen, daß sie hier war, und nach ihr suchen.

Erleichtert hörte sie ihre Mutter die Bibliothek betreten.

»Da bist du ja, Lawrence«, sagte Lady Deane mit ihrer sanften, tiefen Stimme. »Ich habe draußen dein Pferd gehört. Hattest du einen guten Ritt?«

»Arabella ist hier gewesen«, sagte Sir Lawrence aufgebracht, und seine rauhe Stimme hallte in dem Raum wider. »Es hatte doch geheißen, sie sei zu schwach, um ihr Zimmer zu verlassen.«

»Es geht ihr auch noch keineswegs gut«, sagte Lady Deane hastig. »Ich bin sicher, daß sie nicht heruntergekommen ist.«

»Siehst du dieses Buch dort?« fragte Sir Lawrence barsch. »Ich habe deiner Tochter schon tausendmal gesagt, daß sie meine Bücher nicht lesen darf. Viele von ihnen eignen sich nicht für ein junges Mädchen, und außerdem ist das viele Lesen für einen jungen Menschen ungesund. Aber sie hört nicht auf mich, wie schon so oft.«

»Bitte ärgere dich nicht, Lawrence«, bat Lady Deane, »ich werde mit Arabella sprechen«, schrie Sir Lawrence.

Einen Augenblick herrschte Schweigen. Dann sagte Lady Deane erregt:

»Ich bitte dich, sei nicht streng mit ihr. Und schlage sie nicht wieder mit der Peitsche, wie du es schon so oft getan hast. Es geht ihr dafür noch nicht gut genug. Außerdem ist sie für Schläge zu alt, Lawrence.«

»Aber für ihre Ungezogenheit ist sie offenbar nicht zu alt, was?« erwiderte Sir Lawrence. »Wenn sie etwas anstellt, das sie unterlassen sollte, muß sie die Folgen tragen.«

»Lawrence, ich bitte dich...«, begann Lady Deane, aber ihr Gatte unterbrach sie.

»Schluß damit! Morgen früh schickst du als erstes Arabella zu mir. Jetzt ist nicht die richtige Zeit dafür, denn wir brechen um fünf Uhr zum Statthalter auf.«

Nach einer Pause zwang sich Lady Deane dazu, den Streit zu beenden, und sagte mit leiser Stimme: »Hältst du es wirklich für klug, Lawrence, daß ich heute abend das Diamantendiadem und meine anderen Juwelen trage? Die ganze Grafschaft weiß, daß eine Gesellschaft gegeben wird, und ich bin überzeugt, daß diese schrecklichen Straßenräuber uns Gästen auflauern werden.«

»Es ist für alles gesorgt, meine Liebe«, sagte Sir Lawrence bestimmt. »Du wirst dein Diadem tragen,und du brauchst dich nicht vor dieser Räuberbande zu fürchten.«

»Aber Lawrence, du weißt doch, wie es das letztemal war. Ich habe meine Rubine verloren, und die Schurken rissen mir sogar die Ringe von den Fingern. Ich habe mich noch niemals so gefürchtet und wurde noch nie so gedemütigt.«

»Ich auch nicht«, gab Sir Lawrence zu. »Aber ich konnte nichts tun. Ich war unbewaffnet, und sie waren zu sechst. Dieser elende Schurke, Gentleman Jack oder wie er heißt, hatte dazu noch die Unverschämtheit, mich zu verhöhnen. Eines Tages wird er mir dafür hängen. Das schwöre ich dir. Es wird der glücklichste Tag meines Lebens sein!«

Sir Lawrence sprach mit so harter Stimme, daß Lady Deane einen kleinen Protestschrei ausstieß.

»So darfst du nicht sprechen, Lawrence. Es ängstigt mich. Du hast recht, diese Männer sind böse, aber so verabscheuenswert ihre Verbrechen auch sein mögen, sie dürfen dich nicht dazu bringen, daß du ebenso brutal wie sie wirst.«

Es schien, als hätten ihre Worte seinen Zorn gedämpft, denn als er wieder sprach, klang seine Stimme ruhiger.

»Das ist typisch Frau, und das ist gut so. Ich kann diese reitenden, modernen jungen Frauen nicht ausstehen, die so tun, als brauchten sie keinen männlichen Schutz. Aber es ist trotzdem eine Schande, daß wir zwei Jahre nach dem Ende des Krieges gegen Bonaparte nur so wenige Soldaten hier haben, die sich mit dieser Geißel unseres Landes befassen. Sogar Seiner Ehren, dem Richter selbst, hat man neulich auf dem Heimweg aufgelauert. Sie nahmen ihm seine Uhr ab, seinen Ring und fünfzig Guineen in Gold, die sein Oberhofmarschall bei sich trug, um damit die Übernachtungen während ihrer Rundreise zu bezahlen.«

»Sogar den Richter raubten sie aus!« rief Lady Deane. »Schrekken sie denn vor gar nichts zurück?«

»Es ist die reinste Unfähigkeit, daß sie bis jetzt noch nicht verhaftet worden sind«, wütete Sir Lawrence. »Im letzten Jahrhundert terrorisierten Wegelagerer das ganze Land. Aber heute, im Jahr 1817, sollte man denken, wir hätten bessere Methoden, sie vor die Gerichte zu bringen. Wir brauchen eine Kompanie Dragoner. Ich werde es heute abend dem Statthalter vorschlagen.«

»Das heißt, wenn wir je bis zu ihm gelangen«, sagte Lady Deane besorgt. »Lawrence, bitte zwinge mich nicht, das Diadem zu tragen. Es ist zu kostbar.«

»Es wird ihm nichts geschehen«, sagte Sir Lawrence. »Und du würdest dir ohne es sehr bescheiden vorkommen. Es besteht die Möglichkeit, aber nur die Möglichkeit, wohlgemerkt, daß Seine Königliche Hoheit anwesend ist.«

»Seine Königliche Hoheit? Willst du damit sagen, daß der Regent heute abend dort ist?« rief Lady Deane.

»Nun, Lady Hertford hat eine Einladung angenommen, und wir wissen gut genug, daß dort, wo Lady Hertford hingeht, auch Prinny auftaucht«, sagte Sir Lawrence. »Also zieh deine besten Sachen an, Felicity. Ich möchte nicht, daß du von irgendeiner Dame im Carlton House ausgestochen wirst. Sie mögen alle sehr schön sein, meine Liebe, aber sie können dir nicht das Wasser reichen, was das Aussehen betrifft.«

»Lawrence, du schmeichelst mir«, sagte Lady Deane leise. »Aber du hast recht: Natürlich werde ich meine Juwelen tragen. Ich bin froh, daß ich zu diesem Anlaß ein neues Kleid in der Bond Street bestellt habe, obwohl es furchtbar teuer ist.«

»Ich werde stolz auf dich sein«, sagte Sir Lawrence. »Zum Teufel, alle, die sich gewundert haben, daß ich lieber eine Witwe geheiratet habe als ein junges Mädchen, sollen heute abend ihr Antwort bekommen. Du siehst blendend aus, meine Liebe.«

»Ich will versuchen, dir Ehre zu machen«, sagte Lady Deane. »Und jetzt ist es Zeit, daß ich mich umziehe.«

»Und fürchte nicht um deine Sicherheit und um die deines Diadems«, sagte Sir Lawrence. »Ich habe besondere Vorsichtsmaßnahmen getroffen. Wir fahren in einem Konvoi.«

»In einem Konvoi? Was heißt das?« fragte Lady Deane.

»Colonel Travers bricht als erster auf und fährt die kurze Strecke zu Lord und Lady Jeffreys, wo diese mit ihrem Kutscher und Diener warten, die beide bewaffnet sind. Sie nehmen außerdem zwei Vorreiter mit. Ihre Kutsche kommt dann zu uns, und wir schließen uns ihnen an. Ich habe dafür gesorgt, daß in unserer Kutsche zwei Diener mitfahren und zwei berittene Burschen uns begleiten. Auf diese Weise haben wir sieben bewaffnete Männer und sechs Vorreiter. Was hältst du von meinem Plan?«

»Er ist vorzüglich«, sagte Lady Deane. »Nur du kannst alles so gut organisieren. Ich bin froh, daß ich die Frau eines so intelligenten Mannes bin.«

»Wir besitzen beides, Schönheit und Verstand«, sagte Sir Lawrence befriedigt. »Beeile dich jetzt, meine Liebe, wir dürfen die Damen nicht warten lassen.«

»Nein, wirklich nicht«, stimmte Lady Deane zu und ging zur Tür.

»Und vergiß nicht, Arabella zu sagen, daß ich morgen früh mit ihr sprechen will!« rief Sir Lawrence ihr nach.

Lady Deane hielt inne. »Ich muß dir etwas sagen, und ich hoffe, es ärgert dich nicht. Ich habe veranlaßt, daß Arabella aus dem Haus kommt.«

Einen Augenblick herrschte Schweigen. Dann sagte Sir Lawrence mit unheilverkündender Stimme:

»Ohne mich vorher zu fragen?«

»Ich wollte mit dir darüber sprechen«, sagte Lady Deane entschuldigend. »Aber als heute Dr. Simpson da war...«

»Simpson? Wer ist Simpson, zum Teufel?« schrie Sir Lawrence.

»Der neue Arzt. Du erinnerst dich doch, daß unser alter Arzt, Dr. Jarvis, sich zur Ruhe gesetzt hat. Er hatte einen Schlaganfall, und ich fürchte, er wird sich nicht mehr davon erholen. Dr. Simpson ist noch ein recht junger Mann und hat die Praxis übernommen.«

»Er ist wahrscheinlich ein ahnungsloser Grünschnabel, der glaubt, alles besser zu wissen«, grollte Sir Lawrence.

»Er macht einen sehr intelligenten Eindruck«, sagte Lady Deane. »Und er war besorgt darüber, wie mager und schwach Arabella nach ihrer Krankheit ist. Scharlach kann einen sehr mitnehmen, wie du weißt, Lawrence.«

»Arabella geht es immerhin schon so gut, daß sie herunterkommen und in meinen Büchern wühlen kann«, sagte Sir Lawrence.

»Dr. Simpson hat einen Vorschlag gemacht«, fuhr Lady Deane unbeirrt fort. »Er sagte mir, er möchte unbedingt eine Spielgefährtin für Beulah Belmont finden, und er schlug vor, Arabella möge doch in das Schloß hinüberziehen und sich mit der armen, kleinen Beulah beschäftigen.«

»Arme, kleine Beulah! Sich mit der armen, kleinen Beulah beschäftigen«, sagte Sir Lawrence höhnisch. »Das Kind ist schwachsinnig, wie du weißt. Was soll es helfen, wenn Arabella bei ihr ist?«

»Es war Dr. Simpsons Idee, daß das Kind Gesellschaft braucht. Schließlich ist außer ihrer Gouvernante und den Dienstboten niemand im Schloß, wie wir alle wissen.«

»Ja, während sich der lustige Marquis in London amüsiert, wie? Bei meiner Seele, man kann es dem Mann nicht verdanken. Wer wollte wohl in diesem verlotterten Gemäuer leben? Man hätte es schon lange abreißen sollen.«

»Lawrence, wie kannst du so etwas sagen? Es wurde seit Lady Meridales Tod nur sehr vernachlässigt. Dr. Simpson glaubt, daß die kleine Beulah zurückgeblieben ist, weil sie niemals die Liebe einer Mutter erfahren hat.«

»Sentimentales Gerede!« grollte Sir Lawrence. »Es heißt, das Kind sei ein halbes Ungeheuer! Wenn der junge Meridale möchte, daß sich jemand um seine Schwester kümmert, soll er gefälligst selbst nach Hause kommen. Und was Arabellas Aufenthalt dort anbetrifft, so habe ich in meinem ganzen Leben noch keinen so unsinnigen Vorschlag gehört. Du hast das Mädchen verzogen. Wenn sie ihre Zeit im Schloß vergeudet, hat kein Mensch etwas davon. Das werde ich auch dem Doktor Besserwisser sagen, wenn ich ihn sehe.«

»Wir sprechen morgen noch einmal darüber«, sagte Lady Deane besänftigend. »Ich muß mich jetzt beeilen, sonst wirst du über mein Äußeres erröten. Und außerdem möchte ich nicht das Mauerblümchen spielen, während sich die schönsten Frauen im Saal um dich scharen, Lawrence.«

Sir Lawrence lächelte über diese Schmeichelei. Als seine Frau die Bibliothek verlassen hatte, ging er zu dem Sessel hinüber und nahm das offene Buch in die Hand, das Arabella dort hatte liegenlassen.

Er betrachtete es nachdenklich. Dann schlug er es zu, und ein schwaches Lächeln spielte um seine Lippen, aber es war ein anderes Lächeln als dasjenige, das die Komplimente seiner Frau ausgelöst hatten. Es war ein unangenehmes, ein böses Lächeln, als er das Buch vorsichtig neben seine Reitpeitsche auf den Schreibtisch legte. Seine Augen wurden dabei schmäler.

Er musterte die beiden Gegenstände und verließ dann mit einem heiseren Lachen die Bibliothek.

Es dauerte ein paar Augenblicke, ehe Arabella es wagte, sich zu rühren. Sie wußte gut, daß ihr Stiefvater mit seiner gefährlichen Spürnase in Dingen, die sie selbst betrafen, vielleicht die Tür nur geschlossen hatte, damit sie glaubte, er sei weg, und in Wirklichkeit im Zimmer geblieben war, um sie aus ihrem Versteck hervortreten zu sehen.

Aber nun hörte sie seine Schritte in der Marmorhalle, und erst als sie verklingen waren, kam sie hinter dem Vorhang hervor.

Sie hatte eine zierliche Figur und feine Gesichtszüge. Aber sie war nach ihrer Krankheit, die sie über fünf Wochen lang an das Bett gefesselt hatte, unnatürlich mager. Ihre blauen Augen schienen enorm groß in ihrem kleinen Gesicht. Und als sie vorsichtig durch das Zimmer ging, sah sie wie ein verlorenes Kind aus, das man gut ernähren und pflegen mußte, damit es wieder zu Kräften kam.

Sie öffnete die Tür vorsichtig einen Spalt breit, und als sie sah, daß die Halle leer war, lief sie rasch durch einen Seitengang zur Hintertreppe.

Erst als sie die Abgeschiedenheit ihres Zimmers erreicht hatte, fiel etwas von der Angst und Anspannung von ihr ab. Sie setzte sich, um Atem ringend, auf den Stuhl vor dem Toilettentisch. Als es an die Tür klopfte, stand sie rasch auf, und ihre Augen waren groß und ängstlich.

»Wer ist da?« fragte sie mit kaum hörbarer Stimme.

»Ich bin es, Miß Arabella!«

»Komm herein, Lucy«, rief Arabella erleichtert.

»Die gnädige Frau möchte Sie sprechen«, sagte Lucy in einem breiten Hertfordshire-Dialekt.

Lucy war ein rotwangiges Mädchen vom Dorf, das in den Pflichten des vierten Dienstmädchens ausgebildet wurde. Es fiel ihr schwer, an alles zu denken, was sie zu erledigen hatte.

»Ich komme sofort«, sagte Arabella und fragte ängstlich: »Ist meine Mutter allein, Lucy?«

»Nur Miß Jones ist bei ihr«, erwiderte Lucy verständnisvoll. »Der Herr ist in seinem Zimmer.«

»Danke, Lucy.«

Arabella ging zum Zimmer ihrer Mutter, das am oberen Treppenabsatz lag.

Lady Deane saß vor ihrem Spiegel. Ihre Zofe setzte ihr gerade ein funkelndes Diadem auf ihr kunstvoll gelocktes Haar.

»Das siehst wunderschön aus, Mama«, sagte Arabella begeistert, als sie das Zimmer betrat. »Als Kind fand ich, daß du wie eine Märchenkönigin aussiehst, und ich dachte immer, jeden Augenblick müßten dir Flügel wachsen.«

»Wie geht es dir, mein Liebling?« fragte Lady Deane. »Ich hoffe, du hast dich nicht überanstrengt? Dr. Simpson sagte mir, daß du dir die ersten Tage nach dem Aufstehen nicht zuviel zumuten sollst.«

»Ich versichere dir, das habe ich auch nicht getan«, erwiderte Arabella.

Sie fragte sich, ob dies der richtige Augenblick war, um zuzugeben, daß sie sich unten in der Bibliothek versteckt hatte. Dann entschied sie sich dagegen. Sie wußte nur zu gut, was sie morgen zu erwarten hatte und wie sehr dies ihre Mutter bekümmern würde.

»Ich bin fertig, Jones«, sagte Lady Deane zu ihrer Zofe. »Würden Sie bitte draußen warten und mir sagen, wenn Sir Lawrence die Treppe hinuntergeht? Ich möchte noch kurz mit Miß Arabella sprechen.«

»Sehr wohl, Mylady.«

Miß Jones war eine Frau in den mittleren Jahren. Sie war seit über zehn Jahren bei Lady Deane und kannte alle Nöte und Sorgen, die ihre Herrin beschäftigten. Mit einem mitleidigen Blick auf Arabella verließ sie das Zimmer und schloß hinter sich die Tür.

Lady Deane wandte sich impulsiv an ihre Tochter.

»Hör zu, mein Liebes«, sagte sie, »wir haben nicht viel Zeit, und ich muß dir so vieles sagen. Ich möchte, daß du morgen früh ganz zeitig das Haus verläßt.«

»Um ins Schloß zu fahren?« fragte Arabella.

Lady Deane sah ihre Tochter an.

»Du warst in der Bibliothek«, sagte sie. »Ich habe es halb vermutet.«

»Aber er wußte nicht, daß ich da war«, sagte Arabella. »Ich bin dessen sicher, denn wenn er es gewußt hätte, hätte er mir aufgelauert, als du gegangen warst.«

»Ja, das stimmt. Aber wie konntest du so töricht sein, das Buch offen liegenzulassen?«

»Ich dachte nicht daran, daß er so bald zurückkommen könnte«, antwortete Arabella. »Und um die Wahrheit zu sagen, ich war gefesselt von dem, was ich las. Du weißt ja, wie ich alles um mich herum vergesse, die Zeit, den Ort und sogar meinen Stiefvater, wenn ich lese.«

»Du mußt morgen früh das Haus verlassen, ehe er dich bestrafen kann«, sagte Lady Deane bekümmert. »Du bist noch nicht gesund genug, um Schläge zu ertragen, und ich kann nicht mehr danebenstehen und dich leiden sehen.«

Arabella war sehr ruhig.

»Mir macht es nichts aus, wenn er mich auspeitscht«, sagte sie leise. »Unerträglich ist es nur, wenn er freundlich zu mir ist. Mama, wie konntest du ihn nur heiraten?«

»Zu mir ist er freundlich, Arabella. Und du vergißt, daß Papa uns völlig mittellos zurückgelassen hat.«

»Dieses verrückte Spielen«, sagte Arabella.

»Es hat ihm solchen Spaß gemacht«, sagte Lady Deane. »Und er war immer so bußfertig, wenn er verloren hatte. Und was hatten wir für einen Spaß, wenn er gewann.«

»Ich weiß«, sagte Arabella. »Ich erinnere mich noch daran, wenn er nach Hause kam und nach einer Flasche Champagner rief. Du gabst mir einen winzigen Schluck, und wir alle lachten und schienen die glücklichste Familie der Welt zu sein. Dann fuhr er mit dir nach London. Einmal fragte ich ihn: ›Was tust du in London, Papa?‹ Er nahm mich in die Arme und erwiderte: › Deine Mama und ich geben Geld aus und sind fröhlich, Arabella. Das Leben ist dazu da, daß wir lachen und fröhlich sind und nicht, um über unbezahlte Rechnungen zu stöhnen!‹«

Lady Deane lachte.

»Du sprichst genauso wie dein Vater«, sagte sie. »Wie er diese Rechnungen haßte und das Klagen darüber! Jetzt braucht er sich keine Sorgen mehr zu machen.«

Lady Deane schloß für einen Moment die Augen. Dann sagte sie rasch:

»Arabella, wir können nicht in der Vergangenheit leben. Ich versichere dir, daß ich mit Sir Lawrence zufrieden bin. Nur wenn es um dich geht, kann ich ihm gegenüber meinen Willen nicht durchsetzen.«

»Das tut mir leid, Mama«, sagte Arabella.

»Es ist nicht deine Schuld. Du wirst einmal sehr schön werden, Arabella, und schöne Frauen haben immer einen störenden Einfluß auf die Männer.«

»Ich hasse die Männer!« sagte Arabella. »Ich hasse sie alle! Ich hasse die Art, wie sie mich ansehen. Ich hasse ihre besitzergreifenden Mienen, und ich hasse die Art, wie sie mir die Hand hinstrekken. Oh, Mama, ich möchte nie erwachsen werden! Ich möchte immer ein Kind bleiben!«

»Das ist genau das, was du jetzt auch vorgeben sollst zu sein«, antwortete Lady Deane.

»Was meinst du damit?« fragte Arabella.

»Als Dr. Simpson von Dr. Jarvis die Praxis übernahm und dich kennenlernte, bist du ihm so klein und jung vorgekommen, daß er glaubt, du seist noch ein Kind, Arabella.«

»Hat er mich deshalb gebeten, in das Schloß zu gehen?« fragte Arabella.

Lady Deane nickte.

»Er glaubt, du seist erst zwölf oder dreizehn Jahre alt. Jedenfalls deutete er das an, und ich habe ihm nicht widersprochen.«

»Warum wolltest du ihm nicht die Wahrheit sagen, daß ich in einem Monat achtzehn Jahre alt werde?« fragte Arabella.

»Weil er uns sonst nicht diesen Vorschlag gemacht hätte, daß du in das Schloß ziehen sollst«, erwiderte Lady Deane. »Es ist nicht das, was ich mir für dich vorgestellt habe, Arabella. Aber du mußt fort von hier.«

Arabella spielte mit der silbernen Haarbürste ihrer Mutter, die auf dem Toilettentisch lag.

»Ich habe bemerkt, daß du immer hübscher und hübscher wirst, und ich wußte, daß dein Stiefvater auf dich eifersüchtig ist. Er war es von Anfang an gewesen und nahm jede Kleinigkeit zum Vorwand, dich streng und grausam zu bestrafen. Und als du...«

»Wir wollen nicht mehr darüber sprechen«, sagte Arabella ruhig. »Wir wissen beide, daß ich fort muß.«

»Ich habe mich immer wieder gefragt, was wir tun könnten«, sagte Lady Deane, »und als Dr. Simpson vorschlug, daß du der kleinen Beulah Gesellschaft leisten könntest, wußte ich, daß uns dies Zeit zum Nachdenken verschafft. Ich dachte, du könntest vielleicht deine Patentante in Yorkshire besuchen oder die Schwester deines Vaters, die in Dorset lebt. Aber ich habe zu allen beiden die Verbindung abgebrochen. Ich will ihnen schreiben und anfragen, wie es ihnen geht und ob eine Möglichkeit besteht, daß sie dir für längere Zeit Gastfreundschaft gewähren. Aber morgen fährst du erst einmal in das Schloß.«

»Ich weiß sehr wenig über das Schloß und seine Bewohner«, sagte Arabella.

»Die Marquise von Meridale starb nach der Geburt ihrer Tochter Beulah«, sagte Lady Deane. »Wie man hört, ist das Kind nicht ganz normal. Es muß ungefähr sieben oder acht Jahre alt sein. Dr. Simpson glaubt aber offenbar, daß es vernachlässigt wurde und man seine geistigen Fähigkeiten wecken kann.«

»Das arme Kind«, sagte Arabella.

»Wie ich höre, hat sich Dr. Simpson mit diesen unglücklichen Kindern beschäftigt. Er ist noch jung und voller Tatendrang und möchte seine Ideen verwirklichen. Es wird für dich nicht sehr angenehm sein, Arabella. Aber ich verspreche dir, daß ich dich so schnell wie möglich wieder aus dem Schloß heraushole.«

»Gräme dich nicht, Mama«, sagte Arabella. »Es kann ganz interessant werden. Wer ist der lustige Marquis?«

»Der jetzige Marquis von Meridale ist Beulahs Bruder. Er hat keinen sehr guten Ruf. Während des Krieges war er Soldat. Aber die letzten zwei Jahre dachte jeder, er würde nach Hause zurückkehren und sich um sein Besitztum kümmern. Die Landwirtschaftsgebäude zerfallen. Die Pächter müßten Geld in das Land hineinstecken. Aber wie ich höre, zieht es seine Lordschaft vor, den Vergnügungen in London nachzugehen, wo er zu der Clique im Carlton House gehört.«

»Das klingt nicht gut«, sagte Arabella. »Aber immerhin scheint es so, daß ich von Seiner Lordschaft nicht belästigt werde.«

»Nein, bestimmt nicht«, versicherte ihr Lady Deane. »Ruhe dich jetzt aus, Arabella, und versuche, etwas Farbe auf deine Wangen zu bekommen. Dein Haar war früher so schön. Es sieht jetzt strähnig aus. Dr. Simpson sagt, das käme von dem hohen Fieber. Auf jeden Fall spiele du die Rolle, die man von dir erwartet, bis ich etwas anderes arrangiert habe. Ich werde dich vermissen, Liebling.«

Lady Deane streckte die Arme nach ihr aus und zog Arabella an sich.

»Du bist alles, was ich noch von Papa habe«, murmelte sie fast unhörbar. »Die Trennung von dir fällt mir nicht leicht. Das Haus wird ohne dich leer sein.«

»Ich liebe dich, Mama, aber ich weiß, daß du recht hast und ich gehen muß.«

Es klopfte an die Tür.

»Der Herr ist nach unten gegangen, Mylady«, sagte Jones leise.

»Ich darf ihn nicht warten lassen«, sagte Lady Deane und löste sich aus Arabellas Armen.

»Morgen früh wird er wütend sein, daß ihm seine Beute entkommen ist«, sagte Arabella.

»Ich werde ihn besänftigen«, sagte Lady Deane. »Auf seine Weise liebt er mich. Die Kutsche wartet um halb neun vor der Küchentür auf dich, Arabella. Jones wird dir packen helfen. Wenn ich nicht mehr dazukommen sollte, dir Lebewohl zu sagen, weißt du, daß ich doch an dich denke. Und ich werde für dich beten.«

»Mache dir keine Sorgen um mich, Mama«, sagte Arabella tapfer.

Es schien fast so, als könne Lady Deane ihre Tochter nicht mehr ansehen. Sie verließ rasch das Zimmer,und ihre Diamanten funkelten im Licht der Wachskerzen.

Als Lady Deane das Zimmer verlassen hatte, schien es merkwürdig dunkel zu werden. Arabella stand da und lauschte. Sie hörte in der Halle die Stimme ihres Stiefvaters, und dann fuhr die Kutsche am Haupteingang vor.

Arabella trat ans Fenster. Sie sah unten drei Kutschen mit bemalten Panelen. Jede wurde von einem Paar prächtiger Pferde gezogen. Das Silber ihres Zaumzeugs funkelte im Licht der untergehenden Sonne. Die Vorreiter mit ihren gepuderten Perücken und ihren Livreemützen hatten alle Pistolen, und Arabella wußte, daß sie geladen waren. Der Kutscher ihres Stiefvaters hatte eine Donnerbüchse auf den Knien liegen.

»Das Diadem ist heute abend sicher«, dachte Arabella und lächelte. Die sechs Straßenräuber würden es nicht wagen, einen so furchterregenden Gegner anzugreifen.

Die Kutschen setzten sich in Bewegung. Arabella sah ihnen nach, bis sie die Einfahrt hinabgefahren und außer Sichtweite waren.

Dann drehte sie sich um. Jones blies gerade die Kerzen aus.

»Die gnädige Frau wird alle übetreffen«, sagte sie.

»Ich wollte, ich könnte sie dort sehen«, sagte Arabella. »Glaubst du, daß der Regent wirklich hinkommt?«

»Wenn die Gesellschaft groß genug ist, ja«, sagte Jones. »Aber es gäbe in diesem Land mehr zu tun, als nur Gesellschaften zu geben, Miß.«

»Da hast du recht, Jones. Man sollte meinen, er müßte sich um die Männer kümmern, die aus dem Krieg zurückgekehrt sind, ob sie ein Zuhause haben, ob die Verwundeten eine Pension bekommen...«

»Solche Dinge überläßt Seine Königliche Hoheit den Politikern«, sagte die Zofe bissig. »Und nach allem, was ich weiß, geht es denen nur um die Macht.«

Arabella seufzte.

»Ich wollte, ich wüßte mehr über diese Dinge. Ich wollte, ich könnte ins Parlament gehen und mir die Reden in Westminster anhören. Ich wollte, ich könnte mit jemandem wirklich ernsthaft über diese Dinge reden.«

»Darüber zu reden schickt sich nicht für Frauen«, sagte die Zofe schroff. »Kommen Sie, Miß Arabella, wir müssen entscheiden, was Sie mitnehmen. Die gnädige Frau sagte, ich solle alle Kleider einpacken, die Sie vor ein paar Jahren getragen haben, und nichts, was Ihr jetziges Alter verrät. Sie haben sehr abgenommen. Es ist ein Segen, daß ich die Kinderkleider aufbewahrt habe.«

»Ach du meine Güte«, sagte Arabella. »Ich dachte, ich würde diese Hänger nie wiedersehen!«

»Die gnädige Frau hat mir die Anweisung gegeben«, sagte Jones.

»Also gut. Pack alles ein, was du für richtig hältst. Ich glaube nicht, daß ich lange im Schloß sein werde. Und dort wird mich sowieso niemand anschauen. Es wird nur eine kurze Episode sein.«

Arabella ging zu Bett und dachte an den morgigen Tag. Sie lag noch lange wach.

Als Lucy am nächsten Morgen mit einer Tasse heißer Schokolade kam, nippte Arabella nur daran und zog sich rasch an. Sie mußte lächeln, als sie sich im Spiegel sah. Das Kleid fiel lose von den Schultern herab. Es ließ sie genauso alt erscheinen, wie Dr. Simpson sie geschätzt hatte. Die weichen, flachen Schuhe und die weißen Söckchen paßten sehr gut dazu und ebenso der breitrandige Hut, der mit hellblauen Bändern und künstlichen Gänseblümchen geschmückt war.

Sie kämmte sich einen Mittelscheitel und ließ das Haar zu beiden Seiten des Gesichts offen herunterfallen. Einst war es glänzend wie flüssiges Gold gewesen und hatte einen lebhaften Kontrast zu ihrer magnolienweißen Haut gebildet. Aber ihre Krankheit hatte es stumpf und strähnig gemacht, und es schien die Schärfe ihres Kinns und die tiefen Augenringe nur noch zu betonen.

Eines steht fest, dachte Arabella, nicht einmal Sir Lawrence würde sich nach mir umdrehen, wenn ich so aussehe.

Als Frau hatte sie größte Angst vor ihm, als Kind haßte sie ihn wegen seiner Brutalität.

Sie verabschiedete sich von Lucy und lief die Hintertreppe hinab und durch das Küchenquartier. Die Kutsche wartete vor der Tür, wie ihre Mutter es versprochen hatte. Arabella stieg rasch ein und fürchtete, daß ihr Stiefvater noch im letzten Augenblick erscheinen könnte, um ihre Flucht zu verhindern. Aber sie fuhren unbehelligt die Hintereinfahrt hinab und hinaus auf die staubige Landstraße, die auf einen zehn Meilen langen gewundenen Heckenweg nach Meridale führte.

Schließlich kamen sie durch ein kleines Dorf mit einer Almende, auf der das Vieh weidete. Dann sah Arabella zum erstenmal das Schloß. Seine Türme waren mit Zinnen versehen und ragten über die Baumspitzen empor. Die Einfahrt wand sich zwischen einer Eichenallee hinauf, und plötzlich lag es zur Gänze vor ihr. Arabella hielt den Atem an. Nach den Beschreibungen ihres Stiefvaters hatte sie ein altes, baufälliges Gebäude erwartet. Statt dessen stand ein großartiges, ehrfurchteinflößendes Schloß aus grauem Stein hoch auf einem Hügel, eingerahmt von dunklen Bäumen.

Ursprünglich war es eine normannische Festung gewesen, und obwohl die nachfolgenden Generationen es ständig vergrößert hatten, war durch die Anbauten seine Würde nicht zerstört worden.

Als sie näherkamen, sah Arabella, daß vor dem Schloß ein See lag. Das blaue Wasser reflektierte den Himmel, und im See schwammen mehrere weiße Schwäne.

Sie fuhren über eine Brücke, unter der ein Bach floß, der den See speiste. Dann hielt die Kutsche vor einer imposanten, mit Nägeln beschlagenen Tür, zu der eine Flucht von Steintreppen hinaufführte.

Arabella stieg aus der Kutsche. Sie blickte sich um und sah, wie sich das Schloß in den Himmel erhob. Es mußte während der Regierungszeit von Königin Anne umgebaut worden sein, dachte sie, als man die Pfeilschlitze durch große, viereckige Fenster ersetzt hatte.

Nach so viel Imposantheit schien es irgendwie unpassend, als ein alter Butler in der Tür erschien. Er war nachlässig gekleidet.

»Guten Morgen, Miß. Der Doktor sagte uns, daß Sie heute ankommen«, murmelte der Butler in einem merkwürdig ungeschliffenen Tonfall. »Aber wir haben Sie nicht so früh erwartet.«

»Es tut mir leid, wenn ich ungelegen komme«, sagte Arabella.

»Nein, nein«, erwiderte der Butler. »Ich denke dabei nur an Miß Harrison. Sie steht nicht gern früh auf. Aber das macht nichts.

George führt Sie hinauf. Sie müssen mich entschuldigen, aber meine Beine sind nicht mehr das, was sie einmal waren.«

»Ich verstehe sehr gut«, sagte Arabella.

Sie fand, daß George ein ebenso unpassender Diener war.

Er kam in Hemdsärmeln und trug eine schmutzige, gestreifte Weste mit angelaufenen Silberknöpfen, die dringend einer Reinigung bedurft hätten.

Außerdem war er unrasiert, und sie mußte daran denken, wie empört Sir Lawrence gewesen wäre, wenn in seinem Haus einer der Diener es gewagt hätte, in einem solchen Aufzug zu erscheinen.

»Führe die junge Dame in das Kinderzimmer hinauf, George«, sagte der Butler. »Aber du hättest dir vorher einen Rock anziehen sollen.«

»Er ist in der Anrichte«, antwortete George.

»Das ist keine Entschuldigung«, sagte der Butler gereizt.

Arabella sagte nichts, aber sie sah, daß die Abwesenheit des Schloßherrn eine negative Wirkung hatte und daß nicht nur die Ländereien heruntergekommen waren. Der Staub lag dick auf den Möbeln, und sie dachte, daß es lange her gewesen sein mußte, seit jemand die Fenster geputzt hatte. Es roch muffig, als wäre das Schloß lange nicht mehr gelüftet worden.

Als sie die Treppe zum oberen Stockwerk hinaufgingen, wurde es noch schlimmer. Das Kinderzimmer lag im zweiten Stock, und sie gingen durch lange Korridore, in denen schöne Möbel standen und herrliche Bilder an den Wänden hingen. Aber alles war schmutzig und ungepflegt.

Arabella mußte daran denken, wie das Haus ihrer Mutter immer nach Bienenwachs und Lavendel roch und daß die Fenster weit offenstanden und Luft und Sonne hereinließen.

George klopfte an eine Tür, aber es kam keine Antwort. Er klopfte ein zweites Mal.

»Sie wird wahrscheinlich noch schlafen«, sagte er.

»Aber es ist doch schon halb zehn«, sagte Arabella, die auf dem letzten Treppenabsatz eine große Standuhr gesehen hatte, die tatsächlich noch ging.

George ließ sich zu keiner Antwort herab, sondern öffnete die Zimmertür. In dem Licht, das durch einen teilweise zurückgezogenen Vorhang in dem Raum fiel, sah Arabella, daß er groß und behaglich eingerichtet war. Ein Feuer brannte im Kamin.

»Sie warten am besten hier«, sagte er.

»Bitte wecken Sie Miß Harrison nicht«, sagte Arabella rasch.

»Ich werde mich hüten«, antwortete George lakonisch und ließ Arabella allein im Zimmer zurück.

Das war ein merkwürdiger Empfang, dachte Arabella, aber vielleicht lag es daran, daß sie ihr Elternhaus zu so früher Stunde verlassen hatte. Man konnte von keinem erwarten, daß er schon um halb zehn Uhr am Morgen Besucher empfing.

Plötzlich hörte sie ein merkwürdiges Geräusch. Sie war nicht sicher, was es war. Als es sich wiederholte, hörte sie, daß es von einem großen, runden Tisch herkam, der in der Mitte des Zimmers stand. Seine mit Fransen eingefaßte Tischdecke reichte bis auf den Fußboden.

Das Geräusch wiederholte sich. Arabella ging neugierig zu dem Tisch hinüber und hob die Tischdecke an. Auf dem Fußboden hockte ein Kind. Es trug ein weißes Nachthemd und hielt zwei kleine Kätzchen in den Armen. Zwei weitere Kätzchen tranken neben dem Kind aus einer Untertasse Milch.

»Psst«, sagte das Kind mit einer merkwürdig lispelnden Stimme.

»Beulah... nicht... sie... aufwecken.«

»Ich dachte mir, daß du Beulah bist«, sagte Arabella. »Ich bin Arabella, und ich bin zu dir gekommen, um mit dir zu spielen.«

Zwei blaue Augen, die wie Murmeln aussahen, blickten sie an.

Das Kind hatte ein merkwürdiges Aussehen. Der Kopf war zu groß für den zarten Körper. Das Gesicht war rund und ausdruckslos, aber nicht häßlich oder abstoßend. Das Haar war kurz geschnitten und stand in die Höhe. Es ließ das Kind überflüssigerweise noch merkwürdiger aussehen.

»Ara... bella«, wiederholte das Kind zögernd.

»Das ist richtig«, sagte Arabella lächelnd. »Komm zu mir, damit wir miteinander sprechen können.«

»Beulah... nicht... sie... aufwecken«, wiederholte das Kind. Es sprach die Worte abgehackt, als hätte sie sie wie ein Papagei auswendig gelernt.

»Du meinst deine Gouvernante?« fragte Arabella. »Nein, wir wecken sie nicht auf, das wäre ein Fehler. Sind das deine Kätzchen?«

Beulah nickte und drückte die Tiere noch fester an sich, als fürchte sie, Arabella würde sie ihr wegnehmen. Ein Kätzchen miaute und klammerte sich mit den Krallen an das Nachthemd des Kindes.

»Sie sind sehr hübsch«, sagte Arabella. »Ich fasse sie nicht an, weil sie dir gehören.«

Beulah sah sie mit großen Augen an. Dann hielt sie Arabella eines der Kätzchen hin.

Arabella nahm es nicht in die Hand, sondern streichelte es nur.

»Du behältst es«, sagte sie, »es gehört dir.«

Damit schien Beulah zufrieden zu sein. Dann flüsterte sie leise: »Beulah... weiß... Geheimnis... Beulah... nicht... erzählen... Geheimnis... Beulah... hat... versprochen.«

»So ist es richtig«, sagte Arabella. »Wenn du ein Geheimnis hast, mußt du es für dich behalten.«

Arabella hörte, wie die Tür aufging.

»Was geht hier vor? Wer spricht hier?« fragte eine nörgelnde Stimme.

Arabella stand auf.

In der Zimmertür stand eine junge Frau in einem spitzenbesetzten Negligé. Ihr dunkles Haar fiel ihr offen auf die Schultern. Arabella sah, daß sie auf eine grobe Art hübsch war.

»Ach, du bist es«, sagte die Frau, »das Kind, von dem mir der Doktor erzählt hat. Ich habe dich nicht so früh erwartet.«

»Es tut mir leid, daß ich zu einer so ungelegenen Stunde gekommen bin«, sagte Arabella entschuldigend.

»Ich glaube, es blieb dir nichts anders übrig. Deshalb kann ich dir keine Schuld geben«, erwiderte die Gouvernante. »Laß mich sehen. Du heißt Arabella, nicht wahr, das sagte mir Dr. Simpson.«

»Ja, das ist richtig«, sagte Arabella.

»Ich bin Olive Harrison. Für dich natürlich Miß Harrison.«

»Ja, natürlich«, sagte Arabella.

Die Gouvernante ging zum Fenster und zog die Vorhänge zurück.

»Ich möchte nicht, daß das Dienstmädchen sie aufzieht, wenn es kommt und Feuer im Kamin macht. Das Rasseln weckt mich auf. Du wirst nun wahrscheinlich frühstücken wollen?«

»Nein, vielen Dank, ich habe keinen Hunger«, sagte Arabella.

»Du solltest aber etwas essen«, sagte Miß Harrison. »Du siehst aus, als könntest du eine ordentliche Mahlzeit vertragen. Ich habe noch nie so ein abgemagertes Kind gesehen wie dich. Aber da fällt mir ein, du warst ja krank, nicht wahr?«

»Ja, ich hatte Scharlach«, sagte Arabella.

»Macht nichts, wir werden schnell ein bißchen Fleisch an dich rankriegen. Eines kann ich über das Haus hier sagen, das Essen ist gut. Ich habe immer gesagt, ich würde niemals irgendwo bleiben, wo das Essen schlecht ist.«

Miß Harrison zog die Vorhänge am vierten Fenster auf, ging dann zum Kamin und betätigte die Klingelschnur.

In weiter Ferne hörte Arabella ein schwaches Geräusch.

»Die Dienstmädchen werden Beulah anziehen. Sie wissen nun, daß ich auf das Frühstück warte«, sagte Miß Harrison.

Sie gähnte, während sie sprach, und machte sich nicht die Mühe, eine Hand vor den Mund zu halten.

Als jetzt das Tageslicht in das Zimmer fiel, sah Arabella, daß die Gouvernante sehr beleibt war. Ihr Negligé straffte sich über ihren vollen Brüsten. Ihre Haut war weiß, und ihre Lippen waren verführerisch rot. Sie hatte große, blaue Augen mit langen, dunklen Wimpern.

»Mein Gott, habe ich Kopfschmerzen«, sagte Miß Harrison. Sie ging zu einem Schrank und nahm eine Flasche heraus. Sie füllte ein Glas und trank es rasch aus. Noch ehe Arabella den Geruch wahrnahm, wußte sie, was es war.

Cognac zum Frühstück! Das war in der Tat eine merkwürdige Gouvernante.

»So ist es besser!« sagte Miß Harrison befriedigt. »Und jetzt, meine Liebe, komm und setz dich zu mir ans Feuer. Erzähl mir etwas von dir!«

Sie ließ sich in einen großen Armsessel fallen und bedeutete Arabella mit einer Handbewegung, sich auf den gegenüberstehenden Stuhl zu setzen. Aber Arabella starrte auf die fleischige Hand und auf den Ring, der an ihrem kleinen Finger funkelte.

Sie konnte sich nicht bewegen. Sie stand da und starrte die Hand an, denn an Miß Harrisons Finger steckte ganz unverwechselbar ein Ring, der einmal ihrer Mutter gehört hatte.

2. *Kapitel*

Arabella lag schlaflos in dem Himmelbett mit dem fransenbesetzten Baldachin. Sie war müde, aber ihr gingen noch einmal die Ereignisse des Tages durch den Kopf, und nach einiger Zeit gab sie es auf, sich einzureden, sie könne einschlafen. Sie war erschöpft gewesen, als Miß Harrison nach einem Mädchen geschickt hatte, das Beulah zu Bett brachte. Aber jetzt war sie hellwach.

»Du gehst am besten auch schlafen, Kleine«, hatte Miß Harrison zu ihr gesagt. Arabella wußte, daß sie das nur deshalb geäußert hatte, weil sie vorhatte, Miß Fellows, das Oberdienstmädchen, zu empfangen. Eine ungeöffnete Flasche Cognac stand mit zwei Gläsern auf dem Tisch neben einem Päckchen Spielkarten.

Arabella wußte nach nur wenigen Stunden im Schloß, daß Miß Harrison die Rolle der Hausherrin spielte. Die Diener beeilten sich, ihre Befehle auszuführen, und Arabella bemerkte, daß eine ganze Anzahl wertvoller Möbelstücke ihren Weg in Miß Harrisons Zimmer gefunden hatten.

Nach dem Mittagessen war Beulah in ihr kleines Schlafzimmer gebracht worden, das neben dem Kinderzimmer lag. Beulah schlief allein, abgesehen von ihren Kätzchen, die einen Korb am Fuß des Bettes hatten.

»Sie will sich nicht von ihnen trennen«, erklärte Miß Harrison träge, als Beulah nach ihren Kätzchen rief und Arabella bat, sie einzusammeln.

Es war offensichtlich, daß Miß Harrison den Weg des geringsten Widerstandes einschlug. Alles war erlaubt, sofern es nicht um ihre eigene Bequemlichkeit ging.

Arabella verstand gut, daß Dr. Simpson der Meinung gewesen war, Beulah braucht jemanden, der mit ihr spielte und sich mit ihr beschäftigte. Miß Harrison tat keines von beiden. Sie sprach niemals mit dem Kind, außer ihm zu sagen, es solle an den Tisch kommen oder zu Bett gehen. Es war ihr völlig gleichgültig, was Beulah die übrige Zeit anstellte oder ob irgend jemand oder irgend etwas zu ihrem Glück beitrugen.

Miß Fellows war eine magere, gehässig aussehende Frau, die nichts Besseres zu tun zu haben schien, als in einem Armsessel so nahe wie möglich bei Miß Harrison zu sitzen und stundenlang mit ihr zu klatschen.

So verbrachten sie den größten Teil des Vormittags, und als das Essen beendet war, ein gut gekochtes Mahl, das von zwei Dienern serviert wurde, setzte sich Miß Harrison bequem auf eine Chaiselongue, schob sich einige Kissen unter den Kopf und legte sich einen Pelz auf die Füße. Obwohl sie zu der Mahlzeit eine große Menge Wein getrunken hatte, stellte der Diener noch eine Karaffe mit Cognac auf den kleinen Tisch neben sie.

Da Arabella sah, daß Miß Harrison sich nicht dafür interessierte, was sie tat, ging sie nicht in ihr eigenes Zimmer, sondern die Treppe hinab zu den Haupträumen des Schlosses.

Das große Treppenhaus mit seinem holzgeschnitzten Treppengeländer war eindrucksvoll. An den Wänden hingen goldgerahmte Familienporträts. Sie konnte die Schönheit des Salons nicht würdigen, weil über den Möbelstücken Schonbezüge lagen. Die hölzernen Fensterläden waren geschlossen und die hohen Fenster verriegelt. In dem Raum roch es dumpf und modrig, und Arabella schloß hinter sich die Tür.

Der angrenzende Raum war noch uninteressanter, und Arabella ging rasch auf zwei große Doppeltüren zu, öffnete sie und blieb mit angehaltenem Atem stehen. Sie hatte die Bibliothek gefunden!

Die Bücherregale reichten vom Fußboden bis zur Decke. Die ledergebundenen Bücher verwandelten selbst in dem trüben Licht die Wand zu einem farbigen Kaleidoskop.

Arabella lief zu den Fenstern, zog die Vorhänge auf, öffnete die breiten Fenster und ließ Luft und Sonnenschein herein.

Bücher! Bücher! Mehr Bücher, als sie je gesehen hatte, und mehr, als sie je hoffen konnte, in einem Leben lesen zu können. Bücher! Sie war sicher, daß es im Schloß niemanden gab, der sagen würde: »Lesen schickt sich nicht für Frauen!«, wie es ihr Stiefvater so oft geäußert hatte, wobei er unweigerlich hinzufügte: »Kein Mann möchte ein verdammtes Gehirn zur Frau haben.«

Es roch nach sehr altem Leder, aber überall lag Staub. Die Bücher waren völlig davon bedeckt. Als Arabella sie mit den Fingern berührte, sagte sie sich, daß sie sie abstauben und dafür sorgen würde, daß sie in ihrer alten Schönheit erstrahlten.

Die hohe Decke war mit mythischen Götter- und Göttinnengestalten bemalt, und über dem Kamin hing ein riesiger Spiegel mit einem geschnitzten und vergoldeten Holzrahmen, in dem sich die Bücher spiegelten. Arabella seufzte glücklich. Hier konnte sie sich bilden, hier konnte sie wieder ihre Klassiker lesen.

Der Pfarrer in ihrem Dorf hatte sie in Griechisch und Lateinisch unterrichtet. Er war ein gebildeter Mann mit einem großen Wissen, und sein Unterricht war gut. Ihr Vater hatte darauf bestanden, daß sie die Erziehung eines Jungen bekam, da er keinen Sohn hatte.

»Warum soll man Frauen wie Schwachsinnige behandeln?« hatte er gefragt.

»Ich bin nicht gelehrt«, hatte ihre Mutter geantwortet, »hältst du mich deshalb für eine Schwachsinnige?«

Er hatte gelacht, seinen Finger unter ihr Kinn gelegt und ihr Gesicht angehoben.

»Wenn sie so schön sind wie du, meine Liebe, brauchen sie

keinen Verstand«, hatte er liebevoll gesagt. »Arabella wird für dich niemals eine Rivalin sein, also wollen wir ihr außer ihrem hübschen Gesicht noch etwas geben, worauf sie sich stützen kann.«

Ihre Mutter hatte den Entschluß ihres Mannes akzeptiert, wie sie alles akzeptierte, was er wollte. Aber als sie wieder geheiratet hatte, machte Sir Lawrence dem, was er »diese Narrenstunde« nannte, rasch ein Ende.

»Bringe dem Mädchen lieber Nähen bei«, hatte er barsch gesagt. »Ihr Mann wird es einmal bequem haben wollen, falls sie überhaupt einen bekommt.«

Der alte Pfarrer war traurig gewesen.

»Wenn du ein Junge wärst, würdest du auf jeder Universität große Ehre einlegen.«

»Wenn ich ein Junge wäre«, hatte Arabella wiederholt. »Wissen Sie, wie sehr ich es hasse, ein Mädchen zu sein? Ich hasse es, daß man mich kontrolliert, mich herumkommandiert und ich gezwungen werde, die Wünsche anderer Leute zu erfüllen.«

»Mein Kind, du mußt Gottes Willen akzeptieren«, hatte der Pfarrer gesagt, aber seine Augen waren traurig, und sie wußte, daß er verstand, wie sehr sie litt.

Und jetzt wurde ihr in einem Augenblick, als sie am wenigsten erwartet hatte, wieder die Tür zur Bildung geöffnet. Bücher! Sie breitete die Arme aus, als wolle sie alle umarmen.

Ihre Augen leuchteten, als sie ein Buch nach dem anderen aus dem Regal nahm und schließlich drei auswählte, die sie in ihr Zimmer mitnehmen wollte.

Plötzlich wurde ihr bewußt, daß sie nun schon lange Zeit in der Bibliothek gewesen war. Rasch ging sie zu den Fenstern, schloß sie und zog die Vorhänge zu.

Als die durch die große Halle ging und gerade die ersten Treppenstufen erreichte, kam ein junges Dienstmädchen mit einer weißen Haube auf dem Kopf auf sie zugeeilt.

»Da sind Sie ja, Miß Arabella«, rief das Mädchen atemlos. »Ich habe Sie schon überall gesucht. Ich fürchtete schon, Sie hätten sich irgendwo versteckt.«

»Ich habe mich nur ein wenig im Schloß umgesehen«, sagte Arabella. »Möchte Miß Harrison mich sprechen?«

»Nein«, erwiderte das Dienstmädchen, »sie schläft um diese Zeit immer. Sie lebt eben wie eine große Dame. Miß Matherson möchte Sie sprechen.«

»Miß Matherson? Wer ist das?« fragte Arabella.

»Kommen Sie bitte mit, Miß«, sagte das Dienstmädchen und ging voraus die Treppe hinauf. »Sie wird sich schon wundern, warum es so lange gedauert hat, bis ich Sie gefunden habe.«

»Wer ist Miß Matherson? Was für eine Stellung hat sie hier?«

Das Dienstmädchen blickte ängstlich die Treppe hinauf, als fürchte sie, es könnte sie jemand belauschen. Dann senkte sie die Stimme und sagte:

»Es ist schwer zu erklären, Miß. Miß Matherson war die Zofe der verstorbenen Marquise, der Mutter Seiner Lordschaft. Sie verwaltete das Schloß kurze Zeit nach dem Tod Ihrer Lordschaft. Dann gab es Schwierigkeiten.«

»Was für Schwierigkeiten?« fragte Arabella.

Das Dienstmädchen wurde verlegen.

»Das darf ich Ihnen nicht sagen, Miß. Aber ich weiß, daß es Schwierigkeiten gab.«

»Es ist schwer für mich«, sagte Arabella sanft, »wenn ich im Schloß lebe und nicht weiß, wer jedermann ist oder was für Befugnisse er hat. Ich bin sicher, das kannst du verstehen.«

Das Dienstmädchen war nicht viel älter als sechzehn Jahre, also jünger als Arabella. Es lächelte verschmitzt.

»Ich weiß, wie Ihnen zumute ist«, sagte sie vertraulich, »mir erschien hier auch alles sehr mysteriös, als ich vor fast fünf Jahren in das Schloß kam. Miß Harrison ist nun in der Abwesenheit Seiner Lordschaft die Herrin im Schloß. Sie erteilt Befehle, und Miß Fellows führt sie aus. Die beiden hassen Miß Matherson, und sie haben alles mögliche versucht, um sie loszuwerden. Aber Miß Matherson rührt sich nicht von der Stelle. Und niemand außer Seiner Lordschaft kann sie entlassen,und da er nicht nach Hause kommt, bleibt sie eben hier.«

»Wo lebt sie?« fragte Arabella.

»Miß Matherson hat sich zurückgezogen«, erwiderte das Mädchen fast triumphierend, als habe es einen taktischen Sieg errungen. »Sie hat ihre eigenen Räume und spricht mit Miß Harrison und Miß Fellows kein Wort. Wir arbeiten für sie. Sie sorgt dafür, daß wir alles in Ordnung halten. Wir wagen es nicht, uns ihr zu widersetzen, auch wenn Miß Fellows uns immer wieder befiehlt, dies zu tun.«

»Das hört sich alles sehr unangenehm an«, bemerkte Arabella.

»Manchmal ist es auch lustig«, erwiderte das Dienstmädchen und kicherte. »Es geht etwas Merkwürdiges im Schloß vor, aber ich stelle keine Fragen. Ich bekomme einen guten Lohn und viel zu essen. Ich kann mich nicht beklagen. Im Dorf gibt es ein halbes Dutzend Mädchen, die gern meinen Platz einnehmen würden. Die Arbeit ist nicht schwer.«

»Das sehe ich«, sagte Arabella und dachte an die staubige Bibliothek und die allgemeine Unsauberkeit im Schloß.

»Als Miß Matherson die Aufsicht hatte, war alles in Ordnung«, sagte das Dienstmädchen. »Nicht einmal der König hätte es besser verlangen können.«

Sie erreichten das erste Stockwerk und gingen durch einen breiten Korridor mit hohen Mahagonitüren.

»Hier war das Zimmer der gnädigen Frau«, flüsterte das Dienstmädchen. »Und das hier gehörte Seiner Lordschaft. Ich habe sie beide nicht gekannt, aber alle sagen, daß er ein guter Herr war, freundlich und großzügig zu allen.«

Als sie am Ende des Korridors ankamen, klopfte das Dienstmädchen an eine Tür,und eine ruhige Stimme sagte: »Herein!«

»Ich habe Miß Arabella gefunden, Madam«, sagte das Dienstmädchen.

»Vielen Dank, Rose, du kannst gehen«, sagte Miß Matherson.

Arabella trat in das Zimmer.

Miß Matherson stand von einem Stuhl neben dem Fenster auf. Sie hatte genäht. Arabella ging auf die kleine ältere Frau zu. Über ihrem schwarzen Kleid trug sie eine schwarze Samtschürze und einen goldenen Schlüsselgürtel.

»Sehr angenehm«, sagte Miß Matherson.

Arabella streckte ihr die Hand hin, und als sie das tat, bemerkte sie, daß ihre Finger schmutzig waren.

»Entschuldigen Sie, daß meine Hände so schmutzig sind«, sagte sie, »aber ich war in der Bibliothek. Ich hoffe, es ist nicht ungehörig von mir, wenn ich mir drei Bücher ausgeborgt habe?«

»Und dabei haben Sie festgestellt, wie staubig sie sind«, sagte Miß Matherson.

Sie nahm Arabella die Bücher ab und legte sie auf einen Tisch. Dann holte sie einen Staubwedel aus einer Kommode, staubte die Bücher ab und machte dabei mit den Lippen ein mißbilligendes Gesicht.

»Wollen Sie sich die Hände waschen?« sagte Miß Matherson.

Sie ging voraus zu einer anderen Tür, durch einen Ankleideraum in ein Badezimmer. Die Vorhänge waren zurückgezogen, und Arabella sah sich entzückt um. Sie hatte noch nie solch ein Badezimmer gesehen. Die marmorne Badewanne war in den Fußboden eingelassen, so daß man über einige Stufen hinuntersteigen mußte. Der Fußboden war ebenfalls aus Marmor. An einer Wand stand ein Waschständer mit einer Schüssel, einem Wasserkrug und Seifenschalen, alles aus Silber.

»Wie herrlich!« rief Arabella.

»Es ist die Charles II.-Garnitur«, sagte Miß Matherson stolz. »Seine Majestät wohnte nach seiner Wiedereinsetzung kurze Zeit hier und schenkte bei seiner Abreise die Garnitur dem Haus. Aber das Bad ist die Kopie eines römischen Bades, das die gnädige Frau in Italien gesehen hat.«

»Es ist wunderbar«, sagte Arabella begeistert.

»Ich zweifle daran, ob es im ganzen Land noch einmal etwas Gleichwertiges gibt«, sagte Miß Matherson stolz. »Man brauchte gewöhnlich fast zwanzig Minuten, bis die Diener die Wanne mit großen Kannen heißen Wassers aus der Küche gefüllt hatten. Macht es Ihnen etwas aus, wenn Sie sich die Hände mit kaltem Wasser waschen, Miß?«

»Natürlich nicht«, erwiderte Arabella.

Das Wasser in der Silberschüssel duftete und ebenso die Seife. Das Handtuch, daß Miß Matherson ihr hinhielt, war aus feinstem Linnen und mit echter Spitze besetzt.

»Ich halte alles in Ordnung, falls die Zimmer wieder einmal gebraucht werden«, sagte Miß Matherson und sprach so, als beantworte sie Arabellas unausgesprochene Fragen.

»Sie würden sicher gern auch das Zimmer der gnädigen Frau sehen?«

Sie öffnete eine Tür, und Arabella betrat den schönsten Raum, den sie je gesehen hatte. Die Sonne schien durch die offenen Fenster auf ein großes Himmelbett mit seidenen, gestickten Vorhängen. Spiegel waren mit Kupidos verziert, die Möbel geschnitzt und vergoldet und der Teppich so weich wie Daunen. Frische Blumen standen auf dem Toilettentisch. Arabella glaubte, das Zimmer warte nur noch darauf, daß seine ehemalige Besitzerin jeden Augenblick hereinkommen und ihr Leben wieder aufnehmen würde. Es war wie ein Altar der Vergangenheit und Miß Matherson die einzige Gläubige.

Als wisse sie, was Arabella dachte, sagte Miß Matherson:

»Gehen wir wieder in mein Zimmer. Ich hoffe, Sie entschuldigen, Miß, daß ich Sie um Ihren Besuch gebeten habe. Ich war so neugierig darauf, Sie kennenzulernen. Wir bekommen so wenig Besuch im Schloß.«

»Dr. Simpson hielt es für angebracht, daß Beulah eine Spielgefährtin hat«, sagte Arabella.

»Ja, ich habe davon gehört, daß er ein Kind ins Schloß holen wollte«, sagte Miß Matherson. »Aber niemand hatte erwartet, daß er so rasch eines finden würde.«

»Diese Zimmer hier bekommen alle Sonne«, sagte Miß Matherson, als sie wieder ihr Zimmer betraten. »Ich habe natürlich nicht hier gewohnt, als die gnädige Frau noch lebte. Ich war im zweiten Stockwerk untergebracht. Aber jetzt halte ich es für angebracht, in der Nähe ihrer Räume zu sein.«

»Und sie in Ordnung zu halten«, fügte Arabella hinzu. »Es wäre schade, wenn...« Sie hielt inne.

»...wenn diese Räume ebenso herunterkommen würden wie das übrige Schloß«, ergänzte Miß Matherson. »Früher war es schön und gepflegt. Jetzt ist es eine Schande.«

»Kommt der Marquis denn nie nach Hause?«

»Bis vor zwei Jahren war er mit seinem Regiment im Ausland. Jetzt soll er in London sehr beschäftigt sein. Er bewohnt das Meridale House am Berkeley Square, und manchmal bekommen wir Nachricht von ihm, wenn er nach einem Diener oder einem Pferd verlangt.«

»Es ist beschämend«, sagte Arabella, doch dann hielt sie inne. Es schickt sich nicht, den eigenen Gastgeber zu kritisieren, sagte sie sich.

»Ich bin um Beulahs willen froh, daß Sie hier sind«, sagte Miß Matherson. »Sie hat niemanden außer ihren Kätzchen. Aber jetzt wird Miß Harrison Sie zum Tee erwarten. Ich möchte nicht, daß sie Sie wegen mir auszankt, weil Matty Sie aufgehalten hat.«

»Matty, nennt man Sie so?« fragte Arabella.

»Ich bin schon seit vielen Jahren hier«, sagte Miß Matherson. »Matty ist der Name, den Seine Lordschaft mir gegeben hat, als er ein Junge war. Auch die gnädige Frau hat diesen Namen benützt. Ich halte es für ein Zeichen der Zuneigung.«

Miß Mathersons Augen füllten sich mit Tränen.

»Wie ist der Marquis?« fragte Arabella.

»Stattlich und eigensinnig«, erwiderte Miß Matherson. »Aber wer wollte schon einen Mann, der keinen Geist und keinen eigenen Willen besitzt?«

»Sie lieben ihn?« fragte Arabella.

»Als er ein Junge war, liebte ich ihn«, sagte Miß Matherson, »aber ich habe Seine Lordschaft seit über acht Jahren nicht mehr gesehen. Wie er jetzt ist, weiß ich nicht. Vielleicht werden wir es eines Tages erfahren.«

»Darf ich Sie wieder einmal besuchen?« fragte Arabella. »Ich würde gern von Ihnen hören, wie das Leben im Schloß früher war. Gab es große Gesellschaften? Und würden Sie mir etwas über den Marquis erzählen, wie er als Kind war? Ich habe keinen Bruder, und ich wollte immer ein Mann sein.«

»Warum wollten Sie das?« fragte Miß Matherson lächelnd. »Bald werden Sie eine junge Dame sein, und die Herren werden Ihnen den Hof machen.«

»Ich möchte nicht, daß man mir den Hof macht«, sagte Arabella unfreundlich. »Ich hasse die Männer, ja, ich hasse sie! Jeden einzelnen von ihnen!«

Sie bemerkte die Wirkung ihrer Worte erst, als sie Miß Mathersons erstaunte Miene sah.

»Entschuldigen Sie bitte«, sagte sie leise. »Ich hätte nicht so sprechen dürfen.«

»Ich verstehe«, sagte Miß Matherson nachsichtig. »Und jetzt nehmen Sie Ihre Bücher und gehen Sie, Miß. Aber kommen Sie wieder, wann immer Sie wollen. Sie sind mir stets willkommen.«

»Danke.« Arabella lächelte. Als sie an der Tür ankamen, sagte Miß Matherson:

»Seien Sie vorsichtig. Ich beschwöre Sie, seien Sie vorsichtig. Ich sehe, daß Sie nicht so jung sind, wie man es erwartet hat. Sie sind nur dann sicher, wenn Sie sehr jung und sehr einfältig sind.«

»Was meinen Sie damit?« fragte Arabella.

»Ich kann es jetzt nicht erklären.«

Miß Matherson schob Arabella zur Tür hinaus. Angetrieben von einem Gefühl der Gefahr, das sie nicht verstand, erreichte Arabella das Kinderzimmer. Ein Diener brachte gerade den Tee auf einem großen Silbertablett. Eine große silberne Teekanne stand darauf, ein Rechaud und eine verschlossene Teedose. Ein zweiter Diener brachte den Tisch mit einer feinen Leinentischdecke.

Rose hatte die Wahrheit gesagt, als sie bemerkte, daß Lady Harrison ihren Tee wie eine Dame trank. Es war keine gewöhnliche Mahlzeit, denn nur die Adligen und Wohlhabenden tranken täglich Tee, der unermeßlich teuer war.

Arabella betrat Beulahs Schlafzimmer und hörte, wie Miß Harrison im Nachbarzimmer laut schnarchte, ehe sie aus dem Schlaf auffuhr.

»Tee!« rief sie. »Das ist genau das, was ich jetzt brauche. Meine Kehle ist so trocken wie eine Karfreitagspredigt.«

Sie sah die Diener an und erwartete eine Reaktion auf ihren Witz, und sie lachten gehorsam.

Beulah war wach und saß aufrecht in ihrem Bett. Sie hielt drei spielende Kätzchen in ihren Armen. Ihr großes, rundes Gesicht war ausdruckslos, aber in ihren Augen leuchtete ein Schimmer von Intelligenz.

»Sei vorsichtig«, sagte Arabella. »Die Kätzchen sind noch so klein, und du vergißt, wie stark du selbst bist.«

»Beulah ... alles ... Beulah«, sagte das Kind und zog die Worte in die Länge, als wäre jedes eine Anstrengung für sie.

»Ja, natürlich«, erwiderte Arabella, »aber du darfst ihnen nicht weh tun, sie sind noch klein.«

Sie bemerkte, daß Beulah so klug war, nicht mit der Mutterkatze zu spielen, die ihre Krallen benutzen konnte, sondern ihre ganze Aufmerksamkeit den kleinen Kätzchen widmete.

Arabella kämmte sich das Haar und ging in das Kinderzimmer hinüber. Miß Harrison saß schon am Teetisch. Sie trug ein fülliges, rotes Samtkleid und löffelte gerade den kostbaren Tee in die silberne Kanne.

»Möchtest du Tee trinken?« fragte sie Arabella. »Beulah hat Milch.«

»Schokolade ... möchte Schokolade«, rief Beulah.

»Ziehe an der Klingelschnur«, sagte Miß Harrison zu Arabella.

»Zum Henker mit dem Personal, weshalb können sie das Kind nicht fragen, was es haben will, bevor sie aus dem Zimmer gehen?«

Arabella sah auf die Teller mit Plätzchen, Gerstenmehlkuchen, Biskuits, Brot und Butter, aber sie war nicht hungrig. Sie hatte schon zum Mittagessen mehr als üblich gegessen.

»Ich esse um sechs Uhr zu Abend«, sagte Miß Harrison zufrieden, als sie die goldgelbe Butter auf ein Weizenbrötchen strich und dann Honig aus einer Kristallschale darüber verteilte. »Beulah geht um halb sechs zu Bett.«

Arabella war froh, als Beulah in ihr Zimmer gebracht wurde und die Gouvernante ihr vorschlug, daß auch sie in ihr eigenes Zimmer gehen könnte.

»Gute Nacht, Miß Harrison«, sagte Arabella höflich und machte einen flüchtigen Knicks.

»Gute Nacht, Arabella«, erwiderte die Gouvernante und fügte hinzu: »Ich nehme doch an, du kannst nicht Pikett?«

Arabella zögerte, aber ehe sie etwas antworten konnte, sagte Miß Harrison:

»Nein, natürlich nicht. Es war nur so ein Gedanke, weil Miß Fellows eine so schlechte Spielerin ist. Man ist für die Karten geboren oder nicht, wie ich immer sagte.«

»Ja«, stimmte Arabella zu. Sie erwähnte nicht, daß sie eine gute Pikettspielerin war und ihr Vater ihr das Spiel beigebracht hatte. Denn sie wollte nicht in der Gesellschaft von Miß Harrison und Miß Fellows den Abend verbringen. Die erstere schien mit ihren eigenen Gedanken beschäftigt zu sein und hatte sie beim Tee nicht die geringste Mühe gegeben, etwas zur Konversation beizutragen.

Arabella fiel es schwer, nicht die fleischige, weiße Hand anzusehen, an der der Ring ihrer Mutter steckte. Er leuchtete im Sonnenschein – zwei verschlungene Herzen, ein Herz aus einem großen Diamanten geschnitten, das andere aus einem Rubin. Sie erinnerte sich daran, wie ihr Vater den Ring ihrer Mutter geschenkt hatte.

Sie mußte damals sechs Jahre alt gewesen sein. Sie hatte auf dem Bett ihrer Eltern gesessen und die Weihnachtsgeschenke ausgepackt, die sie am Fußende ihres Bettes beim Aufwachen vorgefunden hatte. Ihr Vater griff unter sein Kopfkissen und holte eine kleine Schachtel hervor.

»Für mich?« hatte ihre Mutter gefragt.

»Für dich, mein Liebling«, hatte er erwidert. »Weil ich dich liebe und weil dies das schönste Weihnachten sein wird, das wir je zusammen verbracht haben.«

Die Stimme ihres Vaters hatte tief geklungen, so daß Arabella ihn mit großen Augen angesehen hatte. Er hatte sich zu ihrer Mutter hinuntergebeugt und sie auf den Mund geküßt.

»Für dich ist mir nichts gut genug, mein Liebling.«

Ihre Mutter hatte ihn angelächelt.

»Nicht vor dem Kind, Liebster. Laß mich mein Geschenk auspacken.«

Sie öffnete das Etui und stieß einen Entzückensschrei aus.

»Er ist herrlich, der hübscheste Ring, den ich je gesehen habe.«

»Ich will ihn dir an den Finger stecken«, hatte er gesagt.

Ihre Mutter hatte ihm ihre Hand hingestreckt.

»Er gefällt mir sehr. Aber es ist verrückt, wir können uns solche Extravaganzen nicht leisten, das weißt du sehr gut.«

»Ich konnte nicht widerstehen«, erwiderte er. »Das sind unsere Herzen – deines und meines –, und sie sind sich so nahe, daß nichts sie voneinander trennen kann.«

Arabella kam es damals so vor, als fülle ihr Glück den ganzen Raum mit einem goldenen Schimmer.

Jetzt sagte Arabella mit vorgetäuschter Gleichgültigkeit:

»Was für einen hübschen Ring Sie haben, Miß Harrison.«

Die Gouvernante spreizte ihre Finger.

»Er ist in der Tat sehr hübsch«, stimmte sie zu.

»Haben Sie ihn von jemandem geschenkt bekommen?« fragte Arabella.

Es entstand eine Pause, und Miß Harrison zog beinahe ruckartig ihre Hand zurück und versteckte sie in ihrem Schoß.

»Trink deine Schokolade aus, Beulah«, sagte sie ruppig. »Arabella, du hast so wenig gegessen, daß nicht einmal eine Maus davon leben könnte. Du siehst aus wie ein Spatz, der noch nicht flügge ist.«

Sie stand auf und ging zum Fenster.

»Morgen geht ihr Kinder am besten hinaus in den Garten«, sagte sie.

Als Arabella im Bett lag, mußte sie unausgesetzt an den Ring denken. Sie war wütend darüber, daß eine aufgeputzte, faule Gouvernante, die zuviel trank und ihre Pflichten vernachlässigte, die Juwelen ihrer Mutter trug. Aber was konnte sie tun?

Sie konnte es natürlich ihrer Mutter sagen, aber selbst wenn Lady Deane erfuhr, wo der Ring war, würde es schwierig sein, die Gouvernante zu beschuldigen, sie trage gestohlenen Schmuck.

Miß Harrison würde behaupten, jemand habe ihr den Ring aus London mitgebracht, und sie würde sich weigern, die Identität des edlen Spenders zu enthüllen. Und wenn Arabella Miß Harrison selbst des Diebstahls bezichtigte, würde dies nur bedeuten, daß sie nach Hause zurückkehren mußte.

Arabella dachte an Sir Lawrence und fröstelte. Es war nicht sein Zorn, den sie fürchtete, und nicht einmal seine Peitsche, die er so häufig benutzte, es war etwas, das sie in der Dunkelheit ihre Fäuste ballen ließ.

Als sie am nächsten Morgen erwachte, hörte sie in der Ferne die Uhr fünfmal schlagen. Die Dämmerung brach schon an, und sie hatte plötzlich das Bedürfnis nach frischer Luft. Der Schmutz und Staub im Haus bedrückte sie, und sie fühlte sich elend und hatte Kopfschmerzen.

Sie schlüpfte aus dem Bett, wusch sich mit kaltem Wasser und zog sich rasch an. Sie vermutete, daß die Dienstboten nicht früh aufstanden, da sie unbeaufsichtigt waren, und daß sie deshalb höchstwahrscheinlich niemandem begegnen würde, wenn sie leise die Treppe hinabging.

Sie hielt es für angebracht, nicht die schwere eichene Vordertür des Schlosses zu öffnen, sondern durch das Küchenquartier zu gehen. Die Steinplatten waren ungeputzt und schmutzig. Sie ging durch die Anrichte, dann durch die Küche, an deren schrägen Dachbalken Schinken hingen, durch die Spülküche, die Vorratskammer und den Milchraum. Endlich kam sie zu der Tür, die in den Hof hinausführte.

Sie drehte den großen Schlüssel herum, und zum Glück war nur ein Riegel da, den sie erreichen konnte. Die Tür ging knarrend auf. Mit einem Gefühl der Erleichterung sog sie die frische Morgenluft ein. Der Weg führte zwischen Sträuchern und blühenden Apfelbäumen hindurch zum Stall. Aufgeregt ging Arabella darauf zu.

Seit ihrem dritten Lebensjahr war sie geritten. Aber auch dies hatte ihr Stiefvater ihr verboten, mit der Begründung, daß er es sich nicht leisten konnte, neben seinen Pferden, die er für sich selbst und die Kutschen brauchte, ein Pferd für sie zu halten.

Als ihr Pferd verkauft worden war, hatte Arabella die ganze Nacht geweint, aber sie hatte ihrem Stiefvater nicht gezeigt, wie sehr er sie verletzt hatte. Mit steinernem Gesicht hatte sie dagesessen, während er ihr eine Lektion darüber erteilte, wie unschicklich es ist, wenn Mädchen reiten.

Sie hatte gewußt, daß er ihr Pferd nur deshalb verkauft hatte, um sie zu verletzen, weil sie sich ihm nicht unterwarf. Er wußte, daß sie ihn haßte, und er war entschlossen, ihren Widerstand zu brechen. Sie war aber ebenso entschlossen, sich ihm zu widersetzen.

Es war ein ständiger Kampf, in dem keiner von beiden nachgab. Sir Lawrence schlug sie bei jedem geringsten Anlaß. Bücher und Pferde, von denen er wußte, daß sie sie liebte, waren verboten. Die Bücher, die Arabella aus der Bibliothek holte, wurden ein ausgezeichneter Vorwand für Strafen und immer mehr Strafen.

Sie ging schneller, denn sie freute sich darauf, Pferde zu sehen. Die ersten Sonnenstrahlen vertrieben die Dunkelheit der Nacht.

Arabella erreichte den Bogengang. Der Stall war sehr groß. Es hätten hundert Pferde darin Platz gehabt. Aber die meisten Boxen waren geschlossen. Plötzlich hörte Arabella vom Ende des Stalles ein Geräusch.

Instinktiv trat sie in den Schatten des Bogenganges zurück. Ein Reiter kam in den Hof galoppiert. Die Stalltür stand offen.

Der Reiter sprang vom Pferd und führte es in den Stall. Ihm folgte ein zweiter Reiter, dann noch einer und noch einer, und jeder ging schweigend zu einer offenen Box. Nur das Klappern der Pferdehufe auf dem Pflaster war zu hören. Dann wurde die Stalltür geschlossen, und es herrschte Stille.

Fünf Männer, fünf Pferde. Arabella fragte sich, wer sie waren. Plötzlich griff eine Hand nach ihrem Arm.

»Wer zum Teufel bist du, und was tust du hier?«

Sie wurde so festgehalten, daß sich die Finger des Mannes in ihr Fleisch gruben und sie vor Schmerz beinahe aufschrie.

Sie sah dem Mann ins Gesicht. Er war in mittleren Jahren. Tiefe Falten zogen sich von seiner Nase zum Mund, und seine buschigen Augenbrauen stießen auf der Stirn fast zusammen. Er war auf eine finstere Art attraktiv. Aber sein Gesicht war furchteinflößend unter seinem Hut. Er trug elegante Reithosen, auf Hochglanz polierte Schaftstiefel und einen grauen Kordmantel. Seine schwarze Halsbinde war stilvoll und der Mode entsprechend gebunden.

Arabella versuchte, sich von ihm zu befreien, aber dadurch wurde der Griff um ihren dünnen Arm nur noch eiserner. Sie wußte, daß sie so hilflos wie ein Kaninchen im Maul eines Vorstehhundes war. Sein Gesichtsausdruck sagte ihr, daß sie in Gefahr war, in großer Gefahr.

»Antworte mir!« fauchte sie der Mann an, aber seine Stimme war kultiviert. »Wer bist du, und warum zum Teufel spionierst du meinen Männern nach?«

Arabella holte tief Luft. Sie wußte, daß sie antworten mußte.

»Ich bin Arabella«, sagte sie mit einer hohen Kinderstimme. »Ich suche Beulahs Kätzchen. Es ist entlaufen.«

»Beulah?« fragte der Mann. »Was hat die Schwachsinnige damit zu tun?«

»Ich wohne im Schloß und spiele mit Beulah«, antwortete Arabella.

Sie spürte, wie sich der Griff an ihrem Arm ein wenig lockerte. Mit einer raschen Körperbewegung befreite sie sich von ihm.

»Kätzchen? Kätzchen? Kätzchen?« rief sie und rannte auf das Haus zu. Sie wußte, daß der Mann sie beobachtete, und als sie die Küchentür erreichte, bückte sie sich, als hebe sie etwas auf. Dann tat sie so, als habe sie ein Kätzchen in den Armen und öffnete die Küchentür.

Sie lief die Treppe hinauf. Als sie das Kinderzimmer erreichte, rang sie nach Atem. Sie sagte sich, daß sie träumte, und doch wußte sie, daß sie einer drohenden Gefahr entronnen war. Wer war der Mann, der sie festgehalten hatte und der nicht wollte, daß sie den Stall betrat?

Vor dem Kinderzimmer versuchte eines von Beulahs Kätzchen, durch den offenen Türschlitz in das Zimmer zu gelangen. Es miaute. Arabella hob es auf und ging in Beulahs Schlafzimmer. Das Kind schlief noch. Sein Gesicht war ruhig und ausdruckslos. Es sah wie ein Gnom aus, aber sehr jung und sehr verletzlich. Plötzlich empfand Arabella Mitleid mit dem Kind. Vielleicht hatte Dr. Simpson recht, vielleicht wurde Beulah intelligenter, wenn sie von jemandem geliebt wurde, wenn sie Gesellschaft hatte.

»Ich will versuchen, dir zu helfen«, flüsterte Arabella, als sie Beulahs Tür schloß, weil sie Schritte durch den Korridor näherkommen hörte. Es waren schwere, energische Schritte, und instinktiv wollte sich Arabella verstecken, wie sie es so oft vor ihrem Stiefvater getan hatte.

Die Schritte kamen näher, und als sie die Tür erreichten, war Arabella unter den Tisch geschlüpft, unter dem sich am Tag zuvor auch Beulah verborgen hatte. Das fransenbesetzte Tischtuch reichte bis auf den Fußboden. Die Schritte kamen durch das Zimmer.

»Olive?« rief eine Männerstimme. Sie erkannte sie. Es war der Mann, der sie im Stallhof festgehalten hatte.

»Olive?« wiederholte er, als er die Tür von Miß Harrisons Schlafzimmer öffnete. »Was geht hier vor?« hörte ihn Arabella aufgebracht fragen.

»Ah, du bist es, Jack«, sagte Miß Harrison mit belegter Stimme. »Ich habe dich schon vor Stunden erwartet.«

»Wir wurden aufgehalten«, erwiderte der Mann. »Wach endlich auf und antworte mir! Ich habe im Stallhof ein Kind gefunden. Es heißt Arabella und wohnt hier im Schloß, sagt es.«

»Ja, das stimmt«, erwiderte Miß Harrison. »Aber was macht Arabella um diese Tageszeit bei den Ställen?«

»Sie sagte, sie suche eines von Beulahs Kätzchen. Ich habe dir doch klar und deutlich erklärt, daß ich keine verdammten Fremden hier haben möchte, ganz gleichgültig wie alt sie sind. Es ist gefährlich, das weißt du.«

»Ich kann nichts dafür«, sagte Miß Harrison in klagendem Tonfall. »Der neue Arzt, Dr. Simpson, sagte, er würde uns ein Kind schicken, das mit Beulah spielt. Wie hätte ich das abwenden sollen? Noch ehe ich wußte, was geschah, stand Arabella vor der Tür. Sie ist ein stilles Kind und macht uns keinerlei Umstände.«

»Warum hat sie ihr Elternhaus verlassen?«

»Soviel ich weiß, kam sie mit ihrem Stiefvater nicht aus«, erwiderte Miß Harrison.

»Und wer ist das?«

»Sir Lawrence Deane. Kennst du ihn?«

Der Mann lachte laut auf. Es war ein grobes, zynisches Lachen.

»Dorthin gehört also die Göre!« Plötzlich verstummte sein Lachen. »Das ist gefährlich. Sieh zu, daß du sie sofort wieder loswirst.«

»Aber unter welchem Vorwand? Sie kann uns nicht schaden. Und wenn sie wirklich Beulah hilft...«

»Beulah! Niemand kann Beulah helfen!« unterbrach der Mann sie. »Man hätte Beulah bei ihrer Geburt ertränken sollen. Etwas so Monströsem sollte man nicht erlauben zu leben. Ich habe dir schon oft gesagt, Olive, es wäre mir ein Vergnügen, ja, ein Vergnügen, dieses stotternde Mondkalb mit meinen bloßen Händen zu erwürgen. Und ich sage dir, ein Wort von ihr und Beulah stirbt!«

»Sei nicht so grausam. Beulah tut niemandem etwas zuleide. Außerdem, hast du daran gedacht, daß auch ich nicht hier wäre, wenn Beulah nicht da wäre?«

»Ich lasse mich wegen dieses Unkrautes nicht hängen«, sagte der Mann wütend.

»Reg dich nicht auf«, sagte Miß Harrison beschwichtigend. »Arabella ist für dich keine Gefahr. Komm jetzt ins Bett, Liebster, du bist müde. Ich habe so lange auf dich gewartet.«

»Du bist sehr selbstsicher, nicht wahr?« antwortete er ärgerlich.

»Nein, ich bin nur einer Sache sicher, daß du müde bist und frierst. Hier bei mir ist es warm. Nach ein paar Stunden Schlaf sieht alles wieder besser aus. Komm jetzt, Jack, ich warte! Und schließ die Tür ab!«

Die Schlafzimmertür wurde zugeschlagen. Arabella rührte sich nicht. Dann preßte sie ihre Finger an die Lippen, um sich daran zu hindern, laut zu schreien. Sie wußte jetzt, wer der Mann war, Gentleman Jack, der gefährlichste, gehaßteste und gefürchtetste Straßenräuber nördlich von London.

3. Kapitel

»Verdammt!« rief Lord Lowther und schob den Stuhl vom Kartentisch zurück. »Ich schulde Ihnen fünftausend Guineen! Meine Taschen sind leer, und ich kann nicht weiterspielen!«

Der Mann, der ihm am Tisch gegenüber gesessen hatte, schob mit seinen langen, dünnen Fingern die Karten zusammen. Dann bemerkte er höhnisch:

»Sie sind feige, Lowther!«

Einen Augenblick herrschte Schweigen. Mehrere Mitglieder des Crockford-Clubs, die um den Tisch standen, erstarrten.

Lord Lowthers jungenhaftes Gesicht rötete sich.

»Zum Teufel mit Ihnen«, schrie er zornig. »Sie können mich nicht beschuldigen, ich sei ein Feigling.«

Ehe Sir Mercer Heron etwas antworten konnte, unterbrach ihn eine Stimme von der Tür.

»Nein, das können Sie wirklich nicht. Wenn Sie ihn bei Waterloo gesehen hätten, Heron, würden Sie keine Augenblick daran zweifeln, daß er ein Held ist.«

Sir Mercer Heron drehte sich um, und seine Lippen verhärteten sich, ehe er eisig bemerkte: »Ah, Sie sind es, Meridale. Was geht Sie eigentlich diese Angelegenheit an, wenn ich fragen darf?«

»Tony Lowther und ich waren zusammen im Feld«, erwiderte Lord Meridale. Er kam zu dem grünen Spieltisch hinüber. »Man erlebt im Feld eine Kameradschaft, die von den Herren in England, die im Bett liegend ihre Kämpfe ausfechten, wenn sie betrunken sind, nicht leicht verstanden wird. Man muß mutig sein, um zu sagen, daß man genug Geld verloren hat, und ich bewundere Tony für seinen Mut. Wollen Sie mit mir streiten, Heron?«

Der Marquis hatte seine Stimme nicht gehoben, als er sprach, und doch lag in seinen Worten eine Feindseligkeit, die für jedermann hörbar war.

»Wenn Seine Lordschaft den Rückzug antreten will, ist das natürlich seine Sache«, sagte Sir Mercer mürrisch.

Die lässige Haltung des Marquis' änderte sich. Er zog den Stuhl an den Tisch, von dem sein Freund aufgestanden war, setzte sich Sir Mercer gegenüber und sagte kühl:

»Wenn Sie so begierig auf ein Spiel sind, Heron, dann nehmen Sie mit mir vorlieb. Wenn ich mich recht erinnere, waren das letztemal Sie es, der mit einigem Unbehagen einen Rückzieher gemacht hat.«

Sir Mercer Heron stand auf. Seine scharfen Gesichtszüge waren von einem unbeherrschten Zorn verzerrt, und seine kleinen Augen blitzten.

»Mit Ihnen spiele ich nicht, Marquis. Sie sind mir mit Ihrer Unverschämtheit keine angenehme Gesellschaft.«

»Feige, wie?« spottete der Marquis so laut, daß es im ganzen Raum zu hören war.

Einen Augenblick sah Sir Mercer ihn zornig an, dann drehte er sich um und ging rasch zur Tür.

Der Marquis lachte.

»Wenn es je einen Aufschneider gegeben hat, dann ist es Heron«, bemerkte er. »Du siehst, Tony, ein Frontalangriff kann sehr erfolgreich sein.«

»Wenn Sie mich fragen, so haben Sie ihn von hinten angegriffen!« sagte der Herzog von Wellington lachend, der in einem großen Ledersessel saß.

»Auf jeden Fall ist er für den Augenblick geschlagen, Euer Gnaden«, sagte der Marquis fröhlich und fügte mit leiser Stimme, an seinen Freund gewandt, hinzu: »Wie konntest du so töricht sein, mit ihm zu spielen?«

»Er hat mich herausgefordert. Ich konnte nicht ablehnen«, erklärte Lord Lowther.

»Er sucht sich immer die Naiven und Harmlosen aus«, sagte Lord Meridale lächelnd.

»Verdammt, du meinst doch nicht etwa mich?« fragte Lord Lowther. »Ich bin jung, aber nicht naiv, und ein Gentleman hat außerdem gewisse Verpflichtungen.«

»Aber nicht zu der Melodie von fünftausend Goldguineen, die man nicht hat«, erklärte der Marquis. »Komm, trinken wir etwas. Wir müssen uns überlegen, wie du das Geld innerhalb einer Woche auftreiben kannst.«

Lord Lowther sah sehr blaß aus, als würde ihm plötzlich übel, nachdem er sich der Größe seiner Schulden bewußt wurde.

»Entschuldige mich«, sagte er und ging hinaus. Der Marquis sah ihm nach.

»Das war sehr anständig von Ihnen, Meridale«, sagte eine tiefe Stimme hinter ihm.

Der Marquis drehte sich um. Hinter ihm saß eines der ältesten Mitglieder des Clubs, ein pensionierter Richter, der selbst von den jungen und aufsässigen Mitgliedern geachtet und verehrt wurde.

»Ich kann mir nicht vorstellen, weshalb Sie Heron in den Club aufgenommen haben«, sagte Lord Meridale. »Er ist mit allen Hunden gehetzt, und Sie wissen, er sucht sich absichtlich nur die schlechten Spieler aus und nimmt ihnen unweigerlich mehr ab, als sie sich leisten können.«

»Wir sind kein Kindergarten, Meridale«, sagte der Richter ruhig.

»Nein, ich weiß, aber Tony ist ein anständiger Bursche, abgesehen davon, daß er gern angibt und beweisen will, daß er ein Mann von Welt ist.«

»Schicken Sie ihn zurück aufs Land«, schlug der Richter vor. »Ich kenne seine Mutter. Sie grämt sich zu Tode vor Angst, in was für Unannehmlichkeiten ihr einziger Sohn unter einer Menge fröhlicher, leichtsinniger Burschen wie Sie geraten könnte.«

»Ich zweifle, daß er gehen würde, selbst wenn ich ihn darum bitte«, sagte Lord Meridale.

»Warum nicht? Auf dem Land ist es zu dieser Jahreszeit sehr schön. Sie könnten alle frische Luft gebrauchen statt Champagner. Ein Ausflug über das Land statt durch die Bordelle täte Ihnen besser, als dem Regenten in dieser vergoldeten Karikatur, die einmal das Carlton House war, Gesellschaft zu leisten.«

Der Marquis lachte schallend.

»Ich wünsche fast, ich hätte Sie einmal auf der Richterbank erleben dürfen. Ihre Ausdrucksweise amüsiert mich.«

»Aber es ist mein Ernst«, sagte der Richter. »Der junge Lowther ist nicht der einzige, der sich ausnehmen läßt. Nach allem, was ich höre, wächst in Schloß Meridale das Gras schon aus allen Ritzen.«

Der Marquis erstarrte.

»Wer hat Ihnen das gesagt?«

»Ich habe in Hertfordshire viele Freunde. Warum sehen Sie nicht einmal selbst nach? Ein abwesender Hausherr kann nichts anderes als den Holzwurm im Gebälk erwarten, das ist Ihnen doch sicherlich klar?«

Der Marquis verbeugte sich steif.

»Offenbar wissen Sie mehr über meinen Besitz als ich selbst, Sir«, sagte er ruhig, aber in einem verärgertem Tonfall.

Er ging durch die Halle und die Treppe hinab. Ein Fackelträger rief nach seiner Kutsche. Als er eingestiegen war, befahl er dem Diener, zum Carlton House zu fahren.

Er hatte eigentlich vorgehabt, früher hinzugehen, da er vom Regenten zu einem der großen Empfänge befohlen worden war, die in der Gesellschaft immer beliebter wurden.

Jetzt fragte sich der Marquis, warum er solch ein Narr gewesen war, vorher bei Crockford Station zu machen und sich in einen Streit mit Sir Mercer Heron einzulassen und in ein unangenehmes Gespräch mit dem Richter.

Er bereute den Impuls, der ihn dorthin geführt hatte, aber gleichzeitig war er ehrlich genug, sich einzugestehen, daß die Worte des Richters gutgemeint waren, daß es ihn in Wahrheit amüsiert hatte, Sir Mercer zu reizen und Lord Lowther vor etwas zu bewahren, das vielleicht in einem sinnlosen und tragischen Duell hätte enden können.

»Das Gras wächst in Meridal schon aus allen Ritzen!«

Plötzlich sah er im Geist vor sich, wie es jetzt dort aussehen mochte, da das Wunder des Frühlings aus den Gärten ein Wunder der Farbe und der Schönheit machte: Der Flieder blühte weiß und violett, die Pfirsich- und Mandelblüten standen rosarot vor dem Himmel, und die goldenen Trompeten der Narzissen schmückten den Park. Und dahinter stand das Schloß, grau und unbezwingbar, eine uneinnehmbare Festung und doch ein Heim, das er zwanzig Jahre lang mehr als alles andere geliebt hatte, ehe das Unheil geschehen war.

Die Kutsche fuhr vor. Die Tür wurde von einem Lakaien in der königlichen Livree geöffnet. Lichter auf den weißen Säulen strahlten. Er ging durch die Reihe der Diener und betrat das Carlton House.

Die blauen, mit goldenen Lilien bestickten Draperien, die kannellierten, dick vergoldeten Säulen, der rosarote Samt, gesäumt von Girlanden, und ein Fries von Sphinxen, die eine Büste der Minerva umringten – das alles blieb von ihm unbeachtet, als er von Raum zu Raum ging und nach dem Regenten suchte.

Frauen kamen auf ihn zu, Stimmen riefen ihn an, Hände streckten sich nach ihm aus. In ihren pastellfarbenen Gewändern aus Samt, Seide und Musselin wirkten sie wie ein vielfarbiges Blumenbukett. Ihre Schönheit wurde noch unterstrichen durch die Bilder, die der Prinz in aller Welt hatte sammeln lassen, die aber noch nicht bezahlt waren.

Vom Regenten war nichts zu sehen. Dann rief eine herrische Stimme: »Julius!«

Der Marquis drehte sich um. Eine elegante Dame in einem Kleid aus durchsichtigem, silbernem Seidenflor, der einen schlanken, sinnlichen Körper mehr enthüllte als verdeckte, kam auf ihn zu. Eine kostbare Smaragdkette schmückte ihren langen, weißen Hals.

»Julius, ich schwöre, ich habe dich nicht mehr erwartet. Du hast mir doch versprochen, du kämst zeitig.«

»Verzeih mir, Sybil«, erwiderte der Marquis und hob ihre Hand an die Lippen. »Ich wurde unverhofft aufgehalten.«

»Bei White oder Crockford?« fragte Lady Sybil Sheraton.

Sie war eine auffallend schöne Brünette. Ihre dunklen Locken rahmten ein Gesicht ein, daß einen klassischen Liebreiz gehabt hätte, wären ihre Augen nicht leicht schräg gewesen, was ihr ein orientalisches Aussehen verlieh.

»Nein, antworte mir nicht«, sagte sie, »es ist gut, daß du hier bist. Bringst du mich nach Hause?«

»Es wird mir eine große Ehre sein«, erwiderte der Marquis.

Trotzdem war ihm ein wenig unbehaglich, als ihre Augen ihn so unwiderstehlich gewinnend ansahen.

Er hatte sich oft genug gesagt, daß er sich um Gerüchte nicht zu kümmern brauchte. Aber zugleich wollte er sich nicht mit diesen Leuten überwerfen, die, während sie sich selbst die größtmögliche Freizügigkeit gestatteten, wenn es um die Moral der anderen ging, nur zu eifrig deren kleinste Unregelmäßigkeit ans Licht zogen.

»Wo ist Seine Königliche Hoheit?« fragte der Marquis.

»Er flirtet irgendwo mit der unermüdlichen Lady Hertford«, erwiderte Lady Sybil sarkastisch. »Hast du schon das Neueste gehört? Lord Grey hat sie ein ›pestilenzartiges Geheimnis hinter dem Thron‹ genannt.«

»Psst!« Den Marquis machten die Indiskretionen seiner Freundin verlegen. Solche Dinge sprach man im Carlton House nicht aus, auch nicht mit gesenkter Stimme. Gleichzeitig zwinkerte er mit den Augen. Ganz London ärgerte sich über die durchtriebene Schlauheit Lady Hertfords, und ihr Einfluß auf den Regenten war die Quelle endloser Anekdoten.

»Ich muß ihn finden«, sagte der Marquis.

»Ich komme mit«, sagte Lady Sybil. Sie gingen zusammen durch die überfüllten Räume.

Lady Sybil Sheraton war verwitwet. Ihr Gatte war in Italien getötet worden, und es hieß, sein Tod sei dem unvermeidlichen Ende ihrer Ehe zuvorgekommen. Bevor er starb, hatte Lady Sybil die Gesellschaft im Carlton House bereits sehr genossen.

Ihre Schwierigkeit war die, daß sie wegen einer leidenschaftlichen Liebe zu einem gutaussehenden Gardeoffizier nicht rechtzeitig daran gedacht hatte, wie sie ohne Vermögen, das für ihren Lebensstil notwendig war, standesgemäß leben sollte.

Ihr Vater war hochverschuldet gestorben, und ihr Bruder hatte das geerbt, was von dem Familienbesitz noch übriggeblieben war. Sie hatten alle gehofft, daß Sybil eine gute Partie machen würde. Aber Sybil hatte ihr Herz den Kopf regieren lassen.

Der Krieg hatte sie gnädigerweise vor den unvermeidlichen Folgen ihrer Unklugheit bewahrt. Sie hatte nicht vor, den gleichen Fehler noch einmal zu begehen.

Die Jahre der Ehe und der Witwenschaft hatten sie gelehrt, daß sie zwei Dinge brauchte, um ihr komfortables Leben weiterhin zu führen: erstens eine gesellschaftliche Stellung und zweitens Geld.

Sie war überzeugt, daß sie das gefunden hatte, was sie suchte, als sie den Marquis von Meridale kennenlernte. Darüber hinaus hatte sie nach kurzer Zeit festgestellt, daß sie ihn nicht nur wegen seines Titels und seiner Besitztümer begehrte, sondern weil er sie auch als Mann leidenschaftlich anzog.

Ihr Problem lag aber darin, daß der Marquis keine Anstalten machte, ihre Liaison in etwas Dauerhafteres zu verwandeln. Niemals sprach er von einer Ehe, und obwohl Sybil sich sagte, daß es klüger gewesen wäre, sich nicht so leicht dem glühenden Verlangen hinzugeben, das sie beide beherrschte, hatte sie das unbehagliche Gefühl, daß er sich auf der Suche nach jemandem, der leichter zu erobern war, davongemacht hätte, wenn sie sich ihm verweigert hätte.

Sie gingen durch das Treibhaus, dem Stolz des Regenten. Es war in dem pseudogotischen Stil einer Kathedrale erbaut. Von Säulen erhob sich ein verglastes Gitterwerk aufwärts zu einem durchbrochenen Dach. Karmesinrote Vorhänge hingen vor den Fenstern, die mit Wappen geschmückt waren. Als sie durch einen Torbogen kamen, wo am Tage die Pfauen des Regenten ihre Räder schlugen, brannten farbige Glaslämpchen und Lampions und erhellten die Nacht.

»Julius, du hast mir noch nicht gesagt, wie ich heute abend aussehe«, sagte Lady Sybil herrisch.

»Sehr schön«, erwiderte der Marquis, aber es war offensichtlich, daß er automatisch geantwortet hatte und mit seinen Gedanken anderswo war.

»Irgend etwas stimmt nicht«, sagte Lady Sybil.

»Es ist alles in Ordnung, ich bin nur ein wenig beunruhigt«, sagte der Marquis.

»Worüber?« fragte Lady Sybil interessiert. Ihr kam es so vor, als griffe eine kalte Hand nach ihrem Herzen. Angenommen, jemand hätte dem Marquis etwas über sie ausgeplaudert? Sie war vorsichtig gewesen, und doch... man konnte nie wissen.

»Es würde dich doch nicht interessieren«, sagte er ausweichend.

»Aber ich möchte es wissen, ich muß es wissen«, drängte Lady Sybil.

Sie blieben stehen, und der Marquis blickte über die Pflanzen, um zu sehen, ob der Regent hier war.

Lady Sybil zupfte an dem Revers seines blauen Rockes.

»Sieh mich an, Julius!« beharrte Sie. »Bitte, sieh mich an! Ich kann es nicht ertragen, wenn du mir gegenüber gleichgültig bist.«

»Ich bin nicht gleichgültig«, sagte der Marquis. Er sah sie an, und seine Stimme klang ein wenig wärmer. »Du siehst heute abend großartig aus, Sybil, und das weißt du genau. Diese Smaragde stehen dir gut. Ich bin froh, daß du mich überredet hast, sie dir zu kaufen.«

»Es war ein wundervolles Geschenk«, sagte Lady Sybil mit weicher, verführerischer Stimme. »Erinnere mich daran, daß ich dir noch einmal dafür danke...«

In ihren Worten lag eine Einladung, und ihre Augen funkelten unter ihren geschminkten Lidern.

Aber der Marquis beachtete es nicht.

»Ah, da ist Prinny!« sagte er.

Am oberen Ende des Treibhauses befand sich ein rundes Büfett. Es war beladen mit goldenen Tellern und mit Blumen geschmückt. Darüber hing in Rosarot und Silber ein Medaillon mit den Initialen G. P. R.

Der Regent hatte ein Glas in der Hand. Er war gedrungen und sah erhitzt aus, aber er wirkte trotzdem imposant mit dem Band des Hosenbandordens und dem Stern, der auf seiner Brust funkelte. Er entfernte sich vom Büfett und ging auf die oberen Tische zu. Diese reichten hinaus bis in den Garten und unter mehrere Zelte.

Trotz der lauten Musik – es spielten vier Orchester –, des Stimmengewirrs und des Gelächters konnte der Marquis Korken knallen hören. Einen Augenblick erinnerte ihn das Geräusch an die Kanonen in Frankreich, doch er schob die Erinnerung daran sofort beiseite und ging zu seinem Gastgeber hinüber.

»Meridale!« rief der Regent, als er ihn sah, »ich dachte schon, Sie hätten vergessen, daß ich Sie für heute abend eingeladen habe.«

»Nein, gewiß nicht, Sire«, erwiderte der Marquis und verbeugte sich. »Eine solche Ehre würde ich niemals vergessen. Außerdem bin ich schon eine ganze Weile hier, aber Ihre Königliche Hoheit waren so beschäftigt, daß ich Sie nicht stören wollte.«

Der Marquis sah dabei Lady Hertford an, und sie hielt ihm ihre Hand zum Kuß hin und lächelte geziert hinter ihrem Fächer.

»Ich sage Seiner Königlichen Hoheit immer, daß Sie Takt besitzen, im Gegensatz zu manchen anderen Leuten, die wir kennen«, sagte Lady Hertford lächelnd.

Der Marquis wußte, daß sie diejenigen meinte, die zu verhindern suchten, daß die Verliebtheit des Regenten in sie zu groß und zu kostspielig wurde.

»Sie sind sehr freundlich«, murmelte der Marquis, »und vielleicht legen Sie für mich Fürsprache ein bei meiner außergewöhnlichen Bitte, die ich an Seine Königliche Hoheit richten möchte.«

»Eine außergewöhnliche Bitte?« fragte der Regent rasch. »Was für eine Bitte?«

Er hatte eine Abneigung gegen Leute, die ihn um etwas baten, zumal wenn er gegessen und übermäßig Wein getrunken hatte und er sich auf sein Urteil nicht verlassen konnte.

»Es ist nur eine kleine Bitte, Sire«, sagte der Marquis. »Es wäre mir angenehm, wenn Sie mir erlaubten, daß ich die großzügige Einladung, Sie übermorgen zu den Rennen zu begleiten, ablehne.«

»Ablehne? Warum wollen Sie ablehnen?« fragte der Regent.

Etwas, was er vor allem anderen verabscheute, war, wenn er nicht alle seine Freunde in unmittelbarer Nähe hatte. Er war in mittleren Jahren, aber er hielt sich gern für einen eleganten jungen Mann.

Wenn er zu den Rennen fuhr, liebte er es, junge Leute um sich zu haben, dann kam er sich selbst jung vor, und es ließ ihn vergessen, daß es ihm angenehmer war zu sitzen als zu stehen, seit die Ärzte ihm geraten hatten, sein Korsett auszuziehen.

»Wahrscheinlich haben Sie eine bessere Verabredung«, sagte er pikiert.

»Das wäre gar nicht möglich, Sire«, sagte der Marquis. »Ich bitte Eure Königliche Hoheit nur, mich zu beurlauben. Ich möchte mein Schloß besuchen, weil ich gehört habe, es gäbe dort einiges, worum ich mich kümmern sollte.«

Das Stirnrunzeln des Regenten verschwand.

»In diesem Fall haben Sie meine Erlaubnis, mich am Mittwoch nicht zu begleiten«, sagte er gnädig. »Wir werden Sie vermissen, Meridale, bleiben Sie nicht zu lange weg.«

»Ich werde mich beeilen«, sagte der Marquis.

»Gut.« Die dicke Hand des Regenten ruhte einen Augenblick auf der Schulter des Marquis. Dann ging er mit Lady Hertford zum oberen Tisch. Dort stieß eine kleine Miniaturfontäne eine glitzernde Kaskade aus, die dann in einem Strom zwischen bemoosten Ufern dahinfloß, über den vier fantastischen kleinen Brücken führten.

Als der Marquis dem Regenten nachsah, trat Lady Sybil wieder neben ihn.

»Ich habe mitangehört, was du sagtest«, flüsterte sie. »Was ist mit dem Schloß?«

»Genau das möchte ich herausfinden«, erwiderte der Marquis.

»Ich komme mit«, sagte Lady Sybil. »Die Saison hier langweilt mich bereits zu Tode, und eine Gesellschaft ist so langweilig wie die andere.«

»Du würdest dich im Schloß noch weit mehr langweilen«, sagte der Marquis. »Ich bin nicht mehr dort gewesen, seit meine M...«, er hielt inne und sagte dann: »... seit sieben, ja beinahe acht Jahren.«

»So lange nicht mehr?« rief Lady Sybil.

»Ich war die meiste Zeit im Ausland.« Er sprach so, als entschuldige er sich eher vor sich selbst als vor seiner Gesprächspartnerin.

»Du hast also keine Ahnung, was während der ganzen vergangenen Jahre dort vorgefallen ist?« fragte Lady Sybil. »Wie aufregend! Es ist fast so, als ob du eine neue Welt entdeckst! Ich habe gehört, Schloß Meridale soll großartig sein. Ich möchte es gern sehen.«

»Du kannst ohne Begleitperson nicht mitkommen«, wandte der Marquis ein.

»Wer sollte das erfahren?« fragte Lady Sybil. »In London muß niemand etwas davon wissen. Und wenn du deine Ankunft nicht bekanntgibst, werden die Honoratioren der Grafschaft dich nicht erwarten. Aber wenn du glaubst, daß du eine Begleitperson für mich brauchst, lieber Julius, dann laß uns Richard mitnehmen.«

»Nein, Sybil, hör zu...«, begann der Marquis, aber Lady Sybil winkte einen gutaussehenden jungen Mann zu sich, der zwischen den Pflanzen im Treibhaus stand.

»Richard!« rief sie.

Er kam lächelnd auf sie zu. Es bestand kein Zweifel daran, daß er ein äußerst anspruchsvoller, geschmackvoll gekleideter Mann war. In seiner eleganten Halsbinde steckte eine Diamantnadel.

»Zu Diensten, Madame«, sagte er zu Lady Sybil, und dann an den Marquis gewandt: »Wo bist du gewesen, Julius? Ich habe überall nach dir Ausschau gehalten.«

»Wir haben einen Plan«, unterbrach ihn Lady Sybil. »Julius will sein Schloß besuchen. Sie werden es kaum glauben, aber er ist seit fast acht Jahren nicht mehr dort gewesen. Ich möchte mit ihm fahren, und Sie sollen uns begleiten, weil Julius fürchtet, sein makelloser Ruf könnte leiden, wenn er allein mit mir reist.«

»Ich habe nichts dergleichen gesagt«, warf der Marquis ein.

Richard Huntington lachte.

»Das ist ein ausgezeichneter Vorschlag. In den nächsten Tagen wird es in London heiß werden. Ich habe eben mit einem dieser langweiligen alten Burschen gesprochen, die sich für Wetterpropheten halten, und ich bin sicher, er hat recht. Der Himmel weiß, die Hitze hier kann einen krank machen.«

»Dann fahren wir jetzt nach Hause«, sagte der Marquis. »Hast du schon mit Prinny gesprochen?«

»Ja, ich habe alles Nötige getan«, antwortete Richard Huntington, »und so viele Hände geküßt, daß meine Lippen wund sind. Gehen wir zu mir nach Hause und trinken etwas.«

»Dazu ist keine Zeit. Ich möchte morgen früh aufbrechen«, sagte der Marquis.

»Weshalb diese plötzliche Eile?« fragte Richard Huntington.

»Ich habe einfach das Gefühl, daß ich nach Hause muß«, sagte der Marquis.

»Aber ich dachte, du hättest deine Gründe, weshalb du gerade nicht hinfährst. Ich kann mich täuschen, aber ich erinnere mich, daß du in Frankreich einmal gesagt hast, selbst wenn du nicht getötet würdest – damals glaubten wir alle, wir müßten sterben –, du seist mit deinen Ahnen fertig, mit dem Schloß und allem, was damit zusammenhängt.«

»Es klingt hirnrissig, nicht wahr?« sagte der Marquis.

»Ich dachte damals, du bist nicht mehr ganz richtig im Kopf«, fuhr Richard Huntington fort. »Es ist jedem vernünftig Denkenden klar, daß man, wenn man ein Schloß wie Meridale besitzt, dorthin zurückkehrt.«

In seiner Stimme lag etwas, das Lady Sybil veranlaßte, ihn aufmerksam anzusehen.

Er hat immer etwas Geheimnisvolles an sich, dachte sie. Selbst in den intimsten Augenblicken der Leidenschaft hatte sie immer das Gefühl, daß ihn etwa zurückhielt, etwas, in das sie nicht eindringen und das sie nicht verstehen konnte. Vielleicht würde das Schloß ihr das Geheimnis enthüllen.

Jedenfalls war es leichter, ihm einen Heiratsantrag zu entlocken, wenn sie mit ihm allein auf dem Land war.

Sie dachte an die Rechnungen, die zwei Schubladen ihres Schreibsekretärs füllten, und sie dachte an die Gläubiger, die immer ungeduldiger wurden. Er mußte sich innerhalb des nächsten Monats entscheiden.

»Wir setzen dich in der Stanhope Street ab«, sagte der Marquis.

Obwohl sie gern mit in das Meridale House gefahren wäre, war sie klug genug, um zu wissen, daß sich der Marquis am heutigen Abend nicht besonders für sie interessierte.

Trotzdem lagen seine Lippen einen Augenblick auf ihrer Hand, als sie ihm eine gute Nacht wünschte, und obwohl Richard und der Diener dabeistanden, drückte er seine Wange an die ihre.

»Gute Nacht, mein Geliebter«, flüsterte sie. »Ich bin morgen rechtzeitig fertig.«

»Willst du mich wirklich begleiten?« fragte der Marquis. »Ich warne dich, es wird im Schloß nicht sehr gemütlich sein.«

Lady Sybil wußte, daß es nur eine Redensart war, weil er allein reisen wollte.

»Du darfst nicht selbstsüchtig sein«, erwiderte sie. »Richard und ich würden uns Sorgen machen, wenn du allein weg wärst. Schick um zehn Uhr deine Kutsche zu mir. Oder hattest du vor, mit deinem Zweispänner zu fahren?«

Sie kannte die Antwort, noch ehe der Marquis sie gab.

»Also gut, nehmen wir den Zweispänner«, sagte sie seufzend. »Aber der Wagen muß mein Gepäck und mein Dienstmädchen mitnehmen, denn der Himmel weiß, was die Sonne und der Wind mit meinem Aussehen anrichten werden.«

Als die Kutsche des Marquis von der Stanhope Street zum Berkeley Square fuhr, sagte Richard Huntington vorsichtig:

»Ist es klug, Julius?«

»Daß ich Sybil mitnehme? Nein, das ist natürlich verdammt unklug! Aber sie besteht darauf. Und wenn sie sich ungehörig benehmen will, kann ich sie nicht daran hindern.«

»Sie will dich heiraten«, sagte Richard. »Das weißt du natürlich.«

»Ich werde niemals heiraten«, sagte der Marquis mit einer überraschend festen Stimme. »Ich habe darüber nie gesprochen, Richard, aber aus Gründen, die ich jetzt nicht nennen kann, werde ich weder Sybil noch eine andere Frau heiraten.«

»Warum?« fragte Richard.

»Ich kann es dir jetzt nicht erklären«, sagte der Marquis. »Außerdem würdest du mir einen großen Gefallen tun, Richard, wenn du uns morgen nicht begleitest. Sybil hat dich eingeladen, wenn du dich daran erinnerst, nicht ich. Ich möchte allein in das Schloß fahren. Nachdem Sybil darauf besteht, mich zu begleiten, ist das ihre Sache, aber diesmal biete ich dir meine Gastfreundschaft nicht an.«

»Wenn es so ist...«, sagte Richard gekränkt.

»Mißverstehe mich nicht«, sagte der Marquis. »Du bist mein ältester Freund, und es gibt wenig, was ich nicht mit dir teilen würde. Aber ich möchte morgen allein nach Hause fahren.«

»Und mit Sybil.«

Der Marquis zuckte die Achseln. Dann lächelte er resigniert.

»Vielleicht ist es keine so schlechte Idee, wenn Sybil mitkommt«, sagte er.

Mehr bekam Richard nicht aus ihm heraus.

Der Tag versprach schön und warm zu werden. Lady Sybil war beinahe besänftigt, als sie aus ihrem Haus in der Stanhope Street trat und den hohen Zweispänner mit seinen gelben Rädern und den beiden schönen Pferden sah.

Der Marquis trug einen Reisemantel und einen spitz zulaufenden Pelzhut. Er nahm ihn vom Kopf, als sie die Stufen herabkam. Sie sah sehr gut aus, obwohl sie spät zu Bett gegangen war.

»Das ist ein Abenteuer!« sagte Lady Sybil und blickte den Marquis herausfordernd an. Sie sah verführerisch aus mit einer riesigen Basthaube, deren Bänder unter ihrem Kinn zusammengebunden waren und über ihren erdbeerfarbenen Reisemantel herunterfielen.

Als sie in die Park Lane einbogen, stellte der Marquis befriedigt fest, daß es noch zu früh am Tag für diejenigen war, die sich zur großen Welt zählten. Andernfalls hätte es viel boshaftes Gerede darüber gegeben, daß der Marquis von Meridale und Lady Sybil Sheraton gemeinsam die Stadt verlassen haben. Ein grimmiges Lächeln lag auf seinen Lippen, als amüsiere er sich über einen zynischen Witz. Seine Augen waren dunkel und kalt, als bereite ihm die Fahrt wenig Vergnügen.

»Wo ist Richard?« fragte Lady Sybil.

»Er fährt nicht mit«, sagte der Marquis. »Es ist besser, wenn wir allein reisen.«

Lady Sybil streckte ihm freudig ihre Hände hin.

»Das ist genau das, was ich mir gewünscht habe«, antwortete sie, »aber ich fürchtete, du würdest es mißbilligen.«

»Ich habe dir gesagt, es wird nicht angenehm für dich sein, wenn du mich begleitest. Und wenn jemand davon hören sollte...«

»Von dir wird es niemand erfahren«, antwortete Lady Sybil. »Und ich habe meinen Dienstboten aufgetragen zu sagen, meine Großmutter sei unpäßlich und ich müsse sie unbedingt besuchen. Merkwürdigerweise wirst du feststellen, daß sich niemand auch nur im geringsten dafür interessiert. Außerdem werden die jungen Mädchen, die so sehnsüchtige Blicke in deine Richtung werfen, froh sein, daß sie mich los sind. Sie werden hoffen, daß du allein zurückkehrst und sie dich umgarnen können.«

»Du schmeichelst mir«, erwiderte der Marquis.

»Julius, genießen wir es, wir sind nicht oft allein«, sagte Lady Sybil. »Heute abend kannst du mir alles über dich erzählen – ein Thema, bei dem du sehr zurückhaltend bist.«

»Weil ich es nicht sehr interessant finde.«

In der Stimme des Marquis lag etwas, das Lady Sybil sagte, daß er nicht weiter darüber sprechen wollte.

Um Mittag nahmen sie in einem kleinen Dorfgasthaus, ungefähr fünfzehn Meilen außerhalb von London, ein leichtes Mahl ein.

Der Marquis sprang vom Zweispänner und half Lady Sybil herunter. Sie wurde von der Frau des Gastwirts in ein Zimmer geführt, in dem sie sich waschen und ihr Haar richten konnte.

Als sie wieder zum Marquis kam, saß er in einem Privatsalon, den man ihnen zugewiesen hatte. Er hatte sie nicht kommen gehört, und sie war erstaunt, als sie sein Gesicht sah.

»Was ist los, Julius?« fragte sie unwillkürlich.

Er stand auf, und ihr war sofort klar, daß er nicht die Absicht hatte, darüber zu sprechen, gleichgültig, was für Sorgen ihn bedrückten.

»Der Wirt sagt, es gibt gebackene Lerchen und Austernpasteten oder einen kalten Imbiß: Hammel, Tauben, Schweinskopf und Schinken. Was wäre dir lieber?«

»Ich hätte am liebsten etwas Kaltes«, antwortete Lady Sybil, »ein wenig Schinken würde genügen. Bitte schenke mir etwas Wein ein, Julius.«

Sie gab sich große Mühe, ihn aufzuheitern, während sie aßen. Sie erzählte ihm Geschichten aus dem Carlton House, den neuesten Klatsch über die Zügellosigkeit der Prinzessin von Wales, die ihren Gatten den »großen Muhamed« nannte, und über Mrs. Fitz-Herbert, die tief verletzt über die augenblickliche Gleichgültigkeit des Regenten ihr gegenüber war, nachdem er sie vorher wie seine Gattin behandelt hatte.

»Man kann von Fürsten keine Dankbarkeit erwarten», sagte der Marquis.

»Aber man empfängt sie manchmal von gewöhnlichen Sterblichen«, sagte Lady Sybil leise. »Vergiß nicht, ich habe versprochen, dir noch einmal für meine Smaragdkette zu danken.«

»Bedeutet sie dir so viel?« fragte der Marquis.

»Aber natürlich, ich bin entzückt von ihr«, erklärte Lady Sybil. »Du hättest die neidischen Blicke sehen sollen, mit denen man mich gestern abend bedachte. Wenn meine sogenannten Freundinnen mir die Kette vom Hals hätten reißen und mich dabei zerkratzen können, hätten sie es getan.«

Aus irgendeinem unerfindlichen Grund war der Marquis erleichtert über ihre Antwort.

»Ich werde dir die dazu passenden Ohrringe schenken«, sagte er. »Aber jetzt komm! Ich fühle mich dem, was vor uns liegt, nun besser gewachsen.«

»Das klingt besorgniserregend«, sagte Lady Sybil mit ungewohntem Feingefühl. Sie hatte bemerkt, daß er während des Essens viel getrunken hatte, und das war etwas, was er selten tat. Als er seinen Reisemantel anzog und den Hut in die Hand genommen hatte, griff er wieder nach dem Weinglas.

Er leerte es rasch und ging überraschenderweise voraus den Korridor hinab und in den Stallhof.

Die Kutsche wartete. Der Marquis half Lady Sybil beim Einsteigen, dann stieg er auf den Kutschbock und nahm die Zügel in die Hand.

Er war ein guter Wagenlenker, aber Lady Sybil hatte noch niemals erlebt, daß er so schnell fuhr. Er zeigte keinerlei Anzeichen von Müdigkeit, und die Pferde reagierten auf seine Führung. Ihr schien es, als ob die Wagenräder über die staubigen Straßen flögen, bis sie plötzlich in die steinerne Toreinfahrt einbogen, die zum Schloß führte. Aber zu ihrer Überraschung fuhr der Marquis nach so viel Eile nicht die Einfahrt zum Schloß hinauf, sondern bog auf einen gewundenen Parkweg ein, und sie erhaschte nur gelegentlich einen Blick auf die Türme des Schlosses.

»Wo fahren wir hin?« fragte Lady Sybil

»Wir haben keine Eile«, sagte der Marquis.

Sie hatte das Gefühl, als wolle er den Augenblick hinauszögern, in dem er sich dem Schloß nähern mußte.

Sie fuhren durch einen bezaubernden Wald von Silberbirken, und plötzlich hörte man Stimmen.

Vor ihnen lag ein Teich im Wald, eingerahmt von blühenden Büschen und überhängenden Weidenbäumen, deren frisches Grün sich im sonnenbeschienenen Wasser spiegelte.

Wieder hörte man die fröhliche Stimme, und nun sahen sie hoch auf einem Felsen über dem See ein zierliches Mädchen stehen, elfenbeinweiß im goldenen Sonnenschein. Ihr rotgoldenes Haar hing ihr bis über die Schultern herab.

Sie balancierte am äußersten Rand des Felsens und war so nackt wie an dem Tag, an dem sie geboren wurde. Sie sprach mit einem Kind, das unten am Ufer saß und dessen nackte Füße eine Kaskade silberner Wassertropfen in die Luft schleuderten.

»Soll ich tauchen?« rief das Mädchen vom Felsen aus.

Eines der Pferde schüttelte sein Zaumzeug. Das Geräusch war über das Wasser zu hören. Das nackte Mädchen erschrak, blickte in die Richtung, woher das Geräusch gekommen war und sprang in das Wasser.

Einen Augenblick war ihr Körper hoch in der Luft vor dem Grün der Bäume, ehe er wie ein Pfeil ins Wasser tauchte. Es war ein Augenblick der Schönheit, ein Augenblick, der ebenso liebreizend wie unerwartet war.

Lady Sybil keuchte.

»Wer war das?« fragte sie.

Der Marquis blickte jetzt zu dem Kind hinüber, das am See saß.

»Ich habe keine Ahnung«, antwortete er barsch und gab den Pferden die Peitsche.

4. Kapitel

Arabella sah den Zweispänner davonfahren. Obwohl sie verlegen war, weil man sie gesehen hatte, mußte sie unwillkürlich die herrlichen Pferde bewundern und die Art, wie der Wagenlenker mit ihnen umging.

Sobald er aus ihrem Blickfeld gefahren war, schwamm sie an Land und half Beulah beim Aufstehen.

»Nein, nein!« kreischte Beulah. »Beulah ... planschen!«

»Wir müssen jetzt nach Hause gehen«, sagte Arabella. Sie zog sich rasch an.

Sie hatte nicht vorgehabt, an diesem Tag zu schwimmen. Sie hatte es auf einen Impuls hin getan, den sie jetzt bereute. Miß Harrisons Vorschlag vom Tag zuvor, daß sie im Garten spazierengehen sollten, war geändert worden in die Anweisung, mit der Ponykutsche auszufahren.

Arabella, die sich auf den Spaziergang gefreut hatte, war enttäuscht gewesen, aber sie hatte nicht mit der Gouvernante streiten wollen, weil sie ahnte, daß einer der Gründe für die Änderung des Planes der war, daß Miß Harrison fürchtete, sie könnte noch einmal an einem Ort ertappt werden, wo sie als Fremde offensichtlich unerwünscht war.

Deshalb mußte Arabella ausfahren, sobald das Mittagessen beendet war. Sie setzte ihren breitrandigen Hut auf, während Beulah eine Haube trug und ein kleines Cape über den Schultern.

Miß Harrison war zu träge, um sie zur Kutsche zu begleiten. Das Dienstmädchen brachte sie bis zur Treppe, dann nahm der Diener George Beulah auf den Arm und trug sie die Treppe hinunter, während er mit ihr redete und Späße machte.

Beulah kreischte vor Freude und rief: »Noch einmal... noch einmal!«

Ernst sagte George: »Ich mache dich krank, und dann bekomme ich Schwierigkeiten.«

Er zwinkerte Arabella zu, und sie fragte sich, was Sir Lawrence dazu gesagt hätte. George ging nicht nur erstaunlich familiär mit ihnen um, sondern kleidete sich auch leger. Er ging gewöhnlich in Hemdsärmeln durch das Haus, und nur seine gestreifte gelbblaue Weste zeigte, daß er ein Dienstbote war.

»Viel Spaß!« rief George und winkte ihnen nach, als sie mit der Kutsche davonfuhren, die von einem Kutscher gelenkt wurde, der fast vollständig taub war, wie Arabella bald feststellte, nachdem sie versucht hatte, mit ihm ein Gespräch zu führen.

Das Pony war dick und litt offenbar an Bewegungsmangel, aber in der offenen Kutsche waren sie wenigstens an der frischen Luft und spürten den Sonnenschein auf ihren Gesichtern.

Die Sonne stand hoch am Himmel, und es war angenehm warm. Arabella fand, daß die Landschaft noch nie schöner ausgesehen hatte. Das blasse Hellgrün des Frühlings mischte sich jetzt mit den Sommerblumen, die gerade zu blühen begannen.

Beulah war glücklich und zufrieden, daß sie ausfuhren.

»Hüh... hot... hüh... hott!« rief sie immer wieder mit ihrer stockenden Stimme, die noch mehr als ihr entstellter Körper ihr Leiden verriet.

Bald würde sie häßlich und abstoßend aussehen, dachte Arabella traurig, aber im Augenblick hatte ihr übergroßer Kopf und ihr rundes Mondgesicht noch den Kindercharme an sich. Sie sah seltsam aus, aber Arabella fand, daß jeder, der sie sah, Mitleid mit ihr haben mußte.

Sie fuhren den staubigen Weg entlang, der um den Park herumführte. Arabella wäre gern über den Rasen gelaufen, zwischen den Bäumen hindurch, und hätte gern den Fichtenduft eingeatmet und das tote Laub des letzten Herbstes unter ihren Füßen rascheln hören.

Dann sah sie eine große Wiese mit Schlüsselblumen und violetten Veilchen am Waldrand.

»Anhalten!« rief sie dem alten Kutscher zu. »Bitte anhalten!« Sie mußte sehr laut schreien, bis er verstand. Endlich brachte er das dicke Pony zum Stehen und öffnete die Kutschentür, damit sie aussteigen konnten.

Arabella trug Beulah an den Waldrand und setzte sie dann ab. Nun müsse sie allein gehen, sagte sie ihr. Sie war sicher, daß Beulah viel mehr Bewegung brauchte, als sie bisher gehabt hatte. Es war wesentlich bequemer für das Personal, sie von einem Zimmer in das andere zu tragen, als ihre unsteten Schritte zu begleiten und geduldig zu warten, bis Beulah allein laufen konnte.

Beulah machte es Freude zu gehen, und Arabella führte sie langsam durch den Wald. Dabei entdeckte sie einen Blütenteppich von blauen Hyazinthen. Sie stieß einen Freudenschrei aus, als vor ihnen einige Rehe aufsprangen und in den Wald hinein flohen.

Und plötzlich sah Arabella den See im Wald vor sich liegen, eingerahmt von Weiden, deren Zweige golden in das ruhige Wasser hingen, wo die Sonne sie beschien. Im Schatten waren sie grün und geheimnisvoll. Der Ort war wie verzaubert.

»Schau, Beulah, schau, wie schön es hier ist«, rief Arabella. »Hierher kommen die Rehe zum Trinken. Und in dem Teich wird es Fische geben, kleine Forellen mit rotgefleckten Seiten.«

Beulah schnaufte vor Anstrengung und antwortete nicht.

Arabella nahm sie auf den Arm und trug sie zum Ufer des Sees hinunter.

»Wasser... Wasser!« rief Beulah.

Plötzlich hatte Arabella eine Idee.

»Würdest du gern planschen?« fragte sie.

Beulah sah sie verständnislos an.

»Die Füße in das Wasser hängen?« fragte Arabella.

Beulah watschelte auf das Wasser zu.

»Nein, nein, du mußt erst die Schuhe ausziehen«, sagte Arabella lachend. Sie setzte das Kind an ein moosbewachsenes Uferstück und zog ihm Schuhe und Socken aus. Beulah planschte zuerst zögernd und dann energisch mit den Füßen in dem klaren Wasser.

»Jetzt planschst du«, sagte Arabella.

»Beulah... planschen... planschen!« rief sie.

Arabella lachte über die Freude des Kindes.

Das Wasser war nicht kalt, und da kam Arabella die Idee, daß sie schwimmen könnte. Sie war mit ihrem Vater oft in einem See nahe ihrem Elternhaus schwimmen gegangen. Nach einem wilden Galopp hatten sie ihre Pferde Wasser trinken lassen, sich ausgezogen und waren dann in das kühle, klare Wasser gesprungen.

»Du schwimmst wie ein Delphin«, hatte er zu ihr gesagt.

Als sie sich an seine Worte erinnerte, sagte sie zu Beulah: »Möchtest du mich schwimmen sehen? Ich zeige dir, wie Delphine im Wasser spielen.«

»Schwimmen?« fragte Beulah.

Arabella betrachtete das, was sie tat, als einen Teil von Beulahs Erziehung. Sie zog rasch ihre Kleider aus, während Beulah am Ufer saß und planschte. Sie hätte zum Schwimmen ihren Unterrock anbehalten können, wie sie es immer getan hatte, wenn sie mit ihrem Vater gebadet hatte, aber sie wollte nicht mit einem nassen Unterrock ins Schloß zurückkehren und dort Erklärungen abgeben müssen.

Sie war sicher, daß Miß Harrison, wie die meisten Leute, schokkiert wäre bei dem Gedanken, daß sie in der Öffentlichkeit schwamm, selbst wenn niemand sie sah. Ihre Mutter hatte dieser überkommenen Einstellung nur zu oft Ausdruck gegeben.

»Es schickt sich nicht für ein junges Mädchen, im Freien zu baden, als wäre sie ein Junge oder ein Mann«, hatte sie gesagt. »Alle würden es außerordentlich mißbilligen.«

»Wenn du es keinem erzählst, wird es niemand erfahren«, hatte ihr Vater gesagt.

»Ich würde so etwas niemals tun«, hatte ihre Mutter protestiert. »Es schockiert mich viel zu sehr, als daß ich darüber sprechen könnte.«

Und sie hatten gelacht.

Jetzt ging Arabella, die bis auf Beulah allein war, in das sonnenbeschienene Wasser. Der Schock der Kälte ließ sie kurz frösteln, aber es war ein angenehmer Schock. Sie schwamm quer durch den See und wieder zurück zu Beulah, die sie mit großen Augen beobachtete.

»Beulah, jetzt bin ich ein Delphin«, rief sie.

Sie drehte sich im Wasser und hörte das gurgelnde Gelächter des Kindes, wenn sie aus dem Wasser auftauchte, um sich das Haar aus dem Gesicht zu schütteln.

»Noch einmal... noch einmal!« rief Beulah.

Sie lernte viele neue Wörter.

»Ja, ich werde fliegen wie ein Vogel«, rief Arabella. »Ich werde herunterfliegen, wie es die Schwalben tun, wenn sie Wasser trinken wollen. Schau mir zu!«

Arabella lief zu dem Felsen. Das zwischen den Bäumen hindurchfallende Sonnenlicht warf seltsame Schatten auf ihre weiße Haut. Der Felsen war schwer zu erklimmen, denn er war glitschig. Er stand wie ein Wachtposten vor dem See, ein Relikt aus einem vulkanischen Zeitalter. Schließlich stand Arabella oben und blickte zu Beulah hinab.

»Springen... springen!« rief Beulah.

»Sieh mir zu, Beulah. Jetzt bin ich eine Schwalbe!«

Arabella breitete ihre Arme aus, als wären es Flügel. Da hörte sie das Zaumzeug klirren und sah auf der anderen Seite des Sees das Pferd, wie es den Kopf schüttelte...

Jetzt kniete sie angekleidet neben Beulah und zog ihr die Socken und die Schuhe an.

»Beulah... planschen!« rief das Kind.

»Heute nicht mehr«, sagte Arabella. »Hör zu, Beulah, dies ist ein Geheimnis. Erzähle keinem, daß du geplanscht hast und daß ich geschwommen bin. Es ist ein Geheimnis.«

Beulahs Augen leuchteten auf. Dies war ein Wort, das sie verstand.

»Beulah kennt... ein... Geheimnis.«

»Du kennst nun zwei Geheimnisse«, sagte Arabella. »Aber sag niemandem etwas davon, was wir getan haben.«

»Beulah kennt... ein... Geheimnis«, wiederholte das Kind, und Arabella konnte nur hoffen, daß Beulah sie verstanden hatte.

Sie setzte ihren breitrandigen Hut auf ihr nasses Haar und wünschte, sie hätte etwas dabei, mit dem sie es hätte trockenreiben können. Sie war froh, daß es nicht mehr so lang war wie vor ihrer Krankheit. Sie hoffte, sie könnte in ihr Zimmer schlüpfen und es trockenreiben, ehe Miß Harrison von ihrem Mittagsschlaf erwachte.

»Bitte, fahr uns ins Schloß zurück«, rief sie dem tauben Kutscher zu. Der Tatsache, daß dieser bereits die Kutsche gewendet hatte, entnahm sie, daß er dies sowieso vorgehabt hatte.

Der Kutscher wählte einen Abkürzungsweg, und es dauerte nicht lange, bis sie vor dem Haupteingang vorfuhren. Da Arabella nichts von dem Zweispänner sah, war sie erleichtert und dachte, es müßte irgend jemand aus der Nachbarschaft gewesen sein, der zufällig durch den Meridale Park gefahren war.

Einen Augenblick lang hatte sie gefürchtet, der Herr, der sie über den See hinweg gesehen hatte, könnte der Marquis gewesen sein. Aber dann sagte sie sich, daß diese Idee lächerlich war. Wenn er nach Hause zurückgekehrt wäre, hätte er sich vorher angekündigt, damit man für ihn alles im Schloß hätte vorbereiten können.

Als Arabella jetzt das nasse Haar auf ihren Schultern spürte, bedauerte sie, daß sie sich beim Ankleiden im Wald nicht mehr Zeit gelassen hatte. Aber jetzt war nichts mehr daran zu ändern. Sie dankte dem Kutscher, daß er sie ausgefahren hatte, und bat Beulah, das gleiche zu tun.

»Vielen ... Dank«, sagte Beulah fast würdevoll, nachdem Arabella es ihr souffliert hatte.

Der Alte tippte sich an die Stirn.

»Gut, daß es Ihnen gefallen hat, Mylady«, sagte er und fuhr mit der Kutsche zu den Stallungen.

Der Haupteingang stand offen, aber es war niemand zu sehen. Deshalb nahm Arabella Beulah auf den Arm und trug sie die Stufen hinauf. Von oben blickte sie noch einmal zurück über den Park, und in diesem Augenblick sah sie den Zweispänner mit den leuchtend gelben Rädern rasch die Einfahrt heraufkommen. Das silberne Zaumzeug der Braunen funkelte in der Sonne.

Hastig ging Arabella mit Beulah in die Halle und auf die große Treppe zu.

»Ah, da sind Sie ja, Miß«, rief Rose.

»Bitte, bringe Beulah zu Miß Harrison«, sagte Arabella rasch. »Ich möchte in mein Zimmer gehen.«

»Ja, gern, Miß«, sagte Rose. »Komm, Beulah! Wo warst du denn?«

Beulahs Augen leuchteten auf. »Geheimnis ... Beulah nicht erzählen ... Geheimnis.«

»Dann darf ich auch nicht fragen, oder?«

Arabella hörte, wie sie sich entfernten. Sie blieb noch in der Halle stehen und wartete gespannt, ob der Zweispänner vor dem Haupteingang vorfuhr.

Kurze Zeit später hörte sie Räder auf dem Kies knirschen.

Sie erhaschte einen Blick auf den roten Reisemantel und die elegante Haube der Dame, die neben dem Herrn auf dem Kutschbock saß, und dann lief ein Pferdeknecht mit einem Zylinderhut und in einer weinroten Livree nach vorn zu den Pferden.

Arabella nahm ihren Hut ab und duckte sich hinter die geschnitzte Balustrade im ersten Stock. Sie wußte, daß sie in ihr Zimmer hätte gehen sollen, aber sie konnte der Versuchung nicht widerstehen. Sie mußte warten und beobachten.

Der Herr kam nun die Eingangstreppe herauf. Er war imposant und stattlich und elegant gekleidet.

»Ich werde läuten«, hörte ihn Arabella sagen. »Sie erwarten mich nicht, Sybil. Aber ich habe dich darauf vorbereitet, daß du keinen Komfort erwarten darfst.«

»Du weißt, daß es mir nur darauf ankommt, bei dir zu sein«, erwiderte die Dame, als sie in die Halle trat.

Arabella fand, daß sie interessant aussah. Ihre schrägen, dunklen Augen und ihre vollen Lippen gaben ihrem Gesicht ein exotisches Aussehen. Sie legte vertraulich eine Hand auf den Arm des Herrn.

»Ich freue mich so, daß ich das Schloß sehen darf, Julius«, sagte sie.

»Im Augenblick scheint uns niemand willkommen zu heißen«, sagte der Herr ärgerlich.

Er trat neben den Kamin und zog ungeduldig an der langen, mit Fransen besetzten Klingelschnur.

»Das Haus ist schmutzig und vernachlässigt«, sagte er. Er stand mitten in der Halle und sah zu den Bildern hinauf. Dann musterte er die ungepflegten, verstaubten Möbel.

»Meine Mutter hatte immer Blumen auf den Tischen stehen«, sagte er leise und blickte zu einem schönen Tisch mit einer Marmorplatte und einer vergoldeten Konsole, am Fuß der Treppe.

Arabella erschrak. Dann war es also doch der Marquis. Sie hatte nun keinen Zweifel mehr. Er war unangemeldet nach Hause gekommen. Sie hatte es in dem Augenblick geahnt, als sie den Zweispänner auf der anderen Seite des Sees hatte stehen sehen. Jetzt fragte sie sich neugierig und zugleich gespannt, was geschehen würde.

Würde Miß Harrison Gentleman Jack warnen? Würden die Straßenräuber nun nicht mehr ihre Pferde in den Stallungen des Schlosses unterstellen?

Der Marquis zog noch einmal ungeduldig an der Klingelschnur.

»Was zum Teufel ist mit dem Personal los?« fragte er wütend.

Die Dame im roten Mantel setzte sich in einen der großen Lehnsessel neben dem Kamin und lachte.

»Du erwartest zuviel, Julius. Wenn die Katze aus dem Haus ist, tanzen die Mäuse. Wenn du in der Welt herumschweifst, solltest du wenigstens eine Frau im Schloß zurücklassen, die sich um alles kümmert.«

Ihre Worte enthielten eine Anspielung, die Arabella nicht entging. Aber der Marquis schien es nicht zu bemerken.

Im gleichen Augenblick hörte man jemanden den Korridor entlangkommen.

»Immer mit der Ruhe, ich komme ja schon«, rief eine fröhliche Stimme. Arabella wußte, daß es George war.

Er kam durch die Halle, immer noch die Hemdsärmel hochgekrempelt, sein helles Haar zerzaust, und an den Füßen trug er Filzpantoffel.

»Was wünschen Sie?« begann er. Aber als er den Herrn sah, der in der Halle wartete, erstarb seine Stimme.

»Entschuldigung, Sir. Ich wußte nicht, daß wir Besuch bekommen.«

»Ich bin kein Besuch«, sagte der Marquis eisig. »Ich bin dein Herr! Und ich möchte wissen, was hier vorgeht. Wo ist Turner?«

George machte ein verblüfftes Gesicht.

»Mister ... Mister Turner ist nicht mehr hier, Mylord«, erwiderte er. »Mr. Jacobs ist der Butler.«

»Jacobs? Schick ihn sofort zu mir!« sagte der Marquis.

George drehte sich um, und in diesem Augenblick kam Jacobs, alt und hinfällig, in die Halle.

»Ich dachte, ich hätte die Klingel gehört«, sagte er.

Der Marquis starrte ihn an.

»Jacobs!« wiederholte er. »Natürlich, ich kenne dich. Aber du bist kein Butler. Früher warst du unser Hausknecht.«

»Meine Güte, es ist gut, Sie wiederzusehen, Mylord«, rief der alte Jacobs. »Ja, das stimmt, ich war Hausknecht, bis Mr. Turner uns verlassen hat. Und dann sagte man mir, ich solle seine Stellung übernehmen.«

»Wer sagte es dir?« erkundigte sich der Marquis.

»Ich glaube, es war Miß Fellows, Mylord.«

»Miß Fellows, wer ist das?« fragte der Marquis. »Und wo ist Matty... Miß Matherson?«

»Sie ist in ihrem Zimmer, Mylord.«

Der Marquis sah George an.

»Sage Miß Matherson, daß ich da bin.«

George lief die Treppen hinauf und nahm drei Stufen auf einmal. Er schenkte Arabella keinen Blick, die hinter der Balustrade versteckt saß, und ebensowenig achtete Miß Matherson auf sie, als sie wenig später den breiten Korridor entlanggeeilt kam. Ihr schwarzes Seidenkleid raschelte.

Der Marquis sprach leise mit Lady Sybil. Er bemerkte nicht, daß Miß Matherson die Treppe herunterkam. Sie hatte schon fast die Halle erreicht, als er aufsah und bei ihrem Anblick einen erfreuten Schrei ausstieß.

»Matty!« rief er. »Wie schön, dich zu sehen!«

Miß Matherson kam die letzten beiden Stufen herab und machte einen Knicks.

»Es ist gut, Eure Lordschaft nach so langer Zeit wiederzusehen«, erwiderte sie. »Aber wir dachten nicht, daß Eure Lordschaft unangemeldet kommt.«

»Das sieht man«, erwiderte der Marquis. »Matty, was ist mit dem Haus geschehen? Überall Schmutz! Keine Blumen! Der Diener läuft in Hemdsärmeln herum! Und wer um alles in der Welt hat den alten Jacobs zum Butler ernannt? Er ist als Butler ebenso ungeeignet wie als Regimentskommandeur.«

»Turner wollte in den Ruhestand treten, Mylord«, erklärte Miß Matherson.

»Weshalb wollte er das, zum Teufel?« fragte der Marquis. »Er kann nicht älter als fünfzig sein.«

»Turner hatte Gründe, Mylord«, erwiderte Miß Matherson.

»Hat er eine neue Stellung?« fragte der Marquis.

»Nein, er wohnt im Dorf in dem Haus, das Ihr Vater ihm geschenkt hat.«

»Dann laß ihn sofort zurückkommen«, sagte der Marquis. »Schick einen Burschen hin und laß ihm ausrichten, daß ich hier bin.«

»Sehr wohl, Mylord«, sagte Miß Matherson.

»Das muß sofort geschehen«, sagte der Marquis. »Du da, wie heißt du?« Er deutete auf George, der mit Miß Matherson zurückgekehrt war und mit offenem Mund zuhörte.

»George, Mylord.«

»Du hast die Anweisung gehört. Geh zu den Ställen und schick einen Burschen ins Dorf. Und zieh deinen Frack an! Laß dich nicht mit diesem Schuhwerk blicken!«

»Nein, Mylord. Danke, Mylord«, murmelte George.

Arabella hörte, wie er den Korridor hinab zur Anrichte lief.

»Und du«, sagte der Marquis zu Jacobs, »du holst uns etwas zum Trinken aus dem Keller. Ich denke, die Dame möchte ein Glas Madeira und ich einen Cognac. Ich hoffe doch, daß du den Keller verschlossen gehalten hast, oder ist alles ausgetrunken?«

»Nein, Mylord, ich bringe sofort das Gewünschte«, sagte der Alte.

Er schlurfte aus der Halle, und der Marquis wandte sich an Miß Matherson.

»Matty, was ist hier geschehen?« fragte er mit einer etwas freundlicheren Stimme.

»Leider sind die Dinge nicht mehr so, wie sie einmal waren«, erwiderte Miß Matherson.

»Das sehe ich. Ich habe zwar erwartet, daß ich im Haus Schonbezüge vorfinden werde, das wäre verständlich gewesen – aber nicht, daß die Haustür offensteht, die Diener halb angezogen herumlaufen und der alte Jacobs herausgeputzt ist wie ein Butler in einem Theaterstück. Guter Gott, Matty!«

»Ich kann nichts dafür, Mylord«, sagte Miß Matherson.

»Wer dann?« fragte der Marquis.

»Ich war nur die Zofe der gnädigen Frau, und als sie starb, hatte ich keine offizielle Funktion mehr im Schloß.«

»Soviel ich weiß, solltest du die Oberaufsicht übernehmen.«

»Sie haben mir keinen Auftrag erteilt«, antwortete Miß Matherson.

»Zum Teufel! Muß ich alles, was mein Haus betrifft, schwarz auf weiß niederlegen? Ich habe immer geglaubt, alles sei noch genauso, wie ich es verlassen habe. Als ich im Ausland war, hörte ich regelmäßig von der Nachlaßverwaltung. Sheltham versicherte mir immer, alles sei in bester Ordnung.«

»Mr. Sheltham ist vor drei Jahren gestorben«, sagte Miß Matherson. »Und bereits zwei Jahre vorher war er leidend. Er kümmerte sich bis zu einem gewissen Grad um alles, aber ich fürchte, die Dinge sind ihm entglitten.«

»Und deshalb begann alles zu verrotten und zu verfallen«, sagte der Marquis. »Nun, Matty, es ist am besten, wir bringen alles wieder in Ordnung. Ich beauftrage dich ab sofort mit der Oberaufsicht. Wir werden das Schloß wieder so herrichten, wie es war, als meine Mutter noch lebte.«

Miß Matherson machte einen Knicks.

»Ich werde mein Möglichstes tun, Mylord, aber es wird nicht einfach sein.«

»Wenn du Schwierigkeiten hast, wende dich an mich«, sagte der Marquis.

Miß Matherson runzelte die Stirn.

»Dann bleiben Eure Lordschaft hier?«

»Natürlich! Was hattest du gedacht? Und wie du siehst, bin ich nicht allein. Das ist Lady Sybil Sheraton, eine Freundin von mir. Ihr Gatte ist bei Waterloo gefallen.«

»Guten Tag, gnädige Frau«, sagte Miß Matherson und knickste.

»Mein Dienstmädchen und das Gepäck müssen jeden Augenblick hier sein«, erwiderte Lady Sybil hochmütig. »Ich hoffe, Sie sorgen inzwischen dafür, daß die Betten gelüftet werden. In einem Haus, das seit Jahren nicht bewohnt wurde, bin ich besonders empfindlich, was den Zustand der Betten anbetrifft.«

»Ich sorge dafür, daß sofort heiße Backsteine in die Betten gelegt werden, Mylady«, versprach Miß Matherson.

»Wie steht es mit dem Abendessen? Bekommen wir etwas zu essen?« fragte der Marquis.

»Die Haushälterin Coombe ist noch bei uns«, sagte Miß Matherson.

»Gott sei Lob und Dank«, rief der Marquis. »Ich gehe sofort in die Küche und begrüße sie. Sie wird sich noch daran erinnern, wie ich als Kind immer die Treppe herunterkam und sie bat, mir Ingwerbrotmänner zu backen.«

»Dort würde ich im Augenblick noch nicht hingehen«, sagte Miß Matherson. Sie streckte abwehrend eine Hand aus, als er sich anschickte, die Halle zu verlassen.

»Nicht?« fragte er.

»Nein, Mylord, lassen Sie ihnen Zeit. Man muß im Schloß sehr viel tun, ehe Eure Lordschaft sich wohl fühlen werden.«

»Was ist nur geschehen?« fragte der Marquis.

»Alles wird in Ordnung kommen, aber Eure Lordschaft müssen Geduld haben«, sagte Miß Matherson beruhigend. »Lassen Sie mich zuerst den Salon richten. Vielleicht wollen Sie und die gnädige Frau etwas im Garten spazierengehen... Nein, vielleicht wäre es am besten, Sie gingen in die Bibliothek.«

»Wir bleiben hier«, sagte der Marquis beinahe aggressiv. »Ich möchte sehen, was vor sich geht. Ich werfe nur kurz einen Blick in die Bibliothek.«

Miß Matherson stieg würdevoll die Treppe hinauf. Als sie den oberen Treppenabsatz erreichte, kam Miß Fellows ihr entgegen. Das Dienstmädchen war überrascht, Miß Matherson zu sehen.

»Sie sind es, Miß Matherson«, rief sie verstimmt.

»Ich wollte Sie eben suchen, Miß Fellows«, sagte Miß Matherson. »Seine Lordschaft ist angekommen und hat mich beauftragt, das Haus in Ordnung zu bringen. Es gibt viel Arbeit, wie Sie sich denken können. Bitte versammeln Sie Ihre Mädchen und öffnen Sie den Salon. Danach bereiten Sie die Elisabethanische Suite für Mrs. Sheraton vor. Seine Lordschaft wird das Zimmer seines Vaters benutzen, das glücklicherweise unter meiner Obhut war.«

»Seine Lordschaft ist da?« fragte Miß Fellows überrascht. »Und was meinen Sie damit, Seine Lordschaft habe Sie beauftragt, das Haus wieder in Ordnung zu bringen? Miß Harrison hat hier die Oberaufsicht.«

»Nicht mehr, Miß Fellows«, sagte Miß Matherson. »Vielleicht sind Sie so freundlich und informieren Miß Harrison über die Entscheidung Seiner Lordschaft. Wenn Sie Zweifel haben sollten, kommen Sie in die Halle und hören Sie ihn selbst.«

Miß Fellows machte ein zorniges Gesicht.

»Wollen Sie damit sagen, daß Sie Seiner Lordschaft über ihn erzählt haben?« fragte sie mit leiser Stimme, so daß es Arabella gerade noch hören konnte.

»Was soll ich ihm gesagt haben?« fragte Miß Matherson klar und deutlich. »Ich habe keine Ahnung, wovon Sie sprechen, Miß Fellows. Es wäre gut, wenn Sie sich nun beeilen und Ihren Pflichten nachkommen würden.«

Einen kurzen Augenblick zögerte Miß Fellows, als wolle sie protestieren. Dann schüttelte sie den Kopf und ging rasch davon, augenscheinlich, um Miß Mathersons Befehle auszuführen. Arabella sah ihr erstaunt nach und vergaß ihre eigene Position. Erst als Miß Matherson fast über sie gestolpert wäre, stand sie auf und sah sie beschämt an.

»Ach, Sie sind es, Miß Arabella«, rief Miß Matherson. »Sie sind von Ihrer Ausfahrt schon zurück? Ich weiß nicht, ob Seine Lordschaft Lady Beulah heute abend schon sehen möchte, aber vielleicht sagen Sie Miß Harrison, daß Beulah ihr hübschestes Kleid tragen soll.«

»Ich will es ihr ausrichten«, erwiderte Arabella und lief die Treppe zum zweiten Stock hinauf.

Sie ging zuerst in ihr eigenes Zimmer und rieb sich das Haar trocken. Bald fiel es locker herunter und ließ es, wie sie glaubte, beinahe so jung aussehen, wie sie zu sein vorgab.

Ihr Kleid war schmutzig. Sie zog rasch ein sauberes an, ein Hängerkleid aus Musselin, das sie vor etwa sechs Jahren getragen hatte. Miß Jones hatte es im obersten Fach des Kinderzimmerschranks entdeckt. Es paßte ihr gut, wenn es auch ein wenig zu kurz war.

Sie zog weiße Söckchen und Schuhe mit flachen Absätzen an und dachte dabei, wenn jemand ihr wirkliches Alter erraten wollte, müßte er sehr genau hinsehen.

Sie lief hinüber zum Kinderzimmer und stellte fest, daß Miß Harrison von der Ankunft Seiner Lordschaft noch nichts gehört hatte.

Laut gähnend kam die Gouvernante aus ihrem Zimmer. Sie trug ein auffallendes Negligé, das sie gewöhnlich zum Frühstück anzog.

»Wie spät ist es?« fragte sie. »Ich muß länger geschlafen haben, als ich vorhatte. Sei ein gutes Kind und klingle und frage, wo mein Tee bleibt. Ich verstehe nicht, warum man ihn mir nicht längst gebracht hat.«

»Ich fürchte, dazu sind heute alle viel zu beschäftigt«, sagte Arabella. »Seine Lordschaft ist gekommen.«

Einen Augenblick fürchtete Arabella, Miß Harrison würde in Ohnmacht fallen. Sie hielt sich an der Rückenlehne eines Stuhls fest und fragte mit erstickter Stimme:

»Was hast du gesagt?«

»Ich sagte, Seine Lordschaft, der Marquis, ist eingetroffen. Lady Sheraton begleitet ihn, und Miß Matherson läßt jetzt nach seiner Anweisung die Räume öffnen und säubern.«

»Miß Matherson?« Die Gouvernante hielt sich an der Stuhllehne fest, als würden die Beine unter ihr nachgeben. Dann setzte sich sich auf das Sofa.

»Wann ist er angekommen?«

»Vor ungefähr einer Viertelstunde«, sagte Arabella.

»Will er hierbleiben?«

»Ich hörte Seine Lordschaft sagen, daß er das vorhabe«, sagte Arabella.

»Aber das darf er nicht! Es ist unmöglich! Er kann nicht hierbleiben«, murmelte Miß Harrison.

»Aber es ist sein Haus«, meinte Arabella. »Es ist merkwürdig genug, daß er acht Jahre lang nicht hier war. Er hat gegen die Franzosen gekämpft, warum sollte er nicht zurückkommen, nachdem nun der Krieg zu Ende ist?«

Die Gouvernante war schon blaß gewesen, aber nun wurde sie noch blasser. Sie fuhr sich mit den Händen über die Augen, als müsse sie ein Bild wegwischen, das Arabella vor ihr ausgemalt hatte.

»Hat er schon nach Beulah gefragt?« sagte Miß Harrison schließlich.

»Nein«, erwiderte Arabella.

Die Gouvernante stand auf und ging zum Fenster.

»Mein Gott«, hörte Arabella sie flüstern. »Was soll ich nur tun, was kann ich nur tun?«

»Miß Matherson meint, daß Beulah eins von ihren besten Kleidern anziehen soll«, sagte Arabella nach einer Weile. »Falls Seine Lordschaft sie sehen möchte.«

Die Gouvernante stöhnte, ging wortlos in ihr Zimmer und schlug die Tür hinter sich zu.

Arabella ging in Beulahs Zimmer. Das Kind wurde gerade von Rose umgezogen. Sie sang ein Lied, während sie Beulah die Schuhe anzog. Beulah hatte ein sauberes Leinenkleid mit einem Faltenrock an. Es war nicht ihr bestes Stück, aber das Kleid war sehr hübsch, und Arabella fand, daß man das Kind deshalb nicht noch einmal umzuziehen brauchte.

»Miß Fellows sucht nach dir, Rose«, sagte sie zu dem Mädchen. »Seine Lordschaft ist eingetroffen, und es gibt viel zu tun. Aber wenn du dazu kommst, bitte doch einen der Diener, Beulah ihre Schokolade nach oben zu bringen. Miß Harrison kann auf ihren Tee verzichten, aber Beulah braucht etwas nach unserer Ausfahrt.«

»Schokolade! ... Beulah will ... Schokolade!« rief das Kind.

»Sie sagten, Seine Lordschaft sei eingetroffen?« fragte Rose. »Das wird für uns alle viel Aufregung geben ...«

» ... und eine Menge Arbeit«, ergänzte Arabella.

In diesem Augenblick hörte sie jemanden das Kinderzimmer betreten. Sie blickte sich um und sah durch die offene Tür Miß Fellows, die mit blassem Gesicht, ohne anzuklopfen, Miß Harrisons Zimmer betrat.

Sie schloß die Tür nicht hinter sich, so daß Arabella unwillkürlich mitanhörte, was sie sprachen.

»Er ist nach Hause gekommen«, sagte Miß Fellows.

»Ja, ich habe es schon gehört«, erwiderte Miß Harrison. »Ich weiß gar nicht, was ich machen soll. Oh, bitte, sagen Sie mir, was ich tun soll.«

»Sie können nichts machen«, sagte Miß Fellows. »Hoffen wir nur, daß er es nicht erfährt.«

»Ich muß Jack warnen.«

»Wie wollen Sie das tun?« fragte Miß Fellows. »Ich habe mir schon gedacht, daß Sie es schwernehmen werden. Deshalb kam ich so rasch wie möglich nach oben. Sie müssen einen klaren Kopf behalten. Sie können es Mr. Jack mitteilen, wenn er herkommt.«

»Aber es ist gefährlich für ihn, wenn er jetzt kommt!«

»Warum?« Miß Fellows versuchte, sie zu beruhigen. »Er kommt nicht zum Haupteingang herein. Und Seine Lordschaft ist auf der anderen Seite des Schlosses. Ich muß nun wieder hinunter. Sie werden es kaum glauben, aber er hat dieser alten Vettel, Miß Matherson, wieder die Oberaufsicht übertragen. Mr. Jack müßte sie aus dem Weg schaffen, bei der nächsten Gelegenheit.«

»Das hat er schon versucht, als Mr. Sheltham starb«, sagte Miß Harrison. »Glauben Sie, daß sie dem Marquis etwas verraten wird?«

»Sie weiß so gut wie wir, daß Mr. Jack Lady Beulah etwas antun würde, wenn ihm jemand in die Quere kommt. Und abgesehen davon bedroht er sämtliche Familien hier in der Gegend. Der alte Jacobs vergöttert seine jüngste Enkelin, und Miß Coombe fürchtet, daß er ihrem jüngsten Sohn etwas antun könnte. Er ist ein bißchen einfältig, und Mr. Jack haßt ihn deswegen.«

»Als Arabella mir vorhin von der Ankunft Seiner Lordschaft erzählte, dachte ich, ich würde ohnmächtig werden«, sagte Miß Harrison.

»Ziehen Sie sich jetzt an, falls Seine Lordschaft Sie sehen möchte. Und sagen Sie nichts«, riet Miß Fellows. »Seines Wissens haben Sie ja nichts mit dem Zustand des Schlosses zu tun. Wenn Sie die Schuld daran Miß Matherson zuschieben können, tun Sie es. Andernfalls stellen Sie sich einfach dumm. Sie wurden einzig und allein dafür eingestellt, sich um Beulah zu kümmern.«

»Das ist wahr«, sagte Miß Harrison. »Aber ich fürchte mich, Miß Fellows, ich fürchte mich zu Tode.«

»Es wird Ihnen nichts geschehen«, sagte Miß Fellows beruhigend. »Ziehen Sie sich jetzt an. Sie wollen doch nicht, daß Seine Lordschaft Sie um diese Tageszeit in diesem Aufzug antrifft?«

»Nein, nein, natürlich nicht«, sagte Miß Harrison.

»Ich komme wieder, sobald ich kann«, sagte Miß Fellows und eilte durch das Kinderzimmer in den Korridor hinaus.

Arabella mußte unwillkürlich lächeln, als Miß Harrison ungefähr zehn Minuten später in einem schwarzen Kleid erschien. Ihr Haar war glatt zurückgekämmt. Inzwischen hatte George Beulahs Schokolade gebracht, und das Kind saß am Tisch und trank.

»Ich fürchte, heute bekommen wir keinen Tee«, sagte Miß Harrison mit unnatürlicher Stimme. »Wünscht du etwas Besonderes zum Abendessen, Arabella?«

»Nein, danke, ich nehme mit allem vorlieb, was sie heraufschikken«, erwiderte Arabella.

Sie wußte, daß heute jeder Wunsch unten unwillkommen wäre.

»Es wird viel Unruhe geben, wenn Seine Lordschaft im Schloß bleibt«, sagte Miß Harrison. »Beulah, dein Bruder ist gekommen. Dein Bruder, der Marquis.«

»Mar... quis?« wiederholte Beulah.

»Sie versteht es nicht«, sagte Arabella. »Ich werde es ihr später erklären.«

»Das ist eine gute Idee«, sagte Miß Harrison.

Obwohl sie im Kinderzimmer warteten, nachdem Beulah zu Bett gegangen war, kamen von unten keine Anweisungen, und der Marquis kam auch nicht nach oben.

George brachte das Abendessen herauf, das nicht so reichlich wie gewöhnlich war. Aber Miß Harrison beschwerte sich nicht.

Anfangs hatte sie versucht, so zu tun, als freue sie sich über die unerwartete Ankunft des Marquis. Aber nun saß sie schweigend da, starrte vor sich hin und runzelte die Stirn. Arabella wußte, daß sie in einem Zustand nervöser Anspannung war.

Sie war gespannt, ob Gentleman Jack an diesem Abend kommen würde. Ob er wohl jede Nacht kam? fragte sie sich. Oder hatten die Straßenräuber noch andere Plätze, wo sie ihre Pferde unterstellen konnten?

Arabella wußte, daß sie diese Fragen nicht laut stellen durfte. Warum hatte aber Miß Matherson diese unerträgliche Situation ertragen? Und war es wirklich wahr, daß Gentleman Jack die Familien derjenigen bedrohte, die im Schloß arbeiteten, falls jemand ihn verraten sollte?

Arabella kam zu dem Schluß, daß es sehr leicht war, das Personal zu tyrannisieren. Fast jeder, der im Schloß arbeitete, kam aus dem nahegelegenen Dorf. Die Straßenräuber, die mit der Gegend vertraut waren, konnten leicht die ganze Ortschaft einschüchtern. Sie hatten Feuerwaffen und benützten sie rücksichtslos gegen jedermann, der sich ihnen widersetzte oder sie zu verraten drohte.

Sechs bewaffnete Männer gegen die schutzlosen Einwohner eines kleinen Dorfes – das war ein ernstzunehmender Feind. Man würde Soldaten brauchen, um sie gefangenzunehmen zu können.

Arabella verstand langsam, was die Leute im Schloß durchgemacht haben mußten, schutzlos, ohne einen Herrn und einem Mann wie Gentleman Jack auf Gnade und Ungnade ausgeliefert. Und darüber hinaus bedrohte er offenbar Beulah. Denn abgesehen von dem, was Miß Fellows gesagt hatte, erinnerte sich Arabella an sein Gespräch mit Miß Harrison, das sie unter dem Tisch kauernd belauscht hatte, als sie noch nicht wußte, wer er war.

Und plötzlich wurde ihr klar, in was für einer tödlichen Gefahr sich der Marquis selbst befand, ohne es zu wissen. Er kehrte in sein Schloß zurück, aber es war nun nicht mehr der friedliche Ort, den er verlassen hatte, sondern das Versteck einer Bande skrupelloser, rücksichtloser Männer, die vor nichts zurückschrecken würden, um ihr Leben zu retten.

5. Kapitel

»In der Küche werden Wetten abgeschlossen, daß er sie noch vor Weihnachten heiratet.«

»Als Mr. Turner ins Zimmer kam, saß sie frech auf dem Bett Seiner Lordschaft.«

»Ihr Dienstmädchen sagt, sie sei so launisch wie der Satan.«

»Es gibt in ganz London keinen Dienstboten, der es länger als einen Monat bei ihr aushält.«

»Es heißt sogar, sie...« Miß Fellows senkte die Stimme, so daß Arabella das Ende des Satzes nicht verstehen konnte.

Arabella saß auf dem Fußboden und spielte mit Beulah. Sie amüsierte sich dabei über das, was sie Tag für Tag mitanhören mußte. Aus einem unerfindlichen Grund benahmen sich die Erwachsenen so, als wären die Dienstboten taub, und die Kinder wurden von allen Schichten nicht ernst genommen, weil man annahm, sie würden den Gesprächen der Erwachsenen sowieso nicht zuhören.

Es geschah wenig im Schloß, was nicht im Kinderzimmer durchgehechelt wurde. Der Marquis war nun schon drei Tage im Schloß, und bis jetzt war ihm Arabella nicht vorgestellt worden. Er hatte auch nicht nach Beulah geschickt, und ebensowenig war er ins Kinderzimmer gekommen.

»Man sollte denken, daß er seine kleine Schwester sehen möchte«, klagte Miß Harrison, aber Arabella hatte den Verdacht, daß in ihrer Stimme auch Erleichterung mitschwang. Miß Harrison wollte dem Marquis nicht begegnen, und nachdem sie an den beiden ersten Tagen ihre besten Kleider angezogen und den ganzen Nachmittag im Kinderzimmer gewartet hatte, entspannte sie sich nun, trank wieder ihre übliche Menge Wein zum Mittagessen und legte sich danach schlafen.

Jetzt gähnte sie, obwohl Miß Fellows sie mit aufregenden Neuigkeiten überschüttete.

»Ich brauche meinen Mittagschlaf«, sagte sie. »Kommen Sie später wieder.«

»Ich will es versuchen«, erwiderte Miß Fellows, »aber so, wie die Dinge jetzt stehen, bin ich nicht mehr mein eigener Herr. Miß Matherson treibt mich ständig an. Sie hat vier neue Dienstmädchen aus dem Dorf eingestellt, und Mr. Turner hat fünf neue Diener.«

»Hat der Marquis George nicht entlassen?« fragte Miß Harrison.

»Nein, George ist immer noch bei uns. Nur der alte Jacobs ist in den Ruhestand geschickt worden. Aber wie ich gehört habe, hat Seine Lordschaft ihn großzügig ausgezahlt.«

Miß Fellows stand auf.

»Bis Miß Matherson mit allem zufrieden ist, breche ich noch zusammen.«

Miß Harrison gähnte. Dies interessierte sie nicht.

»Arabella«, rief sie, »sag Rose, sie soll Beulah ihre Haube aufsetzen. Dann könnt ihr in den Garten gehen. Ihr braucht beide frische Luft.«

»Ja, Miß Harrison«, sagte Arabella gehorsam.

Beulah protestierte laut, als das Kartenhaus, das Arabella für sie gebaut hatte, zusammenfiel.

Es war ein schöner Nachmittag, und nachdem ein Diener Beulah die Treppe heruntergetragen und an der Rückseite des Schlosses abgesetzt hatte, sagte Arabella:

»Komm, Beulah, ich laufe mit dir durch den Garten.«

Beulah konzentrierte sich ganz auf das Laufen, und irgendwie brachte sie ein Art Laufschritt zustande. Ihre steifen Beine und der dicke untere Teil ihres Körpers sahen grotesk aus, als sie versuchte, Arabellas behende, mühelosen Bewegungen auf dem Rasen nachzuahmen.

Arabella ging mit Beulah bis zu einer kleinen Laube am Ende einer grünen Schneise. Sie setzten sich auf den Boden, Beulah schnaufend und atemlos, während Arabella lachend sagte:

»Du bis zu dick, Beulah. Daran liegt es.«

Sie nahm Beulah die Haube ab und legte ihren Hut neben sich.

»Beulah ... dick!« sagte das Kind. »Arabella ... mager.«

»Gut, das ist die richtige Antwort«, sagte Arabella.

Sie hatte Beulah schon viele neue Worte beigebracht und wußte nun, daß Dr. Simpson recht gehabt hatte mit seiner Annahme, daß Beulah zwar nie normal werden würde, daß ihr Auffassungsvermögen und ihre Intelligenz jedoch verbessert werden konnten, wenn sich jemand mit ihr Mühe gab.

»Nun, Beulah, wie viele Schmetterlinge siehst du?« fragte sie.

Beulah streckte die Finger hoch.

»Eins ... zwei ... vier ... fünf.«

»Du hast die Drei vergessen«, korrigierte Arabella.

»Drei, drei, drei ...«, rief Beulah.

»Das macht neun«, sagte Arabella. »Du wirst ein sehr kluges Mädchen.«

»Beulah klug«, sagte das Kind selbstzufrieden.

»Ich bin klug«, korrigierte Arabella. »Sage: ›Ich bin klug.‹«

»Ich ... bin ... klug!« wiederholte Beulah.

So verbrachten sie einige Zeit neben der Laube. Dann half Arabella Beulah beim Aufstehen, nahm sie an der Hand, und sie gingen weiter durch den Garten.

Für Arabella war es täglich ein neues Vergnügen, das Schloß und seine Umgebung zu erforschen. Sie kannte sich inzwischen aus und führte Beulah zu einer Statue, die in einem Teich voller Goldfische stand. In diesem Augenblick sah Arabella, daß sich ihr der Marquis näherte.

Sie hatte ihn noch nicht persönlich kennengelernt, aber sie hatte ihn regelmäßig von der Balustrade und vom Fenster aus beobachtet, und sie hatte die endlosen Spekulationen der Dienstboten über sein Verhältnis mit Lady Sybil belauscht.

Wenn sie an ihn dachte, sagte sie sich jedesmal, daß sie ihn verachtete. Er war ein Verschwender, ein Mann, der seine Besitztümer vernachlässigte, sein Schloß, sein Erbe, und es gegen die Unmoral und die lockeren Sitten eintauschte, die das mondäne

London kennzeichneten. Sie war nicht schockiert, ja nicht einmal überrascht darüber, daß seine »amoretta«, Lady Sybil, ihm ohne Begleitung ins Schloß gefolgt war und daß sie hier offen zusammenlebten.

Es war genau das, was man von einem liederlichen Edelmann erwartete, und wenn man sich den Marquis und ihren Stiefvater Sir Lawrence Deane ansah, bewies dies wieder einmal, daß alle Männer verachtens- und hassenswert waren.

Die Tatsache, daß die Dienstboten ihn freundlich und großzügig nannten und daß Miß Matherson ihn verehrte, beeindruckte Arabella nicht. Es war leicht, freundlich zu denjenigen zu sein, die man beherrschen konnte.

Arabella sagte sich, daß das Beispiel, das der Marquis gab, die Art von Betragen war, die man von jemandem erwarten konnte, der keinerlei Anstand kannte.

Aber wenn sie ihn beobachtete, war sie doch unwillkürlich von seinem Aussehen beeindruckt. Seine breiten Schultern, sein Flair von Gesundheit und Wohlergehen paßten nicht recht in ihr Bild von einem Lebemann.

Zwei Hunde tollten hinter ihm her, und sie vermutete, daß er sie ausführte, und dies war etwas, was Lady Sybil vermutlich nicht gern tat.

Der Marquis, der augenscheinlich in seine Gedanken vertieft war, bemerkte Arabella und Beulah nicht. Sie waren auf den Rasenweg, aber halb verborgen von einem riesigen Azaleenbusch, der in voller Blüte stand. Als sie nur noch einige Schritte von ihm entfernt waren, blickte er auf.

Er blieb stehen und sah Beulah an. Zu Arabellas Überraschung schien sie zu erstarren. Auf sein Gesicht trat ein Ausdruck, den sie nicht zu deuten wußte.

Ein paar Sekunden lang bewegte sich keiner, bis der Marquis – unter Anstrengung, wie es schien – seinen Blick von Beulah abwandte und auf Arabella richtete. Er sah sie an, als erkenne er sie plötzlich wieder und sagte:

»Aber ich dachte... du bist ja noch ein Kind.«

Arabella machte einen Knicks.

»Ich bin Arabella, und dies ist Beulah.«

Sie wußte nicht, warum sie die Vorstellung übernahm. Irgendwie schien es ihr wichtig, etwas zu sagen.

»Ja, ich weiß, das ist Beulah«, erwiderte der Marquis mit einer tiefen Stimme.

»Sag ›Sehr angenehm‹, Beulah«, sagte Arabella zu dem Kind.

»Hunde!« rief Beulah, »Hunde!« und deutete mit einem Finger auf die Spaniels.

Der Marquis sah sie an, und wieder trat dieser merkwürdige Ausdruck in sein Gesicht. Es war nicht Ekel oder Entsetzen, es war beinahe Erleichterung, als habe er erwartet, sie würde viel schlimmer aussehen, dachte Arabella. Dann sagte sie sich, daß sie fantasierte.

Und doch meinte sie, daß er unter seiner Sonnenbräune blaß geworden war, als er Beulah zum erstenmal sah. Jetzt wanderte sein Blick wieder von Beulah zu ihr. Er betrachtete ihr goldenes Haar, das ihr über die Schultern fiel. Ganz unerwartet trat ein Lächeln auf sein Gesicht.

»Du hast gebadet, als ich ankam.«

Arabella errötete. Sie hatte gehofft, daß er die Episode am See vergessen hatten oder daß er sie wenigstens nicht erwähnen würde. Sie war verlegen gewesen, als sie erfuhr, wer er war, aber jetzt war so vieles geschehen, daß die Erinnerung daran sie nicht mehr beunruhigte.

»Ich tat es auf einen Impuls hin«, sagte sie leise. »Es war ein so schwüler Nachmittag...«

»Du brauchst dich vor mir nicht zu rechtfertigen«, sagte der Marquis. »Ich habe als Junge oft genau an der gleichen Stelle gebadet und wurde dafür bestraft.«

Arabella lachte.

»Warum wird man immer an den Dingen gehindert, die man gern tun möchte?« fragte sie.

»Das ist das Lästige an der Kindheit«, sagte der Marquis. »Und doch hat man keine Ahnung, wie glücklich man ist, bis man erwachsen ist.«

»Es hängt davon ab, wo man lebt, nicht wahr?« sagte Arabella. »Und... mit wem.«

Er sah einen Schatten über ihr Gesicht huschen, als sie daran dachte, wie ihr Glück von ihrem Stiefvater zerstört worden war.

»Du bis nicht sehr glücklich gewesen«, sagte der Marquis leise. »Bis du deshalb hierher gekommen?«

Er ist sehr feinfühlig, dachte Arabella überrascht.

»Ja«, sagte sie, »und ich bin gern mit Beulah zusammen. Ich lehre sie eine Menge Dinge, die ihr bisher kein Mensch beigebracht hat.«

Der Marquis runzelte die Stirn.

»Warum nicht? Ich habe doch Anweisung gegeben, daß für die Kindermädchen und die Gouvernante anständige Gehälter bezahlt werden und daß es Beulah an nichts fehlen soll.«

»Sie ist zufrieden«, sagte Arabella.

Und tatsächlich sah Beulah recht glücklich aus. Sie streichelte die Hunde, die ihr mit der unvermeidlichen Sentimentalität von Spaniels dankbar das Gesicht ableckten.

»Du bist sehr mager«, sagte der Marquis zu Arabella. »Ich hoffe, mein Personal gibt dir genügend zu essen.«

»Ich war krank. Das Essen hier ist sehr gut.«

»Miß Coombe ist im Schloß, so lange ich mich zurückerinnern kann«, sagte der Marquis. »Sie kam als Küchenmädchen, als sie praktisch noch ein Kind war, und hat sich hochgearbeitet. Vor ihr war ihre Mutter im Schloß gewesen, davor ihre Großmutter.«

Arabella bemerkte, daß er mit ihr sprach, als wäre sie schon erwachsen, und daß er es angenehm fand, mit jemandem über so persönliche Dinge wie sein Heim sprechen zu können. Wahrscheinlich interessierte sich Lady Sybil nicht für die häuslichen Dinge, wenn sie nur ihre eigene Bequemlichkeit hatte.

Arabella dachte an Miß Fellows Bemerkung: »Mr. Turner sagt, daß die gnädige Frau Seine Lordschaft beim Essen oft zum Lachen bringt, aber sie hat eine Zunge wie eine Giftschlange, wenn sie über ihre Bekannten spricht.«

Instinktiv sagte Arabella das Richtige.

»Das Schloß ist sehr schön und die Gärten auch.«

»Ich freue mich, daß du das findest«, sagte der Marquis lächelnd. »Meine Mutter hat die Gärten selbst angelegt. Sie waren sehr vernachlässigt, als mein Vater das Schloß erbte. In ungefähr einer Woche blühen die Rosen, und der Rosengarten ist einer der schönsten im ganzen Land. Hast du den Kräutergarten schon gesehen?«

Arabella schüttelte den Kopf.

»Dann will ich ihn dir zeigen.«

Arabella nahm Beulah an der Hand. Sie wollte schon vorschlagen, der Marquis möge die andere Hand des Kindes nehmen, damit sie rascher vorwärtskämen, aber irgendwie fühlte sie, daß er seine Schwester nicht anfassen wollte. Das Kind stieß ihn ab.

Arabella rechnete sich aus, daß der Marquis zwanzig Jahre alt gewesen sein mußte, als Beulah geboren wurde. Die Tatsache, daß sie verkrüppelt war, mußte ihn schockiert haben. Konnte dies der Grund sein, weshalb er nach Kriegsende nicht nach Hause zurückgekehrt war?

Sie gingen wegen Beulah sehr langsam, und der Marquis sprach dabei über den Kräutergarten.

»Meine Mutter verstand eine Menge von Kräutern. Sie pflanzte den Garten genauso an, wie er in den Tagen Heinrichs VIII. gewesen war. Sie hatte in der Bibliothek Pläne und Bücher gefunden, in denen jede Pflanze aufgeführt war, die man damals angebaut hatte.«

Sie erreichten mitten in einer Buchsbaumhecke ein eisernes Tor. Der Marquis öffnete es, und sie traten in einen kleinen, quadratischen Garten, der in symmetrischen Mustern angelegt und von Zwergliguster eingerahmt war.

Der Garten sah verwildert aus. Die Büsche und Pflanzen waren zwar noch da, und ihr Duft füllte die Luft, aber die Beete waren von Unkraut überwuchert. Trotzdem gaben die blühenden Pflanzen dem Garten ein farbenprächtiges Aussehen.

»Verdammt!« sagte der Marquis, »hier ist noch eine Stelle, die völlig vernachlässigt wurde.«

»Sie waren zu lange weg«, sagte Arabella leise. »Die Leute werden gleichgültig, wenn niemand ihre Arbeit lobt oder tadelt.«

»Da hast du natürlich recht.«

»Mein Vater sagte immer, ein Gärtner ist ein Künstler«, fuhr Arabella fort. »Wenn man sich nicht mit ihm berät, kann er nicht das Bild schaffen, das man haben möchte. Wenn man ihn für das, was er geschaffen hat, nicht lobt, wird er sich das nächstemal keine Mühe geben.«

»Das ist wahr«, stimmte der Marquis zu. »Es war dumm von mir, so lange wegzubleiben.«

Sein Blick fiel auf Beulah. Plötzlich kauerte er sich neben sie, so daß sein Gesicht auf gleicher Höhe mit dem ihren war.

»Beulah!« sagte er. »Ich bin dein Bruder. Weißt du das?«

»Bru... der«, sagte Beulah.

»Sag Julius zu mir«, sagte er. »Sag Julius.«

»Ju... lius«, brachte Beulah mühsam heraus.

»Na bitte! Jetzt sind wir einander anständig vorgestellt«, sagte er. Arabella kam es vor, als hätte sie einen Mann beobachtet, der mit seinem Pferd an eine hohe Hürde gekommen und darübergesprungen war.

»Ich werde mit den Gärtnern sprechen«, sagte der Marquis.

»Sagen Sie ihnen, sie sollen den Kräutergarten zum Gedächtnis Ihrer Mutter herrichten«, meinte Arabella. »Soviel ich gehört habe, hat jedermann im Schloß sie geliebt.«

»Das werde ich tun«, sagte der Marquis. »Sie war eine wunderbare Frau.«

Er sah zum Schloß hinüber, das hinter ihnen lag, als erwarte er, seine Mutter zu sehen, die ihnen von einem der Fenster aus zuwinkte oder die auf den Rasen kam, um ihn zu begrüßen.

»Sie vermissen sie, nicht wahr?« fragte Arabella.

»Ja«, sagte er in einem beiläufigen Tonfall, und sie spürte, daß er immer noch um seine Mutter trauerte und daß er über seine Gefühle nicht sprechen wollte.

»Was für ein komisches kleines Mädchen du bist«, sagte er plötzlich. »Ich kann mich nicht erinnern, daß ich je mit anderen Kindern so sprechen konnte wie mit dir. Wie alt bist du?«

»Jung genug, daß man mich für eine geeignete Spielkameradin für Beulah hielt«, erwiderte Arabella. Sie lachten beide über die Absurdität.

»Sie hat Glück, daß sie dich hat«, sagte der Marquis. »Wer ist auf die Idee gekommen?«

»Der neue Doktor«, antwortete Arabella. »Er suchte in der Gegend nach einem Kind, das mit Beulah spielen konnte, und er wählte mich aus.«

»Der neue Doktor, wer es auch sein mag, hat offensichtlich eine Menge Verstand«, sagte der Marquis beifällig. »Willst du mit mir in meinem Zweispänner ausfahren? Ich bin sicher, es wird dir gefallen.«

»Beulah wird große Freude daran haben«, sagte Arabella.

An dem raschen Blick, den der Marquis seiner Schwester zuwarf, erkannte sie, daß er keinen Augenblick daran gedacht hatte, daß Beulah in die Einladung mit eingeschlossen werden mußte.

Sie gingen langsam zum Schloß zurück.

»Ich komme ins Kinderzimmer und besuche dich«, sagte der Marquis, als wäre es eher eine Aufforderung für sich selbst als ein Versprechen für Arabella. »Früher war es mein Kinderzimmer – wie heißt doch gleich die Gouvernante?«

»Miß Harrison«, sagte Arabella.

»Ja, es war dumm von mir, aber als ich dich am See sah, dachte ich, du seist die Gouvernante.«

»Nein, nein«, sagte Arabella. »Ich habe mich ungehörig benommen. Miß Harrison hätte es niemals gebilligt.«

»Es war Zufall, daß ich dich dabei gesehen habe«, sagte der Marquis. »Ich habe dort oft gebadet, und nie hat mich jemand erwischt, nur mein nasses Haar hat mich verraten, wenn ich ins

Schloß kam. Meine Kindermädchen und mein Lehrer hatten Angst, ich könnte mich erkälten.«

»Und haben Sie sich erkältet?« fragte Arabella.

Er schüttelte den Kopf.

»Ich war stark wie ein Bulle.«

»Bulle... Bulle!« rief Beulah.

Sie lachten.

»Welchen Weg gehst du zum Schloß zurück?« fragte der Marquis.

»Durch den Garten«, erwiderte Arabella.

»Ich gehe mit den Hunden lieber zum Haupteingang«, sagte der Marquis.

Arabella hatte das Gefühl, er wolle vermeiden, daß Lady Sybil Beulah sah.

»Auf Wiedersehn«, sagte Arabella, als sie am Gartentor ankamen.

Er blieb stehen und sah auf sie herab. Der Sonnenschein spielte in ihrem Haar und schien es in schimmerndes Gold zu verwandeln. Ihre große blauen Augen erinnerten ihn an Veilchen.

»Ich werde unsere Ausfahrt nicht vergessen«, versprach er.

»Wir freuen uns darauf«, antwortete Arabella.

In seiner Miene lag etwas, das es ihr schwermachte, den Blick von ihm abzuwenden.

»Sag deinem Bruder ›Auf Wiedersehen‹, Beulah«, sagte sie.

Beulah umarmte die Hunde.

»Wiedersehn, Hundchen«, murmelte sie. »Auf... Wiedersehn... Hundchen... Beulah sieht... dich... bald... wieder.«

George erschien unter der Tür.

»Möchtest du die Treppen hinaufgetragen werden?« fragte er Beulah.

Dann sah er den Marquis. »Bitte um Verzeihung, Mylord.«

»Ich freue mich, daß du Beulah so aufmerksam versorgst«, sagte der Marquis. »Auf Wiedersehen, Arabella.«

Er zog seinen Hut und ging weg, die Hunde an den Fersen.

Arabella und George sahen ihm aus keinem ersichtlichen Grund nach.

»Endlich hat er Lady Beulah gesehen«, sagte George vertraulich. »Wo hast du ihn getroffen, Arabella?«

»Im Garten.«

»Wir haben gewettet, wie lange es wohl dauern würde, bis er sie sehen will«, sagte George, während sie die Treppe hinaufgingen.

Arabella antwortete nicht. Sie wollte sich auf keine Vertraulichkeiten mit den Dienstboten einlassen und ihnen auch nicht erlauben, in ihrer Anwesenheit über den Marquis zu sprechen. Aber in den Augen des Personals war sie noch ein Kind, und dazu ein unbedeutendes. Sie war sich wohl bewußt, daß sie ihre Anwesenheit im Schloß merkwürdig fanden.

»Er ist ein vornehmer Herr, nicht wahr?« sagte George mit dem Enthusiasmus, mit dem ein Schuljunge über seinen Helden spricht. »Du solltest ihn einmal reiten sehen! Mein Onkel ist der Stallmeister, und er sagt, es hätte nie einen besseren Reiter gegeben. Manche streiten das ab. Sie sagen, er sei nur so gut wie sein Vater. Aber nach allem, was ich höre, vollbrachte der alte Marquis mit Pferden geradezu Wunder!«

George trug Beulah in das Kinderzimmer. Er scherzte mit ihr, und als er sie auf dem Fußboden abgesetzt hatte, ging er zum Fenster und sah hinaus.

»Manche verstehen etwas von Pferden und manche nicht«, sagte er plötzlich ärgerlich. »Wenn es nach meinem Onkel ginge, würde er Lady Sybil zum Beispiel kein Tier anrühren lassen, es sei denn, es wäre aus Holz.«

Arabella trat neben George ans Fenster.

»Ist die gnädige Frau allein ausgeritten?« fragte Arabella.

George grinste sie an. »Sie war heute nach dem Mittagessen schlechter Laune, als Seine Lordschaft unbedingt die Hunde ausführen wollte. ›Sie brauchen Bewegung‹, hat er gesagt. ›Was geht das mich an?‹ hat die gnädige Frau gefaucht. ›Ich bin nicht lange weg‹, sagte er. ›Wenn du zurückkommst, bin ich nicht hier‹, antwortete sie. Aber das war ihm egal. Wenn du mich fragst, kann Seine Lordschaft jede Frau bekommen, die er haben möchte, wenn er nur mit dem kleinen Finger winkt.«

Arabella sah, wie Lady Sybil in einem eleganten, smaragdgründen Samtkostüm die Kieseinfahrt vor dem Schloß heraufgeritten kam. Sie hatte Schwierigkeiten mit dem Pferd. Es tänzelte, bewegte sich seitwärts, wollte sich aufbäumen und zeigte eine gründliche Verachtung für seine Reiterin.

»Unsere Pferde brauchen Bewegung«, sagte George. »Der Onkel wird alt, und er hat nur noch wenige Stalljungen. Nachdem Seine Lordschaft jetzt wieder da ist, wird er sie anleiten ... sie brauchen eine Männerhand.«

Lady Sybils Pferd trat nun mit den Hinterbeinen aus.

Arabella, die Pferde liebte, wußte, daß es nur spielte. Sie sah auf einen Blick, daß Lady Sybil keine Kontrolle über das Pferd hatte. Sie saß nervös im Sattel, hielt die Zügel zu straff, und ihre Miene war verächtlich und böse.

Ein Bursche kam herbeigerannt und hielt die Zügel, während sie abstieg. Im letzten Moment scheute das Pferd, und Lady Sybil wäre beinahe heruntergefallen. Sie konnte sich gerade noch am Sattelknopf festhalten.

Der Bursche redete beruhigend auf das Pferd ein.

»Brrr, Junge«, hörte Arabella ihn durch das offene Fenster sagen. »Brrr!«

»Das Tier ist ein Teufel«, sagte Lady Sybil giftig. »Man sollte ihm eine Lektion erteilen.«

Sie hatte eine Reitpeitsche mit einem silbernen Griff in der Hand, und nachdem sie jetzt auf sicherem Boden stand, schlug sie damit auf das Pferd ein.

Sie traf es mehrere Male am Kopf. Der Stallknecht, der sich an das Zaumzeug klammerte, hatte die größte Schwierigkeit, das geängstigte, ausschlagende Tier am Durchgehen zu hindern.

»Sorge dafür, daß man mir nicht noch einmal dieses Pferd gibt«, fauchte Lady Sybil. Sie ging wütend die Treppe hinauf und ins Haus.

»Das war brutal«, sagte Arabella außer sich. »Es lag nur daran, daß das Pferd zum Spielen aufgelegt war.«

»Ich habe dir ja erzählt, was mein Onkel über sie gesagt hat«, erwiderte George. »Es ist eines der besten Pferde im Stall.«

»Das war brutal«, wiederholte Arabella aufgebracht. »Man sollte Seiner Lordschaft berichten, wie sie sich benimmt.«

George wandte sich vom Fenster ab und grinste sie an.

»Und wer sollte das wohl tun?« fragte er. »Ich nicht! Das steht mir nicht zu. Außerdem wird die gnädige Frau es einem nie verzeihen, wenn sie hier die Hausherrin wird.«

»Keiner von uns kann etwas sagen«, stimmte Arabella zu. Sie war wütend darüber, daß jemand ein Tier so behandeln konnte.

Rose trug Beulah in ihr Zimmer, und Arabella ging in das ihre. Aber statt sich für das Abendessen zu richten, saß sie vor dem Toilettentisch und sah ihr Spiegelbild an. So sehr sie den Marquis auch verachtet haben mochte, sie wünschte dem schlimmsten Mann auf der Erde nicht, daß er jemanden wie Lady Sybil zur Frau bekam.

Sie erinnerte sich an Dinge, die Miß Fellows über sie erzählt hatte, Informationen, die sie augenscheinlich von Miß Archer bekommen hatte, der Zofe von Lady Sybil, einer schwatzhaften Frau, die sich jedem anvertraute, der zuhören wollte... »Schwer verschuldet...«, »Will ihn heiraten, noch ehe der Sommer vorbei ist...«, »Sie hat ihn fest am Bändel...«, »Ihre Launen sind schrecklich...«, »Kein Dienstbote hält es lange bei ihr aus...«

Das würde bedeuten, dachte Arabella, daß Matty, Rose und George das Schloß verlassen müßten, wenn Lady Sybil hier die Herrin würde, oder daß sie von selbst gingen.

Sie haßte plötzlich diese verdorbene Schönheit, die – in den Adel hineingeboren – sich nicht besser benahm als eine Kurtisane.

Wenn Arabella so unschuldig gewesen wäre, wie sie hätte sein sollen, dann hätte sie solche Dinge nicht verstanden. Aber ihre Lektüre hatte sie weit mehr gelehrt, als Eltern je einem jungen Mädchen offenbaren würden. Sie hatte unter den Büchern in der Bibliothek ihres Vaters die Geschichte der Borgias gefunden. Sie hatte die Schriften von Juvenal – dem römischen Satiriker – gelesen, der die Exzesse der liederlichen römischen Gesellschaft mit einer Offenheit beschrieben hatte, die Lady Deane entsetzt hätte, wenn sie gewußt hätte, was ihre Tochter las.

Ein Geschichtskundiger weiß, daß das Benehmen der Menschen sich im Laufe der Jahrhunderte nur sehr wenig geändert hat. Arabella entdeckte ein Gegenstück zu Lady Sybil in jedem Zeitalter, und sie verachtete den Marquis dafür, daß er sich einredete, sie sei begehrenswert.

Aber Arabella fragte sich auch, ob er die Wahrheit über Lady Sybil wußte. Ihm gegenüber verhielt sie sich vermutlich tadellos. Vielleicht erfuhr er niemals von ihrer Grausamkeit, ihrer Roheit, bis es zu spät war und sie verheiratet waren.

Arabella entschloß sich, daß sie Lady Sybil Sheraton loswerden mußten – dem Schloß zuliebe und allen, die darin lebten. Es waren nicht nur die Pferde, die unter ihr leiden würden.

Während der letzten paar Tage hatte sich das ganze Haus verändert. Nun fiel der Sonnenschein durch saubere Fenster, überall standen duftende Blumen, und es roch dazu nach Lavendel und Bienenwachs. Die Fußböden waren jetzt so sauber, daß Araabella sich beinahe scheute daraufzutreten, und sie konnte sich in den frisch polierten Möbeln buchstäblich spiegeln.

Miß Matherson ermahnte die jungen Dienstmädchen, wenn sie einen Kamin nicht ordentlich richteten, sie ließ die Teppiche hinaustragen, damit sie ausgeklopft wurden, und ließ einen Raum nach dem anderen säubern.

Die Rückkehr von Mr. Turner, dem Butler, veränderte jenen Teil des Haushalts, der von der Anrichte aus gelenkt wurde. Große, junge Diener waren eingestellt worden. Sie hatten gepudertes Haar und trugen eine Livree, und ihre polierten Knöpfe blitzten zu jeder Tages- und Nachtzeit.

George erzählte Arabella, wie sie das Silber polierten, bis fast die Feingehaltsstempel abgerieben waren. Und in den hinteren Räumen, in Miß Coombes Königreich, waren nun die Fußplatten ebenso sauber, neue Küchenmädchen waren eingestellt worden, und es herrschte von fünf Uhr morgens an Leben.

Aber Arabella wußte, daß trotz all dieser Verbesserungen im Schloß immer noch Angst und Furcht herrschte. Der Marquis wußte nicht, was sich in seiner Abwesenheit abgespielt hatte, und niemand wollte ihm berichten, was Gentleman Jack von alledem hielt.

Wenn Arabella abends in ihr Zimmer ging, schloß sie sich ein und zog die Decke über die Ohren, damit sie nichts davon hörte, falls draußen im Korridor Schritte zu Miß Harrisons Zimmer gehen sollten. Aber sie hatte das Gefühl, daß Gentleman Jack nicht mehr in das Schloß gekommen war.

Miß Harrison hatte tiefe Furchen im Gesicht. Sie ging immer wieder zum Schrank und nahm einen Schluck Cognac, und Arabella erkannte daran, daß sie mit den Nerven am Ende war. Irgend jemand würde es dem Marquis früher oder später sagen müssen, dachte Arabella. Sie war sich wohl bewußt, daß Gentleman Jack das ganze Dorf terrorisierte. Aber selbst wenn der Marquis von ihr erfuhr, was konnte er, ein einzelner Mann, gegen diese gefährlichen und brutalen Straßenräuber unternehmen?

Und doch mußte er irgendwann und irgendwie gewarnt werden, dachte Arabella. Aber als erstes mußte man Lady Sybil loswerden.

Arabella fragte sich, wie dies wohl zu erreichen wäre, als sie Miß Fellows sagen hörte: »Um Himmels willen, lassen Sie die Katzen im Kinderzimmer, Miß Harrison. Lassen Sie sie nicht überall herumstreunen. Erstens habe ich sonst viel mehr sauberzumachen, und zweitens kann die gnädige Frau Katzen nicht leiden.«

Die gnädige Frau kann Katzen nicht leiden. Wie läßt sich daraus ein Vorteil ziehen? fragte sich Arabella.

Sie verließ leise ihr Zimmer und ging die Treppe hinab in den ersten Stock. Lady Sybils Zimmerflucht lag direkt neben dem oberen Treppenabsatz.

Arabella hörte unten in der Halle Stimmen, und als sie hinunterblickte, sah sie Lady Sybil am Arm des Marquis aus dem Salon kommen.

»Da du mich vernachlässigt hat, bin ich allein ausgeritten«, sagte sie schmollend. »Ich war einsam und allein, Julius. Und ich glaube, es wäre das beste, wenn ich mit der Post nach London zurückführe, wo es jemanden gibt, der mich schätzt.«

»Erst heute früh sagtest du, du wolltest nicht ausreiten«, sagte der Marquis.

»Ich habe es mir anders überlegt«, erwiderte Lady Sybil. »Das ist das Privileg der Frauen, Liebster. Aber ich will ehrlich sein und zugeben, daß es mir ohne dich nicht gefallen hat. Es ist nur dann amüsant, wenn wir zusammen sind, Julius.«

»Du schmeichelst mir, Sybil«, erwiderte der Marquis.

»Weil ich dich liebe«, sagte Lady Sybil mit leiser Stimme, »liebe ich dich ständig, oder sollte ich lieber sagen – verlange ich um so mehr nach dir...«

Sie warf den Kopf zurück und sah ihm in die Augen.

Arabella sah, wie schön sie war mit ihren pechschwarzen Augenbrauen über den merkwürdig schrägen Augen. Ihr dunkles Haar paßte vorzüglich zu ihrer Haut.

»Es tut mit leid, wenn du dich geärgert hast«, sagte der Marquis, der scheinbar unempfänglich war für die Einladung in Lady Sybils Augen. »Aber du weißt, daß ich Bewegung brauche. Du hast mich heute früh am Ausreiten gehindert, und deshalb mußte ich heute nachmittag mindestens drei Meilen laufen. Ich ging bis zum Wald auf der anderen Seite des Kornfeldes, das ich dir gestern gezeigt habe.«

»Ja«, sagte Lady Sybil ungeduldig. Sie interessierte sich offensichtlich nicht dafür, wo er gewesen war.

»Hast du mich vermißt, Julius? Dachtest du an mich, als du so weit spazierengingst? Hast du dich bei der Rückkehr beeilt, weil du wußtest, daß ich im Schloß bin und auf dich warte?«

»Wenn ich es getan hätte, wäre es verlorene Mühe gewesen«, sagte der Marquis lächelnd. »Als ich nach Hause kam, sagte man mir, daß du ausgeritten bist und unbedingt Pegasus nehmen wolltest. Das ist nicht das richtige Pferd für dich, Sybil.«

»Das habe ich auch gemerkt«, antwortete Lady Sybil. »Ein unartigeres Biest habe ich selten erlebt.«

»Sybil, das ist ungerecht«, sagte der Marquis. »Du weißt so gut wie ich, daß du ein ruhiges Pferd brauchst. Ich möchte wetten, daß du Pegasus nur genommen hast, um mich zu ärgern, weil ich dir auf dem Weg hierher sagte, daß mehrere Pferde im Stall sind, die ich trainieren muß.«

»Julius, du mißverstehst mich absichtlich«, sagte Lady Sybil gekränkt und zog ihren Arm weg.

Sie standen dicht vor einem Streit, dachte Arabella zufrieden. Während sie vom oberen Treppenabsatz aus lauschte, spürte sie an ihrem Bein etwas Weiches. Sie blickte hinab. Es war eines von Beulahs Kätzchen.

Sie nahm es auf, streichelte es, und da hatte sie eine Idee.

Sie ging mit dem Kätzchen in Lady Sybils Schlafzimmer. Es war ein riesiger, eindrucksvoller Raum mit einem großen geschnitzten und vergoldeten Himmelbett, in dem sogar Königin Elizabeth geschlafen hatte.

Arabella blickte zum Toilettentisch hinüber, auf dem, wie sie es erwartet hatte, Cremes und Parfüms aller Art standen. Sie hatte gehört, daß die eleganten Damen ein Vermögen für ihre Haut ausgaben, für Lidschatten, Lippensalben, Cremes und Wässerchen aus allen möglichen Zutaten von Gänseschmalz bis zu Tautropfen, die unter dem Vollmond von Blüten gesammelt worden waren.

Lady Sybils Toilettentisch brach unter seiner Last fast zusammen. Arabella hielt immer noch das Kätzchen im Arm. Mit der anderen Hand entfernte sie rasch die Stöpsel von den Flakons und warf sie um, bis mindestens ein halbes Dutzend Substanzen einen kleinen Teich auf der polierten Platte des Toilettentisches bildeten. Dann schraubte sie die Deckel von den Töpfen ab und leerte sie aus. Andere Töpfe rollten nur von einer Seite zur anderen.

Mitten in dieses Chaos setzte Arabella das Kätzchen. Sie tat es gerade rechtzeitig, als sie jemanden die Treppe heraufkommen hörte. Dann lief sie durch das Zimmer uns stellte sich neben die Tür auf der anderen Seite.

»Was machst du hier, Mädchen?« fragte Lady Sybil unfreundlich, als sie das Zimmer betrat.

Arabella machte einen Knicks.

»Ich suche Beulahs Kätzchen, Mylady«, antwortete Arabella und mußte daran denken, daß sie schon zum zweitenmal diese Ausrede benützte.

»Ich bin sicher, daß es nicht hier ist«, sagte Lady Sybil. »Wenn es ein Tier gibt, das ich hasse, dann ist es eine Ka...«

Noch ehe sie das Wort ausgesprochen hatte, sah sie das Kätzchen auf ihrem Toilettentisch und die ausgelaufenen Cremetöpfe und Flakons.

Sie öffnete den Mund, aber es kam kein Laut heraus. Doch dann kreischte sie in einem langen, hohen Ton.

Da Lady Sybil unaufhörlich weiterkreischte, hörte man jemanden die Treppe heraufeilen. Arabella wußte, daß es der Marquis sein mußte.

»Da ist ja das Kätzchen!« rief Arabella und nahm es gerade rechtzeitig vom Toilettentisch, als Lady Sybil die Hand hob, um das kleine Tier zu schlagen.

Arabella drückte das Kätzchen beschützend an ihre Brust. Als sie sich umdrehte, sah sie eine Furie mit blitzenden Augen und wutverzerrten Lippen.

»Schaff sofort die Katze weg!« schrie Lady Sybil. »Schau, was sie mit meinen Kosmetika angerichtet hat. Alle meine kostbaren Parfüms und Cremes. Man sollte es umbringen... Gib es her, und ich drehe ihm den Hals um.«

»Was ist hier los?« fragte eine ruhige Stimme.

»Sieh dir das an, was dieses elende Biest angerichtet hat«, schrie sie und deutete auf den Toilettentisch. »Jeder weiß, daß ich Katzen nicht leiden kann, und doch hat sie ihren Weg hierher gefunden. Ich weiß, sie gehört deiner Schwester... dieser deformierten Schwachsinnigen, die du vor mir versteckst. Aber sie wird ihre Strafe bekommen. Ich werde sie dafür büßen lassen, daß sie diese verdammten Tiere nicht unter Kontrolle hat und ihnen erlaubt, mich zu belästigen.«

Arabella sah den Marquis an.

Er wurde blaß, als Lady Sybil Beulah erwähnte, und dann wurde seine Miene plötzlich ernst.

»Seien Sie still!« Seine Stimme war leise, und doch hielt sie Lady Sybil wirksamer als alles andere davon ab, weiter zu zetern. Sie sah ihn mit offenem Mund an, und ihre Schönheit war verfallen, ihr Äußeres grob und unattraktiv.

»Ich bedaure zutiefst den Schaden, der am Besitz der gnädigen Frau angerichtet wurde«, sagte der Marquis eisig. »Sie werden mir erlauben, für alle Ausgaben aufzukommen, um das zu ersetzen, was verdorben wurde. Ich bin sicher, Sie werden das sofort erledigen wollen. In einer Stunde wartet eine Kutsche, um die gnädige Frau nach London zu bringen.«

Er drehte sich auf dem Absatz um und verließ das Zimmer. Erst da wurde Lady Sybil bewußt, was geschehen war.

»Julius!« schrie sie. »Julius!«

Sie lief zur Tür, aber er war schon halb die Treppe hinuntergegangen.

»Julius, bitte verzeih mir! Ich habe die Fassung verloren. Ich hätte über deine Schwester nicht so sprechen dürfen. Glaub mir!«

Arabella folgte Lady Sybil in den Korridor. Der Marquis ging ohne Eile die Treppe hinunter.

In der Halle schnippte er mit den Fingern, und augenblicklich waren die Spaniels, die auf einer Decke gelegen hatten, bei ihm. Ein Diener reichte ihm seinen Hut.

»Julius!« rief Lady Sybil noch einmal. »Julius, bitte hör auf mich!«

Der Marquis sah sich nicht um, sondern ging durch den Haupteingang hinaus, und Arabella wußte, daß er zu den Stallungen ging. Sie sah, wie Lady Sybil die Fäuste ballte und einen Laut ausstieß, der halb ein Schluchzen und halb zornig war.

Arabella hielt es für an der Zeit, in ihr Zimmer zu gehen, ehe Lady Sybil sich umdrehte. Sie lief die Treppe in den zweiten Stock hinauf und brachte Beulahs Kätzchen ins Kinderzimmer. Es hatte seine Aufgabe erfüllt.

6. Kapitel

Der Zweispänner fuhr rasch über die schmalen Heckenwege, die den großen Park umgaben und zu den Bauernhöfen, Feldern und Wäldern des Besitztums führten.

Die Sonne war warm und golden. Arabella legte einen Arm um Beulah und dachte, daß es lange her war, seit sie ein solches Glück empfunden hatte.

»Schneller... schneller!« rief Beulah, und nach einer Weile sah der Marquis lächelnd auf sie herab und sagte:

»Wenn ich die Pferde noch schneller traben lasse, werden ihnen Flügel wachsen, und sie fliegen über die Hecken.«

Er war gut gelaunt, und Arabella bemerkte, daß ihm auch der Umgang mit Beulah nun leichter fiel. Er sah seine Schwester nicht mehr mit jener merkwürdigen Miene an, die sie anfangs an ihm beobachtet hatte.

Der Marquis schien in keiner Weise unter dem Verlust der Gesellschaft Lady Sybils zu leiden. Arabella war sogar überzeugt, daß er erleichtert war, endlich die kapriziöse Schönheit loszusein.

Sie bemerkte, daß er sein Heim von neuem erforschte und dabei feststellte, daß es für ihn eine Aufgabe darstellte.

Das Schloß hatte noch nie einen solchen Energieaufwand erlebt. Die Möbel und Fußböden glänzten wie Spiegel. Die Fenster waren sauber, und als Arabella sich umdrehte und zum großen steinernen Gebäude zurücksah, schien es so, als wäre es mit glitzernden Edelsteinen besetzt.

Nach außen hin war neues Leben in das Schloß eingekehrt, aber gleichzeitig barg es immer noch das dunkle und finstere Geheimnis, das früher oder später gelöst werden würde. Aber das ist nicht mein Problem, versuchte sie sich einzureden, und doch wußte sie, daß sie tief darin verstrickt war und sich nur davon befreien konnte, wenn sie wegging.

Nicht einmal, sondern ein dutzendmal hatte sie erwogen, dem Marquis die Wahrheit zu sagen. Dann erinnerte sie sich an Gentleman Jacks Gesicht und an die Drohungen, die er gegen die Familien der Dienstboten ausgestoßen hatte. Vielleicht würde er sogar Beulah töten. Sie wußte, daß dies keine leeren Worte waren. Er meinte es ernst. Und wenn es keine Möglichkeit gab, ihn und seine Bande gleichzeitig gefangenzunehmen, bevor er sich rächen konnte, mußte es irgend jemand büßen.

»Wohin fahren Sie uns?« fragte Arabella.

Sie bewunderte es, wie geschickt der Marquis mit den Pferden umging. Er fuhr besser als jeder, den sie bisher mit einem Zweiergespann hatte fahren sehen. Er war ein außergewöhnlicher Mann, dachte sie.

»Wir fahren auf eines meiner Güter«, sagte er. »Ich hatte keine Ahnung, daß das Leben auf dem Land so vielseitig sein kann. Die letzten paar Tage habe ich nichts anderes getan als gearbeitet. Ich habe mit meinen Bauern, Gutsverwaltern, Hirten und Knechten gesprochen, und doch gibt es noch so viel zu tun.«

»Es macht Ihnen Spaß«, sagte Arabella lächelnd.

»Wieso glaubst du das?«

»Weil jeder Mensch glücklich ist, wenn er eine Aufgabe hat«, erklärte Arabella. »Wenn man nichts zu tun hat, bekommt man Langeweile und wird unzufrieden.«

»Du bist sehr klug für dein Alter«, sagte der Marquis. »Aber du hast recht, die bisher glücklichste Zeit in meinem Leben verbrachte ich bei meinem Regiment. Wir waren ständig unter Druck und hatten keine Zeit, uns um irgend etwas anderes zu kümmern als ums Überleben.«

»Ich wüßte gern etwas über Ihr Leben bei der Armee. Wenn ich ein Mann wäre, wollte ich Soldat sein. Aber leider wurde ich als Mädchen geboren.«

Der Marquis lachte.

»In zwei, drei Jahren wirst du es nicht bedauern, eine Frau zu sein. Du wirst eine Schönheit, kleine Arabella, hat dir das noch niemand gesagt? Deine Haut ist weiß, das Haar rotgolden – du wirst alle Männer beunruhigen.«

Arabella wollte aufbrausend erwidern, daß sie kein Verlangen danach hätte, das Interesse der Männer auf sich zu lenken, als die Worte des Marquis ihr klarmachten, daß er von ihrem gesellschaftlichen Rang keine Ahnung hatte.

Vermutlich hatte man ihm mitgeteilt, ein Mädchen aus dem Dorf sei in das Schloß gekommen, um mit Beulah zu spielen.

Eigentlich hätte er erkennen müssen, daß sie gebildet war und die Manieren und das Auftreten einer Hochgeborenen hatte, dachte Arabella. Sie hatte sich ein wenig gefürchtet, als der Marquis sie zu der Ausfahrt eingeladen hatte, daß sie jemandem begegnen könnten, der sie erkannte: ein Jäger, der mit Sir Lawrence bekannt war, oder ein alter Freund ihrer Mutter. Denn ihr Elternhaus, in dem sie ihre Kindheit verbracht hatte, stand keine fünfundzwanzig Meilen vom Schloß entfernt.

Aber sie waren bisher niemandem begegnet, und deshalb sagte Arabella mit fröhlicher Stimme:

»Ich werde wahrscheinlich nicht viele attraktive Männer kennenlernen, wenn ich im Schloß bleibe.«

»Ja, es ist einzig und allein für Beulah da«, sagte der Marquis. »In meiner Jugend wurde das Schloß von Besuchern überschwemmt. Meine Mutter gab gern Gesellschaften und Bälle.«

»Das klingt sehr steif«, sagte Arabella.

»Nein, meine Mutter machte aus allem ein Vergnügen. Natürlich habe ich an all diesen Festlichkeiten nicht teilgenommen, denn es gab für mich immer Wichtigeres zu tun.«

»Ich glaube, wenn man sein eigenes Haus hat, warten stets ein Dutzend Aufgaben auf einen«, sagte Arabella.

»Ja, so kommt es mir allmählich auch vor«, sagte der Marquis lächelnd, »und ich frage mich, was aus meinem Londoner Haus wird, wenn ich zu lange hierbleibe.«

»Gefällt es Ihnen in London?« fragte Arabella.

»Das dachte ich bisher«, erwiderte der Marquis. »Es ist sehr anregend, und es gibt immer etwas Interessantes zu erleben.«

»Was zum Beispiel?« fragte Arabella.

Der Marquis lachte.

»Du bist sehr neugierig. Ich nehme an, wenn ich dir von Pferderennen, Glücksspielen und Hahnenkämpfen erzählen würde, wärest du schockiert.«

»Keineswegs«, sagte Arabella. »Das alles sind die Beschäftigungen vornehmer Herren.«

»Und was hältst du von Bällen, von Theater und großen Empfängen mit schönen Frauen?« fragte der Marquis.

»Gefällt Ihnen das?« fragte Arabella verächtlich.

»Natürlich. Die Damen von St. James sind sehr attraktiv, Arabella.«

»Wie Lady Sybil?« fragte Arabella boshaft.

»Ja, wie Lady Sybil«, erwiderte der Marquis. »Hast du sie bewundert?«

»Nein. Sie schlug Ihr Pferd mit der Reitpeitsche auf den Kopf. Ich wollte, ich hätte sie dafür schlagen können.«

Der Marquis sah sie an.

»Du bist offenbar gefährlich, wenn du wütend bist«, sagte er lachend. Und dann kam ihm ein Gedanke. »Arabella, sag mir die Wahrheit: Hast du die Katze absichtlich in Lady Sybils Zimmer gebracht?«

Diese Frage kam unerwartet. Arabella spürte, wie sie errötete.

»Antworte mir, Arabella!«

Arabella schwieg, und der Marquis nahm eine Hand von den Zügeln und legte sie auf Arabellas Schulter, damit sie ihn ansah.

»Fassen Sie mich nicht an!« sagte sie scharf. Sie vergaß, daß kein Kind eine solche Bemerkung machen würde, und sie sah sein überraschtes Gesicht.

Der Marquis brachte die Pferde zum Stehen. Er drehte sich im Sitz um und sah Arabella an. Sie hatte den Hut abgenommen, das Haar fiel ihr locker auf die Schultern. Er sagte nichts, sondern dachte nur, wie reizend dieses seltsame Kind war. Aber gleichzeitig war er entschlossen, die Wahrheit zu erfahren.

»Ich warte, Arabella«, sagte er schließlich.

»Weiterfahren«, rief Beulah. »Pferde... weiterfahren... Schnell...«

»Nein, die Pferde müssen warten, bis Arabella mir geantwortet hat«, sagte der Marquis.

»Wir können hier nicht den ganzen Tag verbringen«, sagte Arabella trotzig.

»Doch, darauf lasse ich es ankommen«, erwiderte der Marquis. »Ich möchte die Wahrheit wissen, Arabella.«

Sie wandte ihm ihr Gesicht zu und sah ihm in die Augen.

»Also gut«, sagte sie. »Sie sollen die Wahrheit hören. Sie hat Ihr Pferd geschlagen. Ich sah es vom Fenster aus. Sie ist mit ihm ausgeritten, weil sie Sie ärgern wollte. Sie kann nicht reiten, und als das Pferd es merkte, spielte es ihr Possen. Nachdem sie abgestiegen war, hat sie es dafür grausam geschlagen.«

Arabellas Augen blitzten, und sie war erregt.

»Das hätte sie wirklich nicht tun sollen«, sagte der Marquis. »Ich danke dir, daß du mir ehrlich geantwortet hast, Arabella. Aber könntest du es künftig mir überlassen, meine Gäste hinauszuwerfen?«

»Hätten Sie das wirklich getan?« fragte Arabella. »Ich glaube, die gnädige Frau war entschlossen zu bleiben.«

»Du bist das ungewöhnlichste, altklügste Kind, das mir je begegnet ist«, sagte der Marquis. »Ich weiß nicht, ob ich mich über dich amüsieren oder dich bestrafen soll.«

»Weiter... weiter!« rief Beulah.

»Aber vielleicht ist die Frage schon entschieden«, sagte der Marquis. »Ja, Beulah, wir fahren weiter. Deine Freundin Arabella hat mir etwas zum Nachdenken gegeben.«

Arabella schwieg. Sie sah, daß sie an dem kleinen See vorbeifuhren, in dem sie am Tag der Ankunft des Marquis' gebadet hatte.

Er blickte zum See hinüber und sagte fröhlich:

»Würdest du gern schwimmen?«

Beulah fing das Wort auf.

»Ara... bella... schwimmen!« rief sie begeistert. »Beulah... planschen.«

»Möchtest du gern anhalten?« fragte der Marquis Arabella.

Sie errötete und schüttelte den Kopf.

»Nein«, murmelte sie.

Sie hörte ihn lachen und wurde verlegen. Vielleicht wäre es klüger gewesen, abzustreiten, daß sie das Kätzchen in Lady Sybils Schlafzimmer gebracht hatte, und den Marquis anzulügen, wie sie ihren Stiefvater immer angelogen hatte. Aber irgendwie war es ihr unmöglich gewesen, ihm nicht die Wahrheit zu sagen.

Sie fuhren weiter, und bald sah sie einen großen, breit hingelagerten Gutshof mit Scheunen und Ställen vor sich liegen. Auf den Wiesen ringsum weidete goldfarbenes Vieh.

»Das ist die Eastcotes Farm«, sagte der Marquis. »Ich habe den

Mann immer für einen meiner besten Bauern gehalten, und nun hat er mir mitteilen lassen, daß er kündigt. Ich kann das nicht verstehen.«

Der Marquis fuhr in den Gutshof ein, und ein großer, stämmiger Mann kam herausgeeilt.

»Guten Tag, Mylord. Ich habe nicht erwartet, daß Sie zu mir kommen. Ich dachte, Sie würden mich ins Schloß bitten.«

»Ich wollte selbst sehen, was nicht in Ordnung ist«, sagte der Marquis.

»Bitte, kommen Sie ins Haus. Meine Frau setzt Ihnen ein Glas kühles Bier vor.«

»Das ist genau das, was ich mir gewünscht habe«, sagte der Marquis. »Kommt, Kinder!«

Er sprang vom Zweispänner, als der Pferdeknecht, der auf der Rückseite gesessen hatte, den Kopf des Leitpferdes festhielt. Der Marquis nahm Beulah in die Arme und hob sie vom Wagen. Dann blickte er zögernd Arabella an. Sie sah auf ihn herab.

»Ich weiß, du wirst nicht gern angefaßt«, sagte er lächelnd, »aber wenn du herunterspringst, beschmutzt du dir im Schlamm dein hübsches Kleid.«

Wortlos stand Arabella auf, und er hob sie sehr sanft vom Wagen. Sie waren sich nur einen Augenblick nahe, aber statt der Abneigung, die sie erwartet hatte und die sie immer empfunden hatte, wenn ihr Stiefvater sie berührte, überkam sie jetzt ein angenehmes Gefühl der Sicherheit. Es war so, als bräuchte sie sich nun nie wieder zu fürchten.

Sie gingen in das große Gutshaus. Beulah und Arabella bekamen frische Milch, und dem Marquis wurde ein großes, kühles, selbstgebrautes Bier vorgesetzt.

Die Zimmerdecken waren niedrig und ruhten auf dunklen, verwitterten Eichenbalken, die von alten Schiffen stammten. Es roch nach frisch gebackenem Brot. Mrs. Eastcote, eine beleibte, geschäftige Frau mit rosigen Wangen und einem Lächeln, das sie alle mütterlich umschloß, hieß sie willkommen.

»Es ist eine Freude, Sie wiederzusehen, Mylord«, sagte sie. »Es ist lange her, seit Sie das letztemal zu uns herausgeritten sind.«

»Und wenn ich es tat, setzten Sie mir immer eine große Scheibe von Ihren Fleischpasteten vor«, sagte der Marquis. »Backen Sie sie immer noch?«

»Aber natürlich, Mylord. Erst gestern ist eine fertig geworden. Wollen Sie etwas davon haben?«

»Ein so großzügiges Angebot kann ich nicht abschlagen«, sagte der Marquis.

»Ich habe auch etwas für die jungen Damen«, sagte Mrs. Eastcote und eilte in die Küche.

Der Marquis setzte sich in einen hohen Lehnsessel, der vor dem offenen Kamin stand.

»Nun, Eastcote«, sagte er, »was ist los?«

Der Mann wich seinem Blick aus.

»Ich möchte mich verändern, Mylord.«

»Das ist Unsinn, und Sie wissen es selbst«, erwiderte der Marquis. »Seit drei Generationen lebt Ihre Familie in diesem Haus. Ich erinnere mich noch an Ihren Vater. Und mein Vater sprach über Ihren Großvater und erzählte, was für ein großartiger Landwirt er war.«

»Es tut mir leid, Mylord, aber ich habe mich entschlossen«, sagte Eastcote.

Vor dem Fenster hörte man Kinderstimmen. Arabella, die auf der niedrigen, hölzernen Fensterbank saß, blickte durch die rautenförmigen Scheiben. Sie sah drei Kinder. Ein Mädchen war etwa sechzehn Jahre alt und hübsch. Es führte ein Kind von ungefähr sieben Jahren an der Hand. Ihm folgte in einiger Entfernung ein kleiner Junge, der ein oder zwei Jahre jünger war. Die Ähnlichkeit mit seinem Vater war unverkennbar.

»Hören Sie zu, Eastcote«, fuhr der Marquis fort. »Ich weiß, Sie haben schlimme Zeiten durchgemacht. Sheltham war kein guter Verwalter, und er wurde im Alter nachlässig. Wenn Sie Klagen haben, will ich alles in Ordnung bringen. Ich werde künftig im Schloß sein. Ich hätte schon früher nach Hause kommen sollen, aber ich hatte meine Gründe, dies nicht zu tun.«

»Sie sind offen zu mir, Mylord, deshalb will ich es auch mit Ihnen sein. Ich muß gehen. Das ist der Grund.«

Der Marquis sah ihn erstaunt an. In diesem Augenblick kam Mrs. Eastcote mit einem vollbeladenen Tablett wieder. Sie brachte eine große Schweinspastete mit goldbrauner Kruste, einen saftigen Obstkuchen und frischgebackenes Brot, dessen Duft den Raum füllte, außerdem goldgelbe Butter und einen Topf selbstgekochter Erdbeermarmelade, der von ungeübter Hand beschriftet war.

Sie breitete ein schneeweißes Tischtuch auf dem Tisch aus und legte dann Teller und Besteck darauf.

»Marmelade!« rief Beulah. »Beulah möchte … Marmelade!«

»Sag bitte«, korrigierte Arabella automatisch.

»Bitte ...« sagte Beulah. »Marmelade ... viel Marmelade.«

Mrs. Eastcote lächelte.

»Die sollst du haben, meine Kleine. Meine Kinder mögen das Brot auch frisch aus dem Ofen und dazu Erdbeermarmelade aus dem eigenen Garten. Die Marmelade hat sich wunderbar gehalten. Bald gibt es frische Erdbeeren. Vielleicht nehmen Sie einen Topf Marmelade mit ins Schloß?«

»Aber sicher«, erwiderte Arabella.

»Und was möchtest du jetzt essen?« fragte Mrs. Eastcote.

»Ein kleines Stück Brot und etwas Butter«, sagte Arabella. »Ich habe erst vorhin zu Mittag gegessen.«

»Du siehst aus, als könntest du noch eine Mahlzeit vertragen«, sagte Mrs. Eastcote lächelnd. »Du bist zu mager.«

Als Mrs. Eastcote eifrig Brote bestrich, stand der Marquis auf und setzte sich an den Tisch.

»Mrs. Eastcote, vielleicht kann ich Ihnen etwas Vernunft einreden«, sagte er. »Warum wollen Sie das Gut verlassen?«

»Wir wollen es nicht verlassen, Mylord, und das ist so wahr wie das Evangelium. Wir müssen gehen. Solange die Kinder klein sind ... und Marlene ...«

»Das verstehe ich nicht«, sagte der Marquis.

»Nein, Mylord, das können Sie auch nicht verstehen, und wir dürfen Ihnen nicht mehr sagen, nicht in unserer abgelegenen Lage ...«

»Nimm dich in acht, Frau«, unterbrach sie ihr Mann. »Um der Liebe Jesu willen, nimm dich in acht.«

»Das tue ich ja!« sagte Mrs. Eastcote leidenschaftlich. »Aber Seine Lordschaft hat recht, es wird mir das Herz brechen, wenn wir alles verlassen müssen, was bisher unser Heim war, und ein gutes Heim noch dazu. Aber was sollen wir tun?«

Die Frau brach in Tränen aus und wischte sich mit der Schürze über die Augen. Dann ging sie hinaus.

»Was geht hier vor?« forschte der Marquis.

»Sie müssen mir verzeihen, Mylord«, sagte Eastcote schwerfällig, »aber mehr dürfen wir nicht sagen. Ja, wir haben schon zuviel gesagt. Meine Kündigung zum nächsten Quartalstag bleibt bestehen. Sie werden alles in bester Ordnung antreffen ...«

Dem Mann stockte die Stimme, und dann ging auch er ohne ein Wort zu sagen aus dem Zimmer.

Der Marquis sah ihm verwirrt nach.

»Was bedeutet das, um Gottes willen?« fragte er.

Arabella dachte, daß dies der Augenblick war, in dem sie ihm die Wahrheit sagen sollte, doch dann hörte sie die Stimmen der Kinder. Wie konnte sie sprechen? Gentleman Jack würde herausfinden, daß die Eastcotes den Marquis mißtrauisch gemacht hatten, und er würde an Marlene und ihren kleinen Geschwistern seine schreckliche Rache nehmen.

Vielleicht war es auch mehr als die Angst, daß die Kinder getötet werden könnten. Marlene war ein hübsches Mädchen, und die Straßenräuber waren für ihr brutales Verhalten gegenüber den Dorffrauen bekannt. Arabella hatte häßliche Geschichten mitangehört, die die Dienstboten im Schloß erzählt hatten.

»Ich muß dem auf den Grund gehen«, sagte der Marquis, als spräche er mit sich selbst. »Ich muß sie zum Reden bringen.«

»Bitte, drängen Sie sie nicht«, sagte Arabella.

Der Marquis sah sie erstaunt an.

»Was weißt du darüber?« fragte er.

»Nichts, aber Sie sehen doch selbst, daß sie Angst haben. Sie fürchten sich vor etwas oder vor jemandem, und schon allein die Tatsache, daß sie über ihre Angst gesprochen haben, könnte sie einer schrecklichen Rache aussetzen.«

»Was willst du damit sagen?« fragte der Marquis.

Arabella wählte ihre Worte sorgfältig. »Ich weiß, daß Sie unermeßlichen Schaden anrichten könnten, wenn Sie die Leute zwingen, über etwas zu sprechen, was sie ihrer Ansicht nach verschweigen müßten.«

»Aber es ist ganz unverständlich«, begehrte der Marquis auf. »Sie leben gern auf dem Gut. Sie sind hier immer glücklich gewesen. Du hast gesehen, daß Mrs. Eastcote schon bei dem Gedanken, dies alles zu verlassen, weinte. Ich habe allen meinen Pächtern einen Brief geschrieben und ihnen mitgeteilt, daß sie ein Jahr lang keine Grundrente bezahlen müssen, wenn sie Reparaturen haben, die schon lange hätten gemacht werden sollen. Und ich habe ihnen meine Hilfe angeboten, wenn sie große Ausgaben für neue Geräte, Vieh und Pferde haben sollten. Was kann ich mehr tun?«

»Das war großzügig von Ihnen«, sagte Arabella. »Ich weiß, daß die meisten Bauern hier in der Gegend Hilfe brauchen. Während des Krieges ging es ihnen gut, aber jetzt macht ihnen das Parlament das Leben schwer. Sie haben Probleme, ihr Getreide zu verkaufen.«

»Ich erinnere mich noch daran, wie mein Vater sagte, es sei immer das gleiche. Während des Krieges hätschelt die Regierung die Bauern, und in Friedenszeiten läßt man sie verhungern. Aber das erklärt nicht Eastcotes Entschluß. Woran kann es nur liegen?«

»Drängen Sie sie nicht«, bat Arabella noch einmal.

Der Marquis schob seinen Stuhl zurück. Er hatte die Schweinspastete nicht angerührt.

»Ich muß hinter das Geheimnis kommen«, sagte er.

Er sprach mit einer Entschlossenheit, die Arabella ängstigte. Was konnte er als einzelner Mann gegen das Entsetzen machen, das die ganze Gegend gepackt hatte? Sie sah nur allzu deutlich, wie Gentleman Jack und seine Bande die ganze Umgebung tyrannisierten. Sie suchten oft in den Gutshöfen Unterschlupf, denn sie brauchten ein Versteck, wenn es für sie zu gefährlich wurde. Und welcher Bauer konnte einer Bande von bewaffneten Männer die Tür weisen, die damit drohten, seine Kinder zu töten, wenn das Verlangen nach Unterschlupf abgelehnt wurde?

Es mußte einen Ausweg geben, dachte Arabella verzweifelt. Als sie zum Schloß zurückfuhren, erwog sie jeden möglichen Ausweg aus dieser schrecklichen Lage.

Der Marquis war ebenfalls in seine Gedanken vertieft. Nur Beulah verlangte unermüdlich, daß man rascher fuhr, bis sie endlich schläfrig wurde, ihren Kopf an Arabella lehnte und die Augen schloß.

»Wer könnte mich nur aufklären?« fragte der Marquis. »Du kommst aus dieser Welt. Du müßtest doch eine Vorstellung davon haben, was hinter dieser ganzen Geheimnistuerei steckt.«

»Ich kann es mir nicht denken«, log Arabella. »Vielleicht wäre es am besten, wenn Sie wieder nach London zurückkehren würden.«

»Warum sollte ich das?«

»Ich vermute, daß manche Leute Angst haben zu reden, weil jemand sie bedroht. Wenn Sie weg wären und man Ihre Spuren nicht verfolgen kann, würde man Ihnen vielleicht mitteilen, was los ist.«

»Manche Leute…«, sagte er. »Was meinst du mit manchen Leuten? Willst du damit sagen, daß die Eastcotes nicht die einzigen sind, die Angst haben?«

»Ich weiß es nicht«, sagte Arabella hastig.

»Ich bin überzeugt, du weißt mehr, als du mir sagst«, erwiderte der Marquis.

Arabella schüttelte den Kopf, aber sie dachte dabei: Er läßt sich nicht leicht täuschen, ich muß vorsichtiger sein.

Sie fuhren vor dem Schloß vor.

Beulah wachte auf, und der Marquis hob sie vom Zweispänner. Dann blickte er Arabella an, die auf dem hohen Kutschbock wartete.

»Willst du immer noch allein absteigen?« fragte er in dem nekkenden Tonfall, in dem ein Mann mit einem Kind spricht.

»Nein, Sie dürfen mir helfen«, sagte Arabella so, als erweise sie ihm einen Gefallen.

»Es ist mir eine Ehre!« sagte er und nahm sie in die Arme.

Sie hatte erwartet, daß er sie auf den Boden stellte, aber statt dessen behielt er sie in den Armen und sah sie an. Ihr rotgoldenes Haar lag dabei auf seiner Schulter.

»Ist es so schlimm?« fragte er. »Du bist so leicht wie eine Feder. Ich könnte dich auf den höchsten Turm tragen, ohne dabei tief Atem zu holen.«

»Bitte, stellen Sie mich hin!« sagte Arabella leise.

»Warum wirst du nicht gern angefaßt?« fragte der Marquis.

»Stellen Sie mich hin!« beharrte Arabella.

»Hat dir jemand weh getan?« fragte er. »Du bist so ein zierliches Mädchen. Ein Mann, der zu dir grausam ist, müßte zu der Sorte gehören, die gern einem Schmetterling die Flügel ausreißen.«

Der Marquis ging mit ihr die Stufen hinauf und betrat die große Halle. Beulah wurde bereits von George die Treppe hinaufgetragen. Sie versuchte, ihm zu erzählen, wie schnell sie gefahren waren.

»Ich trage dich, oder bist du schon so groß, daß du allein gehen kannst?« fragte der Marquis lachend.

Und plötzlich war Arabella wie in einer anderen Welt. Sie hatte das merkwürdige, unerklärliche Gefühl, daß es ihr nichts mehr ausmachen würde, wenn er sie die Treppe hinauftrug. Sie fühlte sich in seinen Armen frei von allen Ängsten, die im Schloß und seiner Umgebung lauerten.

Dann versuchte sie, sich gegen ihren Willen von ihm zu befreien. Sie kämpfte nicht gegen ihn persönlich, sondern gegen die Männer im allgemeinen, gegen Männer, die sie haßte und fürchtete.

Sie ist wie ein Singvogel, der sich im Netz verfangen hat, dachte der Marquis und stellte sie auf die unterste Stufe der großen Treppe.

»Ich weiß nicht, was ich von dir halten soll«, sagte er. »Ich sollte dich wegen deines Verhaltens gegenüber Lady Sybil tadeln, und ich bin überzeugt, daß du über die Eastcotes mehr weißt, als du mir sagen willst. Aber wenn ich mich jetzt auch zufriedengebe, Arabella, so bin ich doch entschlossen, hinter das Geheimnis zu kommen.«

Arabella erschrak bei dem Gedanken daran, daß ihnen jemand zuhören könnte, irgend jemand, der Gentleman Jack verriet, was der Marquis gesagt hatte.

Mit einem ängstlichen Ausruf lief sie die Treppe hinauf und ließ den Marquis mit einer überraschten Miene zurück.

Als Arabella in ihr Zimmer kam, preßte sie die Hände an die Schläfen. Angenommen, nur angenommen, es gab jemandem im Schloß, der Gentleman Jack erzählte, was hier gesprochen worden war. Miß Harrison, die zu faul war, ihr Zimmer zu verlassen, würde es nicht tun, aber einer der Diener oder ein Dienstmädchen. Es waren so viele Personen im Schloß, und nicht nur jene, die vor der Rückkehr des Marquis schon hier gewesen waren und für Gentleman Jack arbeiteten, sondern auch jene, die erst kürzlich aus dem Dorf eingestellt worden waren.

Wenn die Eastcotes, deren Gut einige Meilen vom Schloß entfernt lag, sich vor den Straßenräubern fürchteten, wie stand es dann mit jenen, die direkt hier wohnten? Arabella sah aus der Situation keinen Ausweg. Und doch wußte sie, daß früher oder später etwas geschehen mußte.

Arabella wusch sich das Gesicht und die Hände, kämmte sich das Haar und ging ins Kinderzimmer. Miß Harrison stand gerade von ihrem Mittagsschlaf auf.

»Hattet ihr eine schöne Ausfahrt, Kinder?« fragte sie.

»Fahren ... schnell fahren ... schnell!« sagte Beulah.

Miß Harrison gähnte. Sie interessierte sich offensichtlich nicht dafür, was sie erlebt hatten.

»Läute nach dem Tee«, befahl sie Arabella.

Kaum ertönte die Klingel, als Miß Fellows ins Zimmer kam.

»Ah, gut, daß Sie wach sind, Miß Harrison«, rief sie. »Ich habe Neuigkeiten, die Sie interessieren werden. Vor einer Stunde kam ein Bursche mit der Nachricht von Seiner Lordschaft. Wir werden heute abend den Obersten Richter zu Gast haben. Er ist auf dem Weg von Wilshire nach London und hat einen Vorreiter geschickt. Er bat um die Erlaubnis, im Schloß zu übernachten.«

»Guter Gott! Wir werden von Gästen überflutet«, rief Miß Harrison entsetzt. »Zuerst der Marquis und Lady Sybil, und jetzt dieser Richter!«

»Der Oberste Richter war früher immer Gast im Schloß«, sagte

Miß Fellows. »In den letzten Jahren war er natürlich nicht mehr hier. Woher weiß er, daß Seine Lordschaft im Schloß ist?«

»Ich denke, das spricht sich herum«, sagte Miß Harrison lakonisch.

»Mr. Turner freut sich jedenfalls«, sagte Miß Fellows. »Das gibt ihm die Möglichkeit, mit seinem Silber zu protzen. Ich habe den Westraum gerichtet. Natürlich auf Anordnung von Miß Matherson. Sie muß sich ja überall einmischen. Ohne abzuwarten, bis Seine Lordschaft von der Ausfahrt zurückkommt, schickt sie mir den Vorreiter und läßt mir ausrichten, wir müßten jederzeit bereit sein, Besuch zu empfangen.«

»Sie nimmt alles selbst in die Hand«, sagte Miß Harrison mißbilligend. »Ich hoffe nur, der Marquis wird sich über ihre Anmaßung ärgern.«

»Nein, das wird er nicht tun«, sagte Miß Fellows verdrießlich. »Er glaubt, alles, was die ›liebe Matty‹ tut, ist richtig.«

»Hoffentlich werden andere Leute ebenso erfreut sein«, sagte Miß Harrison. Lag hinter ihren Worten etwa ein Doppelsinn?

»Sie müssen es ihm sagen, nicht wahr?« fragte Miß Fellows leise.

»Natürlich sage ich es ihm. Ich habe das Gefühl, daß er heute nacht kommt.«

Sie sprachen so leise, daß Arabella gerade noch verstehen konnte, was sie sagten. Sie saß auf dem Fußboden und suchte in dem Spielzeugschrank nach einigen Bausteinen, die Beulah gern aufeinandersetzte.

»Ich muß jetzt wieder gehen. Ich dachte nur, Sie sollten es wissen«, hörte sie Miß Fellows sagen.

»Vielen Dank«, erwiderte Miß Harrison.

Miß Fellows verließ das Zimmer.

Gentleman Jack wird also heute kommen, dachte Arabella. Konnte dies der Augenblick sein, in dem sie dem Marquis sagen mußte, was vorging? Angenommen, sie täte es, was würde der Marquis machen?

Sie glaubte, daß er den Straßenräuber herausfordern würde. Sie sah die beiden Männer mit Pistolen in der Hand im Geiste vor sich.

Dann erinnerte sie sich an alles, was sie über die Straßenräuber gehört hatte – daß sie gute Schützen waren und daß sie jeden töteten, der töricht genug war, auf sie zu schießen, wenn sie eine Kutsche anhielten.

Sie hatte jemanden gekannt, der auf diese Weise gestorben war. Es war ein Freund ihres Vaters gewesen, ein Mann, der gut schießen konnte, ein Mann, der zweifellos wußte, wie man mit einer Pistole umging. Er hatte eine Kugel in den Hals bekommen, und die Straßenräuber waren mit allem entkommen, was er bei sich trug. Seine Frau war ihrer Juwelen beraubt im Straßengraben zusammengebrochen, bis jemand zufällig vorbeikam und sie nach Hause brachte.

Arabella erinnerte sich noch genau an alles, was damals gesprochen worden war. Man hatte nach den Straßenräubern gefahndet, sie aber nicht gefaßt. Konnte es sein, daß man jetzt endlich daran dachte, das Schloß nach diesen Schurken zu durchsuchen?

Wie dumm waren die Behörden der Grafschaft, nicht zu erkennen, daß Gentleman Jack komfortabel leben wollte. Er hatte seinen Spitznamen erhalten, weil er stets elegant gekleidet war und weil die, die ihn sprechen gehört hatten, schworen, daß er tatsächlich wie ein Gentleman sprach.

»Er spricht keinen Dialekt, er ist groß, elegant und hat tadellose Manieren«, hörte sie ihren Vater zu ihrer Mutter sagen. »Er könnte sogar einer von unseren Freunden sein, Liebling, und die Räuberei als eine bequeme Art ansehen, seine Schulden zu bezahlen.«

»Du würdest dich niemals so verhalten«, hatte Arabellas Mutter gesagt. »Nein, mein Lieber, du wärst kein guter Straßenräuber.«

»Das einzige, was ich jemals stehlen wollte, warst du, mein Liebling, und das ist mir gelungen«, hatte Arabellas Vater geantwortet. »Du hättest einen reicheren und bedeutenderen Mann als mich heiraten können.«

»Ich habe den Mann geheiratet, den ich liebe. Was kann sich eine Frau mehr wünschen?«

Arabella fröstelte. Sie konnte die Erinnerung an die Vergangenheit kaum ertragen, wenn sie daran dachte, daß ihre Mutter nun Sir Lawrence ihres Vaters Stelle einnehmen ließ.

Wenn Gentleman Jack Sir Lawrence niedergeschossen hätte, wäre sie darüber sogar froh. Sir Lawrence war zu schlau gewesen. Er hatte alles bereitwillig abgeliefert, ohne auch nur den Versuch zu machen zu kämpfen. Er wußte nur zu gut, wie perfekt Gentleman Jack mit seiner Pistole umgehen kann.

Und nun kam der Oberste Richter ins Schloß. War dies der Augenblick, in dem sie sprechen konnte? Schließlich war Seine Lordschaft der einzige, der Druck auf die Behörden ausüben konnte, damit die Straßenräuber unschädlich gemacht wurden und Leute wie die Eastcotes in Frieden leben konnten.

Ich muß mir etwas ausdenken, sagte sich Arabella.

Ohne es zu bemerken, hatte sie aus den Bausteinen, die sie für Beulah aus dem Spielschrank genommen hatte, ein Schloß gebaut.

»Arabella, pack das Spielzeug weg und trink deinen Tee«, sagte Miß Harrison tadelnd. »Du bist zu alt zum Spielen. Du solltest wissen, was du zu tun hast, auch ohne daß man es dir sagt.«

Der Satz kam Arabella fast prophetisch vor.

7. Kapitel

Später an diesem Abend ging Arabella in ihr Zimmer. Ein Diener hatte ihr einen Brief ihrer Mutter gebracht, während sie im Kinderzimmer beim Abendessen saß. Sie hatte den Brief vor Miß Harrison nicht geöffnet, sondern damit gewartet, bis sie allein war.

Jetzt war sie gespannt, was ihre Mutter ihr mitzuteilen hatte. Sie riß den Briefumschlag auf. Der Brief war enttäuschend kurz. Die saubere, schöne Handschrift ihrer Mutter war leicht zu entziffern, und Arabella las ihn rasch.

Meine Liebste – es ist sehr leer und einsam hier ohne Dich, aber ich bete darum, daß Du im Schloß glücklich bist und nicht an eine Rückkehr denkst. Dein Stiefvater war sehr zornig, daß Du ohne seine Erlaubnis fortgegangen bist. Es wäre höchst unklug, ihm zu begegnen, ehe sein Zorn verflogen ist. Ich fürchte, er wird darauf bestehen, Dich streng zu bestrafen. Wie ich gehört habe, ist Deine Tante krank. Deshalb kann ich sie nicht bitten, Dich bei sich aufzunehmen. Gib Dir alle Mühe, mein Liebes, mit Deiner jetzigen Umgebung zufrieden zu sein. Im Augenblick weiß ich keinen anderen Ort, wo Du Dich aufhalten könntest. Gott segne Dich, liebste Arabella, das ist die aufrichtige Hoffnung Deiner sehr besorgten, liebevollen Mutter.

Arabella las den Brief zweimal durch. Dann schloß sie die Augen, um ihre Tränen zurückzuhalten. Sie konnte nicht nach Hause zurückkehren, und es schien keinen anderen Ort zu geben, wo sie vor ihrem Stiefvater Schutz suchen konnte. Sie wußte, was es hieß, wenn Sir Lawrence zornig war. Sie wußte, daß er sie so lange schlagen würde, bis sie um Gnade flehte. Einmal hatte sie ihm getrotzt und ihre Schmerzensschreie unterdrückt, bis sie ohnmächtig wurde. Danach war ihr klar, daß es bei seiner überlegenen Kraft nur eine Frage der Zeit war, bis sie kapitulieren und tun mußte, was er von ihr verlangte.

Aber selbst wenn sie um Gnade flehte, wußte er, daß sie trotzdem unbesiegbar war. Sie würde gegen ihn kämpfen, solange sie lebte und atmete.

Arabella wischte sich die Tränen aus den Augen. Sir Lawrence mochte sie von ihrem Elternhaus ausschließen, seine Brutalität mochte sie von ihrer Mutter trennen, aber sie würde trotzdem den Kopf hoch tragen und ihn hassen.

Resolut steckte sie den Brief ihrer Mutter in die Schublade und zog sich um.

Sie hatte inzwischen beschlossen, hinunterzugehen und ihnen die Wahrheit zu sagen, sobald der Marquis und der Richter das Abendessen beendet hatten. Sie spürte, daß die jetzige Situation nicht länger andauern konnte. Der Marquis mußte über die Vorgänge im Schloß informiert werden, und wenn er es wußte, konnte ihn keiner besser beraten als der Oberste Richter.

Unter den Kleidern, die die Zofe ihrer Mutter für sie eingepackt hatte, befand sich eines, das Arabella immer auf Gesellschaften getragen hatte, als sie elf Jahre alt gewesen war, also vor beinahe sieben Jahren. Es hatte einen Spitzeneinsatz und eine blaue Schärpe. Als sie es jetzt im Schrank hängen sah, gefiel es ihr wieder, und sie hoffte, daß es ihr noch paßte.

Sie erinnerte sich daran, wie es genäht worden war und wie sich bewundernde Blicke auf sie gerichtet hatten, wenn sie es trug.

»Alle haben gesagt, Arabella sieht reizend aus«, hörte sie ihre Mutter stolz sagen.

»In ein paar Jahren werden sich die Damen von St. James vor ihr in acht nehmen müssen«, hatte ihr Vater lächelnd geantwortet.

Arabella fragte sich, was ihr Vater sagen würde, wenn er sie jetzt sehen könnte und wüßte, daß sie weit davon entfernt war, Komplimente einzuheimsen, und statt dessen in die Machenschaften einer mörderischen Straßenbande verstrickt war.

Sie seufzte. Manchmal vermißte sie ihren Vater auf unerträgliche Weise. Sie hatte das Gefühl, daß der Marquis ihm irgendwie ähnelte. Beide hatten fein geschnittene Züge. Sie hatten eine ungekünstelte Eleganz an sich, so daß sie nicht snobistisch erschienen, obwohl sie immer nach der neuesten Mode gekleidet waren. Beide hatten auch eine Freundlichkeit an sich, die Sir Lawrence Deane völlig abging, was ihr vom ersten Moment an aufgefallen war.

Dann dachte sie daran, daß sie alle Männer haßte, und der Marquis war schließlich auch ein Mann. Sollte sie Nonne werden?

Dann betrachtete sie ihr Spiegelbild und wußte, daß sie in Wirklichkeit nicht den Wunsch hatte, der Welt zu entsagen.

Plötzlich spürte sie eine Erregung in sich aufsteigen, ein abenteuerliches Gefühl! Es konnte Schwierigkeiten geben und sogar Gefahren, denen man ins Auge sehen mußte, aber sie mußte einen Weg finden, die brutale Gewalt zu besiegen.

Das Kleid, das sie gewählt hatte, war sehr eng. Es gelang ihr nur mit Mühe, es am Rücken zuzuknöpfen. Sie wirkte darin genau so alt, wie sie vorgab zu sein.

Sie zog sich einen Mittelscheitel und bürstete ihr rotgoldenes Haar, bis es schimmerte und in sanften Wellen über ihre Schulter fiel. An dem Kleid war ein Haarband befestigt, mit dem ihre Mutter ungebärdige Locken gezähmt hatte, als sie elf Jahre alt gewesen war. Als eine letzte Konzession an die Eitelkeit steckte sie ihr Haar im Nacken auf und fand, daß der Kontrast des blauen Bandes zu ihrem Haar außerordentlich attraktiv war.

Sie wartete, bis die Herren aus dem Salon kamen, in dem sie Portwein tranken, um sich endlich in die Bibliothek zurückzuziehen. Arabella nahm eines der ausgeliehenen Bücher und ging auf Zehenspitzen durch den Korridor und die große Treppe hinab.

Die Wachskerzen in den silbernen Ständern und den großen Kristallkronleuchtern waren angezündet. Eine Schale mit Flieder stand auf der Konsole am Fuß der Treppe, und der Kamin, der nicht mehr in Gebrauch war, weil der Sommer schon fast angebrochen war, war mit duftenden Nelken, Lilien und Azaleen aus den Treibhäusern gefüllt.

Alles sah jetzt ganz anders aus als bei ihrer Ankunft. Sie blieb auf dem Treppenabsatz stehen und lauschte. Die Türen waren dick, aber sie glaubte, Stimmen in der Bibliothek zu hören, und als sie die Treppe hinabging, war sie sich dessen sicher.

George war in der Halle beschäftigt und lächelte sie freundlich an. Da er sich neuerdings vorzüglich benahm, scherzte er nicht mehr mit ihr, wie er es noch vor einer Woche getan hätte.

Arabella ging zur Bibliothekstür. Sie hörte den Marquis sprechen. Er redete außergewöhnlich laut, und sie vermutete, daß der Richter schwerhörig sein mußte. Sie öffnete die Tür.

Wie immer war sie begeistert von der Schönheit der Bibliothek mit ihrem enormen Reichtum an Büchern. Sie ging auf die beiden Männer zu, die neben dem Kamin saßen.

Als der Marquis sie sah, leuchteten seine Augen auf, und sie entnahm seiner Miene, daß ihr Kommen ihn von einem offensichtlich langweiligen Gespräch befreite.

»Arabella!« rief er. »Was für eine Überraschung zu dieser Stunde!«

»Entschuldigen Sie bitte die Störung, Mylord«, sagte Arabella leise. Sie machte einen Knicks. »Ich dachte, Sie seien im Salon. Ich wollte nur ein Buch gegen ein anderes austauschen.«

»Ich will dich Seiner Lordschaft vorstellen«, sagte der Marquis. Er stand auf, nahm Arabella bei der Hand und führte sie zum Richter.

Auf einen Blick sah Arabella, daß ihr Plan nicht zu verwirklichen war. Unmöglich, diesem alten Mann die komplizierte Situation im Schloß zu erklären. Sie hatte sich vorgestellt, der Oberste Richter wäre weise, wie es sein Beruf verlangte.

Aber der Mann, der vor ihr im Sessel saß, war alt und senil. Seine knochigen Hände ruhten auf einem Spazierstock mit einem Elfenbeingriff. Als er Arabella sah, kniff er die Augen zusammen, als fiele es ihm schwer, sie anzusehen.

»Das ist Arabella, Mylord«, sagte der Marquis so laut, daß es im Raum widerhallte. »Sie ist mein Gast.«

»Anabella, sagen Sie?« fragte der Richter mit einer hohen Stimme.

»Nein, Arabella, Mylord.«

»Ein hübsches Kind, ein sehr hübsches Kind«, sagte der Richter beifällig. »Ist das Ihre Schwester?«

»Nein, Mylord. Meine Schwester ist... äh... jünger. Es ist zu spät für sie. Sie ist nicht mehr auf.«

»Jünger, sagen Sie... und dieses Mädchen...?«

»Ist Arabella, Mylord.«

»Ein sehr hübsches Kind.«

»Kann ich mein Buch austauschen?« fragte Arabella den Marquis.

»Aber natürlich, laß sehen, was dich interessiert hat«, sagte er. Er nahm ihr das Buch aus der Hand, und da fiel ihr ein, daß sie ein lateinisches Buch mitgebracht hatte. Nur einen Augenblick fürchtete sie, er könnte aufgrund ihrer Lektüre erraten, daß sie älter war, als sie aussah.

Aber der Marquis sah das Buch nur an und lachte.

»Du mußt es in der Eile mitgenommen haben«, sagte er. »Es hat dir bestimmt nicht viel genützt.«

»Nein, natürlich nicht, Mylord«, sagte Arabella. »Deshalb habe ich es auch wiedergebracht.«

»Du findest die Bücher, die ich gern gelesen habe, im dritten Regal dort beim Fenster«, sagte er.

»Vielen Dank, Mylord.«

»Ich zeige dir, wo sie stehen«, sagte er.

Er war offensichtlich froh, dem Richter entronnen zu sein.

»Hier sind sie«, sagte er. »Ich vermute, seitdem ich das letztemal hier war, hat niemand mehr ein Buch gelesen.«

Er fuhr mit den Fingern an den Buchrücken entlang.

»Dieses Buch hat mir besonders gefallen«, sagte er und zog einen Band heraus. Er suchte darin nach einer Illustration.

»Das ist sehr gut gezeichnet«, bemerkte Arabella.

»Was liest du am liebsten?« fragte der Marquis.

»Ich lese alles gern«, sagte Arabella. »Wenn man nach Lektüre ausgehungert ist, ist diese Bibliothek der schönste Platz auf der Welt.«

Sie berührte leicht das Buch, und ihre Augen leuchteten vor Freude auf, weil sie wußte, daß niemand ihr untersagen würde, es zu lesen.

Plötzlich bemerkte sie, daß der Marquis nicht die Bücher, sondern sie ansah. Das Kerzenlicht spielte auf ihrem Haar, ihre Augen waren groß und glückstrahlend, und sie lächelte.

»Was bist du für ein merkwürdiges Kind«, sagte er. »Ich überlege mir dauernd, was du wohl denkst. Woran denkst du, Arabella?«

Einen Augenblick zögerte Arabella. Sollte sie es ihm jetzt sagen? Doch dann entschied sie sich dagegen.

Sie war seiner nicht sicher. Wie würde er sich verhalten, wenn er die Wahrheit erführe? Sie hatte das Gefühl, daß er unnötigerweise tapfer sein würde. Er würde die Straßenräuber angreifen und Gentleman Jack selbst gefangennehmen wollen. In diesem Fall würde er ohne Gnade von ihm getötet werden, das wußte Arabella.

Und was würde das nützen? Würde das irgend jemand im Schloß helfen, oder den Pächtern auf dem Gut wie den Eastcotes, die unter der Bedrohung von Gentleman Jack litten?

»Du wolltest etwas sagen?« fragte der Marquis.

»Nein«, sagte Arabella. »Eure Lordschaft sollte zu Ihrem Gast zurückkehren.«

Der Marquis lächelte verschmitzt.

»Das Gespräch mit ihm ist fast so schwer, wie wenn man über frischgepflügtes Land reitet«, klagte er, und Arabella lachte.

»Ich dachte nicht, daß er so alt ist«, flüsterte sie.

»Du brauchst nicht zu flüstern«, sagte der Marquis in seinem normalen Tonfall. »Seine Lordschaft konnte über den Eßtisch hinweg kein Wort von dem verstehen, was ich sagte.«

»Aber ist er als Oberster Richter nicht viel zu alt?«

»Er setzt sich Ende dieses Jahres zur Ruhe«, sagte der Marquis. »Alte Männer hängen an ihrem Amt. Sie genießen die Macht und machen nicht gern einem Jüngeren Platz, der in diesem Fall mindestens sechzig Jahre alt sein wird. Aber du hast noch kein Buch ausgewählt. Nimm dies hier.« Er hielt ihr ein Buch hin.

Sie warf einen Blick darauf und schüttelte den Kopf.

»Das habe ich schon gelesen.«

»Wirklich?« fragte er. »Ich habe es erst in Eton gelesen. Du mußt sehr frühreif sein. Oder bist du etwas ganz Entsetzliches... ein Blaustrumpf?«

»Ist das so etwas Entsetzliches?« fragte Arabella. »Ziehen Sie wirklich Frauen vor, die hinter ihren Fächern einfältig lächeln und Ihnen verliebte Blicke zuwerfen, weil Sie ein Mann sind?«

Der Marquis warf den Kopf zurück und lachte lauthals. Da erkannte sie, daß diese Worte aus dem Mund eines Kindes in der Tat sehr merkwürdig klingen mußten.

»Ich möchte jetzt gehen«, sagte sie rasch und nahm ein anderes Buch, ohne auch nur einen Blick darauf zu werfen. Sie machte einen kleinen Knicks und ging zur Tür.

»Nein, warte Arabella«, sagte er. »Bitte geh noch nicht weg. Bleib hier und bring mich zum Lachen. Ich bin begierig darauf, noch mehr von deinen Ansichten zu hören.«

»Ich sollte längst im Bett sein«, sagte Arabella. »Miß Harrison wäre sehr wütend, wenn sie wüßte, daß ich in der Bibliothek bin.«

»Kümmere dich nicht um Miß Harrison. Ich werde sie besänftigen. Außerdem habe ich den Verdacht, daß du ihr gar nicht gesagt hast, wo du hingegangen bist.«

Arabella lächelte ihn an. Sie konnte nicht anders. Sie mochte die Art, wie seine Augenwinkel sich in Falten legten, wenn er sich amüsierte. Er mochte leichtsinnig und sorglos mit seinem Besitztum umgegangen sein, aber man mußte zugeben, daß er sehr anziehend und charmant war.

»Dann warst du also unartig«, sagte der Marquis mit vorgetäuschtem Ernst. »Aber statt dich zu tadeln, wie ich es wahrscheinlich tun sollte, werde ich dir morgen einen Geheimgang zeigen, den niemand außer mir kennt.«

»Einen Geheimgang?« fragte Arabella erstaunt.

»Ja, es gibt einige im Schloß«, sagte der Marquis. »Aber einer, der mich am meisten fasziniert hat, führt direkt vom Kinderzimmer in den ersten Stock hinunter. Es ist kein besonders wichtiger Gang. Ein viel besserer liegt im Ostflügel und führt von den Türmen in den Keller hinab. Aber den kennt jeder. Die Geheimtreppe vom Kinderzimmer war für mich selbst sehr wichtig, weil ich dadurch der Obhut meines Kindermädchens entrinnen konnte und später meinen Lehrern, wenn sie dachten, ich läge schlafend im Bett.«

»Wo ist sie versteckt?« wollte Arabella wissen.

»Das sage ich dir nicht. Ich werde es dir zeigen, und du mußt mir feierlich versprechen, niemandem etwas davon zu erzählen. Ich habe sie selbst ganz zufällig entdeckt, als man mich einmal zur Strafe in meinem Zimmer eingeschlossen hat. Danach hoffte ich immer, daß ich die gleiche Strafe wieder bekommen würde.«

»Dann war die Strafe also keine Strafe«, sagte Arabella lächelnd.

»Genau«, sagte der Marquis. »Mit dem Ergebnis, daß ich ein eingefleischter und reueloser Sünder geworden bin, weil ich nie richtig bestraft wurde. Ich sehe es im Geist noch vor mir, wie ich die schmale Treppe hinabstieg und im ersten Stock wieder herauskam. Von dort ging es dann über die Hintertreppe und hinaus in den Garten. Ich bin auf diese Weise viele Dutzend Mal entkommen, und man hat mich nie erwischt.«

»Und jetzt wollen Sie Ihr Geheimnis mir anvertrauen?« fragte Arabella leise.

»Ja, morgen«, sagte der Marquis.

»Das ist sehr lieb von Ihnen. Gute Nacht, Mylord.«

Zu ihrem Erstaunen nahm der Marquis sie in die Arme und hob sie auf, so daß sein Gesicht neben dem seinen war.

»Gibst du mir keinen Gute-Nacht-Kuß?« fragte er.

»Nein, natürlich nicht«, sagte Arabella und fügte in einer plötzlichen Panik hinzu: »Bitte stellen Sie mich wieder auf den Boden.«

In ihrer Stimme lag eine Dringlichkeit, die den Marquis überraschte. Er sah ihr in die Augen, und sie brachte es nicht fertig, den Blick abzuwenden.

»Du hast Angst«, sagte er. »Du erstaunliches kleines Mädchen, wovor hast du Angst?«

Er stellte sie sanft auf den Boden und sah sie besorgt an.

»Irgend jemand hat dich verletzt, Arabella. Kein Kind sollte so aussehen, wie du eben ausgesehen hast. Sag mir, wovor fürchtest du dich?«

»Ich hasse es, wenn man mich anfaßt«, erwiderte Arabella.

»Wenn ich dich anfasse, oder auch, wenn andere dich anfassen?«

»Wenn man mich anfaßt«, erwiderte Arabella. »Ich hasse Männer. Sie sind grausam und gemein, ich hasse sie!«

Sie sprach aggressiv und spürte Sir Lawrences Peitsche immer und immer wieder zuschlagen, bis sie halb bewußtlos war, und dann, wenn er sie an sich zog, sie küßte, abtastete... wie sie sich wand und krümmte, um freizukommen, und doch wußte, daß sie in seiner Macht war.

»Arabella!«

Ihre finsteren Erinnerungen verflogen, als sie die Stimme des Marquis' hörte. Sie erkannte, daß sie ihre Gefühle gezeigt hatte, ohne es zu wollen.

Er sah sie erstaunt und ängstlich an. Dann setzte er sich auf einen Stuhl, damit er nicht länger zu ihr herabblicken mußte. Seine Hände hingen herab, aber es kam ihr so vor, als streckte er sie ihr hin.

Sie wollte sich umdrehen und weglaufen, brachte es aber nicht fertig.

»Arabella, wer hat dir das angetan?« fragte er. »Welcher Mann hat dich so verletzt, daß du jetzt in jedem, der dir begegnet, einen möglichen Feind siehst? Ich bin ein Mann, aber ich bin auch dein Freund, Arabella. Ich möchte dir helfen.«

Einen Moment schloß Arabella die Augen, als wolle sie sich gegen die Zärtlichkeit und Freundlichkeit seines Gesichtes abschirmen.

»Es tut mir leid, Mylord«, sagte sie kühl. »Ich hätte so nicht sprechen sollen.«

»Du hast jedes Recht, so zu sprechen«, antwortete er. »Aber was ist geschehen, daß du so denkst? Hör mir zu, Arabella! Manche Männer sind gefühllos, aber nicht alle. Die meisten Männer sehen in einer Frau alles, was schön und edel ist.«

Arabella war erstaunt über die Zärtlichkeit in seiner Stimme.

»Ich wollte, meine Mutter lebte noch und könnte mit dir sprechen«, fuhr der Marquis fort. »Vielleicht kann ich als Mann deine Probleme gar nicht lösen. Aber ich will dir eines versprechen! Wenn dich irgend jemand in Wort oder Tat verletzen sollte, werde ich mich mit ihm auseinandersetzen. Ich will diese Angst nicht noch einmal in deinem Gesicht sehen. Glaubst du mir das, Arabella?«

Gegen ihren Willen sah sie ihm in die Augen. Mehrere Sekunden sagte keiner ein Wort. Dann drehte sich Arabella um und lief ohne zurückzublicken aus der Bibliothek.

Halb glaubte sie, sie habe den Marquis ihren Namen rufen hören, aber sie war sich dessen nicht sicher. Erst als sie in ihrem Zimmer war, bemerkte sie, daß ihr die Tränen die Wangen hinabliefen und ihr Herz wie rasend schlug.

Sie warf sich auf das Bett und versuchte nachzudenken. Aber sie konnte sich nur an die Freundlichkeit in seiner Stimme erinnern und an den zärtlichen Ausdruck seiner Augen. Nach langer Zeit fiel Arabella ein, daß sie ihr Vorhaben nicht erfüllt hatte. Sie mußte Hilfe aus London holen, sagte sie sich.

Langsam zog sie sich aus. Sie mußte sich dafür sehr viel Zeit gelassen haben, denn als sie ins Bett stieg und die Kerze ausblies, hörte sie die Uhr Mitternacht schlagen. Und in diesem Augenblick vernahm sie draußen im Korridor Schritte. Sie wußte, wessen Schritte es waren. Und doch mußte sie sich vergewissern.

Sie schlüpfte aus dem Bett, schlich zur Tür und öffnete sie leise. Die Schritte waren in Richtung zum Kinderzimmer gegangen. Sie hörte, wie eine Tür geschlossen wurde. Ohne zu bedenken, daß sie in Gefahr war, legte Arabella einen Umhang über ihre Schultern und schlich in den dunklen Korridor hinaus.

Die Wachskerzen, die dort noch brannten, gaben nur ein schwaches Licht. Barfuß stahl sich Arabella durch die offene Tür ins Kinderzimmer.

Sie hörte Gentleman Jacks Stimme und sah einen Lichtstrahl unter Miß Harrisons Zimmertür. Leise schlich Arabella über den mit Teppichen belegten Boden zur Tür.

»Gott sei Dank, daß du gekommen bist«, hörte sie Miß Harrison sagen. »Ich habe mich zu Tode geängstigt. Wo bist du so lange gewesen?«

»Ich war in Bedfordshire. Ich habe großartige Beute gemacht, mein Liebling. Hier ist ein Geschenk für dich. Wenn du es siehst, werden deine Augen strahlen wie ein Diamant.«

»Jack, hast du nicht gehört, was geschehen ist? Seine Lordschaft ist wiedergekommen!«

»Ja, ich weiß. Es hat ein Dutzend ängstlicher Gesichter und besorgte Zungen gegeben, die mir die Nachricht überbracht haben, seit ich über die Grafschaftsgrenze kam.«

»Du solltest dich hier nicht mehr aufhalten«, sagte Miß Harrison. »Es ist gefährlich.«

Gentleman Jack lachte.

»Für wen ist es gefährlich?« fragte er. »Mach nicht solch ein besorgtes Gesicht. Überlaß die Dinge mir. Es kann sich als ein Glücksfall herausstellen, daß dieser junge Schnösel nach Hause auf seinen Misthaufen zurückgekommen ist. Du wirst ihn bald anders reden hören, das versichere ich dir.«

»Aber er bleibt hier!« rief Miß Harrison.

»Na und? Er wird dich heute abend doch nicht besuchen, oder?«

Er lachte heiser.

»Jack, warum sagst du so etwas? Miß Matherson wurde mit der Oberaufsicht betraut, und ich habe keine Ahnung, was im Haus vorgeht.«

»Miß Matherson wird diese Aufgabe nicht lange innehaben«, sagte er drohend. »Du wirst die Herrin sein, und zwar nicht nur die des zweiten Stockwerks.«

»Was meinst du damit?« fragte Miß Harrison.

»Ich habe meine Pläne.«

»Der Oberste Richter ist heute hier«, sagte Miß Harrison.

»Ja, ich weiß. Und ich weiß noch etwas anderes, was dich interessieren wird, meine Liebe. Er hat in seiner Kutsche tausend Goldsouvereigns, Geld, das die Stadt Bedford in London zur Bank bringen möchte. Sie dachten, es wäre in den Händen dieses senilen Mannes sicher. Bei Gott, sie werden ihren Fehler bald einsehen.«

»Willst du ihm das Geld abnehmen?«

»Was erwartest du?« fragte Gentleman Jack. »Glaubst du, ich lasse es mir durch die Finger gehen?«

»Willst du es hier tun?«

»Sei nicht so dumm, mein Täubchen«, erwiderte Gentleman Jack. »Du kannst mir ruhig ein bißchen gesunden Menschenverstand zutrauen. In der Nähe des Schlosses unternehme ich nichts. Dies hier ist unsere Festung, unser Platz, wo wir sicher sind, wie du weißt. Nein, der Richter Seiner Majestät wird unterwegs überfallen.«

Er lachte. »Und soll ich dir noch etwas verraten? Es wird noch jemand bei ihm sein... jemand, den ich mir so bald wie möglich vom Hals schaffen will.«

»Wen meinst du?«, fragte Miß Harrison.

»Wen sonst als den edlen Marquis selbst?« fragte Gentleman Jack höhnisch.

»Wie willst du das machen? Er wird schwerlich das Schloß verlassen«, warf Miß Harrison ein.

»Er wird morgen eine Notiz erhalten, daß seine Anwesenheit in London sehr dringend erforderlich ist«, erwiderte Gentleman Jack. »Er wird nach seinem Zweispänner rufen, aber das Rad wird unerklärlicherweise gebrochen sein.«

»Und dann?«

»Dann wird er natürlich einen Platz in der Kutsche Seiner Lordschaft annehmen, und die schnappe ich mir.«

»Aber du wirst ihn nicht töten?« fragte Miß Harrison entsetzt.

»Nicht kaltblütig, meine Liebe«, antwortete Gentleman Jack. »Verdammt, diese Stiefel!«

Arabella hörte ein Geräusch auf dem Fußboden, das sie aufspringen ließ.

»Nein, ich habe nie einen Mann kaltblütig getötet, nicht einmal, wenn niemand zusieht. Das würde meinen Ruf ruinieren. Vergiß nicht, daß man mich Gentleman Jack nennt. Und dies nicht nur, weil ich wirklich ein Gentleman bin, sondern weil ich mich auch wie einer benehme und nur in Notwehr schieße. Wie du sehr gut weißt, trifft mein Blei rascher als das aller anderen. Wer kann mir daran die Schuld geben?«

»Dann wird der Marquis sterben?« fragte Miß Harrison ängstlich. »Und was wird dann mit uns, Jack?«

»Ich habe meine Pläne«, erwiderte Gentleman Jack großspurig. »Ich habe große Pläne, Olive, Pläne für dich und für mich. Pläne für die Zukunft.«

»Was hast du vor?« fragte Miß Harrison gespannt.

»Du wirst es zur rechten Zeit erfahren. Möchtest du, daß ich die ganze Zeit weiterrede? Als ich kam, dachte ich, du freust dich, mich zu sehen.«

»Das tue ich auch, das weißt du. Und ich habe dich mehr als alles andere vermißt. Liebster, ich fürchte mich. Ich fürchte mich für dich und für mich. Wenn etwas schiefgeht, wenn sie dich erwischen – was soll ich dann tun?«

»Sie kriegen mich nicht!« prahlte Gentleman Jack. »Komm, Olive, küß mich, anstatt dir deinen hübschen kleinen Kopf zu zerbrechen.«

Arabella entfernte sich von der Tür. Sie hatte genug gehört. Sie mußte den Marquis warnen.

Sie schlüpfte durch die offene Tür in den Korridor, der zur Treppe führte. Plötzlich blieb sie wie angewurzelt stehen und zog sich in die Schatten zurück.

Dort stand jemand!

Es war ein Mann, der den Hut tief in die Stirn gezogen hatte. Er trug hohe Reitstiefel und hatte eine Pistole im Gürtel stecken.

Arabella schlich den Korridor zurück. Vor ihrer Zimmertür hielt sie inne und ging noch ein paar Schritte weiter. Der Korridor bog hier ab, und dort, neben der Hintertreppe, sah sie einen weiteren Mann.

Gentleman Jack ging heute nacht kein Risiko ein. Er hatte Wächter postiert, und Arabella war klar, daß es keine Möglichkeit gab, an ihnen vorbeizukommen.

8. Kapitel

Arabella warf sich in der Dunkelheit schlaflos in ihrem Bett hin und her und überdachte noch einmal alles, was sie gehört hatte – Schritt für Schritt, Wort für Wort. Schließlich kam sie zu dem Schluß, daß sie den Marquis nun doch nicht warnen mußte, nachdem sie Gentleman Jack mit Miß Harrison belauscht hatte.

Offensichtlich war der Marquis in Sicherheit, solange er Gentleman Jack nicht herausforderte.

Es war schwer zu glauben, daß der Straßenräuber einen Ehrenkodex kannte, aber er hatte gesagt, daß er einen Mann nicht kaltblütig töten würde, nicht einmal, wenn niemand ihm dabei zusah. Arabella betete darum, daß er sein Wort halten möge.

Jetzt mußte sie irgendwie den Marquis daran hindern, mit dem Richter nach London zu fahren.

Sie war überzeugt, wenn sie ihn warnte und zu bleiben bat, würde er dies ablehnen. Er wäre der Meinung, es sei seine Ehrenpflicht, Gentleman Jack gegenüberzutreten, und er konnte sogar optimistischerweise glauben, daß viele Leute, die ihm auf dem Besitztum dienten, ihn gegen die Straßenräuber unterstützen würden.

Unglücklicherweise ist er zu lange weggewesen, dachte Arabella, und wenn diejenigen, die im Schloß dienten, auch loyal sein mochten, so hatten die Familienbande und die Zuneigung zu ihrem eigenen Fleisch und Blut stets den Vorrang.

Daß Gentleman Jack raffiniert war, stand fest, denn er hatte bei jedem, den er terrorisieren wollte, eine verletzliche Stelle gefunden: Der Bauer Eastcote fürchtete um seine Familie, Mrs. Coombes um ihren schwachsinnigen Sohn, der alte Jacobs um seine Enkelin.

Und es gab noch Dutzend andere, die Gentleman Jack durch bloße, unverhüllte Angst beherrschte.

Doch so sehr sie alles sorgfältig gegeneinander abwog, ihr kam kein Vorwand in den Sinn, unter dem sie den Marquis am Verlassen des Schlosses hindern konnte. Hier war wieder trügerischer Boden. Der Bursche, der ihm die Nachricht überbrachte, daß er nach London kommen müsse, und der Stallknecht, der sagen würde, daß das Rad des Zweispänners gebrochen sei, müßten ebenfalls in die Verschwörung verwickelt sein.

Es war ein Gewirr mit unendlich vielen Knoten und einer Vielzahl von Komplikationen, die immer erschreckender wurden, je mehr man sich mit ihnen befaßte.

Es dämmerte schon, als Arabella einen Entschluß faßte.

Sie stand auf und zog sich an, und als sie ihr Zimmer verließ, traf sie George, der mit einem Frühstückstablett durch den Korridor kam.

»Guten Morgen, Miß Arabella«, sagte er fröhlich.

»Guten Morgen, George. Weißt du, um wieviel Uhr der Richter nach London aufbricht?«

»Wollen Sie ihm einen Abschiedskuß geben? Nun, er bekommt sein Frühstück um halb neun. Seine Kutsche ist für halb zehn Uhr bestellt.«

»Danke, George«, sagte Arabella. Sie ging in das Kinderzimmer und stellte fest, daß Beulah noch nicht aufgestanden war, aber aufrecht in ihrem Bett saß und mit ihren Kätzchen spielte.

»Ich ziehe dich an«, sagte Arabella. »Wir haben heute morgen etwas Aufregendes zu tun.«

»Aufregend?« fragte Beulah mit großen Augen.

»Ja«, sagte Arabella, »und es ist dazu noch ein Geheimnis.«

Das war ein magisches Wort für Beulah.

»Geheimnis!« rief sie. »Noch ein... Geheimnis... Beulah mag... Geheimnis.«

»Ich mag Geheimnisse«, korrigierte Arabella automatisch.

Beulah war fertig angezogen, als Rose kam, um sie zu wecken.

»Ich habe Beulah angekleidet, weil wir heute zeitig ausgehen wollen«, sagte Arabella.

»Das ist nett. Wirst du Seiner Lordschaft ›Auf Wiedersehen‹ sagen?« fragte Rose. »Man hat uns eben gesagt, daß er nach London fährt.«

»Das kommt unerwartet, nicht wahr?« sagte Arabella vorsichtig. »Gestern hat er noch nichts davon gewußt.«

»Nein, ein Bursche brachte ihm heute in aller Frühe eine Nachricht.«

»Ein Bursche aus London?« fragte Arabella.

»Ich glaube ja. Jedenfalls fährt Seine Lordschaft weg. Ich hoffe nur, daß er wiederkommt. Er ist so stattlich. Mein Herz fängt jedesmal wie wild zu schlagen an, wenn ich ihn sehe. Und auch die Diener halten ihn für einen famosen Kerl.«

Arabella fragte sich, was Rose sagen würde, wenn sie wüßte, daß der Marquis sehr wahrscheinlich noch vor dem Ende des Tages tot sein würde. Würde sie versuchen, es zu verhindern? Oder wäre sie wie die anderen, zu ängstlich, um irgend etwas anderes zu tun als zu schweigen, wie Gentleman Jack es von ihnen verlangte?

Um acht Uhr gab es das Frühstück im Kinderzimmer. Miß Harrison erschien erst zwanzig Minuten später. Inzwischen war Beulah beinahe mit dem Essen fertig, obwohl sie entsetzlich langsam aß.

»Ich habe Beulah versprochen, daß sie die Kutsche des Obersten Richters und die Vorreiter sehen darf, die nach London aufbrechen«, sagte Arabella, als Miß Harrison sie tadelte, weil sie ohne sie zu frühstücken begonnen hatten.

Die Gouvernante war noch müde und deshalb an diesem Morgen besonders schlecht gelaunt. Ohne den Frühstückstisch auch nur eines Blickes zu würdigen, ging sie zu ihrem Schrank und nahm eine Flasche Cognac heraus.

Ein Weinglas wäre fast umgefallen. Dann kam sie an den Tisch zurück und knabberte ein paar Delikatessen aus den Silberschalen.

»Um wieviel Uhr bricht der Richter auf?« fragte sie.

»Um halb zehn«, erwiderte Arabella. »Ich dachte, Beulah könnte die Kutsche besser sehen, wenn ich mit ihr ein Stück weit die Einfahrt hinuntergehe.«

»Mach dir doch keine Umstände«, sagte Miß Harrison. »Winke einfach und mache einen Knicks.«

Ihr dunkles Haar fiel über die Schultern und ließ sie ungewöhnlich sinnlich aussehen. Arabella fragte sich, wie eine Frau überhaupt einen Mann wie Gentleman Jack als Liebhaber wollte.

»Heute früh will ich mich einmal ausruhen«, sagte Miß Harrison. »Wenn du mit Beulah hinausgehst, kannst du mit ihr draußen bleiben. Ich kann heute kein Geräusch im Kinderzimmer gebrauchen, wenn ich schlafen will.«

»Nein, natürlich nicht«, sagte Arabella. »Können wir jetzt gehen?«

»Rufe jemanden, der Beulah die Treppe hinunterträgt«, sagte Miß Harrison.

Sie stand auf, gähnte laut, ging noch einmal zum Schrank und griff nach der Cognacflasche.

Arabella führte Beulah vom Tisch weg, nahm ihre Haube und trug sie bis zum oberen Treppenabsatz. Sie fragte sich gerade, ob sie versuchen konnte, das Kind selbst die Treppe hinunterzutragen, als George erschien.

»Wo geht ihr hin?« fragte er. »Ihr seid früh auf heute morgen. Sicher habt ihr irgendeinen Streich vor.«

»Hotta... sehen... Hotta... sehen«, sagte Beulah.

»Sie liebt Tiere, nicht wahr?« sagte George zu Arabella.

»Ja, und deshalb dachte ich, sie würde gern zusehen, wie der Oberste Richter nach London aufbricht.«

»Seine Lordschaft fährt mit ihm«, sagte George vertraulich. »Ihr könnt auch ihm Lebewohl winken.«

»O wirklich?« fragte Arabella unschuldig. »Warum fährt er nicht mit seinem eigenen Zweispänner?«

»Wie ich gehört habe, ist etwas mit einem der Räder nicht in Ordnung. Seine Lordschaft fluchte wie ein Seemann, als Mr. Turner ihm die Nachricht aus den Stallungen brachte. Ich glaube, die Fahrt wird ihm nicht sehr gefallen, wenn er die ganze Zeit den Alten anschreien muß.«

»Nein, bestimmt nicht«, sagte Arabella. »Taube Leute sind sehr schwierig.«

»Er wird sich damit abfinden müssen«, sagte George grinsend. »Der alte Herr sagte: ›Sie kommen mit mir, mein Junge, die Kutsche ist groß genug für zwei.‹ Ihr hättet das Gesicht Seiner Lordschaft sehen sollen. Aber es blieb ihm nichts anderes übrig als zuzustimmen.«

»Wann hat sich das alles abgespielt?« fragte Arabella.

»Als die beiden Herren zum Frühstück herunterkamen«, erwiderte George. »Ich war gerade in der Halle, als Mr. Turner Seiner Lordschaft mitteilte, daß er nicht mit seinem Zweispänner fahren kann. Als ich den Wagen gestern abend sah, kam er mir noch ganz in Ordnung vor.«

»Was kann mit ihm geschehen sein?« fragte Arabella.

»Wenn ich das wüßte«, sagte George.

Wie genau alles geplant war, überlegte Arabella. Gentleman Jack hatte wirklich jedes einzelne Detail genau durchdacht. Oder hatte ihm Turner dabei geholfen?

Der Butler steckte doch nicht etwa mit in der Verschwörung? Verzweiflung stieg in Arabella auf. Es kam ihr vor, als wären sie und der Marquis von Feinden umzingelt, von Eingeborenen, von denen jeder vergiftete Pfeile trug. Sie wollte von George nicht noch mehr hören und ging mit Beulah hinunter zur Brücke.

Sie wollte ein gutes Stück vom Schloß entfernt sein, und dies bedeutete, daß sie eine beträchtliche Strecke zurücklegen mußten. Es zeigte sich bald, daß Beulah es niemals zu Fuß schaffen würde.

Deshalb nahm Arabella sie auf den Arm. Beulah war schwer und wollte nicht getragen werden.

»Beulah... laufen«, verlangte sie.

»Ich muß dir etwas verraten«, versuchte Arabella sie abzulenken. »Es ist ein Geheimnis! Ein sehr wichtiges Geheimnis. Ich möchte, daß du mir hilfst.«

»Geheimnis... Beulah mag... Geheimnis«, antwortete das Kind.

»Ja, ich weiß. Und meines ist ein sehr großes Geheimnis«, sagte Arabella. »Hör mir zu, Beulah. Es ist sehr wichtig.«

Es fiel ihr schwer, zu sprechen und gleichzeitig Beulah zu tragen. Aber irgendwie brachte es Arabella fertig. Sie überquerte die Brükke und erreichte die großen Eichenbäume, die eine über zwei Meilen lange Allee bildeten.

Die Bäume verbargen zum Teil das Schloß. Nach einer Weile verließ sie die Straße und ging über den Rasen im Park. Schließlich setzte sie Beulah im Gras nieder und sagte ihr noch einmal, was sie zu tun habe.

»Und vergiß nicht, Beulah, du mußt die Augen zumachen und ganz still liegen, wenn du mich kommen hörst. Es ist ein Geheimnis, vergiß es nicht. Ein Geheimnis zwischen dir und mir.«

Beulah nickte.

»Geheimnis...«, sagte sie. »Beulah... macht... Augen zu.«

Arabella blickte zum Schloß hinüber. Sie konnte sehen, daß sich vor dem Haupteingang eine Kutsche in Bewegung setzte. »Vergiß nicht, Beulah«, erinnerte Arabella sie noch einmal, »schließe deine Augen.«

Arabella lief zurück zur Straße, so rasch das hohe Gras es ihr erlaubte. Als sie die Kutsche über die Brücke rattern hörte, stellte sie sich mitten auf die Straße und winkte mit den Armen. Einen Augenblick fürchtete sie, der Kutscher würde nicht anhalten, aber sie blieb, wo sie war, bis die Pferde dicht vor ihr ruckartig zum Stehen gebracht wurden.

Der Marquis steckte den Kopf aus dem Kutschenfenster.

»Was ist los? Warum halten wir an?« fragte er, ehe er Arabella sah.

»Auf der Straße steht ein Mädchen«, sagte der Kutscher.

Arabella lief zur Kutschentür. »Es ist wegen Beulah, Mylord, sie ist gestürzt. Ich glaube, sie ist bewußtlos. Bitte kommen Sie und helfen Sie mir.«

»Natürlich«, sagte der Marquis.

Der Diener sprang vom Kutschbock und öffnete ihm die Tür.

»Was ist los? Was ist los?« rief eine nörgelnde Stimme im Innern der Kutsche.

Der Marquis, der schon halb ausgestiegen war, drehte sich zu ihm um.

»Ich fürchte, meine Schwester hat sich verletzt, Mylord.«

»Sollen wir warten?«

Der Marquis zögerte.

»Beulah liegt in einiger Entfernung von hier«, sagte Arabella aufgeregt.

Da sagte der Marquis:

»Nein, ich will Sie nicht warten lasen. Leben Sie wohl, Mylord. Es tut mir wirklich leid, daß ich Sie nicht nach London begleiten kann.«

Er stieg vollends aus der Kutsche.

»Weiterfahren!« rief er dem Kutscher zu und trat beiseite, als die Pferde losliefen und die Räder Staub aufwirbelten.

Zwei Vorreiter mit Perücken unter ihren spitzen Hüten trieben ihre Pferde an, damit sie vor die Kutsche kamen. Als die Kavalkade davonfuhr, nahm der Marquis Arabellas Hand.

»Was ist geschehen?« fragte er ruhig. »Ist Beulah verletzt?«

»Ich weiß nicht«, erwiderte Arabella.

»Weshalb seid ihr beide hier draußen?« fragte der Marquis erstaunt.

Arabella wollte keine Fragen beantworten und zog deshalb kindlich an der Hand des Marquis.

»Beeilen wir uns! Sie liegt hier drüben auf dem Rasen.«

Sie gingen rasch zwischen den Bäumen hindurch. Arabella sprach laut, damit Beulah sie hörte.

»Es war ein so schöner Tag«, sagte sie, »und Beulah wollte so gern die Pferde sehen. Sie liebt Pferde.«

Arabellas Stimme hatte die gewünschte Wirkung. Als sie bei Beulah ankamen, lag diese mit geschlossenen Augen im Gras.

»Da ist sie«, sagte Arabella.

»Ist sie gefallen?« fragte der Marquis.

»Ja, ich glaube, sie muß über einen Baumstumpf gestolpert sein«, erwiderte Arabella, und als sie sah, daß Beulahs Lippen zuckten, wußte sie, daß sie rasch etwas tun mußte.

»Vielleicht feuchten Sie Ihr Taschentuch an«, sagte sie zum Marquis und deutete auf den See, der unter ihnen lag.

»Das will ich tun.« Er warf seinen Hut auf den Boden und lief über das Gras.

Er war sehr elegant gekleidet, dachte Arabella. Er trug einen maßgeschneiderten Mantel aus dunkelblauem Kord, und Quasten baumelten an seinen Schaftstiefeln hin und her, wenn er ging.

Beulah öffnete die Augen.

»Beulah weiß ... Geheimnis.«

»Du bist sehr klug«, flüsterte Arabella.

»Beulah planscht ... im See!« rief sie aufgeregt.

»Nein, jetzt nicht«, antwortete Arabella. »Warte, bis Seine Lordschaft wiedergekommen ist.«

»Beulah ... weiß ... eins ... zwei ... drei ... Geheimnisse«, sagte Beulah.

»Ja, aber du darfst nicht darüber sprechen«, ermahnte sie Arabella, »sonst sind es keine Geheimnisse mehr.«

Der Marquis kehrte mit einem feuchten Taschentuch zurück.

»Es scheint ihr besser zu gehen«, bemerkte er.

»Sie war von dem Sturz bewußtlos«, sagte Arabella, »aber wenn sie sich eine Weile ausruhen kann, bin ich sicher, daß sie sich rasch wieder erholt.«

»Wir sollten lieber ins Schloß zurückkehren und einen Arzt holen«, schlug der Marquis vor.

»Beulah ... will ... planschen«, sagte das Kind.

»Ich kann keine wirklich ernsthafte Verletzung an ihr entdekken«, sagte Arabella. »Anfangs war ich sehr besorgt, aber sie scheint sich nun schnell erholt zu haben.«

»Er ... holt«, echote Beulah.

Der Marquis lachte.

»Ich glaube, du warst schwimmen«, sagte er.

Beulah sah ihn mit großen Augen an.

»Dieses Wort kennt sie noch nicht«, sagte Arabella. »Gehen wir mit ihr zum Teich hinunter. Je eher sie vergißt, was geschehen ist, um so besser.«

»Beulah ... planschen.«

Der Marquis hob sie hoch.

»Dann komm mit!«

Er trug sie über den Rasen. Dann setzte er sie zwischen den Gänseblümchen am Wasser ab und suchte einige flache Steine. Er ließ sie über das Wasser flitzen. Dann legte er sich neben einer Eiche ins Gras.

»Ich muß zugeben, daß es hier im Sonnenschein ausgesprochen angenehm ist, obwohl du mir in der feinen Gesellschaft zweifellos geschadet hast.«

»Ich? Wieso?« fragte Arabella.

»Ich bekam heute früh eine Nachricht, der Prinzregent und Lady Hertford wünschten mich heute nachmittag im Meridale House zu sehen. Es wird ungeheuer schwierig sein, Seiner Königlichen Hoheit zu erklären, daß ich etwas anderes zu tun hatte.«

»Wird Seine Königliche Hoheit verärgert über Sie sein?«

»Wahrscheinlich pikiert und verärgert«, erwiderte der Marquis. »Prinny ist auf alles eifersüchtig, was die Köpfe seiner Untertanen beschäftigt, es sei denn, man denkt an ihn selbst.«

»Das hört sich sehr selbstsüchtig an«, bemerkte Arabella.

Der Marquis lachte.

»Das ist Majestätsbeleidigung«, sagte er. »Wenn du so sprichst, bringt man dich in den Tower und schlägt dir den Kopf ab.«

Arabella lachte amüsiert. Der Marquis sagte rasch:

»Ach richtig, das hatte ich ganz vergessen. Du bist die gebildete junge Dame, die an solch einen Unsinn nicht glaubt.«

»Es gibt heutzutage genügend Gefahren, auch ohne daß man fürchten muß, enthauptet zu werden«, bemerkte Arabella. »Haben Sie schon von den Straßenräubern gehört, die ganz Hertfordshire unsicher machen? Glauben Sie, daß der Oberste Richter wohlbehalten in London ankommt?«

Der Marquis, der mit unter dem Kopf verschränkten Armen dalag, blickte auf.

Sie saß ruhig neben ihm, und er sah ihre Silhouette gegen den blauen Himmel.

»Natürlich kommt Seine Lordschaft gut an«, sagte er zuversichtlich. »Wer hat dich mit einem solchen Unsinn geängstigt?«

»Leider ist es kein Unsinn«, sagte Arabella.

»Ich habe von diesen Männern gehört. Aber ich habe diese Geschichten immer für sehr übertrieben gehalten. Die Leute sagen, sie seien auf den Londoner Straßen von Räubern überfallen worden, aber mich hat bis jetzt noch niemand belästigt.«

»Aber ich versichere Ihnen, die Straßenräuber von Hertfordshire sind gefährlich«, sagte Arabella. »Man spricht schon lange von ihren Verbrechen.«

»Ein Straßenräuber tut besser daran, zu mir nicht ›Geld oder Leben!‹ zu sagen«, meinte der Marquis. »Ich würde ihn ohne Zögern erschießen.«

Arabella seufzte. Das war genau die Antwort, die sie von ihm erwartet hatte. Gentleman Jack würde ebenso rasch feuern – und töten.

»Haben Sie Ihre Pistole dabei?« fragte sie neugierig.

Der Marquis lachte.

»Jetzt, wo du es erwähnst, fällt mir ein, daß ich sie in der Kutsche Seiner Lordschaft habe liegenlassen. Auch gut! Vielleicht ist sie ihm eine Hilfe.«

»Seine Hand ist alt und zu zittrig«, sagte Arabella wegwerfend.

»Du bist ein blutrünstiges Mädchen«, sagte der Marquis. »Du glaubst so halb, daß er von euren Straßenräubern angehalten wird. Wenn du eine Wette abschließen möchtest, dann wette ich fünfhundert Sterling gegen eine Gänseblümchenkette, daß er sicher in London ankommt.«

Eine leichte Art, fünfhundert Pfund zu verdienen, dachte Arabella.

»Die Gänseblümchenkette ist für Beulah«, erklärte sie. »Ich bin dagegen, daß Damen wetten.«

»Meine Freunde wären sicher anderer Meinung«, sagte der Marquis.

»Alles Wetten und Spielen ist Wahnsinn«, sagte sie gereizt und mußte daran denken, wie die Schulden ihres Vaters dazu geführt hatten, daß ihre Mutter mittellos dastand, als er starb.

»Eine Puritanerin!« neckte sie der Marquis. »Willst du uns um alle Vergnügungen bringen?«

»Ist es das einzige Vergnügen, daß Sie sich vorstellen können?« fragte Arabella. »Geld auf die Tische werfen, das man sinnvoller nützen könnte, um anderen Menschen zu helfen oder ihre Armut zu lindern? Irgend jemand muß dabei immer leiden.«

Der Marquis schwieg einen Augenblick. Dann sagte er:

»Du hast recht, natürlich hast du recht. Verdammt, ich hätte nicht gedacht, daß ich in meinem eigenen Park eine Standpauke gehalten bekomme.«

»Entschuldigen Sie bitte«, sagte Arabella.

»Du brauchst dich deshalb nicht zu entschuldigen«, sagte er. »Es ist so erfrischend wie unerwartet. Du bist voller Überraschungen, Arabella. Ich schwöre, ich habe noch kein Mädchen wie dich kennengelernt.«

Sie musterte ihn von oben bis unten.

»Du bist sehr schön, Arabella«, sagte er leise. »Ich frage mich, was einmal aus dir werden wird. Im Augenblick siehst du wie ein kleiner Engel aus, der vom Himmel gefallen ist. Aber wie bald wirst du deine Reinheit und Unschuld verloren haben.«

In seinen Worten lag etwas, das Arabella erröten ließ. Als die Farbe in ihre Wangen stieg, wandte sie den Kopf ab.

»Ich will dir sagen, was wir jetzt tun. Ich gehe zum Schloß und schaue, ob ich ein Fahrzeug finde, mit dem wir ausfahren können. Vielleicht haben sie inzwischen den Zweispänner repariert, und wenn nicht, muß ein Gig oder etwas Ähnliches in den Stallungen sein. Mein Vater hatte viele Fahrzeuge... Der Himmel weiß, was mit ihnen geschehen ist.«

»Beulah würde sicher gern ausfahren«, sagte Arabella.

»Ich bin gleich wieder da«, sagte der Marquis und stand auf. »Ich muß auch dem Prinzregenten Nachricht geben, daß unvorhergesehene Familienangelegenheiten mich daran gehindert haben, ihn in London zu sehen.«

»Wird er das verzeihen?« fragte Arabella.

»Er wird es verzeihen müssen«, erwiderte der Marquis und zwinkerte. »Wenn ich hier bin, kann ich nicht in London sein, so einfach ist das. Sogar Beulah würde es verstehen.«

»Beulah... will... Steine«, rief das Kind, als es seinen Namen hörte.

»Ich suche welche für dich«, sagte Arabella.

»Kommt dann am besten langsam zur Straße«, schlug der Marquis vor. Er ging rasch weg.

Arabella sah ihm nach, bis er die Brücke überquerte, und schickte im stillen ein Dankgebet zum Himmel.

Die Straßenräuber würden auf ihn warten, aber vorerst war er ihnen entkommen. Arabella dachte, daß sie Miß Harrison eine Erklärung über das abgeben mußte, was geschehen war. Sie mußte vermeiden, daß Gentleman Jack Verdacht schöpfte. Er mußte glauben, das Verhalten des Marquis sei durch nichts anderes als seine echte Sorge um seine Schwester ausgelöst worden.

Das Schloß ragte imposant und unbezwingbar über die Bäume hinaus, und es war schwer zu glauben, daß darin Gefahr lauerte. Es war nicht verwunderlich, daß die Berichte über die Straßenräuber den Marquis nicht beeindruckten. Niemand konnte sich auch nur in seinen wildesten Träumen vorstellen, was vorging, wenn er nicht wie Arabella Gentleman Jacks brutale, gnadenlose Worte über seine mörderischen Absichten selbst gehört hatte.

Einen Augenblick verschwammen die Butterblumen, das Wiesenschaumkraut, die Wasserlilien und der Hahnenfuß und sogar das Schloß selbst vor ihren Augen, und langsam ging sie mit Beulah zur Straße und erreichte sie lange, ehe der Marquis mit einem Wagen zurückkam. Als Arabella schon zu fürchten begann, es wäre etwas dazwischengekommen, hörte sie Pferdehufe und sah den Marquis mit seinem Zweispänner und den Braunen zwischen den Deichseln den Weg entlangkommen.

Beulah lächelte und war ganz aufgeregt.

»Hotta-Hotta... Pferde«, sagte sie. »Beulah... fahren... Pferde.«

Der Bursche sprang ab und hob zuerst Beulah und dann Arabella auf den Kutschbock.

Arabella blickte den Marquis an. Er sieht ein wenig verärgert aus, dachte sie. Aber er lächelte sie an und sagte:

»Es muß dir sehr lange vorgekommen sein.«

»Ich dachte schon, Sie hätten uns vergessen«, antwortete Arabella.

»Nein, das könnte mir nicht passieren«, sagte er ernst.

»Und der Wagen ist repariert?«

»Ja, das sagte man mir. Ich werde ihn meinen Oberkutscher in London prüfen lassen, wenn ich hinfahre. Ich habe das unangenehme Gefühl, daß der Wagen in Ordnung war.«

Er fährt großartig, dachte Arabella. Die Pferde waren ausgeruht, und im Augenblick war es schwer, sich zu unterhalten. Sie hatte noch nie einen Mann erlebt, der seine Pferde so gut beherrschte.

Sie fuhren einige Meilen sehr rasch, und Beulah quietschte vor Vergnügen, während der Marquis schweigsam war. Arabella genügte es, die Baumhecken anzusehen, rosaroter und weißer Hartriegel bedeckte sie mit einem farbigen Mantel, und in den Gräben wuchs gelbe Iris, und die Kastanienblüten standen wie große Kerzen an den Bäumen.

Als sie wieder nach Hause kamen, bedauerte Arabella, daß sie in die Realität zurückkehren mußten. Die Fahrt war wie ein Zauber gewesen, man hatte dabei nicht zu sprechen brauchen, sie waren auch so einander nahe gewesen und eins auch mit den Pferden.

Der Marquis fuhr am Haupteingang des Schlosses vor. Ein

Diener eilte herbei, half Arabella beim Absteigen, dann trug er Beulah hinein. Arabella wartete einen Augenblick und sah zum Marquis auf.

»Danke«, sagte sie leise. »Es war eine wundervolle Ausfahrt.«

»Wir sehen uns beim Abendessen«, sagte er und berührte die Pferde leicht mit der Peitsche, damit sie anfuhren.

Der Pferdeknecht stand schon bereit, den Wagen in die Stallungen zu fahren, aber jetzt mußte er laufen, weil der Marquis selbst an der Vorderfront des Schlosses entlang zu den Ställen fuhr, dic hinter dem Westflügel lagen.

Wir werden also zusammen essen, dachte Arabella. Das war eine unerwartete Einladung. Sie fragte sich, was Miß Harrison davon halten würde.

Der Diener hatte Beulah schon die Treppe hinaufgetragen. Arabella folgte ihm in die Halle – und blieb erstaunt stehen, denn Miß Harrison kam in einem Reisemantel die große Treppe herab.

Ihr folgte Rose mit einer Tasche in der Hand und einem Schal über dem Arm. Die Gouvernante sprach wütend auf Miß Matherson ein, die mitten in der Halle stand. Sie trug einen seidenen Schurz und hatte die Hände hinter dem Rücken gefaltet.

»Wenn Sie glauben, ich verlasse das Haus durch die Hintertür wie eine Dienstmagd, dann irren Sie sich. Sie werden froh sein, daß Sie mich los sind, aber ich komme wieder, und dann werden Sie es alle büßen... jeder einzelne von Ihnen!«

Miß Harrisons Miene war zornverzerrt.

»Sie teuflische, alte Intrigantin!« fuhr sie mit kreischender Stimme fort. »Ich glaube, Sie haben alles ausgeheckt! Denken Sie daran, Sie werden eher zum Teufel geschickt, als Sie glauben.«

»Der Wagen wartet an der Seitentür, Miß Harrison«, sagte Miß Matherson ruhig.

Miß Harrison zögerte einen Augenblick, als ob sie vorhabe, ihre Stellung zu verteidigen. Dann warf sie den Kopf zurück und rauschte mit einem Fluch, den Arabella nie von einer Frau erwartet hatte, durch die Halle und dann den Korridor hinab, der zur Anrichte führte.

Miß Matherson sah ihr mit blassem Gesicht nach.

»Auf was wartest du noch, James?« fragte sie. »Bring Lady Beulah hinauf ins Kinderzimmer. Miß Arabella, bitte folgen Sie mir.«

Arabella ging mit Miß Matherson die Treppe hinauf in ihren Salon. Miß Matherson schloß die Tür hinter ihnen.

»Leider hat es Schwierigkeiten gegeben, Miß Arabella«, sagte sie leise. »Seine Lordschaft hat Miß Harrison fristlos entlassen.« Miß Matherson machte ein besorgtes Gesicht. »Er kam vorhin ins Schloß und traf Miß Harrison im Kinderzimmer an. Sie war nicht angezogen und ...«

Miß Matherson fiel es schwer, die richtigen Worte zu finden.

»... und sie hatte zu viel Cognac getrunken«, ergänzte Arabella.

»Ich fürchte, Sie haben ihre Schwäche bemerkt«, sagte Miß Matherson.

»Und deshalb hat Seine Lordschaft sie entlassen?« fragte Arabella.

Miß Matherson nickte.

»Das wird für uns alle Schwierigkeiten geben«, sagte sie leise. »Seine Lordschaft hat mich gebeten, eine Gouvernante zu suchen. Vielleicht ist zufällig eine im Dorf, andernfalls muß ich nach London schicken. Ich kann Sie nur bitten, Miß, Ihr Bestes für Lady Beulah zu tun, bis wir jemanden gefunden haben.«

Arabella holte tief Luft.

»Sie wissen, daß wir im Moment keine Fremden im Schloß haben dürfen, Miß Matherson.«

Miß Matherson sah sie ängstlich an.

»Ich muß Ihnen die Wahrheit sagen«, sagte Arabella. »Ich bin nicht das, was ich vorgebe zu sein. Ich bin fast achtzehn Jahre alt. Mein kindliches Aussehen kommt nur daher, daß ich krank war und so abgemagert bin, daß man mich für ein Kind halten kann. Aber ich bin kein Kind, und ich weiß genau, was hier vorgeht.«

»Sie wissen das von ... ihm?«

»Ich habe von ihm gehört, und ich habe ihn gesehen«, sagte Arabella. »Sie wissen so gut wie ich, daß der Marquis in Lebensgefahr ist.«

»Nein, nein!« rief Miß Matherson und schlug die Hände vor das Gesicht.

»Wir brauchen Hilfe, aber das wird nicht einfach sein«, sagte Arabella. »Gentleman Jack will heute die Kutsche des Obersten Richters überfallen. Vielleicht tut er es in diesem Augenblick.«

»Nein, nein!« stöhnte Miß Matherson.

»Ich weiß, daß dieser furchtbare Mann Sie alle in seiner Gewalt hat.«

»O nein!« stöhnte Miß Matherson.

»Ich hätte schon lange Seiner Lordschaft sagen sollen, was hier vorgeht«, klagte Miß Matherson mit gebrochener Stimme. »Aber ich habe ihn so viele Jahre lang nicht gesehen, und ich war nicht sicher, was er tun würde.«

»Das ist nicht Ihre Schuld«, tröstete sie Arabella. »Aber wir müssen sehr vorsichtig sein. Gentleman Jack will Seine Lordschaft aus der Welt schaffen.«

Miß Matherson konnte nicht einmal weinen, als sie das hörte. Sie senkte nur den Kopf, und ihre Hände zitterten.

»Wenigstens brauchen Sie keine neue Gouvernante für Beulah zu suchen. Können Sie für mich ein Kleid auftreiben, das meinem wahren Alter entspricht?«

Als ob diese Bitte Miß Matherson aus ihrem Elend befreite, hörte diese auf zu zittern und sagte ruhig:

»Ja, natürlich kann ich das, Miß Arabella. Wir haben noch fast die ganze Garderobe der gnädigen Frau. Die Sachen werden ein bißchen zu lang für Sie sein, aber das kann ich leicht ändern. Zum Glück war sie sehr schlank.«

Miß Matherson ging mit Arabella durch das Badezimmer in das ehemalige Schlafzimmer der Marquise. Der Raum war sonnendurchflutet, und sie öffnete auf der anderen Seite die Tür eines kompletten Ankleidezimmers. Hier standen an sämtlichen vier Wänden Schränke, alle mit einer langen Spiegeltür.

Miß Matherson öffnete die Schränke, und ein ganzes buntes Kaleidoskop kam zum Vorschein.

Arabella nahm zarten, süßen Lavendelduft wahr und ein exotisches Parfüm, das sie nicht kannte.

»Die gnädige Frau war der Mode immer voraus«, sagte Miß Matherson stolz. »Sie hat hier den neuen Empirestil eingeführt, lange ehe die Leute in der Nachbarschaft etwas davon wußten. In London leitete sie den Trend für farbige Musselins ein. Sehen Sie, Miß, dieses Kleid hier trug sie auf ihrem letzten Ball.«

Miß Matherson deutete auf ein Kleid aus blaßrosa Seidenflor, bestickt mit Diamanten und Perlen. Es war eine Robe für eine Königin.

»Es ist sehr schön«, sagte Arabella. »Ich würde mich freuen, wenn Sie mir einmal alle diese wunderbaren Kleider zeigen könnten. Aber wenn Sie jetzt etwas ganz Einfaches für mich fänden, etwas, das zu einer Gouvernante paßt...«

Eine Stunde später zog der Marquis ungeduldig seine goldene Uhr aus der Westentasche.

»Sagen Sie Miß Arabella, daß ich auf sie mit dem Essen warte.«

»Ich glaube, die junge Dame ist in wenigen Augenblicken hier«, erwiderte der Butler. »Soviel ich weiß, hat sie Lady Beulah zu Bett gebracht.«

»Ißt Beulah nicht mit uns?«

»Nein, Mylord«, erklärte Turner. »Ich habe von Miß Matherson erfahren, daß Lady Beulah nach der Ausfahrt von heute morgen ein wenig müde war. Sie hat deshalb im Kinderzimmer ein leichtes Mahl zu sich genommen und wurde dann zu Bett gebracht.«

»Sehr vernünftig«, sagte der Marquis. »Aber es ist schon spät, Turner, ich bin hungrig.«

»Sehr wohl, Mylord. Hier kommt Miß Arabella.«

In seiner Stimme klang Überraschung mit, die dem Marquis nicht entging, und er blickte hoch und sah sie einen Augenblick verwundert an. Sie trug ein Gewand aus blaßgrünem Musselin mit einem gerüschten weißen Halstuch, das um ihre Schultern lag. Das Kleid zeichnete ihre Figur ab und enthüllte Kurven, die man vorher in ihrer Kinderkleidung nicht wahrgenommen hatte.

Sie hatte das Haar nach der letzten Mode hochgesteckt. Es war eine Kopie der Frisur ihrer Mutter, wie diese sie in der letzten Saison in London getragen hatte.

Arabella blieb an der Tür stehen, und beiden schien es eine Ewigkeit zu dauern, während der niemand sprach.

Endlich sagte der Marquis ruhig: »Dann habe ich mich an jenem ersten Tag also doch nicht geirrt, als ich Sie über dem See auf den Felsen stehen sah.«

Arabella hatte sich alles mögliche vorgestellt, was er sagen würde, wenn er ihr Äußeres so verändert fand, aber nicht diese Worte. Das Blut stieg ihr in die Wangen. Es ließ sie sehr jung und sehr verletztlich erscheinen, aber gleichzeitig auch sehr fraulich.

»Der Doktor hielt mich für so jung, damit ich eine Spielgefährtin für Beulah sein konnte. Aus persönlichen Gründen nahm ich die Aufgabe an«, sagte sie einfach.

»Es erschreckte und überraschte mich die ganze Zeit, daß Sie noch ein Kind waren... Sie waren so intelligent, so interessant. Aber warum spielen Sie jetzt nicht mehr das Kind?«

»Weil ich Sie um einen Gefallen bitten möchte«, erwiderte Arabella.

»Und zwar?« fragte er.

Sie ging mit großen, ängstlichen Augen auf ihn zu.

»Ich möchte, daß Sie mir erlauben, an Stelle von Miß Harrison Beulahs Gouvernante zu werden.«

»Wie haben Sie diese schlampige Trinkerin überhaupt ertragen?« fragte er. »Warum haben Sie mir nichts gesagt?«

»Das stand mir nicht zu«, erwiderte Arabella. »Ich war ein Kind, denken Sie daran, und war hier, um mit Beulah zu spielen.«

»Matty wußte es auch! Alle Dienstboten müssen es gewußt haben!« rief der Marquis ärgerlich. »Wie konnten sie es zulassen, daß eine so unterträgliche Frau in meinen Diensten stand? Ich kann es nicht verstehen. Früher hätte niemand eine solche Person im Schloß geduldet.«

»Sie waren lange weg«, erinnerte ihn Arabella.

»Ja, viel zu lange, das sehe ich jetzt. Aber ich hätte gedacht, sie würden aus Hochachtung vor meinen Eltern, wenn nicht aus Dankbarkeit für die Art, wie sie behandelt worden waren, seitdem sie hier gearbeitet haben, verhindern, daß eine derartige Person in engen Kontakt mit einem Mitglied der Familie kommt.«

»Es wäre interessant zu wissen, wer Miß Harrison eingestellt hat.«

»Ich habe gehört, es war Sheltham«, sagte der Marquis. »Er muß betrunken gewesen sein. Aber ob betrunken oder nüchtern, solch eine Person gehört nicht in einen anständigen Haushalt.«

»Vielleicht gab es... Gründe für ihn, sie nicht zu entlassen«, sagte Arabella zögernd.

Der Marquis sah sie fragend an.

»Was für Gründe? Genau so etwas sagte auch Matty. Was steckt hinter all dieser Geheimnistuerei? Was geht hinter meinem Rücken vor, worüber niemand sprechen will? Kennen Sie die Wahrheit?«

Arabella schwieg, und er fuhr fort:

»Aber ja, auch Sie wollen mich täuschen wie alle anderen. Ich hielt Sie für ein Kind, und jetzt sehe ich, daß Sie eine junge Frau sind. Wie alt sind Sie?«

»Ich... ich bin fast... achtzehn«, erwiderte Arabella.

»Also alt genug, um den Unterschied zwischen Gut und Böse zu kennen«, sagte der Marquis.

»Ich war nicht in der Lage, etwas in dieser Angelegenheit zu unternehmen«, protestierte Arabella.

Der Marquis sah sie einen Augenblick nachdenklich an. Dann sagte er: »Sie haben recht. Es ist nicht Ihre Schuld. Und Sie wollen hierbleiben?«

»Ich möchte das Schloß nicht verlassen«, sagte Arabella. »Bitte lassen Sie mich für Beulah sorgen. Sie vertraut mir, und ich glaube sogar, daß sie eine gewisse Zuneigung zu mir gefaßt hat. Ich könnte ihr auf eine Weise helfen, wie es bisher noch niemandem gelungen ist.«

»Gut, wenn Sie das wollen«, sagte der Marquis.

»Danke, vielen Dank. Ich fürchtete schon, Sie würden mich für zu jung halten.«

Der Marquis verzog leicht die Lippen. Und dann lachte er plötzlich. »Arabella, Sie sind unverbesserlich«, sagte er. »Sie würden jeden Mann um den kleinen Finger wickeln. Wer hat Ihnen solche Tricks beigebracht?«

»Niemand«, erwiderte Arabella bescheiden. »Ich muß mit dieser Begabung geboren sein.«

»Ich weiß nicht, was ich von Ihnen halten soll«, sagte der Marquis. »In einem Augenblick sind Sie ein Engel, und im nächsten ein sehr herausfordernder kleiner Teufel. Aber was immer Sie auch sind, inzwischen bin ich außerordentlich hungrig. Ich könnte einen ganzen Ochsen verzehren. Und ich hoffe nur, man hat einen für uns geschlachtet.«

Er wandte sich zur Tür, und Arabella sagte zögernd:

»Eine Gouvernante ißt nicht im Speisezimmer, Mylord. Wäre es nicht richtiger, wenn ich ins Kinderzimmer hinaufginge?«

»Wen würde das beeindrucken?« fragte der Marquis. »Arabella, ich sehe, Sie sind eine merkwürdige und ganz außergewöhnliche Gouvernante. Aber wie dem auch sei, Sie essen mit mir im Speisezimmer. Das ist ein Befehl!«

Seine Stimme klang amüsiert. Und in seiner Miene lag etwas, das Arabella die Augen niederschlagen ließ.

»Sehr wohl, Mylord«, sagte sie.

9. Kapitel

Da sie nach so langer Zeit endlich nichts mehr zu verbergen hatte, war das Mittagessen für sie ein besonders angenehmes Mahl.

Arabella konnte sich später nicht daran erinnern, was sie von den unzähligen Silbertellern gegessen hatte, die ihr von Dienern mit gepudertem Haar und eleganter Livree angeboten wurden.

Sie war überwältigt von dem Reichtum an goldenen Verzierungen, die den großen Tisch in der Baronial Hall schmückten, wo die Normannen einst Recht gesprochen und zusammen mit ihrer riesigen Dienstbotenschaft gespeist hatten.

Merkwürdigerweise kam es Arabella so vor, als wäre sie mit dem Marquis allein, trotz der vielen Diener und obwohl Turner sie bediente. Zum erstenmal konnte sie mit dem Marquis von gleich zu gleich sprechen, ohne stets daran denken zu müssen, daß sie ja ein Kind sein mußte.

»Ich muß jetzt hinaufgehen und nachsehen, ob Beulah schon wach ist«, sagte sie.

Der Marquis stand zögernd auf.

»Ich will mir heute nachmittag einige Pferde ansehen. Es ist eine Verabredung, die ich getroffen hatte, bevor ich die Nachricht aus London bekam. Nun will ich sehen, ob ich ein paar anständige Tiere bekomme.«

»Wie heißt der Pferdehändler?« fragte sie.

»Hanson«, erwiderte der Marquis. »Kennen Sie ihn?«

»Ja«, antwortete Arabella. »Er ist ehrlich und vertrauenswürdig. Wenn er sagt, ein Tier ist ein gutes Pferd, dann braucht man nicht zu fürchten, daß ihm später der Atem ausgeht.«

»Daß Sie die Leute hier im Ort kennen, ist unbezahlbar«, sagte der Marquis.

Arabella wechselte rasch das Thema. Sie wollte nicht, daß er sich dafür interessierte, wer sie war und woher sie kam. Im Hintergrund lag immer ihre Angst, daß Sir Lawrence Erkundigungen über sie einziehen könnte, und wenn er hörte, daß der Marquis im Schloß wohnte, würde er sie zweifellos nach Hause holen.

Sie verließen zusammen den Speisesaal und gingen in die Halle.

»Danke für die Einladung zum Essen«, sagte Arabella leise.

»Wollen Sie heute mit mir zu Abend essen?« fragte der Marquis.

Sie zögerte.

»Sie können mich nicht zu einem einsamen Mahl verurteilen«, sagte er.

»Es ist unschicklich, als Gouvernante unten zu speisen«, sagte Arabella mit einem kleinen Lächeln.

»Es ist auch nicht schicklich, als Gouvernante so auszusehen wie Sie«, erwiderte der Marquis. »Außerdem dachte ich, wir könnten uns nach dem Essen ein paar Bücher ansehen. Ich habe jetzt den Verdacht, daß das lateinische Buch doch kein Versehen war.«

»Ich kann ein wenig lateinisch lesen«, gab Arabella zu.

»Sie haben so viele Fähigkeiten, es wäre gut, wenn Sie anfangen, mich zu unterrichten.«

»Ich glaube, daß Eure Lordschaft noch eine Menge lernen könnten.«

Sie lief die Treppe hinauf, aber als er ihren Namen rief, blieb sie stehen.

»Arabella!«

»Ja, Mylord?«

Er blickte zu ihr herauf, und sie sah etwas in seinen Augen, das sie unerklärlicherweise schüchtern machte. »Werden Sie mit mir essen?«

»Ist das eine Bitte Eurer Lordschaft oder ein Befehl?« fragte sie.

»Beides«, erwiderte er. »In aller Bescheidenheit bitte ich Sie darum. Aber wenn Sie ablehnen, erteile ich Ihnen einen Befehl.«

»Gut, Mylord, dann werde ich mit Ihnen essen.«

Sie lief die Treppe vollends hinauf und sagte sich dabei, daß sie ihm nur deshalb versprochen hatte, das Abendessen mit ihm einzunehmen, weil es wichtig war, daß er nicht nach London fuhr und dort Vergnügungen suchte, sondern im Schloß blieb und sich nicht langweilte.

Aber gleichzeitig war sie bei dem Gedanken daran auch erregt. Sie hatte niemals vorher mit einem Mann allein gespeist, und sie fragte sich, was ihre Mutter wohl dazu sagen würde.

Sie konnte sich vorstellen, daß Lady Deane es mißbilligen würde. Aber ihre Mutter kannte ja die Umstände nicht, in denen sie sich befand.

Er muß im Schloß bleiben, dachte Arabella und überlegte, was für eine Ausrede sie das nächstemal vorbringen konnte, wenn er nach London fahren wollte.

Sie trat ins Kinderzimmer, wo Miß Matherson und zwei Dienstmädchen Beulahs Spielzeug auf dem Fußboden zu einem Haufen auftürmten und ihre Kleider aus dem Ankleideraum in ihr Schlafzimmer trugen.

»Sie ziehen nach unten, Miß Arabella«, erklärte Miß Matherson. »Das Kinderzimmer und die Schlafzimmer hier oben haben eine gründliche Frühjahrsreinigung nötig. Es ist für Sie und Lady Beulah das Beste, wenn Sie unten sind, während wir hier die Möbel hinausstellen.«

Arabella und Miß Matherson tauschten einen verständnisvollen Blick aus. Arabella war ihr für ihr Feingefühl dankbar. Sie hätte sich davor gefürchtet, allein in dem Teil des Schlosses mit Beulah zu schlafen, zu dem Gentleman Jack Zugang hatte.

»Danke«, sagte sie.

Die beiden Dienstmädchen trugen das Spielzeug hinaus, und als Arabella mit Miß Matherson allein war, sagte sie:

»Ich habe Sie im ersten Stock untergebracht, Miß Arabella. Nicht weit von Seiner Lordschaft. Wenn Sie sich ängstigen sollten, rufen Sie. Ich bin sicher, er wird Sie hören. Und auf jeden Fall sind seine Hunde in der Nähe. Sie bellen, wenn sich jemand dem Zimmer Seiner Lordschaft nähert.«

Arabella wußte, daß in Miß Mathersons vertrauensvoller Versicherung auch eine verborgene Angst um den Marquis lag.

»Ich habe dem Marquis heute früh erklärt, Lady Beulah habe sich verletzt«, sagte Arabella. »Wie können wir nach London eine Nachricht schicken, damit man uns Schutz herschickt?«

Miß Matherson machte ein ängstliches Gesicht.

»Wenn Gentleman Jack davon erfährt...«, begann sie.

»Das ist ja die Schwierigkeit. Er darf nichts davon erfahren, bis es für ihn zu spät ist«, sagte Arabella.

»Wir können keinen Burschen schicken«, flüsterte Miß Matherson. »Er hat sie alle in seiner Gewalt.«

Arabella ging zum Fenster und sah zum See hinunter. Einen Augenblick später kam der Marquis aus dem Schloß. Er bestieg einen tänzelnden Hengst, den der Bursche nur schwer bändigen konnte. Der Marquis beruhigte das temperamentvolle Pferd und ritt die Einfahrt hinauf. Er sah stattlich aus, und Arabella wünschte, sie könnte mit ihm reiten. Plötzlich hatte sie das Verlangen, auf einem Pferd zu sitzen, den Wind auf ihren Wangen zu spüren und über den weichen Torf zu galoppieren.

»Ich habe eine Idee«, sagte sie erregt und wandte sich an Miß Matherson. »Gibt es in der Garderobe der gnädigen Frau ein Reitkostüm?«

»Ja, natürlich«, sagte Miß Matherson.

»Könnten Sie es für mich richten? Es tut mir leid, daß ich so viel von Ihnen erbitte. Aber wenn ich Seine Lordschaft dazu bringen könnte, daß ich ausreiten darf, könnte ich vielleicht dem Netz der Straßenräuber entgehen und bis nach London durchkommen.«

»Sie dürfen kein Risiko eingehen«, sagte Miß Matherson.

»Wir alle riskieren unser Leben«, erwiderte Arabella. »Und ich bin überzeugt, Gentleman Jack würde keinen Augenblick zögern, jeden einzelnen von uns umzubringen, wenn es ihm möglich wäre. Aber der Marquis ist unser dringendstes Problem, denn aus einem Grund, den ich nicht kenne, will Gentleman Jack ihn töten.«

Miß Mathersons Hände zitterten.

»Ich werde das Reitkostüm für Sie ändern, Miß. Ich habe den

Dienstmädchen schon befohlen, eine Anzahl Kleider zu kürzen, die Sie sicherlich brauchen werden.«

»Es tut mir leid, daß ich das Eigentum der gnädigen Frau benütze«, sagte Arabella. »Aber ich kann nicht nach Hause schreiben und um meine eigenen Kleider bitten.«

»Selbst wenn Sie es könnten, wäre es überflüssig«, erklärte Miß Matherson. »Ich habe viele Kleider gefunden, die Ihnen gut stehen werden, und ich weiß, daß es der gnädigen Frau recht wäre, wenn Sie sie tragen.«

»Darf ich sie mir später ansehen?« fragte Arabella. »Es mag vielleicht unschicklich sein, daß ich mich trotz der Sorgen dafür interessiere, aber ich bin ganz aufgeregt bei dem Gedanken daran, so viele schöne Kleider tragen zu dürfen. Die Kinderkleider, aus denen ich längst herausgewachsen bin, wurden mir allmählich über.«

»Sie waren ein hübsches Kind«, sagte Miß Matherson lächelnd. »Aber jetzt sind Sie eine sehr schöne junge Dame.«

»Sie schmeicheln mir«, sagte Arabella lachend.

Sie ging in Beulahs Zimmer. Das Kind war wach und setzte gerade einem Kätzchen eine Haube auf, die einer ihrer Puppen gehörte.

»Sei vorsichtig«, mahnte Arabella, »du tust ihm sonst weh.«

Sie nahm das Kätzchen vom Bett, und als Beulah protestierte, sagte sie rasch:

»Beeil dich und steh auf. Heute nachmittag gibt es viele Abenteuer. Du verläßt dieses Zimmer und bekommst unten ein großes Bett in einem der Gästezimmer.«

»Gehen... weg?« fragte Beulah.

»Wir ziehen einfach hinunter«, sagte Arabella. »Sie wollen dieses Zimmer saubermachen, und vielleicht ziehst du eines Tages wieder hier herauf. Inzwischen bekommst du ein neues Kinderzimmer und ein neues Schlafzimmer. Ist das nicht lustig?«

Beulah schmollte.

»Beulah... hier bleiben... hier... ist... Geheimnis«, sagte sie schließlich.

»Hier ist ein Geheimnis?« fragte Arabella. Sie nahm das Kinderkleid vom Stuhl und zog es Beulah über den Kopf. »Vielleicht können wir das Geheimnis mitnehmen?«

»Beulah... sagt... niemand... Geheimnis.«

»Nein, wenn es ein Geheimnis ist, darfst du nicht darüber sprechen«, sagte Arabella. »Aber wenn du es mit hinunternehmen willst, könntest du es vielleicht in den Armen tragen, während ich die Augen schließe, damit ich es nicht sehe?«

Das Kind lief auf die andere Seite des Zimmers.

»Beulah... Geheimnis... hier«, sagte sie und deutete auf ein weißes Paneel in der Wand.

Das Kinderzimmer lag im ältesten Teil des Schlosses, wo die Wände sehr dick und fast völlig mit alten Holzpaneelen getäfelt waren, die auf die Zeit Heinrichs VIII. zurückgingen.

Um das Kinderzimmer und Beulahs Zimmer heller zu gestalten, war die Holztäfelung übermalt worden, aber dort, wo die Farbe abgesprungen war, konnte man sehen, daß die Täfelung ursprünglich aus Eichenholz bestand.

»In der Wand?« fragte Arabella. »Ein Geheimnis kann nicht in der Wand sein!«

»Geheimnis... hier!« beharrte Beulah.

Arabella hatte plötzlich eine Idee. Vielleicht lag hier die Geheimtreppe, die der Marquis als Kind benutzt hatte. Er hatte ihr versprochen, sie ihr zu zeigen. Es wäre amüsant, wenn sie sie schon vorher entdecken würde.

»Wo ist das Geheimnis?« fragte sie.

»Hier... hier!« Beulah deutete darauf.

Arabella bückte sich und betrachtete die Schnitzerei genauer. Wenn es eine Geheimtreppe gab, dachte sie, würde die Öffnung zu einer solchen hinter den geschnitzten Blüten verborgen sein. Sie betastete eines der Ornamente und dann ein anderes.

»Beulahs... Geheimnis... hier!« sagte das Kind und deutete darauf.

Arabella berührte eine Schnitzerei weiter oben. Plötzlich klickte es, und wie sie erwartet hatte, schwenkte ein Teil der Holztäfelung nach innen.

»Beulah... Geheimnis...«, rief das Kind und sprang vor Freude auf und ab und klatschte in die Hände. »Schön... schön. Beulah... sagen... niemand.«

Arabella hielt den Atem an. Die Tür führte nicht unmittelbar auf eine schmale Treppe, wie sie erwartet hatte, sondern zuerst auf einen kleinen Treppenabsatz, auf dem eine fantastische Menge Schmuck lag. Diamanten, Rubine, Smaragde, Perlen, und unzählige Beutel aus Samt, Leder und Satin.

Auch Leinwandsäcke lagen da, aus denen goldene Sovereigns heraussahen und im Licht schimmerten, das vom Fenster herüberfiel.

Kein Wunder, daß Miß Harrison sich geängstigt hatte. Hier lag die Beute von Hunderten von Raubüberfällen, Diebstählen und vielleicht Morden.

Wahrscheinlich wird Beulah Miß Harrison gesagt haben, daß sie Gentleman Jack gesehen hatte, als er seine Beute versteckte, dachte Arabella. Die Gouvernante wußte, daß Beulah in Lebensgefahr war, wenn dies herauskam. Gentleman Jack hatte sicherlich kein Gespräch mit Beulah geführt. Es wäre jedoch für sie tödlich, wenn er erführe, daß sie von seinem Versteck wußte.

Arabella wagte es nicht, länger hinzusehen. Sie schloß rasch das Paneel. »Hör zu, Beulah«, sagte sie, »das ist ein wunderbares Geheimnis. Aber es ist ein Geheimnis, und wir dürfen mit niemandem darüber sprechen. Mit niemandem! Du darfst es keinem sagen.«

»Beulah... sagt... keinem«, wiederholte Beulah. »Beulah... hat... versprochen.«

»Hier ist dein Geheimnis sicher«, sagte Arabella und wußte, das das Kind den Schatz nicht zurücklassen wollte. »In ein oder zwei Tagen kommen wir wieder, du und ich, und tragen das ganze Geheimnis hinunter.«

Es war die einzige Möglichkeit zu erreichen, daß das Kind nicht über das sprach, was es zurückließ.

»Komme... wieder«, sagte Beulah glücklich.

»Ja, natürlich«, stimmte Arabella zu. »Aber du sagst niemandem etwas davon, verstehst du? Es ist ein Geheimnis, Beulah!«

Das Kind nickte, und Arabella nahm eine von Beulahs Lieblingspuppen.

»Wir lassen Caroline hier, damit sie das Geheimnis bewacht. Ist das eine gute Idee?«

»Caroline... bewacht... Geheimnis«, wiederholte Beulah.

»So ist es«, stimmte Arabella zu. »Und jetzt gehen wir nach unten.« Sie nahm Beulah an der Hand und führte sie durch das Kinderzimmer.

Rose, die den Korridor entlangkam, nahm Beulah in die Arme.

»Komm, sieh dir dein Zimmer an«, sagte sie. »Du wirst wie eine Prinzessin wohnen, mit einem großen, großen Himmelbett ganz für dich allein.«

»Beulah... Prinzessin«, wiederholte Beulah glücklich.

Einen Augenblick kam es Arabella vor, als schwanke alles um sie herum. Nahmen die Überraschungen und Schocks niemals ein Ende?

Es war sehr geschickt von Gentleman Jack gewesen, die Geheimtreppe als Versteck für sein Vermögen zu benützen, das von Nacht zu Nacht größer wurde.

Sie hatte sich oft gefragt, was mit der Beute der Straßenräuber geschah. Nachdem ihre Mutter beraubt worden war, hatte Sir Lawrence Spekulationen über die Juweliere angestellt, die leichtsinnig genug waren, die Diebesbeute von den Straßenräubern aufzukaufen, denn viele von diesen Schmuckstücken waren in der Branche bekannt. Hier war die Antwort darauf. Die auffallenden Juwelen behielt Gentleman Jack zurück, bis er sie dringend benötigte oder es klug fand, das Land zu verlassen. Sie hatte oft gehört, daß es Verbindungen zwischen den Straßenräubern und den Schmugglern gab. Während die Schmuggler Cognac, Tee und andere hoch besteuerte Güter aus Frankreich nach England brachten, transportierten sie goldene Sovereigns und Juwelen über den Kanal, die auf dem Kontinent frei gehandelt werden konnten.

Vielleicht sollte ich nach den Rubinen meiner Mutter sehen, dachte Arabella. Doch dann schauderte sie bei dem Gedanken daran, daß sie die Beute des Straßenräubers berühren mußte, die durch Drohungen erpreßt worden war und oft Leuten gehörte, die sich den Verlust ihres kostbaren Besitzes nicht leisten konnten.

Eines enthüllte Beulahs Geheimnis: Gentleman Jack würde in das Schloß kommen, sobald er Geld brauchte. Er hatte selbst gesagt, daß Schloß sei sein Heiligtum, das er nicht verlieren wollte.

Das Zimmer, das Miß Matherson als neues Kinderzimmer ausgewählt hatte, war schön, und nachdem Arabella die Schlafzimmer besichtigt hatte, ging sie mit Beulah in den Garten.

Sie besuchten den Goldfischteich und den Kräutergarten, aber diesmal war vom Marquis nichts zu sehen. Der Kräutergarten aber war jetzt gepflegt. Drei Gärtner waren am Werk, jäteten Unkraut und pflanzten Blumen an Stellen, wo die alten Kräuter abgestorben waren.

»Es sind einjährige Pflanzen«, erklärte ein Gärtner Arabella. »Nächstes Jahr pflanzen wir Sträucher und Kräuter, die die gnädige Frau immer gewünscht hatte.«

»Es wird sehr schön aussehen«, sagte Arabella. »Und sie sind auch nützlich. Mit Kräutern kann man viele Krankheiten heilen. Meine Mutter hat immer Kräuter benützt, wenn einer von uns krank war.«

»Ja, sie sind gut gegen Koliken und rauhen Hals«, sagte der Alte. »Sie werden nächstes Jahr jedes Kraut finden, das eine Dame sich in ihrer Vorratskammer nur wünschen kann.«

Ich weiß nicht, ob ich dann noch hier bin, dachte Arabella mit wehmütigem Herzen.

Plötzlich wurde ihr bewußt, daß sie in einer sehr kurzen Zeit das Schloß lieben gelernt hatte. Trotz der Intrigen, des Geheimnisses, der Gewalt, die seine dicken Mauern umschlossen, hatte es etwas an sich, das ihr ein Gefühl des Schutzes vermittelte wie kein anderes Haus zuvor.

Sie bewunderte nicht nur seine Großartigkeit, sondern konnte auch verstehen, weshalb diejenigen, die früher hier gelebt hatten, nie wieder anderswo wohnen wollten. Ein Gefühl der Zugehörigkeit überkam einen. Es war fast so, als würde man im Schloß ein Teil seiner Geschichte.

»Die Kraft unseres Schlosses wird der Belagerung höhnisch trotzen«, zitierte Arabella laut und schwieg sofort, als ihr einfiel, daß im Falle des Meridale Schlosses der Feind innerhalb seiner Mauern war.

Beulah war müde, und Arabella trug sie zum Schloß zurück. Sie spielte mit ihr im Kinderzimmer, bis es für Beulah Zeit war, zu Bett zu gehen.

Als Rose kam, um das Kind zu baden, ging Arabella zu Miß Matherson.

»Kommen Sie herein, Miß Arabella«, sagte sie, als Arabella die Tür ihres Zimmers öffnete.

Sie saß an einem Tisch beim Fenster und nähte den Saum eines Gewandes. Sie schnitt den Faden ab und hielt Arabella das Kleid hin.

»Ist das für mich?« fragte Arabella.

»Ja, Sie sollen es heute abend tragen«, antwortete Miß Matherson.

Es war ein Gewand aus weichem hellgrünen Seidentaft. Das Mieder war mit kleinen Diamanttropfen bestickt. Die hohe Taille wurde von Bändern in der gleichen Farbe gehalten.

»Es ist herrlich!« rief Arabella.

»Der Stoff wurde während des Krieges aus Frankreich nach England geschmuggelt«, sagte Miß Matherson. »Niemand darf natürlich etwas so Unpatriotisches zugeben, aber er wurde in einem Geschäft in der Bond Street angeboten, und die gnädige Frau konnte nicht widerstehen.«

»›Es war sehr verwerflich von mir, ihn zu kaufen, Matty‹, hatte sie zu mir gesagt. ›Aber wenn ich ihn nicht genommen hätte, hätte es jemand anderes getan, und ich möchte Seiner Lordschaft zuliebe schön aussehen. Er hat im Augenblick genug Sorgen, auch ohne daß er durch seine verschwenderische Frau belastet wird.‹«

»Ich bin sicher, das war sie nie gewesen«, sagte Arabella.

»Nein, wirklich nicht«, erwiderte Miß Matherson. »Die gnädige Frau war wie der Sonnenschein, heiter, schön, makellos. Der verstorbene Marquis vergötterte sie wie wir alle.«

Miß Matherson sprach mit solcher Wärme über sie, daß Arabella gerührt war.

»Sind Sie sicher, daß sie nichts dagegen hätte, wenn sie wüßte, daß ich ihre Kleider trage?« fragte Arabella leise. »Sie haben sie so sorgfältig aufbewahrt. Es ist ein Sakrileg, wenn ich die Kleider trage.«

»Sie sind schön und ihrer würdig«, sagte Miß Matherson einfach.

Arabella beugte sich vor und küßte die alte Frau auf die Wange.

»Sie sind so freundlich zu mir«, sagte sie.

»Ich muß weinen, wenn Sie so sprechen, Miß«, sagte Miß Matherson. »Sie sind es, die freundlich zu uns ist. Sie haben das Schloß verwandelt, seit Sie herkamen, und Sie haben mir Mut gegeben, und Beulah macht ungeahnte Fortschritte. Sie spricht jetzt ganz vernünftig. Und Seine Lordschaft hat uns mindestens für den Augenblick von diesen schrecklichen Schurken befreit.«

»Warum haben Sie nicht gleich etwas unternommen, als Gentleman Jack hierherkam?« fragte Arabella.

Miß Mathersons Miene veränderte sich zu Arabellas Überraschung vollständig. Es war plötzlich so, als verschlösse sie sich.

»Wir wollen nicht mehr darüber sprechen, Miß. Kommen Sie und sehen Sie sich die Kleider an, die ich für Sie ausgesucht habe.«

Sie ging voraus ins große Schlafzimmer.

»Ich habe die jugendlichsten Kleider ausgewählt«, sagte Miß Matherson. »Die gnädige Frau war neununddreißig Jahre alt, als sie... als sie starb.«

»So jung«, rief Arabella.

»Ja. Sie hat geheiratet, als sie noch nicht achtzehn Jahre alt war.«

»So alt wie ich«, sagte Arabella lächelnd.

»Seine Lordschaft kam im Jahr darauf zur Welt.«

»Dann gibt es eine große Lücke zwischen Seiner Lordschaft und Lady Beulah«, sagte Arabella.

»Ja«, bestätigte Miß Matherson. »Wenn Sie jetzt bitte die Gewänder ansehen und mir sagen wollen, welche Ihnen nicht gefallen.«

»Sie gefallen mir alle«, sagte Arabella.

Ein Gewand war schöner als das andere. Sie waren aus Crêpe, aus Seidentaft und Musselin, und sie waren wie die Blüten an den Sträuchern im Garten. Die Mode hatte sich nur wenig geändert, seitdem ihre Besitzerin sie erworben hatte, und was Arabella anbetraf, mußte lediglich die Taille etwas schmäler gemacht und die Rocksäume um mehrere Zoll gekürzt werden.

Das Reitkostüm entlockte Arabella einen Entzückensschrei. Es war aus tiefblauem Samt, an der Vorderseite mit Borten besetzt, ein Gewand, von dem jede Frau nur träumen konnte.

»Ich werde den Marquis fragen, ob ich morgen mit ihm ausreiten darf«, sagte Arabella. »Oh, Miß Matherson, wie kann ich Ihnen nur für all das danken?«

»Nennen Sie mich Matty«, sagte die alte Zofe.

»Es wird mir eine Ehre sein«, erwiderte Arabella. »Jetzt muß ich wieder zu Beulah gehen.«

»Ich lege das Kleid in Ihr Zimmer, und später komme ich und richte Ihnen das Haar. Sie sollen beim Abendessen mit Seiner Lordschaft schön aussehen.«

»Sie wollen, daß er sich meiner nicht schämt«, sagte Arabella lächelnd.

Als sie zum Abendessen hinunterging, sah sie an der Miene des Marquis, daß niemand sich ihrer schämen mußte. Sie war ein wenig verlegen, denn das blaue Kleid zeichnete ihre Figur ab. Es ließ sie zierlich erscheinen, betonte aber jede Linie ihres Körpers.

Nun, da sie von ihrem Stiefvater befreit war, ließ die Spannung nach, und ihre Magerkeit war nicht mehr so auffällig. Und da sich sich wohl fühlte, ging sie aufrecht und erschien größer.

Ihr Gesicht war noch mager, das kleine Kinn spitz, und ihre Augen waren groß in ihrem weißen Gesicht. Es war in der Tat ihre Haut, die dem Marquis am meisten auffiel. Sie ist so zart wie die Blütenblätter einer Magnolie, dachte er, und sie ist atemberaubend schön in dem blauen Kleid mit dem rotgoldenen Haar.

Arabella machte wortlos einen Knicks. Er verbeugte sich und nahm ihre Hand. Sie zuckte zusammen, als seine Lippen ihre Haut berührten. Dann sagte Turner, das Essen stünde bereit, und er bot ihr seinen Arm.

Das Abendessen verlief nicht so ungezwungen wie das Mittagessen. Plötzlich entstanden Gesprächspausen, wenn der Marquis

Arabellas Blick mit dem seinen festhielt. Es waren keine Worte notwendig, weil sie einander auch schweigend verstanden. Als sie sich schließlich allein in die Bibliothek zurückzogen, war Arabella plötzlich unbehaglich zumute.

»Es ist besser, wenn ich jetzt zu Beulah hinaufgehe«, sagte sie.

»Haben Sie ein Mädchen bei ihr gelassen?« erkundigte sich der Marquis.

»Ja, Rose ist im Kinderzimmer, und Beulahs Zimmertür steht immer ein wenig offen«, sagte Arabella.

»Dann können wir annehmen, daß Sie benachrichtigt würden, falls Sie oben dringend gebraucht würden.«

Arabella ging unruhig durch das Zimmer zu einem der Bücherregale. »Ist es Ihnen so unbehaglich in meiner Nähe, Arabella?« fragte der Marquis.

Sie kehrte ihm den Rücken zu und antwortete nicht.

Nach einem Augenblick sagte er:

»Bekomme ich keine Antwort?«

Sie drehte sich halb um, so daß er ihr Gesicht sah, als sie zögernd sagte: »Ich glaube... mir ist unbehaglich, weil ich allein... mit Eurer Lordschaft bin.«

»Hatten Sie früher noch nie allein mit einem Mann gegessen?« fragte der Marquis.

Arabella schüttelte den Kopf.

»Dann ist es eine Ehre für mich, daß ich der erste bin«, sagte der Marquis. »Es ist seltsam, einem so schönen und unschuldigen Menschen gegenüberzustehen. Ich hatte nicht gedacht, daß es solch eine Frau noch gibt.«

»In London nicht«, fauchte Arabella.

»Warum hassen Sie die Stadt?« fragte der Marquis amüsiert. »Könnte es sein, daß Sie eifersüchtig darauf sind? Ich versichere Ihnen, Arabella, das brauchen Sie nicht zu sein. Unter den Schönen bei Almack ist keine, die Ihnen das Wasser reichen kann.«

»Sie verspotten mich, Mylord«, antwortete Arabella.

»Guter Gott, glauben Sie mir nicht?« fragte der Marquis. »Haben Sie noch nie in den Spiegel gesehen? Sie sind schön, Arabella. Wunderschön. Wenn Sie in das Carlton House kämen, würde der Prinzregent Sie anschwärmen. Es ist ein Verbrechen gegen die Natur, daß Sie hierbleiben, gewürdigt höchstens durch einen Blick von den Bauernburschen und von mir.«

Arabella antwortete nicht. Sie drehte sich wieder zu den Büchern um.

»Kommen Sie zu mir, Arabella«, bat er. »Ich bin es müde, gegen Ihren Hinterkopf zu sprechen. Kommen Sie!«

Arabella zögerte, aber dann ging sie langsam auf ihn zu. Das Kerzenlicht schimmerte auf ihrem Haar, und ihr eng anliegendes Kleid enthüllte ihre ganze Anmut.

Sie blieb vor ihm stehen und sah ihn ängstlich an.

Und plötzlich war er es, der sich umdrehte und ihr den Rücken zukehrte. Er legte die Hände auf den Kaminsims.

»Sie müssen fort, Arabella.«

»Fort«, wiederholte sie erschrocken.

»Ja, Sie müssen nach Hause zurückkehren oder dorthin, woher Sie kamen. Sie können nicht länger hierbleiben.«

»Warum schicken Sie mich fort?« fragte Arabella. »Was habe ich getan? Ich kann nicht nach Hause.«

»Sie müssen«, sagte der Marquis und sah sie immer noch nicht an. »Ich lasse morgen früh eine Kutsche für Sie bereitstellen.«

»Aber warum?« fragte Arabella. »Habe ich Sie verletzt? Was habe ich falsch gemacht?«

Der Marquis antwortete nicht.

Nach einem Augenblick sagte Arabella:

»Ich kann nicht nach Hause. Ich kann nicht!«

»Aber Sie müssen«, sagte der Marquis.

»Warum? Bitte erklären Sie es mir. Warum?«

Ihre Stimme klang flehentlich, und jetzt endlich drehte sich der Marquis um.

»Können Sie es nicht verstehen, Arabella?« fragte er. »Ich kann Sie nicht hier behalten, ohne Sie zu lieben. Aber Sie sind noch so jung und unschuldig. Ich spiele unbedenklich mit einer Frau, die raffiniert ist und weiß, was sie tut. Aber ich werde Sie niemals verführen! Ich begehre Sie, aber ich weiß auch, daß Sie nicht für mich bestimmt sind.«

Arabella sah ihn an. Ihre Augen waren sehr groß. Und dann, als sie das Feuer in seinen Augen sah, wußte sie, weshalb diese merkwürdige Schüchternheit sie befallen hatte und ihr Herz schlug wie wild.

Ihre Blicke trafen sich.

»Sehen Sie mich nicht so an«, bat der Marquis mit einer vor Leidenschaft heiseren Stimme. »Sie wissen nicht, wie schön Sie sind und was Sie mir bedeuten. Ich möchte Sie berühren, Arabella. Ich möchte Sie küssen. Aber dann werden Sie mich hassen. Vielleicht wäre dies das beste, denn dann wären Sie bereit zu gehen.«

Er trat einen Schritt näher und berührte sie, und merkwürdigerweise fürchtete sie sich nicht.

»Arabella!« sagte er mit belegter Stimme. Und plötzlich, als wäre eine Kette unter ihrer Anspannung gebrochen, nahm er sie in die Arme.

Sein Mund fand den ihren, und er zog sie fest an sich. Seine Lippen erweckten etwas Lebendiges und Unbezähmbares in ihr, es war wie eine Flamme, die tief in ihrem Innern züngelte, so daß sie sich nicht bewegen oder ihm widerstehen konnte. Ja, sie hatte nicht einmal den Wunsch, dies zu tun. Wir sind eins! Eins! dachte sie.

Sie spürte, wie sein Kuß noch leidenschaftlicher wurde und konnte sich immer noch nicht bewegen.

Plötzlich ließ er sie los, so daß sie beinahe gefallen wäre. Sie hielt sich an einer Stuhllehne fest.

»Jetzt wissen Sie es«, sagte er. »Gehen Sie! Gehen Sie, solange ich Sie noch gehen lassen kann.«

Arabella legte langsam die Finger an ihren Mund. Sie spürte eine seltsame Erregung, die immer noch in ihr aufstieg, fast so, als durchliefe ein Feuer ihren ganzen Körper.

Der Marquis ging an das andere Ende der Bibliothek.

»Gehen Sie, Arabella«, bat er. »Worauf warten Sie?«

Sie bewegte sich nicht. Ja, sie war unfähig, es zu tun. Er kam zurück, und sie sah in seinem Gesicht einen Ausdruck, der sie zittern ließ.

»Ich liebe Sie, Arabella. Ich liebe Sie! Es kommt mir nicht darauf an, wer Sie sind oder was Sie sind. Ich habe mich im ersten Moment, in dem ich Sie auf dem Fels auf der anderen Seite des Sees stehen sah, in Sie verliebt. Sie waren so unwahrscheinlich schön! Das schönste Wesen, das ich je in meinem Leben gesehen habe. Und als Sie in das Wasser tauchten, war es so, als ob eine Nymphe aus einer anderen Welt durch die Luft flog und in das silberne Wasser sprang.«

Er holte tief Luft.

»Da wußte ich, daß ich etwas gesehen hatte, was nur wenigen Männern zu sehen vergönnt ist... die vollkommene Schönheit. Und als ich erfuhr, daß Sie noch ein Kind waren, war ich verwirrt. Ich konnte nicht glauben, daß ich falsch gesehen hatte, und doch überzeugten Sie mich. Aber ich konnte an nichts anderes mehr denken als an diesen Augenblick der Schönheit.«

Der Marquis legte seine Hände vor die Augen, als wolle er alles andere aus seiner Erinnerung auslöschen. Leise fuhr er fort:

»Dann traf ich Sie im Garten, und danach dachte ich an nichts anderes mehr als an das kleine Mädchen im oberen Stock. Ich sagte mir, daß Sie mich belustigt haben und daß Sie anders waren als andere Kinder. Ich wurde unwiderstehlich zu Ihnen hingezogen.«

Er hielt inne und fuhr dann mit tiefer Stimme fort:

»Als Sie heute zum Mittagessen in den Salon kamen, war mir klar, daß ich mein Leben lang auf Sie gewartet habe.«

Der Marquis schwieg, und jetzt streckte Arabella ihm ihre Hände hin. Sie zitterten, aber sie hielt sie ihm lächelnd hin.

»Weshalb sind Sie erregt?« fragte sie.

»Oh, Arabella, hat es je jemanden gegeben wie Sie?«

Er nahm sie in die Arme und küßte sie. Er küßte ihren Mund, ihre Augen, ihre Wangen, ihre Stirn, den Puls, der an ihrem weißen Hals pochte, und ihre Schultern.

»Ich liebe dich, ich liebe dich«, wiederholte er. »Mein Liebling, meine kleine Geliebte, von der ich glaubte, daß ich sie niemals finden würde.«

Er preßte sie fest an sich und sagte mit einer Stimme, die heiser vor Schmerz war:

»Arabella, ich muß dich wegschicken, denn ich kann dich niemals heiraten.«

10. Kapitel

Arabella saß an ihrem Schreibsekretär in ihrem Zimmer und entwarf einen Brief. Sie warf ein halbes Dutzend angefangene Blätter weg, ehe sie schließlich mit ihren Zeilen zufrieden war.

Dann adressierte sie das Schreiben an das Innenministerium in Westminster, schüttete Sand darüber und versiegelte es. Sie stand auf, zerriß die Blätter, die sie weggeworfen hatte, in winzige Stückchen, ehe sie alle unter das Holz in dem nicht angezündeten Kamin schob.

Was immer auch geschah, niemand im Schloß durfte wissen, wem sie geschrieben hatte.

Sie war noch lange wach gelegen, nachdem sie den Marquis verlassen hatte, und sie war zu dem Schluß gekommen, daß der geeignete Mann, an den sie sich wegen der Straßenräuber und der Notwendigkeit militärischen Schutzes wenden konnte, im Innenministerium war.

Es bestand die Möglichkeit, daß jemand das Schloß besuchte, durch den sie den Brief heimlich nach London befördern lassen konnte. Miß Matherson hatte gesagt, daß manchmal Dienstboten im Meridale House gebraucht wurden. Das würde bedeuten, daß der Gepäckwagen aus London kam, um ihre Sachen abzuholen.

Arabella hatte noch keinen genauen Plan, aber sie wußte, daß es klug war, wenn sie den Brief für alle Fälle bereithielt, damit sie ihn nicht hastig und unüberlegt schreiben mußte.

Sie verstaute den Brief in ihrem Handtäschchen, das Miß Matherson ihr als Accessoire zu einem Tageskleid gegeben hatte. Es war aus grünem Samt und mit einem Seidenband in der gleichen Farbe verziert.

Arabella betete darum, daß es nicht lange dauern würde, bis er sich auf dem Weg nach London befand. Sie trat an das Fenster und sah in die anbrechende Morgendämmerung hinaus. Es war noch sehr früh. Sie nahm den Schal ab, den sie sich über die Schultern gelegt hatte, und ging wieder zu Bett. Sie ließ das Fenster offenstehen. Die frische Morgenluft berührte ihre Wangen und schmeichelte der Haut, die ihr am Abend zuvor unter der Leidenschaft des Marquis gebrannt hatte.

Sie schloß die Augen und hörte ihn sagen:

»Ich kann Sie nicht heiraten.«

Einen kurzen Augenblick war es ihr so vorgekommen, als hätte er sie geschlagen. Mit einer Stimme, die sie kaum als die ihre wiedererkannte, fragte sie:

»Bin ich nicht hochgeboren genug, Mylord?«

Er sah sie an.

»Wie können Sie so etwas denken! Ich weiß nicht, wer Sie sind und wo Ihre Eltern leben, aber ich weiß, wenn Sie mir Ihre Hand reichen würden, wäre ich zutiefst geehrt. Ja, ich wäre Ihrer nicht würdig.«

»Dann verstehe ich es nicht«, sagte Arabella.

»Meine liebste, kleine Liebe, ich habe Sie verletzt«, sagte er. »Ich sagte einmal, daß dies so wäre, als ob man einem Schmetterling die Flügel ausreißt. Sie sind so zart, so zerbrechlich und von so vollkommener Schönheit.«

Seine Stimme hatte alle Rauheit verloren und war tief und zärtlich.

»Sie bringen mich wieder in Versuchung, Arabella. Es fällt mir schwer, an irgend etwas anderes als an Sie zu denken, wenn ich in Ihre Augen blicke. Wie gern würde ich Sie küssen. Können Sie nicht verstehen, daß Sie mich foltern? Wenn Sie nicht gehen wollen, muß ich fort.«

»Nein, nein!« sagte Arabella rasch und dachte an die Gefahr, in der er sich befand, wenn er den Schutz des Schlosses verließe.

»Das dürfen Sie nicht tun! Nicht meinetwegen. Wenn Sie es mir nur erklären würden, damit ich es verstehen kann.«

»Warum ich Sie nicht heiraten kann?« fragte der Marquis. »Ist das nicht offensichtlich?«

»Nein«, erwiderte Arabella und sah ihn verwirrt und fragend an.

»Nicht, wenn Sie Beulah ansehen?« fragte er.

»Ach so, Beulah!« sagte Arabella.

»Ja«, erwiderte er. »Glauben Sie, ich möchte der Vater eines Kindes sein, das so ist wie sie? Angenommen, es wäre mein Sohn, der Erbe meines Titels und meiner Besitztümer...«

»Es ist sehr unwahrscheinlich...«, begann Arabella.

»Warum sagen Sie das! Es liegt im Blut der Belmonts, auf das ich so stolz war. Ich habe meine Familiengeschichte studiert. Der erste aus unserem Geschlecht, der Bedeutung erlangte, war Schatzmeister unter Heinrich VIII. Der General, der die Armeen von Charles II. kommandierte, war mein Vorfahr. Mein Urgroßvater hat zusammen mit Marlborough gekämpft. Es waren alles großartige Männer, auf die jede Familie stolz sein kann.«

»Beulah ist eine Ausnahme.«

»Wirklich?« fragte der Marquis. »Wie sollen wir wissen, welche Geheimnisse vor den Historikern verborgen geblieben sind. Wie soll ich wissen, ob nicht eine lange Linie von Mißgeburten von Vater zu Sohn weitervererbt wurde?«

In seiner Stimme lag ein solcher Schmerz, daß Arabella ihre Hand auf seinen Arm legte.

»Sie dürfen sich nicht so quälen. Ich kann nicht glauben, daß dies die Wahrheit ist.«

»Sie können aber auch nicht beweisen, daß es eine Lüge ist«, sagte der Marquis.

Er wandte sich ab.

»Verstehen Sie jetzt, warum ich nicht nach Hause kommen wollte?« fragte er.

»Weil Sie Angst hatten, Beulah anzusehen«, sagte Arabella.

»Ja, ich hatte Angst. Ich, der für meine Tapferkeit in der Schlacht ausgezeichnet wurde, der den Soldaten Napoleons ohne Furcht entgegentrat, war ein elender Feigling, Arabella, als es darum ging, diesem armen Wesen da oben gegenüberzutreten.«

»Hatten Sie sie vorher schon einmal gesehen?«

»Ich bin Ihnen die ganze Geschichte schuldig«, sagte der Marquis. »Ich wollte niemals darüber sprechen. Aber Sie müssen verstehen, warum unsere Liebe nichts anderes als ein Traum sein kann... den Sie rasch vergessen müssen.«

»Das werde ich niemals können«, sagte Arabella.

»Ich liebe Sie für diese Worte, aber hören Sie meine Geschichte. Dann werden Sie mich vielleicht verachten, so wie ich mich selbst verachte.«

»Setzen wir uns«, sagte Arabella und zog ihn zum Sofa, das neben dem Kamin stand. Seine Miene war plötzlich verstört.

»Ich war in Oxford«, begann er, »als ich erfuhr, daß mein Vater sich bei einem Unfall schwer verletzt hatte. Als ich nach Hause kam, traf ich ihn schwerkrank an. Ich bot an, hierzubleiben, aber meine Mutter lehnte es ab, weil sie es für besser hielt, daß ich mein Studium fortsetzte. Ich war damals zwanzig Jahre alt und stand kurz vor dem Abschluß.

Ich kehrte zum nächsten Semester nach Oxford zurück. In den Ferien kam ich wieder nach Hause und stellte fest, daß der Gesundheitszustand meines Vaters sich noch verschlechtert hatte und meine Mutter unter der Anspannung litt. Sie war mit ihren Nerven am Ende. Sie weinte oft. Natürlich schob ich dies ihrer Sorge um meinen Vater zu.«

Der Marquis hielt inne und fuhr dann unter großer Anstrengung fort: »Die Ärzte hatten nicht mehr viel Hoffnung, daß sich sein Zustand bessern würde. Trotzdem war es ein schrecklicher Schock, als ich die Nachricht von seinem Tod erhielt.«

Er hörte auf zu sprechen. Dann sagte er mit heiserer Stimme:

»Schon wenige Stunden nach meiner Heimkehr ahnte ich, daß meine Mutter in anderen Umständen war. Ich fragte sie nicht danach, sondern sprach statt dessen mit Matty, die es mir bestätigte. Ich war verwundert darüber, daß meine Mutter es mir nicht selbst sagte.«

In seiner Stimme lag ein solcher Schmerz, daß Arabella wieder seinen Arm berührte.

»Vielleicht bilde ich es mir ein«, fuhr er fort, »aber es schien zum erstenmal eine Barriere zwischen uns zu existieren. Wir waren uns immer so nahe gewesen. Vielleicht ist eine Verbindung zwischen Mutter und Sohn immer anders als zwischen den anderen Familienmitgliedern. Jedenfalls fühlte ich mich verletzt und ausgestoßen.«

Die Beerdigung fand am nächsten Tag statt. Meine Mutter brach am Grab zusammen. Wir trugen sie ins Schloß zurück, und in dieser Nacht wurde Beulah geboren. Sie war eine Frühgeburt, wie man mir sagte.«

Der Marquis schlug die Hände vor das Gesicht. Arabellas ganzes Wesen strömte ihm zu, aber sie fand keine Worte des Trostes.

»Sie müssen alles wissen«, sagte der Marquis nach einer Weile. »Als ich noch ein kleiner Junge von fünf oder sechs Jahren war, zeigte mir ein Schafhirt auf unserem Besitztum ein Lamm, das mit zwei Köpfen auf die Welt gekommen war. Er dachte, es würde mich amüsieren. Aber es wurde einem übel, wenn man es ansah, selbst Erwachsenen. Für mich war es entsetzlich.

Ich erinnere mich daran, daß mir sehr schlecht wurde. Ich lief ins Schloß und versteckte mich in meinem Zimmer. Ich wollte niemandem sagen, was mich aufgeregt hatte, nicht einmal meiner Mutter. Noch Monate danach litt ich unter Alpträumen, in denen ich abstoßende, groteske Wesen sah, und ich konnte nicht entrinnen.«

»Sie armer, kleiner Junge«, murmelte Arabella.

»Vielleicht hat meine Abscheu gegen Mißbildungen dazu geführt, daß sie mir immer wieder begegneten. Ich habe viele Männer gesehen, die von Kanonenkugeln zerfetzt wurden, und empfand mit ihnen ein tiefes Mitleid. Aber wenn ich in einen Zirkus oder zu den Rennen gehe, wo ich ein Teil der Menge bin, taucht stets ein Verkrüppelter oder geistig Gestörter auf, der mich an mein Erbgut erinnert – an Beulah, meine nächste Verwandte.«

»Sie dürfen so nicht denken«, sagte Arabella. »Das arme kleine Wesen ist harmlos und bemitleidenswert.«

»Ich habe die Geschichte dieser Unglücklichen studiert«, erwiderte der Marquis. »Sie können jahrelang harmlos sein, und plötzlich werden sie eine Gefahr für ihre Umgebung. Sie können auch vollkommen irr werden, so daß man sie in Verwahrung geben muß. Die einzige Hoffnung ist die, daß sie gewöhnlich nicht sehr alt werden.«

Arabella stieß einen Entsetzensschrei aus.

»Glauben Sie mir, ich habe mir große Mühe gegeben, um für Beulah alles Menschenmögliche zu tun«, fuhr er fort. »Ich kam nicht nach Hause, weil ich es nicht ertragen konnte, sie anzusehen. Aber ich habe Anweisungen gegeben, daß man gut für sie sorgt. Vor zwei Jahren, als ich von Frankreich zurückkam, sprach ich mit vielen Ärzten. Sie sagten alle, man könnte nichts für sie tun.«

»Aber Sie dürfen sich nicht davon Ihr Leben zerstören lassen!«

»Mein Leben zerstören«, wiederholte der Marquis. »Glauben Sie, daß ich mich selbst für normal halte, wenn in meinem Blut dieser Makel ist? Wenn Sie meinen Vater hätten sehen können – er war so stattlich, gesund und männlich. Ich bewunderte ihn mehr als jeden anderen Mann, und doch hat er dieses gehirnlose kleine Wesen mit seinem verkrüppelten, grotesken Körper gezeugt.«

»Wie kann Gott so etwas zulassen?« fragte Arabella.

»Gott? Ich frage mich, ob er sich darum kümmert. Ich habe gebetet, Arabella, ja, ich habe auf Knien darum gefleht, daß irgendein Mißverständnis vorliegen möge, das das, was mir die Hebamme an jenem Tag zeigte, nachdem Beulah geboren worden war, nur ein Irrbild meiner Fantasie wäre. Ich betete darum, ich möge das Opfer einer Hallunization sein. Aber Beulah war kein Geschöpf meiner Fantasie, sondern ein menschliches Wesen.«

Arabella umfaßte die Hand des Marquis.

»Könnten wir Ihre Angst nicht gemeinsam bekämpfen?«

Der Marquis hob ihre Hand an seine Lippen.

»Ich liebe Sie«, sagte er. »Ich liebe Sie. Sie sind so sanft, so verständnisvoll. Aber niemand kann mir helfen, Arabella. Das wußte ich schon an dem Tag, an dem Beulah geboren wurde und ich aus dem Schloß floh.«

Und nun sah Arabella einen Schmerz in seinen Augen, der sie fast zum Weinen brachte.

»Ich konnte in diesem Augenblick nicht mit ihr sprechen«, sagte der Marquis. »Als ich später hörte, daß sie gestorben war, wußte ich, daß ich mir das niemals vergeben werde.«

»Sie hat es gewiß verstanden«, versuchte Arabella ihn zu trösten.

»Sie konnte mich in jener Nacht nur für einen gefühllosen Unmenschen halten«, sagte der Marquis. »Ich war ihr Sohn, und statt ihr zu helfen, dachte ich in diesem Augenblick selbstsüchtig nur an mich.«

»Es war verständlich«, sagte Arabella beruhigend.

»Nein, es war verwerflich von mir. Ich kehrte nicht nach Oxford zurück, sondern reiste nach London und schloß mich meinem Regiment an. Mein Vater hatte für mich Vorbereitungen getroffen, daß ich einen Posten übernehmen konnte, sobald ich mein Studium abgeschlossen hatte. Ich suchte den Colonel auf, und dieser sagte mir, das Regiment bräche in zwei Tagen nach Portugal auf. Ich fuhr mit. Später, als ich hörte, daß meine Mutter tot war, gab ich die Schuld daran mir. Mir wurde klar, daß ich sie im Stich gelassen hatte, als sie mich am meisten gebraucht hätte.« Er holte tief Luft. »Jetzt wissen Sie, was für eine Sorte Mann ich bin. Ein Mann, der Ihrer Liebe nicht wert ist, Arabella. Vergessen Sie mich!«

»Schauen Sie mich an«, sagte Arabella leise.

Er sah in ihre blauen Augen und las in ihnen Verständnis, Mitgefühl und eine Liebe, die ihn einhüllte.

»Ich liebe Sie, weil Sie mir die Wahrheit gesagt haben«, sagte Arabella. »Ich liebe Sie mehr, als ich je geglaubt hätte, jemanden auf der Welt lieben zu können.«

Der Marquis zog sie an sich und verbarg sein Gesicht an ihrem Hals.

Sie konnte sich jetzt vieles erklären, was er ungesagt gelassen hatte. Die Nächte, in denen er wachgelegen sein mußte, in denen er sich selbst gehaßt hatte, gelähmt bei dem Gedanken daran, was seine Mutter gelitten haben mußte, und dabei war er sich bewußt, daß er die Vergangenheit nicht mehr rückgängig machen konnte.

»Es wird alles gut«, hörte sie sich leise sagen. »Ich bin sicher, Ihre Mutter hat es verstanden. Sie hat Sie geliebt, so wie Sie sie geliebt haben, und deshalb hat sie verstanden, wie Ihnen zumute war, als Sie das Kind sahen.«

»Nein, ich habe sie im Stich gelassen. Vielleicht werde ich jede Frau im Stich lassen, die ihr Leben an das meine bindet. Deshalb müssen Sie mich verlassen. Ich darf Ihnen nichts bedeuten.«

»Ich werde Sie nicht verlassen«, sagte Arabella ruhig.

»Aber Sie müssen!« Er ließ sie los. »Sie müssen einen anständigen Mann finden, der Sie heiratet und Ihnen gesunde, kräftige Kinder schenkt.«

»Sie müssen die Vergangenheit abstreifen«, sagte Arabella. »Sie dürfen Ihr Leben nicht mit solchen Gedanken und Ängsten zerstören.«

»Glauben Sie, ich hätte das nicht versucht? Ich konnte es für eine Weile vergessen, als ich kämpfte, und nachdem ich von Frankreich zurückgekehrt war, habe ich mich in die Vergnügungen des Stadtlebens gestürzt. Die Leute nennen mich den ›lustigen Marquis‹, wußten Sie das?«

»Ich habe davon gehört«, sagte Arabella.

»Meine Freunde werden Ihnen erzählen, daß ich sehr fröhlich sein kann, wenn ich eine Menge Wein getrunken habe.«

Seine Lippen zuckten zynisch.

»Aber wenn ich allein bin, tauchen die Erinnerungen daran auf, wer und was ich bin.«

»Sie dürfen sich nicht für den Rest des Lebens dieser Depression hingeben«, sagte Arabella.

Der Marquis stand auf.

»Das werde ich auch nicht tun! Es wird immer Frauen wie Lady Sybil geben, die mir helfen, die Zeit zu vertreiben. Es wird immer französischen Cognac geben und grüne Spieltische. Sie dürfen mich nicht bemitleiden, Arabella. Es wird mir relativ gut gehen, aber ich werde allein sein.«

»Und deshalb wollen Sie mich nicht«, sagte Arabella zögernd.

»Sie nicht wollen«, wiederholte der Marquis. »Sie wissen, daß ich Sie will. Sie wissen, daß Sie das schönste, vollkommenste Wesen sind, das ich jemals kennengelernt habe. Sie sind die Frau, von der jeder Mann hofft, daß er sie eines Tages findet. Und weil Sie so vollkommen sind, könnte ich es nicht ertragen, wenn Sie sich abgestoßen von mir abwenden würden.«

»Das würde ich niemals tun«, sagte Arabella.

»Mein Liebling, Sie sind noch so jung. Sie wissen nicht, wie Ihnen zumute wäre, wenn Sie ein Kind... mein Kind... zur Welt brächten, das wie Beulah aussähe.«

Arabella schwieg, denn dazu konnte sie in der Tat nichts sagen. Der Marquis lachte rauh.

»Gehen Sie, es gibt keine Antwort. Gehen Sie jetzt schlafen, Arabella. Es ist schon spät. Morgen wollen wir zusammen versuchen, einen vernünftigen Entschluß zu fassen, was wir tun können.«

»Ich werde Sie nicht verlassen«, sagte Arabella.

»Sie können nicht bleiben«, erwiderte der Marquis, »denn wenn Sie bleiben, könnte ich meine Selbstbeherrschung vergessen und ich könnte vergessen, daß Sie vollkommen und edel sind, und nur sehen, daß Sie eine Frau sind, eine Frau, nach der ich mich sehne, Arabella, mit jedem Atemzug sehne.«

»Ich kann nicht gehen«, flüsterte Arabella.

Sie stand auf, und ihr Gesicht war sehr blaß.

Der Marquis sah sie an, und ihre Blicke hielten einander fest, als wären sie durch ein magnetisches Band vereinigt, das nicht zerstört werden konnte.

»Ich liebe Sie«, murmelte er, »und ich möchte Sie küssen, Arabella, von diesem wunderbaren feurigem Haar bis hinunter zu den Füssen. Ich möchte Sie küssen, und wenn Sie nicht gehen, könnte ich vergessen, daß ich Ihr Gastgeber bin. Gehen Sie und vergessen Sie einen Mann, der Ihrer unwürdig ist.«

Arabella spürte, daß er nahe am Zusammenbruch war. Und da sie ihn liebte, wußte sie auch, daß sie nun gehen mußte.

Leise sagte sie: »Ich gehe, weil Sie mich darum bitten, aber glauben Sie nicht, daß ich aufgebe oder die Schlacht für verloren halte. Ich werde für Sie und mit Ihnen kämpfen. Vielleicht haben Sie recht, vielleicht ist dies nicht die richtige Zeit und der richtige Ort.«

Sie trat neben ihn und hob ihr Gesicht zu dem seinen – eine kindliche, vertrauensvolle Geste, die ihn berührte.

Er nahm sie in die Arme, und seine Lippen berührten zärtlich ihren Mund. Sie löste sich von ihm, ging zur Tür und wußte, daß er ihr nachsah.

»Gute Nacht, und denken Sie an nichts anderes als an unsere Liebe.«

Erst als sie in ihrem Zimmer war, bemerkte sie, daß sie weinte. Die Tränen liefen ihr ununterbrochen die Wangen herab, bei dem Gedanken daran, was er durchgemacht hatte, und sie weinte auch um ihretwillen, denn sie erkannte, daß es für ihr Problem keine Lösung gab. Außerdem quälte sie der Gedanke an die Straßenräuber. Vielleicht hatte Miß Harrison Gentleman Jack inzwischen getroffen und ihm gesagt, daß sie entlassen worden war. Wie würde er sich rächen? fragte sich Arabella ängstlich. Angenommen, er käme ins Schloß und schösse sie alle nieder. Angenommen, er ermordete den Marquis?

Arabella glaubte jedoch, daß dies für Gentleman Jack ein zu direkter Akt wäre, weil dafür früher oder später die Vergeltung kommen würde. Ein Mann vom Range des Marquis konnte nicht aus der Welt geschafft werden, ohne daß es einen Riesenskandal gab, der unweigerlich damit enden würde, daß Gentleman Jack vor den Richter kam.

Nein, er würde subtilere Methoden anwenden, dachte sie, und ihre einzige Hoffnung war es, daß sie rechtzeitig Nachricht nach London geben konnte.

Sie mußte vor Übermüdung eingeschlummert sein, denn sie wurde früh von dem Dienstmädchen geweckt.

Arabella zog sich rasch an und ging ins Kinderzimmer, wo sie Beulah schon fast angekleidet antraf.

Das Frühstück stand auf dem Tisch, und als das Kind gegessen hatte, überkam Arabella ein glühendes Verlangen, den Marquis zu sehen. Sie mußte wissen, was er heute tat, was für Pläne er hatte, und dabei schwang immer die Furcht mit, daß er beschlossen haben könnte, nach London zu fahren.

Sie nahm Beulah die Kätzchen ab, die zum Frühstück Milch und kleine Fischstückchen bekamen, und trug Beulah die Treppe hinunter.

In der Halle traf sie James.

»Hat Seine Lordschaft schon gefrühstückt?« fragte sie.

»Ja, aber er ist noch im Eßzimmer, Miß«, erwiderte James.

Arabella lenkte Beulahs unstete Schritte zum Eßzimmer. Als sie vor der Tür stand, hielt sie inne, denn sie wußte, daß es nicht der Brauch und beinahe eine Zudringlichkeit war. Aber gleichzeitig wußte sie auch, daß solche Formalitäten zwischen ihr und dem Marquis keine Rolle spielten. Sie öffnete die Tür.

Der Marquis stand auf als er sie sah. Er wirkte müde und abgespannt und hatte tiefe Augenringe, aber sein ganzes Gesicht leuchtete auf, als er sie sah.

»Arabella!« rief er. »Eben habe ich an Sie gedacht und mich gefragt, ob ich Sie wohl sehen würde, bevor ich ausreite.«

Arabella trat mit Beulah ein. »Sag guten Morgen, Beulah«, sagte sie zu dem Kind.

»Beulah... will... Pfirsich«, sagte Beulah, nachdem sie die große Schale mit den Treibhauspfirsichen auf dem Eßtisch gesehen hatte.

»Geben Sie ihr einen«, sagte der Marquis. »Turner, holen Sie ein Kissen für Beulah, bitte.«

Das Kissen wurde gebracht, und Beulah wurde auf einen Stuhl an der Tafel gehoben. Arabella setzte sich neben sie.

»Sie braucht einen Latz«, sagte sie zu dem Butler.

»Ich lasse im Kinderzimmer einen holen«, erwiderte Turner.

Arabella wählte einen Pfirsich aus und schälte ihn auf einem Sèvres-Teller in Blau und Gold und benutzte dazu ein goldenes Dessertmesser mit einem Perlmuttgriff.

»Sie wollten mir etwas sagen«, drängte der Marquis und sah Arabella fragend an.

»Ja, Mylord, ich wollte Sie fragen, ob ich ausreiten darf«, sagte Arabella.

»Aber natürlich«, sagte der Marquis, »wie gedankenlos von mir, daß ich nicht selbst schon daran gedacht habe. Ich bin sicher, daß Sie ausgezeichnet reiten.«

»Ich glaube schon«, sagte Arabella mit einem Lächeln, das ihren Worten den Hochmut nahm. Sie spielte immer noch mit der Idee, daß sie selbst nach London reiten könnte, und dafür war es vor allem wichtig, daß sie Zugang zu den Pferden des Marquis bekam, so daß die Stallknechte nicht mißtrauisch wurden.

»Wann reiten wir zusammen aus?« fragte der Marquis begierig. »Heute? Jetzt?«

»Ich dachte, Sie hatten andere Pläne«, sagte Arabella.

Es klopfte an die Tür, und Miß Matherson kam in das Eßzimmer. Sie machte vor dem Marquis einen Knicks und brachte einen gestickten Latz an den Tisch.

»Es tut mir leid, daß es so lange gedauert hat, Miß Arabella«, sagte sie, »aber die Latze waren verlegt worden, als wir die Sachen aus dem alten Kinderzimmer hinunterbrachten. Endlich habe ich einen gefunden. Rose räumt jetzt die Schubladen auf, so daß es das nächstemal nicht mehr so lange dauern wird.«

»Vielen Dank...«, sagte Arabella, als plötzlich die Tür des Zimmers aufgerissen wurde und ein Mann hereinkam.

Arabella sah ihn erstaunt an. Sie hatte noch nie einen eleganter gekleideten Mann gesehen. Sein Reitmantel war olivgrün, seine Halsbinde kunstvollgebunden, seine Kniehose ohne eine einzige Falte und seine Reitstiefel glänzten derartig, daß man sich in ihnen spiegeln konnte.

»Ein Rekord! Ein Rekord, mein lieber Junge! In fünfundfünfzig Minuten von Mayfair nach Meridale, was hältst du davon?«

»Richard!« rief der Marquis. »Ich habe dich nicht erwartet.«

»Dessen bin ich mir wohl bewußt«, erwiderte Richard Huntington. »Du wolltest mich ja auch nicht einladen, weißt du noch? Aber ich bin hier mit einer Botschaft des großen Zampano selbst. Kein anderes als unser allseits geliebter Regent wünscht heute abend im Carlton House deine Anwesenheit, damit du Paulo de Collalto beim Essen kennenlernst und ihn anschließend singen hörst.«

»Nun, wie...«, begann der Marquis, aber er wurde von einem Schrei Beulahs unterbrochen.

»Tut weh...«, schrie das Kind.

Matty versuchte gerade, Beulah den Latz umzubinden und murmelte:

»Tut mir leid, Beulah.«

»Hier ist dein Pfirsich«, sagte Arabella, die plötzlich bemerkte, daß sie mit offenem Mund den Neuankömmling angestarrt hatte und daß Beulah auf den Pfirsich wartete.

»Entschuldigung«, sagte der Marquis. »Ich hätte dich vorstellen sollen. Aber dein plötzliches Auftauchen hat mich überrascht.

Arabella, dies ist Captain Richard Huntington, ein sehr lieber Freund von mir. Miß Arabella ...«

Der Marquis hielt inne, und ein gequälter Ausdruck trat in sein Gesicht. Arabella erkannte, daß er, obwohl sie sich nun bald eine Ewigkeit kannten und so vieles zwischen ihnen geschehen war, keine Ahnung hatte, wie sie hieß.

»... Russel«, sagte sie rasch und hielt Richard Huntington die Hand hin.

»Und das ist meine Schwester«, sagte der Marquis mit unnatürlich lauter Stimme.

Richard Huntington verbeugte sich, aber sein Gesichtsausdruck veränderte sich nicht, und Arabella dachte: er ist nicht überrascht, er wußte, was ihn erwartet.

»Richard, ich möchte dir noch eine sehr liebe Freundin der Familie vorstellen, von der ich dir erzählt habe: Miß Matherson. Sie ist im Schloß, so lange ich mich zurückerinnern kann.«

Richard Huntington streckte ihr die Hand hin. »Ich habe viel von Ihnen gehört, Miß Matherson, und Sie würden erröten, wenn ich Ihnen alle schmeichelhaften Dinge wiederholen würde, die Seine Lordschaft über Sie erzählt hat, als wir gegen die Franzosen kämpften.«

»Vielen Dank, Sir«, sagte Miß Matherson und machte einen Knicks.

»Turner, bitte bringen Sie für Captain Huntington eine Kleinigkeit zum Essen und zum Trinken.«

»Eine Kleinigkeit?« rief Richard Huntington. »Ich könnte einen ganzen Ochsen verspeisen.«

»Und die entsprechende Menge dazu trinken, nehme ich an!« fragte der Marquis. »Warst du wirklich in fünfundfünfzig Minuten hier?«

»Ich übertreibe nicht«, versicherte Richard Huntington. »In genau fünfundfünfzig Minuten, und darin ist noch ein kleiner Aufenthalt eingeschlossen, als ich nach dem Weg fragte. Ich habe das Pferd ausprobiert, das ich letzten Monat gekauft habe. Wenn du dich erinnerst, hast du es damals mißbilligt, Julius, aber ich habe dich widerlegt. Es ist ein Klassepferd!«

»Du sagtest etwas von Prinny«, sagte der Marquis.

»Ja, das darf ich nicht vergessen. Ich habe Prinny gestern abend gesehen, und er schickt dir den äußerst dringenden Befehl, heute abend mit ihm zu speisen und diesen italienischen Burschen kennenzulernen.«

»Ein Italiener speist im Carlton House! Hat Prinny den Verstand verloren?«

»Nein, überhaupt nicht. Es ist eine sehr interessante Geschichte. Dieser Mann hätte als Italiener im Krieg gegen uns kämpfen sollen, aber er haßte Napoleon, und deshalb wurde er ein Spion!«

»Was!« rief der Marquis.

»Ja, er hat viel für uns getan. Irgendwie schaffte er es immer, die Informationen den britischen Befehlshabern zu überbringen. Er stammt aus guter Familie. Ja, er ist in Wirklichkeit der Herzog von Collalto, aber er hatte das Gefühl, daß sein Adelstitel seine Tätigkeit behinderte, und deshalb wählte er den Gesang zu seinem Beruf – er hat offenbar eine herrliche Stimme, und dies bedeutet, daß er überall in Italien auftreten konnte – vor den Truppen, bevor sie in den Kampf gingen, in Rom vor dem Hof und sogar in Frankreich, wo er vor der Kaiserin sang.«

»Er muß ein geschickter Mann sein, sowohl auf dem einen, als auch auf dem anderen Gebiet.«

»Es heißt, er sei während des Krieges zweimal nach England gekommen«, fuhr Richard Huntington fort. »Er schmuggelte Waren herein und hinaus, und Napoleon hat davon nie etwas gemerkt.«

»Du nimmst mich wohl auf den Arm, Richard«, meinte der Marquis.

»Nein, es stimmt schon, denn Prinny will ihm heute einen Orden verleihen. Auf jeden Fall will dich Seine Königliche Hoheit ebenfalls beim Abendessen sehen und möchte, daß du dir danach den Gesang anhörst. Was mich anbetrifft, so könnte ich auf das Gejaule verzichten.«

»Du warst schon immer ein Kulturbanause, Richard«, sagte der Marquis lächelnd. »Es tut mir leid, aber ich muß mich bei Prinny entschuldigen. Ich bin hier im Augenblick zu sehr beschäftigt, um nach London zu kommen.«

»Hat dich das Landleben gepackt?« fragte Richard Huntington. »Es wird viel Staub aufwirbeln im Carlton House, aber ich kann es dir nicht verdenken.« Er blickte zu Arabella hinüber, und sie errötete, während sie sich mit Beulah beschäftigte, die die Pfirsichstückchen von ihrem Teller auf das Tischtuch schob.

Plötzlich bemerkte der Marquis, daß Matty aufmerksam verfolgte, was Richard Huntington sagte. Man brauchte Matty nicht mehr, nachdem sie Beulahs Latz gebracht hatte, aber sie schien von dem, was sie hörte, fasziniert zu sein.

»Ich denke, das ist alles, Matty«, sagte der Marquis und gab ihr damit zu verstehen, daß sie gehen konnte. Sie machte einen Knicks und verließ das Zimmer.

»Dann kehrst du also nicht an den Busen der Gesellschaft zurück«, bemerkte Captain Huntington und bediente sich großzügig von einer Platte mit Lammkoteletts.

»Nein«, sagte der Marquis, »nachdem ich jetzt hier bin, kann ich gar nicht mehr begreifen, daß mich all diese Vergnügungen nicht gelangweilt haben. Du solltest der Abwechslung halber auch einmal das Landleben ausprobieren.«

»Ich habe es oft genug versucht«, erwiderte Richard Huntington. »Ich fand es deprimierend und langweilig, besonders wenn es regnet.«

Er trank seinen Wein, den der Butler ihm nachschenkte, und fügte hinzu:

»Aber wenn die Dinge so weitergehen, werde ich unter der besseren Gesellschaft bald allein sein. Der Regent spricht davon, daß er sich nach Brightelmstone zurückziehen will, und wenn es eines gibt, was ich verabscheue, dann ist es dieses orientalische Zuckergußgebäude, das er dort baut. Tony Lowther ist auch schon auf sein Besitztum in Dorset gefahren, und ich zweifle daran, ob wir ihn je wiedersehen.«

»Tony ist tatsächlich nach Hause gefahren?« fragte der Marquis überrascht. »Das ist eine ausgezeichnete Nachricht.«

»Ich dachte mit, daß du dich darüber freust«, sagte Richard. »Aber meine Gefühle, was frische Luft und knusprige Lammkoteletts anbetrifft, werden von einer unserer Freundinnen geteilt, die in die Stadt zurückgekehrt ist.«

Das Gesicht des Marquis verhärtete sich.

»Du meinst Lady Sybil?« fragte er.

»Getroffen, alter Junge«, rief Richard Huntington. »Sie erzählt alle möglichen geringschätzigen Dinge über dich, und das mit dem ganzen Gift, für das sie so berühmt ist.«

»Das interessiert mich nicht«, sagte der Marquis stirnrunzelnd.

»Sie sagt sogar, sie würde jemanden schicken, der dich herausfordert«, fuhr Richard Huntington fort. »Der letzte Stutzer, an den sie sich hängte, ist dein alter Freund Sir Mercer Heron.«

Der Marquis lachte.

»Wenn es je einen Weichling gegeben hat, dann ist es Heron«, sagte er. »Falls mich jemand erschießt, dann ist es bestimmt nicht er.«

»Das dachte ich mir«, sagte Richard Huntington zufrieden und nahm sich eine große Portion Kalbfleisch mit Trüffeln.

»Noch ein Glas Rotwein?« schlug der Marquis vor. »Du wirst deine ganze Kraft brauchen, alter Junge, wenn du so schnell wieder nach London zurückreiten willst, wie du hergekommen bist. Bleibst du zum Mittagessen?«

»Nein, ich muß sofort wieder aufbrechen. Außerdem möchte ich mich niemanden aufdrängen, bei dem ich unwillkommen bin.«

»Rede kein dummes Zeug, Richard«, sagte der Marquis. »Du weißt, weshalb ich damals nicht wollte, daß du mitkommst.«

Er warf einen Blick auf Beulah.

»Du solltest vor deinem ältesten Freund keine Geheimnisse haben«, sagte Richard Huntington. »Besonders, wenn sie nicht von geringster Bedeutung sind.«

»Für dich nicht«, antwortete der Marquis rasch. »Aber für andere Leute.«

»Lady Sybil hat es überall hinausposaunt«, sagte Richard. »Wir wissen, daß sie ein boshaftes Klatschweib ist. Aber was sie gesagt hat, spielt für deinen wahren Freund nicht die geringste Rolle, Julius. Und wenn du etwa glaubst, du habest keine, dann bist du im Irrtum.«

Arabella überkam eine Welle der Zuneigung für den jungen Mann, der all diese Dinge sagte, von denen sie wollte, daß der Marquis sie hörte. Das wird ihn trösten, dachte sie. Er hatte offensichtlich versucht, die Behinderung seiner Schwester geheimzuhalten.

Beulah hatte den Pfirsich aufgegessen, und Arabella hob sie vom Stuhl.

»Mit Ihrer Erlaubnis, Mylord, mache ich mit Beulah jetzt einen Spaziergang«, sagte sie zum Marquis.

»Ja, natürlich, Arabella«, sagte er, und in seinen Augen lag ein Ausdruck, der Richard Huntington nicht entging.

Sie führte das Kind zur Tür. Als sie hinausging, hörte sie Richard Huntington sagen:

»Guter Gott, Julius, das ist das reizendste Wesen, das ich je gesehen habe. Wer ist das?«

Sie wartete die Antwort des Marquis nicht ab, sondern ging mit Beulah in die Halle und überlegte, wie sie Richard Huntington allein sprechen könnte, um ihm den Brief zu geben, der in ihrer Handtasche war. Der Mann war ihr vom Himmel geschickt worden, dachte sie. Wenn er über die Felder nach London zurückkehrte und die Hauptstraße vermied, würde er nicht auf die Straßenräuber stoßen.

Als sie in die Halle kamen, sah Beulah George und lief auf ihn zu. Er war ihr Favorit.

Arabella hörte nicht, wie Miß Matherson näherkam, und bemerkte sie erst, als sie neben ihr stand. Sie hatte einen Brief in der Hand.

»Entschuldigen Sie, Miß Arabella«, sagte Miß Matherson leise, »aber wenn Sie eine Möglichkeit sehen, noch einmal mit Captain Huntington zu sprechen, würden Sie ihn bitten, diesen Brief dem italienischen Sänger Signor Paulo de Collalto zu geben?«

»Ja, natürlich«, sagte Arabella überrascht. »Aber...«

»Sagen Sie Captain Huntington, es sei von größter Wichtigkeit, daß der Herr ihn so rasch wie möglich bekommt«, flüsterte Miß Matherson.

Arabella nahm den Brief.

»Ja, das will ich gern tun«, sagte sie. »Kennen Sie...«

Doch Miß Matherson hatte sich schon umgedreht und ging sehr rasch den Korridor entlang, und Arabella hatte das Gefühl, daß sie nicht gesehen werden wollte.

11. Kapitel

Arabella verweilte in der Halle und war verlegen, weil sie eine Ausrede nach der anderen fand, um das Schloß nicht verlassen zu müssen.

Sie schickte George nach oben und ließ Rose um ein anderes Paar Schuhe für Beulah bitten, unter dem Vorwand, daß die Schuhe, die das Kind trug, zu dünn wären. Als die Schuhe gebracht wurden, nahm sie sich viel Zeit, um sie Beulah anzuziehen. Sie spielte mit Beulah, scherzte mit ihr, so daß die Minuten verstrichen, bis sie zu ihrer Erleichterung die Stimmen des Marquis und Richard Huntingtons hörte, als sie aus dem Eßzimmer kamen.

»Es tut mir leid, daß ich nicht hierbleiben kann, Julius«, sagte Richard Huntington, »zumal du es dir mit deiner Gastfreundschaft anders überlegt hast. Aber Prinny wäre ernstlich gekränkt, wenn keiner von uns beiden auf seiner Abendgesellschaft erscheinen würde.«

»Leg ein gutes Wort für mich ein«, sagte der Marquis. »Ich

möchte nicht gern in Ungnade sein, wenn ich wieder nach London komme.«

»Und wann wird das sein?«

»Ich habe noch keine Pläne«, erwiderte der Marquis, »aber du kannst Mercer Heron sagen, ich stehe ihm zur Verfügung, wann und wo er es wünscht.«

»Das reicht, um ihn über den Kanal zu treiben, er weiß, daß du ein Spitzenmann im Pistolenschießen bist.«

»Es wäre mir ein großes Vergnügen, ihn zu durchlöchern«, sagte der Marquis. »Aber ich glaube, er wird mich nie herausfordern.«

»Da hast du recht. Und jetzt muß ich mich verabschieden. Aber zuerst möchte ich noch, daß du dir mein Pferd ansiehst. Es ist die zweihundert Guineen wert, die ich dafür ausgegeben habe.«

Sie gingen zur Tür. In diesem Augenblick kam Arabella vom Fuß der großen Treppe.

»Verzeihen Sie, Mylord«, sagte sie zum Marquis, »aber Miß Matherson läßt fragen, ob es ihnen wohl möglich wäre, eine kurze Nachricht ins Meridale House zu senden und darum zu bitten, daß man einiges von ihrer Garderobe herschickt. Miß Matherson dachte, wenn Captain Huntington nach London zurückkehrt, könnte er vielleicht so gut sein und ihre Anweisungen mitzunehmen.«

Es war der einzige Vorwand, der ihr einfiel, um Huntington allein zu sprechen. Der Marquis runzelte die Stirn und sagte verdrießlich: »Also gut, aber ich kann nicht begreifen, weshalb Matty nicht selbst an Timpson schreibt.« Er ging zur Bibliothek. »Es dauert nur ein paar Augenblicke, Richard.«

Richard Huntington wollte ihm folgen, aber Arabella berührte ihn leicht am Arm.

»Einen Augenblick!« flüsterte sie. »Bitte warten Sie!«

Er sah sie überrascht an.

Der Marquis schloß die Bibliothekstür hinter sich, und Arabella drückte Richard Huntington die zwei Briefe in die Hand.

»Würden Sie bitte so freundlich sein, diese auch im Meridale House abzuliefern?« sagte sie mit lauter Stimme. Sie wußte, daß die Diener zuhörten. »Sie sind beide von größter Wichtigkeit, und die Post ist langsam und unzuverlässig.«

»Aber natürlich«, sagte Richard Huntington freundlich. Dann las er die Adresse auf dem obersten Briefumschlag und hob die Augenbrauen.

»Öffnen Sie ihn, wenn Sie das Schloß verlassen haben«, flüsterte Arabella, »aber bitte nicht vorher.«

Er sah sie interessiert an, als sie laut sagte:

»Es ist sehr wichtig, daß diese Briefe ihre Empfänger so bald wie möglich erreichen.«

Richard Huntington starrte sie an, als glaube er, sie spiele ihm einen Streich. Als er den bittenden Ausdruck in ihren Augen sah, steckte er die Briefe in seine innere Manteltasche. »Sie werden sofort überbracht«, versprach er.

In diesem Moment kam der Marquis mit seiner Notiz in der Hand aus der Bibliothek.

»Es ist wirklich nett, daß du als Botenjunge fungierst«, sagte er.

»Immer zu Diensten«, lächelte Richard Huntington.

Er verbeugte sich vor Arabella, und mit der Hand auf der Schulter seines Freundes ging er durch die Vordertür und dann die Treppe hinab zu seinem Pferd.

»Komm mit und sieh dir das Pferd an«, sagte Arabella zu Beulah.

Sie wußte, daß sie sich höchst ungewöhnlich benahm, aber gleichzeitig befürchtete sie, Richard Huntington könnte dem Marquis etwas sagen, was eine Erklärung erforderte.

»Es ist ein schönes Tier«, bemerkte der Marquis. »Da hast du einen guten Kauf gemacht, Richard.«

»Wenn du an jenem Tag bei Tattersal gewesen wärst, hättest du mich überboten«, sagte Richard Huntington lachend. »Morgen findet wieder ein Verkauf statt, wer weiß, was ich mir ohne deine Konkurrenz alles anschaffen kann.«

»Ich werde im nächsten Monat meinen Stall auffüllen«, sagte der Marquis, »also schnapp mir nicht die besten Pferde weg, bevor ich zurückkomme.«

Richard Huntington war eben im Begriff, sein Pferd zu besteigen, als er sagte:

»Ich hätte es fast vergessen! Auf dem Weg hierher erkundigte ich mich bei einem Reiter, ob ich den richtigen Weg eingeschlagen hatte. Es war ein großer Mann, ein Wichtigtuer. Ich habe den Eindruck, daß er hier in der Gegend ein Krösus ist. Er sagte, er hätte eine Stieftochter hier im Schloß. Er sprach sehr geringschätzig über dich und dein Schloß.«

»Wie hieß er?« fragte der Marquis.

»Deane – Sir Lawrence Deane«, erwiderte Richard Huntington. »Kennst du ihn?«

»Ich glaube nicht«, antwortete der Marquis.

»Nun, seine Stieftocher muß bei dir irgendwo in der Ahnengalerie versteckt sein«, sagte Richard Huntington.

Mit diesen Worten schwang er sich in den Sattel. Der Bursche ließ das Pferd los, und es begann sofort zu tänzeln. Richard Huntington sah seinen Freund an.

»Spiel nicht zu lange den Landwirt, mein Lieber. In London ist es stocklangweilig ohne dich.«

Nachdem der Marquis ihm einen Augenblick lang nachgesehen hatte, kam er die Treppe herauf. Arabella entnahm seiner Miene, daß er verärgert war.

»Ich möchte mit Ihnen sprechen, Arabella«, sagte er und ging an ihr vorbei zur Bibliothek.

Arabella übergab Beulah George.

»Würden Sie sie bitte zu Rose bringen?«

»Will... laufen«, rief Beulah.

»Gleich, Liebes«, antwortete Arabella.

Sie ging in die Bibliothek und sah den Marquis am Fenster stehen. Sie ging zu ihm hinüber.

»Warum haben Sie es mir nicht gesagt?« fragte er scharf.

»Was?«

»Tun Sie nicht so, Arabella. Sie sind nicht naiv. Sie wissen genau, was ich meine. Ich muß borniert gewesen sein, als ich sie nicht sofort nach Ihrem Namen fragte. Aber ich dachte...«

»...ich sei ein unbedeutendes Mädchen aus dem Dorf. Ich war mir dessen wohl bewußt, aber ich glaubte, es spiele keine Rolle.«

»Keine Rolle! Sie wissen genau, was es bedeutet, wenn ich die Tochter von Sir Lawrence Deane kompromittiere. Es braucht nur jemand vom Dorf im Schloß vorbeizukommen, und wenn ich mich nicht täusche, wird Ihr Stiefvater vermuten, daß ich hier bin, nachdem er Richard gesehen hat. Haben Sie eine Mutter?«

»Ja, natürlich«, antwortete Arabella. »Nachdem mein Vater vor drei Jahren starb, heiratete sie Sir Lawrence. Ich hasse ihn. Deshalb hat meine Mutter diesen Aufenthalt hier für mich als Spielgefährtin von Beulah arrangiert.«

»Und Sie sollten vorgeben, Sie wären noch ein Kind?«

»Dr. Simpson sah mich, als ich krank war, und dachte, ich sei weit jünger, als ich wirklich bin«, erklärte Arabella. »Es war die Lösung meiner Probleme.«

Bei dem Gedanken an ihren Stiefvater lag in ihrer Stimme so viel Furcht, daß der Marquis instinktiv die Hand nach ihr ausstreckte. Doch dann zog er sie wieder zurück.

»Dies ist ein Durcheinander, das entwirrt werden muß«, sagte er. »Sie sollten nach Hause zurückkehren.«

»Auf keinen Fall«, sagte Arabella.

»Dann gibt es nur noch eine andere Möglichkeit«, sagte der Marquis, »Sie müssen mich heiraten. Aber ich verspreche Ihnen, Arabella, wenn Sie das tun, werden Sie mich nie wiedersehen. Ich könnte nicht im gleichen Haus bei Ihnen wohnen, ohne sie anzufassen. Und das kann ich, wie Sie wissen, niemals tun.«

»Ich gehe nicht nach Hause! Ich kann nicht!« rief Arabella. »Ich ging dort weg, weil ich mich vor ihm fürchtete, weil er mich auspeitschte. Ich war zu schwach, um es länger zu ertragen.«

»Er hat Sie ausgepeitscht?« rief der Marquis.

»Wann immer er einen Vorwand dafür finden konnte«, antwortete Arabella.

»Oh, mein Liebling!«

»Ich kann nicht zurück, ich kann nicht!« wiederholte Arabella.

»Dann muß ich nach London zurückkehren«, sagte der Marquis.

»Nein!« rief Arabella, »das ist unmöglich, das dürfen Sie nicht tun.«

»Was dann? Das beste wäre, ich heirate Sie und alles ist erledigt. Dann tragen Sie meinen Namen, und ich kann für Sie sorgen und Sie gegen Mißhandlungen schützen.«

»Das könnte ich nicht annehmen«, sagte Arabella stolz. »Ich will meinen Lebensunterhalt selbst verdienen. Ich bin es, die nach London gehen muß, und nicht Sie. Ich kann eine Arbeit finden; vielleicht als Gesellschafterin oder ja, als Gouvernante!«

»Sie glauben, jemand würde Sie einstellen, so wie Sie aussehen?« fragte der Marquis in einem zärtlichen Tonfall. »Sie sind zu schön, Arabella, keine Frau wird Sie in ihr Haus lassen. Das würde nur Schwierigkeiten heraufbeschwören.«

Arabella dachte an die Worte ihrer Mutter.

»Was sollen wir dann tun?« fragte sie hoffnungslos.

»Ich weiß es nicht«, sagte der Marquis.

»Dann verschieben wir es um einen Tag«, bat Arabella und dachte an die Briefe, die Richard Huntington bei sich trug. Wenn Gentleman Jack verhaftet wurde, konnte der Marquis nach London gehen, ohne daß sie fürchten mußte, daß er unterwegs niedergeschossen wurde.

»Ich muß etwas unternehmen, Arabella. Aber der Himmel weiß was«, beharrte der Marquis.

»Dann wollen wir gar nichts tun«, bat Arabella. »Sie wollten heute ausreiten. Warum tun Sie es nicht?«

Sein Blick ruhte auf ihren Lippen. Das Blut stieg ihr in die Wangen, als sie glaubte, er wolle sie küssen.

»Ich werde Beulah holen«, sagte sie rasch.

»Warten Sie. Kommen Sie zum Stall. Ich habe meine Pferde seit meiner Rückkehr noch nicht gesehen. Richards Pferd hat mir klargemacht, daß ich selbst einige neue Pferde kaufen muß. Wir wollen sehen, was ich noch habe, und entscheiden, was ich noch brauche. Tun wir für wenige Stunden so, als wären wir ganz gewöhnliche Leute, Arabella, ein Mann und eine Frau, die einander lieben.«

»Oder eher ein Edelmann und ein bedeutungsloses Mädchen aus dem Dorf«, korrigierte ihn Arabella.

Sie neckte ihn, aber er ging nicht darauf ein.

»Es war verrückt von mir, so blind zu sein«, sagte er, »das sehe ich jetzt. Aber Sie haben mich seit unserer ersten Begegnung verwirrt, Arabella. Ich schwöre Ihnen, und Sie müssen mir glauben, selbst wenn Sie aus der bescheidensten Familie kämen, hätte ich Sie trotzdem um die Ehre gebeten, meine Frau zu werden, wenn dies möglich wäre.«

Er senkte seine Stimme, und das ganze Elend, das am vergangenen Abend so offensichtlich geworden war, als er ihr seine Lebensgeschichte erzählte, kam ihr wieder in den Sinn. Es stellte eine Barriere zwischen ihnen auf, von der sie beide wußten, daß sie unüberwindbar war.

Mit Tränen in den Augen wandte sich Arabella ab.

»Ich lasse Beulah holen«, sagte sie.

»Nein, Arabella«, bat der Marquis.

Sie hatte die Bibliothek schon verlassen und schickte einen Diener nach oben, damit er das Kind holte.

Sie gingen zu dritt hinaus zum Stall, und Beulah war begeistert von den Pferden.

»Kommt sie nicht oft hierher?« fragte der Marquis überrascht, als sie darum bat, daß man sie hochhob und sie die Pferde tätscheln und mit Karotten füttern konnte, die einer der Stallburschen ihr brachte.

»Nein, Miß Harrison liebt die Tiere nicht«, sagte Arabella rasch.

Sie spürte, daß der Stallmeister durch den unverhofften Besuch des Marquis beunruhigt war, und sie fragte sich, ob etwas nicht in Ordnung war. Die Straßenräuber konnten doch nicht so unverfroren sein, ihre Pferde im Schloß unterzustellen, wenn der Marquis anwesend war. Doch als sie von einer leeren Box zur anderen gingen, spürte Arabella, wie die Anspannung unter ihrer Begleitung wuchs.

Plötzlich blieb der Marquis vor einer grauen Stute stehen:

»Das ist nicht mein Pferd!« sagte er. »Wo hast du dieses Tier her?«

Der Stallmeister zögerte einen Augenblick.

»Mr. Sheltham hat es gekauft, Mylord.«

»Sheltham?« fragte der Marquis. »Seit wann war er bemächtigt, Pferde für mich zu kaufen?«

»Sie waren... im Ausland, Mylord, und er hielt es... für notwendig«, stammelte der Stallmeister.

»Ist dies das einzige Pferd?« fragte der Marquis.

Wieder zögerte der Stallmeister.

»Nein, Mylord es sind noch... andere da.«

»Wieviele?« fragte der Marquis scharf.

»Sechs, Mylord.«

Arabella hielt den Atem an. Gleichzeitig war sie über die Kühnheit der Straßenräuber erstaunt. Dies waren natürlich ihre Ersatzpferde. Kein Wunder, daß sie immer so rasch verschwinden konnten, wenn jemand ihnen auf den Fersen war. Und keine Wunder, daß sie in so vielen Teilen des Landes wieder auftauchen konnten. Welcher andere Straßenräuber hatte Pferde in Reserve, die gut untergebracht waren, ohne daß jemand fragte, wem sie gehörten?

»Das verstehe ich nicht«, sagte der Marquis. »Ich habe nie gehört, daß ein Verwalter so viele Pferde kauft. Er hat es in seinen Briefen nie erwähnt, und so viel ich weiß, hat mich seine ganze Korrespondenz erreicht.«

»Ein Brief muß verlorengegangen sein, Mylord«, hörte sie den Stallmeister sagen. »Ich bin sicher, Mr. Sheltham hat es Ihnen mitgeteilt, Euer Lordschaft.«

»Hier sind auch junge Pferde«, sagte der Marquis. »Sie müssen noch Fohlen gewesen sein, als er sie kaufte.«

Er sah alle Pferde genau an. Dann ging er mit Arabella und Beulah schweigend hinaus.

»Hier stimmt etwas nicht«, sagte der Marquis, als sie außer Hörweite der Stallknechte war. »Diese Geschichte, daß Sheltham die Pferde gekauft hat, glaube ich nicht. Er ist schon einige Jahre tot, und das eine Tier kann nicht älter als drei Jahre sein. Ich bin kein solcher Dummkopf, daß ich nicht wüßte, wie alt ein Pferd ist.«

Arabella antwortete nicht. Nach einem Augenblick fuhr er fort:

»Haben Sie einen Verdacht? Ich vermute, daß Sie mehr wissen als ich.«

Arabella lachte.

»Ich kann nicht alle Geheimnisse kennen, Mylord«, antwortete sie leichthin.

»Irgend etwas geht hier vor«, sagte der Marquis mehr zu sich selbst als zu Arabella. »Zuerst die Eastcotes, jetzt diese Pferde, dann die Tatsache, daß Matty das Schloß verkommen ließ. Ich verstehe das alles nicht.«

»Es ist Beulahs Essenszeit«, sagte Arabella rasch.

»Sie essen unten bei mir«, sagte der Marquis.

»Und danach reiten Sie aus?« fragte Arabella.

»Nein, heute nicht. Ich denke, ich nehme euch beide zu einer Ausfahrt mit. Ich habe im Stall eine zweirädrige Kutsche gesehen, die mein Vater gekauft haben muß, ehe er starb. Ich möchte sie ausprobieren. Sie wird natürlich nicht so schnell wie mein Zweispänner sein, aber bequemer. Werden Sie mir das Vergnügen machen?«

Arabella lächelte ihn an.

»Das wäre für uns beide sehr schön.«

Sie ging mit Beulah die Treppe hinauf und zog sich zum Essen um. Dem Kind würde die Mittagsruhe fehlen, dachte sie, aber das spielte für dieses eine Mal keine Rolle, außerdem konnte sie früh zu Bett gehen.

Arabella war glücklich, daß der Marquis mit ihnen zusammen sein wollte. Sie hätte sich um ihn Sorgen gemacht, wenn er allein ausgeritten wäre.

Sie hatte das Gefühl, daß sich eine drohende Spannung über die Stallungen und das ganze Schloß gelegt hatte. Es war so, als könnten sie jeden Augenblick von einer großen Wolke eingehüllt werden. Ihre einzige Hoffnung richtete sich darauf, daß Richard Huntington rasch etwas erreichen würde. Wenn er ebenso schnell nach London zurückgeritten war, wie er hergekommen war, müßte er längst dort sein, dachte sie. Würde es ihm schwerfallen, mit dem Innenminister Kontakt aufzunehmen? Und würde dieser hoher Herr glauben, was sie geschrieben hatte, und Soldaten nach Hertford schicken, wie sie es erbeten hatte?

Sie rechnete sich aus, wann Hilfe eintreffen konnte. Aber es gab zu viele Ungewißheiten – Captain Huntingtons Reaktion auf ihren Brief, die Zeit, die verstrich, bis er mit dem Innenminister in Verbindung treten konnte, was für Soldaten gerade verfügbar waren und ob jemand auf die dürftige Information hin, die sie übermittelt hatte, überhaupt tätig wurde.

»Beulah... Hunger.«

Das Kind unterbrach ihre Gedanken.

»Ich weiß, Liebes. Wir essen mit deinem Bruder. Das gefällt dir doch, nicht wahr?«

»Ju... Julius«, sagte Beulah.

»So ist es recht, Julius«, erwiderte Arabella.

Bei dem Namen hielt sie inne.

»Julius, Julius«, sagte sie leise. Sie liebte ihn. Sie liebte ihn so sehr, daß sie sich kein Leben ohne ihn vorstellen konnte.

Weil Arabella die Gedanken des Marquis hinsichtlich der Pferde und der Eastcotes zerstreuen wollte, versuchte sie, ihn beim Essen aufzuheitern. Sie erzählte ihm Geschichten über das Land und die Leute, sie erzählte ihm, wie sie als kleines Mädchen mit ihrem Vater auf die Jagd gegangen war, wie er ihr Schwimmen beigebracht hatte und viele andere Dinge, die normalerweise nur ein Junge lernt.

»Er wollte immer, ich wäre sein Sohn«, sagte Arabella. »Und ich wünschte es auch.«

»Ich bin im Gegensatz dazu sehr froh, daß Ihr Vater eine Tochter hatte«, versicherte der Marquis, und sie errötete über seinen Blick.

Im Moment schien der ganze Schrecken, der sie umgab, mit allen Schwierigkeiten, die sie früher oder später voneinander trennen würden, vergessen zu sein. Ein Zauber lag über der Mahlzeit, und auch Beulah war glücklich, während sie die Speisen aß, die Miß Coombe eigens für die gekocht hatte.

»Kommen Sie«, sagte der Marquis. »Gehen wir in den Sonnenschein hinaus. Mein Vater sagte immer: ›Man muß das Heu einholen, solange die Sonne scheint.‹ Das ist für heute mein Motto. Vergessen wir wenigstens für ein paar Stunden das Morgen.«

In der Halle nahm Arabella ihren Hut und Beulahs Haube. Dann stiegen sie in den zweirädrigen Wagen.

Es war viel niedriger und handlicher als der ziemlich luxuriöse Zweispänner, aber auch er wurde von zwei Braunen gezogen, und sie gefielen ihr sehr. Sie wendeten vor dem Schloß und fuhren dann langsam die Einfahrt hinab über die Brücke.

»Ich würde an Ihrer Stelle über die Straße zum Wald fahren, Mylord«, sagte der Stallmeister. »Man hat die Straße wieder instand gesetzt, und sie ist nicht so holprig für die jungen Damen.«

»Danke, Abbey! Ich werde mich um die Straßen kümmern.«

»Sie sind in keinem sehr guten Zustand, Mylord.«

Arabella sah Abbey an und fand, daß er sehr schlecht aussah. Er war alt, aber selbst das Alter konnte seine Blässe nicht erklären und den Ausdruck in seinen Augen. Es war Angst! Hatte er Schwierigkeiten mit Gentleman Jack bekommen, weil sie im Stall gewesen waren? Hatte es eine Bewandtnis, daß er vorschlug, sie sollten über die Straße zum Wald fahren? Sie schob die Gedanken beiseite. Sie wollte sich diesen goldenen Nachmittag mit dem Marquis nicht verderben lassen.

Er fuhr rasch, und bald hatten sie das Schloß hinter sich gelassen. Die Straße stieg ein wenig an bis zu einem Punkt auf dem Hügel, von wo Arabella die dunklen Fichtenbäume sehen konnte, die sich fast zwei Meilen in einer langen Reihe bis zum Schloß erstreckten und es gegen Nordwind schützten.

»Als Kind dachte ich immer, im Wald leben Drachen«, sagte der Marquis.

»Ich glaube an Drachen«, sagte Arabella lachend.

»Und an einen Ritter, der Sie vor den Drachen rettet? Das würde ich gern tun, Arabella.«

»Ich wollte, Sie könnten es.«

»Ich auch«, sagte er, und seine Stimme war plötzlich sehr ernst.

»Dra... chen«, rief Beulah, und sie beiden lachten.

»Sie macht rasche Fortschritte«, sagte Arabella. »Sie fängt Worte auf, von denen man denken sollte, daß sie sie nicht versteht.«

»Sie gehen geschickt mit ihr um«, sagte der Marquis.

Aber sie wußte, daß er jetzt nicht über seine Schwester sprechen wollte.

»Erzählen Sie mir, was Sie noch dachten, als Sie ein kleiner Junge waren«, sagte sie rasch.

»Ich glaube, weil ich ein Einzelkind war, ließ ich meine Fantasie spielen...«, begann er.

Plötzlich hörte er auf zu sprechen. Arabella folgte seinem Blick und hielt den Atem an. Es war, als griffe eine kalte Hand nach ihrem Herzen.

Aus dem Wald kamen sechs Reiter, und sie wußte, wer es war und weshalb sie kamen.

Als der Marquis seine Pferde zügelte, flüsterte sie:

»Es sind Straßenräuber.»

»Die Straßenräuber? Was für ein Pech! Und ich habe meine Pistole nicht dabei.«

»Seien Sie vorsichtig, Julius, um Himmels willen, seien Sie vorsichtig!«

Arabella sprach mit einer solchen Qual in der Stimme, daß es ihm nicht entging. Es war das erste Mal, daß sie ihn mit seinem Vornamen angesprochen hatte.

Die Straßenräuber blockierten ihnen den Weg, so daß der Marquis anhalten mußte.

Gentleman Jack nahm seinen Hut ab. Er sah noch böser und finsterer aus als bei Arabellas letzter Begegnung mit ihm.

»Guten Tag, Herr Lord Marquis, er ist mir ein Vergnügen, Sie nach all diesen Jahren wiederzusehen.«

»Wer sind Sie und was wollen Sie?« fragte der Marquis kühl.

»Ich werde Ihnen später erklären, wer ich bin«, sagte Gentleman Jack. »Meine Männer werden Sie zu einem Ort begleiten, wo wir miteinander reden können.«

»Und wo ist das?« fragte der Marquis.

»Es würde Zeit sparen, wenn Sie dem Reiter da vorne folgen«, erwiderte Gentleman Jack.

»Warum zum Teufel soll ich das tun?« fragte der Marquis.

Gentleman Jack zog eine Pistole aus seinem Gürtel.

»Ich habe keine Zeit«, schrie er. »Tun Sie, was ich Ihnen sage, oder einer meiner Männer übernimmt die Zügel.«

»Fügen Sie sich ihm«, flüsterte Arabella. Sie legte eine Hand auf den Arm des Marquis. An seiner Miene las sie ab, daß er lieber mit Gentleman Jack gestritten und sich geweigert hätte, ihm zu gehorchen. Aber er war allein und ohne Waffen, und er würde gegen sechs bewaffnete Männer wenig Chancen haben.

Zwei Straßenräuber galoppierten voraus, während die anderen neben dem zweirädrigen Wagen ritten.

Wir sind Gefangene, dachte Arabella verzweifelt und fragte sich, ob Gentleman Jack seinem Ruf treu blieb, einen schutzlosen Mann nicht zu erschießen. Gleichzeitig fürchtete sie sich so sehr, daß sie am ganzen Körper zitterte.

»Pferde... mehr... Pferde«, sagte Beulah begeistert. Arabella legte den Arm um sie und drückte sie an sich.

Sie bogen von der Straße in einen Waldweg ab, der zwischen den Bäumen hindurchführte. Nach kurzer Zeit sahen sie vor sich eine Scheune von der Art, wie die Bauern sie benutzen, um im Winter Viehfutter aufzubewahren.

Sie stand in einer kleinen Lichtung und hatte ein Rieddach, das dringend ausgebessert werden mußte.

»Hier herein!« befahl Gentleman Jack.

»Ich sehe nicht ein, weshalb ich Ihnen gehorchen sollte«, sagte der Marquis ärgerlich.

»Weil Sie keine andere Wahl haben«, erwiderte Gentleman Jack und zuckte mit den Lippen.

Zwei der Straßenräuber kümmerten sich um die Pferde. Alle sechs waren unmaskiert, und Arabella sah, daß es rauhe, brutale Männer waren. Einige von ihnen waren pockennarbig, andere hatten Narben im Gesicht. Sie waren jedoch alle gut gekleidet, und ihre Pferde waren in einem tadellosen Zustand.

Der Marquis zögerte, den Wagen zu verlassen.

»Soll ich meinen Männern befehlen, Gewalt anzuwenden?« fragte Gentleman Jack.

»Sie sollen verflucht sein«, sagte der Marquis, aber er stieg vom Wagen und half zuerst Beulah und dann Arabella beim Absteigen. Sie sah ihm ins Gesicht, während er sie hielt.

»Seien Sie vorsichtig«, flüsterte sie.

»Was bleibt mir anderes übrig?« erwiderte er grimmig.

Sie gingen in die Scheune, gefolgt von Gentleman Jack und drei Straßenräubern. Die anderen blieben draußen bei den Pferden.

Die Scheune war zur Hälfte voll Stroh. Vier starke, schwarze Holzpfosten trugen das Dach, und aus dem Geruch nach Dung und Leder schloß Arabella, daß dies ein weiteres Versteck der Straßenräuber und ihrer Pferde war.

»Was soll das Ganze?« fragte der Marquis und sah Gentleman Jack an.

Ein unangenehmes Lächeln lag auf dem ironischen Gesicht von Gentleman Jack.

»Endlich lernen wir uns kennen, lieber Vetter«, erwiderte er.

»Vetter?« fragte der Marquis. »Ich bin nicht mit Ihnen verwandt.«

»Doch, das sind Sie«, antwortete Gentleman Jack. »Ich wollte Ihnen schon lange über unsere Verwandtschaft berichten – eine Blutsverwandtschaft.« Er lachte und schnippte mit den Fingern. »Fesselt ihn«, sagte er zu den Männern, die hinter ihm standen.

Sie ergriffen den Marquis und zogen ihn an einen der Pfosten.

»Verflucht! Laßt mich los!« hörte Arabella den Marquis sagen. Er schlug mit den Fäusten um sich und brachte einen Mann zu Boden.

Aber er wurde rasch überwältigt und ohne Hut und mit zerrissenem Rock an den Pfosten gebunden.

Dann ergriffen die Männer Arabella und banden sie auf die gleiche Weise an einen anderen Pfosten. Das Seil war rauh und schnitt in ihre nackten Arme.

»Laß sie frei, du Schwein!« sagte der Marquis zu Gentleman Jack.

Der Straßenräuber ignorierte ihn, schnippte mit den Fingern und deutete auf Beulah. Jetzt wurde das Kind gepackt und zu einem dritten Pfosten gebracht. Einen Augenblick hielt Beulah es für ein Spiel, doch dann begann sie zu weinen und rief nach Arabella.

»Weh... sie weh...«

Es war ein erbärmliches Weinen, aber Gentleman Jack ignorierte auch dies.

»Jetzt !« befahl er, und seine Männer brachten aus der Ecke der Scheune einige Ballen Heu, die nicht älter als ein Jahr sein konnten.

Sie warfen das Heu in großen Ballen zu Füßen des Marquis und um Arabella herum. Dann taten sie das gleiche bei Beulah.

Das Kind, das jetzt nicht mehr weinte, verfolgte ihr Tun fasziniert. Arabella konnte nicht sprechen. Ein schrecklicher Verdacht stieg in ihr auf, und sie wagte nicht, ihn in Worte zu fassen, nicht einmal vor sich selbst.

»Was zum Teufel tut ihr?« hörte sie den Marquis fragen.

Dies war eine Frage, auf die sie auch eine Antwort suchte.

Die Männer waren mit ihrer Arbeit fertig und sahen Gentleman Jack an. Er wies mit einer Geste zur Tür.

»Geht zu Eastcotes Gut. Ich bin in einer halben Stunde bei euch. Laßt den Wagen hier. Nehmt mein Pferd und reitet durch den Wald. Seid vorsichtig, daß euch niemand sieht.«

»Uns wird keiner sehen«, antwortete einer der Männer mit rauher Stimme.

Es war das erste Mal, daß einer der Straßenräuber außer Gentleman Jack gesprochen hatte. Arabella dachte, daß ihr Schweigen furchteinflößender war als alles andere.

»Jetzt, mein Kampfhahn«, höhnte Gentleman Jack. »Nicht ganz auf der Höhe, nicht wahr, stelle ich mir vor?«

»Was wollen Sie, zum Teufel?« fragte der Marquis wütend.

»Es ist kein Spiel«, erwiderte Gentleman Jack.

»Wenn wir nicht ins Schloß zurückkehren, werden meine Diener nach uns suchen«, sagte der Marquis.

Gentleman Jack lächelte unangenehm.

»Ich habe dem Personal im Schloß meine Anweisungen gegeben.«

»Sie haben Anweisungen gegeben? Wieso nehmen sie von Ihnen Befehle entgegen?« fragte der Marquis erstaunt.

»Das Schloß gehört bereits mir. Nur dem Namen nach noch nicht. Nun, mein lieber Vetter, ich sorge jetzt dafür, daß es mein rechtmäßiger Besitz wird.«

»Sie sind verrückt! Ich verstehe nicht, was Sie sagen.«

»Lassen Sie mich zuerst unsere Verwandtschaft erklären«, meinte Gentleman Jack.

Arabella bemerkte, daß er jedes Wort genoß, das er sagte.

»Ihr Onkel – der jüngere Bruder Ihres Vaters – hat meine Mutter verführt. Sie war ein hübsches Mädchen, für die Belmonts mit ihrem hochfahrenden Wesen und ihren Reichtümern natürlich nicht von großer Bedeutung, aber im Bett zweifellos etwas wert. Ich bin das Ergebnis der Streifzüge Ihres Onkels.

Natürlich war er großzügig genug, für sein Vergnügen in Gold zu bezahlen. Was hätte er der Tochter eines gewöhnlichen Gastwirts sonst anbieten sollen?«

Gentleman Jack sprach sarkastisch und zynisch. Es verriet Arabella mehr als alle Worte, wie sehr er die Tatsache verabscheute, ein illegitimes Kind zu sein.

»Wie hieß Ihre Mutter?« fragte der Marquis.

»Wilder. Sicherlich erinnern Sie sich an den alten Wilder, der das Gasthaus ›Dog and Duck‹ im Dorf besaß. Er war mein Großvater.«

»Es tut mir leid, wenn meine Familie Ihnen Unrecht zugefügt hat«, sagte der Marquis.

»Es sollte natürlich eine Ehre für mich sein, daß in meinen Adern das Blut der Belmonts fließt«, erwiderte Gentleman Jack. »Und ich sollte dankbar sein für die Goldguineen, die Ihr Onkel für meine Erziehung ausgegeben hat. Ja, ich bin gebildet, Vetter. Deshalb nennt man mich auch Gentleman Jack.«

»Gentleman Jack!« rief der Marquis. »Ich habe von Ihnen gehört. Also ist das Ihre Bande, die Hertfordshire tyrannisiert.«

»Die Bande hat es sehr bequem gefunden, Ihr Schloß als Hauptquartier zu benützen«, erwiderte Gentleman Jack.

Der Marquis keuchte.

»Die Pferde!« sagte er. »Und eben haben Sie Eastcote erwähnt. Hat er deshalb gekündigt?«

»Er wird nicht gehen, solange ich im Schloß bin«, erwiderte Gentleman Jack. »Ich brauche gute Bauern, die das Land in Ordnung halten und nicht vernachlässigen, wie es Ihnen gefallen hat, mein junger Stutzer, der Carlton House Meridale vorzieht.«

»Ich bin wiedergekommen«, sagte der Marquis, »und ich werde bleiben.«

»Zu schade, daß Sie zu spät kommen und Ihre Wünsche nicht mehr berücksichtigt werden können«, sagte Gentleman Jack sarkastisch. »Heute abend, wenn der Marquis von Meridale tot ist, werde ich mein Erbe einfordern, das Erbe, das mir durch meine Geburt zusteht, obwohl ich das Pech hatte, auf der falschen Seite der Decke geboren zu sein.«

»Sie sind verrückt«, sagte der Marquis. »Sie können auf das Schloß keinen Anspruch erheben. Kein Gericht im Land würde sich auf eine solche unverschämte Anmaßung einlassen.«

»Das weiß ich sehr gut«, erwiderte Gentleman Jack. »Es gibt keine Gerechtigkeit für Bastarde, die Nebenprodukte des Adels. Nein, nein, Sie dürfen mir schon etwas Verstand zutrauen. Was ich vorlegen werde, ist Ihr Testament, mein lieber Vetter. Zu meinen Gunsten ausgestellt, weil Sie die Sünden Ihres Ahnen gegenüber unschuldigen Dorfmädchen wiedergutmachen wollen, die sich, dessen bin ich sicher, alle Mühe gaben, ihn in ihr Bett zu locken.«

»Was für ein Testament?« fragte der Marquis.

»Es wird sehr überzeugend klingen«, sagte Gentleman Jack. »Einer meiner Männer, der Sie fesseln half, ist ein geschickter Fälscher. Wir fanden Ihre Unterschrift in Shelthams Büro, sogar mehrere Exemplare. Es müßte schon ein sehr geschickter Anwalt sein, von Ihnen selbst angewiesen, der die Signatur zurückweisen würde. Und Sie, mein Lieber, werden leider niemanden unterweisen können.«

Einen Augenblick herrschte Schweigen.

»Was wollen Sie mit mir tun?« fragte der Marquis.

»Ich werde die Scheune anzünden«, erwiderte Gentleman Jack.

»Nein, so etwas können Sie nicht tun«, rief Arabella. »Es ist grausam! Es ist unmenschlich!«

Als Beulah ihre Stimme hörte, die schrill vor Angst war, begann sie zu weinen. Dann wimmerte sie, als wäre sie von einer plötzlichen Panik ergriffen, und dann begann sie zu kreischen, häßliche Töne, die nur mühsam aus ihrer Kehle kamen.

»Das kann nicht Ihr Ernst sein«, sagte der Marquis leise.

»Hör mit diesem verrückten, ohrenbetäubenden Geschrei auf!« schrie Gentleman Jack gereizt.

»Beulah, weine nicht, mein Liebes«, sagte Arabella.

Aber das Kind, das jetzt völlig verstört war, kreischte nur noch lauter.

»Verdammter Schreihals! Ich kann ja mein eigenes Wort nicht mehr verstehen!« brüllte Gentleman Jack, fuhr herum und schoß auf Beulah.

Das Kind hing schlaff in den Seilen, die es daran hinderten, zu Boden zu sinken.

»Du sollst verflucht sein!« sagte der Marquis.

Arabella schloß vor Entsetzen die Augen.

Gentleman Jack lud seine Pistole und lächelte.

»Das habe ich schon lange vorgehabt«, sagte er. »Sie hat mich angeekelt. Und jetzt, mein Lord Marquis, werde ich Ihnen noch einen letzten Gnadenakt erweisen. Nicht, weil es mich auch nur im geringsten kümmert, ob Sie leiden oder nicht, es wäre mir sogar ein Vergnügen, Sie schreien zu hören, wenn diese alte Scheune abbrennt, sondern weil ich keine Zeit habe und zu meinen Männern muß. Heute abend wird die Bande aufgelöst. Sie werden mit dem Schatz ausbezahlt, den ich für diesen Augenblick angesammelt habe.«

»Der Schatz in Beulahs Zimmer«, keuchte Arabella.

»Haben Sie ihn gefunden?« fauchte Gentleman Jack. »Ich hätte dich gleich am ersten Morgen erwürgen sollen, als ich dich beim Stall erwischt habe. Aber jetzt ist es egal. Meine Männer werden sich zerstreuen, und jeder hat seinen Teil der Beute aus vielen angenehmen Begegnungen mit dem Adel und der vornehmen Welt auf den Landstraßen des Königs. Und dann, mein lieber Vetter, wird Gentleman Jack Wilder der Besitzer des Meridale-Schlosses.«

»Sie werden der Vergeltung nicht entgehen!« rief der Marquis. »Dafür werden Sie hängen!«

»Ich denke, es ist sehr unwahrscheinlich, daß jemand mein Besitzerrecht anfechten wird«, antwortete Gentleman Jack. »Und deshalb, mein lieber Lord Marquis, wenn Sie Ihre Gebete gesprochen haben, werde ich Sie erschießen. Aber ich bin überzeugt, Sie würden wünschen, daß ich zuerst Ihre Freundin beiseite schaffe.«

»Laß sie frei!« sagte der Marquis. »Um Gottes willen, laß sie frei, Wilder, sie liegt mit dir nicht im Streit.«

»Soll ich zulassen, daß sie es im ganzen Land herumposaunt?« fragte Gentleman Jack höhnisch. »Nein, sie muß sterben. Ich habe keine Zeit mehr für lange Diskussionen.«

Er hob die Pistole, und Arabella schloß die Augen.

»Guter Gott«, flüsterte sie, »laß mich tapfer sein.«

Dann hörte man von der Tür her eine Stimme:

»Halt, warten Sie! Sie haben eines vergessen!«

Der Straßenräuber drehte sich um.

Arabella öffnete die Augen und sah eine Dame unter der Tür stehen, in einem eleganten Reitkostüm und mit einem schwarzen Hut.

Einen Augenblick herrschte Schweigen, bis der Straßenräuber mit erstickter Stimme nur ein Wort ausstieß:

»Miriam!«

Sie erschoß ihn mit einer kleinen Pistole.

Zuerst schien es so, als habe die Kugel ihn nicht getroffen. Er stand da, starr, seine Pistole hing schlaff in seiner Hand. Langsam schwankte er, und dann fiel er mit einem lauten Aufprall zu Boden.

Die Dame trat in die Scheune. Mit einer Stimme, die so heiser war, daß man sie kaum wiedererkannte, sagte der Marquis:

»Mutter! Du bist es doch, nicht wahr?«

»Ja, Liebling«, erwiderte die Dame. »Und Gott sei Dank kam ich noch rechtzeitig hierher. Ich hatte schreckliche Angst, daß es zu spät sein könnte, ehe ich hier bin. Als Matty mir im Schloß sagte, du seist in Richtung Wald gefahren, konnte ich mir denken, wohin er dich bringt.«

Sie küßte den Marquis, während er noch am Stützbalken gefesselt war.

Arabella bemerkte, daß sie sehr schön war. Sie war nicht mehr jung, aber auf eine zeitlose Weise schön. Ihre Züge waren vollkommen und von einer unbeschreiblichen Anmut.

»Ich muß dich losbinden«, sagte sie. »Ah, ich sehe, der Knoten ist auf der Rückseite.«

Es gelang ihr, das Seil zu lösen. Der Marquis befreite sich rasch davon.

Er schlug die Arme um seine Mutter. Dann band er Arabella los.

»Man hat mir gesagt, du seist tot, Mutter. Sheltham schrieb mir über die Beerdigung und über – dein Grab.«

»Ja, ich weiß, Liebling. Und wenn du hörst, was ich dir zu erzählen habe, wirst du es verstehen.«

Sie blickte sich in der Scheune um und sagte leise:

»Arme, kleine Beulah. Ich kam nicht rechtzeitig, um sie zu retten, aber vielleicht war es so für sie das Beste.«

»Mutter, wie kannst du so etwas sagen! Er hat sie kaltblütig niedergeschossen. Ich weiß zu gut, was ich selbst über sie dachte, aber wenn man sieht, wie ein Kind derartig behandelt wird...«

»Ich weiß«, sagte seine Mutter. »Es gab Gründe für seinen Haß auf sie.«

Als Arabella frei war, lief sie zu Beulah hinüber. Sie band das Kind los und nahm den schlaffen Körper in ihre Arme. Sie fragte sich, ob es eine Möglichkeit gab, sie wiederzubeleben.

»Sie ist tot«, hörte sie den Marquis sagen. Er stand neben ihr. Dann spürte Arabella, wie er sie wegzog, aber sie wollte die reglose kleine Gestalt nicht auf dem Boden liegen lassen.

Der Marquis legte ein Taschentuch auf Beulahs Gesicht. Dann hob er Arabella hoch und führte sie zu seiner Mutter.

»Kommt«, sagte sie, »gehen wir in einen anderen Teil der Scheune. Ich kann diesen Mann hier nicht liegen sehen. Ich habe so lange um seinen Tod gebetet, und selbst jetzt noch scheint er Böses auszustrahlen.«

Sie ging voraus ans andere Ende der Scheune, wo sie einige Ballen Heu von den beiden Leichen trennten.

»Warum gehen wir nicht ins Schloß?« fragte der Marquis.

»Dafür ist keine Zeit«, erwiderte seine Mutter. »Ich muß wieder nach London, und Julius, damit du mich nicht mißverstehst: Ich bin tot.«

»Tot?« wiederholte er, als verstünde er nicht, was sie sagte.

»Für jedermann außer dir und Matty bin ich tot. Liebling, so ist es am besten.«

»Ich verstehe das nicht«, sagte der Marquis.

»Ich weiß. Ich habe dich schlecht behandelt. Aber mir blieb nichts anderes übrig. Wegen Jack Wilder mußte ich tot sein, allen anderen zuliebe.«

»Hat er dich bedroht?« fragte der Marquis.

»Mehr als das«, erwiderte seine Mutter.

Sie setzte sich auf einen Ballen Heu und bedeutete dem Marquis, er solle sich neben sie setzen. Dann streckte sie eine Hand nach Arabella aus.

»Sie sind ein reizendes Kind«, sagte sie. »Sie haben die Zuneigung meines Sohnes gewonnen.«

»Darüber können wir nicht sprechen«, unterbrach der Marquis.

Seine Mutter lächelte ihn an, nahm Arabella bei der Hand und zog sie zu sich. »Hör zu«, sagte sie, »ich habe nur sehr wenig Zeit, um dir zu erzählen, was passiert ist. Wie du weißt, Julius, waren dein Vater und ich sehr glücklich miteinander. Er war viel älter als ich, und ich heiratete ihn, als ich noch sehr jung war. Er liebte mich.

Als du in Oxford warst, mußte dein Vater mich für ein paar Tage verlassen, um einige dringende Angelegenheiten in London zu erledigen. Ich blieb allein im Schloß. In dieser Nacht kam Jack Wilder in mein Zimmer.«

»Warum hast du ihn nicht hinauswerfen lassen?« fragte der Marquis.

»Ich schlief allein im Westflügel, wie du weißt. Ich kämpfte gegen ihn, bis ich bewußtlos war. Als ich wieder zu mir kam, war ich allein, aber... er hat sein Vergnügen an mir gehabt.«

»Mutter!«

Arabella sah, daß er die Hand seiner Mutter preßte, bis sie weiß wurde.

»Ich wußte, wer es war«, fuhr seine Mutter fort. »Man hat gemunkelt, der Enkel des alten Wilder sei einer der Straßenräuber, die die Wege nach London unsicher machten. Ich konnte mich nicht erniedrigen, indem ich einem der Diener anvertraute, was geschehen war. Ich wartete auf die Rückkehr deines Vaters.«

»Und du hast es ihm gesagt?« fragte der Marquis.

»Er wurde als sterbender Mann nach Hause gebracht«, antwortete seine Mutter. »Er hatte diesen schrecklichen Unfall mit der Kutsche, und die Ärzte glaubten nicht, daß er es überleben würde. Ich sagte mir, daß ich es ihm erzählen würde, wenn es ihm gut genug ging. Und dann stellte ich zu meinem Entsetzen fest, daß ich schwanger war.«

»Oh, mein Gott«, rief der Marquis.

»Zuerst wollte ich sterben«, fuhr seine Mutter fort. »Und dann dachte ich, daß ich versuchen mußte, das Leben deines Vaters zu retten.«

»Du hast also Wilders Kind zur Welt gebracht«, sagte der Marquis, und seine Stimme war kaum hörbar.

»Wilders Kind«, wiederholte seine Mutter. »Es kam zwei Tage nach dem Tod deines Vaters zur Welt.«

»Wie du gelitten haben mußt.«

»Ich glaube nicht, daß es möglich ist, eine solche Hölle durchzustehen, wie ich sie erlebte, während ich mit Beulah schwanger war. Wilder ging im Schloß ein und aus. Ich versuchte, ihn daran zu hindern. Aber die Dienstboten fürchteten sich schon vor ihm, und mir drohte er, wenn ich die Gerichte informierte, würde er ihnen sagen, er sei mein Liebhaber.«

»Wenn ich ihn nur hätte töten können!« rief der Marquis.

»Er drohte mir noch mit etwas anderem. Er sagte, er habe mehrere Kinder gezeugt, und alle seien verkrüppelt oder irr. In der Familie seiner Mutter kam eine lange Linie von Irrsinnigen vor.

Seine Mutter, die angeblich von deinem Onkel verführt wurde, starb im Irrenhaus, ihre Mutter war schwachsinnig und wurde als Hexe ertränkt. Eine Anzahl seiner weiblichen Familienangehörigen waren irrsinnig. Es war ein Fluch, wie er mir sagte. Deshalb verwünschte er die weiblichen Kinder, die er gezeugt hatte, und wollte sie töten.«

Der Marquis schlug die Hände vor das Gesicht.

»Oh, mein Liebling«, sagte seine Mutter zärtlich. »Ich weiß, wie dir zumute gewesen sein muß, als du das Kind sahst. Ich habe gut verstanden, weshalb du gegangen bist, ohne dich von mir zu verabschieden. Als ich hörte, daß du zu deinem Regiment aufgebrochen bist, fand ich, daß dies das Klügste war, was du tun konntest.«

»Und ich dachte, ich könnte nie heiraten, aus Angst, daß auch ich ein solches Kind zeugen könnte«, sagte der Marquis.

»Ich hatte nicht gedacht, daß dir so etwas in den Sinn kommen könnte«, sagte seine Mutter entsetzt. »Wie gedankenlos von mir, Julius! Ich hätte dir die Wahrheit längst mitteilen sollen. Aber es war sehr schwierig. Als dein Vater starb, sagte mir Wilder, er wolle mich heiraten. Er war nur von einem besessen – im Schloß zu leben, hier der Herr zu sein. Er dachte, das könne er leicht erreichen, wenn er mein Mann wäre. Ich floh nach London, wo ich einen alten Freund traf, den Herzog von Collalto. Er war mit einer geheimen Mission nach England gekommen. Dein Vater und ich hatten bei ihm gewohnt, als wir Italien besuchten, und weil ich immer gewußt habe, daß er mich liebte, erzählte ich ihm von meiner schrecklichen Lage.«

»Er hat dir geholfen?« fragte der Marquis.

»Er hat mich geheiratet!« erwiderte seine Mutter einfach. »Aber zuerst kamen wir zu dem Schluß, daß ich untertauchen mußte. Wir wußten beide, daß Wilder ein Verrücker war und dazu einfacher Herkunft. Er konnte einen schrecklichen Skandal heraufbeschwören, wenn er bekanntgab, daß Beulah sein Kind war. Die Ehre der Familie wäre beschmutzt gewesen, und das konnte ich nicht zulassen.«

»Ich verstehe«, murmelte der Marquis.

»Paulo hat alles mit Matty geregelt«, fuhr seine Mutter fort.

»Sie hat gewußt, daß du lebst?«

»Ja, und sie nahm mit mir Verbindung auf, wann immer es möglich war. Sie hatte mir vor einigen Monaten geschrieben, daß du noch nicht ins Schloß zurückgekehrt bist. Deshalb versuchte ich auch nicht, Verbindung mit dir aufzunehmen, weil ich dachte, du lebst wahrscheinlich zufriedener dein eigenes Leben. Während des Krieges konnte ich ohnehin nicht nach England zurückkehren.«

»Aber jetzt bist du da«, sagte der Marquis.

»Strikt incognito«, sagte seine Mutter lächelnd. »Obwohl Paulo heute abend im Carlton House ist, muß ich fernbleiben. Niemand darf mich sehen, niemand darf ahnen, daß die Marquise von Meridale nicht in der Familiengruft neben ihrem Gatten liegt.«

»Ich habe nie an deinem Tod gezweifelt«, sagte der Marquis. »Und selbst jetzt kann ich kaum glauben, daß du am Leben bist.«

»Ich bin am Leben, und ich bin mit einem Italiener verheiratet. In Italien sind die Leute sehr freundlich zu der englischen Herzogin von Collalto. Aber dort gibt es keinen Verdacht, daß ich eine merkwürdige Vergangenheit hatte, ehe ich die Frau ihres beliebtesten Sängers wurde, das versichere ich dir.«

»Und dein Mann?«

»Wir sind sehr glücklich«, sagte seine Mutter leise. »Er liebt mich, und ich glaube, daß er dir gefallen wird, Julius. Er ist sehr tapfer. Die Informationen, die er den verbündeten Armeen während des Krieges geben konnte, waren von unschätzbarem Wert. Es war klug von ihm, Berufssänger zu werden. Die Italiener und auch die Franzosen erlauben einem Mann alles, der wie ein Engel singt.«

Sie hielt einen Moment inne und fügte dann hinzu:

»Heute abend erhält Paulo vom Prinzregenten einen britischen Orden. Ich freue mich für ihn, aber ich werde glücklicher sein, wenn wir morgen wieder nach Italien aufbrechen.«

»Dann soll ich dich nicht wiedersehen?«

»Ich habe das Gefühl, daß du bald Flitterwochen planen wirst, Julius, und wir würden uns sehr freuen, wenn du und deine Frau uns in Süditalien besuchen würden.«

Sie stand auf, umarmte den Marquis und zog sein Gesicht an das ihre. »Mein lieber Sohn, ich habe dich immer geliebt. Das mußt du mir glauben. Weil ich dich so sehr liebte, wollte ich mein Leiden vor dir verschweigen. Es war falsch. Ich hätte dir vertrauen sollen, aber du warst noch so jung.«

»Wie sehr ich wünsche, du hättest es mir gesagt.« Der Marquis umarmte seine Mutter. Sie löste sich sanft von ihm und wandte sich an Arabella.

»Vergessen Sie alles, was geschehen ist«, sagte sie freundlich. »Jack Wilder ist tot, und – so Gott will – sein böses Erbe mit ihm.«

Der Marquis begleitete sie aus der Scheune. Arabella hörte ihre Stimmen und danach ein davongaloppierendes Pferd.

Als er zu ihr zurückkam, sprach er nicht, sondern nahm sie in die Arme, und sie verbarg ihr Gesicht an seiner Schulter, als er sie durch die Scheune an den Toten vorbei und hinaus in den Wald trug.

»Wir haben eine Menge zu tun«, sagte der Marquis. Er hielt sie immer noch in den Armen. »Wir dürfen niemandem sagen, wie meine Mutter uns das Leben gerettet hat. Ich werde behaupten, ich hätte den Straßenräuber erschossen, nachdem er Beulah getötet hat.«

»Nein, ich habe eine bessere Idee«, sagte Arabella.

»Und zwar?«

»Warum sollen wir nicht tun, was Gentleman Jack vorhatte, und die Scheune niederbrennen? Das würde uns viele Erklärungen ersparen. Die Leichen werden niemals entdeckt, und es gibt keine Zweifel und Verdächtigungen, wie Sie den Straßenräuber erschießen konnten, ohne eine Waffe dabei zu haben, oder weshalb er Beulah getötet hat. Wir werden sagen, er habe uns alle verbrennen wollen. Aber irgendwie sind Sie freigekommen, haben mit ihm gekämpft und ihn im Feuer zurückgelassen, während Sie mich nach draußen trugen.«

»Das stimmt«, sagte der Marquis. »Diese Geschichte erfordert weniger komplizierte Erklärungen.«

Er ging zur Scheune, und ein paar Augenblicke später roch Arabella Rauch. Plötzlich sah sie, wie die Flammen wie gelbe Zungen durch die offene Tür schlugen.

Einen Augenblick überkam sie eine Angst, die größer war als jede, die sie bisher gekannt hatte, denn sie fürchtete, der Marquis sei in den Flammen eingeschlossen. Aber dann sah sie ihn auf sich zukommen. Und nun schien sich der Boden zu öffnen, und Dunkelheit hüllte sie ein.

12. *Kapitel*

Arabella öffnete die Augen. Einen Augenblick fragte sie sich, wo sie war. Dann sah sie Matty am Fuß des Bettes sitzen, und alles fiel ihr wieder ein.

Sie war wieder zu Bewußtsein gekommen. Der Marquis hatte

seine Arme um sie gelegt, und selbst das Entsetzliche, das in der brennenden Scheune geschehen war, schien belanglos neben der Tatsache, daß sein Gesicht dem ihren nahe war.

Er nahm sie in die Arme und trug sie zum Wagen.

»Wir müssen zum Schloß zurück«, sagte er.

Sie war immer noch benommen von der Ohnmacht und begriff nicht, weshalb er es so eilig hatte. Er fuhr wie ein Verrückter, so schien es Arabella, und trotzdem hatte er die Pferde unter Kontrolle. Erst als das Schloß ins Blickfeld kam, verstand Arabella den Grund seiner Eile. Er war noch nicht außer Gefahr. Der Marquis fuhr vor dem Schloß vor. Als die Stallknechte herausgelaufen kamen, gab er ihnen kurze Anweisungen.

»Ich brauche sofort ein Reitpferd, das schnellste, das im Stall ist.«

Ein Bursche rannte davon, während die beiden anderen sich um die Pferde kümmerten. Der Marquis hob Arabella vom Wagen und trug sie die Treppen hinauf. In der Halle setzte er sie vorsichtig ab.

»Wo wollen Sie hin?« fragte sie.

»Ich muß dafür sorgen, daß diese verfluchten Mörder nicht entkommen«, sagte er.

»Aber sie können nicht allein reiten«, sagte Arabella. »Sie sind zu fünft. Sie werden Sie niederschießen, Julius, warten Sie, ich habe um Hilfe geschickt.«

Er blieb stehen.

»Du hast um Hilfe geschickt? Was heißt das?«

»Captain Huntington hat einen Brief von mir an den Innenminister mitgenommen. Ich wußte seit einiger Zeit, was vorging, aber ich konnte es nicht sagen. Gentleman Jack hat jedermann eingeschüchtert – die Diener im Schloß, die Leute auf dem Besitztum.«

»Ja, das ist mir jetzt klar«, sagte der Marquis ungeduldig. »Aber besteht überhaupt die Möglichkeit, daß die Soldaten rechtzeitig hier sind?«

»Ich weiß nicht«, erwiderte Arabella. »Ich sagte Captain Huntington, er solle meinen Brief lesen.«

»Ich kann nicht auf eine Vermutung hin warten, bis das Militär mir zu Hilfe kommt«, sagte der Marquis. »Sobald diese Schufte wissen, daß ihr Anführer tot ist, werden sie fliehen, dessen bin ich sicher.«

Er wandte sich an den Butler.

»Bringen Sie mir meine Pistolen!«

Turner sagte mit leiser Stimme:

»Eure Lordschaft werden mir die Anmaßung verzeihen, aber habe ich richtig verstanden, daß Sie sagte, der Anführer der Straßenräuber ist tot?«

»Ja«, erwiderte der Marquis. »Gentleman Jack ist tot.«

»Das ist in der Tat eine große und willkommene Neuigkeit«, sagte der Butler.

Arabella bemerkte die Erregung auf den Gesichtern der Diener, die zugehört hatten.

»Aber fünf Straßenräuber leben noch, und sie sind auf Eastcotes Gut«, sagte der Marquis. »Ich will sie gefangennehmen. Hat jemand Mut mitzukommen? Ich bin für jede Hilfe dankbar.«

Turner gab Anweisungen.

»George«, sagte er, »lauf sofort zum Stall und sag Abbey, was Seine Lordschaft berichtet hat. Ich glaube, es wird an Pferdeknechten nicht mangeln, die Sie begleiten wollen, Mylord. Es gibt keinen, der nicht unter den Drohungen und der Grausamkeit von Gentleman Jack und seiner Bande gelitten hat.«

»Schade, daß niemand den Mut gehabt hat, vorher zu sprechen«, sagte der Marquis.

»Sie kommen, Mylord, ich sehe sie!« unterbrach ein Diener.

»Wen?« fragte der Marquis.

»Die Soldaten! Sie kommen die Einfahrt herauf. Das ist ein Armeewagen.«

Der Marquis ging rasch hinaus vor das Schloß, begleitet von Turner und drei Dienern. Arabella folgte ihnen und bedauerte, wie schon so oft, daß Frauen an männlichen Abenteuern nicht teilnehmen konnten.

Der Armeewagen wurde von vier kräftigen Pferden gezogen. Ein Offizier zu Pferde ritt vor dem Schloßtor vor.

Er sah in seiner roten Uniform prächtig aus. Er salutierte vor dem Marquis, aber gleichzeitig lag ein breites Grinsen auf seinem Gesicht.

»Da sind wir, Meridale«, sagte er. »Wir sind so schnell es möglich war zu deiner Rettung gekommen.«

»Gerald! Seit du mich in Waterloo gerettet hast, war ich nie mehr so froh gewesen wie jetzt, dein Gesicht zu sehen! Aber du kannst nicht so rasch von London hierhergekommen sein.«

»Nein. Richard wußte, daß wir bei Hatfield im Manöver stehen, und überzeugte den Colonel, daß du in Not bist und dringend Hilfe brauchst. Deshalb habe ich acht unserer besten Männer mitgebracht. Einige davon haben unter dir in Frankreich gedient.«

»Wir werden in Erinnerungen schwelgen, sobald wir den Feind geschlagen haben«, sagte der Marquis. »Laß sie nicht vom Wagen steigen, Gerald, mein Pferd ist jeden Augenblick hier. Ich will sie zum Versteck der Straßenräuber führen.«

Vier berittene Pferdeknechte kamen mit Pistolen aller Art und Größe aus dem Stall. Einer führte den Hengst des Marquis.

»Nun sind wir eine respektable Streitmacht«, bemerkte der Marquis, als er sich in den Sattel schwang. »Jetzt ist es wichtig, daß wir keinen der Schurken entkommen lassen. Wir müssen einen konzentrierten Angriff von allen Seiten führen. Wir werden sie umzingeln.«

Der Marquis und der Offizier ritten voraus. Der Wagen und die berittenen Pferde folgten ihnen.

Arabella wandte sich mit einem merkwürdigen Gefühl der Einsamkeit von der Eingangstür ab und ging zur großen Treppe.

Es schien, als habe er sie vergessen. Wie alle Männer hatte er für Frauen keine Gedanken übrig, wenn es darum ging zu kämpfen. Sie wurde mutlos und war erschöpft. Und dann war Matty neben ihr.

Als sie in Arabellas Zimmer kamen, fragte Matty leise:

»Was ist mit Lady Beulah geschehen?«

Nun liefen Arabella die Tränen die Wangen herab.

»Gentleman Jack hat sie erschossen. Es war entsetzlich. Das arme, kleine Ding.«

»Er hat Lady Beulah gehaßt«, sagte Matty. »Aber weinen Sie nicht. Lady Beulah ist bei Gott. Sie wäre nie normal geworden, so sehr man sich auch um sie bemüht hätte. Und Sie haben sich wirklich Mühe mit ihr gegeben, Miß Arabella.«

»Es war entsetzlich«, schluchzte Arabella. Sie weinte noch, während Matty ihr ins Bett half und ein heißes Getränk brachte.

Dann schlief sie erschöpft von den aufwühlenden Ereignissen des Tages ein.

Nun brachte ihr Matty eine warme Suppe, und Arabella nippte daran, mehr der fürsorglichen alten Frau zuliebe, als aus Hunger.

»Wie spät ist es?« fragte Arabella.

»Fast fünf Uhr«, erwiderte Matty.

Arabella setzte sich im Bett auf und schob die Suppentasse beiseite.

»Oh, Matty, wie konnte ich nur einschlafen?« fragte sie.

»Sie waren sehr erschöpft«, sagte Matty. »Die Ruhe hat Ihnen gutgetan.«

»Was ist geschehen?« fragte Arabella.

»Sie werden alle vor Gericht gestellt, jeder einzelne«, erwiderte Matty. »Einer der Straßenräuber wurde getötet und zwei andere verwundet, aber soviel ich gehört habe, war es nicht schwer, sie gefangenzunehmen. Sie waren wie eine Schafherde, nachdem Gentleman Jack nicht mehr bei ihnen war.«

»Hat man sie nach London gebracht?« fragte Arabella.

»Ja, die Soldaten haben sie abgeführt, und sie werden in Tyburn gehängt«, sagte Matty. »Wie ich höre, schreien sich die Leute im Dorf die Kehle aus dem Hals vor Freude, und Mr. Turner glaubt, daß es auf dem ganzen Weg bis nach London in allen Dörfern Feiern gibt. Solche Neuigkeiten sprechen sich rasch herum, und viele Leute, die unter den Straßenräubern gelitten haben, werden auf die Knie fallen und Gott dem Allmächtigen danken, daß ihre Not ein Ende hat.«

Arabella stand auf.

»Ich will hinuntergehen und noch mehr darüber erfahren«, sagte sie.

»Das ist genau das, was seine Lordschaft auch wünscht«, erwiderte Matty. »Er hat darum gebeten, daß Sie zu ihm kommen, sobald es Ihnen gutgeht.«

»Er muß mich für ein schwaches Geschöpf halten.«

Sie wollte gerade ihr Nachthemd ausziehen und hielt plötzlich inne. Mitten im Raum stand ein runder, lederner Reisekoffer. Daneben stand ihr eigenes, ziemlich altmodisches Gepäck. Die Koffer standen offen, und Matty hatte offensichtlich gepackt. Auf dem Stuhl lagen noch einige Gewänder.

Arabella stellte keine Fragen. Sie wußte, was geschehen würde. Der Marquis schickte sie fort!

Sie wußte, daß sie unmöglich im Schloß bleiben konnte. Die Leute in der Grafschaft würden erfahren, was geschehen war, und würden kommen und dem Marquis gratulieren.

Man würde Erklärungen abgeben, Anwälten gegenübertreten und dem Friedensrichter sagen müssen, daß Beulah im Feuer gestorben war zusammen mit Gentleman Jack.

Ja, sie würde gehen müssen. Sie betete nur darum, der Marquis möge keine Vorbereitungen für sie getroffen haben, um sie nach Hause zu schicken, denn sie konnte Sir Lawrence nicht wieder gegenübertreten. Matty half ihr in ein neues Kleid. Es war eine reizende Kreation aus weißem Batist. Der Rocksaum und die Ärmel waren mit wertvoller venezianischer Spitze besetzt.

»Die gnädige Frau trug zu diesem Kleid immer eine ganz besondere Kette«, sagte Matty. »Ich weiß, es wäre ihr recht, wenn Sie sie heute abend trügen.«

»Sie ist sehr schön«, sagte Arabella und sah, daß ihre Worte Matty glücklich machten.

»Für mich ist sie die schönste Frau der Welt«, sagte Matty.

»Wissen Sie, daß der Marquis und ich unser Leben Ihnen zu verdanken haben?« fragte Arabella.

Matty nickte.

»Ja, Seine Lordschaft hat mir erzählt, was geschehen ist. Als ich der gnädigen Frau schrieb, wußte ich, daß sie uns nicht im Stich läßt. Nur dadurch, daß Captain Huntington zum Frühstück hierherkam, habe ich erfahren, daß sie in England ist.«

Matty nahm aus einem Samtetui eine herrliche Kette aus Perlen und Diamanten, die im Licht der Kerzen schimmerten. Sie drehte sie um und zeigte Arabella, daß sich auf der Rückseite des Anhängers die Miniatur eines kleinen Jungen befand.

»Ist das Seine Lordschaft?« fragte Arabella.

Matty nickte. Sie legte die Kette um Arabellas Hals.

»Sie ist zu kostbar für mich«, sagte Arabella, »und ich bin nicht sicher, ob es der gnädigen Frau recht wäre, wenn ich sie trage.«

Aber gleichzeitig war sie sich auch bewußt, daß das schimmernde Schmuckstück ihr stand, und es schien in der Tat ein Teil des Kleides zu sein. »Behalten Sie die Kette um, Miß«, sagte Matty.

»Ja, das will ich tun. Ich gebe sie Ihnen zurück, wenn ich Sie verlasse«, sagte Arabella.«

Während sie diese Worte sprach, spürte sie, wie weh sie taten.

»Es gibt zu diesem Kleid passend noch ein Cape und eine Haube«, sagte Matty. »Ich bringe sie zusammen mit dem Gepäck herunter.«

Arabella schloß die Augen bei dem Gedanken daran, daß sie das Schloß verlassen mußte, aber dann ließ der Stolz, an dem es ihr nie gemangelt hatte, sie mit hocherhobenem Kopf das Zimmer verlassen, und sie ging die große Treppe hinunter in die Halle.

Ein Diener öffnete ihr sofort die Tür zur Bibliothek. Erleichtert sah sie, daß der Marquis allein war. Er saß an seinem Schreibtisch und unterzeichnete Papiere. Er war so sehr in seine Arbeit vertieft, daß er Arabella nicht hatte hereinkommen hören. Dann blickte er hoch.

»Arabella«, rief er und stand sofort auf. »Du kommst gerade zur richtigen Zeit. Eben bin ich fertig geworden.«

Sie trat näher, und es schien ihr, als ob er absichtlich nicht sie, sondern die Papiere ansah.

»Ich habe eine Menge Pläne gemacht«, sagte er leise. »Ich hoffe, sie finden alle deine Zustimmung.«

Arabella sagte nichts. Sie kämpfte um ihre Selbstbeherrschung und fragte sich, ob sie ruhig und würdevoll bleiben konnte, wenn sie ihm Lebewohl sagen mußte.

»Wir brechen sofort auf«, sagte der Marquis.

»Wir?« Ihre Stimme kam ihr seltsam fremd vor.

»Ja. Turner sagte mir eben, die Leute gehen schon in den Wald, um zu sehen, was die Rauchwolken, die zum Himmel aufsteigen, zu bedeuten haben. Bald werden Besucher kommen, und ich habe keine Lust, ihre Fragen zu beantworten und endlos das zu wiederholen, was geschehen ist. Mich interessiert jetzt die Zukunft.«

Er sah sie immer noch nicht an, als er fortfuhr:

»Ich hatte gedacht, daß wir von hier nach High Wycombe fahren, wenn es mit deinen Wünschen übereinstimmt. Dort wohnt mein Patenonkel, und ich bin sicher, daß es ihm eine Freude wäre, heute abend unser Gastgeber zu sein. Zufällig ist er Bischof. Er lebt im Ruhestand, aber ich denke, daß er uns heute abend in seiner Privatkapelle trauen kann. Du wirst natürlich deine Mutter darüber informieren wollen, was geschehen ist. Ich habe dafür gesorgt, daß ein Bursche ihr eine Nachricht überbringt, sobald du sie geschrieben hast.«

Arabella holte tief Luft.

Der Marquis fuhr fort:

»Morgen wird meine Reisekutsche uns in London abholen, und wir fahren nach Dover, von wo aus meine Yacht uns über den Kanal bringen wird. Ich will dir Frankreich zeigen, Arabella, und Italien wird für uns beide neu sein. Schließlich werden wir meine Mutter auf dem Collalto-Besitztum im Süden besuchen. Findet das deinen Beifall?«

Seine Stimme erstarb.

Leise sagte Arabella:

»Sie sollen sich nicht verpflichtet fühlen, mich zu heiraten, Mylord. Meine Verwandten wissen nicht, daß ich hier eine Rolle gespielt habe. Ich bin auch überzeugt, daß meine Mutter in Miß Matherson eine ausreichende Anstandsdame sehen würde für die kurze Zeit, die ich in Ihrem Haus verbracht habe. Ich wäre jedoch dankbar, wenn Sie mich nach London und nicht ins Haus meines Stiefvaters schicken würden.«

Arabella hielt inne.

Der Marquis war hinter dem Schreibtisch hervorgekommen und stand nun vor ihr. Er sah sie lächelnd an.

»Oh, Arabella«, sagte er zärtlich. »Du liebe, törichte kleine Gans. Hast du nicht gemerkt, daß ich deshalb so förmlich war, als ich meine Pläne vor dir ausbreitete, weil ich sie dir nicht hätte mitteilen können, wenn ich dich dabei angesehen hätte? Ich fühle mich nicht verpflichtet, dich zu heiraten. Ich kümmere mich den Teufel um alle Konventionen. Ich möchte dich zur Frau haben, weil ich dich liebe, und wenn du dich weigerst, mich zu heiraten, werde ich dich zwingen, mein Liebes. Ich kann ohne dich nicht leben.«

Arabella sah ihm in die Augen, und der Marquis hatte das Gefühl, als würden plötzlich tausend Kerzen angezündet.

»Das ist die Wahrheit, Arabella. Als dieser Schurke dich töten wollte, wußte ich, daß ich auch nicht weiterleben wollte. Ich liebe dich, Arabella, wie ich niemals gedacht hätte, eine Frau lieben zu können. Verstehst du mich?«

Sie konnte nicht antworten. Obwohl sie die Lippen öffnete, brachte sie kein Wort heraus.

»Eines wollte ich dir noch sagen«, fuhr der Marquis fort. »Meine Angst, die mich die ganzen Jahre gequält hat, ist vorüber. Aber wie steht es mit der deinen, Arabella? Mehr als einmal hat du mir gesagt, daß du es nicht ertragen kannst, von mir angefaßt zu werden. Wenn du mich heiratest, wäre es mir unmöglich, dich nicht festzuhalten, dich nicht zu berühren, nicht zu küssen. Dies, meine kleine Liebe, ist deine letzte Chance zu entfliehen.«

Er breitete die Arme aus.

»Wenn du gehen willst, bist du frei, und ich schwöre dir, daß ich dich nicht halte. Aber sobald du mein bist, lasse ich dich nicht wieder fort.«

Sie sahen einander an, und Arabella bemerkte die plötzliche Furcht in seinem Gesicht, daß er sie jetzt doch noch verlieren könnte.

Ihr Herz schlug heftig, und plötzlich war ihr so, als könnte sie zu den Sternen fliegen.

Er streckte die Hände nach ihr aus, und das Hochgefühl des Augenblicks schien sie einzuhüllen wie die Wärme der Sonne.

»Antworte mir, Arabella!« sagte er in dem Befehlston, den sie so gut kannte. »Antworte mir, denn für mich hängt die ganze Welt von deiner Antwort ab.«

Plötzlich wurde Arabella schüchtern. Sie blickte zu Boden, ihre

Wimpern waren dunkel vor ihrer weißen Haut, und der Marquis sah, daß sie zitterte.

»Fürchtest du dich vor mir, Arabella?« fragte er zärtlich.

»Ein wenig, ich glaube...«, begann sie mit leiser Stimme.

Aber plötzlich war ihr klar, daß sie sich nicht vor dem Marquis fürchtete, sondern vor der Freude, die in ihr aufstieg bei dem Gedanken an seine Berührung.

»Ich möchte dich nicht ängstigen, mein Liebling«, sagte er. »Aber ich muß wissen, ob du mein bist.«

Arabella glaubte, er müsse ihr Herz schlagen hören.

»Arabella, antworte mir!«

Es war der Schrei eines verzweifelten Mannes.

Endlich sagte Arabella, und das Blut stieg ihr dabei in die Wangen:

»Ich hatte gedacht... vielleicht... wenn wir... verheiratet sind... könnten wir zusammen zu dem kleinen Teich im Wald gehen... und... schwimmen.«

Der Marquis lachte und nahm sie in die Arme. Dann waren seine Lippen auf den ihren, und sie hielten ihren Mund gefangen, und ihr war, als wirble die ganze Welt um sie herum. Sie war frei von Furcht und frei von allem außer ihrer Liebe und ihrem Verlangen.

Ein widerspenstiger Engel

VORBEMERKUNG DER AUTORIN

Obernia ist ein fiktives Land, aber als ich im vergangenen Jahr Schloß Linderhof besuchte, war es ebenso mystisch, erregend und schön, wie Tilda es gefunden hatte.

Meiner Geschichte zuliebe habe ich München ein wenig näher beim Königsschloß Ludwigs II. angesiedelt, als es in Wirklichkeit ist.

1. Kapitel

1879

Der Zug fuhr langsam in den Bahnhof von Windsor ein.

Obwohl er nicht abgesperrt worden war, wie es gewöhnlich geschah, wenn Königliche Hoheiten reisten, erwarteten mehrere prunkvoll gekleidete Herren in mit Goldlitzen verzierten Uniformen Prinzessin Priscilla, Herzogin von Forthampton, und deren Tochter.

Eine königliche Kutsche stand vor dem Bahnhof. Man half den Damen beim Einsteigen, und sie brachen zum Schloß auf.

»Denke daran, Tilda, daß du die Königin nicht ansprechen darfst, bevor sie das Wort an dich gerichtet hat«, sagte Prinzessin Priscilla.

»Ja, Mama.«

»Und vergiß nicht, einen Knicks zu machen, die Hand Ihrer Majestät zu küssen und danach ihre Wange.«

»Ja, Mama!«

»Und höre ihr aufmerksam zu, Tilda.«

»Ja. Mama!«

»Verspricht mir, Tilda, daß du ihr keine Fragen stellst. Du bist immer zu neugierig. Ich habe dir das schon so oft gesagt.«

»Aber wie soll man etwas erfahren, Mama, wenn man keine Fragen stellen darf?«

»Genau diese Antwort habe ich von dir erwartet. Ich wollte, dein Vater wäre mitgekommen! Du benimmst dich nicht so unmöglich, wenn er dabei ist.«

Tilda schwieg.

Lady Victoria Matilda Tetherton-Smythe hatte ihre Mutter dies alles schon hundertmal sagen hören, seitdem die Einladung aus Schloß Windsor eingetroffen war.

Sie wußte aus langer Erfahrung, daß es am klügsten war, einfach allem zuzustimmen, was ihre Mutter sagte, und dabei den eigenen Gedanken nachzugehen.

Sie war erregt bei dem Gedanken, das Schloß sehen zu dürfen, und sie blickte interessiert aus dem Wagenfenster.

Bis jetzt waren zu beiden Seiten der Bahnlinie nur gewöhnliche

Häuser zu sehen. Sie konnte noch keinen Blick auf das berühmte Bauwerk werfen, dessen Geschichte ihre Fantasie beflügelte.

Ihre Lehrer hatten ihr erzählt, daß Wilhelm I. der Erbauer des Schlosses gewesen war.

Die Lage auf dem Berg hoch über dem Fluß hatte ihn dazu angeregt; denn er wollte das unterworfene, unfreundliche einheimische Volk ständig an seinen furchteinflößenden normannischen Eroberer erinnern.

Sie müssen ihn gehaßt haben, dachte Tilda.

»Du hörst mir ja gar nicht zu, Tilda«, sagte ihre Mutter tadelnd. »Was habe ich dir eben gesagt?«

»Es tut mir schrecklich leid, Mama, aber ich habe eben an etwas ganz anderes gedacht.«

»Du denkst immer an etwas anderes«, sagte Prinzessin Priscilla vorwurfsvoll. »Bitte, höre mir endlich zu, Tilda!«

»Ich höre, Mama.«

»Ich habe dir gesagt, du sollst daran denken, daß dich von jetzt an jeder mit ›Victoria‹ anreden wird. Du wurdest nach Königin Victoria benannt. Das war ganz selbstverständlich, weil sie deine Patin ist.«

»Ich hasse den Namen Victoria«, sagte Tilda.

»Deinem Vater gefällt er auch nicht«, sagte Prinzessin Priscilla. »Deshalb nannten wir dich auch Matilda, und bald wurde daraus Tilda.«

»Dieser Name gefällt mir, Mama.«

»Deine Vorlieben und Abneigungen sind nicht von Belang, Til... – ich wollte sagen Victoria.«

»Es ist zwecklos, Mama. Du wirst dich niemals daran gewöhnen, mich ›Victoria‹ zu nennen, ganz gleich, wie man mich in Obernia nennen wird.«

»Für die Oberianer wirst du natürlich Victoria sein«, erwiderte ihre Mutter streng. »Und vergiß nicht, Tilda, die Königin selbst hat diese Ehe arrangiert.«

»Ich will daran denken, Mama.«

»Es ist eine große Ehre, Tilda. Du solltest sehr stolz darauf sein!«

Tilda schwieg.

»Nur wenige Mädchen in deinem Alter haben den Vorzug, regierende Fürstin eines Landes zu werden, dem in Europa beträchtliche Bedeutung zukommt«, sagte ihre Mutter.

»Aber es liegt so weit weg«, murmelte Tilda.

In diesem Augenblick sah sie Schloß Windsor, eindrucksvoll und imposant, genau wie sie es sich vorgestellt hatte.

Sie mußte unwillkürlich an die alten Ritter denken, die hier Turniere ausgefochten hatten. Sie sah sie im Geist mit ihren Schilden, den reich verzierten Sätteln und den kostbaren Schwertern, deren Hefte vergoldet waren.

Ich wollte, ich hätte damals gelebt, dachte Tilda. Jeder Ritter hatte seine Herzensdame, die er liebte und verehrte und der er Liebe schwor und sich ihr antrug, nachdem er in den Turnieren seine Tapferkeit und Männlichkeit bewiesen hatte.

Die Kutsche fuhr die Anhöhe zum Schloß hinauf, und Tilda dachte daran, daß auch schon Königin Elisabeth den gleichen Weg gefahren war. Diese Herrscherin hatte gern im Park gejagt und konnte ›einen großen, kräftigen Hirsch mit eigener Hand töten‹. Ihre Anmut, ihre robuste Trinkfestigkeit und ihre Vorliebe für Bier waren allgemein bekannt. Jedermann huldigte Ihrer Majestät, und doch hatte sie nicht geheiratet.

Vielleicht wollte sie nicht, daß man ihr einen Mann zuwies.

Die Kutsche hielt an.

»Vergiß nicht, was ich dir gesagt habe, Tilda«, sagte ihre Mutter aufgeregt. »Die Königin hat dich seit Jahren nicht mehr gesehen. Du mußt einen sehr guten Eindruck auf sie machen.«

»Ich werde mein möglichstes tun, Mama.«

Sie gingen durch die aus dem 14. Jahrhundert stammende Eingangshalle und dann einen Korridor entlang, dessen reich geschnitzte Simse und Fensterrahmen von Grinling Gibbons waren.

Holzarbeiten faszinierten Tilda immer. Die Blätter, Früchte, Fische, das Wild waren anmutig symmetrisch angeordnet, und Tilda fühlte sich beim Anblick von solcher Kunstfertigkeit immer innerlich angerührt.

Ein sehr ernst aussehender Haushofmeister führte sie durch das Gebäude.

Tilda wußte, daß ihre Mutter nervös war. Sie hatte die Angewohnheit, die Lippen einzuziehen und zusammenzupressen, wenn sie aufgeregt war. Außerdem zupfte sie dauernd an ihrem Schal und nestelte an ihrer Handtasche und dem Kleid herum.

Es ist alles gut, Mama. Die Königin wird dich nicht auffressen, hätte Tilda gern gesagt. Aber sie wußte, diese Bemerkung hätte ihre Mutter noch mehr verunsichert.

Man hatte ihnen erzählt, wie ungewöhnlich es war, daß Königin Victoria in Schloß Windsor weilte.

Jahrelang hatte sie sich geweigert, Osborne zu verlassen, wo sie seit dem Tod ihres Gatten in der Abgeschiedenheit lebte und sich nicht in der Öffentlichkeit zeigte.

Aber die politischen Ereignisse des vergangenen Jahres und die Spannungen mit Rußland gaben ihr neue Vitalität.

Die fortwährenden Forderungen, die an sie gestellt wurden, bewirkten, daß sie sich wieder aktiv dem Leben zuwandte.

Bisher hatte sie sich überfordert gefühlt. Sie war voller Selbstmitleid gewesen und hatte sich als »bedauernswerte, arme Königin« gesehen. Aber damit hatte es jetzt ein Ende.

Sie beharrte nicht mehr darauf, in Osborne zu leben oder in Balmorale, sondern war zur Zufriedenheit der Regierungsmitglieder nach Schloß Windsor gezogen.

Nun war sie es, die ihre Minister zu mehr Aktivität antrieb. Zweifellos war die Tatsache, daß sie in Benjamin Disraeli einen Premierminister besaß, den sie schätzte und dem sie vertraute, ein wesentlicher Grund für ihren Sinneswandel.

Disraeli selbst drückte es später so aus:

»Sie inspirierte ihren Premierminister, und er verehrte sie.«

Was immer auch den Ortswechsel bewirkt haben mochte, für die Staatsmänner, Politiker und auch für die Verwandten war es eine Erleichterung, daß Königin Victoria nun in Schloß Windsor lebte.

»Es wäre eine beschwerliche Reise nach Osborne gewesen«, sagte Prinzessin Priscilla zu ihrer Tochter. »Du weißt, ich lasse deinen Vater ungern allein.«

Der Herzog von Forthampton, für den es eine große Ehre gewesen war, eine Königliche Prinzessin und die Großnichte von Königin Victoria zu heiraten, war leidend.

Zweifellos war die Auszeichnung, Prinzessin Priscilla heiraten zu dürfen, der Tatsache zuzuschreiben, daß er einer der reichsten Männer Englands war.

Obwohl die Ehe arrangiert worden war, galt sie allgemein als glücklich.

Das einzige Manko war, daß der Herzog wesentlich älter war als seine Frau. Auf jeden Fall war der Ehe nur ein einziges Kind beschieden gewesen – Matilda.

Das Herzogtum besaß dadurch bedauerlicherweise keinen direkten Erben.

Zu seiner Genugtuung hatte Königin Victoria Tilda, ihrem Patenkind, brieflich mitgeteilt, daß sie Heiratspläne für sie schmiedete und sie mit einem der gekrönten Häupter Europas, Fürst Maximilian von Obernia, zu verheiraten gedachte.

»Ich war der Meinung, Königin Victoria habe die Existenz Tildas völlig vergessen«, sagte Prinzessin Priscilla überrascht. »Als wir sie das letzte Mal in Osborne besuchten, sprach sie kein einziges Wort mit ihr, und jetzt arrangiert sie für sie sogar eine Ehe.«

»Es ist eine große Ehre für uns, meine Liebe«, sagte der Herzog.

Prinzessin Priscilla seufzte.

»Ich hoffe nur, Tilda denkt ebenso.«

Tilda nahm die Nachricht gleichmütig hin und protestierte nicht, wie ihre Mutter es befürchtet hatte.

Aber Tilda war immer unberechenbar.

Ihre Mutter wußte allerdings nicht, daß Tilda mit ihren achtzehn Jahren das Forthampton-Besitztum in Worcestershire, in dem sie Jahr um Jahr gelebt hatte, äußerst langweilig fand.

Nicht, daß sie sich nicht beschäftigen konnte. Sie hatte Gouvernanten und Hauslehrer und vielerlei Interessen. Sie ritt gern, und ihr Vater hatte ihr zwei temperamentvolle Pferde geschenkt.

Aber wegen der Arthritis des Herzogs von Forthampton, die ihn ans Haus fesselte, war keine Rede davon, daß Tilda an der Saison in London teilnehmen konnte oder daß man für sie einen Ball geben würde, wie sie es gehofft hatte.

Man war allerdings mit ihr nach London gefahren, um sie im Thronsaal des Buckingham-Palastes vorzustellen und ihren Knicks machen zu lassen.

Die Königin war während der ersten Stunden dabeigewesen, hatte aber dann die anstrengende Aufgabe ihrem Sohn, dem Prinzen von Wales, und seiner schönen, dänischen Frau Alexandra überlassen.

Tilda hatte ihren Knicks als eine der ersten gemacht und danach die Vorgänge genauso förmlich und langweilig empfunden, wie sie es erwartet hatte.

Ihr fiel auf, daß die Menschen mit Königlichen Hoheiten anders sprachen als gewöhnlich, und da ihre Mutter zu den Königlichen Hoheiten zählte, waren die Gespräche, die die Gäste mit ihnen führten, nicht besonders interessant.

Der Haushofmeister, der sie nun vor das Schloß Windsor führte, blieb vor einer Doppeltür stehen.

Sie hatten die Gemächer von Königin Victoria erreicht und wurden nach kurzem Warten in den Salon geführt.

Die Königin saß in einem Armsessel neben einem Tisch. In ihrem unvorteilhaften schwarzen Seidenkleid, den glänzenden schwarzen Schuhen und der Witwenhaube sah sie alt und ehrfurchtgebietend aus.

Es fiel Tilda schwer, sich zu vergegenwärtigen, daß diese Frau die Herrscherin über ein riesiges Imperium war und praktisch alle europäischen Monarchen mit ihr verwandt waren.

Prinzessin Priscilla hatte ihrer Tochter erzählt, daß sich in den vier Räumen, die Königin Victoria bewohnte, nahezu zweihundertundfünfzig Bilder und Fotografien ihrer Verwandten befanden.

Jedesmal, wenn sie sich von Schloß Windsor nach Balmoral oder Osborne begab, wurden sie mitgenommen.

Tilda sah sie auf dem Schreibtisch und auf verschiedenen Tischen vor schweren, roten Damastvorhängen stehen, zwischen gebündelten Briefen, Briefbeschwerern, Tintenfässern, Brieföffnern und dem »Geburtstagsbuch« der Königin.

Es war angefüllt mit den Unterschriften ihrer Besucher, und sie nahm es überallhin mit, so daß es manche für eine Bibel hielten.

Tilda beachtete die Möblierung des Raumes kaum, denn sie versuchte sich auf alle guten Ratschläge zu konzentrieren, die ihre Mutter ihr gegeben hatte.

Prinzessin Priscilla versank bereits vor Ihrer Majestät in einen tiefen Knicks, dann erhob sie sich und küßte Königin Victoria die Hand und die Wange.

»Das ist also Victoria!« sagte die Königin, und ihre Stimme klang unerwartet hoch.

Königin Victoria musterte Tilda interessiert, als diese wie befohlen ihren Knicks machte und danach die blasse Wange der Königin küßte und ihre bläulich geäderte Hand.

»Ja, das ist Victoria, Ma'am«, sagte Prinzessin Priscilla ein wenig atemlos.

»Ich habe mit dir zu sprechen, Victoria.«

»Ja, Ma'am.«

Tilda mußte unwillkürlich daran denken, daß es sich meistens um etwas Unangenehmes handelte, wenn man ihr sagte, man wolle mit ihr sprechen.

»Deine Mutter hat dir berichtet, daß du Fürst Maximilian von Obernia heiraten sollst«, fuhr die Königin fort.

»Ja, Ma'am.«

»Es ist aus mehreren Gründen eine wichtige Heirat.«

»Ja, Ma'am.«

»Der erste Grund ist der, daß ich Fürst Maximilian für würdig halte, eine Engländerin zur Frau zu nehmen und einer meiner Verwandten zu werden.«

»Ich bin sicher, er weiß die Ehre zu schätzen, Ma'am«, sagte Prinzessin Priscilla.

Die Königin wandte den Blick nicht von Tildas Gesicht.

»Der zweite Grund ist der«, fuhr sie fort, als habe die Prinzessin nicht gesprochen, »daß Obernia in unserer Strategie eine wichtige Rolle spielt.«

Tilda hörte aufmerksam zu. Sie fand die Gedanken der Königin interessant.

»Da Obernia an Bayern, Österreich und Württemberg grenzt, ist es ein wichtiger Faktor im Gleichgewicht der Kräfte, und es ist wichtig, daß es unabhängig bleibt.«

Königin Victoria hielt kurz inne, schien aber keine Antwort zu erwarten und fuhr dann fort:

»Dadurch, daß Preußen Wilhelm zum Kaiser gekrönt und viele kleine Staaten geschluckt hat, ist eine Situation entstanden, die uns beunruhigt.«

Die Stimme der Königin klang scharf, und es bestand kein Zweifel daran, wie sehr sie dies mißbilligte.

Die Prinzessin wußte, daß ihr das Verhalten ihres Enkels Wilhelm von Preußen äußerst mißfiel.

Man hatte sie davon unterrichtet, daß er sich protestlos beleidigende Bemerkungen über seine englische Mutter – ihre älteste Tochter Vicky – mit anhörte.

»Warum Bayern den Vorschlägen Fürst Bismarcks zugestimmt hat, werde ich niemals begreifen«, sagte die Königin, als spräche sie zu sich selbst.

»Ich habe gehört, Ma'am, daß es nur deshalb geschah, weil König Ludwig Zahnschmerzen hatte«, sagte die Prinzessin.

Es war vorgeschlagen worden, daß ein preußischer und ein bayerischer Monarch gemeinsam oder abwechselnd über das Deutsche Reich herrschen sollten. Aber der König von Bayern scheute vor einer Auseinandersetzung in einem so wichtigen Punkt zurück und war damit einverstanden, daß Preußen die Führungsrolle übernahm.

»Ich kenne die Umstände, unter denen diese bedauerlichen Beschlüsse gefaßt wurden«, sagte Königin Victoria mürrisch.

Die Prinzessin errötete.

»Was immer auch vor acht Jahren geschehen ist«, fuhr die

Königin fort, »die Tatsache bleibt bestehen, daß Bayern jetzt ein Teil des Deutschen Reiches ist, obwohl ich glaube, König Ludwig werden mehr Rechte zugestanden als den anderen Mitgliedern. Auf jeden Fall muß Obernia um jeden Preis unabhängig bleiben«, sagte sie nachdrücklich.

Sie wandte sich an Tilda.

»Du bist indirekt eine Gesandte Englands, Victoria. Du mußt deinen künftigen Gatten dahingehend beeinflussen, daß er stets eine Zusammenarbeit mit uns anstrebt und keine Verbindungen mit Deutschland knüpfen möchte.«

Die Königin sprach sehr energisch. Plötzlich sagte sie:

»Du siehst noch sehr jung aus, Victoria.«

Tilda wirkte in der Tat noch wie ein Kind. Sie war klein und zierlich, und ihre porzellanblauen Augen schienen ihr kleines Gesicht zu beherrschen. Sie sah sehr unreif und viel zu jung aus, um schon zu heiraten.

»Victoria ist achtzehn Jahre alt«, sagte Prinzessin Priscilla nervös.

»In diesem Alter wurde ich Königin, und ich sah auch sehr jung aus.«

»Haben Sie sich gefürchtet, als man Ihnen sagte, daß Sie nun regieren sollen?« fragte Tilda.

Ihre Mutter hielt entsetzt den Atem an.

Da waren genau die Fragen, die sie gefürchtet hatte, und die Königin würde es zweifellos als Unverschämtheit empfinden.

Aber zu ihrer Überraschung sagte Königin Victoria:

»Ja, ich habe mich gefürchtet, als ich es um sechs Uhr früh von meiner Mutter erfuhr und sie mir sagte, der Erzbischof von Canterbury und Lord Conyngham wünschten mich zu sprechen.«

»Es muß sehr aufregend für Sie gewesen sein«, sagte Tilda. Sie blickte die Königin interessiert an.

»Ja, das war es. Ich stand rasch auf, zog meinen Morgenrock an und ging in den Salon, wo Lord Conyngham und Lord Chamberlain mich mit der Tatsache bekanntmachten, daß mein Onkel, der König, verstorben und ich infolgedessen die neue Königin war.«

Tilda holte tief Luft.

»War das ein großer Schock für Sie, Ma'am?« fragte Tilda.

»Allerdings«, antwortete die Königin, »aber ich war entschlossen, eine gute Königin zu sein.«

Als würde ihr plötzlich bewußt, daß sie zu vertraulich geworden war, sagte sie scharf:

»Und das mußt du auch sein, Victoria – gut! Und du mußt dich deinem Land gegenüber immer loyal verhalten und daran denken, welchen Namen du auch trägst und welche Stellung du auch einnimmst, es ist englisches Blut, das in deinen Adern fließt.«

»Ich werde immer daran denken, Ma'am.«

Sie unterhielten sich noch eine Weile, und dann wurden Prinzessin Priscilla und Tilda entlassen.

Sie nahmen zusammen mit zwei Hofdamen der Königin ein leichtes Mahl ein, ehe die Kutsche sie zum Bahnhof brachte und sie nach London zurückfuhren.

»Nun, das wäre geschafft«, sagte Tildas Mutter.

Sie setzte sich bequem in eine Ecke des für sie reservierten Zugabteils und stieß einen Seufzer der Erleichterung aus.

»Du hast dich so sehr vor Königin Victoria gefürchtet«, sagte Tilda. »Ich kann mir überhaupt nicht denken warum?«

»Alle fürchten sich vor ihr«, sagte ihre Mutter. »Du hattest Glück, sie war sehr liebenswürdig zu dir. Aber sie kann auch sehr streng sein.«

»Das muß sie als Königin sein«, sagte Tilda. Dann lachte sie: »Ich glaube nicht, daß sich jemand vor mir fürchten würde, Mama.«

»Du wirst auch nicht Königin, sondern nur eine regierende Fürstin, Tilda. Ich frage mich, weshalb Obernia niemals einen König besaß, wo es in Europa doch so viele Könige gibt.«

»Ich glaube, es ist zu winzig«, sagte Tilda.

»Du sprichst ziemlich abfällig über das Land, das bald das deine sein wird«, bemerkte ihre Mutter vorwurfsvoll.

»Es ist zwar klein, Mama, aber es hat große Bedeutung, wie Königin Victoria uns gesagt hat. Papa hat es mir auch schon zu erklären versucht. Aber ich hätte Königin Victoria wirklich gerne gefragt, ob unter den vielen Fotografien in ihrem Zimmer auch ein Bild von Fürst Maximilian dabei war.«

»Ich habe dir doch schon gesagt, es gibt von ihm keine Bilder oder Fotografien. Er läßt sich weder fotografieren noch malen. Er erlaubt es einfach nicht.«

»Und warum nicht?«

»Das weiß ich auch nicht. Er wird seine Gründe haben. Vielleicht will er auch einfach nicht, daß Kreti und Pleti ihn sehen«, antwortete ihre Mutter.

»Aber du kennst den Grund nicht«, beharrte Tilda.

»Wenn du den Fürsten kennenlernst, wird er es dir selbst sagen«, erwiderte Prinzessin Priscilla.

Ihr Tonfall sagte ihrer Tochter nur allzu deutlich, daß sie sich ihre eigenen Gedanken darüber machte, weshalb der Fürst nicht fotografiert werden wollte.

Seine Abneigung dagegen kam Tilda seltsam vor, da doch alle Leute von ihrem eigenen Abbild fasziniert waren.

In jedem Haus standen Fotografien auf Klavieren, Tischen, Kaminsimsen und Schreibtischen, so daß manchmal Feder und Papier kaum Platz fanden.

»Ich hätte gern wenigstens eine kleine Vorstellung davon, wie er aussieht«, sagte Tilda.

»Ich habe ihn zum letztenmal gesehen, als er noch ein Kind war«, sagte ihre Mutter. »Damals sah er sehr gut aus, und allen Erzählungen über ihn entnehme ich, daß er attraktiv ist.«

»Warum scheut er sich dann davor, daß andere Menschen ein Bild von ihm sehen?« fragte Tilda.

Ihre Mutter schwieg, und einen Augenblick lang hörte man nur das Rattern der Räder und das Pfeifen der Lokomotive.

Dann fragte Tilda:

»Hat der Fürst eine Fotografie von mir?«

»Als die Absprache über eure Hochzeit getroffen wurde, erkundigte sich dein Vater, ob Fotografien ausgetauscht werden sollten. Man teilte ihm mit, der Fürst sei noch nie gemalt oder fotografiert worden. Aus diesem Grund hielt dein Vater es für unangebracht, ihm eine deiner Fotografien zu schicken, die im Januar von dir aufgenommen worden waren.«

»Du meinst also, der Fürst kauft die Katze im Sack?« fragte Tilda.

Ihre Mutter richtete sich empört auf.

»Also wirklich, Tilda, das ist ein äußerst vulgärer und unpassender Ausdruck. Ich kann mir nicht vorstellen, woher du ihn hast.«

»Aber es ist doch wahr«, sagte Tilda.

»Wir sprechen über dieses Thema nicht mehr!« sagte ihre Mutter resolut. »Wenn du über deine Zukunft sprechen möchtest, können wir die Liste deiner Brautausstattung durchgehen. Sie ist noch nicht vollständig.«

»Dazu habe ich keine Lust«, erwiderte Tilda. »Ich habe sowieso schon zu viele Kleider. Sie werden unzählige Jahre halten.«

Tilda seufzte.

»Ist es nicht schrecklich, sich vorzustellen, daß ich in zehn Jahren immer noch meine altmodischen Kleider abtragen muß?«

Ihre Mutter biß sich auf die Lippen.

»Ich weiß nicht, was in letzter Zeit mit dir los ist, Tilda. Du bist so aufsässig geworden. Ich hoffe nur, Papa hört dich nicht so sprechen. Es würde ihn ärgern.«

»War dir, als du jung warst, nicht auch manchmal danach zumute, etwas ganz anderes zu tun als das, was die Leute von dir erwarteten, Mama?«

Ihre Mutter schwieg, und Tilda fuhr fort:

»Hast du nicht weglaufen wollen, als man dir sagte, du mußt Papa heiraten? Wolltest du zur Abwechslung nicht auch mal eine ganz andere sein?«

»Nein, Tilda, ich war sehr dankbar und glücklich darüber, deinen Vater heiraten zu dürfen. Im Gegensatz zu dir hatte ich fünf Schwestern, und meine Eltern machten sich jahrelang Sorgen, wo und wie sie geeignete Ehemänner für uns finden sollten.«

Ihre Stimme wurde weicher, als sie fortfuhr:

»Man erlaubte mir erst mit fünfundzwanzig Jahren, eine Ehe einzugehen. Ich hatte großes Glück, daß ich die Frau eines so liebenswürdigen und guten Mannes wurde wie es dein Vater ist.«

»Hast du niemals aufbegehrt, Mama?« fragte Tilda.

»Nein, kein einziges Mal. Und du mußt mir versprechen, derartig unerhörte und verwerfliche Gedanken nicht einmal zu erwägen, Tilda.«

Tilda antwortete nicht, und ihre Mutter fuhr fort:

»Du weißt nicht, wie glücklich du sein kannst, so jung heiraten zu dürfen und überdies noch einen regierenden Fürsten.«

»Glaubst du, Fürst Maximilian heiratet mich gern?« fragte Tilda.

»Es ist das Bestreben eines jeden Kleinstaates in Europa, eine Verwandte unserer Königin zur Frau zu bekommen. England ist eine Weltmacht, Tilda, das weißt du sehr gut. Und jedes Land bemüht sich um unsere Sympathie, um unsere Freundschaft und wenn nötig um unsere finanzielle Hilfe.«

»Auch Deutschland?« fragte Tilda.

»Auch Deutschland!« erwiderte Prinzessin Priscilla, aber nicht mehr ganz überzeugend.

»Fürst Bismarck muß ein sehr außergewöhnlicher Mann sein«, sagte Tilda. »Er hat das Deutsche Reich gegründet, und nun ist Hannover nicht mehr unabhängig, ebensowenig sind es Hessen-Kassel, Bayern und Braunschweig.«

»Es freut mich, daß du belesen bist«, bemerkte ihre Mutter.

»Das hat mir alles der Professor beigebracht«, sagte Tilda. »Du hast ihn gebeten, mich die europäische Geschichte zu lehren, und er hat mich mit Wissen vollgestopft wie eine elsässische Gans mit Futter.«

»Ich habe die größte Hochachtung vor Professor Schiller«, erwiderte ihre Mutter. »Ich wünsche, daß er dich auf deiner Reise nach Obernia begleitet.«

»O nein, Mama, ich möchte nicht die ganze Reise von ihm belehrt werden!«

»Es wird nur zu deinem Vorteil sein, Tilda. Außerdem hat dein Vater Lady Crewkerne gebeten, dich als Anstandsdame nach Obernia zu begleiten.«

»Ausgerechnet Lady Crewkerne«, stöhnte Tilda. »Sie ist alt, langweilig und humorlos! Ich habe sie noch niemals über irgend jemanden ein freundliches Wort sagen hören.«

»Aber sie ist sehr weit gereist, Tilda. Ihr verstorbener Mann war einmal unser Botschafter in Wien. Sie kennt sich im Protokoll aus, und du mußt es unbedingt beherrschen, wenn du in Obernia eintriffst, dem Land, das du einmal mitregieren sollst.«

»Lady Crewkerne und Professor Schiller!« rief Tilda entsetzt. »Das wird eine grauenhafte Reise! Ich werde mich sicherlich freudig in Fürst Maximilians Arme werfen, ganz gleichgültig, wie er aussieht.«

»Das hoffe ich auch, Tilda. Und ich bin sicher, du wirst mit ihm sehr glücklich sein«, sagte ihre Mutter.

Sie seufzte tief.

»Ich wollte, ich könnte dich begleiten, aber du weißt, ich kann deinen Vater nicht lange allein lassen.«

»Nein, natürlich nicht«, sagte Tilda. »Aber es wäre für mich wesentlich amüsanter, mit dir zu reisen, als mit diesen beiden alten Herrschaften, die ihr für mich ausgesucht habt.«

»Es ist sehr wichtig, daß du mit einer respektablen und standesgemäßen Begleitung in Obernia eintriffst«, sagte Prinzessin Priscilla. »Dir ist doch klar, wie teuer und kostspielig diese Reise ist?«

Sie seufzte wieder.

»Wir können es uns wirklich nicht leisten, dir mehr Reisebegleiter mitzugeben, als absolut notwendig sind. Zwei Kutschen mit je sechs Pferden kosten eine Menge Geld.«

Obwohl der Herzog sehr reich war, wußte man, daß er äußerst sparsam und knauserig war, wenn es darum ging, Geld außerhalb seines Besitztums auszugeben.

Es war Prinzessin Priscilla nicht leicht gefallen, ihm das Geld für Tildas Aussteuer zu entlocken.

»Zwei Kutschen, Mama?« fragte Tilda erstaunt.

»Ja, eine für die Zofen und dein Gepäck«, erwiderte ihre Mutter. »Denn abgesehen von deiner Aussteuer wirst du viele Hochzeitsgeschenke erhalten, die du nach Obernia mitnehmen mußt.«

Ihre Mutter begann an den Fingern abzuzählen:

»Zwei Kutschen mit je zwei Kutschern, dazu zwei Diener, das sind allein schon sechs Dienstboten. Außerdem brauchst du vier Vorreiter. Denn selbst in unserem aufgeklärten Zeitalter lauern überall auf den Straßen Banditen den Reisenden auf und rauben sie aus.«

»Das klingt aufregend«, sagte Tilda, und plötzlich leuchteten ihre Augen.

»Es ist eine Aufregung, die dir hoffentlich erspart bleibt«, erwiderte ihre Mutter. »Die Vorreiter, die dein Vater dir mitgeben will, sind erfahrene Pistolenschützen. Sie werden dafür sorgen, daß du dein Ziel sicher erreichst.«

»Es wird eine lange Reise«, sagte Tilda.

»Ja, das ist wahr. Aber du wirst sie mehrmals unterbrechen und unterwegs mehrere Verwandte besuchen. Nachdem du König Ludwig deine Aufwartung gemacht hast, wirst du schließlich die Grenze nach Obernia überschreiten.«

»Ich wollte König Ludwig immer schon kennenlernen. Er scheint ein faszinierender Mann zu sein«, sagte Tilda.

Prinzessin Priscilla schwieg und preßte die Lippen zusammen, was Tilda nur allzu deutlich sagte, daß ihre Mutter König Ludwig II. nicht sonderlich schätzte.

Aber Tilda war immer interessiert gewesen, wenn sie etwas über ihn und seine Leidenschaft für die Musik und das Theater hörte, das er für Richard Wagner hatte bauen lassen.

Sie hatte Bilder von ihm gesehen, auf denen er blaß, schön und sehr ätherisch wirkte, als wäre er ein Wesen aus einer anderen Welt.

In einem seiner Schlösser zu wohnen, über die so viel geredet und die so sehr kritisiert wurden, mußte fast so aufregend sein, wie das Schloß zu betreten, das ihr künftiges Heim sein würde, dachte Tilda.

»Ich hoffe, daß du dich tadellos benimmst, Tilda«, sagte ihre Mutter. »Du hast von Königin Victoria gehört, daß du als Botschafterin nach Obernia geschickt wirst, und nur wenn du Selbstbeherrschung übst, wirst du alle Hoffnungen, die wir in dich setzen, erfüllen.«

Prinzessin Priscilla sah ihre Tochter streng an und fand, es wäre wesentlich angebrachter, sie auf ein Schulfest oder auf einen Ausflug am Fluß zu schicken als zu einer fürstlichen Hochzeit.

Tilda war auf eine kindliche Art reizend. Wenn man sie ansah, mußte man unwillkürlich an Puppen oder Blumen denken, aber gewiß nicht an Verantwortung, politische Intrigen oder an eine Ehe.

Plötzlich fühlte sich Prinzessin Priscilla nur noch als Mutter.

»Ich wünsche mir so sehr, daß du glücklich wirst, Tilda«, sagte sie mit weicher Stimme.

Tilda lächelte.

»Mache dir um mich keine Sorgen, Mama«, sagte sie. »Es wird sicher alles halb so schlimm, wie du befürchtest.«

2. *Kapitel*

»Es sieht imposant aus, genauso wie ein königliches Schloß aussehen sollte«, rief Tilda begeistert, als sie in Schloß Linderhof eintrafen.

Und sie wiederholte diese Worte mehrmals, als sie durch das Schloß geführt wurde, das König Ludwig II. in dem grünen Graswangtal hatte bauen lassen.

»Das Schloß verdankt seinen Namen einer alten Linde«, erklärte ihr der Adjutant des Königs. »Ursprünglich befand sich hier an dieser Stelle ein kleines Jagdhaus.«

»Aber jetzt ist es großartig«, rief Tilda.

»Das Schloß ist erst in diesem Jahr fertiggestellt worden«, sagte der Adjutant. »Seine Majestät ließ sich von Versailles und dem napoleonischen Stil inspirieren. König Ludwig wollte etwas Einmaliges schaffen, ein Juwel zwischen den Bergen.«

»Ich habe gehört, daß Seine Majestät in einem Brief an die Baronin von Leonrod schrieb: ›Es ist wichtig, solche Paradiese zu schaffen, solche poetischen Heiligtümer, wo man für eine Weile das schreckliche Zeitalter vergessen kann, in dem wir leben‹«, sagte Professor Schiller.

»Der Ort ist wirklich ein Paradies«, sagte Tilda ehrfürchtig.

Das kompakte Gebäude war weiß und in einem imposanten Stil erbaut. Es wirkte wie ein Märchenschloß.

Das große, königsblaue, samtene Himmelbett war mit beeindruckenden, vergoldeten Schnitzereien geschmückt, über denen kleine Liebesgötter schwebten, die eine goldene Krone hielten.

Tilda hatte sich immer gewünscht, einmal in einem solchen Bett zu schlafen.

Die elegant ausgestatteten gelben, malvenfarbenen, rosaroten und blauen Kabinette trennten die größeren Räume voneinander. Der maurische Kiosk, die Venusgrotte und der kunstvoll geschnitzte, vergoldete Schlitten, in dem König Ludwig von Schloß Linderhof nach Neuschwanstein fuhr, waren atemberaubend.

Tilda war jedoch enttäuscht, als man ihr sagte, König Ludwig sei nicht auf Schloß Linderhof, um sie persönlich zu begrüßen.

Sie hätte ihn gern kennengelernt und sich vergewissert, ob er so romantisch war, wie sie es sich vorstellte.

Aber da er für seine Introvertiertheit und seine Menschenscheu bekannt war, fand Tilda es im Grunde nicht erstaunlich, daß er bei ihrer Ankunft am Chiemsee weilte.

Er beaufsichtigte dort den Bau eines neuen Schlosses, das mit Versailles konkurrieren sollte.

Aber mit oder ohne König Ludwig war Schloß Linderhof ein Genuß nach den vielen anderen Schlössern, die Tilda während ihrer Reise durch Europa gesehen hatte.

Die Reise war ermüdend und im Grunde sehr langweilig gewesen. Die Kutschen mußten wegen der schlechten Straßen sehr langsam fahren, und die Poststationen, wo die Pferde gewechselt wurden, waren oft unsauber und unbequem gewesen und die Schlösser ihrer Verwandten oft enttäuschend unkomfortabel.

Dies war besonders dann der Fall, wenn die Herzogtümer dem Deutschen Reich angeschlossen worden waren und die regierenden Fürsten ihre Macht und ihre Vorrechte verloren hatten.

Ihre Mutter hatte sie darauf vorbereitet.

»Erweise allen deinen Verwandten in diesen Ländern deinen Respekt, und sei genauso höflich, wie du dich Königin Victoria gegenüber verhalten hast«, sagte sie. »Sie werden das Protokoll sehr wichtig nehmen, um ihre Bedeutung zu unterstreichen.«

Tilda hatte festgestellt, daß es sich genauso verhielt. Sie mußte oft stundenlang stehen, denn der König und die Königin, in deren Schloß sie gerade weilte, gestatteten es anderen Menschen nicht, in ihrer Gegenwart Platz zu nehmen.

Tilda stellte auch fest, daß ihre Konversation gespreizt war, und wenn man ein neues Thema begann oder eine Frage stellte, erhielt man als Antwort sehr oft nur mißbilligende Blicke.

Lady Crewkerne fühlte sich als einzige in dieser Umgebung wohl, und das hauptsächlich deshalb, weil sie überall genügend Gelegenheit fand, die erwiesene Gastfreundschaft zu kritisieren.

Außerdem wurde sie reichlich mit Stoff für boshaften und gehässigen Klatsch versorgt.

Tilda mußte leider zugeben, daß ihre Kritik oft gerechtfertigt war.

Nur einmal, als Lady Crewkerne über König Wilhelm III. der Niederlande und dessen Gattin Emma von Waldeck-Pyrmont spottete, mißbilligte Tilda ihre scharfen Worte.

Es stimmte zwar, daß König Wilhelm III. einundvierzig Jahre älter war als seine Frau, die er ein Jahr zuvor geheiratet hatte. Aber Tilda wußte, daß die junge Königin mit König Wilhelm III. glücklich war, und sie hatte in ihrem Schloß eine harmonische Atmosphäre angetroffen, die sie in vielen der anderen Schlösser nicht erlebt hatte.

Die meisten Verwandten, die Tilda kennenlernte, waren alt. Nur Friedrich I., der Großherzog von Baden, war jung und sah sehr gut aus. Aber es war Tilda unmöglich gewesen, ihn allein zu sprechen.

Das Protokoll war so streng, daß man schon gähnen mußte, ehe man überhaupt mit der Konversation begann.

Wie soll ich das ein ganzes Leben lang aushalten, fragte sich Tilda, als sie durch Hessen-Kassel nach Baden fuhren und weiter durch Württemberg nach Bayern.

Schloß Linderhof ließ ihre Geister wieder aufleben. Die Schönheit des kleinen Königsschlosses erregte sie auf die gleiche seltsame Weise, wie die Schnitzereien von Grinling Gibbons in Schloß Windsor.

Konnte etwas romantischer sein als die Venusgrotte, die König Ludwig II. am Abhang des Berges hatte bauen lassen und wo die Beleuchtung nach Belieben verändert werden konnte?

Auf dem See konnte man künstliche Wellen erzeugen. Der König hielt dort zwei Schwäne. In einem goldenen, kleinen Boot ließ er sich von einem Diener über den See rudern.

Auch der Garten mit einem Springbrunnen, dessen Fontäne fast dreißig Meter in die Höhe schoß, entzückte Tilda, wie auch die pyramidenförmig geschnittenen Bäume, die Wasserfälle, Pavillons und ein kleiner Tempel.

Werde ich etwas ähnlich Schönes in Obernia vorfinden, fragte sich Tilda.

Aber so kostbar das Schloß auch sein mochte, sie würde es mit Fürst Maximilian teilen müssen.

Während der Reise war die Angst und die Unsicherheit vor ihrem zukünftigen Gatten immer mehr gewachsen, je näher sie ihrem Bestimmungsort kam.

Genährt wurde ihre Angst durch das, was die Leute über ihn sprachen, wenn sie glaubten, Tilda höre nicht zu.

Sie war schon in England zu der Ansicht gekommen, daß Fürst Maximilian etwas Außergewöhnliches an sich haben mußte, als ihre Mutter nicht so recht sagen wollte, warum er sich auf keinen Fall porträtieren ließ.

Jetzt bemerkte sie, daß ihre Verwandten jedesmal, wenn sein Name fiel, eine bestimmte Miene aufsetzten, die sie nicht deuten konnte.

Es war Mißbilligung, dessen war sie ganz sicher, es drückte aber auch Mitleid mit ihrer Person aus.

Als sie einmal zufällig in den Salon trat, hörte sie König Georg von Hannover, dessen Schnurrbart bis unter sein Kinn reichte, mit dröhnender Stimme sagen:

»Wie kann man dieses unschuldige Kind ausgerechnet mit Maximilian verheiraten? Das müßte verboten werden ...«

Er unterbrach sich mitten im Satz, als er bemerkte, daß Tilda eingetreten war.

Dann hustete er verlegen und überließ es seiner Frau, mit dieser peinlichen Situation fertigzuwerden.

Nach diesem Erlebnis hörte sie aufmerksamer ihren Gesprächen zu und achtete auf halbe Sätze, auf leise gesprochene Bemerkungen.

»... es ist skandalös! Wie konnte Priscilla nur ...«

»... wie hat Priscilla ihre Einwilligung geben können? Sie mußte doch wissen ...«

»... ich wage gar nicht daran zu denken, was dieses süße, unschuldige Wesen erwartet ...«

Was verschwieg man ihr? Welche Fehler hatte Fürst Maximilian?

Weder Lady Crewkerne noch Professor Schiller kannten Seine Königliche Hoheit, deshalb war es sinnlos, sie über ihn auszufragen.

Außerdem wußte Tilda, daß Lady Crewkerne viel zuviel Takt und Anstand besaß, um irgend etwas Negatives über den Fürsten zu äußern.

Tilda entnahm den Gesprächen ihrer Verwandten, daß ihm ein

Makel anhaftete. Sie wollte herausfinden, was es war. War er besonders häßlich oder irgendwie verkrüppelt? Doch alle erklärten ihr, er sähe sehr gut aus und sei ein stattlicher Mann.

Was war dann verurteilenswert an ihm? fragte sich Tilda. Je weiter sie in den Süden kamen, desto mehr wünschte sie, daß sie von allem Anfang an gegen die Abmachung dieser Ehe protestiert hätte.

Sie wußte, daß dies nicht viel genützt hätte, denn ihre Eltern waren über die Ehe, die man ihnen mit dieser Vereinbarung erwiesen hatte, geschmeichelt.

Aber sie hätte wenigstens darauf bestehen sollen, ein Bild des Fürsten zu sehen, sagte sich Tilda.

Und sie hätte darauf dringen sollen, daß die Verlobung erst dann öffentlich bekanntgegeben wurde, nachdem er sich in England vorgestellt hatte.

Er hatte viele Erklärungen abgeben lassen, weshalb das unmöglich war.

»Er kann das Land nicht für längere Zeit verlassen!«

»Seine Abwesenheit könnte möglicherweise dem Deutschen Reich einen Vorwand liefern, Obernias Unabhängigkeit zu bedrohen.«

»Die Reise würde zu viel Zeit in Anspruch nehmen, da die Hochzeit schon Anfang Juni stattfinden soll.«

Diese Entschuldigungen klangen sehr vernünftig, und Tilda hatte sie gutgläubig akzeptiert. Aber jetzt wurde sie mißtrauisch.

Welche andere Frau heiratete in modernen Zeiten noch einen Mann, den sie nicht kannte und von dem sie nicht einmal wußte, wie er aussah, sagte sich Tilda.

Könige und Großherzöge ließen ihre Porträts auf Münzen prägen. Aber sie hatte bis jetzt noch kein Geld aus Obernia gesehen.

Schloß Linderhof weckte in ihr alle Träume, die mit einer Ehe verbunden waren.

Linderhof war der ideale Ort für eine Liebesromanze. Es war ein Schloß, in dem sie sich in ihren eleganten Kleidern durch die reichen, vergoldeten Räume gehen sah.

Im Spiegelsaal spiegelte sie sich von allen Seiten und sah Dutzende Victoria Matilda Tetherton-Symthes', die klein und bescheiden wirkten.

Tilda lächelte.

Sie fand, sie habe genau die richtige Größe für Schloß Linderhof und könne darin eine Märchenprinzessin spielen, wenn nur der

Prinz vorhanden gewesen wäre, der sie mit liebenden Augen betrachtet hätte.

Es war fast so, als berühre eine kalte Hand ihr Herz, wenn sie an die Ratschläge ihrer Mutter dachte.

»Du darfst nicht zu viel von der Ehe erwarten, Kind«, hatte ihre Mutter gesagt. »Du gehst eine königliche Ehe ein, eine *mariage de convenance*, und deshalb mußt du versuchen, mit deinem Gatten gut auszukommen. Du mußt ihm treu sein und seine Treue erhoffen, aber mehr kannst du nicht verlangen.«

Tilda schien es damals ein großes Wagnis zu sein, eine solche Ehe einzugehen, aber dann sagte sie sich optimistisch, daß alles gutgehen werde. Sie war sicher, der Fürst und sie würden sich ineinander verlieben. Sie kannte bis jetzt nur wenige Männer, aber selbst die alten Freunde ihres Vaters, die sie in Worcestershire besuchten, musterten sie beifällig und bewundernd.

Der Fürst wird mich nicht unsympathisch finden, sagte sich Tilda. Und wenn er gut aussieht, werde ich ihn bewundern, und dann...

Wenn sie abends zu Bett ging, malte sie sich Geschichten darüber aus, wie schön und romantisch alles in Obernia sein würde.

Sie sah sich und Fürst Maximilian im Geist als ein glückliches Paar.

Und sie nahm sich vor, den Untertanen, über die sie herrschen würde, Sympathie und Verständnis entgegenzubringen.

Und sie hoffte inständig, daß der Fürst und sie einander lieben würden.

Aber jetzt überkam sie doch die Angst.

Sie war enttäuscht von den großen Schlössern, in denen sie während der letzten Wochen zu Gast gewesen war, und desillusioniert von der langweiligen Konversation, die die königlichen Familien und Großherzöge geführt hatten und auf die die Untergebenen nur wortkarg antworteten:

»Ja, Sire... ganz recht, Sire... ich bin ganz Ihrer Ansicht, Sire...«

Das kann ich nicht ein Leben lang ertragen, sagte sich Tilda. Ich kann es nicht Tag für Tag und Jahr für Jahr anhören.

Und doch wußte sie, daß sie dafür erzogen worden war und daß sie deshalb viele Jahre lang Fremdsprachen erlernt hatte.

Und dafür habe ich die dicken Geschichtsbücher studiert, die nichts anderes zu enthalten schienen als Geschichtsdaten und Beschreibungen von Schlachten, Geburtstage und Todestage.

Dafür habe ich Landkarten studiert, die an den Wänden meines Unterrichtszimmers hingen, Landkarten von Europa, die gezeichnet worden waren, ehe Napoleon die Grenzen fast aller Länder verändert hat, die Landkarten aus der Zeit, nachdem er verbannt worden war.

Jetzt hingen Karten von Europa nach 1871, als das Deutsche Reich gegründet worden war, in ihrem Schulzimmer.

Deutschlands braune Farbe nahm immer mehr Platz ein, von Rußland bis nach Frankreich, wobei die Neuerwerbungen in einem etwas helleren Ton gehalten waren.

Braun ist die richtige Farbe für Deutschland, dachte Tilda. Es ist ein unheimliches, ein schwerfälliges Land.

Die Preußen haben etwas Strenges an sich, und obwohl sie erst wenige Bayern kennengelernt hatte, fand Tilda, daß diese in jeder Hinsicht anders waren.

Sie waren heiter, unbekümmerter. Und Tilda hoffte, daß die Bewohner Obernias ebenso waren.

Ehe sie England verlassen hatte, um nach Obernia zu reisen, hatten ihre Eltern die Reiseroute zusammengestellt, und es war vereinbart worden, daß sie zwei Nächte in Schloß Linderhof verbringen sollte, bevor sie die Grenze nach Obernia überschritt.

Da diese nur drei Meilen von Schloß Linderhof entfernt war, bedeutete das praktisch das Ende ihrer Reise.

Danach würde sie in das Fürstentum gebracht werden, über das sie herrschen sollte, und ein neues Kapitel ihres Lebens würde beginnen.

»König Ludwig II. kennt Fürst Maximilian natürlich sehr gut«, hatte ihre Mutter gesagt. »Und er wird dir alles Wissenswerte mitteilen, ehe du die Hauptstadt Obernias betrittst.«

Aber König Ludwig, scheu und zurückhaltend, war nicht auf Schloß Linderhof, und Tilda dachte bekümmert, daß sie sehr wahrscheinlich viele Fehler machen würde, wenn sie in Obernia eintraf.

Am Abend ihrer Ankunft auf Schloß Linderhof war keine Zeit mehr gewesen, das Königsschloß eingehend zu besichtigen. Deshalb führte sie am nächsten Tag ein Adjutant des Königs durch das Gebäude und durch die Gärten.

Das Areal war klein, so daß sie nicht lange für den Rundgang brauchten.

Tilda war von der kostbaren Einrichtung, die der König eigens für dieses Traumschloß hatte anfertigen lassen, bezaubert.

Sie ging danach noch einmal allein durch das Schloß und bewunderte die Gobelins, den Pfau aus Sevrès-Porzellan und das Rosenkabinett. Hier hingen auch die Bilder der Vorfahren König Ludwigs zwischen rosarotem Porzellan und kunstvollen Schnitzereien, für die die bayerische Handwerker berühmt waren.

Als Tilda in den Salon zurückging, kam sie sich vor, als schwebte sie auf Wolken, berauscht von der Schönheit, die sie umgab.

Als sie die Salontür hinter sich schloß, wurde sie abrupt auf den Boden der Tatsachen zurückgeholt.

»Ich verstehe das nicht!« sagte Lady Crewkerne scharf. »Sind Sie ganz sicher, daß Seine Königliche Hoheit in Obernia von unserer Ankunft unterrichtet wurde?«

»Was ist geschehen?« fragte Tilda.

Einen Augenblick lang herrschte unbehagliches Schweigen, dann sagte Professor Schiller, der immer die Ruhe bewahrte:

»Die Vorbereitungen für Ihren Empfang in Obernia sind noch nicht abgeschlossen, Lady Victoria.«

»Sind wir früher, als man uns erwartet hat, hier eingetroffen?« fragte Tilda.

»Nein, es ist das von Ihrem Vater genannte Datum, an dem wir auf Schloß Linderhof eintreffen sollten«, sagte der Professor. »Dieses Datum wurde auch seiner Königlichen Hoheit in Obernia als unser Ankunftstag mitgeteilt.«

Alle, auch der Adjutant, sahen so betreten aus, daß Tilda lächeln mußte.

»Nun, ich warte in dieser herrlichen Umgebung sehr gern«, sagte Tilda.

Der Adjutant war nicht mehr sehr jung, und Tilda hatte vom ersten Augenblick an bemerkt, daß er stets ein besorgtes Gesicht zur Schau trug.

Jetzt verstärkte sich dieser Ausdruck noch. Er suchte verlegen nach Worten. Schließlich sagte er:

»Lady Victoria, ich muß Ihnen mit großem Bedauern erklären, diese Mißhelligkeiten sind sehr unglückselig...«

»Inwiefern?« fragte Tilda.

»Sie können bedauerlicherweise nicht in Schloß Linderhof wohnen bleiben, Mylady.«

Tilda sah ihn überrascht an.

»Das kann nicht Ihr Ernst sein«, sagte Lady Crewkerne barsch. »Es ist doch sicherlich möglich, daß Sie die Erlaubnis Seiner Königlichen Hoheit einholen.«

Der Adjutant schüttelte unglücklich den Kopf.

»Wie ich schon sagte, Seine Majestät hat Sie hier für zwei Nächte erwartet, und er hat Vorsorge getroffen, daß Sie morgen wieder abreisen. Seine Majestät duldet niemals irgendwelche Einmischungen in seine Pläne. Ich sage dies zu meinem tiefsten Bedauern. Aber wir müssen uns daran halten«, erwiderte der Adjutant steif.

Lady Crewkerne stieß einen ärgerlichen Laut aus.

Nach einer Weile sagte Tilda:

»Wo werden wir dann wohnen? Ich kann Obernia unmöglich betreten, wenn man noch nicht bereit ist, mich dort zu empfangen.«

»Ich schlage Ihnen vor, nach Württemberg zurückzukehren«, sagte der Adjutant verlegen.

»Das ist unmöglich«, rief Tilda energisch. »Man war so freundlich, uns dort für drei Nächte Unterkunft zu gewähren, aber ich möchte mich meinen Verwandten nicht aufdrängen.«

»Ich bin ganz Ihrer Ansicht«, stimmte Lady Crewkerne Tilda zu.

Tilda wußte, daß es Lady Crewkerne in Württemberg nicht gefallen hatte.

»Wie wäre es, wenn Sie nach München führen?« fragte der Adjutant.

»Um im Schloß Seiner Majestät zu wohnen?« fragte Lady Crewkerne.

»Ich fürchte, das ist leider unmöglich«, erwiderte der Adjutant.

Es war ihm sichtlich peinlich, ihnen die Gastfreundschaft verweigern zu müssen.

Tilda erinnerte sich plötzlich an Erzählungen, die sie über das seltsame Verhalten König Ludwigs gehört hatte.

Gewöhnlich waren ihre Verwandten sehr zurückhaltend gewesen, wenn sie in ihrer Gegenwart über Dritte redeten, aber Tilda hatte den Gesprächen doch entnehmen können, wie wenig Sympathie er bei seinen Verwandten genoß.

König Georg von Hannover, der immer sehr offenherzig war, hatte bemerkt:

»Der Kerl ist verrückt, total verrückt! Daran liegt es.«

Seine Frau hatte daraufhin verlegen das Thema gewechselt. Aber Tilda hatte seine Worte nicht vergessen.

»Sie wollen doch nicht etwa im Ernst vorschlagen, daß wir in einem Hotel wohnen sollen?« fragte Lady Crewkerne schockiert.

»Es ist ein sehr renommiertes Haus, Madame«, antwortete der Adjutant.

»Das ist wahr«, stimmte Professor Schiller zu. »Ich erinnere mich sehr gut daran. Es ist komfortabel, und viele Notabilitäten logieren in ihm.«

»Der Herzog von Forthampton hat diese Reise für seine Tochter so geplant, daß sie keine Nacht in einem Hotel verbringen muß«, bemerkte Lady Crewkerne.

»Und doch werden wir in einem Hotel wohnen«, sagte Tilda nüchtern. »Es sei denn, wir wollen die Nächte auf den Bergen verbringen, die immer noch schneebedeckt sind. Ich glaube, das wäre ziemlich ungemütlich.« Sie lächelte.

Plötzlich wurde es abenteuerlich für sie, und darüber hinaus war sie erleichtert, noch eine kurze Galgenfrist zu haben, ehe sie Obernia betreten mußte.

Lady Crewkerne stand nervös auf.

»Ich weiß nicht, wohin das alles führen soll, wenn eine direkte Nachfahrin unserer Königin bezahlen muß, um ein Dach über dem Kopf zu haben«, sagte sie eisig.

Sie rauschte aus dem Zimmer, und Tilda lächelte den Adjutanten freundlich an.

»Machen Sie kein so besorgtes Gesicht«, sagte sie. »Ich habe mir schon immer gewünscht, München kennenzulernen. Der Professor hat mir viel über diese Stadt erzählt.«

Es war in der Tat eines der Themen gewesen, bei denen Professor Schiller recht temperamentvoll geworden war.

Er hatte in München studiert und später einige Jahre lang dort gelehrt.

Immer, wenn er über diese Stadt sprach, lag Wärme und Begeisterung in seiner Stimme, die ihm in seinem Geschichts- und Sprachunterricht völlig abgingen.

»Bitte, haben Sie Verständnis dafür, Mylady, daß ich den Anweisungen und Befehlen Seiner Königlichen Hoheit Folge leisten muß«, sagte der Adjutant zu Tilda.

»Aber natürlich«, sagte Tilda. »Und da auf unserer Reise bis jetzt alles gutging, wollen wir uns nicht beklagen, wenn es im letzten Augenblick ein paar geringfügige Schwierigkeiten gibt.«

Sie lächelte ihn an, und der Adjutant verbeugte sich dankbar.

»Sie sind sehr gnädig, My Lady«, sagte er.

»Und jetzt, Professor, werde ich mich von Ihnen überzeugen lassen, ob Ihr Lob über die Stadt München gerechtfertigt ist«, sagte Tilda zu ihrem Lehrer. »Ich bin sehr neugierig, ob sie so lebendig und interessant ist, wie Sie es mir immer geschildert haben.«

»Sie werden es sehen, Sie werden es sehen!« rief der Professor begeistert.

Tilda wußte, wie sehr er sich darauf freute, München wiederzusehen, die Stadt, die ihm in seiner Jugend so viel bedeutet hatte.

Lady Crewkerne jedoch schmollte und war für den Rest des Abends unausstehlich.

Tilda hörte ihr Gejammer nicht an.

Sie war von Schloß Linderhof begeistert und entschlossen, sich jedes Detail genau einzuprägen.

Vielleicht werde ich eines Tages ein ähnliches Schloß bauen können, sagte sie sich.

Das war ein faszinierender Gedanke.

Als sich an diesem Abend die Pracht der glitzernden Kronleuchter in den silbernen Spiegeln wiederholte, war ihr, als träumte sie.

Da sie ihre letzten Stunden in Schloß Linderhof voll ausnützen wollte, stand Tilda am nächsten Morgen sehr früh auf.

Lange bevor Lady Crewkerne angekleidet war, schlich Tilda die Treppe hinab und ging durch die Prachträume, und dabei vergaß sie die Zeit, so daß sie zu spät zum Frühstück erschien und sich entschuldigen mußte.

Aus irgendeinem Grund hatten Lady Crewkerne und der Adjutant die Kutschen für die Fahrt nach München erst auf elf Uhr bestellt.

Und anstatt sich ihre Entschuldigungen anzuhören, ging Tilda hinaus in den Garten.

Es war für Ende Mai ein warmer Tag. Das Sonnenlicht verzauberte die blühende Landschaft rund um das Schloß, und hoch darüber ragten die schneebedeckten Gipfel der bayerischen Berge in den tiefblauen Himmel.

Die Abende waren immer noch kühl. In der Nacht zuvor war Tilda über das dicke Federbett froh gewesen.

Doch jetzt brauchte sie keinen Mantel. Die Sonne schien bereits so warm, daß sie über den Schatten, den ihr Hut spendete, froh war. Seine Bänder hatten sie unter ihrem Kinn zusammengebunden, er paßte zu der Farbe ihrer Augen.

Tilda stieg die Stufen hoch empor, die hinter dem Schloß den Berg hinaufführten.

Als König Ludwig die Gärten anlegen ließ, hatte er die Wälder rings um das Schloß wild und unverändert gelassen.

Sie bildeten einen vollkommenen Rahmen für das Juwel Linderhof.

Doch als Tilda zwischen den silberweißen Birken hinaufstieg, unter denen wilde Blumen und Moos wuchsen, fragte sie sich, ob irgend etwas schöner sein konnte als die Natur selbst.

Sie stieg höher und wußte, daß sie vom Gipfel einen herrlichen Blick auf die Berge haben würde.

Es war anstrengend, und nach einer Weile setzte sie sich auf einen Baumstumpf.

Plötzlich hörte sie Stimmen unter sich. Sie sah zwischen den Bäumen einen Mann und eine Frau Hand in Hand den Berg heraufkommen.

»Es ist viel zu weit und zu anstrengend«, stöhnte die Frau.

Sie sprach deutsch, aber Tildas Deutschkenntnisse waren sehr gut.

»Ich möchte, daß du die Aussicht genießt«, antwortete der Mann.

Seine Stimme war tief und wohlklingend, und Tilda bemerkte, daß er sehr gut aussah.

Er hatte klare Gesichtszüge und trug einen Trachtenanzug, der ihm vorzüglich stand.

In der Lederhose, einer grünen Tweedjacke mit Hornknöpfen und dem Filzhut mit einem Gamsbart sah er sehr stattlich aus.

Ja, er sah nicht nur gut aus, er war sogar schön, dachte Tilda.

Dann sah sie seine Begleiterin an.

Sie war sehr hübsch. Aber ihr Haar war so intensiv rot, daß Tilda daran zweifelte, ob die Farbe echt war.

Sie hatte große Augen mit dunklen Wimpern und verzog schmollend ihren roten Mund, als sie sagte:

»Es hat keinen Zweck, Rudolph! Ich kann nicht mehr!«

»Aber du mußt. Es sind nur noch wenige Meter, und nachdem du schon so weit gekommen bist...«

»...und dann noch ein Meter und noch einer...«

»Mitzi, sei nicht so kleinmütig«, bat der Mann. »Außerdem tut es dir gut.«

»Ich bin müde. Ich gehe keinen Schritt weiter! Wer wollte überhaupt diese elenden Berge sehen?«

»Du hast einfach keine Seele, das ist der Fehler an dir.«

»Aber viel Herz!« antwortete Mitzi.

»Das ist wahr.«

Sie waren stehengeblieben, und nun umarmte er sie.

»Du siehst heute besonders hübsch aus«, sagte er. »Habe ich dir das noch nicht gesagt?«

»Nein, und ich halte es für sehr ungalant von dir.«

»Dann mache ich es jetzt wett«, sagte er leidenschaftlich und zog sie stürmisch an sich.

Tilda sah fasziniert zu. Sie hatte noch niemals gesehen, wie ein Mann eine Frau in dieser Weise küßte.

Rudolph war groß und breitschultrig, und Mitzi war im Vergleich zu ihm klein und zierlich.

Er schien sie in seiner Umarmung fast zu zerbrechen. Und doch lag etwas Rührendes in der Art, wie sie dastanden und sich küßten.

Als Tilda schon glaubte, der Kuß würde niemals enden, hob Rudolph den Kopf.

»Du erregst mich. Du erregst mich immer, Mitzi! Ich will dich besitzen.«

Mitzi lachte leise.

»Was für eine Antwort erwartest du darauf?«

»Ich will dich besitzen!« wiederholte Rudolph, und jetzt klang seine Stimme tief und erregt.

»Ich will dich jetzt in diesem Augenblick haben, und ich will nicht länger warten!«

»Hier im Wald? Du bist verrückt!«

»Warum soll das verrückt sein? Was könnte schöner und natürlicher sein?«

Mitzi lachte.

Jetzt küßte er nicht ihre Lippen, sondern ihren Hals.

Er zog sie noch fester an sich, doch irgendwie gelang es ihr, sich von ihm zu befreien.

»Wenn du mich haben willst, mußt du mich fangen!« rief sie herausfordernd und lief den Berg hinunter immer im Zickzack zwischen den Bäumen hindurch. Sie wurde dabei immer schneller.

»Mitzi!« rief Rudolph. »Mitzi!«

Dann lief er ihr mit einer Anmut nach, die man von einem Mann seiner Größe niemals erwartet hätte.

Er lief rascher als sie oder sie verlangsamte ihren Schritt, denn auf halber Strecke holte er sie ein.

Wenn Tilda den Hals reckte, konnte sie die beiden sehen.

Wieder umarmte er Mitzi und küßte sie.

Tilda wartete atemlos, was nun geschehen würde, aber da schreckte sie eine Stimme auf:

»Mylady, die Pferde warten!«

Langsam drehte sich Tilda um und sah unter sich den Adjutanten mit hochrotem Gesicht den Berg hinaufsteigen.

Sie stand auf.

»Es tut mir leid, ich habe die Zeit vergessen«, sagte sie.

»Wir haben uns schon Sorgen um Sie gemacht, Mylady«, sagte der Adjutant. »Glücklicherweise sah Sie einer der Gärtner den Berg hinaufsteigen.«

»Ich komme sofort«, sagte Tilda.

Sie warf einen letzten Blick in Richtung der beiden, wo sie sie sich zum letztenmal hatte küssen sehen.

Sie glaubte, kurz Mitzis Rock zu sehen, aber sie war sich dessen nicht sicher. Es konnten auch Blumen gewesen sein.

Tilda konnte es sich selbst nicht erklären, warum sie so interessiert zugesehen hatte.

Dann stieg sie zu dem wartenden Adjutanten hinab.

Er gab ihr die Hand und führte sie, bis sie die steinerne Treppe erreicht hatten, die vom Garten zum Schloß führte.

»Der Wald ist sehr schön«, sagte Tilda. »Darf ihn jedermann betreten?«

»Es ist ein ziemlich abgelegener Teil des Landes«, erwiderte der Adjutant. »Es gibt keine Anweisungen für Touristen oder Ausflügler, aber natürlich fordert Seine Majestät niemanden auf, in die Nähe des Schlosses zu kommen.«

»Das kann ich verstehen«, sagte Tilda.

Sie hätte gern gewußt, wer Rudolph und Mitzi wohl waren. Vielleicht waren sie ein junges Ehepaar, das hier seine Flitterwochen verbrachte.

Sie vermutete, daß es sich so verhielt. Ein unverheiratetes Mädchen würde nicht allein mit einem Mann in den Wald gehen.

Und Mitzi schien vornehmer Herkunft zu sein.

Tilda war fast sicher, daß weder die Farbe ihrer Lippen noch die ihrer Haare echt waren.

Ich werde niemals erfahren, wer sie sind, sagte sie sich bedauernd. Und es kam ihr so vor, als ob sie ein Buch nur halb gelesen hätte und nie erfahren würde, wie die Geschichte zu Ende ging.

Als die Kutsche in Richtung München fuhr, dachte Tilda an den merkwürdigen Tonfall in Rudolphs Stimme, während er sagte:

»Ich will dich besitzen. Ich will dich ganz haben.«

Sie nahm an, daß einfache Menschen im Gegensatz zu königlichen Hoheiten in dieser Art und Weise miteinander sprachen.

Nachdem sie in München eingetroffen waren, stellten sie fest, daß das Hotel groß, eindrucksvoll und luxuriös war, so daß selbst Lady Crewkerne besänftigt war.

Für Tilda war es ein Abenteuer, das sie nicht erwartet hatte.

In den belebten Straßen trugen die meisten Männer bayrische Trachtenanzüge. Viele Frauen hatten rote Röcke an, schwarze Mieder und weiße, bestickte Blusen.

Die Häuser waren groß und imposant, und als sie über den Marienplatz fuhren, deutete der Professor stolz auf das neue Rathaus mit seinen neugotischen Giebeln, die ein Glockenturm krönte. Die emaillierten Kupferfiguren gehörten zu den Sehenswürdigkeiten Münchens, und der Professor rühmte das Glockenspiel.

»Wenn wir morgen Zeit haben, Lady Victoria, zeige ich Ihnen die Alte Pinakothek. Sie ist im Stil der venezianischen Renaissance erbaut und enthält Gemälde, die die Wittelsbacher seit dem 16. Jahrhundert gesammelt haben.«

»Das interessiert mich sehr«, sagte Tilda.

»Es gibt auch einige Kirchen, die Sie gesehen haben müssen, ehe Sie München wieder verlassen«, erklärte der Professor.

»Mir gefallen die bayerischen Kirchen«, sagte Tilda. »Ich liebe die heiteren Stuckarbeiten. Sie sind sehr schön.«

»Schade, daß wir nicht im Schloß wohnen können«, unterbrach Lady Crewkerne nörgelnd.

»Ich finde es lustiger, in einem Hotel zu wohnen«, sagte Tilda. »Wir haben schon so viele Schlösser gesehen, aber bis jetzt noch in keinem einzigen Hotel gewohnt.«

»Hoffen wir, daß wir nicht zu lange hier in München bleiben müssen«, bemerkte Lady Crewkerne.

Sie wandte sich an den Professor.

»Haben Sie Seine Königliche Hoheit benachrichtigt, wo wir uns aufhalten?«

»Ja, ich habe heute früh einen Boten nach Obernia geschickt, ehe wir Schloß Linderhof verließen«, erwiderte der Professor. »Ich bin sicher, Seine Königliche Hoheit ist sich über unsere Lage im klaren.«

»Wir wollen es hoffen«, sagte Lady Crewkerne.

Ihr Tonfall sagte Tilda, daß sie die Handlungsweise des Fürsten für eine Beleidigung hielt.

Mir persönlich macht es nichts aus, sagte sich Tilda. Es gab ihr im Gegenteil Gelegenheit, München inkognito kennenzulernen.

Der Professor war voll des Lobes über die stattlichen Häuser, die großen Museen und Kirchen, die Universität. Er sprach über die Stadt, als wäre sie ein Paradies für alle jungen und intelligenten Leute.

Und natürlich hatte er auch über die Bierlokale gesprochen, die ihn als jungen Mann Abend für Abend angezogen hatten.

Es ging in ihnen fröhlich und unterhaltsam zu, hatte er Tilda erzählt, und man sang und tanzte.

»Das klingt sehr lustig«, sagte Tilda.

»Das war es auch«, sagte der Professor. »Und es gibt Künstler, die jodeln und mit Kuhglocken musizieren. In Bayern haben die Kühe gewöhnlich Glocken um den Hals hängen,und jede Glocke hat einen anderen Klang.«

»Wir haben in England auch Glockenläuter auf dem Land«, sagte Tilda. »Aber ihre Glocken haben Griffe.«

»In Bayern haben sie einen Riemen, der am Hals der Kuh festgeschnallt wird«, sagte der Professor. »Die Männer sind sehr geschickt darin, mit den Kuhglocken Melodien aller Art zu spielen.«

»Das würde ich gern einmal hören«, sagte Tilda. »Und ich würde sie gern auch einmal tanzen sehen.«

Nun, da sie in München war, dachte sie an das Hofbräuhaus und überlegte, wie sie den Professor dazu überreden könnte, mit ihr dorthinzugehen.

Sie saßen in einem dunklen, eichengetäfelten Speisesaal, und sobald das Essen vorüber war, erhob sich Lady Crewkerne.

»Ich habe Kopfschmerzen«, sagte sie. »Ich ziehe mich sofort in mein Zimmer zurück und würde Ihnen vorschlagen, Lady Victoria, das gleiche zu tun.«

»Gewiß, Ma'am«, erwiderte Tilda. »Darf ich nur noch meinen Kaffee austrinken?«

»Ja, natürlich«, sagte Lady Crewkerne. »Übrigens habe ich vergessen zu erwähnen, daß sich Ihr Mädchen sehr erkältet hat. Ich möchte nicht, daß Sie sich kurz vor Ihrer Ankunft in Obernia anstecken. Deshalb habe ich ihr befohlen, sich ins Bett zu legen. Eines der Zimmermädchen wird Ihnen beim Auskleiden helfen.«

»Mir fiel auch auf, daß Hannah schlecht aussah«, sagte Tilda. »Sie verträgt das Kutschenfahren nicht. Es wird ihr immer schlecht dabei. Ich glaube, sie leidet an Übelkeit, seitdem wir England verlassen haben.«

»Ich hoffe, es geht ihr morgen besser«, sagte Lady Crewkerne energisch. »Für heute halte ich es für am besten, sie bleibt Ihnen fern.«

Dann sagte sie kurz:

»Gute Nacht, Professor.«

»Gute Nacht, Mylady.«

Lady Crewkerne verließ den Speisesaal.

Tilda, die aufgestanden war, als Lady Crewkerne mit ihr sprach, setzte sich wieder.

»Kann ich noch eine Tasse Kaffee haben?« fragte Tilda.

»Können Sie denn dann schlafen?« fragte der Professor.

»Mich hält nichts wach. Außerdem ist der Kaffee köstlich«, sagte Tilda.

»Bayerischer Kaffee!« rief der Professor mit begeisterter Stimme. »Selbst auf den Dörfern bekommen Sie guten Kaffee mit einem großen Löffel voll Schlagsahne vorgesetzt. Er schmeckt köstlich.«

»Gibt es in den Bierlokalen auch Kaffee?« fragte Tilda.

»Aber natürlich«, erwiderte der Professor. »Vor allem gibt es aber große Gläser und Krüge mit leichtem, köstlichem, bayerischen Bier. Mylady, es ist besser als Champagner!«

»Ich würde es gern einmal trinken«, sagte Tilda.

»Im Hofbräuhaus, dessen Tradition bis in das Jahr 1589 zurückgeht, gibt es eine große gewölbte Halle, in der täglich viele Fässer Bier konsumiert werden«, sagte der Professor.

Er sah, daß Tilda ihm interessiert zuhörte und fuhr fort:

»Für berühmte Leute und für besondere Anlässe werden Spezialbiere gebraut.«

Tilda stützte die Arme auf den Tisch und beugte sich vor:

»Wie wäre es, Professor, wenn wir beide heute abend in das Hofbräuhaus gingen?«

»Lady Victoria, Sie scherzen!«

»Nein, es ist mein Ernst! Sie haben mir so oft von den fröhlichen Münchener Lokalen erzählt. Ich würde das Hofbräuhaus gern kennenlernen.«

»Ich würde es Ihnen ja gern zeigen«, sagte der Professor. »Aber Sie wissen so gut wie ich, daß dies ganz unmöglich ist!«

»Warum soll das unmöglich sein?« fragte Tilda. »Lady Crewkerne hat sich in ihr Zimmer zurückgezogen, und Hannah liegt mit einer Erkältung im Bett. Wer sollte also davon erfahren, wenn Sie und ich uns davonschleichen und ins Hofbräuhaus gehen?«

»Nein! Nein!« protestierte der Professor. »Das ist unmöglich!«

»Es wäre sehr gut für meine Allgemeinbildung!« sagte Tilda schmeichelnd. »Ich finde, eine regierende Fürstin sollte immer wissen, was die Untertanen interessiert. Man kann sie nur schwer verstehen, wenn man ihre Interessen und Vorlieben nicht kennt

Zwischen durch:

Tilda macht sich mit Bayern und bayerischer Lebensweise vertraut. Für sie ist manches recht fremd und exotisch. Bayern war und ist eben ein besonderes Land …
Doch neben den typischen Erscheinungsformen bayerischer Lebensart finden wir heute in München genau wie in Hamburg die gleiche praktische kleine Mahlzeit für zwischendurch, die …

Zwischen-durch:

Maggi
5 Minuten Terrine

Die kleine, warme Mahlzeit in der Eßterrine. Nur Deckel auf, Heißwasser drauf, umrühren, kurz ziehen lassen und genießen.
Die 5 Minuten Terrine gibt's in vielen leckeren Sorten – guten Appetit!

und die Vergnügungsorte, die sie besuchen, die Lieder, die sie singen, und die Tänze, die sie lieben.«

»Sie haben recht, Mylady«, sagte der Professor. »Wie Sie wissen, war ich immer liberal gesonnen. Ich glaube, die Monarchen sind von ihren Untertanen zu sehr isoliert.«

»Wie Königin Victoria«, sagte Tilda.

»Genau«, stimmte der Professor zu. »Aber es ist Sache Seiner Königlichen Hoheit zu entscheiden, inwieweit Sie die Formalitäten des alten Protokolls abschütteln sollten, das die Herrscher in ihre Elfenbeintürme verbannt.«

»Seine Königliche Hoheit scheint sich im Augenblick nicht sehr für mich zu interessieren«, sagte Tilda. »Und ich würde gern das Hofbräuhaus kennenlernen.«

»Das ist absolut unmöglich, Mylady«, sagte der Professor steif.

Tilda seufzte.

»Dann muß ich eben allein hingehen.«

»Aber Lady Victoria!«

Das Entsetzen in der Stimme des Professors war nicht mißzuverstehen.

»Ja, ich gehe allein, oder ich bitte einen Kellner, mich hinzubegleiten!« sagte Tilda eigensinnig. »Und wenn es jemand erfährt und mich fragt, warum ich so etwas Unerhörtes getan habe, werde ich sagen, daß alles Ihre Schuld ist.«

»Meine Schuld!« stöhnte der Professor.

»Ja, Ihre Schuld. Denn Sie haben mir von den Lokalen erzählt und mir ausführlich geschildert, wie amüsant es dort zugeht. Sie haben mich neugierig darauf gemacht. Und jetzt lehnen Sie es ab, mich in eines der Lokale zu begleiten.«

»Lady Victoria, Sie scherzen!« sagte der Professor unglücklich. »Sie haben mich schon oft geneckt oder mich zu provozieren versucht, aber diesmal gehen Sie zu weit.«

»Es ist mein Ernst, entweder Sie begleiten mich oder ich gehe allein«, sagte Tilda.

Der Professor fuhr sich nervös mit der Hand über die Stirn. Er schwitzte.

»Wir wollen vernünftig miteinander reden«, sagte er.

»Das hat mit Vernunft überhaupt nichts zu tun«, sagte Tilda. »Ich lasse diese Gelegenheit nicht aus. Wann komme ich jemals wieder allein nach München? Und wem sollte es schaden, wenn ich ins Hofbräuhaus gehe? Außerdem wird es niemand erfahren.«

»Wie können Sie dessen sicher sein?« fragte der Professor.

Er wurde wankelmütig, und Tilda merkte es.

»Ich habe alles geplant«, sagte Tilda. »Passen Sie auf, wir...«

3. Kapitel

Tilda betrachtete sich zufrieden im Spiegel.

Einen schrecklichen Augenblick lang hatte sie gefürchtet, das Zimmermädchen würde ihr das Dirndl, das sie anziehen wollte, nicht besorgen können.

Tilda war mit zwei Goldtalern in der Hand aus dem Speisesaal nach oben gegangen und hatte einen entsetzten Professor zurückgelassen.

»Bitte, leihen Sie mir etwas Geld, Professor«, hatte sie gesagt.

»Geld?« hatte er überrascht gefragt.

»Ich habe kein Geld bei mir, und ich möchte das Zimmermädchen entlohnen, wenn sie mir ein bayrisches Dirndl besorgt«, antwortete Tilda.

Er sah sie überrascht an, und sie erklärte:

»Es wäre sicher nicht sehr klug, wenn wir in dieser Kleidung ins Hofbräuhaus gingen. Ich bin sicher, wir würden darin zu sehr auffallen.«

»Da haben Sie recht, Lady Victoria. Natürlich haben Sie recht«, sagte der Professor. »Aber wir sollten überhaupt nicht ins Hofbräuhaus gehen.«

»Professor, wir wollen den Streit nicht noch einmal von vorne anfangen«, sagte Tilda. »Sie haben vorhin eingewilligt, mit mir hinzugehen, und im Augenblick bitte ich Sie um nichts weiter als um etwas Geld.«

Er gab ihr zögernd zwei Goldtaler, und als sie in ihrem Zimmer nach dem Mädchen läutete, wartete sie gespannt.

Sie wußte nicht, ob das Zimmermädchen, das ihr aufwarten würde, jung oder alt war.

Es bestand immerhin die Möglichkeit, daß es eine ältere Frau war; da das Hotel von Lady Crewkerne und ihr sehr beeindruckt war. Sie fürchtete, eine ältere Bedienung würde kein Verständnis für ihre Eskapaden aufbringen.

Niemand im Hotel wußte, daß sie mit Seiner Königlichen Hoheit, Fürst Maximilian von Obernia, verlobt war.

Ihr Vater, der Herzog von Forthampton, hatte gewünscht, dies geheimzuhalten, solange Tilda Obernia nicht erreicht hatte.

»Das könnte dich in Schwierigkeiten bringen, meine Liebe«, hatte er zu seiner Tochter gesagt. »Journalisten sind sehr aufdringlich und oft unverschämt. Ich möchte nicht, daß du dich ihren Fragen und ihren Kameras aussetzen mußt.«

Tilda war deshalb als einfache Touristin gereist.

Aber in den Poststationen, wo sie die Pferde gewechselt hatten, und zumal in dem Hotel, das sie jetzt bewohnte, war man beeindruckt von ihren Kutschen, ihren Vorreitern und ihrer ganzen Begleitung.

Zu ihrer großen Erleichterung war das Zimmermädchen jung. Sie schien nicht viel älter als Tilda zu sein.

»Sie haben geläutet, gnädiges Fräulein?«

»Ja. Wie heißen Sie?« fragte Tilda.

Das Mädchen machte einen Knicks und erwiderte:

»Ich heiße Gretel, gnädiges Fräulein.«

»Ich brache Ihre Hilfe, Gretel.«

Das Mädchen sah sie überrascht an.

»Meine Hilfe?«

»Ja«, sagte Tilda. »Ich möchte Ihnen ein Geheimnis anvertrauen, Gretel.«

Das Mädchen trat ein wenig näher und war sichtlich neugierig, was Tilda ihr zu sagen hatte.

»Ich möchte mit Professor Schiller das Hofbräuhaus besuchen«, sagte Tilda. »Ich habe davon gehört, daß es dort sehr amüsant zugehen soll.«

»Das stimmt«, sagte Gretel. »Es ist sehr unterhaltsam und lustig, gnädiges Fräulein.«

»Dann können Sie vielleicht auch verstehen, weshalb ich es einmal besuchen möchte. Aber Sie müssen mir dabei helfen ...«

»Was kann ich für Sie tun?«

»Ich brauche ein bayrisches Dirndl. Glauben Sie, daß Sie mir so etwas besorgen könnten?«

Das Zimmermädchen musterte Tildas Figur.

»Das gnädige Fräulein ist sehr zierlich«, sagte sie.

»Bitte, besorgen Sie mir ein Kleid«, sagte Tilda in flehendem Ton. »Ich könnte es kaufen oder auch nur für einen Abend leihen.«

Tilda öffnete die Hand, um dem Mädchen die beiden Goldtaler zu zeigen.

»Das ist viel zuviel, gnädiges Fräulein«, rief sie.

»Aber ich bin bereit, so viel zu bezahlen«, sagte Tilda.

Das Zimmermädchen fuhr sich mit der Hand über die Stirn.

»Lassen Sie mich nachdenken«, sagte sie. »Ich glaube, ich kenne jemanden, der ein passendes Kleid für Sie hat.«

Tilda schien es so, als verginge eine Ewigkeit, bis das Mädchen rief:

»Da fällt mir ein, daß Rosa mir erzählt hat, sie müsse für ihre Schwester ein Kleid kaufen, weil sie im nächsten Monat auf einer Hochzeit eines der Brautmädchen sein soll. Rosas Schwester ist erst zehn Jahre alt, aber das Kleid wird Ihnen sicher passen, gnädiges Fräulein.«

»Dann holen Sie es mir bitte«, sagte Tilda.

Das Mädchen verließ das Zimmer.

Tilda zog ihr elegantes Abendkleid aus, das sie zum Abendessen getragen hatte.

Sie fragte sich unwillkürlich, ob Fürst Maximilian ihre teuren Kleider bewundern würde, für die ihre Mutter ein Vermögen ausgegeben hatte.

Sie stammten alle von einem der berühmtesten Schneider in London,und für Tilda, die sich auf dem Land immer sehr einfach gekleidet hatte, waren sie nicht nur wertvoll, sondern auch Meisterstücke der Schneiderkunst.

Aber im Hofbräuhaus wäre sie in dieser Kleidung fehl am Platz, sagte sie sich lächelnd und legte das Gewand auf ihr Bett.

Sie nahm auch die Halskette ab und blickte dann auf ihre linke Hand.

Ihre Mutter hatte es nicht für ratsam gehalten, daß sie während der Reise kostbaren Schmuck trug.

»Das wäre viel zu gefährlich«, hatte sie gesagt. »Es würde nur die Aufmerksamkeit von Dieben auf dich lenken.«

Deshalb war fast Tildas gesamter Schmuck zusammen mit den Hochzeitsgeschenken ihrer Verwandten und Bekannten unter Hannahs Obhut.

Sie gab ihn nicht aus der Hand, und Tilda war überzeugt, daß sie sogar damit schlief.

Kurz ehe Tilda Endland verließ, meinte ihre Mutter:

»Du solltest wenigstens einen Ring am Finger tragen«, und sie schenkte Tilda einen kleinen Goldring mit zwei verschlungenen Herzen, die mit kleinen Diamanten eingefaßt waren.

»Wie hübsch, Mama!« rief Tilda begeistert.

»Es ist nur eine Kleinigkeit, die dein Vater mir auf unserer

Hochzeitsreise geschenkt hat«, erwiderte ihre Mutter. »Ich hatte ihn damals im Schaufenster gesehen, und er kaufte ihn mir sofort. Der Ring bedeutete mir immer viel.«

»Ich möchte ihn dir nicht wegnehmen, Mama.«

»Ich freue mich, wenn er dir gefällt und du ihn trägst«, erwiderte ihre Mutter.

Jetzt erwog Tilda einen Augenblick lang, ob sie den Ring im Hotel lassen sollte, doch dann dachte sie, der Professor würde sich wundern, wenn er bemerkte, daß sie den Ring abgenommen hatte.

Deshalb legte sie nur die Perlenkette in die Schublade des Toilettentischs und ließ den Ring am Finger.

Gretel kam nach einer Weile mit einem Arm voll Kleidungsstükken zurück.

»Wie schön!« rief Tilda begeistert.

Das Zimmermädchen brachte eine Bluse mit einem roten Faltenbesatz auf weißem Musselin, ein schwarzes, mit Spitzen eingefaßtes Mieder, einen roten Rock, der über drei gestärkten weißen Unterröcken getragen wurde, und eine mit Spitzen besetzte Schürze.

»Es wird Ihnen bestimmt passen, gnädiges Fräulein«, sagte Gretel. »Und hier habe ich noch einen Kranz für Ihr Haar.«

Sie hielt ihn Tilda hin. Er war aus künstlichen Blumen angefertigt und hatte farbige, lange Bänder, die Tilda bis zum Rücken herunterfallen würden.

»Ist die Tracht für mich wirklich nicht zu auffallend?« fragte Tilda zweifelnd.

Gretel schüttelte den Kopf.

»Nein, gnädiges Fräulein. Sie werden in den Lokalen viele Mädchen in diesen Trachten sehen. Sie ziehen sich alle gern hübsch an, wenn sie mit ihren Freunden ausgehen.«

»Mein Freund ist sehr alt«, sagte Tilda lächelnd und sie dachte an den Professor. »Aber ich würde den Kranz gerne tragen.«

Die Kleider, die für ein kräftiges bayrisches Mädchen von zehn Jahren angefertigt worden waren, paßten Tilda. Nur der Rock war an der Hüfte etwas zu weit. Aber Gretel hatte klugerweise Nadel und Faden mitgebracht. Sie nähte den Rock fünf Zentimeter enger, so daß er gut saß.

»Sie sehen sehr hübsch darin aus, gnädiges Fräulein«, sagte Gretel.

Der Rock reichte Tilda nur bis zu den Knöcheln, so daß sie ein wenig verlegen war, weil man ihre weißen Söckchen sehen konnte, die zur Tracht gehörten.

Aber dann sagte sie sich, daß sie sich vor niemandem zu genieren brauchte.

Der Professor war viel zu aufgeregt, um es zu bemerken, und sie war sicher, daß sie unter all den anderen Mädchen in ihren Dirndln nicht auffallen würde.

Unwillkürlich fragte sie sich, ob ein Mann wie Fürst Maximilian oder der stattliche Bayer, den sie diesem Morgen im Wald bei Schloß Linderhof mit Mitzi gesehen hatte, sie für attraktiv halten würde.

Sie zog ihre eigenen flachen schwarzen Schuhe an. Als sie den Kranz auf ihr blondes Haar gesetzt hatte, warf sie einen letzten Blick in den Spiegel.

Ihre Augen leuchteten vor Erwartung, was sie wohl erleben würde. Die Tracht stand ihr nicht nur außerordentlich gut, sondern sie ließ sie sehr jung und heiter aussehen.

»Vielen Dank, Gretel!« rief sie. »Vielen Dank! Ich weiß wirklich nicht, wie ich Ihnen danken kann. Dies wird der aufregendste Abend meines Lebens.«

Sie hielt inne und fragte dann ängstlich:

»Werden Sie mein Geheimnis auch wirklich für sich behalten? Werden Sie es niemandem erzählen? Morgen können Sie das Dirndl hier wieder abholen.«

»Das will ich gern tun, gnädiges Fräulein«, erwiderte Gretel. »Aber ich kann auch schon heute abend kommen. Ich habe diese Nacht Dienst.«

»Dann läute ich, sobald ich wieder im Hotel bin«, sagte Tilda.

Sie gab dem Zimmermädchen die beiden Goldmünzen und fügte hinzu:

»Morgen gebe ich Ihnen noch zwei, weil Sie so hilfsbereit waren.«

»Das ist viel zuviel, gnädiges Fräulein«, sagte Gretel.

Tilda nahm an, daß sich Gretel trotzdem darüber freuen würde, denn dann konnte sie sich selbst ein ebenso hübsches neues Dirndl kaufen.

Freudig erregt ging Tilda den Korridor entlang zur Treppe. Sie hatte mit dem Professor verabredet, daß er sie im ersten Stock neben der Treppe erwarten solle, denn sie wollten einen Seitenausgang des Hotels benützen.

Er erwartete sie bereits und war entzückt von ihrem Anblick.

Auch er trug eine bayrische Tracht.

Obwohl er schon alt war und ein wenig beleibt, standen ihm die kurzen Lederhosen und die grüne Jacke außerordentlich gut. Da er sonst nur konventionelle dunkle Anzüge trug, war sein Anblick jetzt etwas ungewohnt.

»Ich habe diese Kleidung mitgebracht«, erklärte der Professor ein wenig verlegen«, nur für den Fall, daß ich mit einigen meiner bayrischen Freunde ausgehen sollte.«

»Das war eine großartige Idee«, sagte Tilda. »Und ich bin sehr stolz auf meinen Begleiter. Ich hoffe nur, daß ich Sie nicht blamiere.«

»Sie sehen ganz entzückend aus, Lady Victoria«, sagte der Professor bewundernd. »Aber wir sollten trotzdem nicht ins Hofbräuhaus gehen.«

»Kommen Sie, Professor, das ist nicht der richtige Augenblick, um darüber zu diskutieren«, sagte Tilda lächelnd. »Und da ich zufällig Ihre Nichte Tilda bin – und Sie sind mein Onkel Heinrich – wagen Sie es nicht, den Namen Lady Victoria auch nur zu hauchen.«

Der Professor stöhnte, aber er gab keine Antwort.

Tilda drängte ihn die Treppe hinab, die zum Seitenausgang des Hotels führte.

Sie traten auf die Straße.

»Ist es sehr weit?« fragte Tilda.

»Nein, das Hofbräuhaus liegt ganz in der Nähe«, erwiderte der Professor. »Wir brauchen zu Fuß nur wenige Minuten.«

»Gut, dann gehen wir zu Fuß.«

Nach der Hitze des Tages war es jetzt angenehm kühl.

Es war für Tilda ein Erlebnis, durch die Straßen zu gehen und nicht isoliert mit Lady Crewkerne in einer geschlossenen Kutsche fahren zu müssen.

Der Professor war nervös und ging sehr rasch, so daß Tilda neben ihm fast laufen mußte, um Schritt halten zu können. Sie hielt es für das beste, ihn nicht mit einem Gespräch aufzuhalten.

Die Straßen waren durch Gaslampen gut beleuchtet.

Sie bogen in mehrere Seitenstraßen ein, und dann sah Tilda die Lichter und großen Türen des Hofbräuhauses.

Im Eingang standen viele Leute und warteten vor einem Tisch, an dem Eintrittskarten verkauft wurden.

Der Professor und Tilda stellten sich in der Reihe an, und Tilda blickte sich interessiert um.

Sie sah viele große, braungebrannte junge Männer in bayrischer Tracht, und ihre Begleiterinnen waren ebenso gekleidet wie Tilda.

Es waren auch viele ältere Leute da und ganze Familien, die sich gemeinsam amüsieren wollten.

Der Mann an der Kasse ließ sich viel Zeit, und es gab Verzögerungen wegen des Wechselgeldes, so daß sie nur sehr langsam vorwärtskamen.

Plötzlich verbeugte sich der Portier an der Eingangstür vor einem Paar, das offensichtlich keine Eintrittskarten benötigte.

Tilda blickte sie interessiert an und spürte, wie ihr Herz plötzlich schneller schlug.

Es war das junge Paar, das sie im Wald von Schloß Linderhof beobachtet hatte. Sie hätte sie überall wiedererkannt!

Ohne jeden Zweifel war es Rudolphs ausdrucksvolles Gesicht. Er trug immer noch die gleiche bayrische Tracht.

Aber Mitzi war jetzt elegant gekleidet.

Ihr grünes Kleid hatte einen sehr gewagten Halsausschnitt, der mit grünen Straußenfedern geschmückt war, und sie trug eine lange Straußenfederboa über der Schulter.

Edelsteine funkelten in ihrem kunstvoll hochgesteckten roten Haar.

Ihre dunklen Wimpern wirkten noch länger und ihre Lippen noch röter.

»Guten Abend, mein Herr! Guten Abend, gnädiges Fräulein«, sagte der Portier und verbeugte sich tief. »Ihr Platz ist wie gewöhnlich für Sie reserviert.«

»Vielen Dank«, sagte Rudolph mit seiner wohltönenden Stimme.

Tilda sah, wie er dem Mann ein Trinkgeld gab, als dieser sie durch einen besonderen Eingang in den Saal führte.

Es dauerte noch einige Minuten, bis der Professor die Karten kaufen konnte, die ihnen den Eintritt in den großen, gewölbten Saal gestatteten.

Tilda hatte noch nie etwas Ähnliches gesehen. Am Ende des Raumes war eine kleine Bühne, und zu beiden Seiten befanden sich logenähnliche Nischen, in denen höhergestellte Persönlichkeiten ihr Abendessen einnahmen.

Den ganzen übrigen Saal schmückten runde Tische, die so dicht beieinanderstanden, daß es fast unmöglich schien, auf den Stühlen Platz zu nehmen.

Man wies ihnen in der Mitte des Saales einen Tisch zu, fast direkt vor einem Podium, und Tilda blickte sich begeistert um.

Sie konnte Mitzi und Rudolph nicht sehen. Vermutlich saßen sie in einer der Nischen, die durch hohe, mit künstlichen Weinranken geschmückte Seitenwände voneinander getrennt waren, so daß man nicht in alle hineinsehen konnte.

»Das ist alles sehr faszinierend«, sagte Tilda zum Professor.

»Möchten Sie etwas essen?« fragte er.

»Kann man denn hier auch essen?«

»O ja. Es gibt ›Schmankerln‹, Münchner Spezialitäten, Weißwürste, Schweinshax'n und Fisch auf kleinen Spießen im Ofen gebraten. Ich finde ihn besonders gut.«

»Bestellen Sie das für mich, wovon Sie glauben, daß es mir schmeckt.«

Sie hatte bemerkt, wie begeistert der Professor die Speisen aufzählte.

Der Professor gab bei einem Kellner, der eine lederne Weste und eine braune Schürze trug, die Bestellung auf.

Man stellte geschnittene und gesalzene Rettiche und Salzgebäck vor sie auf den Tisch.

»Das wird Sie durstig machen«, sagte der Professor lächelnd. »Deshalb trinkt man hier auch soviel Bier.«

»Sie sind sehr geschäftstüchtig«, bemerkte Tilda.

Sie aß etwas Salzgebäck und fand es köstlich.

Ein älterer Herr, der am Nachbartisch saß, wandte sich an den Professor und sagte:

»Entschuldigen Sie bitte, mein Herr, aber haben Sie draußen irgend etwas Außergewöhnliches bemerkt, ehe Sie hereinkamen?«

»Etwas Außergewöhnliches?« wiederholte der Professor. »Wieso?«

»Wir hörten, daß die Studenten wieder randalieren. Meine Frau ist ängstlich und möchte nach Hause gehen. Aber ich habe ihr gesagt, daß es keinen Grund zur Besorgnis gibt.«

»Da haben Sie recht«, erwiderte der Professor.

»Manchmal geht es bei diesen Studentenkrawallen sehr rauh zu«, erklärte der Herr. »Im letzten Jahr wurde einer unserer Freunde von einem dieser Rowdies schwer verletzt. Meine Frau kann das nicht vergessen.«

»Wir haben auf der Straße nichts Verdächtiges gesehen«, sagte der Professor, »und wir sind zu Fuß hierhergekommen.«

»Hörst du das?« sagte der Mann zu seiner Frau.

»Warum randalieren die Studenten?« fragte der Professor. »Im Grunde gehören Unruhen immer zum Studentenleben.«

»Soviel ich weiß, sind sie mit der Ernennung des neuen Vizekanzlers nicht einverstanden«, erwiderte der Mann vom Nachbartisch.

»Was haben die Studenten an ihm auszusetzen?« fragte der Professor.

»Er stammt aus Obernia, und die Studenten wollen nur einen Bayern haben«, antwortete der Mann. »Im Augenblick gibt es an der Universität einige Leute, die gegen Fremde sind.«

»Studenten haben meistens Spaß an derben Scherzen«, sagte der Professor lächelnd und verteidigte seine geliebten Studenten. »Man muß das nicht so ernst nehmen.«

Beruhigt durch die Worte des Professors, wandte sich der Mann seiner Frau zu und redete besänftigend auf sie ein.

Tilda hatte den Eindruck, daß das Ehepaar vom Land stammte.

Der Mann wollte wegen einiger beunruhigender Gerüchte auf keinen Fall auf einen amüsanten Abend verzichten.

Der Saal füllte sich, und gerade als das Essen serviert wurde, das sie bestellt hatten, begann die Kapelle neben dem Podium zu spielen.

Aber im Augenblick interessierte sich Tilda vor allem für die Würste, die Schweinshax'n und den Fisch, die vor ihnen auf den Tisch gestellt wurden.

Sie war begeistert von dem riesigen, blauglasierten Steinkrug und den hohen Biergläsern. Sie kostete das Bier, fand es aber für ihren Geschmack zu bitter.

Dann beobachtete sie, wie sechs Männer in kurzen Lederhosen das Podium betraten. Sie begannen zu tanzen, und der Lärm, den ihre derben Schuhe auf der Bühne verursachten, und das Hüfte- und Schenkelklatschen hallte im ganzen Saal wider.

»Es ist genauso, wie ich es mir vorgestellt habe«, sagte Tilda begeistert zum Professor.

Sie mußte es dreimal wiederholen, bevor er sie verstand.

Er lächelte, nickte und klatschte dann in die Hände wie ein kleiner Schuljunge.

Die Tänzer bekamen stürmischen Applaus.

Nach ihnen trat eine hübsche Sängerin auf, die ein sentimentales Lied über einen Geliebten sang, der in den Bergen verunglückt war.

Aber das Publikum war offensichtlich nicht in der Stimmung für Sentimentalitäten und unterhielt sich laut.

Pfeifen- und Zigarrenrauch hing in der Luft.

Als der nächste Auftritt vorbereitet wurde, rief Tilda entzückt:

»Kuhglocken!«

Sie wurden auf einen Tisch gestellt und von einer Vierergruppe gespielt. Die Musik war äußerst melodiös.

»Ich bin glücklich, daß ich es hören durfte«, sagte Tilda, als die Nummer beendet war.

»Aber Sie sollten jetzt weiteressen, die Würste werden sonst kalt«, sagte der Professor.

Nach dem reichhaltigen Abendessen, das sie im Hotel eingenommen hatten, war Tilda nicht mehr hungrig. Um den Professor aber nicht zu enttäuschen, aß sie die Weißwürste und etwas von dem Fisch.

»Ich bestelle mir noch ein Bier«, sagte der Professor. »Hätten Sie gern auch noch einen Krug, oder trinken Sie lieber etwas Weißwein?«

»Lieber etwas Weißwein«, sagte Tilda.

Sie mochte das Bier wirklich nicht. Obwohl es leicht war, hatte es für sie einen zu bitteren Geschmack, und sie fragte sich, weshalb die Leute es so gern mochten.

Der Professor hob eine Hand, um einen Kellner auf sich aufmerksam zu machen.

Die Kapelle spielte die Einleitungstakte für eine weitere Vorführung, als man von draußen plötzlich laute Schreie hörte.

Dann fiel ein Pistolenschuß.

Die Türen wurden aufgerissen, und jemand schrie:

»Hinaus! Hinaus! Schmeißt alle Fremden raus! Schmeißt sie aus unserem Land hinaus. Schmeißt sie aus München hinaus!«

Einige Männer versuchten, die Schreihälse am Betreten des Saales zu hindern, was ihnen aber nicht gelang.

Die Gäste sprangen von ihren Stühlen auf und drängten auf der gegenüberliegenden Seite zu den Ausgängen.

Der Professor packte Tilda am Arm.

»Wir müssen hier so schnell wie möglich raus!« schrie er. »Es gibt noch mehrere Ausgänge!«

Die Leute in ihrer Nähe dachten das gleiche.

Tische und Stühle fielen krachend um, das Geschirr zerbrach, und die Menschen drängten zu den Ausgängen in Richtung Bühne.

Tilda spürte, wie sie von den Leuten, die sie umringten, vorwärts geschoben wurde.

Der Professor hielt sie immer noch am Arm fest.

Der Lärm wurde immer unerträglicher.

Mehrere Schüsse fielen.

Dann brüllten die Studenten:

»Raus mit den Fremden! Bayern gehört den Bayern! München gehört uns!«

Tilda warf einen kurzen Blick auf die Darsteller, die immer noch auf der Bühne standen und in die Menschenmenge unter ihnen starrten.

Doch dann stürzten auch sie sich in die Menge.

Neben der Bühne sah Tilda eine Doppeltür offenstehen.

Als ihr klar wurde, daß dies der Ausgang war, den der Professor gemeint hatte, gingen plötzlich die Lichter aus.

Der Lärm wurde jetzt noch ohrenbetäubender. Die Menschen schrien halb vor Furcht und halb vor Vergnügen.

»Fangt sie! Laßt sie nicht entkommen!« schrien die Studenten. »Taucht sie in die Brunnen! Gebt ihnen ein Andenken an München mit!«

Einige Stimmen klangen weder feindselig noch furchterregend, sondern eher fröhlich, so als ob der Betreffende sich nur einen Spaß machte. Andere aber klangen gehässig und böse in der Dunkelheit.

Ein schriller Schrei ertönte, und wieder hörte man Pistolenschüsse.

Die Menge verstärkte ihre Bemühungen, aus dem Saal herauszukommen.

Tilda verlor plötzlich den Boden unter den Füßen und wurde durch den Druck der sie umgebenden Körper in die Höhe geschoben.

Sie tastete nach der Hand des Professors, und als sie eine Hand fand, hielt sie diese mit aller Kraft fest.

Was immer auch geschehen mochte, sagte sie sich, sie durfte den Professor nicht verlieren.

Eine starke Hand schloß sich um ihre Finger.

Sie spürte, wie sie von ihr mitgezogen wurde, fort von den Menschen, die sie zu ersticken drohten. Es fiel ihr schwer zu atmen.

Ich darf auf keinen Fall ohnmächtig werden, dachte sie, sonst werde ich zertrampelt.

Es war ein erschreckender Gedanke, und sie klammerte sich noch fester an die Hand des Professors. Es wäre verhängnisvoll, wenn sie von ihm getrennt werden würde.

Der Korridor war wie ein Tunnel, und dann sah sie vor sich ein Licht. Die äußeren Türen waren aufgestoßen worden.

Erleichtert atmete sie die kühle Luft ein, und dann waren sie draußen.

Die Menschen vor ihnen liefen so schnell sie konnten davon.

»Sie kommen um das Gebäude herum!« schrie ein Mann.

Und eine Frau kreischte:

»Nein, sie sind hinter uns!«

Alle rannten, und Tilda rannte mit.

Sie liefen eine dunkle, schmale Gasse entlang.

Tilda klammerte sich noch fester an die Hand des Professors.

Viele Menschen liefen mit ihnen, von dem einzigen Gedanken getrieben, den randalierenden Studenten zu entkommen.

Tilda fehlte der Atem, und sie blieb an einer Straßenecke stehen. Ihre Beine wollten sie nicht weitertragen, und ihr ganzer Körper schmerzte.

»Wir sind ihnen entkommen«, keuchte sie und sah zu ihrem Begleiter auf.

Einen Augenblick lang traute sie ihren Augen nicht. Sie konnte kaum glauben, was sie sah. Sie dachte, sie träumte oder sie phantasierte.

Es war nicht Professor Schiller, der neben ihr stand und ihre Hand festhielt, sondern der Mann namens Rudolph.

Sie war überrascht, aber er war es nicht weniger.

Er starrte sie an und sagte dann:

»Ich hielt Sie für jemand anderen.«

»Und ich dachte... Sie seien... mein Onkel...«, sagte Tilda stockend.

Während sie sprach, hörte man wieder Schreie und dann Pistolenschüsse.

»Wer immer wir auch sind, es ist besser, wir machen uns so schnell wir können davon«, sagte Rudolph.

Er hatte Tildas Hand losgelassen, aber jetzt ergriff er sie wieder.

»Kommen Sie!« sagte er. »Wir wollen den randalierenden Studenten nicht in die Hände fallen!«

Sie liefen im Schatten der Häuser eine kurze Gasse entlang, bogen in eine andere ein und nach ein paar Augenblicken wieder in eine andere.

Keiner von beiden blickte zurück, aber Tilda bemerkte, daß sie nicht allein waren. Es liefen viele Leute hinter ihnen her.

Sie hatte keine Ahnung, ob es Freund oder Feind war.

Sie wußte nur, daß Rudolph recht hatte und es nur vernünftig war, sich davonzumachen.

Alles andere konnte später geklärt werden. Irgendwie würde sie den Professor wiederfinden, und Rudolph würde Mitzi finden. Im Augenblick war es klüger, nicht nach ihnen zu suchen.

Sie liefen in eine scheinbar verlassene Gasse, und plötzlich fanden sie sich mitten in einer Studentengruppe.

Wie angewurzelt blieben sie sehen, und Tilda preßte sich ängstlich an Rudolph.

Die Studenten standen verstockt und trotzig auf dem kleinen Platz und wurden von der Polizei bewacht.

Rudolph drehte sich um und wollte mit Tilda an der Hand den Weg zurücklaufen, den sie gekommen waren. Aber ein Polizist bemerkte es. Er befahl ihnen scharf:

»In die Mitte!«

»Wir gehören nicht zu diesen Leuten«, sagte Rudolph.

»Tun Sie, was ich Ihnen befohlen habe!« schrie der Polizist. »In die Mitte!«

Er hatte einen Gummiknüppel in der einen Hand und eine Pistole in der anderen.

Rudolph und Tilda blieb nichts anderes übrig, als ihm zu gehorchen.

Sie gingen einige Schritte auf die Studenten zu. Es waren etwa zwei Dutzend, die mit grimmigen Gesichtern in der Mitte des Platzes standen.

»Was wird mit uns geschehen?« flüsterte Tilda ängstlich.

»Keine Sorge, wir können beweisen, daß wir keine Studenten sind«, antwortete Rudolph.

Tilda spürte, wie ihr Herz hämmerte.

Wenn sie ihren wirklichen Namen nannte, würde es nicht nur in Deutschland einen Skandal geben.

Wenn die zukünftige Gattin Seiner Königlichen Hoheit, des Fürsten Maximilian von Obernia, als aufrührerische Studentin in München verhaftet würde, dann löste das auch in der Londoner Presse eine Sensation aus.

»Wir müssen hier weg«, sagte Tilda zu Rudolph mit ängstlicher Stimme.

»Ich will mein möglichstes versuchen«, antwortete er. »Aber es wird nicht einfach sein.«

»Worauf warten sie?« fragte Tilda.

»Ich vermute, auf einen Polizeiwagen.«

Tilda wurde blaß.

Der Polizeiwagen durfte sie nicht mit den Studenten zusammen in das Polizeirevier zum Verhör bringen. Sie sah im Geist alle möglichen Peinlichkeiten und Schwierigkeiten vor sich.

Und das allerschlimmste wären die schadenfrohen Reaktionen ihrer Verwandten.

Sie konnte ihre gehässigen Bemerkungen fast hören, die sie in ihren ungemütlichen Schlössern von sich gaben, wo sie wenig oder fast gar keinen Kontakt zur Außenwelt hatten.

»Skandalös! Wie kann sich ein Patenkind von Königin Victoria so unerhört benehmen!«

»Unglaublich, wie muß dieses Mädchen erzogen worden sein, wenn sie sich derartig ungehörig benimmt!«

»Mir war von allem Anfang an klar, daß sie nicht die richtige Frau für Maximilian ist.«

Jetzt würden sie nicht nur über ihn die Köpfe zusammenstecken, sondern auch über sie.

Sie konnte ihre pikierten Stimmen im Geist hören und sich ausmalen, wie sie ihre aristokratischen Nasen über ihre Unverschämtheit und ihr unerhörtes Benehmen rümpften.

Sie ertappte sich dabei, daß sie sich noch fester an Rudolphs Hand klammerte.

»Sie brauchen keine Angst zu haben«, sagte er freundlich.

»Wir müssen hier weg! Wir müssen«, flüsterte Tilda ängstlich.

Er zog sie langsam und unmerklich an den Studenten vorbei auf eine Straßenseite zu, die in der entgegengesetzten Richtung lag.

Die Polizisten blickten erwartungsvoll in diese Straße. Offensichtlich erhofften sie von dort den Polizeiwagen.

Wie konnte ich nur so unklug sein und mit dem Professor ins Hofbräuhaus gehen, sagte sich Tilda jetzt.

Es war alles ihre Schuld gewesen. Aber wenn sie jetzt Bedauern und Reue empfand, so half ihr das nicht aus dem Schlamassel, in dem sie sich gegenwärtig befand.

»Da kommt der Wagen! Es ist auch höchste Zeit!« hörte sie einen Polizisten rufen.

Ein von zwei Pferden gezogener Polizeiwagen kam die Straße entlanggefahren.

Es war ein schmales, schwarzes, fensterloses Fahrzeug mit einer Doppeltür an der Rückseite, durch die die Studenten in den Wagen einsteigen sollten.

Zwei Polizisten saßen auf dem Kutschbock.

Der Wagen fuhr langsam auf den Platz, umrundete ihn und blieb vor der Seitenstraße stehen, aus der er eben gekommen war.

Ein Polizist öffnete die Wagentür, und ein zweiter befahl den Studenten vorwärtszugehen.

»Einsteigen!« schrie er.

Zwei Studenten wollten gehorchen.

Doch die anderen begannen plötzlich laut zu brüllen:

»Nieder mit der Opposition! Nieder mit der Polizei! Nieder mit den Fremden! München gehört uns!«

Die Stimmen klangen in der Dunkelheit aufrührerisch.

Ein Polizist schlug einen Studenten, der fortzulaufen versuchte.

Jemand schrie:

»Rettet euch! Rettet euch! Studenten, rettet euch!«

Der ganze Platz war plötzlich in Aufruhr.

Mehrere Studenten hatten jetzt Stöcke in den Händen, andere sogar Messer. Sie kämpften schreiend und um sich schlagend mit den Polizisten.

Ein Polizist fiel zu Boden. Es sah so aus, als ob ein Dutzend Studenten über ihn hinwegtrampeln wollten.

Einer der Polizisten, die auf dem Kutschbock saßen, sprang vom Wagen und half seinem Kollegen.

Der Lärm war unbeschreiblich.

Nun fielen mehrere Schüsse.

Der Polizist, der noch auf dem Wagen saß, beugte sich zur Seite, um zu sehen, was auf dem Platz passierte.

Er erhob sich halb vom Sitz, hielt jedoch immer noch die Zügel in der Hand.

In diesem Augenblick handelte Rudolph mit unglaublicher Geschwindigkeit.

Er zog den Mann vom Wagen, so daß er zu Boden fiel, und riß ihm die Zügel aus der Hand.

Dann packte er Tilda und setzte sie rasch auf den Kutschbock. Und im nächsten Augenblick saß er neben ihr und ließ die Peitsche auf die Rücken der Pferde niedersausen.

Die Tiere sprangen ruckartig an und rasten in die Seitenstraße hinein. Die offene Tür an der Rückseite des Wagens schlug krachend auf und zu.

Das Geräusch war so laut, daß die Pferde noch schneller liefen, um dem Lärm zu entkommen.

Hinter sich hörte Rudolph Flüche und Schreie. Er kümmerte sich nicht darum, sondern konzentrierte sich darauf, die Pferde in der Mitte der Straße zu halten, da er wußte, daß der Wagen hinter ihnen hin und her schwankte und leicht umfallen konnte.

Sie fuhren so rasch, daß Tilda sich an ihrem Sitz festhalten mußte, um nicht vom Wagen zu fallen.

»Wir sind ihnen entkommen«, keuchte sie.

»Vorerst einmal«, erwiderte Rudolph. »Jetzt sind nicht nur die Studenten hinter uns her, sondern auch noch die Polizei!«

»Können sie uns einholen?« fragte Tilda.

»Ich weiß nicht, ich hoffe nicht«, antwortete Rudolph. »Eine Münchner Gefängniszelle ist nicht sehr komfortabel.«

Er bemühte sich offensichtlich, ruhig zu sprechen, aber Tilda hörte, daß seine Stimme angespannt klang.

Sie fuhren jetzt durch die Straßen, die glücklicherweise leer waren. Tilda vermutete, daß Rudolph absichtlich die Hauptstraßen mied.

Er trieb die Pferde aber nach wie vor an, und sie bemerkte, daß er gut fahren konnte und sich in München auszukennen schien.

Nach einiger Zeit begannen die Pferde zu ermüden.

Nun fuhren sie durch eine Allee, und als sie eine Brücke überquert hatten, befanden sie sich auf dem offenen Land.

»Wohin fahren wir?« fragte Tilda.

»So weit wie möglich von München weg«, antwortete er.

»Aber ich darf nicht... ich meine... ich wohne in München.«

»Im Augenblick ist es für keinen von uns beiden ratsam, sich hier blicken zu lassen«, sagte Rudolph lachend. »Wir sind nun nicht nur als aufrührerische Studenten gebrandmarkt, sondern wir haben dazu noch Polizeieigentum gestohlen. Das ist ein kriminelles Vergehen!«

»Aber ich muß wieder nach München!« rief Tilda außer sich. »Man wird mich dort suchen... sie werden sich aufregen... es wird Schwierigkeiten geben...«

»Nicht halb so viele Schwierigkeiten wie diejenigen, die ich bekomme, wenn ich erwischt werde«, sagte Rudolph.

Tilda schwieg einen Augenblick und fragte dann:

»Haben Sie Grund, sich vor der Polizei zu verstecken?«

»Allerdings«, erwiderte Rudolph, und jetzt lachte er nicht mehr.

Dann bin ich in der gleichen Lage wie er, dachte Tilda.

Während sie weiterfuhren, fragte sie sich, was er wohl angestellt haben mochte. Es konnte nichts Schlimmes sein, sagte sie sich, denn an diesem Morgen war er noch sehr glücklich gewesen, als er Mitzi im Wald von Schloß Linderhof den Berg hinunterjagte.

Gleichzeitig erinnerte sie sich an Erzählungen, die sie über polizeiliche Verhöre in den Ländern des Kontinents gehört hatte.

Man sperrte Menschen in feuchte, dunkle Zellen, bis sie ihre Unschuld bewiesen hatten. Es war anders als in England, wo man so lange als unschuldig galt, bis man der Schuld überführt wurde.

Rudolph hat recht, dachte Tilda. Keiner von uns beiden darf von der Polizei erwischt werden. Wir müssen ihr unbedingt aus dem Weg gehen.

4. Kapitel

Sie fuhren weiter in die Dunkelheit, und jetzt trieb Rudolph die Pferde nicht mehr an, so daß sie in einem normalen Tempo vorwärtskamen. Der Mond schaute zwischen den Wolken hervor und tauchte die Landschaft in ein silbernes Licht.

Die Straße machte eine Biegung, und Tilda blickte in ein Tal, das von schneebedeckten Bergen umgeben war.

Der Wind war eisig, und Tilda zitterte.

»Sie frieren!« sagte Rudolph. »Halten Sie einen Augenblick die Zügel.«

Tilda gehorchte und sah, wie er seine Jacke auszog.

»Behalten Sie Ihre Jacke«, sagte sie rasch. »Ich fühle mich ganz wohl.«

»Ich bin abgehärteter als Sie«, antwortete er.

Er legte ihr die Jacke über die Schultern und nahm ihr wieder die Zügel aus der Hand.

»Wie heißen Sie?« fragte er nach einem Augenblick.

»Tilda. Vielen Dank für die Jacke.«

»Sie brauchen sich dafür nicht zu bedanken. Und ich heiße Rudolph.«

Tilda konnte sich nur mit Mühe beherrschen, nicht zu sagen, daß sie dies schon wußte.

»Sind Sie als Touristin in Bayern?« fragte er.

»Ja, ich bin Engländerin.«

»Das dachte ich mir.«

»Warum?« fragte Tilda.

»Weil nur Engländer unter so außergewöhnlichen Umständen kühl und gelassen bleiben.«

Er sah sie lächelnd an und fügte hinzu:

»Eigentlich sollten Sie jetzt hysterisch an meine Schulter gelehnt weinen.«

»Man hat mir immer gesagt, daß Männer keine Szenen mögen, besonders dann nicht, wenn sie sich auf Pferde konzentrieren müssen«, erwiderte Tilda.

»Da haben Sie recht«, sagte Rudolph.

»Warum müssen Sie fliehen?« fragte Tilda. »Sie sind doch kein Fremder.«

»Ich bin kein Bayer.«

»Sie sah ihn erstaunt an.

»Ich habe Sie aber für einen Bayern gehalten.«

»Nein, ich bin Obernianer.«

»Dann ist Ihr Land an diesem ganzen Aufruhr schuld.«

»Woher wissen Sie das?«

»Ich hörte im Hofbräuhaus, daß die Studenten über die Wahl des Vizekanzlers der Universität aufgebracht sind, der aus Obernia stammt.«

»Die Studenten finden immer einen Grund, um Scherereien zu machen.«

»Aber sie übten immer viel Einfluß aus«, sagte Tilda. »Es ist auch ihnen zuzuschreiben, daß König Ludwig I. die Regierungsbefugnisse entzogen wurden.«

»Ja, und in diesem Fall war eine Dame namens Lola Montez der eigentliche Auslöser«, erwiderte Rudolph. »Ich sehe, Sie haben in der Geschichtsstunde gut aufgepaßt.«

»Ich halte es immer für sinnvoll, über die Geschichte des Landes informiert zu sein, das man gerade besucht«, sagte Tilda.

»Das dachte ich auch, bevor ich nach England reiste«, sagte Rudolph. »Aber ich fand Ihre Geschichte sehr kompliziert und manchmal auch etwas langweilig.«

»Sprechen Sie englisch?« fragte Tilda.

»Ja, aber nicht besonders gut«, erwiderte er auf englisch.

Er hatte einen leichten Akzent.

»Sie sprechen sehr gut englisch«, sagte Tilda.

»Sie schmeicheln mir«, antwortete er.

»So wie Sie, als Sie sagten, ich sei kühl und gelassen.«

»Ich finde, Sie haben sich in der schwierigen Situation außerordentlich tapfer benommen.«

»Vielen Danke«, sagte Tilda. »Und was tun wir jetzt?«

»Offen gestanden, ich weiß es nicht«, erwiderte Rudolph.

»Aber irgend etwas müssen wir doch tun«, sagte Tilda.

»Eines steht jedenfalls fest, wir können nicht nach München zurückfahren«, sagte er. »Wenigstens nicht im Augenblick.«

»Aber wir müssen! Sie verstehen nicht...«, begann Tilda.

»Doch, ich verstehe sehr gut«, unterbrach er sie. »Aber Sie müssen vernünftig sein. Wenn wir jetzt nach München zurückfahren, würde das bedeuten, daß wir entweder den Studenten in die Arme laufen, die alle Fremden aus der Stadt jagen, oder, was genauso schlimm ist, daß wir der Polizei erklären müssen, weshalb wir ihren Polizeiwagen ›ausgeliehen‹ haben.«

Tilda stöhnte.

»Was schlagen Sie vor?«

»Ich denke, wir suchen uns für heute Nacht ein Gasthaus, wo wir übernachten können. Bis morgen hat sich die Lage dann vielleicht beruhigt, und Sie können nach München zurückkehren.«

»Wenn wir uns zu weit von der Stadt entfernen, werde ich entweder zu Fuß oder mit einem dieser Pferde nach München aufbrechen müssen«, sagte Tilda.

Rudolph lachte.

»Das ist allerdings ein Problem.«

Tilda blickte geradeaus und sah in der Ferne einige Lichter.

Sie glaubte, es sei ein Haus, aber dann erkannte sie, daß ihnen die Lichter entgegenkamen.

»Vor uns sind Lichter«, sagte sie zu Rudolph.

Er zügelte sofort die Pferde und brachte sie zum Stehen.

»Ich hätte daran denken sollen, daß die Polizei die Straßen sperrt, wenn es Unruhen in der Stadt gibt«, sagte er leise.

»Wollen Sie damit sagen, daß wir nicht weiterfahren können?«

»Ich will damit sagen, daß wir ebensogut um Handschellen betteln können.«

Er schätzte die Straße ab, auf der sie zum Stehen gekommen waren.

Sie war schmal, und die Bäume standen bis dicht an den Straßenrand.

Rudolph lenkte die Pferde auf die rechte Straßenseite, und Tilda sah, daß er den Wagen wenden wollte.

»Es wird schwierig sein auf der schmalen Straße«, sagte Tilda.

»Ja, ich weiß«, antwortete er. »Schauen Sie zurück, ob jemand kommt.«

Tilda beugte sich seitlich heraus und konnte immer noch die Lichter in der Ferne sehen.

Plötzlich wurde ihr klar, daß die Polizei sie ebenfalls gesehen haben mußte, denn an der Vorderseite ihres Wagens waren zwei Lampen angebracht.

»Ich glaube, es ist alles in Ordnung«, sagte sie zweifelnd.

Aber während Rudolph sich bemühte, den Wagen zu wenden, schrie Tilda plötzlich:

»Es kommt jemand! Ich glaube, zwei Berittene!«

Sie hörte Rudolph leise fluchen.

Mit viel Mühe wendete er den Wagen. Rudolph schlug jetzt mit der Peitsche auf die Pferde ein. Aber jetzt waren sie müde, und obwohl sie losliefen, kamen sie sehr viel langsamer voran als bisher.

»Versuchen Sie weiter zurückzublicken, und sagen Sie mir, was Sie sehen!« rief Rudolph.

Tilda klammerte sich an die Wagenlehne, um nicht hinauszufallen, und tat, worum er sie gebeten hatte.

»Sie sind noch ein ganzes Stück hinter uns«, sagte Tilda. »Aber sie kommen rasch näher!«

»Wir können nur eines tun«, sagte Rudolph. »Sie müssen vom Wagen springen!«

»Ich verlasse Sie nicht«, sagte Tilda in plötzlicher Angst. »Ich will nicht allein sein...«

»Ich komme mit Ihnen mit«, rief Rudolph. »Sobald Sie auf den Boden gesprungen sind, klettern Sie den Abhang hinauf und halten sich im Schatten der Bäume.«

»Versprechen Sie mir... daß Sie auch kommen?« fragte sie ängstlich.

»Ja, ich verspreche es«, antwortete er. »Tun Sie, was ich Ihnen sage! Es ist unsere einzige Chance!«

Er zügelte die Pferde, und als sie langsamer trabten, sagte er zu Tilda: »Jetzt! Springen Sie!«

Sie sprang neben der Straße ins Gras.

»Laufen Sie!« rief er.

Sie kletterte zwischen den Bäumen den Berg hinauf, und als der Wagen davonfuhr, fürchtete sie, Rudolph würde sein Versprechen brechen. Sie sah, wie er mit der Peitsche die Pferde zu noch größerer Geschwindigkeit antrieb.

Als sie ängstlich zwischen den Bäumen stehenblieb, hörte sie, wie er hinter ihr den Abhang hinaufkletterte.

Er holte sie ein und ergriff ihre Hand.

»Kommen Sie«, flüsterte er. »Je schneller wir hier wegkommen, um so besser.«

Glauben Sie, man hat uns gesehen? wollte sie fragen, aber er stieg so rasch den Hügel hinauf, daß ihr der Atem dazu fehlte.

Er zog sie den Hügel hinauf, und sie waren erst einige Meter gestiegen, als sie Pferdegetrappel und Männerstimmen hörten.

»Sie müssen uns gesehen haben«, flüsterte Rudolph. »Ich hatte gehofft, sie würden dem Wagen folgen.«

Sie kletterten weiter.

Jetzt mußten sie über Felsbrocken und Steine steigen. Einmal fiel Tilda fast hin und schürfte sich dabei eine Handfläche auf.

In diesem Augenblick hörten sie unter sich jemanden rufen:

»Halt! Stehenbleiben, oder ich schieße!«

Rudolph zog sie noch rascher den Berg hinauf.

Die Bäume standen hier dicht beieinander, und die Schatten schienen noch dunkler und undurchdringlicher zu sein.

Sie können uns nicht sehen, sagte sich Tilda. Ich bin sicher, sie sehen uns nicht!

»Halt!« schrie der Mann wieder.

Dann fiel ein Pistolenschuß. Er hallte im Wald und von den Bergen wider.

»Kommen Sie, wir sind im Nu außerhalb ihrer Reichweite«, flüsterte Rudolph.

Tilda fiel es immer schwerer, mit ihm Schritt zu halten.

Außerdem rutschten die Steine unter ihren Füßen weg. Sie konnte sich nur noch mit Mühe aufrechthalten.

Dann fielen zwei Pistolenschüsse kurz hintereinander. Rudolph stöhnte leise auf.

»Sind Sie getroffen?« fragte Tilda.

»Ja, verdammt, ins Bein...«

Er humpelte ein paar Schritte weiter, und dann lehnte er sich an einen Baum.

Tilda wußte, daß die Polizisten ihn nicht sehen konnten.

Sie hockte sich neben ihn auf den Fußboden und blickte besorgt zu ihm auf.

»Wie geht es Ihnen?« fragte sie.

»Psst! Sind sie immer noch unten auf der Straße?« fragte Rudolph.

Es war unmöglich, durch den dichten Wald zu sehen, was unten vorging.

Tilda lauschte. Sie hörte weder Pferdegetrappel noch Menschenstimmen.

Es herrschte vollkommene Stille.

Nach langer Zeit erst hörte sie weit entfernt auf der Straße galoppierende Pferde.

Sie hatte den Atem angehalten. Jetzt seufzte sie erleichtert auf.
»Sie sind weg!« flüsterte sie.
Rudolph antwortete nicht.
Nach einem Augenblick fragte sie ängstlich:
»Wie geht es Ihnen? Was sollen wir jetzt tun?«
»Ich glaube, nicht weit von hier ist ein Dorf«, erwiderte Rudolph. »Wir sollten versuchen, es zu erreichen.«
Tilda wollte protestieren, daß jede Begegnung mit anderen Menschen sich für sie als gefährlich erweisen könnte. Doch dann sagte sie sich, daß er nicht nur verwundet war, sondern auch ein eisiger, kalter Wind von den Bergen blies.
Im Augenblick war ihr noch vom Klettern warm. Außerdem trug sie seine Jacke.
Aber er hatte nur ein Hemd an, und weil es weiß war, hatte es für die Polizisten ein leichtes Ziel abgegeben
»Sie haben recht«, sagte sie. »Wir müssen ein Dorf finden. Stützen Sie sich auf meine Schulter.«
Er tat, was sie vorgeschlagen hatte, und sie gingen nun waagrecht den Berg entlang.
Sie bemerkte, daß Rudolph hinkte, und dann begann er auf einem Bein zu hüpfen.
»So kommen wir nicht sehr weit«, sagte sie.
»Was ist vor uns?« fragte er.
»Ich kann im Augenblick nichts sehen«, sagte sie.
Sie gingen langsam weiter.
Tilda sah im Mondschein, wie Rudolph den Mund zusammenpreßte. Sie spürte, wie sein Arm auf ihrer Schulter immer schwerer wurde.
Ganz plötzlich begann sich der Wald zu lichten, und einen Augenblick später rief Tilda:
»Da ist ein Haus! Direkt vor uns ist ein Haus!«
»Ich hoffe, ich schaffe es bis dorthin«, sagte Rudolph. »Wenn nicht, müssen Sie jemanden holen, der mir hilft.«
»Sie schaffen es bestimmt!«
Er hüpfte auf einem Bein weiter und zog das andere hinter sich her. Obwohl das Haus nicht weit entfernt war, kam es Tilda wie eine Ewigkeit vor, bis sie es erreicht hatten.
Das Haus war klein, im Grunde war es nicht viel größer als eine Hütte. Sie sah, daß es weiß gestrichen war und ein dunkles Dach hatte. Zu beiden Seiten der Eingangstür befanden sich zwei Fenster mit Blumenkästen.

Rudolph lehnte sich an die Hauswand.

»Klopfen Sie!« sagte er.

Da kein Türklopfer vorhanden war, klopfte Tilda mit den Fingerknöcheln an die Holztür.

Sie erhielten keine Antwort.

Tilda ging um das Haus herum und blickte dann durch ein Fenster ins Haus. Da die Vorhänge nicht zugezogen waren, konnte sie in eine kleine Küche sehen.

Sie ging wieder zu Rudolph zurück.

»Ich glaube, es ist niemand zu Hause«, sagte sie.

Sie klopfte noch einmal an die Haustür und drückte dann die Klinke nieder, in der Hoffnung, dadurch die Aufmerksamkeit der Hausbewohner zu erregen.

Zu ihrer Überraschung ließ sich die Haustür öffnen.

Tilda trat ein und befand sich in der kleinen Küche, die sie schon durch das Fenster gesehen hatte. Ein Schrank, ein Tisch, zwei Stühle, ein Ofen in der einen Küchenecke und ein primitiver Herd in der anderen bildeten die Einrichtung.

»Vielleicht sind sie schon schlafengegangen«, sagte Tilda.

Sie klopfte an die gegenüberliegende Tür, und als sie keine Antwort erhielt, öffnete sie sie.

Auch hier waren die Fenstervorhänge nicht zugezogen, und Tilda sah im Mondschein ein großes Bett, das fast den ganzen Raum einnahm.

Wer immer der Besitzer sein mochte, er war nicht zu Hause.

Jetzt war es wichtig, sich um Rudolphs Verletzung zu kümmern.

Tilda ging zu ihm zurück und fand ihn immer noch an die Hauswand gelehnt. Er hatte die Augen geschlossen, und sie sah, daß er unnatürlich blaß war.

»Kommen Sie herein!« sagte sie. »Es ist niemand zu Hause. Ich werde mich um Ihre Wunde kümmern.«

Als wäre es zu anstrengend, ihr zu antworten, stützte sich Rudolph schweigend auf ihre Schulter und ließ sich von ihr in das Schlafzimmer führen.

Sie half ihm, sich auf das Bett zu setzen.

Als er seinen Arm von ihrer Schulter nahm, sah sie, daß auf dem Nachttisch neben dem Bett eine Kerze stand und eine Schachtel Streichhölzer lag.

Sie ging zum Fenster und zog die Vorhänge zu.

Es bestand die Gefahr, daß Polizisten in der Nähe waren, und wenn sie Licht in der Dunkelheit aufflammen sahen, konnten sie mißtrauisch werden.

Tilda ging wieder in die Küche und zog auch hier die Vorhänge zu. Dann schloß sie die Eingangstür.

Sie stellte die Kerze auf den Tisch, zündete sie an und sah dann zwei weitere Kerzen im Regal stehen.

Sie zündete auch diese an und trug sie in das Schlafzimmer.

Rudolph stützte den Kopf in beide Hände.

Tilda stellte die Kerzen neben ihn und unterdrückte nur mit Mühe einen Entsetzensschrei.

Er hatte den Strumpf heruntergezogen. Das Blut lief den Unterschenkel hinab und bildete auf dem Fußboden eine große rote Lache.

Sie zwang sich, ruhig zu bleiben, und versuchte, sich daran zu erinnern, was sie über Wundpflege gelernt hatte.

Ihre Mutter hatte verlangt, daß sie einen Erste-Hilfe-Kurs absolvierte, bevor sie England verließ.

»Du reist quer durch Europa«, hatte sie gesagt. »Es könnte sein, daß du unterwegs kleinere Unfälle hast, und wenn du dann nicht weißt, wie du dich zu verhalten hast, kannst du unmöglich anderen Menschen erklären, wie sie dir helfen sollen.«

Ihre Mutter sagte nicht, daß es in letzter Zeit mehrere anarchistische Attentate auf regierende Monarchen gegeben hatte, aber Tilda wußte, daß ihre Mutter daran gedacht haben mußte.

Vor Jahren hatte ein Attentäter auf Königin Victoria geschossen. Der Prinzgemahl hatte sich bemerkenswert tapfer verhalten und ihren Körper mit seinem geschützt.

Ein Jahr zuvor war ein Attentat auf den deutschen Kaiser Wilhelm I. verübt worden.

Tilda hoffte, daß sie ebenso tapfer sein würde, wenn auf sie oder auf Fürst Maximilian geschossen werden würde, so daß er sich ihrer nicht schämen mußte.

Jetzt dachte sie daran, daß der Erste-Hilfe-Kurs sehr nützlich gewesen war.

Als erstes mußte sie Rudolph den Strumpf ausziehen. Er war schon blutdurchtränkt.

Sie brauchte einen Behälter, in den sie ihn legen konnte,sobald sie ihn ausgezogen hatte.

Sie fand in der Küche eine Schüssel und suchte nach sauberen Tüchern. Vielleicht kann ich ein Handtuch in Streifen reißen und es als Verband verwenden.

Sie wünschte, sie wäre beim Erste-Hilfe-Kurs aufmerksamer gewesen. Sie hatte es damals langweilig gefunden und manchmal, wenn der Lehrer die Adern im Körper erklärte, sogar recht kompliziert.

Nun blickte sie sich suchend in der Küche um.

Neben dem Ausguß hingen einige Küchenhandtücher, die offensichtlich zum Abtrocknen des Geschirrs benutzt worden waren.

Dann sah sie in einer Ecke der Küche den großen, weißen Schrank. Vielleicht sind darin saubere Handtücher, sagte sie sich.

Sie öffnete ihn und entdeckte auf den Regalen eine große Anzahl Verbände, Watte und Tücher in verschiedenen Größen und aus verschiedenem Material.

Was für ein Glück, dachte sie.

Sie fragte sich, ob der Eigentümer oder die Eigentümerin des Hauses vielleicht Krankenschwester oder Bergführer waren.

Tilda hatte gehört, daß letztere immer Verbandszeug und Alkohol bei sich trugen.

Sie nahm alles, was sie brauchte, vom Regal und ging zu Rudolph hinein.

Die Blutlache auf dem Fußboden war noch größer geworden.

Ich muß versuchen, das Blut zu stillen, sagte sich Tilda.

»Es tut mir leid, daß ich Ihnen Scherereien mache«, sagte Rudolph heiser.

Sie zog ihm die derben Schuhe aus und den blutgetränkten Strumpf, den sie in die Schüssel legte.

Sie überlegte, ob sie die Wunde auswaschen sollte. Aber dann sagte sie sich, daß sie stark geblutet hatte und dadurch mit großer Wahrscheinlichkeit jeder Schmutz herausgewaschen war.

Sie sah, daß die Kugel Rudolphs Bein seitlich getroffen hatte und durch seinen Unterschenkel gedrungen war.

Tilda war fast sicher, daß die Kugel nicht mehr in seinem Bein steckte, sondern es nur gestreift hatte.

Sie wußte jedoch, daß Rudolph nicht nur durch die Schmerzen geschwächt war, sondern auch durch den großen Blutverlust.

Sie machte eine Kompresse,wie sie es gelernt hatte, und legte einen Verband an. Sie verknotete den Verband an der Vorderseite des Unterschenkels und hoffte, daß die Kompresse ein weiteres Bluten der Wunde verhindern würde.

Wie in Bayern zu erwarten war, gab es keine Wolldecken, sondern dicke Federbetten, die warm und leicht waren.

Tilda schlug das Federbett zurück.

»Legen Sie sich jetzt hin«, sagte sie zu Rudolph. »Können Sie das Bein allein anheben, oder soll ich Ihnen helfen?«

»Ich kann es allein«, antwortete er.

Aber schließlich mußte sie ihm doch helfen, und er ließ sich mit einem Seufzer in die Kissen fallen.

Sie sah, daß zumindest im Augenblick kein Blut mehr durch den Verband sickerte.

Mit einem Tuch wischte sie den Fußboden auf, so gut sie konnte, und trug die Schüssel in die Küche.

Glücklicherweise war sie nicht so zimperlich wie viele Mädchen, denen beim Anblick von Blut schlecht wurde.

Sie stellte die Schüssel in den Ausguß und erinnerte sich, daß man Blutflecken nur mit kaltem Wasser entfernen konnte.

Sie füllte die Schüssel mit Wasser, das auf dem Fußboden in einem Krug stand. Es verfärbte sich rot, und Tilda wandte sich mit einer Grimasse ab.

Dann ging sie zum Schrank und hoffte, dort eine Flasche Alkohol zu finden, von dem sie Rudolph etwas zu trinken geben wollte.

Er hatte starke Schmerzen. Während sie seine Wunde verbunden hatte, hatte sie gesehen, wie er die Zähne zusammengebissen hatte, um nicht zu stöhnen.

Mehrere Arzneiflaschen standen im Regal, und Tilda prüfte sie im Kerzenlicht.

Bei einer Flasche leuchteten ihre Augen auf. Sie enthielt Laudanum. Es war ein Universalmittel gegen die meisten Frauenkrankheiten, das Opium enthielt, und obwohl es medizinisch gesehen als Hausmittel veraltet war, wußte Tilda, daß es eine wirksame Hilfe gegen Schmerzen aller Art war.

Ich werde ihm etwas davon geben, dachte sie. Er wird dadurch schlafen können und nicht unter den Schmerzen leiden.

Sie hatte als Kind eine Gouvernante gehabt, die ständig Laudanum eingenommen hatte, um schlafen zu können, wenn sie Kopfschmerzen hatte.

Tilda fand einen Löffel und nahm die Flasche mit ins Schlafzimmer.

Rudolph lag mit geschlossenen Augen da.

»Ich habe etwas Laudanum gefunden«, sagte Tilda. »Wollen Sie ein paar Tropfen davon nehmen? Dann spüren Sie die Schmerzen nicht mehr, und Sie können schlafen. Morgen früh werden Sie sich besser fühlen.«

»Haben Sie die Tür abgeschlossen?« fragte Rudolph.
»Nein«, antwortete Tilda.
»Dann gehen Sie in die Küche und schließen Sie zu«, sagte er. »Ich möchte, daß Sie in Sicherheit sind.«
Tilda stellte die Flasche auf den Nachttisch und ging in die Küche.
Sie fand keine Türschlüssel, aber einen Holzriegel, den sie vorschob.
Dann ging sie wieder ins Schlafzimmer zurück.
»Ich habe die Tür verriegelt«, sagte sie zu Rudolph. »Nehmen Sie etwas Laudanum. Es wird Ihnen helfen.«
Sie versuchte, sich daran zu erinnern, wie viele Tropfen Miss Grover, ihre einstige Gouvernante, immer genommen hatte.
Aber sie wußte nur noch, daß sie ständig in einem Ponywagen ins Dorf gefahren waren, um Miss Grovers Vorräte der »Kopfschmerztropfen«, wie sie sie nannte, aufzufüllen.
Rudolph stützte sich auf einen Ellenbogen und sah zu, wie Tilda den Löffel halb füllte.
»Geben Sie mir lieber mehr davon«, sagte er.
»Ich bin nicht sicher, wie hoch die Dosis sein darf«, sagte Tilda.
»Dann geben Sie mir die Flasche!« sagte Rudolph.
Er nahm einen großen Schluck, rümpfte die Nase über den unangenehmen Geschmack und nahm dann noch einen zweiten Schluck.
»Das ist mehr als genug«, sagte Tilda erschrocken. »Ich möchte nicht, daß ich morgen große Erklärungen abgeben muß.«
»Das werde ich selbst tun«, sagte Rudolph.
Er gab ihr die Flasche zurück und ließ sich wieder in die Kissen fallen. Das Sitzen schien ihn sehr anzustrengen.
Tilda sah sich noch einmal das verwundete Bein an. Der Verband sah ordentlich aus, und es sickerte kein Blut durch. Sie deckte Rudolph vorsichtig mit dem Federbett zu.
»Versuchen Sie jetzt zu schlafen«, sagte sie leise.
»Ja«, antwortete er benommen. »Und vielen Dank für alles, was Sie für mich getan haben.«
Sie hatte das Gefühl, daß ihm das Sprechen schwerfiel.
In der Küche legte sie das Verbandszeug, das sie nicht gebraucht hatte, wieder in den Schrank. Sie vermied es, die Schüssel anzusehen, die nun mit Blut angefüllt zu sein schien.
Dann ging sie wieder ins Schlafzimmer.
Rudolph war eingeschlafen. Er atmete schwer.

Tilda geriet plötzlich in Panik. War es möglich, daß er eine tödliche Dosis des Beruhigungsmittels zu sich genommen hatte?

Dann sagte sie sich, daß eine Überdosis ihn nicht töten würde, sondern ihn nur länger schlafen ließ.

Plötzlich spürte sie, daß auch sie sehr müde war.

Es war ein langer Tag gewesen.

Die Flucht den Berg hinauf, die Angst, von der Polizei erwischt zu werden und der Schock über Rudolphs Verletzung machten sich jetzt bemerkbar.

Sie blickte sich suchend im Zimmer um und sah nur einen harten Stuhl. Sie hatte flüchtig daran gedacht, in einem bequemen Sessel zu schlafen, aber es war keiner da.

Plötzlich spürte sie die Kälte der Nacht. Sie befanden sich hoch in den Bergen, und obwohl sie immer noch Rudolphs Jacke trug, fröstelte sie.

Ihre Füße fühlten sich eiskalt an.

Sie ging in die Küche. Früher am Tag mußte im Herd ein Feuer gebrannt haben, aber jetzt war der Ofen kalt.

Ein Windstoß rüttelte an den Fenstern.

Tilda blies die Kerzen aus und ging in das Schlafzimmer. Sie setzte sich unschlüssig auf die andere Seite des Bettes.

Mama wäre entsetzt, sagte sie sich. Aber Mama war nicht hier, und mit ihrem gesunden Menschenverstand sagte sich Tilda, daß sie jedermann nur zur Last fallen würde, wenn sie am nächsten Morgen eine Lungenentzündung hätte. Deshalb hob sie entschlossen das Federbett und schob ihre Beine darunter.

Es war warm und angenehm.

Tilda rutschte weiter unter das Federbett, drehte Rudolph den Rücken zu und zog das Federbett bis zu den Schultern rauf.

Als Tilda am nächsten Morgen die Augen öffnete, fragte sie sich, wo sie war.

Durch die Ritzen der Vorhänge fiel die Sonne ins Zimmer.

Sie stellte fest, daß sie noch voll angekleidet war und eine Tweedjacke trug.

Jetzt erinnerte sie sich an die wilde Flucht aus München im Polizeiwagen, an die schrecklichen Augenblicke, als sie den Berg hinaufgeklettert waren, verfolgt von der berittenen Polizei, und an das Blut, das aus Rudolphs Wunde auf den Fußboden getropft war.

Sie erinnerte sich wieder an alles, und dabei hörte sie, wie die Türklinke auf- und niedergedrückt wurde.

Da war ihr klar, was geschah.

Der Besitzer des Hauses war zurückgekehrt und konnte es nicht betreten, weil Tilda die Tür von innen verriegelt hatte.

Tilda sprang aus dem Bett und lief in Strümpfen zur Tür. Sie schob den Riegel zurück.

Draußen stand eine ältere Frau und sah sie erstaunt an.

»Wer sind Sie und was machen Sie hier?« fragte sie.

Sie war sehr groß, hatte graues Haar, eine reine, helle Haut und dunkle Augen.

»Ich werde Ihnen alles erklären, gnädige Frau«, sagte Tilda rasch. »Wir haben heute nacht Obdach gesucht.«

»Das ist mir schon klar. Und was heißt wir?« fragte die Frau.

Sie trat in die Küche und stellte den Korb, den sie am Arm trug, auf den Tisch.

Sie blickte auf Tildas linke Hand, und fast automatisch fiel Tilda eine Erklärung ein.

»Mein Mann...«, begann sie. »Wir kamen in Schwierigkeiten... durch die Studenten...«

»Ich habe davon gehört, daß sie wieder randalieren«, sagte die Frau. »Es sind unreife, aufsässige junge Männer. Man sollte ihnen endlich Einhalt gebieten. Ich habe das schon mehrmals gesagt. Man sollte ihnen wirklich das Handwerk legen.«

»Die Polizei wollte uns verhaften... weil man uns ebenfalls für Studenten hielt...«, sagte Tilda. Meinem... Mann wurde ins Bein geschossen...«

»Angeschossen?« fragte die Frau erschrocken. »Wo ist er?«

Sie ging ins Schlafzimmer.

Rudolph schlief immer noch tief.

Sie sah ihn an, und dann fiel ihr Blick auf die Flasche, die Tilda auf dem Nachttisch hatte stehenlassen.

»Haben Sie ihm Laudanum zu trinken gegeben?« fragte sie.

»Ja, und ich fürchte, er hat einen zu großen Schluck davon genommen«, erklärte Tilda. »Er hatte starke Schmerzen. Ich habe ihm das Bein verbunden, und ich hoffe, ich habe es richtig gemacht.«

Die Frau schlug die Bettdecke zurück, und Tilda sah, daß der Verband jetzt blutdurchtränkt war.

»Ich habe... mein möglichstes getan«, sagte Tilda entschuldigend. »Ich fand das Verbandszeug in Ihrem Schrank.«

»Da haben Sie großes Glück gehabt«, sagte die Frau.

Sie sah Tilda an und musterte ihr ängstliches kleines Gesicht.

Dann fiel ihr Blick auf die zu große, grüne Tweedjacke, die Tilda immer noch über dem Dirndl trug.

Plötzlich lächelte die Frau

»Sie sind noch sehr jung für Unannehmlichkeiten mit der Polizei«, sagte sie.

»Ich hatte gehofft, hier jemanden anzutreffen«, sagte Tilda. »Zum Glück war die Tür nicht abgeschlossen. Ich wäre mit ihm nicht weitergekommen.«

»Sie haben es sehr gut gemeint«, sagte die Frau. »Es war richtig, daß Sie ihn ins Bett gelegt haben. Jetzt will ich mich vorstellen. Ich heiße Frau Sturdel und bin Hebamme.«

»Deshalb haben Sie soviel Verbandszeug im Haus!« rief Tilda.

»Richtig. Ich mußte gestern abend zu einer Geburt, deshalb war ich nicht zu Hause«, erklärte Frau Sturdel.

Sie ging wieder in die Küche.

Tilda folgte ihr.

»Es tut mir sehr leid, wenn ich in Ihrem Haus Unordnung gemacht habe«, sagte Tilda. »Aber wir werden den Schaden bezahlen, den wir angerichtet haben.«

Obwohl Tilda selbst kein Geld bei sich hatte, wußte sie, daß Rudolphs Börse in seiner Jacke dick gefüllt war. Sie nahm an, daß er verhältnismäßig wohlhabend war.

»Ich glaube nicht, daß Sie viel Schaden angerichtet haben«, sagte Frau Sturdel. »Und jetzt sagen Sie mir, wie Sie heißen.«

Die Frage brachte Tilda etwas aus der Fassung.

»Ich heiße Tilda«, sagte sie. »Und er –«, sie deutete mit der Hand auf das Bett, »– er heißt Rudolph.«

Frau Sturdel sah sie immer noch fragend an, deshalb fügte Tilda jenen deutschen Familiennamen hinzu, der ihr gerade in den Sinn kam:

»Weber... wir heißen... Weber«, sagte sie.

»Und jetzt, Frau Weber, will ich mich um das Bein Ihres Mannes kümmern«, sagte die Hebamme. »Inzwischen wäre es gut, Sie würden die Türschwelle säubern.«

»Die Türschwelle?« fragte Tilda erstaunt.

»Ja, dort ist eine große Blutlache, die die Aufmerksamkeit eines jeden möglichen Besuchers erregen würde«, erklärte Frau Sturdel.

»Das wußte ich nicht«, sagte Tilda irritiert. »Es darf niemand wissen, daß wir hier sind. Wir werden Sie verlassen, sobald wir können...«

»Nach dem, was ich heute früh im Dorf gehört habe, ist es für Sie im Augenblick nicht ratsam, nach München zu fahren«, sagte Frau Sturdel. »Die Studenten versuchen immer noch, alle Fremden aus der Stadt zu jagen, und ich sehe, Sie sind nicht aus Bayern.«

»Ich bin Engländerin«, sagte Tilda. »Und mein Mann ist Obernianer.«

»Dann sind Sie auch Obernianerin«, sagte Frau Sturdel. »Aber das hilft Ihnen bei den Studenten auch nichts. Sie hassen die Obernianer, ja, sie hassen alle, außer sich selbst.«

Während Frau Sturdel sprach, zog sie ihren Mantel aus und band sich eine Schürze um.

Dann holte sie frisches Verbandszeug aus dem Schrank.

»Und Sie machen sich rasch an die Arbeit, Frau Weber«, sagte sie. »Die Türschwelle muß sofort gesäubert werden. Es kann jeden Augenblick ein Nachbar vorbeikommen.«

Tilda blickte sich suchend in der Küche um. Sie hatte noch niemals einen Fußboden oder sonst irgend etwas geschrubbt.

Ich brauche einen Eimer, eine Bürste, einen Lappen und Seifenlauge, sagte sie sich.

Als ob Frau Sturdel erraten hätte, was Tilda dachte, sagte sie:

»Unter dem Ausguß finden Sie alles, was Sie brauchen, und dazu noch einen großen Lappen, auf den Sie sich knien können. Ich vermute, das Schrubben wird Ihren Knien wehtun.«

»Ja...«, sagte Tilda.

Sie nahm den Putzeimer und fragte zögernd:

»Wo bekomme ich Wasser her?«

»Draußen im Garten ist eine Pumpe. Sie geht ein bißchen schwer, aber Sie kommen sicher damit zurecht. Das Wasser kommt aus den Bergen. Es ist eiskalt in dieser Jahreszeit. Da fällt mir ein, es wäre gut, wenn Sie auch ein Feuer im Ofen machen würden.«

Tilda ging unsicher in den Garten hinaus, wo ein paar Gemüsebeete angepflanzt waren und Hühner hinter einer Drahtumzäunung ihr Futter pickten.

Der Pumpengriff ließ sich in der Tat nur schwer betätigen, und das Wasser floß spärlich.

Endlich war der Eimer halb voll, aber Tilda wußte, daß er ihr ohnehin zu schwer geworden wäre, wenn sie ihn ganz mit Wasser gefüllt hätte.

Dann kniete sie nieder und schrubbte zum ersten Mal in ihrem Leben Türstufen.

Sie war mit dem Ergebnis recht zufrieden, als sie fertig war.

Dabei fiel ihr ein, daß Rudolphs Bein auch schon geblutet hatte, als er vom Wald zum Haus gehumpelt war. Deshalb war die Wahrscheinlichkeit groß, daß er eine Blutspur auf dem Weg zum Haus hinterlassen hatte, die einem aufmerksamen Polizisten nicht entgehen würde.

Sie ging den Weg zurück, den sie in der Nacht gekommen waren, und fand getrocknetes Blut auf dem Kies und im Moos.

Sie beseitigte sie und ging dann mit dem Eimer zurück in die Küche.

»Sind Sie fertig?« fragte Frau Sturdel vom Schlafzimmer aus.

»Ja, jetzt sieht man keinen einzigen Flecken mehr!« rief Tilda stolz.

»Dann holen Sie Holz für den Ofen herein! Hinter dem Haus ist ein großer Holzstoß«, sagte Frau Sturdel.

Tilda brauchte einige Zeit, bis sie genügend Holz hereingetragen hatte, um den Ofen den ganzen Tag über heizen zu können.

Frau Sturdel kam aus dem Schlafzimmer und warf Rudolphs blutigen Verband in den Ausguß.

»Weichen Sie das Zeug ein, meine Liebe«, sagte sie. »Ihr Mann wird sich jetzt wohler fühlen.«

»Ist er wach?« fragte Tilda.

»Nein, er schläft wie ein Toter«, sagte Frau Sturdel lachend. »Der Himmel weiß, wieviel Laudanum Sie ihm gegeben haben.«

»Kann es ihm schaden?« fragte Tilda ängstlich.

»Nein, einem so starken jungen Mann wie ihm macht es nichts aus«, sagte Frau Sturdel. »Aber sein Bein wird ihn noch ein paar Tage schmerzen. Eine Wunde auf dieser Seite des Unterschenkels ist immer unangenehmer als an einer anderen Stelle.«

»Ist die Kugel nicht mehr in seinem Bein?« fragte Tilda.

»Glücklicherweise nein«, sagte Frau Sturdel. »Sie können sich darauf verlassen, daß ich sehr erfahren bin. Das kann Ihnen jeder in dieser Gegend bestätigen.«

»Ich zweifle Ihre Fähigkeiten nicht an«, erwiderte Tilda. »Sie sind so freundlich, und ich bin Ihnen dankbar. Ich mache mir nur Sorgen um ihn.«

»Ich nehme an, Sie sind noch nicht lange verheiratet«, sagte Frau Sturdel lächelnd.

»Nein«, sagte Tilda kurz.

»Nun, er wird bald wieder den Geliebten spielen. Sie brauchen sich um ihn keine Sorgen zu machen. Jetzt ist es wichtig, daß wir beide etwas zu essen bekommen. Haben Sie schon nachgesehen, ob die Hennen Eier gelegt haben?«

»Nein, daran habe ich nicht gedacht«, sagte Tilda. »Soll ich hinausgehen und nachschauen?«

»Das mache ich schon«, sagte Frau Sturdel. »Stellen Sie inzwischen eine Pfanne auf den Herd.«

Beim Kochen fühlte sich Tilda wohler. Sie hatte als Kind ein eigenes kleines Gartenhäuschen besessen, wo sie Kuchen für ihre Puppen backen durfte.

Und als sie älter wurde, hatte sie die Köchin immer so lange geplagt, bis sie ihr beim Backen helfen durfte.

Auch wenn sie mit ihren Eltern Ausflüge gemacht hatte, durfte sie auf einem offenen Feuer die Forellen braten, die ihr Vater in einem See in der Nähe gefangen hatte.

Aber Frau Sturdel sagte nicht, daß Tilda die Eier zum Frühstück zubereiten sollte.

Sie machte es selbst, und beide setzten sich an den kleinen Küchentisch.

Frau Sturdel hatte aus dem Dorf frisches Brot und Butter mitgebracht. Außerdem stellte sie kräftig nach Knoblauch riechende Wurst auf den Tisch, die Tilda jedoch nicht schmeckte.

»Wann wird mein Mann aufwachen?« fragte Tilda besorgt, als sie gefrühstückt hatten und das schmutzige Geschirr zum Ausguß trugen.

»Das hängt davon ab, wieviel Laudanum er zu sich genommen hat«, antwortete Frau Sturdel. »Nach der Tiefe seines Schlafes zu urteilen, würde es mich nicht wundern, wenn er erst morgen früh wieder die Augen öffnet.«

»Du meine Güte!« rief Tilda.

»Machen Sie sich deshalb wirklich keine Sorgen«, sagte Frau Sturdel. »Ein guter Schlaf schadet niemandem.«

Sie wußte nicht, daß Tilda beunruhigt war, weil sie dann erst wieder in vierundzwanzig Stunden nach München zurückkehren konnte.

Sie malte sich die Aufregung im Hotel aus. Außerdem tat ihr der Professor leid, der ihr Verschwinden Lady Crewkerne würde erklären müssen.

Aber wenn die Studenten immer noch in den Straßen randalierten, konnten sie sowieso nicht nach München fahren. Sie hoffte nur, Lady Crewkerne und der Professor würden klug genug sein und ihre Abwesenheit für sich behalten.

Es wäre fatal, wenn Fürst Maximilian sie ausgerechnet zu diesem Zeitpunkt in seinem Land erwarten würde.

Es ist seine eigene Schuld, sagt sich Tilda. Wenn er mich an dem vorgesehenen Tag hätte einreisen lassen, wäre das alles nicht geschehen.

Doch dann sagte sie sich, da sie ungern auf dieses Abenteuer verzichtet hätte. Es war aufregend und spannend gewesen, der Polizei mit ihrem eigenen Wagen zu entkommen und mit Rudolph durch den Wald zu fliehen.

Sie fragte sich, ob er wohl auf der Flucht an Mitzi gedacht hatte, und sie erinnerte sich an den seltsamen Klang seiner Stimme, als er sagte:

»Ich möchte dich haben! Ich möchte dich ganz besitzen!«

Was hatte er damit gemeint? Tilda war so sehr in ihre Gedanken vertieft, daß sie erschrak, als Frau Sturdel sagte:

»So wird es ihm bequemer sein.«

»Wie?« fragte Tilda.

»Ich habe Ihnen eben gesagt, daß ich ihm ein Nachthemd meines Mannes angezogen habe«, antwortete Frau Sturdel. »Es kommt Ihnen vielleicht merkwürdig vor, daß ich sie immer noch aufbewahre, obwohl ich schon seit fünf Jahren verwitwet bin. Aber ich war schon immer sentimental.«

Sie hielt kurz inne und sagte dann:

»Sie können jetzt das Hemd Ihres Mannes auswaschen. Hängen Sie es aber auf die Leine hinter dem Haus. Die Leute könnten es sonst seltsam finden, wenn plötzlich ein Männerhemd hier bei mir im Wind flattert.«

Sie lachte über ihren eigenen Scherz und sagte:

»Wenn ich heute abend zurückkomme, bringe ich Ihnen ein Nachthemd mit. Die Frau, zu der ich heute gehe, kann leicht eines entbehren. Ich werde sagen, daß ich es für sie bügeln möchte.«

»Das ist sehr freundlich von Ihnen«, sagte Tilda, »aber ...«

»Sie ist etwa so groß wie Sie«, fuhr Frau Sturdel fort. »Ich denke, Sie wollen für Ihren Mann hübsch aussehen, wenn Sie noch nicht lange verheiratet sind.«

»Vielen Dank«, sagte Tilda.

»Aber jetzt muß ich gehen«, sagte Frau Sturdel. »Sie finden in der Speisekammer eine Menge zu essen. Und wenn Ihr Mann Fieber bekommen sollte, was nach einer solchen Verwundung gut möglich ist, kochen Sie ihm etwas Leichtes.«

»Vielen Dank«, sagte Tilda wieder.

»Ich bin um sechs Uhr zurück und füttere die Hühner«, erklärte Frau Sturdel.

»Und wie machen wir es diese Nacht?« fragte Tilda. »Wir können Sie doch nicht aus Ihrem eigenem Bett vertreiben.«

»Das tun Sie auch nicht, meine Liebe«, erwiderte Frau Sturdel. »Ich muß bei meiner Patientin bleiben. Das Kind kann jeden Augenblick zur Welt kommen. Sie wissen ja, wie Babys sind! Es kann heute nachmittag kommen oder sich bis nächste Woche Zeit lassen. Jedenfalls muß ich unten sein.«

Sie senkte die Stimme, als ob jemand zuhören könnte und sagte:

»Sie ist keine starke Frau. Sie ist keine Bayerin, sondern stammt aus dem Elsaß. Sie sind dort nicht so kräftig wie wir. Ich hoffe, daß sie es gut übersteht.«

Sie griff nach ihrem Korb.

»Ich kann nur sagen, daß es nicht meine Schuld wäre, wenn sie es nicht schafft. Passen Sie gut auf sich und Ihren Mann auf und verriegeln Sie die Tür, wenn ich gegangen bin.«

»Das will ich gern tun«, sagte Tilda.

Sie sah Frau Sturdel nach, die behäbig den Berg hinunter in das Dorf ging.

Das Haus der Hebamme stand allein hoch über den anderen Häusern, und Tilda war dankbar dafür.

So war es unwahrscheinlich, daß jemand etwas von ihrer Anwesenheit bemerkte.

In dem kleinen Dorf wußte zweifellos immer jeder, was der andere tat, und sobald Frau Sturdel bei der Patientin eintraf, würde man im Dorf wissen, wo sie zu finden war.

Tilda verriegelte die Haustür und ging ins Schlafzimmer.

Rudolph schlief immer noch tief.

Er sah mit geschlossenen Augen irgendwie jünger aus und mit der sonnengebräunten Haut im weißen Nachthemd sogar schön.

Tilda stand da und betrachtete ihn lange. Wie hätte sie sich gestern vorstellen können, als sie ihn zum erstenmal im Wald bei Schloß Linderhof gesehen hatte, daß sie nun mit ihm allein in der kleinen Hütte zusammensein würde?

Sie dachte an die leidenschaftliche Umarmung, als er Mitzi unter den silberweißen Birken geküßt hatte.

Er war erregender und verführerischer als jeder andere Mann, den sie bisher kennengelernt hatte.

Sie dachte daran, wie zögernd sie mit dem Adjutant den Wald verlassen und sich gefragt hatte, wer Rudolph und Mitzi wohl waren.

Selbst jetzt wußte sie nur wenig mehr, obwohl sie mit ihm

zusammen ein wildes Abenteuer erlebt hatte und in der vergangenen Nacht sogar im gleichen Bett mit ihm geschlafen hatte.

Was würde ihre Mutter dazu sagen?

Tilda konnte sich ihr Entsetzen vorstellen.

Dann lachte sie. Es war so außergewöhnlich, so unglaublich, aber Tilda sagte sich, daß sie Rudolph niemals vergessen würde, was auch immer in der Zukunft geschehen mochte.

5. Kapitel

Als Tilda aufwachte, blieb sie mit geschlossenen Augen im Bett liegen und ließ ihre Gedanken schweifen.

Sie fragte sich, wie lange sie wohl in Frau Sturdels Haus bleiben durften und wie und wann sie wieder nach München kommen würde.

Sie hatte das Gefühl, in einer anderen Welt zu leben. Sie war nicht mehr Lady Victoria Matilda Tetherton-Smythe, sondern sie war jetzt Tilda Weber.

Sie war eine unbekannte Person, und sie ängstigte sich nicht mehr vor einer pompösen, furchteinflößenden Heirat mit einem Mann, über den alle geheimnisvoll flüsterten.

Bei einer leichten Bewegung des Bettes öffnete Tilda die Augen und sah Rudolph direkt ins Gesicht.

Sie lagen nur ein paar Zentimeter voneinander entfernt.

Er blickte sie überrascht an und fragte dann leise:

»Was tun Sie hier? Was ist geschehen?«

Es war noch früh am Morgen. Das Sonnenlicht fiel zwischen den Vorhängen in das Zimmer.

Gerade als sie Rudolph antworten wollte, bemerkte sie, daß sie nur ein dünnes Nachthemd trug, das Frau Sturdel ihr am Abend zuvor gebracht hatte.

»Ich... ich will es Ihnen erklären«, sagte sie rasch.

»Jetzt erinnere ich mich auch«, sagte Rudolph. »Ich wurde ins Bein geschossen und Sie haben mir Laudanum gegeben.«

»Das war nicht meine Schuld, daß Sie so viel davon geschluckt haben«, verteidigte sich Tilda.

»So viel?« fragte Rudolph.

»Ja. Sie haben gestern den ganzen Tag verschlafen«, erklärte Tilda. »Wir sind in der vorletzten Nacht vor der Polizei geflohen.«

Er wollte sich auf den Rücken legen und stieß dabei einen Schmerzensschrei aus.

»Sie müssen sich vorsichtig bewegen«, sagte Tilda hastig. »Es ist nur eine Fleischwunde, aber sie ist sehr schmerzhaft.«

»Allerdings«, sagte Rudolph.

Er zog sich vorsichtig im Bett höher und sagte dann:

»Ist es eine indiskrete Frage, wenn ich wissen möchte, warum Sie hier mit mir zusammen im Bett liegen?«

Tilda errötete.

»Es gab für mich... keine andere Schlafstelle...«, sagte Tilda stockend. »Und... Sie haben... so fest geschlafen...«

»Ich hoffe, Sie nehmen nicht an, daß ich so unhöflich bin und mich darüber beklage«, sagte er lächelnd.

»Frau Sturdel glaubt, wir seien verheiratet«, sagte Tilda hastig.

»Und ich glaube, es wäre am besten, Sie fangen von vorne an zu erzählen und sagen mir, wer Frau Sturdel ist«, meinte Rudolph, »obwohl ich es erraten kann. Sie ist die Hausbesitzerin.«

»Ja, und sie ist die Dorfhebamme«, sagte Tilda. »Deshalb habe ich in der Küche auch Verbandszeug gefunden.«

Rudolph fuhr sich mit der Hand über die Stirn.

»Dieses Betäubungsmittel macht mich ganz benommen«, sagte er. »Könnte ich eine Tasse Kaffee bekommen?«

»Ich koche Ihnen Kaffee, wenn Sie die Augen zumachen.«

»Vielleicht erklären Sie mir, warum ich das tun soll«, sagte Rudolph. »Wie ich schon erwähnte, ich habe heute früh einen etwas schweren Kopf.«

»Ich... ich bin nicht... angezogen...«, sagte Tilda stotternd. »Frau Sturdel brachte mir ein Nachthemd und... es wäre undankbar gewesen... wenn ich es nicht angezogen hätte. Außerdem ist es äußerst unpraktisch und unbequem, im Kleid zu schlafen«, fügte sie leise hinzu.

»Ihre Erklärungen sind höchst einleuchtend«, sagte Rudolph. »Ich verspreche Ihnen, daß ich die Augen zumache!«

»Ich ziehe mich rasch in der Küche an«, sagte Tilda. »Dann bringe ich Ihnen den Kaffee.«

Sie setzte sich im Bett auf.

»Haben Sie die Augen geschlossen?« fragte sie besorgt.

»Ich kann nichts sehen«, sagte Rudolph.

Tilda schlüpfte aus dem Bett und nahm ihre Kleider auf, die sie über den einzigen Stuhl im Schlafzimmer gelegt hatte. Dann ging sie in die Küche und schloß die Tür hinter sich.

Das Feuer im Ofen war niedergebrannt, aber sie brauchte es nur anzufachen.

Bevor sie zu Bett gegangen war, hatte sie viel Holz von draußen hereingebracht. Nun schob sie es in den Ofen, und bald knisterten die Flammen.

Tilda stellte das Kaffeewasser auf, wusch sich mit dem kalten Wasser aus dem Krug das Gesicht, kämmte sich das Haar und zog sich dann an. Sie schob das Haar, das ihr Gesicht in sanften Wellen einrahmte, hinter die Ohren, so daß es am Rücken herunterfiel.

Als der Kaffee fertig war, goß sie ihn in eine hübsche Porzellankanne, die zu einer großen Tasse paßte, und holte aus der Speisekammer süße Sahne, die Frau Sturdel gestern aus dem Dorf mitgebracht hatte.

Sie trug alles auf einem Tablett in das Schlafzimmer.

Rudolph hatte sich im Bett aufgerichtet, und Tilda stellte den Kaffee neben ihn.

Sie zog die Vorhänge auf, und das Sonnenlicht verwandelte ihr Haar in einen goldenen Heiligenschein.

»Sie sind eine vorzügliche Hausfrau«, sagte Rudolph. »Da wir als verheiratet gelten, sagen Sie mir vielleicht unseren Namen.«

»Wir heißen... Weber«, sagte Tilda ein wenig verlegen.

Er lachte.

»Das ist nicht sehr originell.«

»Es war der erstbeste Name, der mir in den Sinn kam«, sagte Tilda. »Und es wäre vielleicht auch unklug gewesen, wenn ich einen ausgefalleneren Namen gewählt hätte.«

»Haben Sie unserer Gastgeberin gesagt, daß wir nicht entdeckt werden wollen?«

Tilda nickte. »Sie war sehr freundlich und verständnisvoll. Ich weiß, daß sie uns nicht verraten wird. Aber wir können nicht endlos in ihrem Haus bleiben.«

»Natürlich nicht«, stimmte Rudolph zu. »Wann, glaubt sie, werde ich wieder gehen können?«

»Ich habe sie nicht danach gefragt«, sagte Tilda. »Aber sie ist eine erfahrene Hebamme. Wenn sie wiederkommt, wird sie Ihre Wunde neu verbinden. Dann wird sie Ihnen auch alle Ihre Fragen beantworten.«

»Und wie sieht es in München aus?« fragte Rudolph.

»Frau Sturdel erzählte gestern abend, die Studenten rebellieren immer noch. Sie haben sogar einige Gebäude in Brand gesteckt.«

»Das ist kein gutes Omen für unsere Rückkehr.«

»Ich weiß«, stimmte Tilda unglücklich zu. »Man wird sich große Sorgen um mich machen.«

»Wie wäre, wenn Sie mir verraten würden, wer ›man‹ ist?« fragte Rudolph.

Er trank den Kaffee, während sie sich miteinander unterhielten.

Tilda dachte rasch nach.

Sie mußte ihre Worte vorsichtig wählen.

»Wie ich Ihnen schon sagte, ich war mit meinem … Onkel … im Hofbräuhaus. Als ich auf der Flucht Ihre Hand ergriff, dachte ich, er wäre es.«

»Und ich dachte, Sie wären eine andere«, sagte Rudolph lächelnd.

»Mitzi«, sagte Tilda impulsiv.

Sie hätte sich gern auf die Zunge gebissen, als sie seinen überraschten Blick sah. Aber jetzt war es zu spät.

»Mitzi?« wiederholte er. »Was wissen Sie von Mitzi?«

»Ich … ich habe Sie kommen sehen … als ich mit … meinem Onkel wartete …, um die Eintrittskarten zu kaufen. Jemand … nannte … ihren Namen …«

Sie fand, daß es eine fadenscheinige Ausrede war. Aber Rudolph lächelte.

»Alle kennen Mitzi«, sagte er. »Ich mache mir keine Sorgen um sie. Die Studenten lieben sie.«

»Wer ist sie?« fragte Tilda.

»Wissen Sie es nicht?« fragte er.

Tilda schüttelte den Kopf.

»Sie ist eine der bekanntesten und beliebtesten Varietékünstlerinnen in Bayern. Sie ist eine unschlagbare Zugnummer und hat viele Verehrer.«

Als Tilda daran dachte, wie hübsch Mitzi ausgesehen hatte, glaubte sie das sofort.

Sie fühlte sich unwillkürlich klein und unbedeutend. Sie nahm an, daß Rudolph sie auch so sah.

»Sie ist sehr schön«, sagte Tilda leise.

»Sehr!« stimmte Rudolph zu. »Aber wir wollen jetzt über unsere eigenen Probleme sprechen. Was, glauben Sie, wird Ihr Onkel unternehmen?«

Diese Frage hatte sich Tilda selbst schon die ganze Zeit gestellt, und sie war zu dem Schluß gekommen, daß weder der Professor noch Lady Crewkerne im Augenblick etwas unternehmen würden, wenn sie klug waren.

Es war eher anzunehmen, daß sie warteten und inständig hofften, Tilda würde so rasch wie möglich wieder auftauchen.

Denn wenn sie bei der Polizei Erkundigungen einzogen, würde ihr Verschwinden öffentlich bekannt werden, und sie wollten unter allen Umständen einen Skandal vermeiden. Die Öffentlichkeit und ihre Verwandten durften niemals erfahren, daß sie im Hofbräuhaus bei der Rebellion dabeigewesen war.

»Sie sagen, man wird sich in München um Sie große Sorgen machen, sowohl Sie mir immer noch nicht erklärt haben, wer ›man‹ ist«, sagte Rudolph.

»Es ist mein... Onkel«, begann Tilda zögernd, »und... eine Verwandte... die mit uns reist...«

»Und wo ist Ihr Mann?« fragte Rudolph.

Er sah Tildas erstaunten Blick und fügte hinzu:

»Ich sehe, Sie tragen einen Ehering.«

»Nein, das ist kein Ehering«, erwiderte Tilda. »Ich bin nur verlobt.«

»Mit einem Bayern?«

Tilda nickte.

Das war auf jeden Fall eine kluge Antwort. Bayern war ein großes Land.

»Wird er sich über Ihr Verschwinden keine Sorgen machen?«

»Er weiß nichts davon«, sagte Tilda. »Er ist noch nicht... in München angekommen...«

»Erzählen Sie mir von ihm«, sagte Rudolph. »Sind Sie sehr in ihn verliebt?«

»Ich habe ihn noch nicht kennengelernt.«

Einen Augenblick herrschte Schweigen. Dann sagte Rudolph ungläubig:

»Sie kennen ihn noch gar nicht?«

»Nein«, sagte Tilda. »Unsere Ehe wurde... arrangiert.«

»Ich hätte gedacht, das wäre in Ihrem Fall nicht nötig.«

»Warum nicht?«

»Jemand, der so aussieht wie Sie, muß Dutzende von Verehrern haben. Aber zweifellos wird Ihnen diese arrangierte Ehe viele Vorteile bringen.«

»Ich... nehme es an«, antwortete Tilda.

Das Gespräch machte sie nervös, und deshalb sagte sie:

»Ich koche Ihnen noch mehr Kaffee. Fühlen Sie sich jetzt schon wohler?«

»Ja, ich bin nicht mehr ganz so benommen«, antwortete er.

»Ich würde Ihnen gern das Frühstück richten«, sagte Tilda. »Aber es wäre unhöflich, wenn wir nicht auf Frau Sturdel warten. Außerdem möchte ich nicht ohne ihre Erlaubnis die frischgelegten Eier holen.«

»Ich kann warten«, sagte Rudolph. »Ich hoffe, Frau Sturdel hat auch einen Rasierapparat für mich. Ich muß mich dringend rasieren.«

»Ich stelle inzwischen das Wasser für Sie auf«, sagte Tilda. »Frau Sturdel wird jeden Augenblick hier sein. Ich bin sicher, sie besitzt noch den Rasierapparat ihres Mannes.«

»Wo ist Herr Sturdel, dessen Bett ich zweifellos benütze?«

»Er ist gestorben.«

»In diesem Fall kann ich ihm kaum mehr für das geliehene Nachthemd danken«, sagte Rudolph.

Tilda legte die Hand auf die Türklinke, als Rudolph fragte:

»Und wie heißen Sie in Wirklichkeit?«

»Hyde«, sagte Tilda rasch. Sie glaubte, dieser Name sei ihrer jetzigen Position angemessen. »Und er schreibt sich mit y.«

»Das werde ich nicht vergessen, wenn ich Ihnen schreibe«, sagte Rudolph lächelnd.

Sie lachte, als sie in die Küche ging und den Wasserkessel auf den Herd stellte. Frau Sturdel stürmte in die Küche.

»Sie sind wach, junger Mann?« rief sie. »Es ist auch höchste Zeit! Ich dachte schon, Sie wollten den Rest Ihres Lebens in meinem Bett verschlafen.«

»Vielen Dank für alles, Frau Sturdel. Meine Frau und ich sind Ihnen sehr dankbar.«

Tilda sah, daß sich Frau Sturdel über Rudolphs Worte freute. Er kann mit Frauen umgehen, dachte sie, und sie erinnerte sich daran, wie er Mitzi im Wald geküßt hatte und wie aufreizend sie ihm davongelaufen war, aber nicht so rasch, daß er sie nicht hätte einholen können.

»Jetzt machen Sie uns bitte das Frühstück«, sagte Frau Sturdel zu Tilda. »Ich versorge inzwischen die Wunde Ihres Mannes.«

Tilda hörte die beiden im Schlafzimmer lachen, während Frau Sturdel Rudolphs Bein verband und ihm dann den Rasierapparat ihres Mannes brachte.

»Sie müssen sich um Ihren Mann keine Sorgen machen«, sagte Frau Sturdel zu Tilda. »Er ist stark wie ein Pferd, und die Verletzung heilt gut. Natürlich möchte er schon aufstehen, aber ich habe es ihm ausdrücklich verboten.«

Tilda sah sie fragend an, und Frau Sturdel erklärte:

»Ich möchte nicht, daß die Wunde aufplatzt. Junge Leute sind immer so ungeduldig. Man soll einer Wunde Zeit lassen, dann heilt sie von selbst.«

»Wissen Sie etwas Neues über die randalierenden Studenten?« fragte Tilda.

»Der Mann meiner Patientin arbeitet auf dem Postamt. Sie stehen natürlich mit der Stadt in Verbindung, und es heißt, die Dinge stehen immer noch schlimm.«

»Wurden im Dorf keine Erkundigungen über uns eingezogen?« fragte Tilda ängstlich.

»Nein, und niemand weiß, daß Sie hier in meinem Haus sind«, sagte Frau Sturdel beruhigend. »Der Polizist, der für unser Dorf zuständig ist, wohnt zwei Meilen von hier entfernt.«

Tilda atmete erleichtert auf.

»Ich habe Ihnen etwas zum Mittagessen mitgebracht«, sagte Frau Sturdel. »Ich denke, Ihr Mann wird sehr hungrig sein, nachdem er nun ausgeschlafen hat. Es ist gutes Rindfleisch und sehr zart, wenn Sie es langsam kochen.«

»Das will ich gern tun«, sagte Tilda.

»Ich komme am Abend wieder. Sorgen Sie dafür, daß er ruhig liegen bleibt.«

Sie zog ihren Mantel an und nahm ihren Korb.

»Machen Sie sich keine Sorgen, es wird bestimmt niemand hier heraufkommen.«

»Das hoffe ich sehr«, sagte Tilda.

Sie blickte Frau Sturdel nach, als diese zum Dorf hinabging.

Tilda füllte den Krug mit Wasser aus der Pumpe und kehrte ins Haus zurück. Sie verriegelte hinter sich die Haustür.

Rudolph hatte sich rasiert und sah sehr gut aus.

Das Schlafzimmer war voller Sonnenschein, und wieder hatte Tilda das seltsame Gefühl, in einer anderen Welt zu sein.

»Setzen Sie sich zu mir und unterhalten Sie mich«, sagte Rudolph mit seiner wohltönenden Stimme, »sonst langweile ich mich.«

»Worüber wollen Sie sprechen?«, fragte Tilda nervös.

»Über Sie«, antwortete er. »Ich möchte alles über Sie wissen, mit wem Sie verlobt sind, was Sie von Ihrem Verlobten wissen...«

»Sehr wenig«, sagte Tilda wahrheitsgemäß. »Meine Eltern glauben, er sei der passende Gatte für mich, und ich habe in dieser Hinsicht keine Wahl.«

»Was ist, wenn Sie ihn nicht mögen, nachdem Sie ihn kennengelernt haben?«

Tilda hielt vor Schreck den Atem an.

Sie wußte nicht, daß Rudolph deutlich die Angst in ihrem Gesicht sah.

»Dann kann ich auch nichts machen«, sagte sie nach einem Augenblick.

»Alle *mariages de convenance* sind grausam«, sagte er ernst. »Man sollte einem Mann und einer Frau erlauben, ihren Partner selbst zu wählen. Man sollte ihnen erlauben, denjenigen zu heiraten, den sie lieben.«

Er sprach so gefühlvoll, daß Tilda fragte:

»Sind Sie verheiratet?«

»Nein.«

»Warum nicht?«

»Es gibt eine Reihe von Gründen dafür«, antwortete er. »Aber der eigentliche Grund ist der, daß ein Mann sich wesentlich mehr Vergnügungen leisten kann, wenn er Junggeselle ist.«

»Vergnügungen«, wiederholte Tilda. »Sie meinen, Männer amüsieren sich lieber mit mehreren Frauen, als nur einer einzigen treu zu sein.«

»So könnte man es ausdrücken«, sagte Rudolph lachend.

»Wollen Sie ... Mitzi ... heiraten?« fragte Tilda.

»Guter Gott, nein!«

Tilda spürte bei seiner Antwort plötzlich Freude in sich aufsteigen.

»Und warum nicht?« fragte sie.

Er zögerte einen Augenblick, ehe er antwortete:

»Man heiratet nicht die Mitzis dieser Welt, so verlockend und attraktiv sie auch sein mögen.«

»Aber Sie sind gern mit ihr zusammen?«

Rudolph sah Tilda eindringlich an und sagte dann:

»Ziehen Sie nicht ziemlich viele Schlüsse, nur weil Sie Mitzi und mich im Hofbräuhaus gesehen haben? Wir haben dort nur zu Abend gegessen.«

Tilda schwieg.

»Was denken Sie? Was vermuten Sie?«, fragte Rudolph.

»Ich versuche nur zu verstehen«, sagte Tilda. »Ich habe vorher noch keine Frau kennengelernt, die wie Mitzi aussieht.«

»Das glaube ich gern«, sagte Rudolph. »Ich kann mir vorstellen, daß Sie in England ziemlich zurückgezogen gelebt haben. Sicherlich war es für Sie ein unvorstellbarer Gedanke, einmal ein Lokal wie das Hofbräuhaus zu besuchen.«

»Ich habe... meinen Onkel gebeten... mit mir dort hinzugehen«, gestand Tilda.

»Ich kann mir vorstellen, daß Sie ihm so lange zugesetzt haben, bis er nicht mehr ›Nein‹ sagen konnte«, sagte Rudolph. »Aber die Engländer sind gewöhnlich zu steif, um sich in solchen Lokalen wohlzufühlen.«

»Ich fand es sehr lustig. Es hat mir gut gefallen, bis die Studenten hereinstürmten.«

»Wer hätte gedacht, daß sich die Dinge so entwickeln würden und wir uns in solch einer Situation wiederfinden«, sagte Rudolph.

»Glauben sie, die Polizei sucht immer noch nach uns?« fragte Tilda.

»Wir wollen es nicht hoffen«, sagte Rudolph. »Inzwischen haben sie ja ihren Wagen wieder. Wir können nur beten, daß sie die ganze Episode auf sich beruhen lassen.«

In seiner Stimme klang Zweifel mit, der Tilda nicht entging.

»Und wenn sie doch noch nach uns suchen?«

»Wir sind schon mit unangenehmeren Situationen fertiggeworden«, antwortete Rudolph.

Tilda lächelte.

»Es war sehr geschickt von Ihnen, wie Sie es fertigbrachten, daß wir nicht zur Polizeistation transportiert wurden, um...«

»... verhört zu werden«, ergänzte Rudolph.

Tilda schwieg einen Augenblick, und dann sagte sie:

»Meine Frage ist vielleicht indiskret, und Sie brauchen mir darauf nicht zu antworten, aber was haben Sie angestellt?«

Ihre blauen Augen sahen ihn neugierig an.

Rudolph schwieg lange, bevor er sagte:

»Was stellen Sie sich vor? Glauben Sie, ich bin ein Bankräuber oder ein Juwelendieb oder vielleicht ein Anarchist?«

»Keineswegs«, sagte Tilda. »Aber ich habe mich gefragt, warum Sie sich vor der Polizei gefürchtet haben.«

»Vielleicht, weil ich mich unerlaubt von der Truppe entfernt habe«, sagte Rudolph langsam.

»Sind Sie Soldat?«

Er nickte.

»Aber kein Deserteur«, sagte Tilda.

»Nein, natürlich nicht«, erwiderte Rudolph. »Ich habe nur meine Pflicht vernachlässigt. Und darüber runzeln die Verantwortlichen die Stirn.«

Genau das habe ich auch getan, dachte Tilda.

Unwillkürlich war sie erleichtert darüber, daß Rudolphs Vergehen nicht schlimmer war.

Sie hatte sich Sorgen gemacht, sein Vergehen könnte gewaltig gewesen sein, so daß er sie in einen noch größeren Skandal verwickeln würde.

Sie hatte nicht daran geglaubt, daß Rudolph ein Verbrecher war, aber man konnte niemals sicher sein, sagte sie sich.

Man hatte ihr erzählt, daß erfahrene Spitzbuben nicht wie Verbrecher aussahen im Gegensatz zu Halbstarken, die wilder aussahen, als sie es tatsächlich waren.

Unerlaubt von der Truppe abwesend zu sein, würde für ihn eine harte Strafe mit sich bringen. Aber dies ging im Grunde die Zivilpolizei nichts an, obwohl sie zweifellos auch mit der Armee zusammenarbeitete, sagte sich Tilda.

Sie bemerkte, daß Rudolph sie interessiert ansah.

»Nun?« fragte er. »Sind Sie erleichtert, daß es nichts Schlimmeres ist? Sie hätten sich auch mit einem Mörder oder einem Strolch zusammentun können.«

»Ich hielt Sie für nichts dergleichen«, sagte Tilda hitzig.

»Wir hatten auf der Flucht sowieso keine Zeit, über einander nachzudenken«, sagte Rudolph. »Wir mußten unsere Haut retten.«

Er lachte.

»Ich hätte gern die Gesichter der Polizisten auf dem Platz gesehen, als direkt vor ihren Augen ihr eigenen Wagen davonfuhr. Das wird sie lehren, künftig achtsamer zu sein.«

»Sie haben sich gerächt, indem sie Sie ins Bein schossen.«

»Das war meine eigene Dummheit! Ich hätte daran denken sollen, daß sie die Straßen sperren. Wir hätten eher in eine kleine Landstraße abbiegen können. Dann hätte uns niemand gefunden.«

»Trotzdem hatten wir großes Glück«, sagte Tilda.

»Ja, das stimmt«, sagte Rudolph.

Tilda kochte das Mittagessen.

»Ihr künftiger Mann wird keinen Grund haben, sich über das Essen zu beschweren«, sagte Rudolph lobend.

Als Tilda an die schwerverdaulichen Speisen dachte, die sie

während ihrer Reise durch Europa bei ihren Verwandten vorgesetzt bekommen hatte, fragte sie sich, ob es eine Möglichkeit gab, die Küche im Schloß von Obernia zu bereichern.

Sie wußte wohl, daß es nicht dem Protokoll entsprach, wenn sie sich einmischte, aber sie sagte sich, daß Fürst Maximilian, da er jung war, sicherlich nicht engherzig und unzugänglich sein würde, wie es viele ihrer königlichen Verwandten waren.

»Woran denken Sie?« sagte Rudolph unerwartet. »Sie machen ein so besorgtes Gesicht.«

»Ich dachte an meine Zukunft«, sagte Tilda.

»Und das beunruhigt Sie?«

»Ja, natürlich. Würde es Ihnen gefallen, wenn man Sie mit einer Frau verheiraten würde, die Sie noch niemals gesehen haben und die Sie nicht kennen?«

Rudolph schwieg einen Augenblick, dann sagte er:

»Ich nehme an, daß Sie viel Geld in die Ehe mitbringen und Ihr Mann einen hohen Titel.«

Tilda fand diese Art von Gespräch plötzlich gefährlich. Sie räumte rasch das Geschirr ab und trug es in die Küche. Während sie es spülte, hoffte sie, Rudolph würde ein wenig schlafen.

Aber als sie wieder in das Schlafzimmer zurückkam, sah sie, daß er auf sie gewartet hatte.

»Setzen Sie sich zu mir, Tilda. Ich möchte mich mit Ihnen unterhalten.«

Sie gehorchte und setzte sich auf den Bettrand.

Er ergriff ihre Hand.

»Sie sind so zierlich und reizend. Ich kann den Gedanken nicht ertragen, daß Sie unglücklich sind.«

Tilda sah ihn erstaunt an.

Niemand hatte jemals so zärtlich mit ihr gesprochen. Rudolph drückte ihre Hand, während er mit ihr sprach.

»Aber es ist nicht nur das«, sagte er. »Ich mache mir Sorgen, daß Sie Schwierigkeiten bekommen könnten, weil Sie hier mit mir zusammen sind. Wenn Ihre Angehörigen es erfahren, werden sie es für skandalös und empörend halten.«

»Sie werden es nicht erfahren«, sagte Tilda.

»Das wollen wir hoffen«, antwortete Rudolph. »Aber wenn Sie wieder in München sind, werden Sie eine Erklärung abgeben müssen, wo Sie die ganze Zeit gewesen sind.«

»Ich werde mir etwas Überzeugendes ausdenken«, sagte Tilda.

Es war für sie im Augenblick schwer, überhaupt an etwas

anderes zu denken als daran, daß sie Rudolph nahe war und er sie berührte.

»Also gut«, sagte Rudolph. »Wir werden darüber sprechen, wenn es so weit ist. Inzwischen spielen wir Mann und Frau. Ich gratuliere mir dazu, daß ich eine so reizende Frau gewählt habe, obwohl alles im Dunkeln geschah.«

»Und Sie sind der stattlichste Mann, den ich je kennengelernt habe.«

»Danke«, antwortete er. »Aber ich habe das Gefühl, daß Sie mit Ihren Komplimenten nicht so großzügig umgehen sollten.«

»Sie meinen... ich hätte nicht sagen sollen, daß ich Sie für... stattlich halte?«

»Es war nicht falsch«, sagte er. »Aber ich bin sicher, Sie hätten es niemals zu einem Engländer gesagt.«

Tilda lächelte.

»Nein, wahrhaftig nicht. Ich habe aber auch keinen kennengelernt, der so gut aussah wie Sie.«

Rudolph preßte ihre Hand.

»Sie sind charmant«, sagte er. »Ich nehme an, daß Ihnen das schon viele Männer gesagt haben.«

»Keiner hat mir jemals etwas gesagt, was ich wirklich hören wollte«, sagte Tilda.

»Ich hätte nicht gedacht, daß englische Mädchen so charmant und hübsch sein können. Wirklich, kleine Tilda, Sie sehen wie eine Märchenprinzessin aus.«

»Sie sagen mir bezaubernde Dinge. Sagen Sie so etwas zu allen Frauen, die Sie kennenlernen?« fragte Tilda.

»Sie stellen mir die peinlichsten Fragen!« antwortete Rudolph. »Ich kann mir den englischen Haushalt vorstellen, in dem Sie aufgewachsen sind.«

»Vielleicht kann ich gerade wegen der Art, wie ich erzogen wurde, aussprechen, was ich denke. Ich finde, es ist schrecklich anstrengend und langweilig, wenn man immer erst überlegen muß, was man sagen darf.«

»Ich auch. Aber ich meine, Sie sollten in Ihrem Alter das Leben nicht langweilig finden«, sagte Rudolph. »Doch lassen Sie mich jetzt raten... wenn Sie im Augenblick in England wären, würden Sie durch einen Park spazierenfahren..., aber Sie könnten auch den Glaspalast besuchen..., und heute abend würden sehr elegante junge Männer Sie auf einen Ball begleiten. Sie würden steife, weiße Hemdbrüste tragen und weiße Handschuhe...«

Tilda lachte.

»Woher wissen Sie soviel über England?«

»Ich war einmal während der sogenannten Londoner Saison dort. Ich habe die jungen Mädchen beobachtet, die so wie Sie aussahen, aber nicht annähernd so hübsch waren. Sie stiegen mit grimmig dreinschauenden älteren Damen aus den Kutschen und besuchten wichtige Gesellschaften, um am ›Heiratsmarkt‹ teilzunehmen.

»Am Heiratsmarkt?« rief Tilda.

»Was ist es sonst?« fragte Rudolph. »Wenn die Mädchen in eine gewisse Gesellschaftsschicht hineingeboren werden, müssen sie versuchen, eine gute Partie zu machen, das heißt mit anderen Worten, einen Mann mit viel Geld und einem Titel zu finden.«

In Rudolphs Stimme lag eine Spur von Verachtung, und Tilda wurde es unbehaglich zumute.

Sie wußte, daß er die Wahrheit sagte.

Die Debütantinnen, die Abend für Abend die Bälle besuchten, nahmen in der Tat an einem Heiratsmarkt teil, und ihr einziger Ehrgeiz war es, den richtigen Gatten für sich zu gewinnen, wobei der Rang und der Wohlstand eine große Rolle spielten.

»Aber das kennen Sie ja alles selbst«, sagte Rudolph. »Und sie werden Ihren wichtigen Bayern heiraten und die Tatsache zu vergessen versuchen, daß Sie mit mir eine Holzhütte auf einem Berg geteilt haben.«

»Es war ein Abenteuer, und ich werde es niemals vergessen«, sagte Tilda leise.

»Sind Sie sicher?«

»Ganz, ganz sicher.«

Tilda fiel es plötzlich schwer, ihm in die Augen zu sehen.

Sie unterhielten sich noch den ganzen Nachmittag miteinander und sprachen über Musik, und Rudolph erzählte ihr von dem großen Erfolg Richard Wagners in Bayern.

Sie hatten beide viele Bücher der gleichen Autoren gelesen und waren beide von Darwins Evolutionstheorie gefesselt.

Während sie herausfanden, daß sie vieles gemeinsam hatten, glaubte Tilda, daß sie in gewisser Weise miteinander wetteiferten.

Außerdem verbarg sie ein Geheimnis vor Rudolph, und sie spürte, daß auch er ihr etwas verschwieg.

Sie fragte sich, ob es Mitzi betraf. Sie war sicher, daß er viel zu klug war, ihr etwas zu erzählen, von dem er nicht wollte, daß sie es wußte.

Sie selbst fürchtete sich davor, sich zu versprechen und zu viel von sich preiszugeben. Andererseits hatte sie noch keinen Nachmittag so genossen wie diesen.

Sie war zum ersten Mal mit einem Mann allein, und dazu noch mit einem so attraktiven.

Früher war stets ihre Mutter dabeigewesen oder eine Anstandsdame, die ihre Mutter vertrat.

Aber ob behütet oder nicht, sie hatte niemals Gelegenheit gehabt, mit einem Mann wie Rudolph zu sprechen.

Er hatte nichts Schwächliches an sich, und sie hatte das unerklärliche Gefühl, daß er, was Frauen anbetraf, sehr erfahren war.

Es war für sie beide eine Überraschung, als Frau Sturdel nach Hause kam, und sie feststellten, daß es schon sechs Uhr war.

»Ich glaube, Sie haben mich nicht vermißt«, sagte Frau Sturdel lächelnd. »Aber ich bin neugierig, wie es meinem Patienten geht.«

»Ich bin wieder völlig hergestellt«, antwortete Rudolph.

»Das beurteile ich«, erwiderte Frau Sturdel.

Sie bereitete alles für einen frischen Verband vor und wies dann Tilda Aufgaben zu, die sie draußen im Garten und in der Küche beschäftigten.

Tilda vermutete, daß Rudolph Frau Sturdel gebeten hatte, sie aus dem Schlafzimmer zu schicken, während sie seine Wunde versorgte.

Wenn er glaubt, seine Verletzung würde mich erschrecken, irrt er sich, sagte sich Tilda stolz.

Aber gleichzeitig war sie doch froh, nicht zuschauen zu müssen.

Frau Sturdel hatte ihnen Rehsteaks zum Abendessen mitgebracht, und Rudolph fand sie ausgezeichnet.

Sie hatte auch eine Flasche Bier für ihn besorgt, und als er ihr für ihre Fürsorge dankte, sagte sie:

»Ich bin noch nicht so alt, daß ich vergessen hätte, was einem Mann schmeckt.«

»Warum haben Sie nicht wieder geheiratet?« fragte Rudolph.

»Ich habe keinen Mann gefunden, der mir gefällt«, sagte Frau Sturdel.

»Ich bin überzeugt, jeder Mann im Dorf würde Ihnen sein Herz zu Füßen legen«, bemerkte Rudolph.

»Kümmern Sie sich um Ihre Angelegenheiten«, sagte Frau Sturdel lachend. Aber sie freute sich über Rudolphs Kompliment und sah ganz verlegen aus.

»Ich muß jetzt wieder gehen«, sagte sie nach dem Abendessen.

»Ist das Baby immer noch nicht zur Welt gekommen?« fragte Tilda.

»Nein, es läßt uns warten, und deshalb bin ich fast sicher, daß es ein Mädchen sein wird«, antwortete Frau Sturdel.

Als sie gegangen war, verriegelte Tilda die Haustür und ging ins Schlafzimmer.

Rudolph sah sie fragend an.

»Was macht Ihnen Sorgen?« sagte er.

»Ich frage mich... wo ich heute... schlafen soll«, sagte Tilda.

»Wo Sie in der vergangenen Nacht geschlafen haben«, antwortete Rudolph.

Sie errötete.

»Nachdem Sie jetzt wieder bei Bewußtsein sind, wäre es nicht schicklich, obwohl ich nicht weiß, warum es... unschicklich sein soll.«

Es entstand eine Pause. Dann sagte Rudolph:

»Ich könnte Ihnen eine Reihe von Gründen nennen, aber ich weiß eine bessere Lösung.«

»Wirklich?«

»Ja, als ich einmal in Schweden war, erzählte man mir eine lustige Geschichte. Sie betraf junge, verlobte Paare«, sagte Rudolph. »Wie Sie wissen, ist es dort im Winter sehr kalt. Gewöhnlich hat man nur im Wohnzimmer einen Ofen, und wenn nun das verlobte Paar allein sein möchte, und es ist zu kalt in den ungeheizten Zimmern, dann gehen sie einfach zusammen ins Bett.«

»Ins Bett?« rief Tilda.

»Ja, aber man legt ein großes Kissen zwischen sie in die Mitte des Bettes, so daß sie einander nicht berühren«, antwortete Rudolph.

»Das klingt sehr merkwürdig«, sagte Tilda.

»Ob merkwürdig oder nicht, es ist im Augenblick die Lösung unseres Problems«, antwortete Rudolph. »Sie legen ein Kissen in die Mitte des Bettes zwischen uns, und es wird sich als ein sehr wirksamer Schutz erweisen, das verspreche ich Ihnen.«

»Das klingt vernünftig«, sagte Tilda.

»Es ist auch vernünftig«, antwortete Rudolph. »Ich könnte mich natürlich auch auf den Fußboden legen, was aber außerordentlich unbequem wäre. Oder Sie könnten kerzengerade auf dem harten Stuhl sitzen. Eine andere Wahl gibt es für uns zur Zeit nicht.«

»Ja«, stimmte Tilda zu.

Sie legte das Kissen in die Mitte des Bettes und sagte dann:

»Ich ziehe mich jetzt in der Küche aus. Würden Sie bitte die Augen schließen, wenn ich wieder hereinkomme?«

»Ja.«

»Versprechen Sie es mir?«

»Bei meiner Soldatenehre!«

»Ich glaube nicht, daß das sehr überzeugend ist. Wer ist Ihr Schutzheiliger in Obernia?«

»Oh, es gibt ein ganze Menge davon«, erwiderte Rudolph. »Ich glaube, der heilige Gerhardt ist sehr beliebt.«

»Ich habe noch niemals von ihm gehört«, sagte Tilda. »Was hat er getan?«

»Anfangs war er ein ganz tüchtiger Mann«, antwortete Rudolph. »Er hat eine Anzahl Dragoner getötet und die Hand einer Prinzessin gewonnen. Doch dann geriet er ins Verderben.«

»Wodurch?«

»Er verließ sein Schloß, seine Frau und seine Kinder und wanderte in einer Mönchskutte durch das Land. Er wollte Stücke des Wahren Kreuzes finden.«

»Wahrscheinlich wollte er heilig werden.«

»Ich nenne das eine miese Entschuldigung dafür, wenn man sich vor der Verantwortung drücken will«, bemerkte Rudolph. »Aber ich werde natürlich auf den heiligen Gerhardt schwören, wenn es Ihnen Freude macht.«

»Wir müssen eine Strafe ausmachen, falls Sie Ihr Versprechen brechen«, sagte Tilda.

»Und was schlagen Sie vor?«

»Was würden Sie ungern verlieren oder aufgeben?«

Rudolph dachte einen Augenblick nach und sagte dann augenzwinkernd:

»Ich glaube, Wein, Weib und Gesang, obwohl ich mir aus dem Singen nicht besonders viel mache.«

»Also gut! Jetzt wiederholen Sie, was ich Ihnen vorspreche: Heiliger Gerhardt, wenn ich lüge, kein Wein und keine Frauen mehr, bis ich sterbe.«

»Das ist zu streng!« protestierte Rudolph.

»Was schlagen Sie statt dessen vor?«

Rudolph dachte einen Augenblick nach und sagte dann langsam:

»Heiliger Gerhardt, wenn ich lüge, dann gib mir nur eine einzige Frau, bis ich sterbe.«

»Ich hätte gedacht, das wäre für Sie beinahe ebenso schlimm«, sagte Tilda. »Es bedeutet, daß Sie heiraten müßten, und dann gäbe es keine Mitzis mehr, keine fröhlichen, lustigen Gelage, und Sie müßten nur noch mit Ihrer Frau zu Hause sitzen.«

Sie lachte.

Doch als sie in Rudolphs Augen sah, erstarb das Lachen auf ihren Lippen.

Sie wußte nicht warum, aber sie konnte sich nicht bewegen und kaum atmen.

»Es würde davon abhängen, wen ich heirate!« sagte Rudolph langsam.

6. Kapitel

Tilda halft Frau Sturdel, das Frühstücksgeschirr abzuwaschen.

Sie hatten sich verspätet, da sie sich mit Rudolph unterhalten hatten.

»Ich glaube, das Kind kommt heute früh zur Welt«, sagte Frau Sturdel.

»Sind Sie sicher?« fragte Tilda.

»So sicher, wie man über irgend etwas in dieser verworfenen Welt sein kann«, sagte Frau Sturdel. »Babys sind immer unberechenbar.«

Tilda lächelte.

Sie stellte den Teller, den sie eben abgetrocknet hatte, in das Regal und sah dann zum Fenster hinaus. Dabei stieß sie einen ängstlichen Schrei aus.

»Frau Sturdel!« rief sie aufgeregt.

»Was ist?«

»Schauen Sie!«

Zwei Polizisten in Uniform kamen langsam den Weg zur Hütte herauf.

»Das ist unser hiesiger Schutzmann und noch ein anderer«, sagte Frau Sturdel.

»Was sollten wir tun? Wo sollen wir uns verstecken?« fragte Tilda aufgeregt.

Frau Sturdel ging zur Haustür und schob den Riegel vor.

Dann sagte sie zu Tilda:

»Rasch, ins Schlafzimmer!«

Tilda gehorchte.

Rudolph blickte überrascht auf, als sie beide eintraten.

»Zwei Polizisten kommen«, flüsterte Tilda.

Frau Sturdel ging zum Kleiderschrank, der auf der einen Seite des Zimmers stand.

»Legen Sie sich alle beide in die Mitte des Bettes!« befahl sie.

Tilda sah sie überrascht an. Aber Rudolph tat sofort, was sie verlangte.

Tilda hob nach einem kurzen Zögern das Federbett und legte sich dicht neben ihn.

Sie wußte nicht, was Frau Sturdel vorhatte, aber sie fürchtete sich entsetzlich davor, auf die Polizeiwache zum Verhör gebracht zu werden.

Frau Sturdel nahm vom obersten Fach des Kleiderschrankes eine schwere Flickendecke.

Sie war aus verschiedenen Stoffresten zusammengenäht und sah kunstvoll und hübsch aus.

Aber jetzt war nicht die richtige Zeit, die Decke zu bewundern.

Rudolph legte einen Arm um Tilda und zog sie an sich. Sie zitterte und war einen Augenblick verlegen, weil sie ihm noch nie so nahe gewesen war.

Frau Sturdel deckte sie völlig mit der Flickendecke zu.

Tilda sagte sich, daß sie in der Mitte des Bettes ganz vom flauschigen dicken Federbett verborgen waren. Niemand würde Verdacht schöpfen, daß jemand im Bett lag.

Rudolph erkannte Frau Sturdels Absichten und schob die beiden Kopfkissen auseinander, so daß sein und Tildas Kopf in der Mulde lagen.

Als Frau Sturdel gerade das Schlafzimmer verlassen wollte, klopfte es an die Haustür.

»Seien Sie ganz still«, flüsterte Frau Sturdel.

Sie ließ die Schlafzimmertür einen Spalt offen, als ob sie nichts zu verbergen hätte, und ging in die Küche.

Rudolph und Tilda hörten, wie sie den Riegel zurückschob und überrascht sagte:

»Guten Morgen, Herr Oberinspektor.«

»Guten Morgen, Frau Sturdel«, erwiderte eine Männerstimme.

»Wollen Sie mich besuchen?« fragte Frau Sturdel freundlich.

»Ja«, antwortete der Polizist. »Und ich habe meinen Vorgesetzten, den Herrn Polizeiinspektor mitgebracht.«

»Guten Morgen!« sagte Frau Sturdel. »Kommen Sie doch herein. Ich koche Ihnen eine Tasse Kaffee.«

»Das ist sehr freundlich von Ihnen, Frau Sturdel, aber wir haben keine Zeit«, sagte der Polizist. »Der Herr Polizeiinspektor möchte nur einige Fragen an Sie stellen.«

»Worum geht es?« fragte Frau Sturdel.

»Ich ziehe Erkundigungen über zwei Studenten ein, die vor drei Tagen in München einen Polizeiwagen gestohlen haben«, sagte der Polizist.

»Einen Polizeiwagen!« rief Frau Sturdel. »Das ist ja unerhört!«

»Sie sind uns entkommen!« sagte der Polizist ernst. »Es ist ein unerhörter Vorgang! Die verantwortlichen Polizisten sind streng gerügt worden!«

»Das kann ich verstehen«, sagte Frau Sturdel. »Aber ich versichere Ihnen, daß in unserem Dorf kein Polizeiwagen ist.«

»Den Polizeiwagen haben wir gefunden«, erwiderte der Polizeiinspektor. »Aber die Studenten sind uns entkommen.«

»Wir sind hier doch sehr weit von München entfernt!«

»Man hat sie gesehen, als sie den Berg westlich von hier heraufgeklettert sind«, sagte der Polizeioberinspektor. »Und man hat Schüsse in ihre Richtung abgefeuert, aber es ist nicht sicher, ob sie getroffen wurden.«

»Wenn nicht, dann stelle ich mir vor, daß sie inzwischen über alle Berge sind«, sagte Frau Sturdel.

»Genau das habe ich auch gesagt«, erklärte der Dorfpolizist. »Aber der Polizeioberinspektor wollte Sie unbedingt persönlich fragen, ob Sie diese jungen Leute gesehen haben?«

»Sind es zwei Männer?« fragte Frau Sturdel.

»Die Polizisten, die auf sie geschossen haben, sagten, es seien ein Mann und eine Frau gewesen. Aber sie waren nicht sicher. Ich sehe schon, daß Sie uns in dieser Sache auch nicht helfen können, Frau Sturdel.«

»Leider nein«, sagte Frau Sturdel und seufzte. »Aber ich werde natürlich mit dem Herrn Polizeioberinspektor sofort Verbindung aufnehmen, wenn ich etwas höre, es sei denn...«

Sie hielt kurz inne: »... sie wollen mein Haus durchsuchen? Wie Sie sehen, ist es nicht sehr groß, und es wäre schwierig, hier jemanden zu verstecken.«

»Das sehe ich«, sagte der Polizist. »Und entschuldigen Sie, daß wir Sie belästigt haben. Ich weiß, Sie warten auf eine Geburt.«

»Ja, das stimmt«, sagte Frau Sturdel. »Wir warten schon seit Tagen auf das Baby. Es will offenbar sehr ungern auf die Welt kommen, und ich kann mir gar nicht denken warum.«

»Vielleicht will es kein randalierender Student werden«, meinte der Polizist und lachte schallend über seinen eigenen Witz.

»Sie waren schon immer ein Witzbold!« rief Frau Sturdel. »Aber wenn ich wetten müßte, würde ich sagen, es wird ein Mädchen.«

»Wir wollen Ihre Zeit nicht länger in Anspruch nehmen«, sagte der Polizeioberinspektor ernst, als hielte er diesen Wortwechsel für reine Zeitvergeudung. »Ich werde jetzt noch Erkundigungen beim Pfarrer einziehen und hören, ob er uns irgendwie helfen kann. Danach gehen wir in das nächste Dorf.«

»Ich hoffe, Sie haben dort mehr Erfolg«, sagte Frau Sturdel.

»Vielen Dank«, sagte der Polizist höflich.

»Guten Morgen, Herr Polizeioberinspektor.«

Der Wortwechsel schien ewig weiterzugehen.

Tilda, die ihr Gesicht an Rudolphs Schulter gepreßt hatte, entspannte sich.

Die Polizisten verließen das Haus, und sie waren in Sicherheit.

Tilda wußte, daß auch Rudolph beunruhigt gewesen war.

Keiner von beiden hatte auch nur einen einzigen Muskel bewegt, nachdem Frau Sturdel die Flickendecke über sie gelegt hatte.

Jetzt zog Rudolph Tilda fest an sich.

Sie hörten, wie Frau Sturdel die Tür schloß und den Riegel vorschob.

Tilda stieß einen tiefen Seufzer der Erleichterung aus.

»Wir haben wieder einmal Glück gehabt«, sagte sie und wandte ihr Gesicht Rudolph zu. Im nächsten Augenblick lag sein Mund auf ihrem, und seine Lippen versetzten sie in eine zauberhafte Ekstase.

Es war, als schössen Blitze durch sie hindurch, und sie wußte, daß es dies war, was sie sich immer gewünscht hatte.

Sie hatte sich danach gesehnt, seitdem sie Rudolph im Wald von Schloß Linderhof Mitzi hatte küssen sehen.

Sie hatte sich vorzustellen versucht, was sie damals empfunden haben mochten, aber die Wirklichkeit war so anders, so märchenhaft, daß sie sich nicht von seinen Lippen trennen wollte.

Sie vergaß die Gefahr, in der sie gewesen waren, und es gab niemanden mehr auf der Welt außer ihm.

Als Frau Sturdel die Decke zurückschlug, war es für Tilda fast ein körperlicher Schmerz, als sie ihre Lippen von ihm lösen mußte.

»Das ist noch einmal gutgegangen«, rief Frau Sturdel. »Ich fürchtete schon, daß unser Dorfpolizist, der immer sehr neugierig ist, den Kleiderschrank durchsuchen und Ihre Kleider dabei entdecken könnte.«

Sie nahm die Decke vom Bett.

Einen Augenblick war es Tilda unmöglich, sich zu bewegen. Sie wollte liegenbleiben und ihren Kopf nicht von Rudolphs Schulter nehmen.

Dann löste er seinen Arm von ihr, und sie war frei.

Tilda stand auf und half Frau Sturdel die Decke zusammenzulegen.

»Als meine Großmutter sie mir schenkte, hätte ich niemals gedacht, daß sie einmal so nützlich sein würde«, sagte Frau Sturdel.

»Wir sind Ihnen sehr dankbar«, sagte Rudolph.

»Nach all den Scherereien, die ich mit Ihnen hatte, wollte ich Sie der Polizei nicht ausliefern«, sagte Frau Sturdel lächelnd.

»Wie können wir Ihnen nur für alles danken?« fragte Rudolph.

»Indem Sie mich aus Ihren Scherereien heraushalten«, erwiderte Frau Sturdel. Sie sah auf die Uhr und sagte:

»Jetzt muß ich mich aber beeilen, sonst kommt man mich holen. Ich komme heute abend zur gewohnten Zeit nach Hause. Auf Wiedersehen, Kinder.«

Sie ging in die Küche und rief:

»Frau Weber, vergessen Sie nicht, das Fleisch, das ich Ihnen mitgebracht habe, in die Speisekammer zu stellen, sonst setzen sich die Fliegen darauf.«

»Das werde ich sofort tun«, antwortete Tilda.

Sie brachte gehorsam das Fleisch in die kleine Speisekammer, die durch ein dichtes Netz vor den Fliegen geschützt war.

Als Tilda das getan hatte, war Frau Sturdel schon halb den Berg hinuntergegangen.

Sie ging in das Schlafzimmer zurück. Rudolph saß wie gewöhnlich im Bett und lehnte sich in die Kissen.

Tilda sah ihn einen Augenblick lang strahlend an, lief dann zu ihm hinüber und streckte ihm beide Hände hin:

»Rudolph, Rudolph!« flüsterte sie.

Sie wollte, daß er sie noch einmal küßte. Sie wollte sich in seine Arme werfen, aber er hielt sie davon ab, und irgendwie fand sich Tilda auf dem Bettrand sitzend wieder.

»Es war ein Mißverständnis, Tilda«, sagte Rudolph leise. »Sie müssen es vergessen.«

»Vergessen, daß Sie mich geküßt haben?« fragte Tilda ungläubig.

»Ja.«

»Aber es war wunderbar! Es war das Wundervollste, das ich je erlebt habe... Warum soll ich es vergessen...«

Er antwortete nicht, und nach einem Augenblick sagte sie mit zaghafter Stimme:

»Sie meinen... Sie haben mich... nicht gern geküßt?«

»Nein, das meine ich natürlich nicht!« sagte Rudolph. »Es war herrlich. Der schönste Kuß, den ich je bekommen habe. Aber es darf nicht wieder geschehen, Tilda.«

»Warum nicht?« fragte Tilda. »Ich verstehe das nicht.«

Er umfaßte mit beiden Händen ihre rechte Hand und sah sie an. Tilda spürte, daß er nach Worten suchte.

»Tilda, wir haben uns durch einen Zufall kennengelernt«, sagte er. »Wir dürfen einander in Zukunft nichts bedeuten. Ich möchte Ihnen nicht wehtun.«

»Aber warum sollten Sie mir wehtun?« fragte Tilda.

Er antwortete nicht.

Nach einem Augenblick sagte sie leise:

»Ich möchte... daß Sie mich... noch einmal... küssen.«

»Tilda, seien Sie vernünftig!«

»Warum?« fragte Tilda. »Niemand wird jemals erfahren, daß wir zusammen im gleichen Bett geschlafen haben.«

»So einfach ist das nicht.«

»Warum nicht? Ich verstehe das nicht. Sie küssen doch auch andere... Frauen... Warum, nicht auch mich...?«

»Ich will Ihnen zwei Gründe nennen«, sagte Rudolph. »Der erste ist der, daß Sie eine junge Dame sind.«

Tilda wollte darüber diskutieren. Sie wollte darauf hinweisen, daß ihr Stand kein Hinderungsgrund sein durfte, sie zu küssen. Aber Rudolph ließ sie nicht zu Wort kommen.

»Waren Sie schon einmal in einer bayrischen Kirche?« fragte er.

Tilda sah ihn überrascht an.

»Ja, natürlich«, sagte sie. »Wir haben auf unserer Fahrt durch Bayern eine Menge Kirchen besichtigt. Sie sind wunderschön, viel schöner als alle Kirchen, die ich bisher gesehen hatte.«

»Haben Sie sich auch die Stuckarbeiten genau angesehen?« fragte Rudolph. »Und haben Sie die Engel gesehen?«

»Ja, natürlich«, antwortete Tilda. »Reizende kleine Engel, die über der Kanzel und über dem Altar schweben und an die Decken gemalt sind.«

»Genauso sehen Sie aus«, sagte Rudolph, »wie ein reizender kleiner Engel.«

Seine Stimme klang so zärtlich, daß Tilda ihn mit großen Augen ansah.

Nach einer Weile sagte er:

»Kein Mann könnte etwas so Vollkommenes, so unglaublich Reizendes verletzen.«

»Bin ich wirklich so?« fragte Tilda.

»Ich habe nicht gewußt, daß eine Frau so reizvoll sein kann«, sagte Rudolph leise.

»Und ich habe noch niemals einen stattlicheren Mann gesehen. Sie sagten, ich dürfe Ihnen das nicht sagen, aber ich sehe nicht ein, warum ich es nicht tun sollte... und ich verstehe auch nicht, warum Sie mich nicht noch einmal küssen wollen, wenn Sie etwas für mich empfinden.«

»Das wollte ich Ihnen ja gerade erklären«, sagte Rudolph.

Er seufzte.

»Wir müssen beide unseren Weg gehen. Sie sind verlobt. Wir leben in verschiedenen Welten. Wenn Sie nach München zurückgekehrt sind, werden wir uns nicht wiedersehen.«

Seine Worte schmerzten Tilda.

Sie umklammerte seine Hand und sagte:

»Aber ich möchte Sie wiedersehen. Ich möchte immer mit Ihnen zusammensein.«

»Das möchte ich auch«, sagte Rudolph. »Aber es ist unmöglich.«

Er blickte sie nicht an.

Nach einem Augenblick sagte Tilda zögernd:

»Wenn wir einander... verlassen müssen..., könnten wir dann nicht wenigstens so lange glücklich sein..., so wie wir hier beisammen sind... bitte... Rudolph... bitte, küsse mich noch einmal.«

»Ich habe ›Nein‹ gesagt«, erwiderte er scharf. Seine Stimme klang jetzt grob. »Sie dürfen mich nicht zu sehr bedrängen, Tilda. Ich bin ein Mann, Tilda, aber ich versuche, mich so anständig zu benehmen, wie Sie es von einem Gentleman erwarten würden.«

»Ich begreife nicht, was es ausmachen würde, wenn Sie mich noch einmal küssen«, sagte Tilda.

»Eines Tages werden Sie es begreifen«, sagte Rudolph. »Ihr Mann wird es Ihnen erklären.«

Tilda zog ärgerlich ihre Hand zurück.

»Jetzt reden Sie wie Mama! Ich habe Leute satt, die meine Fragen nicht beantworten und immer nur sagen... mein Mann wird mir dies erklären, mein Mann wird mir jenes erklären. Wie, wenn er es nicht tut?«

»Was hat Ihre Mutter dazu gesagt?« fragte Rudolph.

Tilda blickte zum Fenster.

»Ich habe Mama gefragt, was geschieht, wenn ein Mann im gleichen Bett mit seiner Frau schläft.«

»Und was hat Sie Ihnen geantwortet?«

»Sie sagte, mein Mann würde es mir erklären! Und dann fügte sie etwas hinzu, was ich nicht verstanden habe.«

»Und was war das?« fragte Rudolph.

»Sie sagte, dein Mann wird Dinge tun, die du vielleicht unangenehm finden könntest, aber denke daran, als seine Frau mußt du ihm gehorchen. Es ist der Wille Gottes.«

Tilda fragte leise:

»Was wird er tun?«

Rudolph antwortete nicht.

»Ich kann mir nicht erklären, warum die Leute so ein Geheimnis um die Liebe machen«, sagte sie.

Rudolph holte tief Luft.

»Sie sind noch sehr jung, Tilda. Es ist schwer für mich, es Ihnen zu erklären.«

»Warum?« fragte Tilda ängstlich. »Was sind das für Geheimnisse?«

Rudolph sah sie an, und ihre blauen Augen blitzten. Ihr Mund schmollte.

Ich habe recht, dachte er, sie sieht genauso aus wie ein kleiner Engel.

Tilda hatte trotz ihres kindlichen Äußeren etwas sehr Feminines und Verführerisches an sich.

Sie stand auf.

»Also gut«, sagte sie barsch. »Wenn Sie es mir nicht sagen wollen, dann wird es mir früher oder später jemand erklären, ich werde auf jeden Fall so lange fragen, bis ich eine befriedigende Antwort bekomme!«

»Ihr Mann wird Ihnen eine befriedigende Antwort geben«, sagte Rudolph mit rauher Stimme

»Ich zweifle daran«, fauchte Tilda. »Ich vermute, er wird sagen, ich sei zu jung, zu dumm, zu hübsch, zu häßlich, zu groß oder zu klein! Er wird irgendeine Ausrede erfinden, nur um mir nicht die Wahrheit sagen zu müssen! Ich hätte nicht gedacht, daß Männer so unvernünftig sein können!«

Rudolph lächelte.

»Sie verhalten sich wie ein kleines Kätzchen, das einen Terrier anfaucht. Ich glaube fast, Sie haben erst sehr wenige Männer kennengelernt.«

»Ich dachte, Sie wären anders als alle anderen Männer«, sagte Tilda und dachte an ihre adeligen Verwandten.

»Ich fürchte, ich muß Sie enttäuschen.«

»Das tun Sie allerdings!«

Tilda ging in die Küche. Sie konnte es nicht fassen, daß Rudolph sie nicht noch einmal küssen wollte, ihr nicht noch einmal dieses wunderbare Gefühl schenken wollte, das ihren ganzen Körper durchdrungen hatte, als seine Lippen ihren Mund berührten.

Sie seufzte leise.

So ist also ein Kuß, dachte sie. Nun habe ich wenigstens etwas, woran ich mich erinnern werde, wenn ich Rudolph nicht mehr sehe.

Die Vorstellung schmerzte sie, aber sie sagte sich, daß sie es ihn nicht wissen lassen wollte. Sie nahm den leeren Wasserkrug und ging zur Tür.

Als sie sie öffnete, blieb sie erschrocken stehen. Ein junger, gutaussehender Offizier war gerade im Begriff, an die Haustür zu klopfen.

Im Garten stand ein Soldat und hielt die Zügel zweier Pferde.

»Guten Morgen«, sagte der Offizier.

Tilda warf einen ängstlichen Blick über die Schulter zurück.

Sie war erleichtert, als sie sah, daß die Schlafzimmertür angelehnt war, und man in das Zimmer nicht hineinsehen konnte.

Sie hatte die Tür eigentlich ärgerlich hinter sich zuschlagen wollen.

»Was wünschen Sie?« fragte sie erschrocken.

»Ich möchte Ihnen keine Angst machen«, antwortete der Offizier.

Er sah den Ring an ihrer Hand und hielt ihn für einen Ehering.

»Dürfte ich Sie einen Augenblick sprechen, gnädige Frau?« fuhr er fort. »Ich halte Sie nicht lange auf.«

Tilda gewann ihre Fassung wieder.

»Natürlich, Herr Leutnant«, erwiderte sie.

Sie hatte die Rangabzeichen auf seiner Schulter bemerkt.

»Darf ich eintreten, gnädige Frau?« fragte der Leutnant.

»Es ist mir eine Ehre, Herr Leutnant.«

Tilda sagte sich, daß dieser Offizier offensichtlich nach Rudolph suchte.

Rudolph hatte ihr gesagt, er habe sich unerlaubt von der Truppe entfernt.

Dieser Mann wollte ihn verhaften und zu seinem Regiment zurückbringen, damit er verurteilt und bestraft würde.

Ich muß ihn retten. Ich muß ihn retten! dachte Tilda.

Sie ging zum Ausguß und stellte den Wasserkrug daneben. Das gab ihr Zeit zum Nachdenken.

Sie entschied, daß sie sehr freundlich und charmant zu dem Offizier sein wollte. Sie mußte ihn davon überzeugen, daß sie von nichts etwas wußte.

Der Leutnant trat in die kleine Küche und zog seine Handschuhe aus.

»Sie haben ein gemütliches kleines Haus, gnädige Frau«, sagte er.

»Es gehört nicht mir, sondern meiner Schwiegermutter«, antwortete Tilda. »Mein Mann und ich wohnen zur Zeit bei ihr.«

»Ist Ihr Mann hier?«

»Nein, im Augenblick leider nicht«, antwortete Tilda.

»Dann würde ich gern mit Ihnen sprechen.«

»Aber natürlich«, sagte Tilda freundlich. »Bitte nehmen Sie doch Platz.«

Sie deutete auf den Stuhl, der mit der Rückenlehne zur Schlafzimmertür stand.

»Danke«, sagte er.

»Darf ich Ihnen eine Tasse Kaffee anbieten, Herr Leutnant?«

»Nein, danke. Aber es ist sehr freundlich von Ihnen. Wie heißen Sie?«

»Frau Weber.«

Tilda setzte sich ihm gegenüber auf den Küchenstuhl.

Sie fand, daß der Leutnant sehr gut aussah. Sein lockiges Haar war blond, seine Gesichtszüge ausgeprägt, und die blauen Augen strahlten sie an.

Sie fragte leise:

»Was kann ich für Sie tun? Ich helfe Ihnen gern.«

»Sie sind sehr freundlich, gnädige Frau.«

»Das will ich auch sein. Was möchten Sie gern wissen?«

»Ich möchte herausfinden, ob jemand im Dorf einen jungen Mann in einer bayrischen Tracht gesehen hat«, antwortete der Leutnant.

»Hier gibt es viele junge Männer, die bayrische Trachten tragen«, erwiderte Tilda lächelnd.

»Ja, natürlich, ich weiß«, sagte der Leutnant. »Dieser Mann wurde zuletzt in der Nähe von Schloß Linderhof gesehen. Er ist außergewöhnlich stattlich. Wenn Sie ihn gesehen hätten, wäre er Ihnen sofort aufgefallen.«

»Sieht er so gut aus wie Sie?« fragte Tilda lächelnd.

»Sie schmeicheln mir, gnädige Frau«, sagte der Leutnant. »Er sieht noch wesentlich besser aus.«

»Das kann ich kaum glauben«, sagte Tilda in kindlicher Überraschung. »Aber in diesem Teil Europas sehen viele Männer sehr gut aus. Ich glaube, ich werde nie wieder einen Blick auf einen Engländer werfen.«

»Sie sind Engländerin? Das dachte ich mir«, sagte der Leutnant. »Wenn einige unserer Männer stattlich sind, wie Sie sagen, gnädige Frau, dann gibt es aber hier keine so schönen Frauen wie Sie.«

Tilda lächelte ihn charmant an.

»Danke. Nun schmeicheln Sie mir. Aber ich lasse es mir sehr gern gefallen«, sagte sie.

»Ich bin sicher, es gibt viele Männer, die das gern tun«, sagte der Leutnant mit gefühlvoller Stimme.

Tilda sah schüchtern zu Boden.

»Ich frage mich...«, begann der Leutnant und hielt dann inne.

»Was wollten Sie sagen?«

»Ich frage mich, ob es wohl möglich ist, daß wir beide einmal gemeinsam zum Abendessen gehen«, sagte er. »Es gibt hier in der Nähe ein sehr gutes Gasthaus. Es heißt ›Zur Königlichen Grenze‹.«

Tilda schlug bescheiden die Augen nieder.

»Das ist sehr freundlich von Ihnen, Herr Leutnant. Ich würde es sehr gern tun, aber ich weiß nicht, ob mein Mann es billigen würde.«

»Wie lange bleiben Sie noch hier?« fragte der Leutnant.

»Mein Mann reist Ende nächster Woche ab. Aber ich bin noch eine Zeitlang hier.«

Es entstand eine Pause. Dann sagte der Leutnant:

»Wenn das so ist, dürfte ich noch einmal vorbeikommen?«

»Ich kann Sie nicht daran hindern, mein Herr.«

»Dann komme ich«, sagte der Leutnant. »Und bitte, seien Sie freundlich zu einem einsamen Soldaten.«

»Es gibt doch sicherlich viele Frauen, die sehr gern dafür sorgen würden, daß Sie nicht einsam sind, Herr Leutnant.«

»Aber gnädige Frau, die sehen nicht so aus wie Sie!«

Er stand auf.

»Ich muß meinen Pflichten nachgehen«, sagte er. »Aber ich komme nächste Woche wieder und erkundige mich, ob Sie inzwischen diesen schönen jungen Mann gesehen haben, von dem ich vorhin sprach, und ob Sie mit mir zum Abendessen wollen.«

»Sie haben mir den Namen des Mannes noch nicht genannt«, sagte Tilda.

»Seine Freunde nennen ihn Rudolph, aber sein eigentlicher Name ist unwesentlich, denn er hat ihn sicherlich geändert. Er ist übrigens Obernianer.«

»Ich werde nach ihm Ausschau halten«, sagte Tilda.

»Wie kann ich Ihnen dafür danken, daß Sie so freundlich sind?« fragte der Leutnant.

Während er sprach, hob er Tildas Hand an die Lippen.

»Ich werde die Stunden bis Ende nächster Woche zählen. Auf Wiedersehen, gnädige Frau«, sagte er.

»Auf Wiedersehen, Herr Leutnant.«

Er salutierte höflich.

Tilda blieb unter der Tür stehen, während er sein Pferd bestieg.

Er salutierte noch einmal und ritt dann den Weg durch den Wald davon.

Sie schloß die Tür und verriegelte sie.

Sie stand einen Augenblick lächelnd da.

»Tilda!«

Rudolphs Stimme klang scharf.

Tilda stieß die Schlafzimmertür auf.

»War ich nicht sehr geschickt?« fragte sie.

»Kommen Sie sofort zu mir!«

Gehorsam trat sie an sein Bett. Rudolph grollte. Er packte sie wütend am Handgelenk.

»Wie konnten Sie es wagen, so unverschämt mit dem verdammten Leutnant zu flirten!« schrie er.

»Er hat sich nach Ihnen erkundigt«, erwiderte Tilda. »Er hätte vielleicht das Haus nach Ihnen durchsucht, wenn ich nicht so freundlich zu ihm gewesen wäre.«

»Freundlich? Nennen Sie das freundlich?« schrie Rudolph wütend.

Plötzlich zog er sie in seine Arme.

»Tilda!« murmelte er heiser, und seine Lippen lagen auf ihrem Mund.

Er küßte sie leidenschaftlich, und sein Mund hielt sie gefangen.

Zuerst empfand sie nur Schmerz.

Dann, als die Leidenschaft auch sie überwältigte und die Ekstase, die sie schon beim ersten Kuß empfunden hatte, von ihr Besitz ergriff, hob Rudolph den Kopf und sagte:

»Du bist mein! Hörst du? Du bist mein, und ich will dich nicht verlieren!«

Tilda hatte keine Gelegenheit zu antworten.

Er küßte sie jetzt wild, hart und fordernd. Sie begann in seinen Armen zu zittern, und dann kreiste das Zimmer um sie, und sie wurde ein Teil von ihm, und seine wilden, brennenden Küsse waren ein unbeschreibliches Wunder.

Sie war nun sein. Sie hatte keinen eigenen Willen mehr.

Als er wieder sprach, schienen seine Worte nur ein Echo dessen zu sein, was sie bereits wußte.

»Du bist mein! Du gehörst mir! Und ich weiß jetzt, daß ich ohne dich nicht leben kann«, sagte er.

Lange Zeit später sagte Tilda:

»Ich liebe dich!«

»Und ich liebe dich, mein kleiner Engel! Also müssen wir Pläne schmieden.«

»Was für Pläne?« fragte Tilda.

»Sie werden nicht leicht zu verwirklichen sein«, sagte Rudolph.

»Ich möchte, daß du mich wieder küßt«, flüsterte Tilda.

»Ich möchte das auch, mein Schatz. Aber wir müssen auch ein wenig weiter denken«, erwiderte Rudolph.

»Warum?«

Er lächelte.

»Weil wir nicht für den Rest unseres Lebens hierbleiben können, obwohl diese Hütte im Augenblick das Paradies ist.«

Während er sprach, dachte Tilda daran, daß Lady Crewkerne und der Professor in München auf sie warteten. Sie dachte auch an Fürst Maximilian, der die Vorbereitungen für ihre Hochzeit traf, und an Königin Victoria in Schloß Windsor, die in ihr eine Botschafterin Englands sah.

Tilda stieß einen unwilligen Schrei aus.

»Nur du bist wichtig! Sie können mich nicht zwingen, jemanden zu heiraten, den ich nicht liebe«, sagte sie trotzig.

»Du mußt die Verlobung lösen«, sagte Rudolph. »Es wird schwierig sein, mein Liebling, aber du mußt hart bleiben.«

»Ich werde ihn nicht heiraten!«

»Und ich werde es dir nicht erlauben«, antwortete Rudolph.

»Könnten wir nicht einfach zusammen fliehen?« fragte Tilda.
Rudolph schüttelte den Kopf.

»Du bist noch minderjährig, mein Liebling. Deine Eltern können dich zwingen, zu ihnen zurückzukehren, und wir können nichts dagegen tun.«

Tilda schlang die Arme um seinen Hals.

»Ich will dich nicht verlieren.«

»Das sollst du auch nicht«, sagte Rudolph. »Ich werde dich heiraten, gleichgültig, was für Schwierigkeiten es auch geben mag und was für Knüppel man uns in den Weg wirft.«

Er küßte ihre Stirn und sagte:

»Ich weiß jetzt, daß es für mich ohne dich kein Glück auf der Welt gibt.«

»Wann wurde dir zum ersten Mal bewußt, daß du mich liebst?« fragte Tilda.

»Als ich aufwachte und dein schönes, reizendes Gesicht neben mir auf dem Kissen lag«, antwortete er. »Ich glaubte zu träumen. Ich konnte einfach nicht glauben, daß jemand so zauberhaft, so unglaublich schön aussehen kann.«

»Ist das dein Ernst?« fragte Tilda.

»Ja, natürlich. Ich habe mich vermutlich in dich verliebt, als wir im Polizeiwagen aus München flohen und du so tapfer, so ruhig und gar nicht hysterisch warst.«

Er lachte.

»Mir kam es wie ein Ausflug in den Park vor, und ich fand, daß du im Mondschein wie eine Nymphe ausgesehen hast.«

»Und ich hatte noch niemals einen so stattlichen Mann wie dich kennengelernt. Deshalb verliebte ich mich im ersten Augenblick in dich, als ich dich sah.«

Und das ist wahr, dachte Tilda.

Sie hatte sich in Rudolph verliebt, als sie ihn im Wald von Schloß Linderhof beobachtete, wie er Mitzi küßte.

Sie hatte nicht sofort erkannt, daß es Liebe war. Sie wußte nur, daß sein Gesicht, seine Stimme und alles an ihm in ihr ein Gefühl weckten, das sie vorher nicht gekannt hatte.

Es war Liebe gewesen.

Rudolph umarmte sie noch fester.

»Was wird aus uns werden, mein Liebling, wenn wir einander nicht besitzen dürfen?« fragte er.

»Wir müssen... müssen immer zusammenbleiben!«

Noch während Tilda sprach, dachte sie an Königin Victoria, an ihre Mutter und den Fürsten, und sie wußte, daß keiner von ihnen neben Rudolph irgendeine Rolle spielte.

»Wir müssen versuchen zu heiraten, ehe jemand uns daran hindert«, sagte Rudolph langsam und überlegte jedes Wort.

»Aber du meintest doch eben, meine Eltern könnten mich zwingen, zu ihnen zurückzukehren«, sagte Tilda mit ängstlicher Stimme.

»Das können sie auch«, erwiderte Rudolph. »Aber sie werden es höchstwahrscheinlich nicht von dir verlangen, wenn du verheiratet bist. Deshalb wäre es unklug, sie vorher von unseren Absichten zu unterrichten.«

»Ja, natürlich«, stimmte Tilda zu. »Außerdem wollen sie unter allen Umständen einen Skandal vermeiden.«

»Ich überlege mir, wie wir es am klügsten anstellen«, sagte Rudolph.

Als draußen die Haustür aufging, erstarrten beide.

»Wer kann das sein?« flüsterte Tilda ängstlich.

Dann hörten sie Frau Sturdel rufen:

»Das bin nur ich. Ich brauche das Laudanum.«

Tilda löste sich aus Rudolphs Armen und ging in die Küche.

Frau Sturdel nahm die Flasche und einige frische Tücher aus dem Schrank.

»Ist das Baby endlich zur Welt gekommen?« fragte Tilda.

»Ja, und ich hatte recht, es ist ein Mädchen«, sagte Frau Sturdel.

»Ich bin um Ihretwillen froh, daß es vorbei ist. Wie geht es der Mutter?« fragte Tilda.

»Sie ist ein wenig hysterisch«, antwortete Frau Sturdel. »Deshalb brauche ich das Laudanum, aber gewiß nicht die Dosis, die Ihr Mann eingenommen hat.«

»Frau Sturdel, kann ich Sie einen Augenblick sprechen?« rief Rudolph aus dem Schlafzimmer.

»Aber natürlich«, antwortete Frau Sturdel.

Sie legte die Dinge, die sie aus dem Schrank genommen hatte, auf den Tisch und sagte zu Tilda:

»Würden Sie bitte so freundlich sein und mir eine Tasse Kaffee kochen, Frau Weber?«

»Möchten Sie auch etwas essen?« fragte Tilda.

»Ja, gegen ein paar verlorene Eier hätte ich nichts einzuwenden«, antwortete Frau Sturdel. »Ich habe mir die Hacken abgelaufen und hatte keinen Augenblick Ruhe, seitdem ich unten war.«

Tilda beschäftigte sich mit den Töpfen und fragte sich, was Rudolph mit Frau Sturdel wohl zu besprechen hatte.

Sie redeten leise miteinander.

Als die Eier und der Kaffee fertig waren, rief Tilda Frau Sturdel.

Sie kam eilig aus dem Schlafzimmer und aß rasch, ohne etwas zu sagen.

Dann trank sie den Kaffee aus und sagte:

»Vielen Dank, Frau Weber, Sie haben mich wieder zu Kräften gebracht.«

Sie stellte die Tasse auf den Tisch.

»Ich glaube nicht, daß der Fuhrmann vor zwei Uhr hier sein kann, Herr Weber«, rief sie laut ins Schlafzimmer.

»Das macht nichts«, sagte Rudolph. »Und vielen Dank für Ihre Mühe.«

Frau Sturdel eilte aus dem Haus, und Tilda ging zu Rudolph.

»Was hast du mit ihr Wichtiges besprochen?« fragte Tilda.

»Komm, setz dich zu mir«, sagte Rudolph

Als sie sich auf den Bettrand gesetzt hatte, nahm er ihre Hände.

»Vertraust du mir ganz, mein Liebling?« fragte er ernst.

»Das weißt du«, antwortete Tilda.

»Ich möchte, daß du meinen Plänen zustimmst«, sagte er. »Es wird dir nicht leichtfallen, aber ich verspreche dir, daß es das beste für uns beide ist.«

»Du verläßt mich doch nicht etwa?« fragte Tilda ängstlich.

»Nur für zwei Tage, höchstens drei«, antwortete Rudolph. »Ich habe noch einiges zu erledigen, bevor wir zusammenleben können. Aber ich verspreche dir, daß nichts uns davon abhalten kann.«

Er hob ihre Hand an seine Lippen und küßte sie leidenschaftlich.

»Ich liebe dich«, sagte er. »Ich liebe dich so unsagbar, daß es schwer ist, die richtigen Worte zu finden. Und nichts, das ist mein Ernst, Tilda, nichts wird uns daran hindern, daß du meine Frau wirst.«

7. Kapitel

Die Kutsche erreichte die Außenviertel von München, und Tilda, die aus dem Fenster blickte, sagte zu Frau Sturdel:

»Es ist offenbar alles ruhig!«

»So ist es immer«, sagte Frau Sturdel verächtlich. »Die Studenten belästigen die Leute, schikanieren sie, und dann gehen sie wieder in die Universität, als ob nichts geschehen wäre.«

Für Tilda hatte sich in den letzten Stunden alles überstürzt. Sie hatte kaum Zeit gehabt nachzudenken.

Rudolph hatte ihr erklärt, daß er mit Frau Sturdel ausgemacht hatte, ein Lohnkutscher würde ihn noch am gleichen Tag nach Obernia bringen.

»Frau Sturdel sagt, wir können dem Mann vertrauen. Er wird keine Fragen stellen«, sagte Rudolph zu Tilda.

»Darf ich nicht mitkommen?« fragte Tilda sehnsüchtig.

»Nein, mein Liebling«, erwiderte er. »Du mußt nach München fahren und mit deinem Onkel Frieden schließen. Außerdem mußt du deinem Verlobten mitteilen, daß du ihn nicht heiraten willst.«

»Ich möchte dich nicht verlassen«, sagte Tilda.

»Es ist nur für wenige Tage«, sagte Rudolph tröstend. »Sobald ich alles für unsere Hochzeit vorbereitet habe, lasse ich dich nachkommen, und dann wird nichts und niemand auf der Welt uns je wieder voneinander trennen können.«

»Bist du ganz sicher?« fragte Tilda.

Er nahm sie in die Arme und zog sie an sich.

»Wie kann ich dich davon überzeugen, daß ich nur dich will?« fragte er.

Tilda blickte ihn an, und ihre blauen Augen strahlten.

»Gib mir einen Beweis«, flüsterte sie.

Er küßte sie, bis sie wieder ein Teil von ihm war und an nichts anderes mehr denken konnte.

»Sobald wir verheiratet sind, wird keine Macht der Welt uns voneinander trennen«, sagte er.

Es gelang ihm, sich langsam anzuziehen.

Tilda wußte, daß er dabei große Schmerzen hatte.

Als es zwei Uhr war, ging Rudolph langsam den Weg hinunter bis zur Abzweigung, wo der Lohnkutscher auf ihn wartete.

»Und was wird aus mir?« hatte Tilda gefragt. »Wie komme ich nach München?«

»Sobald ich zu Hause angekommen bin, schicke ich dir eine Kutsche, die dich und Frau Sturdel nach München bringen wird.«

»Frau Sturdel?« fragte Tilda überrascht.

»Du glaubst doch nicht etwa, ich lasse dich allein nach München reisen«, sagte Rudolph. »Frau Sturdel ist Bayerin. Ich bin sicher, sie wird mit allen impertinenten und aggressiven Studenten fertig.«

»Ist sie damit einverstanden?« fragte Tilda.

»Ja. Ich habe ihr erklärt, wie wichtig es für unser Glück ist.«

»Du hast ihr doch nicht etwa gesagt, daß wir noch nicht verheiratet sind?«

Rudolph lächelte.

»Nein, ich erzählte ihr, wir seien verheiratet, aber meine Eltern wüßten es noch nicht. Sie wären mit der Ehe nicht einverstanden, und deshalb müßte ich erst einmal allein nach Obernia.«

Tilda lachte.

»Ich gratuliere dir zu deiner Fantasie!«

Rudolph seufzte.

»Ich lüge ungern«, sagte er, »besonders, wenn es um dich geht. Aber unserer Zukunft zuliebe bin ich bereit, alles zu tun, wenn wir nur so rasch wie möglich heiraten können.«

Tilda wurde unbehaglich zumute, als sie an ihre vielen Lügen dachte, die sie ihm erzählt hatte.

Was würde er sagen, wenn er ihren wahren Namen hörte und erführe, daß sie einen Fürsten heiraten sollte?

Dann sagte sie sich, daß Rudolph sie immer lieben würde, egal wer sie war.

Aber es wäre klug, ihm die Wahrheit so lange zu verschweigen, bis sie verheiratet waren oder wenigsten so lange, bis ihre Pläne so weit fortgeschritten waren, daß er keinen Rückzieher mehr machen konnte.

Der Gedanke, daß er seine Liebe seinem Patriotismus und seiner Treue gegenüber seinem Herrscher opfern könnte, machte ihr Angst.

Ich will ihn heiraten, ich will, sagte sich Tilda.

Sie wußte, daß es ihr jetzt, da sie ihn liebte, absolut unmöglich war, eine Zweckehe einzugehen.

Es war ihr in England nicht absurd erschienen, einen Mann zu heiraten, den sie weder kannte noch liebte. Sie hatte die Zukunft, die von Königin Victoria und ihren Eltern für sie geplant worden war, akzeptiert.

Aber das Feuer, das Rudolph in ihr entzündet hatte, als er sie geküßt hatte, und die Glücksgefühle und die Ekstase, die sie immer bei seiner Berührung empfand, machten ihr bewußt, daß eine Zukunft ohne ihn für sie nicht in Frage kam.

Jetzt gab es nur noch Rudolph und ihrer beider Liebe. Und nichts anderes zählte. Rang, Reichtum, Ehre – sie verzichtete für ihn auf alles.

Rudolphs Rückkehr nach Obernia war ohne Schwierigkeiten

vonstatten gegangen, und Tilda hatte nun mehr Vertrauen in die Zukunft.

Rudolph hatte sie zum Abschied leidenschaftlich geküßt.

»Paß gut auf dich auf, mein geliebter, kleiner Engel«, sagte er. »Ich werde die Minuten zählen, bis ich dich wiedersehe.«

»Es ist eine unbeschreibliche Qual, dich zu verlassen.«

»Warum können wir nicht noch ein paar Tage hierbleiben, jetzt, wo wir wissen, daß wir einander lieben?« fragte Tilda.

Rudolph lächelte.

»Glaubst du wirklich, ich könnte mit einem Kissen zwischen uns schlafen, mein Schatz?«

»Wir könnten es... wegnehmen«, sagte Tilda leise.

Er zog sie an sich.

»Tilda, du hast keine Ahnung, was du von einem Mann verlangst.«

»Darf man das nicht vorschlagen?«

»Nein, mein Süßes. Aber Engel verstehen menschliche Schwächen nicht.«

»Was meinst du damit?«

»Ich werde es dir erklären, wenn wir verheiratet sind«, murmelte Rudolph.

»Dann laß uns rasch heiraten«, bat Tilda.

Rudolph küßte sie auf die Stirn.

»So rasch wie möglich, das schwöre ich dir.«

»Wirst du auf dich aufpassen? Ich habe Angst, du könntest von der Polizei oder dem Militär verhaftet werden.«

»Ich werde um deinetwillen sehr auf mich aufpassen.«

Er küßte sie, bis sie atemlos wurde, und dann ging er den Weg hinunter bis zur Kreuzung, wo der Kutscher auf ihn wartete.

Er hinkte, und es war offensichtlich, daß er sein verletztes Bein so wenig wie möglich belasten wollte.

Der Verband war unter seinem Strumpf verborgen, und Tilda dachte, daß niemand, der ihn sah, in ihm einen Studenten vermuten würde. Aber sie fürchtete trotzdem, der Leutnant oder irgend jemand in Obernia könnten ihn abfangen.

Jetzt, da sich Tilda München näherte, drängten sich ihr beängstigende Fragen auf.

Angenommen, Rudolph würde in ein obernianisches Gefängnis gebracht, oder man würde ihm nicht gestatten, die Kaserne zu verlassen, so daß er keine Verbindung mit ihr aufnehmen konnte.

Dann sagte sie sich, daß ihre Fantasie sie narrte. Sie mußte Ruhe bewahren, wie Rudolph es von ihr erwartete.

Es war fast fünf Uhr geworden, als es an die Haustür klopfte.

Frau Sturdel sprang auf.

Sie war erst vor einer halben Stunde nach Hause gekommen und hatte Tilda erklärt, daß es ihrer Patientin gut gehe und sie nicht vor dem nächsten Tag bei ihr zurückerwartet wurde.

Dann zog sie ihr Sonntagskleid an und trank mit Tilda eine Tasse Tee.

Als Frau Sturdel die Haustür öffnete, stand ein Mann in einer Livree davor.

»Die Kutsche wartet, gnädige Frau«, sagte er und verbeugte sich.

»Wir kommen sofort«, sagte Frau Sturdel.

Sie borgte Tilda eine Wollstola, die sie vor der Abendkälte schützen sollte.

»Was ist, wenn uns jemand den Berg herunterkommen sieht?« fragte Tilda ängstlich.

»Man wird uns keine Fragen stellen«, antwortete Frau Sturdel ruhig.

Sie lächelte, und Tilda unterdrückte ihre Angst und lief neben Frau Sturdel den gewundenen Weg zur Dorfstraße hinunter.

Unten stand eine geschlossene Kutsche von der Art, die auch ihr Vater, der Herzog von Forthampton, als Reisewagen bevorzugte.

Zwei Männer saßen auf dem Kutschbock, und ein Diener stand an der Rückseite.

Das Fahrzeug und die vier Pferde hatten nichts Bemerkenswertes an sich, nur daß es überaus edle Tiere waren.

Dies allein zeigte, daß Rudolph wohlhabend sein mußte.

Doch es spielte für sie keine Rolle, ob er arm oder reich war, sie würde ihn immer lieben.

Sie hoffte nur, daß er wohlhabend genug war, um den Zorn ihres Vaters zu besänftigen, wenn dieser erfuhr, daß sie die Heirat mit Seiner Königlichen Hoheit ausschlug und der Stellung einer gewöhnlichen Bürgerin von Obernia den Vorzug gab.

Als sie sich München näherten, sagte Frau Sturdel:

»Ich sage Ihnen ganz offen, Frau Weber, es ist für mich ein Erlebnis, Sie begleiten zu dürfen. Ich fahre nicht oft in einer Kutsche, und es gefällt mir sehr.«

»Das freut mich«, sagte Tilda lächelnd. »Es war sehr freundlich von Ihnen, mit mir zu fahren.«

»Ihr Gatte hat sich Sorgen um Sie gemacht«, sagte Frau Sturdel. »Er ist sehr verliebt, aber das wissen Sie ja selbst. Sie sind ein glückliches Paar! Es gibt heutzutage viel Unglück auf der Welt, so daß es eine Freude ist, zwei Menschen zu sehen, die wirklich füreinander geschaffen sind.«

»Sind Sie davon überzeugt?« fragte Tilda.

»Ja, sehr«, sagte Frau Sturdel. »Und man findet schwerlich ein schöneres Paar. Ihr Gatte würde vielen Frauen schöne Augen machen, wenn Sie nicht so reizend wären. Er hat nur für Sie Augen.«

»Ich hoffe, es ist wahr«, sagte Tilda leise.

Sie wurde unwillkürlich ein wenig eifersüchtig auf Mitzi und auf alle anderen Frauen, die Rudolph geliebt hatte, ehe er sie kennengelernt hatte.

Er sah außergewöhnlich gut aus, und sie wußte, daß es in seinem Leben schon viele Frauen gegeben hatte.

Aber er liebte sie!

Es bestand kein Zweifel an der Aufrichtigkeit seiner Worte und daran, daß er entschlossen war, sie wiederzusehen.

Sie seufzte.

Es würde ihr schwerfallen, auf ihn zu warten, und sie fürchtete sich vor dem Augenblick, wenn sie Lady Crewkerne mitteilen würde, daß sie nicht mehr beabsichtige, Fürst Maximilian zu heiraten.

Sie konnte nur hoffen, bei Ihrer Ankunft in München nicht die Aufforderung Seiner Königlichen Hoheit vorzufinden, sofort nach Obernia aufzubrechen.

Dann sagte sie sich, daß sie sich eine Ausrede einfallen lassen würde, sich ins Bett legen und krankspielen würde.

Sie fragte sich, wie Rudolph mit ihr in Verbindung treten sollte, nachdem er glaubte, ihr Name sei Hyde. Sie mußte sofort nach ihrer Ankunft im Hotel das Personal an der Rezeption bitten, ihr die Post, die auf den Namen ›Miss Tilda Hyde‹ eintraf, zu überbringen.

Man wird es merkwürdig finden, sagte sie sich, aber das spielte keine Rolle. Es war wichtig gewesen, Rudolphs Mißtrauen in keiner Weise zu wecken.

Die Kutsche fuhr jetzt durch die Hauptstraßen Münchens. Es dämmerte bereits, und die Gaslampen leuchteten golden im Zwielicht.

Es waren sehr viele Menschen auf den Straßen, aber sie alle gingen friedlich ihren Geschäften nach oder besuchten die Cafés, die kleine Tische auf die Gehwege gestellt hatten, wo die Spaziergänger Kaffee oder Bier tranken.

»Wir sind gleich im Hotel«, sagte Frau Sturdel.

»Ich möchte Ihnen noch einmal ganz herzlich für alles danken«, sagte Tilda. »Ich glaube nicht, daß irgend jemand jemals so hilfsbereit zu mir gewesen ist, wie Sie es zu mir und meinem Mann waren.«

»Es war mir eine Freude«, erwiderte Frau Sturdel. »Und um die Wahrheit zu sagen, es hat ein bißchen Abwechslung in mein Leben gebracht. Ich werde oft daran denken und mich darüber amüsieren, wie die Flickendecke meiner Großmutter Sie vor den Polizisten verborgen hat. Und ich werde mich gern an die Kutschenfahrt erinnern. Es war ein Erlebnis, wirklich.«

»Es wird für Sie eine lange Reise, wenn Sie jetzt sofort wieder nach Hause zurückfahren«, sagte Tilda.

»Machen Sie sich deswegen keine Sorgen«, sagte Frau Sturdel. »Ich werde mich bequem zurücklehnen und so tun, als ob ich eine Dame von Welt wäre, die in der eigenen Kutsche zu einem Empfang beim Herrn Oberbürgermeister fährt.«

Tilda lachte.

Als die Pferde stehenblieben, küßte sie Frau Sturdel die Wange.

»Sobald wir unser Heim eingerichtet haben, schreibe ich Ihnen. Vielleicht besuchen Sie uns eines Tages«, sagte Tilda.

»Das werde ich sehr gern tun. Bitte, vergessen Sie nicht, mich einzuladen.«

»Nein, bestimmt nicht«, sagte Tilda. »Wir werden Ihnen immer dankbar sein, mein Mann und ich.«

Sie küßte Frau Sturdel noch einmal.

Als Tilda aus der Kutsche stieg, kam sie sich plötzlich sehr klein und verletzbar vor. Sie fürchtete sich vor dem, was sie im Hotel erwartete. Aber dann hob sie trotzig das Kinn.

Es war völlig gleichgültig, was die anderen dachten.

Rudolph würde sie heiraten! Rudolph liebte sie!

Sie ging stolz durch das Foyer und fuhr mit einem knirschenden Lift langsam in den ersten Stock hinauf.

Sie glaubte, der Liftboy würde sie neugierig mustern, aber er sagte nichts, und als sie oben angekommen war, ging sie zu ihrer Suite.

Sie holte tief Luft und öffnete die Tür.

Drei Personen saßen dort in schweren Brokatsesseln.

Sie starrten sie ungläubig an.

Der Professor sprach als erster:

»Lady Victoria!«

»Es tut mir leid, wenn ich Ihnen Sorgen gemacht habe...«, begann Tilda.

Dann erkannte sie die dritte Person. Der junge Mann hatte sich wenig verändert, obwohl sie ihn vor sieben Jahren zum letzten Mal gesehen hatte.

Francis Tetherton war ihr Vetter und Attaché in der Britischen Botschaft von Obernia.

»Du wirst Francis wiedersehen, wenn du in Obernia ankommst«, hatte ihre Mutter gesagt. »Ich weiß, du hast ihn immer langweilig gefunden, Tilda. Aber bitte sei höflich zu ihm und bitte ihn von Zeit zu Zeit ins Schloß.«

Jetzt dachte Tilda anders über Francis Tetherton.

Sie ging mit ausgestreckten Armen auf ihn zu.

»Vetter Francis, ich freue mich, dich zu sehen!« rief sie überschwenglich.

Steif und vorwurfsvoll erwiderte ihr Vetter:

»Cousine Victoria, wir haben uns Sorgen um dich gemacht!«

»In der Tat«, sagte Lady Crewkerne spitz. »Wo waren Sie, Lady Victoria?« Warum haben Sie mit uns keine Verbindung aufgenommen? Sie konnten sich doch denken, daß wir in Sorge sind!«

Tilda sah den Professor an.

Er sah sehr niedergeschlagen aus, und es tat ihr leid, daß er von Lady Crewkerne mit Vorwürfen überschüttet worden war.

»Ich nehme an, Lady Crewkerne, Professor Schiller hat Ihnen gesagt, daß alles meine Schuld war«, sagte Tilda.

»Darüber kann man geteilter Ansicht sein«, erwiderte Lady Crewkerne pikiert. »Es war verantwortungslos von ihm, Sie in Ihrer Position in ein solches...«

»Einen Augenblick bitte«, unterbracht Tilda sie energisch. »Wir wollen eines klarstellen. Professor Schiller hat mich nicht mitgenommen, sondern er hat mich begleitet. Er wußte, daß ich entschlossen war, allein ins Hofbräuhaus zu gehen... jawohl, allein!«

Sie sah, daß ihre Worte und die Art, wie sie sprach, Lady Crewkerne überraschten.

»Und außerdem glaube ich nicht, daß Professor Schiller Ihnen gesagt hat, daß es ausschließlich seinem Mut zu verdanken war, daß ich nicht von den Studenten niedergetrampelt oder sogar niedergeschossen worden bin!« sagte Tilda resolut. »Er hat mir das Leben gerettet, und ich werde ihm dafür immer dankbar sein!«

»Das hat uns der Professor nicht erzählt«, sagte Lady Crewkerne etwas besänftigt.

»Es scheint, daß sich der Professor in einer sehr schwierigen Lage äußerst tapfer verhalten hat«, sagte Francis Tetherton in einem Ton, der Tilda schon immer auf die Nerven gegangen war.

Aber sie wollte aus gutem Grund freundlich zu ihm sein. Sie hatte vor, ihm mit ihrer Aufmerksamkeit zu schmeicheln. Gleichzeitig wollte sie dem Professor helfen.

Sie erfand eine lange Geschichte darüber, wie sie, nachdem sie von den Studenten in einen armen Stadtteil getrieben worden war, endlich im Haus einer freundlichen Hebamme Zuflucht gefunden hatte. In dieser Gegend hatten die Studenten immer wieder für Unruhe gesorgt, so daß die Hebamme es erst jetzt für ratsam hielt, sie in das Hotel zurückzubringen.

Das klang alles recht plausibel. Jedenfalls konnten weder Lady Crewkerne noch die beiden Herren etwas dagegen sagen.

Nachdem Tilda ihre Geschichte beendet hatte, sagte Lady Crewkerne:

»Ich bin sicher, Lady Victoria, Sie möchten jetzt gern ein Bad nehmen und das merkwürdige Kleid ausziehen, das Sie tragen.«

»Allerdings«, erwiderte Tilda. »Aber zuerst möchte ich gern noch einige Worte mit meinem Vetter unter vier Augen wechseln, Ma'am.«

»Selbstverständlich, Lady Victoria«, sagte Lady Crewkerne. »Ich sorge inzwischen dafür, daß Hannah alles für Sie in Ihrem Zimmer richtet.«

Lady Crewkerne verließ mit Professor Schiller den Salon, und Tilda wandte sich an ihren Vetter:

»Ich möchte dich um einen Gefallen bitten, Francis.«

»Und zwar?«

»Bevor ich den Wunsch äußere, wüßte ich gern, warum du eigentlich hier bist?« fragte Tilda.

Francis sah sie verlegen an.

»Der Botschafter war der Meinung, daß ich dich beruhigen solle«, sagte Francis. »Ich soll dir versichern, daß die Vorbereitungen für deinen Empfang in Obernia Fortschritte machen.«

»Gibt es immer noch Verzögerungen?«

»Leider ja«, erwiderte Francis.

»Wessen Schuld ist es?«

Es entstand eine verlegene Pause, ehe Francis Tetherton antwortete:

»Seine Königliche Hoheit wünscht, daß du erst in Obernia eintriffst, wenn alles zu seiner Zufriedenheit vorbereitet ist.«

»Weiß er, daß ich hier bin?«

»Unser Botschafter steht mit dem Ministerpräsidenten und dem Kabinett in Verbindung«, antwortete Francis. »Uns ist klar, daß die Verzögerung eine Geringschätzung deiner Person bedeutet. Aber wir können nichts gegen den Willen Seiner Königlichen Hoheit unternehmen.«

»Das macht es dir leicht, ihm meine Bitte zu überbringen«, sagte Tilda.

»Was für eine Bitte?«

»Ich möchte... nein, ich bestehe darauf, den Fürsten zu sprechen, bevor ich Obernia betrete.«

Francis Tetherton sah Tilda konsterniert an.

»Aber das ist unmöglich! Es wurde vereinbart, daß du Seine Königliche Hoheit formell auf den Stufen des Schlosses triffst, Cousine Victoria.«

Tilda schwieg.

»Der Ministerpräsident, der Außenminister und der britische Botschafter werden dich an der Grenze empfangen«, sagte Francis. »Du fährst mit ihnen gemeinsam in die Hauptstadt Obernias, wo Fürst Maximilian dich empfängt.«

Tilda holte tief Luft.

»Ich habe nicht vor, irgend etwas dergleichen zu tun, Francis. Ich möchte den Fürsten allein sprechen, und zwar entweder hier in München oder an einem anderen geeigneten Ort.«

»Warum willst du das?« fragte Francis.

»Ich möchte ihn inoffiziell kennenlernen«, erwiderte Tilda. »Ich möchte mit ihm sprechen, ehe ich Obernia betrete.«

»Das ist absolut unmöglich!« rief Francis aufgebracht.

»In diesem Fall werden der Ministerpräsident, der Außenminister und der britische Botschafter vergeblich auf mich warten.«

»Victoria! Das kannst du nicht tun!«

»Und warum nicht?«

»Der Fürst ist königlichen Blutes! Er ist ein Staatsoberhaupt! Du kannst von ihm nicht verlangen, daß er zu dir kommt, wie ein ganz gewöhnlicher Mann!«

»Er ist immerhin mein zukünftiger Gatte«, sagte Tilda. »Und als seine zukünftige Frau habe ich gewisse Vorrechte. Jedenfalls will ich ihn allein kennenlernen und sprechen, und es ist deine Sache, dies zu arrangieren.«

»Das geht nicht! Du mußt es einsehen! Weder ich noch der Botschafter können dieses Ansinnen in Obernia vorbringen. Wenn Du mit Seiner Königlichen Hoheit sprechen willst, kannst du es ausführlich nach deiner Ankunft in Obernia tun.«

»Du wirst dem Ministerpräsidenten liebenswürdigerweise klarmachen, daß es keine Ankunft gibt, wenn ich den Fürsten nicht vorher getroffen habe.«

»Es ist das absurdeste Verlangen, das ich je gehört habe«, sagte Francis außer sich.

Tilda gähnte.

»Ich bin wirklich sehr müde, Vetter Francis«, sagte sie. »Ich möchte so bald wie möglich schlafen gehen, aber ich denke, du bleibst noch bis zum Abendessen bei uns. Bitte, erwähne das Thema weder vor Lady Crewkerne noch vor Professor Schiller.«

»Du willst ihnen deine verrückte Idee verschweigen?« fragte Francis ärgerlich.

»Es wäre ein großer Fehler von dir, es vor ihnen zu erwähnen«, Tilda lächelnd, »denn nichts und niemand wird meinen Entschluß ändern. Ich habe vor, Fürst Maximilian zu sprechen. Und wenn du es ihm nicht ausrichten willst, dann muß ich jemand anderen darum bitten.«

»Das ist unmöglich, absolut unmöglich«, wiederholte Francis.

»In diesem Fall kannst du dem Fürsten mitteilen, daß ich nach England zurückkehre.«

»Ich traue meinen Ohren nicht«, stöhnte Francis. »So wie du benimmt sich kein wohlerzogenes englisches Mädchen.«

Tilda lachte.

»Wenn du Papa und Mama dafür tadeln willst, wie sie mich erzogen haben, wird es ihnen bestimmt nicht behagen.«

»Ich bin sicher, daß weder dein Vater noch deine Mutter dein jetziges Verhalten billigen würden«, erwiderte Francis. »Begreifst du nicht, Victoria, daß wir uns schon genug Sorgen um dich gemacht haben, als du plötzlich verschwunden warst?«

»Der Fürst braucht davon nichts zu erfahren«, sagte Tilda.

»Das wird er auch nicht. Aber ihn zu bitten, dich allein zu treffen, entspricht in keiner Weise dem Protokoll, und es entspricht auch nicht der Etikette. Es ist völlig unstandesgemäß.«

»Ich habe keine Lust, noch länger mit dir darüber zu diskutieren«, sagte Tilda. »Wenn du dem Fürsten erklärst, ich habe ihm etwas sehr Wichtiges zu sagen und werde sein Land erst betreten, wenn ich ihn gesprochen habe, dann wird er kommen.«

Sie hielt einen Augenblick inne und fügte dann hinzu:

»Schließlich hat auch er sich protokollwidrig benommen, weil er mich in München hat warten lassen.«

»Du warst nicht hier, also ließ er dich auch nicht warten«, sagte Francis zögernd.

»Bist du bereit, mit Seiner Königlichen Hoheit zu sprechen?« fragte Tilda.

Sie ging zur Tür.

»Sage Fürst Maximilian, ich werde so lange in München unabkömmlich sein, bis wir uns persönlich kennengelernt haben, ganz gleich, wie weit die Vorbereitungen für die Hochzeit gediehen sind.«

Francis Tethertons Miene war lächerlich, Tildas Gesicht dagegen drückte Hochstimmung aus.

Am nächsten Tag besichtigte Tilda die Sehenswürdigkeiten der Stadt.

Der Professor und eine besänftigte Lady Crewkerne begleiteten sie.

Zwischen ihren beiden Begleitern herrschte eine deutlich gereizte Stimmung. Tilda war entschlossen, dies zu ignorieren.

Sie wollte München kennenlernen, und die Laune des Professors verbesserte sich, als sie von Museum zu Museum gingen, die Alte Pinakothek mit den herrlichen Bildern besuchten und sich dann am Marienplatz das Glockenspiel anhörten.

Sie besichtigten mehrere Kirchen, in denen Tilda lange interessiert die geschnitzten und gemalten Engel betrachtete.

Sie freute sich darüber, daß Rudolph sie mit den kleinen, lustigen Wesen verglichen hatte, die Fröhlichkeit und Heiterkeit ausstrahlten.

Ich will Rudolph glücklich machen, sagte sich Tilda. Ich will ihm eine Freude schenken, die ihm bisher keine andere Frau geschenkt hat.

Manchmal, wenn sie an Mitzis rote Lippen und ihr hübsches Gesicht dachte, fürchtete sie sich davor, ihn zu enttäuschen.

Am nächsten Morgen kehrte Francis Tetherton nach München zurück.

Sobald Tilda ihn sah, führte sie ihn in den Salon, um allein mit ihm zu sprechen.

»Will der Fürst mich sehen?« fragte sie ungeduldig und konnte Francis' umständliche Erklärung kaum abwarten.

»Ja, Seine Königliche Hoheit will dich heute abend sehen«, antwortete Francis. »Aber ich muß gestehen, es war sehr schwierig, ihn dazu zu bewegen. Er wollte mehrmals von mir wissen, warum du ihn unbedingt sprechen möchtest. Ich konnte ihm leider keine befriedigende Antwort geben, denn ich habe keine Ahnung.«

»Aber er wird kommen! Treffen wir uns hier im Hotel?« fragte Tilda.

»Nein, das ist zu weit für ihn«, antwortete Francis. »Ihr werdet euch auf halbem Weg begegnen. Ich bringe dich in ein Gasthaus, das an der Grenze zwischen Obernia und Bayern liegt.«

»Heißt es ›Zur Königlichen Grenze‹?« fragte Tilda.

Ihr Vetter sah sie überrascht an.

»Ganz recht. Kennst du es?«

Tilda dachte an den Leutnant, der gehofft hatte, dort mit ihr zu Abend zu essen. Sie lächelte im stillen. Dann fragte sie:

»Um wieviel Uhr treffe ich Seine Königliche Hoheit?«

»Um 21.30 Uhr. Und wenn du nicht möchtest, daß Lady Crewkerne irgendwelche Fragen stellt, wäre es am besten, ich erzähle ihr, wir beide seien zu einem Empfang bei einem meiner Freunde eingeladen.«

»Sie wird gekränkt sein, wenn sie nicht mitkommen darf«, sagte Tilda. »Aber das spielt keine Rolle. Danke, Francis, daß du das Treffen für mich arrangiert hast. Habe vielen Dank.«

»Ich hoffe nur, daß dir klar ist, welche Gnade dir Seine Königliche Hoheit erweist, indem er deiner Bitte nachgab, Victoria. Zeige dich dankbar.«

Tilda, die beabsichtigte, dem Fürsten mitzuteilen, sie wolle ihn nicht heiraten, hatte nicht vor, dankbar zu sein.

Aber sie schwieg und verbrachte den Rest des Tages damit, sich die Worte zurechtzulegen, die sie dem Fürsten sagen wollte.

Da Rudolph Obernianer war, würde sie diplomatisch vorgehen müssen, damit er bei seinem Herrscher nicht in Ungnade fiel oder dieser sich an Rudolph rächte.

Die Vorstellung, daß Rudolph verbannt, eingesperrt oder gerichtlich verfolgt werden könnte, erschreckte sie.

Dann sagte sie sich, Fürst Maximilian müsse es einsehen, daß man keine Frau mehr gezwungenermaßen vor den Altar führen konnte, wenn diese zu der Ehe nicht bereit war.

Gleichzeitig stiegen wieder alle ihre Ängste in ihr auf, wenn sie an die geflüsterten Anspielungen dachte, an jene halben Sätze, die begonnen und dann abgebrochen wurden, sobald sie in der Nähe war.

Weshalb war Fürst Maximilian in Ungnade bei ihren Verwandten gefallen? Und warum hatte er es so strikt abgelehnt, sich malen oder fotografieren zu lassen?

Vielleicht hatte er einen Reitunfall gehabt, und sein Gesicht war jetzt entstellt?

Vielleicht fanden ihn andere einfach häßlich.

Was immer das Geheimnis um Fürst Maximilian sein mochte, für sie spielte es jetzt keine Rolle mehr. Sie würde ihn nicht heiraten, und sobald sie heute abend miteinander gesprochen hatten, gab es keinen Grund mehr für sie, ihn jemals wiederzusehen.

Trotzdem spürte Tilda, wie die Ruhe und Gelassenheit, die Rudolph an ihr so bewundert hatte, in Erregung überging.

Angenommen, der Fürst weigerte sich, ihre Verlobung zu lösen?

Angenommen, er teilte ihr mit, daß er nicht ihrer Ansicht sei und die Vorbereitungen für die Hochzeit weiter fortschritten?

Angenommen, er sorgte dafür, daß Rudolph sie nicht heiraten durfte, weil er ihm die Erlaubnis dazu verweigerte?

Bei dem Gedanken daran faßte sie den Entschluß, daß sie den Fürsten nicht wissen lassen wollte, wen sie zu heiraten gedachte.

Sie würde ihm einfach sagen, sie könne ihn nicht heiraten, weil sie einen anderen liebe.

Keine zehn Pferde würden ihr den Namen Rudolphs entlocken, nachdem ihr jetzt der Gedanke gekommen war, es könnte ihm schaden.

Plötzlich dachte sie daran, daß es ihnen vielleicht auch nicht erlaubt werden würde, in Obernia zu leben.

Vielleicht mußten sie nach Bayern oder nach Österreich ziehen.

Jetzt erst bemerkte sie, wie wenig sie eigentlich von Rudolph wußte.

Er war Soldat. Dies stand fest. Aber wer waren seine Eltern und wo lebten sie?

Wenn man in einem Kavallerieregiment diente, bedeutete dies gewöhnlich, daß man gesellschaftlich höhergestellt war.

Tilda erinnerte sich daran, wie ihr Vater erzählt hatte, daß in den deutschen Kavallerieregimentern vierunddreißig der Offiziere Fürsten waren und einundfünfzig Grafen.

Es konnte in Obernia anders sein, obwohl sie das bezweifelte. Auch der Leutnant schien blaublütig gewesen zu sein.

Sie hatte sich mit Rudolph keine Zeit genommen, über etwas

anderes zu sprechen als über sie beide. Jetzt wurde ihr klar, daß sie ihn vieles hätte fragen sollen, bevor sie sich getrennt hatten.

Doch dann sagte sie sich, daß Rudolph ein Herr war. Er war immer höflich und zuvorkommend gewesen. Er war verständnisvoll und hatte sie niemals schockiert oder in Verlegenheit gebracht, wie er es leicht hätte tun können, wenn man bedachte, daß sie miteinander in einem Zimmer, ja sogar im selben Bett geschlafen hatten.

Zum ersten Mal ahnte sie trotz ihrer Unschuld vage, daß schreckliche Dinge hätten geschehen können, obwohl sie nicht wußte, worin diese hätten bestehen sollen.

Rudolph hatte ihr gesagt:

»Sie dürfen mich nicht zu sehr bedrängen, Tilda. Ich bin nur ein Mann, und ich versuche, mich so anständig zu benehmen, wie Sie es von einem Gentleman erwarten können.«

Sie hatte nicht gewußt, was er damit gemeint hatte. Vertrauensvoll hatte sie ihn bedrängt, so daß er sie gegen seinen eigenen Willen geküßt und ihr einen Heiratsantrag gemacht hatte.

Er darf durch unsere Ehe keine Nachteile haben, sagte sich Tilda. Ich muß mit dem Fürsten sehr geschickt umgehen. Er darf nicht rachsüchtig werden.

Trotzdem war sie viel zu aufgeregt, um gesprächig zu sein, als sie mit Francis Tetherton in der Kutsche München verließ.

Auch Francis war nervös. Sie bemerkte es an der Art, wie er ständig mit seiner Krawatte spielte und auf seine goldene Uhr schaute.

Er hatte mit ihr rasch das Hotel verlassen, nachdem sie ein leichtes Abendessen zu sich genommen hatten. Deshalb kamen sie früher als gedacht im Gasthaus »Zur Königlichen Grenze« an.

»Ich habe für dich ein Privatzimmer reservieren lassen«, sagte Francis. »Gehe so rasch wie möglich durch das Foyer. Ich möchte nicht, daß dich jemand sieht. Man würde es für sehr merkwürdig halten, wenn du dich hier allein mit einem Mann triffst.«

»Es ist unwahrscheinlich, daß mich jemand kennt«, sagte Tilda.

Trotz Francis' Bedenken konnte sie nicht widerstehen, einen Blick in das Restaurant zu werfen, in dem sie vielleicht mit dem Leutnant zu Abend gegessen hätte.

Der Raum war geschmackvoll eingerichtet mit Eichenbalken an der Decke, ausgestopften Tierköpfen an den Wänden und kleinen Tischen, auf denen Kerzen standen.

Einige Gäste aßen zu Abend.

Francis Tetherton führte Tilda einen Korridor entlang in einen kleinen, eichengetäfelten Salon. Im Kamin brannte ein Feuer.

Francis sah zum hundertsten Mal auf seine Uhr.

»Du bleibst hier, Victoria«, sagte er. »Ich erwarte Seine Königliche Hoheit am Eingang. Er will nicht erkannt werden, deshalb führe ich ihn sofort nach seiner Ankunft zu dir.«

Francis war sehr aufgeregt, und Tilda fragte sich, wieso Rudolph zu der Ansicht gekommen war, Engländer seien in jeder Situation kühl und gelassen.

»Es wird alles gutgehen, Francis«, sagte Tilda. »Gehe jetzt hinunter und halte nach Seiner Königlichen Hoheit Ausschau.«

Francis schloß die Tür hinter sich, und Tilda ging unruhig im Zimmer auf und ab.

Sie probte die Worte, die sie dem Fürsten sagen wollte.

Sie war zuversichtlich, daß sie ihren Willen durchsetzen und er die Verlobung lösen würde, die weder auf ihren noch auf seinen Wunsch zustandegekommen war.

Es war ausschließlich Königin Victorias Idee gewesen, daß Fürst Maximilian eine Engländerin zur Frau nehmen sollte.

Sicherlich gibt es in Österreich und in Bayern viele Prinzessinnen, die er mir vorzieht, sagte sich Tilda. Aber weil sich alle vor England und besonders vor Königin Victoria fürchteten, hatte er vermutlich der Heirat zugestimmt. Vielleicht ist er sogar froh, mich loszuwerden.

Sie wußte, daß nicht nur Fürst Maximilian Königin Victorias Kritik und Tadel lästig waren, sondern auch ihrer Mutter, die sich vor Ihrer Majestät fürchtete und sich durch Tildas Verhalten gedemütigt fühlen konnte.

Arme Mama, dachte Tilda. Aber ich bin sicher, wenn sie Rudolph erst kennengelernt hat, wird sie ihn lieben.

Der Gedanke an Rudolph stimmte Tilda fröhlich.

Sie spürte, wie Freude in ihr aufstieg bei dem Gedanken an seine Umarmungen und leidenschaftlichen Küsse.

Was kümmerte sie eine königliche Stellung oder der Tadel ihrer Verwandten, sagte sie sich, wenn sie so geliebt wurde, wie Rudolph sie liebte.

Ich fürchte mich nicht vor dem Fürsten, sagte sich Tilda immer wieder, ich fürchte mich vor nichts außer davor, Rudolph zu verlieren.

Sie hörte im Geist seine Stimme, als er sagte:

»Nichts kann verhindern, daß du meine Frau wirst.«

Und nichts sollte sie daran hindern, daß er ihr Mann würde, schwor sich Tilda.

In diesem Augenblick ging die Tür auf.

Tilda drehte sich um und sah nicht, wie sie es erwartet hatte, einen fremden Mann, sondern Rudolph.

Rudolph sah sie erstaunt an, als er auf sie zukam.

»Tilda, mein Liebling, was machst du hier?«

Sie lief auf ihn zu. Einen Augenblick sahen sie sich in die Augen, und dann lagen seine Lippen auf ihrem Mund.

Sie empfand wieder das Wunder, und sie war hingerissen, als er sie leidenschaftlich und fordernd küßte. Sie glaubte, ihr Körper verschmelze mit ihm.

Nach einer Ewigkeit hob Rudolph den Kopf.

»Ich habe dich vermißt«, sagte er heiser. »O Gott, wie ich dich vermißt habe!«

»Liebst du mich?« fragte Tilda.

»Das weißt du doch. Aber warum bist du hier?«

»Ich treffe den Mann... mit dem ich... verlobt bin«, erwiderte Tilda zögernd.

»Um ihm zu sagen, daß du ihn nicht heiraten willst? Mein Liebling, dann bist du frei.«

»Ja, ich werde frei sein und zu dir kommen.«

»Vielleicht schon morgen«, sagte Rudolph. »Aber gewiß übermorgen. Länger will ich auf dich nicht warten.«

»Ich auch nicht«, sagte Tilda.

Er küßte sie wieder.

Plötzlich löste er seine Arme von ihr und sagte:

»Wenn du hier den Mann triffst, mit dem du verlobt bist, ist es besser, ich lasse dich allein.«

»Warum bist du hier?« fragte Tilda.

Rudolph wollte gerade antworten, als die Tür aufging und Francis Tetherton in den Salon trat.

»Ist alles in Ordnung, Cousine Victoria?« fragte er.

Dann sah er Rudolph, stand stramm und verbeugte sich.

»Entschuldigen Sie, Sire«, sagte er. »Ich wußte nicht, daß Sie schon angekommen sind. Ich muß Sie am falschen Eingang erwartet haben.«

Tilda und Rudolph schwiegen.

»Ich sorge dafür, daß Sie nicht gestört werden, Sire«, sagte Francis.

Er verließ das Zimmer und schloß die Tür hinter sich.

Einen Augenblick lang herrschte Schweigen, und dann sagte Rudolph mit einer Stimme, die Tilda nicht wiedererkannte:

»Er nannte dich Victoria. Wie heißt du?«

Tilda sah ihm in die Augen.

Für einen Moment war es ihr unmöglich zu sprechen.

»Ich habe dich gefragt, wie du wirklich heißt«, wiederholte Rudolph eindringlich.

Tilda kam es so vor, als antworte eine andere für sie:

»Victoria Matilda Tetherton-Smythe«, flüsterte sie kaum hörbar.

Rudolph sah sie sprachlos an.

»Weshalb nannte dich mein Vetter Francis ›Sire‹?« fragte Tilda leise. »Und warum hat er auf dich gewartet?«

»Sagst du die Wahrheit? Ist das wirklich dein richtiger Name?« fragte Rudolph eindringlich.

Plötzlich lachte er schallend und lehnte sich an den Kaminsims.

»Das darf nicht wahr sein!« rief er lachend. »Das kann nicht wahr sein!«

»Was kann nicht wahr sein? Was... warum lachst du?« fragte Tilda.

Sie verstand immer noch nicht.

Einen Augenblick kam sie sich sehr einsam und sehr verlassen vor.

Rudolph sah sie an und sein Gelächter erstarb.

Als er ihre Unsicherheit bemerkte, ihre Angst, streckte er seine Arme nach ihr aus, und sie lief zu ihm hinüber.

»Es ist alles gut, mein Liebling«, sagte Rudolph. »Es ist alles bestens. Aber mein Ministerpräsident hat heute fast einen Herzanfall bekommen, als ich ihm sagte, wenn ich nicht ein Mädchen namens Tilda Hyde heiraten könne, würde ich abdanken!«

8. Kapitel

Die Straßen waren voll von jubelnden Menschen, die Fähnchen schwenkten und Blumen in die offene Kutsche warfen.

Die Häuser waren mit Girlanden geschmückt, auf denen die Worte »Willkommen in Obernia« und »Gott segne Victoria« standen.

Tildas Augen leuchteten, als sie dem fröhlichen Volk zuwinkte.

Sie sah bezaubernd aus in einem Kleid, das die Farbe ihrer Augen noch betonte. Ihr Hut war mit kleine, rosaroten Rosenknospen geschmückt und ebenso ihr kleiner, blauer Sonnenschirm.

Neben ihr in der Kutsche saß der Ministerpräsident, der trotz seines Alters immer noch ein stattlicher Mann war. Ihm gegenüber saß der britische Botschafter, und die weißen Federn seines Hutes wiegten sich im leichten Wind.

Neben ihm saß der Außenminister.

Sie hatten Tilda an der Grenze abgeholt.

Tilda hatte eine lange und ziemlich langweilige Willkommensrede über sich ergehen lassen müssen. Sie durfte sich keine Ungeduld anmerken lassen, denn sie zählte die Minuten, bis sie Rudolph wiedersehen würde.

Sie konnte es immer noch nicht fassen, daß Rudolph Fürst Maximilian war, der Mann, den sie unter keinen Umständen hatte heiraten wollen, der Mann, von dem sie geglaubt hatte, sie würde ihm gegenüber Abneigung empfinden.

»Du bist Fürst Maximilian?« hatte sie ungläubig gefragt.

»Ich dachte, du sähest häßlich aus...«

»Wieso?« fragte Rudolph erstaunt.

»Alle redeten so geheimnisvoll über dich«, erklärte Tilda. »Immer flüsterten sie und schwiegen dann verlegen, wenn ich das Zimmer betrat. Außerdem gab es keine Bilder von dir, und man sagte mir, daß du dich nicht fotografieren läßt.«

Rudolph wurde verlegen.

»Ich glaube, ich weiß, warum man über dich so geheimnisvoll geredet hat«, sagte Tilda. »Du wolltest von Zeit zu Zeit ausbrechen, und du wolltest nicht, daß dich die Leute erkennen.«

Rudolph lächelte.

»Das hast du richtig erkannt«, sagte er. »Aber es ist wahr, ich habe manchmal meine Pflichten vernachlässigt.«

»Dich unerlaubt von der Truppe entfernt...«

»Wie konnte ich auch ahnen, daß diese stümperhaften Idioten einen Suchtrupp nach mir ausschicken würden. Aber das war natürlich deine Schuld.«

»Wieso meine Schuld?« fragte Tilda erstaunt.

»Nein, im Grunde war es meine«, räumte Rudolph ein. »Als man mir sagte, du könntest dich auf deiner langen Reise von England unter Umständen verspäten, fuhr ich einfach ins Blaue, ohne jemandem etwas zu sagen.«

Er lächelte.

»Und als man im Schloß feststellte, daß du genau zur vorgesehenen Zeit in Schloß Linderhof eintrafst, gerieten sie in Panik. Es war geplant, daß du eine Woche vor der Hochzeit in Obernia ankommst, damit wir einander kennenlernen können.«

»Und das haben wir getan!« rief Tilda.

»Aber glücklicherweise weiß der Hof nichts davon«, sagte Rudolph.

Tilda lachte.

»Du mußt sie so oder so in große Aufregung versetzt haben.«

»Sie fielen über mich her wie eine Schar aufgeregter Hühner und kritisierten und tadelten alles, was ich tat«, sagte Rudolph. »Deshalb nannte ich mich unter Freunden mit meinem zweiten Namen, und wenn ich es nicht länger am Hof aushielt, verschwand ich einfach.«

»Wohin?«

»Um neue Freunde zu finden.«

»Das waren natürlich immer schöne Frauen.«

»Keine von ihnen war so reizend wie du.«

»Aber du hast sie... geliebt?«

Rudolph antwortete sofort. Dann sagte er:

»Es gibt verschiedene Arten von Liebe, mein Schatz.«

»Erkläre es mir.«

Er wählte seine Worte sorgfältig.

»Die meisten Frauen sind wie schöne Blumen. Ein Mann möchte sie pflücken, aber gewöhnlich welken sie rasch dahin.«

Tilda hörte aufmerksam zu.

»Selbst wenn er sich sagt, daß er nur sein Vergnügen sucht, hofft er bei jeder Frau, daß er die Vollkommene, die Außergewöhnliche findet, nach der er immer gesucht hat.«

»Und wenn er sie findet?«

»Dann ist es für immer, und es bringt ihm das wahre Glück.«

»Und er sucht nicht weiter?« fragte Tilda.

»Nein, er sucht nicht weiter.«

»Bist du sicher?« fragte Tilda. »Ich würde mich elend fühlen, wenn du plötzlich von mir weggingst, und ich hätte keine Ahnung wohin.«

»Ich schwöre dir, daß ich das niemals tun werde«, sagte Rudolph. »Aber die Strafe des heiligen Gerhardt ist trotzdem eingetroffen. Es wird nur noch eine einzige Frau in meinem Leben geben.«

»Bist du sicher?« fragte Tilda.

»So sicher, daß jeder Maler und jeder Fotograf in ganz Europa bei unserer Hochzeit anwesend sein kann«, antwortete Rudolph.

Er zog sie an sich.

»Außerdem möchte ich, daß die Welt weiß, wie unglaublich schön du bist, mein Liebling.«

Er küßte sie, und nun zählte nichts anderes mehr.

Die Hauptstadt von Obernia lag in einem fruchtbaren Tal. Schneebedeckte Berge erhoben sich zu beiden Seiten. Als Tilda das Schloß erblickte, sah es genauso aus, wie sie es sich vorgestellt hatte.

Die lange, breite Straße, die zu den großen, vergoldeten schmiedeeisernen Toren führte, war von jubelnden Menschen gesäumt.

Das leuchtend weiße Gebäude mit seinen Säulen, Kolonnaden und Bogengängen und den schönen Statuen gefiel Tilda sehr.

»Es ist märchenhaft«, rief Tilda.

Der Ministerpräsident sah sie beifällig an.

Er hatte ihr gesagt, daß Seine Königliche Hoheit darauf bestanden hatte, die Hochzeit am späten Nachmittag stattfinden zu lassen.

Tilda wußte, daß nicht nur der Ministerpräsident nervös war, weil die Zeremonie am Tag ihrer Ankunft stattfand, sondern auch der britische Botschafter. Sie hielten es beide für überstürzt.

»Ich finde es wundervoll«, hatte Tilda begeistert gerufen.

Sie sah die Überraschung auf den Gesichtern der beiden Herren und sagte sich, daß sie vorsichtiger sein mußte.

Keiner wußte, daß sie Rudolph schon kennengelernt hatte. Aber sie fragte sich, was der Ministerpräsident wohl von dem raschen Gesinnungswandel des Fürsten gehalten hatte.

Er war vermutlich mehr als nur erstaunt, daß Rudolph nach dem Gerede über seine Abdankung am nächsten Tag plötzlich erklärte, er sei bereit, Lady Victoria Matilda Tetherton-Smythe zu heiraten, und zwar sofort.

»Wirst du ihm sagen, warum?« hatte Tilda gefragt.

»Nein, natürlich nicht. Erklärungen würden ihn noch mehr verwirren«, antwortete Rudolph lächelnd.

Er hob ihr Kinn und sagte:

»Wie konntest du nur so ungezogen sein und das Hofbräuhaus besuchen? Der Himmel weiß, in was für Unannehmlichkeiten du hättest kommen können.«

»Ich bekam Unannehmlichkeiten... aber nur durch dich...«

»Dafür können wir Gott danken!« sagte Rudolph ernst.

»Ich kann mir nicht vorstellen, was Mama sagen würde, wenn sie wüßte, daß wir drei Nächte zusammen in Frau Frau Sturdels Haus verbracht haben und dazu noch im selben Bett!«

»Wir können nur hoffen, daß sie es niemals erfährt«, sagte Rudolph. »Und vergiß nicht, mein Liebling, daß du dich mir gegenüber förmlich und schüchtern verhalten mußt, wenn wir uns vor dem Schloß treffen.«

»Ich will daran denken«, sagte Tilda.

»Weiß Gott, es wird mir nicht leichtfallen, dich nicht anzufassen.«

»Ich hoffe, du wirst mich hübsch finden«, sagte Tilda. »Ich habe für meine Ankunft in Obernia ein besonders schönes Kleid. Und du hast mich immer nur im Dirndl gesehen.«

»In dem du wie ein reizender kleiner Engel ausgesehen hast, ein sehr verführerischer, kleiner Engel.«

»Du hast das als Vorwand dafür genommen, mich nicht zu küssen«, sagte Tilda vorwurfsvoll.

»Ich wollte mich anständig benehmen, und es ist mir mißlungen.«

»Ich bin froh darüber.«

»Ein Mann hätte blind oder ein Heiliger sein müssen, um von dir nicht in Versuchung geführt zu werden.«

»Ich möchte dich in Versuchung führen!«

»Und ich hoffe, daß ich nie wieder die Qual durchmachen muß, durch ein Kissen von dir getrennt zu sein.«

»Du selbst hast es hingelegt«, sagte Tilda.

»Ich weiß. Es war die einzige Möglichkeit, mich davor zu bewahren, dich zu berühren.«

»Das wäre mir sehr recht gewesen«, flüsterte Tilda.

Als die Pferde auf das festlich geschmückte Schloßtor zutrabten, sah Tilda dort Rudolph auf sie warten.

Sie vergaß seine Anweisungen vor Freude darüber, ihn zu sehen.

Er sah glänzend aus in seiner weißen Uniform mit goldenen Epauletten, einer Fülle von Orden und einer blauen Schärpe über der Brust.

Die Pferde blieben stehen.

Es fiel Tilda schwer, geduldig zu warten, bis der Diener die Kutschentür öffnete, die Stufen herabließ und die leichte Decke entfernte, die ihre Knie bedeckte.

Die Decke war mit Blüten bestreut gewesen, die die Menschen ihr zugeworfen hatten. Tilda wirkte wie eine Nymphe, die aus einer Wolke von Blüten aufstieg.

»Sie müssen sechs Stufen hinaufgehen«, hatte ihr der Botschafter gesagt. »Seine Königliche Hoheit wird sechs Stufen herunterkommen, so daß Sie sich auf halbem Wege treffen.«

»Sehr wohl, Exzellenz«, sagte Tilda demütig.

»Ich hoffe, daß alles glatt geht«, sagte der Botschafter besorgt. »Es ist uns schwergefallen, Seine Königliche Hoheit zu überreden, unserem Vorschlag zuzustimmen.«

Tilda lächelte im stillen.

Sie hätte gern gewußt, was der Botschafter gesagt hätte, wenn er erfahren hätte, daß Seine Königliche Hoheit bis zum letzten Augenblick entschlossen war, niemand anderen als das unbekannte Mädchen namens Tilda Hyde zu heiraten und seinem Ministerpräsidenten mit der Abdankung gedroht hatte.

»Liebst du mich?« hatte Tilda gefragt, als sie sich im Gasthaus ›Zur Königlichen Grenze‹ trennten.

»Ich werde es dir beweisen, wenn wir verheiratet sind«, antwortete Rudolph. »Aber unser Abenteuer muß geheim bleiben. Bei mir würde sich niemand wundern. Aber bei dir ist es anders. Sie erwarten von dir, daß du untadelig bist.«

»Ich werde mich bemühen, scheu und steif zu wirken wie unsere Verwandten.«

Jetzt, da Tilda die Stufen zu Rudolph hinaufging, war es ihr unmöglich, das Glück in ihren Augen zu verbergen, weil sie ihm so nahe war.

Sie hätte nicht gedacht, daß er so stattlich und so imposant aussehen würde.

Sie erreichte die sechste Stufe, und er ergriff ihre Hand.

»Darf ich mir erlauben, Sie bei uns in Obernia willkommen zu heißen, Mylady«, sagte er höflich. »Dies ist ein bedeutender Tag für mein Land und ein Augenblick großer Freude für mich persönlich.«

Er hob ihre Hand an seine Lippen, und sie spürte, wie er sie drückte.

Als er den Kopf hob und ihr in die Augen sah, war es Tilda einen Augenblick unmöglich zu sprechen und sich an die Worte zu erinnern, die sie so sorgfältig auswendig gelernt hatte.

Ich liebe dich, wollte sie sagen.

Mit großer Mühe brachte sie die Worte heraus:

»Ich empfinde tiefen Dank für die liebenswürdigen Willkommensworte Eurer Königlichen Hoheit. Es ist mir eine unaussprechliche Freude, hier in Obernia zu sein und zu wissen, daß dieses schöne Land künftig meine Heimat sein wird.«

Dann flüsterte Tilda:

»Du siehst blendend aus. Ich möchte... dich küssen.«

Sie sah die Antwort in seinen Augen und wußte, daß es ihm schwerfiel, ihr förmlich den Arm zu reichen.

»Gestatten Sie, daß ich Sie in das Schloß führe, Mylady«, sagte er förmlich.

Er nahm ihren Arm, und sie gingen gemeinsam die Stufen hinauf, gefolgt vom Ministerpräsidenten und dem britischen Botschafter.

Die anderen Beamten, die auf den Stufen gewartet hatten, folgten ihnen.

»Wohin gehen wir?« fragte Tilda.

»Sie werden den einzelnen Regierungsmitgliedern und den Hofbeamten vorgestellt«, antwortete Rudolph. »Danach ziehen Sie sich zurück und kleiden sich für die Hochzeit um.«

»Ich möchte... mit dir allein sein«, sagte Tilda leise.

»Ich auch«, erwiderte Rudolph. »Aber das ist unmöglich, bis wir verheiratet sind.«

»Willst du mich nicht... küssen?«

»Du weißt, daß ich das möchte«, antwortete er, und sie hörte das Verlangen in seiner Stimme. »Aber wir müssen uns korrekt verhalten, mein teures Herz.«

»Warum? Was nützt es, von königlichem Geblüt zu sein, wenn man nicht tun kann, was man will?« fragte Tilda.

Sie hatte sehr leise gesprochen.

Rudolph sagte jetzt laut:

»Ich hoffe, Mylady, die Bilder in diesem Teil des Schlosses werden Ihre Bewunderung finden. Viele sind Porträts unserer gemeinsamen Vorfahren: Könige, Königinnen, regierende Fürsten benachbarter Staaten...«

»Ich möchte mit dir allein sein! Ich muß, und wenn nur für einen kurzen Augenblick«, murmelte Tilda. »Es wird Stunden und Stunden dauern, bis wir verheiratet sind. Ich habe dich so vermißt...«

»Ich dich auch«, erwiderte Rudolph. »Aber wir müssen vernünftig sein.«

»Du bist übervorsichtig, beinahe... feige...«

»Das ist ein sehr bekanntes Bild Friedrichs des Großen«, sagte

Rudolph. »Sie werden mir zustimmen, daß der Künstler ihn außerordentlich gut gezeichnet hat.«

»Es ist ein schönes Bild«, sagte Tilda.

Dann flüsterte sie kaum hörbar:

»Soll ich ohnmächtig werden? Dann müßtest du mich wenigstens in die Arme nehmen.«

»Tilda, mein Schatz, benimm dich«, bat Rudolph.

»Ich werde sehr brav sein, wenn du mich küßt... nur einmal...«

Rudolph blieb stehen und erklärte ihr ein weiteres Bild. Dann sagte er leise:

»Wir gehen gleich um die Ecke. Dort ist auf der rechten Seite ein Zimmer, in dem die Auszeichnungen meines Vaters ausgestellt sind. Wir könnten rasch hineinschlüpfen.«

»Ich wußte, daß du vernünftig bist«, sagte Tilda selig.

»Es ist aber unvernünftig«, stöhnte Rudolph.

Sie gingen um die Ecke, gefolgt von der langen Prozession der Regierungsmitglieder.

Rudolph zog Tilda rasch in das Zimmer und schloß die Tür hinter sich.

Sie stieß einen glücklichen Schrei aus.

Dann lagen sie sich in den Armen, und er küßte sie wild und leidenschaftlich, als hätten sie unsägliche Gefahren bestanden und sich endlich wiedergefunden.

»Ich liebe dich! Ich bete dich an«, murmelte Rudolph. »Aber was wir tun, ist verrückt!«

»Es ist eine köstliche, himmlische Verrücktheit!« erwiderte Tilda.

Der Türgriff wurde niedergedrückt, und der Ministerpräsident fragte:

»Ist etwas nicht in Ordnung, Königliche Hoheit?«

Seine Stimme klang besorgt.

Rudolph ließ Tilda los. Sie sah das Feuer in seine Augen, als er sagte:

»Ich möchte dich besitzen! Guter Gott, wie ich dich besitzen möchte!«

Tildas Gesicht leuchtete auf.

»Ich habe mir mehr als alles andere gewünscht, daß du das sagst.«

Mit einer übermenschlichen Anstrengung drehte Rudolph den Schlüssel im Schloß um und öffnete im gleichen Augenblick die Tür.

»Mit diesem Schloß scheint etwas nicht in Ordnung zu sein«,

sagte er beiläufig. »Ich wollte Lady Victoria nur die Orden meines Vaters zeigen.«

»Sie sind überwältigend!« sagte Tilda.

Als der Erzherzog Ferdinand Holstein Mittelgratz von der Kathedrale in der offenen Kutsche zurückfuhr, sagte er:

»Dieses arme, süße, unschuldige Kind. Ich erwürge Maximilian mit meinen eigenen Händen, wenn er sich ihr gegenüber nicht anständig benimmt!«

Die Erzherzogin sah ihn mit einem dünnen Lächeln auf den Lippen an: »Ich habe das Gefühl, Ferdinand, daß unser Fürst Romeo nicht mehr auf Wanderschaft gehen wird«, sagte sie.

»Wie kommst du darauf? Er ist lange genug jeder hübschen Frau zwischen Obernia und Finnland nachgestiegen. Ich möchte nicht, daß er diesem süßen, sanften, kleinen Wesen wehtut! Sie ist kaum dem Kinderzimmer entwachsen, und ich bin entschlossen, ihm das unmißverständlich zu erklären.«

»Was willst du dagegen tun, wenn Maximilian weiterhin Affären mit anderen Frauen hat?« fragte die Erzherzogin. »Ich halte das ganze Gerede darüber sowieso übertrieben.«

»Ich selbst werde Victoria beschützen!« erwiderte der Erzherzog entschlossen.

Seine Frau lachte.

»Das glaube ich gern, daß heißt, wenn man dich in ihre Nähe läßt, Ferdinand.«

»Was meinst du damit?« fragte der Erzherzog.

»Als wir in der Kathedrale waren, fiel mir auf, wie sehnsüchtig und beifällig du die Braut angesehen hast, und was ich in deinem Gesicht sah, las ich in den Augen fast eines jeden anwesenden Mannes«, erwiderte seine Frau.

»Na und?«

»Ich glaube, Maximilian wird künftig sehr damit beschäftigt sein, auf seine Frau aufzupassen, so daß er für andere Eskapaden kaum mehr Zeit haben wird.«

»Hoffentlich hast du recht«, schnaubte der Erzherzog.

»Und darüber hinaus glaube ich, daß die kleine Victoria sehr gut auf sich allein aufpassen kann«, sagte die Erzherzogin.

»Sie ist so unschuldig, so weltfremd und fast noch ein Kind«, erwiderte der Erzherzog.

Seine Frau warf ihm einen lammfrommen Blick zu und sagte sanftmütig:

»Ich bin sicher, du weißt es am besten, Ferdinand.«
Dabei zwinkerte sie ihm zu.

Das Feuer war niedergebrannt, gab aber noch genügend Licht, um die Umrisse des Bettes mit seinem geschnitzten Baldachin, den vergoldeten Engeln und den rosaroten Samtvorhängen wie eine aufgeblühte Rose erscheinen zu lassen.

Rudolph und Tilda lagen dicht beieinander auf den spitzenbesetzten Kissen, die mit der königlichen Krone bestickt waren.

»Rudolph, ich möchte dich etwas fragen«, sagte Tilda.

»Was mein Schatz, meine vollkommene, kleine Liebe?«

Während er sprach, schob er ihr zärtlich das Haar aus der Stirn und küßte sie.

»Ich habe mich eben gefragt, wann du die ›unangenehmen Dinge‹ tun willst, über die Mama gesprochen hat«, flüsterte Tilda.

Rudolph zog sie noch näher an sich heran. Sie war weich und anschmiegsam.

»Ich glaube, mein Liebling, deine Mama meinte das, was wir schon getan haben.«

Tilda sah ihn erstaunt an.

»Aber es war wundervoll, das Herrlichste, was ich mir vorstellen kann.«

»Ist das dein Ernst?« fragte Rudolph.

»Natürlich. Ich wußte nicht, daß ich so glücklich sein kann und mich so wild... so erregt fühlen könnte«, antwortete Tilda.

»Mein Liebling, ich liebe dich!«

»Wir gehören einander.«

»Für immer!« schwor Rudolph.

»Ich möchte immer mit dir zusammensein«, sagte Tilda. »Ich möchte, daß du mich liebst, mich küßt, die ganze Zeit.«

»Das möchte ich auch. Aber wir werden auch einige offizielle Pflichten haben.«

»Das macht nichts, solange wir sie gemeinsam erfüllen.«

»Wir werden immer zusammen sein. Aber du mußt artig sein, mein Süßes.«

»Ich werde... sehr, sehr artig sein!« versprach Tilda.

»Es war aber nicht artig von dir, als du mich in der Kathedrale während der Zeremonie gefragt hast, ob Mitzi auch da ist«, sagte Rudolph tadelnd. »Ich bin sicher, der Erzbischof hat dich gehört...«

»Ich wollte doch nur wissen, ob du sie eingeladen hast.«

»Nein, natürlich nicht«, antwortete Rudolph. »Und du solltest nicht einmal von jemandem wie Mitzi gehört haben.«

»Du müßtest ihr dankbar sein«, antwortete Tilda. »Als ich dich sie küssen sah, habe ich mich in dich verliebt.«

»Du hast mich Mitzi küssen gesehen?« fragte Rudolph. »Wie ist das möglich?«

»Ich war im Wald von Schloß Linderhof«, antwortete Tilda.

»Guter Gott, nehmen die Überraschungen mit dir niemals ein Ende? Wie hätte ich ahnen können, daß du im Wald bist?«

»Ich habe euch beobachtet. Ich dachte, ihr seid ein jungverheiratetes Paar«, sagte Tilda.

»Was immer du auch gedacht hast, bitte sei so gut und vergiß es«, sagte Rudolph energisch. »Aber ich bin trotzdem froh, daß du dich in mich verliebt hast, mein Schatz.«

»Ich fand, daß du der schönste und imponierendste Mann warst, den ich je gesehen hatte.«

Sie hielt inne und fuhr dann fort:

»Obernia ist voll von stattlichen Männern. Dieser Leutnant sah wie ein griechischer Gott aus!«

»Ich werde ihn morgen entlassen und ihn durch einen alten, weißhaarigen Mann ersetzen«, erklärte Rudolph.

Tilda lachte.

»Ich hörte deinen alten Onkel, den mit dem weißen Schnurrbart, zu jemandem sagen: ›Sie ist das hübscheste kleine Füllen, das ich seit Jahren gesehen habe, viel zu schade für diesen Schwerenöter Maximilian. Ich habe gut Lust, sie selbst zu beschützen!‹«

»Tilda!«

Rudolphs Stimme klang streng.

»Das ist echt Onkel Franz. Er ist selbst ein alter Schwerenöter, und du wirst nichts mit ihm zu tun haben, hörst du?«

»Dein anderer Onkel, der Erzherzog Karl, hat meine Handfläche gekitzelt, als er sich von mir verabschiedete.«

Rudolph zog sie fester an sich.

»Ich will eines ganz klar stellen, Tilda. Ich bin ein sehr eifersüchtiger Ehemann! Wenn ich dich auch nur einmal dabei erwische, daß du einen anderen Mann ansiehst, werde ich ihn entweder erschießen oder verbannen – und dich verprügeln!«

»Ich glaube, das wäre spannend!« sagte Tilda. Sie preßte sich noch enger an ihn. »Es gefällt mir, wenn du stark und herrisch bist.«

Rudolph sah sie an.

Ihr Gesicht strahlte.

»Du bist so schön«, sagte er heiser, »so unglaublich schön. Ich liebe dich, aber ich habe das Gefühl, mein Liebling, daß es eine schlimmere Qual ist, mit dir verheiratet zu sein, als chinesische Martern erdulden zu müssen.«

»Ich möchte dich glücklich machen«, flüsterte Tilda.

»Und ich will, daß du mir gehörst, daß du mich liebst und kein anderer Mann dir etwas bedeutet«, antwortete Rudolph.

»Ich liebe dich«, sagte Tilda. »Bis jetzt wußte ich nicht, daß es so viel Glück und so viel Liebe auf der Welt geben kann.«

»So sollst du auch empfinden«, sagte Rudolph. »Und ich möchte, daß du so sehr nach mir verlangst wie ich nach dir und es nur mich für dich gibt, jetzt und immer.«

Tilda holte tief Luft.

»Mache, daß ich nach dir verlange!« flüsterte sie. »Bitte mache, daß ich nach dir verlange, Rudolph.«

Sein Mund nahm von ihr Besitz.

Er spürte, wie sich ihr Körper an ihn schmiegte und ihr Herz so wild wie das seine schlug.

Dann führte er sie in einen besonderen Himmel für sehr unartige kleine Engel, die aber anbetungswürdig und ganz unwiderstehlich sind!

Duell der Herzen

Meiner wunderbaren Mutter widme ich diesen meinen fünfzigsten Roman mit meiner ganzen Liebe.

Die Autorin möchte Mr. C. Christopher Lloyd von der Navy Records Society und dem Royal Naval College Greenwich ihren aufrichtigen Dank aussprechen für ihre wertvolle Hilfe und ihren Rat, was Schiffe und Waffen des Elisabethanischen Zeitalters anbetrifft, ebenso Mr. C. A. Lillingston von der Harrow School for Histrorical Research.

1. Kapitel

Die Straße war staubig und vom Schnee des vergangenen Winters tief ausgefahren. Das Pferd mußte behutsam seinen Weg suchen, aber sein Reiter hob das Gesicht zu den grünen Knospen der Bäume empor, die über die Straße hingen, und atmete tief ein, als er in einen Wald kam, der von Hyazinthenblüten wie mit einem Teppich bedeckt war.

Rodney Hawkhurst hatte die Schönheit des englischen Frühlings vergessen gehabt. Nachdem er viele Monate auf See verbracht hatte, war nun der Frühling atemberaubend. Er weckte in ihm ein sentimentales und gleichzeitig erregendes Gefühl, so wie vor Jahren, als er sein abenteuerliches Leben begonnen hatte. Jetzt mit neunundzwanzig Jahren hielt er sich für alt und abgestumpft, aber er stellte fest, daß der Frühling seine Gefühle ebenso leicht wecken konnte, wie es eine Frau getan hätte.

Er nahm seinen Federhut vom Kopf und spürte den Wind auf der Stirn. Er war zügig und rasch geritten und hatte seine Diener und die Packpferde mit seinem Gepäck weit hinter sich gelassen.

Er hatte das Bedürfnis gehabt, allein zu sein. Er wollte nachdenken und sich überlegen, was er sagen würde, wenn er in Camfield Place eintraf. Er hatte in Whitehall viele einander widersprechende Berichte über Sir Harry Gillingham gehört, aber die meisten waren ermutigend gewesen. Sir Harry war reich und großzügig, und es gab keinen Grund, daran zu zweifeln, daß er, wenn man ihm nur in der richtigen Art und Weise einen Vorschlag machte, zustimmen würde.

Es bedeutete viel für Rodney – mehr, als er vor sich selbst zuzugeben wagte; denn wenn Sir Harry ablehnte, an wen konnte er sich dann um Hilfe wenden? Als er an einen möglichen Mißerfolg dachte, verhärteten sich seine Lippen.

Mißerfolge kannte er nicht, und er hatte nicht vor, jetzt einen zu erleben. Er mußte Erfolg haben, natürlich mußte er Erfolg haben, nicht nur in dieser Hinsicht.

In Gedanken vertieft, hatte er ein hohes, imposantes Eisentor erreicht. Er war angekommen. Hier würde sich sein Schicksal entscheiden, und hier begann der Weg zu seinem Ziel – Gold!

Das Tor stand offen, und er ritt hindurch. Die Einfahrt war von großen Bäumen und einer Fülle blühender Fliederbüsche gesäumt, deren schwere hell- und dunkelviolette Blüten die Luft mit ihrem Duft füllten und den Reisenden seine Anspannung vergessen ließen.

Goldregenbüsche glichen Springbrunnen aus Gold, und die Kastanienblüten standen rosa und weiß auf den Zweigen wie Weihnachtskerzen. Ein früher Kuckuck rief aus den dunklen Zweigen der Zedern, und vor ihm schimmerte der Rasen wie grüner Samt.

Es war Frühling, und seine Schönheit stimmte Rodney beschwingt. Er fühlte sich wohl.

Und dann, als sein Pferd ihn langsam vorwärtstrug, schwirrte etwas durch die Luft, traf seinen Hut und riß ihn vom Kopf.

Rodney drehte sich erschrocken um, jedoch mit jener Wachsamkeit, die Männern eigen ist, die viele Jahre in Gefahr gelebt hatten. Er blickte nicht dorthin, wo sein Hut von einem Pfeil durchbohrt zu Boden gefallen, sondern in die Richtung, aus der dieser gekommen war. In den Fliederbüschen bewegte sich jemand.

Mit einer Schnelligkeit, die für einen athletischen, trainierten Körper sprach, sprang Rodney Hawkhurst vom Pferd und war mit drei Schritten bei den Büschen. Er sprang hinein und packte jemanden, der sich dort versteckt hielt.

Er hatte nicht erwartet, daß seine großen, kräftigen Hände eine weiche, weiße Schulter packen würden. Aber ehe er Zeit zum Überlegen fand, hatte er ihren Besitzer auf den Rasen herausgezogen, der die Einfahrt säumte.

Da erst sah er, daß er eine Frau gefaßt hatte, oder eher ein Mädchen. Sie wand sich in seinem Griff, und einen Augenblick brauchte er seine ganze Kraft, um sie festzuhalten. Als er seinen Griff verstärkte, hielt sie plötzlich still.

»Laßt mich los!«

Sie blickte zu ihm auf und warf dabei ihre rotgoldenen Haare zurück, die ihr ovales Gesicht lose einrahmten. Ihre Augen waren merkwürdig grün und ihre geschwungenen Augenbrauen zornig zusammengezogen.

»Hast du den Pfeil auf mich abgeschossen?« fragte Rodney.

Ihre Lippen schmollten einen Augenblick, doch dann lächelte sie plötzlich.

»Es war nur ein Scherz.«

Ihr Lächeln war unwiderstehlich, und Rodney stellte fest, daß er zurücklächelte. Sie war ein reizendes, aufgewecktes Kind, und er vermutete, daß sie die Tochter eines Dienstboten war, denn sie trug eine weiße Schürze, und auch ihr offenes Haar sagte ihm, daß sie aus einfachen Kreisen stammte. Aber sie war hübsch. Ihre Brüste waren rund unter dem engen Gewand. Auf See konnte man von schönen Frauen nur träumen und dadurch die Einsamkeit der langen Nächte etwas lindern, wenn die Arme sich danach sehnten, etwas Warmes und Weiches zu umfassen.

»Wenn es ein Scherz war«, sagte Rodney ernst, »dann war es ein teurer Scherz, denn du hast meinen Hut verdorben. Ich habe ihn erst vor einer Woche in Cheapside gekauft.«

»Ich kann ihn Euch wieder nähen«, schlug das Mädchen vor.

Ihr Blick war nicht entschuldigend, und auf ihrem Mund lag immer noch ein schelmisches Lächeln, das nun merkwürdig aufregend wirkte.

»Beim Himmel, Ihr werdet dafür bezahlen«, sagte Rodney.

»Bezahlen?« Sie wiederholte das Wort überrascht, als seine Arme sie umfaßten und er sie an sich zog.

Sie hatte keinen Kuß erwartet, und seine Lippen fanden die ihren unvorbereitet. Einen langen Augenblick regte sie sich nicht in seinen Armen. Ihr Mund war süß und sehr weich. Er spürte den Schlag ihres Herzens an dem seinen, und dann befreite sie sich plötzlich mit einem kleinen Aufschrei und einer Heftigkeit, die ihn überraschte, aus seinen Armen.

Ehe er erkannte, was sie vorhatte, floh sie durch das dichte Fliedergebüsch.

Er wußte, daß er ihr nicht folgen konnte und daß dies auch unwürdig gewesen wäre. Lächelnd kehrte er zur Einfahrt zurück, hob seinen Hut vom Boden auf und zog den spitzen Pfeil heraus.

Einen Augenblick hielt er ihn in der Hand und war unentschlossen, ob er den Pfeil behalten oder wegwerfen sollte. Aber dann warf er ihn ins Gras, stieg aufs Pferd und setzte seinen Ritt die Einfahrt hinauf fort.

Der Zwischenfall war überraschend und amüsant gewesen. Wenn Sir Harrys Tochter ebenso attraktiv war wie das rothaarige Mädchen, das er eben geküßt hatte, würde er seinen Entschluß, den er gefaßt hatte, ehe er London verließ, nicht bereuen. Es war sein Pate gewesen, der ihm den Gedanken an eine Heirat in den Kopf gesetzt hatte.

»Ich kenne Harry Gillingham seit seiner Kindheit«, hatte er gesagt. »Er kann so großzügig sein, wie er reich ist, aber er erwartet einen Gegenwert für sein Geld, und soviel ich weiß, hat er ihn immer bekommen. Wenn du willst, daß er dich finanziert, wirst du ihm etwas bieten müssen.«

»Er wird eine gute Dividende erhalten«, hatte Rodney erwidert.

Der Staatssekretär der Königin, Sir Francis Walsingham, hatte gelächelt.

»Wir wollen hoffen, daß du uns die viertausendundsiebenhundert Prozent bieten kannst, die Drake nach seiner Reise um die Welt bezahlte.«

»Das ist nicht mehr so leicht«, gab Rodney zu. »Die Spanier sind wachsam geworden, die Goldschiffe werden jetzt bewacht. Aber wenn ich erst einmal ein Schiff besitze, werde ich ebensoviel Beute nach Hause bringen wie Drake. Ich bin diese letzten zehn Jahre mit ihm zusammen gesegelt und habe dabei viel gelernt.«

»Ich würde dir selbst das ganze Geld vorschießen, wenn ich es hätte«, sagte Sir Francis mit bekümmerter Miene. »Das letzte Abenteuer, in das ich investiert habe, brachte mir zehntausend Pfund ein, aber im Moment kann ich nicht mehr als zweitausend erübrigen. Aber die kannst du mit meinem Segen haben und mit einem Empfehlungsschreiben an Harry Gillingham und der Bitte, dir den Rest zur Verfügung zu stellen.«

»Was wird er von mir erwarten?« fragte Rodney.

»Harry hat eine Tochter im heiratsfähigen Alter«, sagte sein Pate lächelnd. »Es gehen Gerüchte um, daß er sie nicht nach London bringt, weil seine neue Frau eifersüchtig auf sie ist. Versuche dort dein Glück, mein Junge. Ein Mann mit einer jungen Frau ist immer darauf aus, Verwicklungen und Schwierigkeiten im Familienleben loszuwerden.«

Rodney Hawkhurst war von der Idee angetan. Die meisten Männer wünschen sich ein Heim, wenn sie von der Seefahrt zurückkehren. Die langen, ermüdenden Monate, die eine Frau einsam und sorgenvoll warten muß, wenn ihr Mann auf See ist, kümmern sie nicht. Sie denken nur an den Frieden und die Behaglichkeit, wenn sie selbst nach Hause kommen.

»Außerdem habe ich selbst vor, mich zur Ruhe zu setzen, wenn ich reich genug bin«, sagte Rodney.

Er war klug genug, um zu wissen, daß das Leben eines Korsaren eine unsichere Existenz ist, und wenn das Glück einen auch viele Jahre begünstigt, früher oder später konnte es einen doch im Stich lassen.

Er war so weitsichtig, nicht nur für die Gegenwart, sondern auch für die Zukunft zu planen. Wie Drake wollte er ein Haus erwerben.

Wie Drake wollte er sich eine Frau nehmen, aber anders als dieser unerschrockene Seemann würde er sich auf seinem Besitztum niederlassen und ein fürsorglicher Gatte und treusorgender Vater sein, sobald er reich war.

Nach einer Wegebiegung sah Rodney ein großes, rotes Backsteingebäude, das im nachmittäglichen Sonnenschein leuchtete. Es war ein Haus mit vielen Giebeln und einem weitausschwingenden Erker. Die Fenster hatten Mittelpfosten, und jede ihrer Butzenscheiben funkelte irisierend wie ein Juwel.

Vor dem Haus waren gepflegte Blumenbeete angelegt, Rosmarin, Lavendel, Majoran und Thymian, und die dunklen Eibenhekken waren kunstvoll geschnitten.

Jemand mußte Rodney gesehen haben, denn als er sich dem Haupteingang näherte, kamen Dienstboten herausgeeilt, halfen ihm beim Absteigen und übernahmen das Pferd. Noch ehe er das Haus betreten konnte, kam Sir Harry heraus und hieß ihn willkommen.

Sir Harry war ein großer, stattlicher Mann, der seine Ähnlichkeit mit König Heinrich VIII. nicht nur durch sein Äußeres kultivierte, sondern auch durch sein Privatleben.

Er führte Rodney durch die mit Binsen bestreute Halle in die große Kammer und stellte ihn seiner Lady vor.

»Das ist meine Frau, Master Hawkhurst«, sagte er strahlend. »Es ist übrigens meine dritte, und wer weiß, wie viele ich noch haben werde, ehe ich sterbe.«

Das war ein Scherz, den er schon oft gemacht haben mußte, denn während sich Sir Harry vor Lachen schüttelte, zeigte Lady Gillingham nicht einmal mit einem Wimpernzucken, daß sie ihm zugehört hatte. Sie war dunkelhaarig und hübsch, wie Rodney bemerkte, und konnte nicht älter als einundzwanzig Jahre sein. Sie blickte unter schweren Lidern zu ihm auf, und ihm schien, als ob ihre Hand ein wenig länger als notwendig in der seinen ruhte.

Im Ausdruck ihrer Augen und in der fast unmerklichen Bewegung ihrer Lippen lag etwas, das ihm vertraut war. Er hatte diesen Blick und diesen Ausdruck im Gesicht einer Frau schon mehr als einmal gesehen.

Er drehte sich um und bemerkte, daß Sir Harry nahe der Sechzig sein mußte und daß diejenigen in Whitehall, die ihn einen ›alten Schwerenöter‹ nannten, sich nicht irrten.

»Ein Glas Charneco, mein Junge?« fragte Sir Harry. »Hattet Ihr einen angenehmen Ritt von London hierher? War es ermüdend?«

»Nicht im geringsten, Sir«, sagte Rodney und nahm einen Becher mit dunklem Rotwein, den ihm ein Diener aus einem venezianischen Glaskrug einschenkte.

»Mein Pferd war frisch, und ich ritt rasch. Ich fürchte, meine Diener sind mit meinem Gepäck weit zurückgeblieben.«

»Sie werden schon kommen«, sagte Sir Harry. »Meine Frau hat alles für Euch vorbereitet, nicht wahr, Catherine, meine Liebe?«

»Natürlich«, antwortete Lady Gillingham mit einer Stimme, die wie eine wohlgenährte Katze schnurrte. »Wir hoffen, es Master Hawkhurst so angenehm wie möglich zu machen, obwohl er nach seinen aufregenden Abenteuern mit Sir Francis Drake uns Landleute wahrscheinlich langweilig und eintönig findet.«

»Ganz im Gegenteil, Mistreß«, antwortete Rodney. »Es ist eine Freude, wieder an Land zu sein, zumal in dieser Jahreszeit. Ich hatte ganz vergessen, wie schön England – und alles, was man hier sieht – sein kann.«

Während er sprach, sah er Catherine Gillingham herausfordernd an. Sie bemerkte die Zweideutigkeit, wie er es beabsichtigt hatte, und schlug die Augen nieder. Rodney wußte nur zu gut, was sie von ihm wollte. Eine junge Frau mit einem alten Mann, die Geschichte war zu banal und zu abgedroschen, und doch sagte ihm sein Instinkt, daß er vorsichtig sein mußte. Er mußte Lady Gillingham für sich gewinnen, damit sie Sir Harry nicht gegen ihn beeinflußte, durfte dabei aber nicht Sir Harrys Eifersucht wecken.

Das würde nicht einfach sein, dachte er. Da öffnete sich am Ende der großen Kammer die Tür, und ein Mädchen trat herein. Rodney hielt den Atem an, als er sie sah. Dies war die Frau, die in jenem legendären Haus auf seinem Besitztum auf ihn warten würde, wenn er reich war.

Sir Harry eilte auf sie zu.

»Da bist du ja, Phillida, meine Liebe«, sagte er. »Das ist Master Rodney Hawkhurst, den wir erwartet haben.«

In der Art, wie Sir Harry ihm seine Tochter zuführte, und in seiner Miene, die plötzlich berechnend wurde, lag etwas, das Rodney sagte, daß Sir Harry wußte, was für ein Angebot er ihm machen würde. Sein Pate mußte in seinem Empfehlungsschreiben etwas darüber erwähnt haben, dache Rodney.

Aber als er Phillida ansah, schien alles, weswegen er gekommen war, und alles, was er geplant hatte, plötzlich unwichtig zu sein. Sie war schön, schöner, als er es sich vorgestellt oder erwartet hatte. Ihre Haut war milchweiß, und ihr Haar lag wie flüssiges Gold unter einer Kappe aus Perlen. Sie war für eine Frau groß, aber sie war schlank und ihre Figur makellos. Sie trug ein enganliegendes, gelb geblümtes Seidenkleid. Die Ärmel lagen eng um ihre Handgelenke, und ein Spitzenkragen rahmte ihren Hals ein.

Ihre Augen hatten die schimmernde Farbe eines Drosseleis, ihre Nase war gerade, und sie zog die Lippen ein wenig nach unten, als wäre sie schüchtern oder ängstlich.

Rodney ergriff begierig ihre Hand, aber dann fühlte er sich abgewiesen, denn ihre Finger lagen kalt und steif in den seinen und antworteten seinem Händedruck nicht. Sie schienen ihn sogar wegzustoßen. Aber trotzdem spielte von diesem Augenblick an nichts anderes eine Rolle als ihr Anblick.

Seine Augen wollten ihr alles das sagen, was seine Lippen nicht durften, daß er sie in seine Arme nehmen wollte, daß er ihren Liebreiz spüren, ihren Mund finden und sie mit seiner Leidenschaft gefangen halten wollte.

Er spürte bei dem Gedanken daran ein Feuer in sich aufsteigen, das Blut in seinen Adern pochte, und er empfand die Unruhe eines Jägers, der die Beute sieht.

»Ich liebe dich«, sagten ihr seine Augen. »Ich liebe dich. Du bist mein, du darfst mir nicht entrinnen.«

Aber dann sprach er sehr förmlich, auch wenn in seiner Stimme nun eine Tiefe und ein Wohlklang lag, der vorher nicht dagewesen war.

Phillida sagte sehr wenig, und wenn sie sprach, dann nur mit niedergeschlagenen Augen. Während Sir Harry redete, bemühte sich Lady Gillingham, Rodneys Aufmerksamkeit auf sich zu lenken.

Rodney wußte nicht, wie lange sie sich in der großen Kammer mit der stuckverzierten Decke und dem großen, farbigen Marmorkamin aufgehalten hatten. Seine Gedanken waren von Phillidas Schönheit verwirrt, und als Sir Harry ihn endlich beiseite nahm und in ein benachbartes Zimmer führte, wo sie ungestört miteinander sprechen konnten, bat Rodney nicht um das Gold, um dessentwillen er aus London gekommen war, sondern um Phillidas Hand.

»Ich dachte, Ihr würdet mein Haus aus einem anderen Grund mit Eurem Besuch beehren«, sagte Sir Harry augenzwinkernd.

»Das ist wahr, Sir. Ich glaube, mein Pate hat schon angedeutet, weshalb ich Euch vorgestellt werden wollte.«

»Ihr wollt ein Schiff kaufen, habe ich gehört.«

»Ja, Sir. Sir Francis leiht mir zweitausend Pfund, ich selbst habe auch zweitausend, aber ich brauche noch weitere zweitausend.«

»Und Eure Pläne?«

»Ich möchte das tun, was ich auch mit Sir Francis Drake auf unseren Reisen um die Welt getan habe, die Schätze Spaniens zum Ruhme Englands und zum Schaden unserer Feinde nach Hause bringen.«

»Um eine zweite *San Felipe* zu finden«, sagte Sir Harry lächelnd.

»Ja, die Beute wurde auf hundertundvierzehntausend Pfund Sterling geschätzt, Sir.«

»Und Ihr wollt ebenso erfolgreich sein?«

»Wenn ich nur ein Viertel davon heimbringe, Sir, werden die Anteilseigner sich nicht zu beklagen haben.«

»Bei Gott, nein! Und Ihr glaubt, Ihr habt genug Erfahrung für das Kommando?«

»Ich bin sicher, Sir. Zwei Jahre lang diente ich auf den Schiffen der Königin. Ich kaufte mich frei, um mit Drake auf der *Golden Hind* zu segeln. Letztes Jahr war ich auf seinem Schiff, als er die *San Felipe* kaperte. Jetzt möchte ich auf eigene Faust segeln. Ich möchte ein Vermögen machen, und das so rasch wie möglich.«

»Aber Ihr habt genügend Zeit, Ihr seid jung!«

Rodney zögerte einen Augenblick, dann sagte er:

»Ich glaube, daß der Erfolg in Zukunft nicht mehr so leicht zu erringen sein wird. Wenn der König von Spanien seine Armada gegen uns ausschickt, befinden wir uns im Krieg, und Krieg führt niemals zu großen Gewinnen oder großen Schätzen.«

»Ja, ich verstehe Euren Standpunkt. Aber glaubt man in Whitehall wirklich, daß die Armada kommt?« fragte Sir Harry.

»Nach dem, was ich gehört habe, Sir, besteht kein Zweifel daran, daß die Spanier eine Invasion planen. Jeder ist davon überzeugt, daß sie früher oder später angreifen werden.«

»Ihr könntet wahrhaftig recht haben«, sagte Sir Harry, »und doch bin ich persönlich optimistisch und hoffe, daß die Diplomatie unserer Königin es verhindern kann.«

Rodney antwortete nicht. Er war überzeugt, daß Elizabeths verzweifelte Friedensbemühungen völlig nutzlos waren. Spanien wollte den Krieg, und England mußte dies erkennen und sich darauf vorbereiten.

»Wenn ich Euch dieses Geld gebe«, sagte Sir Harry, »und wohlgemerkt, ich habe mich noch nicht entschlossen, ob ich es tun werde oder nicht, wie bald könntet Ihr in See stechen?«

»In weniger als einem Monat, Sir. Das Schiff, das ich kaufen möchte, gehört einigen Londoner Händlern. Sie verkaufen es für fünftausend Pfund. Aber ich brauche weitere tausend Pfund für Proviant und Waffen.«

»Aha.« Sir Harry kratzte sich das Kinn. »Ihr spracht vom Heiraten. Wollt Ihr heiraten, bevor Ihr absegelt?«

»Nein, Sir«, antwortete Rodney, »ich habe vor, von dieser Reise reich zurückzukehren. Von meinem Anteil möchte ich ein Besitztum kaufen, und dann brauche ich eine Frau, die es mit mir teilt.«

»Beim heiligen Georg! Ihr seid ein entschlossener junger Mann. Ihr habt Euer Leben genau geplant. Aber angenommen, Ihr werdet getötet?«

»In diesem Fall, Sir, möchte ich lieber keine Witwe zurücklassen.«

Sir Harry lachte.

»Das ist genau das, was auch ich immer gedacht habe, und deshalb bin ich zweimal Witwer geworden. Phillida ist das Kind aus meiner ersten Ehe. Ihre Mutter starb ein Jahr nach ihrer Geburt im Kindbett. Sie war ein reizendes Wesen, aber vielleicht war sie zu jung, als ich sie heiratete, um ihre Pflichten als Ehefrau zu erfüllen. Sie war erst fünfzehn, als Phillida geboren wurde.«

»Wirklich, Sir?«

»Ich heiratete im Jahr darauf wieder. Ich bin nicht dafür geschaffen, allein zu leben, und ebenso empfindet Ihr, nicht wahr?«

»Ich glaube, ein Mann sollte heiraten, wenn er die Welt gesehen und sich die Hörner abgestoßen hat.«

Sir Harry lachte, es war ein offenes, volles Lachen, das im Raum widerhallte.

»Bei König Hall, ich wette, Ihr habt Euch tüchtig ausgetobt. Wie waren die Frauen auf den Azoren und auf den indischen Inseln? Waren sie hübsch? Eines Tages müßt Ihr mir mehr darüber erzählen.«

Sir Harry stand auf und ging schwerfällig zur Tür. »Ich werde Eure Bitte erfüllen, Master. Ich leihe Euch die zweitausend Pfund, damit Ihr das Schiff kaufen und bemannen könnt. Und ich nehme ein Drittel von Eurem Gewinn.«

»Wie kann ich Euch danken Sir... Und wie steht Ihr zu meiner anderen Bitte?«

»Ihr meint Phillida? Auch hier gebe ich Euch eine günstige Antwort. Ihr könnt Euch mit ihr verloben, mein Junge. Euer Pate ist seit vielen Jahren mein Freund. Wir haben unsere Kindheit zusammen verbracht, und ich habe die größte Hochachtung vor ihm. Er hält viel von Euch, und dies und mein eigenes Urteil über Euch genügt mir. Ihr könnt Euch mit Phillida verloben, und ich bin sicher, sie wird Eure Rückkehr ebenso begierig erwarten wie ich.«

»Ich danke Euch, Sir.« Rodney lächelte, und in seinem Herzen war eine Leichtigkeit und Freude, wie er sie noch niemals empfunden hatte. Phillida gehörte ihm. Diese goldene Schönheit würde ihm gehören. Sie war wie eine Lilie, dachte er, eine Lilie, deren sanfte Zartheit er vor den Unbilden der Welt beschützen wollte.

Aber er wußte, daß er sie nicht vor sich selbst beschützen konnte. Er würde zärtlich zu ihr sein, aber wie würde er sie lieben!

Es war ihre Schönheit, die er liebte, eine Schönheit, nach der er sich lange gesehnt hatte. Er würde Phillidas kalte Vollkommenheit in ihrem Liebreiz erglühen lassen. Unter seinen Händen und in seinen Armen würde sie zum Leben erwachen. Ihre Lippen würden warm sein und ihre Augen von Leidenschaft erfüllt.

Er würde sie lehren, ihn zu lieben, ihn zu erregen, nach ihm zu verlangen. Phillida! Er war außer sich vor Verlangen nach ihr.

Sir Harrys Stimme unterbrach seine Gedanken.

»Vor dem Essen können wir noch meine Pferde besichtigen«, sagte Sir Harry. »Ich habe eine Stute, die ich für das beste Tier in ganz Hertfortshire halte. Wollt Ihr sie sehen?«

»Ja gern, Sir.«

Sir Harry ging voraus in den Sonnenschein. Als sie durch die Gärten zum Stall gingen, bemerkte Rodney, daß jemand aus den Büschen sie beobachtete. Er drehte rasch den Kopf und sah ein Gesicht, das sich hastig zurückzog. Er glaubte das rothaarige Mädchen wiederzuerkennen, das er in der Einfahrt geküßt hatte.

Er erwog, Sir Harry nach ihr zu fragen, doch dann ließ er es. Vielleicht gab es irgendwelche Verbote, daß die Kinder des Personals nicht auf dem Rasen spielen durften, und in diesem Fall hätte er das Mädchen in Schwierigkeiten gebracht.

Einen Augenblick spürte er noch einmal ihre Lippen weich auf den seinen und ihren schlanken Körper. Es war, als ob er einen flatternden Vogel umarmt hätte. Sie hatte einen Augenblick stillgehalten, sich dann aber abrupt von ihm befreit und war geflohen.

Merkwürdig, daß die Erinnerung an ihren Kuß auf seinen Lippen verweilte. Er hatte schon viele Frauen geküßt, aber dies war anders gewesen. Er hatte ein Mädchen geküßt, das bis dahin noch nicht für die Liebe geweckt worden war. Der Kuß hatte eine Frische an sich gehabt, die er noch nie erlebt hatte.

Plötzlich hatte er das Bedürfnis, sie wiederzusehen, um herauszufinden, ob er sich irrte oder ob sie nur eine Dirne war.

Nein, eines wußte er gewiß, sie war noch rein. Er hatte das Zittern ihres Mundes gespürt und gehört, wie sie rasch atmete. Er roch jetzt den Duft des Flieders, den Duft des Frühlings.

Sir Harry sprach mit dröhnender Stimme über seine Pferde. Rodney brauchte ihm nicht zu antworten, er brauchte noch nicht einmal seinen Gedanken zu folgen.

Als sie am Ende des Weges angelangt waren, blickte Rodney zurück, aber es war niemand zu sehen, und er fragte sich, ob das Mädchen mit den roten Haaren ihn immer noch beobachtete.

Sie tat es wirklich. Sie wartete, bis die beiden Männer das Ende des Weges erreicht hatten, und als sie in Richtung der Ställe abgebogen waren, wandte sie sich an den jungen Mann, der neben ihr auf dem weichen Gras hinter den Fliederbüschen verborgen lag.

»Sie sind weg«, sagte sie. »Glaubst du, ich kann jetzt ins Haus gehen, ohne gesehen zu werden?«

»Sei vorsichtig. Wenn M'lady Catherine dich in diesem Aufzug sieht, ist der Teufel los.«

Der junge Mann sprach gelangweilt. Er hatte die Arme unter seinem Kopf verschränkt und hielt die Augen geschlossen.

Es war offensichtlich, daß sie Bruder und Schwester waren. Sie hatten das gleiche rote Haar, den gleichen zarten Körperbau, die gleichen klaren Gesichtszüge. Aber hier endete die Ähnlichkeit, denn was bei dem Mädchen anmutig und feminin war, das wirkte bei dem Jungen schwächlich und weichlich.

»Du könntest vorausgehen und sehen, ob jemand in der Nähe ist«, schlug das Mädchen vor.

»Das könnte ich«, stimmte er zu, »aber ich denke lieber über mein neues Gedicht nach. Du weißt, wie mich Besucher langweilen.«

»Weshalb ist er überhaupt gekommen?« fragte sie.

Ihre Stimme klang ärgerlich. Sie berührte mit der Hand ihren Mund, und ihre grünen Augen wurden plötzlich groß und nachdenklich. Sie erinnerte sich wieder an den Kuß, den ersten, den sie bekommen hatte.

Das Sonnenlicht, das durch die Zweige des Baumes fiel, schimmerte auf ihrem Haar und machte es lebendig, ein Glorienschein aus ungebärdigen Locken. Es war rot und leuchtete golden wie das Innere einer Flamme. Man konnte sie nicht gerade schön nennen, aber ihr Gesicht konnte einen Mann beunruhigen und verfolgen, so daß er sie nicht vergessen würde.

Plötzlich setzte sie sich auf den Rasen neben ihren Bruder.

»Francis«, sagte sie in einem Befehlston, der seine Aufmerksamkeit wecken sollte. »Ich bin ruhelos. Ich möchte gern von hier weg. Wenn wir nur nach London könnten.«

»Du weißt, Catherine wird das niemals erlauben«, antwortete er träge.

»Catherine! Catherine! Immer Catherine!«

»Du bist eifersüchtig auf sie«, sagte er. »Sie ist manchmal ganz freundlich.«

»Das kannst du nur sagen, weil du ein Mann bist. Zu Männern ist sie immer freundlich. Der Himmel weiß, weshalb Vater nicht sieht, wie sie ihnen Augen macht. Nicht, als ob mir das etwas ausmachen würde, aber wenn ich daran denke, wie sanftmütig und gut unsere Mutter war und wenn ich dann Catherine auf ihrem Stuhl sitzen sehe oder in ihrem Bett liegen, wird mir übel.«

Sie verstummte plötzlich und schlug die Hände vor das Gesicht.

»Arme Lizbeth«, sagte Francis mitleidig. »Vermiß du unsere Mutter immer noch so sehr? Sie ist jetzt schon vier Jahre tot.«

»Ja, vier Jahre, und seit zwei Jahren ist Catherine bei uns«, antwortete Lizbeth bitter. Dann nahm sie die Hände vom Gesicht und wischte sich die Tränen ab, die über ihre Wangen liefen.

»Ich weiß, es ist dumm zu weinen«, sagte sie. »Was man nicht ändern kann, muß man erleiden. Hat das nicht immer Nanna zu uns gesagt, als wir noch Kinder waren? Und es ist wahr. Man kann kämpfen und sich um Dinge bemühen, die erreichbar sind, aber es ist zwecklos, das zu tun, wenn Menschen tot sind. Nichts, was wir tun, bringt sie wieder zurück.«

»Lizbeth, du quälst dich«, sagte Francis. »Du änderst dich nicht. Du bist zu sensibel. Laß das Leben seinen Lauf nehmen. Es hat keinen Sinn, gegen Catherine anzukämpfen, und es hat keinen Sinn, gegen Vater anzukämpfen. Wenigstens nicht offen. Nimm die Dinge so, wie sie sind. Das versuche ich jedenfalls.«

Er seufzte, als hätte er einen Fehler eingestanden.

»Ja, ich weiß«, sagte Lizbeth ungeduldig. »Aber wohin bringt dich das? Mutter sagte immer, du hättest ein Mädchen sein sollen und ich ein Junge. Deshalb bat sie mich, auf dich aufzupassen, ehe sie starb. Sie hat dich nicht gebeten, auf mich aufzupassen, nicht wahr?«

»Sie wußte, daß du gut für dich selbst sorgen kannst. Ich bin faul, Lizbeth, und ich hasse Auseinandersetzungen. Ich tue alles, um sie zu vermeiden, und gleichzeitig möchte ich nichts anderes tun als in der Sonne liegen und mein Leben genießen.«

»Ja, du bist faul«, sagte Lizbeth liebevoll. »Ich glaube, wenn du es nicht wärst, wäre ich nicht so aufsässig. Im Grunde bist du daran schuld, daß ich unserem Gast einen Pfeil in den Hut geschossen habe. Wenn du dich im Bogenschießen geübt hättest, wie Vater es immer gewollt hat, statt hier im Gras herumzuliegen, hätte ich nicht deinen Bogen genommen, und ich wäre nicht von diesem auf- und niedertanzenden roten Federbusch in Versuchung geführt worden.«

Sie hielt einen Augenblick inne.

»Glaubst du, er wird es Vater erzählen?«

»Wenn er es tut, ist er ein Klatschmaul!« erwiderte Francis. »Aber bei diesen wilden Seeleuten kannst du es nie wissen.«

»Oh, man weiß eine Menge von ihnen«, sagte Lizbeth. »Warum besorgst du dir eigentlich nicht ein Schiff und segelst los und plünderst das spanische Maine? Ich würde es gerne tun.«

»Ja, du wärst ein gnadenloser Seemann!« erwiderte Francis. »Ich glaube, es ist am besten, du gehst jetzt wieder ins Haus.«

»Du hast recht«, sagte Lizbeth. »Ich werde sowieso ausgezankt. Catherine sagte, ich solle mein Haar nicht waschen, aber ich habe es gewaschen. Sie sagte, ich solle in der Vorratskammer arbeiten und den Zimt einräumen, und natürlich habe ich es nicht getan. Sie wird wütend auf mich sein.«

»Laß dich von ihr nicht mit deinen offenen Haaren erwischen. Denke daran, was für eine Lektion sie dir erst letzte Woche erteilt hat, weil du nicht damenhaft ausgesehen hast.«

»Der Teufel hole alle Damen!« rief Lizbeth. »Ich möchte ein Mann sein und von hier davonreiten. Ich möchte mit Drake segeln, am Hof verkehren, in den Niederlanden kämpfen und die Spanier besiegen.«

»Das ist ein entzückendes Programm für eine junge Dame von Stand«, sagte Francis lachend.

Lizbeth stampfte mit dem Fuß auf, aber dann kniete sie neben Francis nieder und zerzauste ihm das Haar.

»Manchmal hasse ich dich«, sagte sie, »und doch liebe ich dich. Du bist der netteste Bruder der Welt, aber wenn du mich ärgerst, möchte ich mit dir kämpfen.«

»Hebe dir das für unseren Gast auf«, antwortete Francis. »Wenn du seinen neuen Hut verdorben hast, wie du sagst, hat er allen Grund, auf dich ärgerlich zu sein.«

»Und doch war er nicht ärgerlich auf mich«, erwiderte Lizbeth. »Er hat mich geküßt.«

Sie sprach den letzten Satz so leise, daß Francis ihn nicht hörte. Er hatte träge die Augen geschlossen, und als er sie wieder öffnete, war er allein. Lizbeth kroch von Busch zu Busch auf das Haus zu.

Sie erreichte es unbemerkt und lief in ihr eigenes Zimmer hinauf. Sie öffnete die Tür in der Erwartung, daß das Zimmer leer sei, aber die Kinderfrau legte gerade eines ihrer Kleider heraus und murmelte dabei etwas vor sich hin. Nanna war schon alt, und ihre einst rosigen Wangen waren jetzt faltig wie ein eingeschrumpfter Apfel.

»Da bist du ja endlich, Mistreß Tunichgut«, sagte sie, als Lizbeth eintrat. »Wo bist du gewesen? Die gnädige Frau hat überall im Haus nach dir gesucht, und sie war sehr ärgerlich, als du nicht zu finden warst. Es ist gut, daß sie dich nicht in diesem Aufzug sieht. Was hast du wieder angestellt?«

»Ich blieb nicht in der Vorratskammer, sondern wusch mir das Haar und lief hinaus in den Sonnenschein. Es war ein so schöner Tag heute. Ich sah nicht ein, daß ich im Haus bleiben sollte, um Ingwer, Nelken, Rosinen, Mandeln und Feigen einzuräumen und mich mit all den anderen langweiligen Dingen abzugeben, die Catherine dort lagert.«

»Die gnädige Frau ist eine gute Hausfrau, das muß man ihr lassen«, erwiderte Nanna.

»Aber sie ist nicht so gut wie meine Mutter«, sagte Lizbeth rasch.

»Nun, meine Liebe, du weißt so gut wie ich, daß deine selige Mutter drei Jahre lang sehr krank war, ehe sie starb. Und als die gnädige Frau hierher kam, mußte sie sich um vieles im Haus kümmern, was liegengeblieben war. Sie hat ihre Fehler, ich sage nicht, daß sie keine hat, aber sie ist eine tüchtige Hausfrau, und das ist bei jeder Frau eine Tugend, das weißt du genau.«

»Ich hasse sie«, sagte Lizbeth.

»Psst, psst!« Nanna blickte über die Schulter zurück, als fürchtete sie, jemand könnte zugehört haben.

»Ich hasse sie, und sie haßt mich«, sagte Lizbeth impulsiv.

»Ich weiß nicht, warum du dich nicht wie deine Halbschwester benehmen kannst«, sagte Nanna und nahm dabei den Spitzenkragen von Lizbeths Kleid ab. »Mistreß Phillida kommt mit der gnädigen Frau sehr gut aus. Zwischen ihnen fällt nie ein böses Wort.«

»Phillida! Ja, mit Phillida kommt jedermann gut aus«, sagte Lizbeth. »Das weißt du so gut wie ich. Ihr ist es aber auch egal, was aus uns allen wird. Selbst wenn das Haus zusammenfiele, würde sie einfach ruhig hinausgehen. Sie liebt nichts, sie haßt nichts. Sie existiert einfach. Wenn ich so wäre wie sie, würde ich mich in die See stürzen.«

»Schade, daß du nicht ein ganz klein wenig so bist wie sie«, antwortete Nanna. »Aber du warst schon als Baby eigenwillig. Du hast dich in einen Anfall hineingeschrien, wenn du nicht sofort das bekommen hast, was du wolltest. Manches Mal habe ich zu deiner Mutter gesagt: ›Dieses Kind wird viel Erziehung brauchen.‹ Du warst wirklich schwierig. Master Francis dagegen war ein so ruhiges, zufriedenes und glückliches Kind, wie man es sich nur wünschen kann. Und Phillida war ein Engel. Aber du warst wie ein kleiner Satan.«

Lizbeth lachte.

»O Nanna, du hättest mich gar nicht anders haben wollen, das weißt du.«

»Ich sage ja nicht, daß ich dich nicht so liebe, wie du bist«, antwortete Nanna, »aber ich bin auch nicht blind für deine Fehler. Und davon gibt es eine Menge. Und jetzt beeile dich, sonst kommst du zu spät zum Abendessen. Es ist zehn Minuten vor sechs, und du weißt, daß dein Vater es nicht mag, wenn irgend jemand sich beim Essen verspätet.«

»Ich werde nicht zu spät kommen. Aber warum hast du mein bestes Kleid herausgelegt? Ich dachte, das wird nur ganz besonderen Gelegenheiten vorbehalten.«

»Heute ist eine besondere Gelegenheit«, erwiderte Nanna. »Sir Francis Walsinghams Patensohn ist im Haus, und wenn ich je einen stattlichen jungen Mann gesehen habe, dann ist er einer. Du solltest an dein Äußeres denken, statt dich über die gnädige Frau zu beschweren.«

»An mein Äußeres denken? Warum?« fragte Lizbeth.

»Weil dich ein schöner junger Mann sehen wird. Es ist Zeit, daß du auch an solche Dinge denkst und nicht nur herumtollst wie ein Wildfang.«

»Schön?« wiederholte Lizbeth. »Ja, ich glaube, er ist schön, und er ist auch stark und sehr eigenwillig, wenn es darauf ankommt.«

»Hast du ihn schon gesehen?« forschte Nanna und stieß plötzlich einen Schrei aus. »Und das in diesem Aufzug, die Haare offen und diese schmutzige Schürze umgebunden! Himmel, Kind, was wird er von dir denken?«

»Das ist mir egal«, antwortete Lizbeth. Aber es war ihr nicht egal. Er hatte sie geküßt. Sie empfand immer noch den Schrecken, die

Überraschung und das Erstaunen, als er sie in seine Arme nahm. Sie hatte seine Kraft gespürt, und dann, noch ehe sie es verhindern konnte, nahmen seine Lippen von den ihren Besitz.

Sie hätte sie verhärten sollen, aber ihre Lippen verrieten sie. Er war ein Eroberer, und sie konnte ihm nicht widerstehen.

Sein Kuß raubte ihr auf eine unerklärliche Weise die Fassung, machte sie verletzlich und lieferte sie ihm aus. Er eroberte sie nicht nur körperlich, sondern auch geistig, denn er nahm ihr etwas, was sie noch niemandem zuvor gegeben hatte. Sie sah sich nicht mehr als das wilde, unbekümmerte Kind, sondern als eine Frau mit einer Tiefe des Gefühls, das sie nicht für möglich gehalten hatte.

Lizbeth schwieg, während Nanna ihr Haar richtete. Sie kämmte es aus der Stirn zurück und verbarg es bescheiden unter einer Samtkappe. Ihr Kleid war aus grünem Samt und schien ein Echo auf die Farbe ihrer Augen zu sein. Es ließ ihre Haut, so weit sie unter dem tief ausgeschnittenen Mieder zu sehen war, sehr weiß erscheinen.

Sie wirkte bescheiden, aber nicht ohne Würde, als sie die große Kammer betrat, in der ihr Vater, ihre Stiefmutter, Phillida und Rodney Hawkhurst schon versammelt waren. Rodney sah Phillida an und bemerkte deshalb Lizbeths Erscheinen nicht sofort. Erst als Sir Harry sich ihr zuwandte, blickte Rodney auf und erkannte in ihr sofort das Mädchen, das sich in den Fliederbüschen versteckt und das er so leichtfertig geküßt hatte, als Strafe dafür, daß sie seinen Hut verdorben hatte.

Sie ging auf ihn zu. Er war gleichzeitig verlegen und belustigt.

»Das ist meine Tochter Elizabeth«, sagte Sir Harry.

Zwei grüne Augen blickten zu Rodney auf.

Er hatte das merkwürdige Gefühl, daß dieser Augenblick wichtig für ihn war, aber wie und warum, das hätte er nicht sagen können.

2. *Kapitel*

Tau lag noch auf dem Rasen, als Rodney aus dem Haus trat und durch die Ziergärten hinunter zum Teich ging. Die Kühe fraßen das frische Frühlingsgras, und das Rotwild lag unter den Bäumen und beobachtete ihn mit mißtrauischen braunen Augen. Er war zu sehr in seine Gedanken vertieft, um ihre Anwesenheit auch nur zu bemerken.

Er war lange, ehe der erste blasse Schimmer der Morgendämmerung durch die Vorhänge fiel, wach gelegen. Obwohl er sich schämte, es vor sich selbst zuzugeben, war er zu aufgeregt gewesen, um schlafen zu können. Nicht die ausgezeichneten Weine auf Sir Harrys Tisch und auch nicht die Vielzahl der Gänge hatten ihn ruhelos gemacht, sondern das Bewußtsein, daß er Erfolg gehabt hatte und daß das, wonach er sich so lange und so glühend gesehnt hatte, nun innerhalb seiner Reichweite lag.

Ein eigenes Schiff! Er konnte es kaum glauben. Morgen würde er nach Plymouth fahren und das Geld, das für den Kauf der *Sea Hawk* erforderlich war, hinterlegen. Bei dem Gedanken daran war Rodney so aufgeregt, daß er am liebsten auf der Stelle aus dem Bett gesprungen und zur Küste aufgebrochen wäre.

Schon begannen ihn Ängste zu quälen. Angenommen, die Händler hielten nicht ihr Wort und verkauften die *Sea Hawk* an einen wohlhabenderen und einflußreicheren Käufer? Angenommen, die günstigen Berichte über das Schiff stimmten nicht? Angenommen, es war nicht so leicht manövrierbar, wie er es erwartet hatte?

Die Zweifel und Sorgen trieben ihn aus dem Bett an das offene Fenster. Er zog die Vorhänge zurück und blickte hinaus. Einen Augenblick sah er nicht den Garten unter sich, die großen Bäume und die Vögel, die zwitschernd von Busch zu Busch flogen, sondern einen grauen, leeren Horizont, dort wo Meer und Himmel zusammentreffen.

Wie oft schon hatte er Stunden, Tage, ja Wochen damit zugebracht, vor seinem geistigen Auge das erste Anzeichen eines näherkommenden Schiffes zu sehen, das sich als Beute herausstellen könnte. Das Muhen einer Kuh riß ihn aus seinen Gedanken und machte ihm wieder bewußt, daß er nicht auf See war, sondern in einem reich ausgestatteten Gastzimmer stand, wo die Seidenvorhänge von Hand bestickt und die Möbel poliert waren, so daß sie glänzten wie Spiegel.

Er zog sich rasch an, stahl sich leise aus seinem Zimmer und verließ das Haus. Als er durch den Park ging, überlegte er bereits, was er alles benötigen würde, um sein Schiff auszustatten und, was noch wichtiger ist, wie er es bemannen sollte.

Es würde nicht leicht sein, eine gute Mannschaft zu finden, wenn Drake und ein Dutzend andere erfahrene Kapitäne die besten Leute anheuerten. Aber nun, da die Nacht vorüber war, ließ sich Rodney nicht länger von den Schwierigkeiten, die vor ihm lagen, niederdrücken.

Es war an sich ein Wunder, daß der schwierigste Teil seiner Aufgabe, die Beschaffung des Geldes für das Schiff selbst, hinter ihm lag. Äußerlich mochte er wohl siegessicher erschienen sein, aber innerlich hatte er immer einen Fehlschlag gefürchtet. Sein Pate, Sir Francis Walsingham, war freundlicher gewesen, als Rodney es zu hoffen gewagt hatte. Bevor Rodney in Whitehall gewesen war, hatte er nicht gewußt, daß jeder unternehmungslustige Seemann auf die Unterstützung des Staatssekretärs zählen konnte. Eine schlechte Gesundheit fesselte Sir Francis an den Schreibtisch. Gequält von einem Leiden, hatte er ein unersättliches Bedürfnis nach Macht. Die Klugheit von Burleigh und die unaufhörlichen Versuche der Königin, mit Spanien Frieden zu halten, beunruhigten und ärgerten ihn.

Er war der Meinung, daß es nur eine einzige Art gab, mit Spanien umzugehen. Man mußte es bekämpfen und erobern. Er hatte Drake mit dem ganzen Einfluß, der ihm zur Verfügung stand, geholfen, und er war ebenso bereit, Rodney zu helfen, obwohl er gerade in diesem Augenblick beschlossen hatte, nicht mehr zu tun, als die Hand in die Tasche zu stecken, um sich an den Kosten des Schiffes zu beteiligen.

Drake stand in der Gunst der Königin, und obwohl sie öffentlich Philipp von Spanien immer noch die Friedenshand entgegenstreckte, gab sie dem Mann, den der spanische Botschafter ›einen Meisterdieb der Welt‹ genannt hatte, eine ganze Flotte, mit der er die Armada herausfordern konnte.

Sir Francis Walsingham wußte, daß dies nicht der geeignete Augenblick war, um der Königin jetzt einen gutaussehenden, attraktiven jungen Mann vorzustellen. So sehr die Königin auch versuchte, ihre Augen vor der Wahrheit zu verschließen, hatte sie doch alle Hände voll mit den Vorbereitungen des Krieges zu tun.

Rodney konnte später am Hof eingeführt werden, wenn die Lage nicht so angespannt war wie in diesem Augenblick. Daher gab Sir Francis ihm zweitausend Pfund, seinen Segen und ein Empfehlungsschreiben an Sir Harry Gillingham.

Rodney hatte nun alles in allem sechstausend Pfund, und er fragte sich plötzlich, ob es ausreichen würde. Hatte er richtig kalkuliert? Doch dann verschwand die Furcht so rasch, wie sie gekommen war. Ihm würde bald das Schiff gehören, mit dem er über die Wellen des Atlantischen Ozeans segeln konnte.

»Träumt Ihr von einer Frau oder von einem Schiff?« fragte eine fröhliche Stimme neben ihm.

Er erschrak, und als er sich umwandte, sah er hinter sich Lizbeth auf einem weißen Pferd. Sie stand im Schatten eines Nußbaums. Rodney war so sehr in seine Gedanken vertieft gewesen, daß er an ihr vorbeigegangen war, ohne sie zu bemerken.

»Von einem Schiff«, antwortete er und erwiderte ihr Lächeln.

»Das dachte ich mir«, sagte sie. »Arme Phillida.«

In ihrer Stimme lag Spott, der ihn ärgerlich erröten ließ.

»Die beiden gehören zusammen«, sagte er rasch. »Vom Erfolg meiner Reise hängt die Bequemlichkeit und der Luxus von Phillidas Zukunft ab.«

Noch während er sprach, verwünschte er sich, weil er so schwach war, sich diesem Mädchen anzuvertrauen.

Sie lachte und stieg vom Pferd. Sie trug einen Reitanzug wie ein Junge: ein Wams, Kniebundhosen und lange, braune Stiefel, die ihre Beine eng umschlossen und ihr bis zu den Oberschenkeln reichten. Ihre Wangen waren gerötet, und ihre Augen leuchteten. Ihr Haar lag wie ein feuriger Heiligenschein über ihrer weißen Stirn.

»Kommt, ich zeige Euch ein Wildentennest«, sagte sie fröhlich. »Die Küken sind gerade ausgeschlüpft. In diesem Jahr ist alles zeitig daran, aber das war zu erwarten gewesen.«

»Weshalb?« fragte Rodney.

»Kennt Ihr nicht die Prophezeiung, daß das Jahr 1588 ein Jahr der Wunder sein wird? Der alte Amos, der an seinem nächsten Geburtstag neunzig Jahre alt wird, sagt, die Leute haben schon davon gesprochen, als er noch ein Kind war, und die Witwe Bellew, die in einer Hütte auf der anderen Seite des Waldes wohnt, und von der jedermann sagt, sie sei eine Hexe, prophezeit, daß große Wunder geschehen werden und England sich als das größte Land der Welt erweisen wird.«

»Laßt uns beten, daß diese Geschichten wahr werden«, sagte Rodney, und er lachte dabei nicht, denn wie alle seefahrenden Männer war er unheilbar abergläubisch.

»Sie sagen auch, daß der Astrologe Ihrer Majestät, Doktor Dee, über diese Dinge mit der allergnädigsten Königin gesprochen hat«, fuhr Lizbeth fort.

Sie hatten inzwischen den Rand des Teiches erreicht. Lizbeth zog ein paar Zweige beiseite und zeigte ihm das Wildentennest, von dem sie gesprochen hatte. Ein Dutzend Küken lagen darin, gefährlich nahe am Rand des Wassers, mit hellen Augen und offenen Schnäbeln.

»Sind sie nicht süß?« fragte Lizbeth.

Aber Rodney hörte ihr nicht zu. Er fragte sich, wie die Prophezeiungen, von denen Lizbeth gesprochen hatte, ihn persönlich betreffen könnten. Als er mit Drake zusammen gesegelt war, hatte er erfahren, wie stark das Glück eine Schiffsmannschaft beeinflussen konnte und wie sehr die Männer an gute Omen glaubten und wie sich sogar die stärksten unter ihnen bei dem Gedanken an Hexerei ängstigten. Er erwog, Lizbeth zu fragen, wo diese Wahrsagerin wohnte. In diesem Augenblick wandte sie sich von dem Wildentennest ab und sah ihn an.

Sie war viel kleiner als er, so daß sie zu ihm aufblicken mußte, aber als sein Blick ihre Augen traf, erschien sie ihm stärker, als er geglaubt hatte. Es war kein schelmisches Kind, das ihn ansah, sondern eine Frau, in deren Blick eine Weisheit lag, die er nur ahnen konnte.

»Ihr werdet Erfolg haben«, sagte sie ruhig. »Warum seid Ihr so besorgt?«

»Ich bin nicht...«, begann er aufbrausend. Dann erstarb seine Stimme unter ihrem offenen Blick.

»Ihr werdet Erfolg haben«, wiederholte sie. »Ich bin dessen sicher. Ich habe viele Männer hierherkommen und mit meinem Vater sprechen sehen. Irgendwie habe ich immer gewußt, wer erfolgreich sein wird und wer mit leeren Händen zurückkommt. Letztes Jahr suchte einer meinen Vater auf, bei dem ich sicher war, daß er nicht wiederkommen wird. Und ich hatte recht.«

»Woher wußtet Ihr das?« fragte Rodney.

»Ich weiß nicht«, erwiderte Lizbeth, »aber ich habe schon als Kind über die Leute Bescheid gewußt. Man hat mich geschlagen, weil man glaubte, ich erzählte Lügen. Da lernte ich es, den Mund zu halten und nichts mehr zu sagen. Ich weiß nur, daß das, was ich den Leuten ansehe, eintrifft.«

»Und Ihr seid sicher, daß ich Erfolg haben werde?« fragte Rodney.

»Mit Eurem Schiff, ja«, antwortete Lizbeth. »Aber vielleicht nicht in anderer Hinsicht.«

»Was meint Ihr damit?«

Lizbeth wandte sich ab und ging zu ihrem Pferd, das auf der Wiese weidete.

Sie ging rasch. Er beeilte sich, sie einzuholen. Als er sie erreichte, faßte er sie an der Schulter und drehte sie zu sich herum. Doch als er sie ansah, verstummte er.

Sie war noch ein Kind, und er machte sich lächerlich, wenn er sie ernst nahm. Ihr Hut war ihr vom Kopf auf den Rücken gerutscht und hing an einem braunen Band, das sie unter dem Kinn hätte binden sollen. Ihr Haar kräuselte sich rebellisch um ihre Stirn und hatte sich in ihrem Nacken gelöst.

Sie war nur ein Kind, ein unordentliches Kind, das zu Hause seine Lektionen lernen sollte, anstatt unbeaufsichtigt zu dieser frühen Morgenstunde durch die Gegend zu streifen. Rodney ließ ihre Schulter los, legte seine Hand unter ihr Kinn und hob ihr Gesicht.

»Ihr hättet mich fast dazu gebracht, Eure Vorhersagen ernstzunehmen. Kommt, es ist Zeit, daß wir ins Haus zurückkehren.«

Ihr Kinn war weich und zart. Einen Augenblick sah sie ihn an, dann verbargen ihre Augenlider ihre grünen Augen, und sie entwand sich seinem Griff.

»Das Frühstück und Phillida warten«, sagte sie.

»Ja natürlich. Ich bin hungrig«, erwiderte Rodney mit vorgetäuschter Freundlichkeit.

Lizbeth ging zu ihrem Pferd. Als sie die Zügel in die Hand nahm, umfaßte Rodney ihre Taille und hob sie in den Sattel.

»Ihr seid leicht«, sagte er. »Wie alt seid Ihr, Lizbeth?«

»Weihnachten werde ich achtzehn«, erwiderte sie.

Er sah sie überrascht an, denn er hatte sie für jünger gehalten.

Sie wendete ihr Pferd, und ehe Rodney noch etwas sagen konnte, galoppierte sie durch den Park auf die Ställe zu.

Langsam ging er den Weg zurück, den er gekommen war. Lizbeth war also beinahe achtzehn Jahre alt, dachte er, und ihr Bruder Francis vermutlich ein oder zwei Jahre älter als sie. Er erinnerte sich, daß Sir Harry ihm am Abend zuvor gesagt hatte, Phillida sei einundzwanzig oder zweiundzwanzig Jahre alt. Die Vorstellung ärgerte ihn, obwohl er nicht wußte warum. Sie war alt für ein unverheiratetes Mädchen, und er fragte sich, weshalb sie mit ihrer außergewöhnlichen Schönheit noch unverheiratet war.

Es war eine jener Fragen, auf die er keine Antwort bekommen würde, und doch beunruhigte sie ihn so beharrlich wie das Summen einer Stechmücke. Ein bildhübsches Mädchen mit einem reichen Vater nahe genug bei London, um die Aufmerksamkeit vieler Männer erregen zu können, und doch war sie noch nicht verlobt. Es war ungewöhnlich.

Dann erinnerte er sich an die Blicke, die Lady Gillingham ihm zugeworfen hatte, und an die Art und Weise, in der sie ihm deutlich zu verstehen gab, daß sie sich für keine ihrer Stieftöchter interessierte. Das war eine mögliche Erklärung. Rodney spürte, wie sich die Stirnfalten zwischen seinen Augenbrauen glätteten. Catherine Gillingham fesselte Phillida und Lizbeth an das Haus und unternahm nichts, um ihre Heiratsaussichten zu fördern.

Rodney dachte an das Gespräch beim Abendessen. Er hatte sich an Lizbeth gewandt, die schweigend an der anderen Seite des Tisches saß.

»Warum nennt man Euch Lizbeth?« hatte er gefragt.

»Ich wurde Elizabeth getauft, aber ich konnte den Namen als Kind nicht aussprechen. Außerdem hieß meine Mutter genauso, und es gab Verwirrung, wenn wir alle beide antworteten. Jetzt spielt das keine Rolle mehr, ich bin allein übriggeblieben.«

Während sie sprach, sah sie ihre Stiefmutter über den Tisch hinweg an, als forderte sie diese heraus. Und Catherine ging darauf ein.

»Ich versichere Euch, eine Lizbeth ist mir mehr als genug.«

Die Worte waren leicht hingesprochen, aber sie hatten einen stählernen Klang, und Rodney sah, daß Lizbeth als Antwort jenes spöttische Lächeln aufsetzte, das sie auch ihm gegenüber gezeigt hatte, als sie an diesem Abend die große Kammer betreten hatte.

Sie wußte, daß es ihn verlegen machen würde, in ihr die Tochter des Hauses wiederzufinden und nicht die Tochter eines Bediensteten. Gleichzeitig knüpfte sie daraus ein geheimes Band, indem sie nicht erwähnte, daß sie sich schon früher am Tag begegnet waren. Statt dessen begrüßte sie ihn, als wären sie Fremde.

Phillidas Schönheit entzückte ihn, und doch ertappte er sich während des Abendessens dabei, daß er immer wieder zu Lizbeth hinübersah. Ihr Gesicht war ungewöhnlich. Es war hübsch, und doch lag viel mehr darin. Auch ihre Stimme war einnehmend. Er hörte ihr zu, während sie mit ihrem Bruder sprach, einem arroganten jungen Mann, gegen den Rodney sofort eine Abneigung faßte.

Darin war er nicht allein, wie er später feststellte, denn auch Sir Harry sprach sehr mißbilligend über seinen Sohn.

»Er schreibt Gedichte. Gedichte! Bei Gott! In seinem Alter jagte ich entweder Frauen nach oder war in Händel verwickelt. Ich weiß nicht, was heutzutage mit den jungen Männern los ist, aber eine Ode über einen Dompfaff war niemals meine Vorstellung von Vergnügen.«

»Meine auch nicht, Sir«, stimmte Rodney zu.

Er hörte Ärger und eine gewisse Frustration aus Sir Harrys

Stimme. Er konnte verstehen, daß es eine bittere Enttäuschung für einen Mann wie ihn sein mußte, solch einen Sohn zu haben. Sir Harry strahlte Vitalität und Energie aus, und Rodney verstand, warum ihn so viele Menschen mit dem verstorbenen Monarchen verglichen.

Sir Harry hatte Humor, und wenn ihn etwas belustigte, schien sein Lachen aus den tiefsten Tiefen seines umfangreichen Leibes zu kommen. Dann stand er mit gespreizten Beinen da, und seine Hände ruhten dort, wo einst seine Hüften gewesen waren, er warf den Kopf zurück, und sein lautes Gelächter hallte durch den Raum. Er genoß das Leben. Es war für ihn ein ständiges Fest voller Erlebnisse und Abenteuer.

Kein Wunder also, daß es ihm schwerfiel, einen langweiligen, verweichlichten Sohn zu verstehen, der Freude daran hatte, mit dem Federkiel Worte auf Pergament zu kritzeln.

Sir Harry hatte noch eine andere Seite. Er war klug im Umgang mit Geld und konnte geschickt Vorteile für sich daraus ziehen.

Kurz bevor sie sich zur Nacht zurückzogen, hatte Rodney in den Augen seines Gastgebers ein Leuchten gesehen, als sie über die Heiratsmodalitäten sprachen, die geklärt werden mußten, ehe die eigentliche Zeremonie stattfand.

In diesem Augenblick hatte Rodney eine Sekunde lang bereut, daß er so voreilig gewesen war. Sir Harry hatte nicht gezögert, ihm die Hand seiner Tochter zu geben, obwohl er von ihm lediglich wußte, daß er der Patensohn seines alten Freundes war. Rodney war enttäuscht darüber, daß es nicht schwieriger gewesen war. Er hätte gern um Phillida gekämpft, wie er sein ganzes Leben lang um das, was er begehrte, hatte kämpfen müssen. Und während er sich sagte, daß er immer noch ihre Liebe gewinnen mußte, kam er sich doch betrogen vor. Er mißtraute plötzlich Sir Harrys Beweggründen, den er vorher noch für ungewöhnlich großzügig gehalten hatte.

»Frühstück und Phillida!« wiederholte er sich Lizbeths Worte, als er über den Rasen und dann durch den Rosengarten auf die Terrasse des Hauses zuging. Warum hatte Lizbeth gerade diese Worte gewählt? Es war ein Stachel in ihnen gewesen, dessen war er sich bewußt, und während er noch darüber nachdachte, kam Phillida über die Terrasse auf ihn zu.

Sie sah an diesem Morgen noch schöner aus als am Abend zuvor. Ihre Halskrause war steif gestärkt, und ihr Reifrock nahm ihren Bewegungen nichts von ihrer Anmut.

»Ihr seid früh auf, Mister Hawkhurst«, sagte sie leise. »Ich sah

Euch von meinem Schlafzimmerfenster aus, und ich beeilte mich, damit wir miteinander sprechen können, bevor die anderen erscheinen.«

»Ihr wollt mit mir allein sprechen?« fragte Rodney mit zärtlicher Stimme.

Ihre Haut war makellos im Sonnenschein. Sie sah ihn mit ihren blauen Augen an.

»Ja, ich möchte etwas von Euch erbitten!«

»Sagt, was es ist, und ich verspreche Euch, jeden Wunsch zu erfüllen, wenn es in meiner Macht steht«, sagte Rodney.

Phillida blickte an ihm vorbei in den Rosengarten.

»Mein Vater erwähnte gestern abend unsere Heirat«, sagte sie nervös. »Ich möchte Euch darum bitten, es nicht zu überstürzen.«

Ihre Stimme klang ausdruckslos, und Rodney überlief ein Frösteln.

»Ich dachte, Ihr hättet gehört, daß ich zuerst zur See fahre. Euer Vater hat Anteile an meinem Schiff, und ich hoffe, sie ihm hundertfach zurückgeben zu können. Wir werden erst heiraten, wenn ich zurückkomme.«

Phillidas Miene veränderte sich nicht, und doch spürte Rodney, daß sich ihre Anspannung legte.

»Das habe ich nicht gewußt«, sagte sie ruhig.

Rodney trat einen Schritt auf sie zu. »Phillida, Ihr dürft Euch nicht vor mich fürchten. Ich will Euch lehren, mich zu lieben. Ich will Euch glücklich machen, das schwöre ich.«

»Danke.«

Sie wich nicht vor ihm zurück, und doch kam es ihm so vor, als hätte sie sich vor ihm zurückgezogen, irgendwohin, wo er sie nicht erreichen konnte.

»Bei Gott, Ihr seid schön«, sagte er. »Ich habe mir eine solche Schönheit nie träumen lassen. Werdet Ihr an mich denken, wenn ich auf See bin, Phillida?«

Sie sah ihn mit einem Blick an, der ihm nichts sagte, der aber seine Worte hohl klingen ließ.

»Ich werde an Euch denken«, antwortete sie, als wäre sie ein Kind, das wie ein Papagei eine Lektion wiederholt.

Rodney kam sich plötzlich hilflos vor. Er verlangte vor allem anderen danach, sie in die Arme zu nehmen und zu küssen, wie er schon so viele Frauen zuvor geküßt hatte, und in ihr eine Leidenschaft zu wecken, die der seinen gleichkam. Und doch schien gerade ihre Schönheit sie unangreifbar zu machen. Sie hatte eine

Reinheit an sich, die ihm noch nie begegnet und vor der er hilflos war.

»Ich liebe dich«, sagte er, und spürte, daß die Worte bedeutungslos klangen und keine Überzeugungskraft hatten.

»Wann fahrt Ihr weg?« fragte Phillida.

»Morgen.« Bei dem Gedanken an eine Trennung legte Rodney eine Hand auf ihren Arm.

»Ich möchte mit Euch allein sein«, sagte er. »Wo können wir uns im Garten oder im Haus treffen? Wo kann ich Euch über meine Liebe erzählen?«

Sie wich langsam vor ihm zurück, aber mit jener Anmut, die nichts von dem, was sie tat, grob oder unschön erscheinen lie

»Wir müssen hineingehen«, sagte sie. »Das Frühstück wartet auf Euch, und mein Vater wird sich fragen, wo ich bin.«

»Ihr habt mir noch nicht geantwortet«, sagte Rodney heiser. »Wo können wir uns treffen, und wenn es nur für ein paar Augenblicke ist?«

»Ich weiß nicht. Es ist unmöglich!« erwiderte Phillida. Die Vorstellung daran schien sie nicht so sehr zu ängstigen, vielmehr anzuwidern. »Wir müssen jetzt hineingehen«, sagte sie.

Ehe Rodney sie noch einmal bitten konnte, ging sie zum Haus zurück und verschwand durch die Tür, durch die sie auf die Terrasse gekommen war.

Er runzelte die Stirn und schob das Kinn vor, wie er es immer tat, wenn er auf Widerstand stieß. Er war es nicht gewohnt, daß Frauen ihn zurückwiesen. Er sagte sich, es müsse wohl daran liegen, daß er früher wenig mit jungen Mädchen zu tun gehabt hatte, und doch sagte ihm sein Stolz, daß dies nicht der einzige Grund für Phillidas Weigerung, ihn allein zu sehen, sein konnte. Mürrisch und übel gelaunt folgte er ihr ins Haus.

Während des ganzen Tages versuchte Rodney, mit Phillida allein zu sein. Er hatte das Gefühl, als stünde jeder auf seiner Seite und wollte ihm helfen außer Phillida selbst.

Wenn andere dabei waren, blieb sie im Raum, gefaßt und reizend, wenn auch wie immer schweigsam und abgesondert vom allgemeinen Familientrubel. Aber sobald sich die anderen entfernten, verschwand auch sie.

Sogar Francis, der gewöhnlich desinteressiert war, was die Familie anbetraf, fiel Phillidas Verhalten auf, und er fragte Lizbeth leise: »Worauf will sie hinaus? Sie hat sich geweigert, Hawkhurst die Bildergalerie und das Labyrinth zu zeigen.«

Lizbeth schob ihren Arm unter den ihres Bruders und ging mit ihm in den Garten außer Hörweite der anderen.

»Wenn es jemals ein sprödes Liebchen gab, dann ist es Phillida.«

»Aber warum?« fragte Francis. »Es ist allerhöchste Zeit, daß sie heiratet. Sie kann doch nicht als alte Jungfer sterben wollen?«

»Ich verstehe sie auch nicht«, antwortete Lizbeth. »Aber ich habe sie noch nie verstanden. Man sollte denken, daß Mr. Hawkhurst attraktiv genug sei.«

»Ich persönlich finde ihn langweilig«, sagte Francis. »Ich hasse diese draufgängerischen Freibeuter. Aber Frauen mögen solche Männer, und ich hätte gedacht, Phillida sei darin keine Ausnahme.«

Lizbeth zuckte die Achseln. Sie sah ungewöhnlich adrett und manierlich aus. Nanna hatte sie ausgezankt, weil sie schon so früh am Morgen ausgeritten war, und hatte sie nun eines ihrer besten Kleider anziehen lassen. Ihr Haar war zu so festen Zöpfen geflochten, daß sich sogar ihre rebellischsten Locken nicht ringeln konnten.

Sie und Francis hatten das Ende des Kräutergartens erreicht, wo die Eibenhecke ihn teilte. Sie drehte sich um und blickte zurück zur Familie, die um die Sonnenuhr herum saß. Phillida war mit ihrer Stickerei beschäftigt, während Catherine boshaft Rodneys Bemühungen beobachtete, und Sir Harry, der nicht bemerkte, was um ihn herum vorging, eine Geschichte nach der anderen erzählte und herzlich über seine eigenen Witze lachte.

»Bitte komme mit mir bis zum Tor«, bat Francis.

»Warum bis zum Tor?« fragte Lizbeth.

»Ich möchte noch einen Spaziergang machen«, erwiderte Francis in einem Tonfall, der Lizbeth nur allzu deutlich sagte, daß er etwas anderes vorhatte.

»Das tust du nicht!« sagte sie energisch. »Ich weiß genau, wo du hingehen willst. Du möchtest Dr. Keen und seine Tochter besuchen. Oh, Francis, ich dachte, du hättest sie aufgegeben.«

»Warum sollte ich das? Es geht niemanden etwas an, wer meine Freunde sind.«

»Aber Vater hat dir verboten, sie zu besuchen. Du weißt, daß Dr. Keen in dem Verdacht steht, mit Spanien zu sympathisieren.«

»Das ist eine Lüge«, sagte Francis hitzig. »Nur weil er als Kind in Spanien gelebt hat und mit dem spanischen Botschafter befreundet ist, verdächtigt man ihn, ein Verräter an seinem eigenen Land zu sein.«

»Dr. Keen kam mir noch nie wie ein Engländer vor, und was Elita mit ihren dunklen Augen und ihrem kohlschwarzen Haar anbetrifft, so ist sie eine typische Spanierin.«

»Ihre Großmutter stammte aus Spanien«, sagte Francis. »Aber das macht aus ihr noch keine Spanierin.«

»Hat sie dir das erzählt?« fragte Lizbeth interessiert. »Ich dachte, sie hätten es immer abgeleugnet, spanisches Blut zu haben.«

»Sie sind nicht so dumm, die Wahrheit zu verschweigen, wenn es nichts zu verbergen gibt. Ja, Elitas Großmutter war Spanierin. Deshalb ließ sich Dr. Keen auch in Spanien nieder, als er Elitas Mutter heiratete. Vor ungefähr fünfzehn Jahren kamen sie nach England zurück und leben seitdem hier. Es ist gemein, wie manche Leute anständige Menschen verleumden, nur weil sie schwarze Haare haben.«

»Trotzdem, Vater hat dir verboten, sie zu besuchen«, sagte Lizbeth.

»Ich interessiere mich für Dr. Keens Experimente. Er erlaubt mir, ihm in seinem Laboratorium zuzusehen.«

»Sieht Elita ebenfalls zu?« fragte Lizbeth.

»Und was, wenn sie es täte?« sagte Francis. »Guter Gott, Lizbeth, ich dachte, du wenigstens verstehst mich und hältst zu mir, wenn es schon kein anderer tut.«

»Aber ich verstehe dich ja, Francis. Wir können nichts dafür, wann wir lieben und wen wir lieben. Bitte sei vorsichtig, daß Vater es nicht erfährt. Er ist sowieso schon ärgerlich auf dich, weil du all die Dinge nicht magst, die ihm so wichtig sind, und er mißtraut Dr. Keen, auch wenn die Königin sich für seine Experimente interessiert. Er fürchtet, daß du dich in Elita verlieben könntest, und ich fürchte es auch.«

»Und wenn ich sie liebe, was kannst du dagegen tun?« fragte Francis ärgerlich.

»Nichts«, antwortete Lizbeth, »aber bitte sei vorsichtig.«

»Mache dir um mich keine Sorgen. Vater wird nichts erfahren. Ich besuche jetzt Dr. Keen, und kein Mensch auf der Welt kann mich davon abhalten.«

Er sprach so laut und zornig, daß Lizbeth ihre Finger an seine Lippen legte.

»Psst!« sagte sie. »Deine Stimme trägt weit, und Vater könnte neugierig werden, zu wissen, was du sagst.«

»Ich bin wütend, hilf mir, kleine Schwester. Wenn ich in einem Monat nach Oxford zurückkehre, werde ich Elita den ganzen

Sommer nicht sehen. Hilf mir, es gibt niemanden sonst, dem ich vertrauen könnte.«

Seine Bitte ließ Lizbeths Widerstand dahinschmelzen, wie er es erwartet hatte. Er war schwach, und sein ganzes Leben lang hatte er sich auf andere Menschen verlassen, daß sie für ihn sorgten, für ihn seine Kämpfe austrugen, ihm sein Leben so angenehm wie möglich machten.

Seine Zuneigung zu den Keens war das Wichtigste, was ihm bisher in seinem Leben begegnet war. Zum ersten Mal faßte er selbst Entschlüsse und riskierte sogar den Zorn seines Vaters wegen einer Freundschaft, die ihm verboten worden war. Und doch mußte er trotz seiner neu gewonnenen Stärke die Last seiner Schwester aufbürden.

»Komm bald wieder, Francis«, sagte Lizbeth, als sie am Tor ankamen. »Versprich mir, daß du nicht zu lange wegbleibst.«

»Ich bin zurück, ehe Vater mich vermißt«, sagte er.

Sie blickte ihm nach, als er die Straße hinab zu Keens Haus ging, das ungefähr eine halbe Meile entfernt lag.

Sie sah ihn mit klopfendem Herzen gehen. Sie selbst mochte die Keens nicht, aber sie sagte sich, daß es nicht ihre Sache war, ihre Meinung Francis aufzudrängen – einem selbstbewußten Francis, der nun aggressiv und eigensinnig war, wie sie ihn bisher nicht gekannt hatte. Im stillen war sie sicher, daß ihr Vater recht hatte. Dr. Keen war zwar ein ausgezeichneter Chemiker, aber er war kein Mann, dem man vertrauen konnte. Er war eng mit Don Bernardino de Mendoza, dem spanischen Botschafter, befreundet, der wegen seiner Teilnahme an der Throckmorton-Verschwörung erst kürzlich des Landes verwiesen worden war.

Lizbeth traute weder Dr. Keen noch seiner Tochter. Sie hatte Elita noch nie gemocht, obgleich sie diese seit vielen Jahren kannte, ja, seitdem die Keens in die Nähe des Camfield Place gezogen waren. Sie hatte dunkles Haar, funkelnde dunkle Augen und den olivfarbenen Teint einer typischen Spanierin. Sie war selbstbewußt und kokett, und Lizbeth sah, wie Francis, schwach und unerfahren mit Frauen, wegen ihres Interesses an ihm geschmeichelt war.

Lizbeths Miene war besorgt, als sie langsam den Gartenweg zurückging.

»Es wird kalt«, hörte sie Catherine verdrießlich sagen. »Ich gehe ins Haus. Die Aprilsonne ist immer verführerisch, aber man holt sich leicht eine Erkältung, wenn man ihr zu sehr vertraut.«

»Ich komme mit«, sagte Phillida und stand auf.

»Wolltet Ihr mir nicht den Taubenschlag zeigen«, sagte Rodney. »Euer Vater erzählte mir, Ihr habt über tausend Tauben hier. Ich würde sie gern sehen.«

»Vater kann sie Euch viel besser zeigen als ich«, antwortete Phillida.

Sir Harry stimmte seiner Tochter eifrig zu, ohne zu bemerken, was vorging.

»Ich habe die Vögel studiert«, sagte er. »Kommt, Hawkhurst, ich zeige sie Euch gern. Bei Gott, ich frage mich oft, was wir im Winter ohne die Tauben tun würden. Der Koch macht die besten Pasteten daraus. Stimmt das nicht, Catherine, meine Liebe?«

Aber Catherine hörte ihm nicht zu. Sie wandte sich an Lizbeth.

»Wo ist Francis?« fragte sie.

In ihrer Stimme und in ihren Augen lag etwas, das Lizbeth nur zu deutlich sagte, daß ihre Stiefmutter erriet, wohin Francis gegangen war.

Es war Catherine gewesen, die Sir Harry dazu gebracht hatte, Francis das Haus Keen zu verbieten. Und es war Catherine, die jetzt Schwierigkeiten machen würde, wenn sie herausfand, daß Francis seinem Vater gegenüber ungehorsam war.

»Francis ist zum Stall gegangen«, murmelte sie. »Er wollte mit dem neuen Grauen ausreiten, von dem Vater gestern abend gesprochen hat.«

Sie sah, wie sich das Mißtrauen in Catherines Augen in Zweifel verwandelte, während Sir Harry lauthals seine Freude äußerte.

»Bei meinem Bart, ich werde aus dem Jungen noch einen guten Reiter machen«, sagte er. »Wenn er den Grauen reiten will, schenke ich ihm das Pferd. Wie wäre das als Geburtstagsgeschenk?«

»Francis wäre begeistert, Vater.«

Lizbeth war elend zumute, als sie das sagte. Francis fürchtete sich vor dem Grauen, das wußte sie.

»Wir sagen es ihm noch nicht«, meinte Sir Harry. »Es soll eine Überraschung sein. In der Zwischenzeit werde ich sehen, wie er mit dem Tier zurechtkommt.«

Er drehte sich um und wollte zum Stall gehen.

»Nein, gehe nicht hin«, sagte Lizbeth rasch. »Du weißt, wie nervös Francis ist. Er würde vom Pferd fallen, wenn du ihm zusiehst. Außerdem würde Master Hawkhurst überaus gern von dir den Taubenschlag gezeigt bekommen.«

Sie sah Rodney an, während sie sprach, und er hörte die Bitte in ihrer Stimme und bemerkte den flehenden Ausdruck in ihren Augen.

Instinktiv reagierte er darauf.

Einer Frau in Not, die seine Stärke und seinen Schutz brauchte, hatte er noch nie widerstehen können. Es schmeichelte seiner Eitelkeit, als Lizbeth um seine Hilfe bat.

Wie hübsch sie war, dachte er. Er hätte gern seine Arme um sie geschlungen und ihr gesagt, daß er ihre Sorgen vertreiben wolle, und er fragte sich, ob ihr Herz wieder so rasch wie damals schlug, als er es an seiner Brust klopfen gespürt hatte.

Er lächelte bei dem Gedanken und wandte sich an Sir Harry.

»Ja, zeigt mir Euern Taubenschlag«, sagte er.

»Gern, wenn es Euch wirklich interessiert«, sagte Sir Harry. »Kommst du mit, Phillida?«

Aber Phillida hatte ihre Stickerei aufgenommen und war im Begriff, ihrer Stiefmutter ins Haus zu folgen.

»Wenn Ihr mich entschuldigen wolltet, Vater«, sagte sie, »ich gehe lieber ins Haus. Es ist kalt, und ich mache mir nichts aus dem Taubenschlag.«

3. *Kapitel*

Lizbeth lag im dunkeln und lauschte. Die Stille des großen Hauses umgab sie. Es war schon vor Stunden für die Nacht abgeschlossen worden. Sie konnte den Schrei einer Eule hören und gelegentlich, sehr weit entfernt in den Wäldern, das Bellen eines Fuchses und das hohe Kreischen eines Eichelhähers.

Es waren die vertrauten Geräusche, die sie jede Nacht hörte, wenn sie wach lag, Geräusche, die ihr teuer waren, so daß sie oft absichtlich wachblieb, um sie hören zu können. Sie waren ein Teil ihres Lebens, und sie war stolz darauf, daß sie jeden einzelnen Laut bestimmen konnte.

Aber in dieser Nacht horchte sie auf andere Geräusche. Sie lag verkrampft in ihrem weichen Bett und wartete auf das leise Knarren einer Tür und auf Schritte, die die breite Eichenholztreppe heraufkamen. Vor etwa zwei Stunden hatte sie Schritte die Treppe hinabgehen gehört, und sie hatte sich gefragt, wer in der Dunkelheit durch das Haus schlich. Deshalb hatte sie leise ihre Schlafzimmertür geöffnet und den Korridor hinabgesehen.

Sie hatte gerade noch einen kurzen Blick auf eine Gestalt erhascht, die mit einer dünnen Kerze in der Hand hinter der Treppe verschwand. Aber dieser kurze Blick hatte ihr genügt, um Francis in Mantel und Hut zu erkennen. Sie hatte dem Impuls widerstanden, ihm nachzulaufen und zu fragen, wohin er gehe, denn sie kannte die Antwort.

Es war die Gefahr, die er auf sich nahm, was sie erschreckte. Es war noch so früh am Abend, daß ihr Vater noch wach sein und ihn hören konnte. Und sie wußte auch, daß kein Argument, das sie vorbringen würde, ihren Bruder von seiner Absicht abhalten konnte. Und wenn sie mit ihm stritt, vergrößerte dies nur die Gefahr der Entdeckung.

Leise schloß sie ihre Zimmertür und zwang sich, ins Bett zu gehen. Aber sie konnte nicht schlafen. Im Geist folgte sie Francis durch den Garten und hinaus durch das Tor. Er brauchte nicht lange, um Keens Haus zu erreichen. Und hier verließ sie ihre Vorstellungskraft, und unzählige Fragen bedrängten sie.

War es eine Gesellschaft, die Francis heute nacht zu so später Stunde noch zu einem Besuch bei seinen Freunden aus dem Haus gelockt hatte? Oder war es etwas viel Geheimnisvolleres? Lizbeth hatte zu oft die Argumente ihres Vaters gegen Dr. Keen gehört, um sie vergessen zu können. Der Doktor war ein geschickter Mann, und die Ergebnisse seiner Experimente hatten ihm sowohl wissenschaftliche, als auch gesellschaftliche Anerkennung eingetragen. Und doch hatte er immer etwas Verdächtiges an sich.

Er sprach sehr selten über seine Vergangenheit und das Leben, das er geführt hatte, ehe er nach England kam, aber man glaubte zu wissen, daß er viele Jahre in Spanien gelebt hatte. Gerüchte besagten, daß er Freunde hatte, die ihn in Mänteln und Masken spät in der Nacht besuchten, und daß seine Gäste nicht einmal von den Dienstboten im Haus gesehen wurden und Dr. Keen und seine Tochter ihnen selbst aufwarteten.

Manche Leute behaupteten auch, daß seine Besucher Jesuiten seien, Mitglieder der Mission, die 1580 nach England gekommen war und großen Schrecken ausgelöst hatte. Ihr Ziel sei es, so sagten die Jesuiten, Seelen zu retten. Es wurde ihnen verboten, sich in die Politik einzumischen. Die Regierung bezeichnete sie als Verräter und war der Meinung, daß sie auf den Sturz der Königin hinarbeiteten.

Trotz strenger Strafen im Falle ihrer Entdeckung, arbeiteten die Priester mit großem Erfolg. Sie reisten verkleidet durch das Land, verbargen sich in Herrenhäusern und bekehrten die Menschen mit ihrer fanatischen Inbrunst zum Katholizismus. Die Tatsache, daß man sie verfolgte, führte nur dazu, daß sie als Märtyrer verehrt wurden.

Lizbeth wußte, daß es für ihren Bruder verhängnisvoll wäre, wenn er in der Gesellschaft von Jesuiten entdeckt würde, sei es in Dr. Keens Haus oder anderswo. Es war Sir Harry Gillinghams Aufgabe als Gouverneur der Grafschaft, nicht nur die Würde der Königin zu schützen, sondern auch ihre Feinde aufzuspüren und zu vernichten.

Er hatte oft erwähnt, daß er ein tiefes Mißtrauen gegenüber Dr. Keen hegte. Bis jetzt gab es keine Beweise gegen ihn, und das Interesse der Königin an seiner Arbeit hatte für den Augenblick das Mißtrauen vieler Leute beschwichtigt.

Lizbeths Mißfallen über Francis' Besuche in Dr. Keens Haus hatte auch weibliche Gründe. Sie argwöhnte, daß Elita es nicht ehrlich meinte, wenn sie eine Zuneigung zu ihrem Bruder vortäuschte. Elita würde von einem Mann Männlichkeit und Leidenschaft erwarten, und Francis' weicher Charakter mußte in ihr eher Spott als ein tiefes Gefühl wecken, dessen war Lizbeth sicher.

Und doch bestand kein Zweifel daran, daß das Mädchen ihn ermutigte. Aus welchen Gründen, das konnte sich Lizbeth nicht denken. Elita war das erste Mädchen, für das sich Francis interessierte. Wenn Frauen ins Haus kamen, schenkte er ihnen stets wenig Aufmerksamkeit und sprach außer den notwendigsten Höflichkeiten kaum mit ihnen. Wenn er sich nicht in seine Studien vertiefte, war er höchst zufrieden mit sich selbst, las oder schrieb Gedichte, die den Unmut seines Vaters weckten, aber ihm, wenn auch niemandem sonst, Befriedigung verschafften.

Plötzlich hörte sie draußen auf der Treppe ein Geräusch und setzte sich abrupt im Bett auf. Kam Francis zurück? Sie hoffte es, mußte aber erkennen, daß das, was sie aufhorchen ließ, nichts weiter war als das Knacken der Holztäfelung. Alles war nun wieder still. Aber weil sie beunruhigt und besorgt war, stand sie auf und ging zum Fenster.

Draußen war es windig und kalt. Am frühen Abend hatte es geregnet. Die Wolken hingen immer noch schwer am Himmel und verdeckten teilweise den Mond. Doch sie konnte unter sich die Umrisse des Gartens sehen und die großen, dunklen Bäume, die das Haus umstanden. Es gab kein Anzeichen dafür, daß jemand durch den Garten ging oder die Einfahrt heraufkam.

Lizbeth seufzte. Die kühle Nachtluft ließ sie frösteln. Es half nichts, wenn sie hier stand und auf Francis wartete. Und doch konnte sie sich nicht vom Fenster abwenden. Sie wünschte jetzt, sie wäre ihm nachgelaufen und hätte ihn zurückgehalten. Und doch wußte sie, daß er nicht auf sie gehört hätte. Wie alle schwachen Menschen, konnte Francis gelegentlich unglaublich eigensinnig sein.

Sie hörte wieder ein Geräusch auf der Treppe, und da sie dachte, sie habe seine Rückkehr vielleicht überhört, öffnete Lizbeth ihre Tür, in der Hoffnung, ihn die Treppe heraufkommen zu sehen. Es war alles dunkel. Und dann, als sie lauschend dastand, hörte Lizbeth ein beharrliches Geräusch. Es kam aus dem Zimmer nebenan, aus Phillidas Zimmer.

Einen Augenblick zögerte Lizbeth. Sie blickte zur großen Treppe mit ihrer holzgeschnitzten Balustrade und den heraldischen Wandgemälden. Wenn doch nur Francis nach Hause käme. Aber die Treppe war leer. Ängstlich blickte sie zur Eichentür des Schlafzimmers auf der Südseite, wo ihr Vater und ihre Stiefmutter schliefen.

Das Geräusch aus Phillidas Zimmer hielt an, und Lizbeth faßte einen Entschluß. Sie schloß leise die Tür hinter sich und schlich barfuß über die blanken Dielen. Sie hob den Riegel von Phillidas Tür an und trat in das Zimmer. Phillida kniete neben ihrem Bett. Die Kerzen auf dem Tisch waren fast niedergebrannt, aber in ihrem Licht sah Lizbeth, daß Phillida ihr Gesicht in ihren Händen vergraben hatte und ihr ganzer Körper unter heftigem Schluchzen zitterte.

Rasch schloß sie die Tür hinter sich und lief zu Phillida hinüber.

»Phillida, Liebste, was ist denn?« fragte sie und legte einen Arm um sie.

Beim Klang von Lizbeths Stimme und ihrer Berührung hörte Phillida auf zu schluchzen, aber sie schwieg, und ihre Schultern versteiften sich.

»Geh weg!« sagte sie mit gedämpfter Stimme.

»Nein, ich gehe nicht«, sagte Lizbeth leise, »nicht, bis du mir gesagt hast, was dich quält.«

Phillida hob den Kopf. Ihr Gesicht war weiß und tränenüberströmt.

»Ich möchte allein sein. Laß mich in Ruhe.«

»Du bist unglücklich«, antwortete Lizbeth. »Weinst du wegen Rodney?«

»Du nennst ihn Rodney!« Phillidas Lippen zuckten, als sie seinen Namen aussprach.

»Warum nicht, da er doch mein Schwager wird. Weine nicht um ihn. Er wird Erfolg haben, ich weiß es so sicher, wie daß morgen früh die Sonne aufgehen wird. Und du weißt, wie recht ich in solchen Dingen immer habe. Ich habe es in seinem Gesicht gesehen. Es ist etwas an ihm, das mir sagt, daß er reich und erfolgreich zurückkehren wird. Dann könnt ihr heiraten.«

Phillida starrte Lizbeth an, während diese sprach. Dann stieß sie einen Schrei aus und schlug die Hände wieder vor das Gesicht.

»Heiraten!« Sie sprach das Wort so entsetzt aus, daß Lizbeth sie überrascht ansah. Phillida zitterte. Ihr Nachthemd war dünn, und im Zimmer war es kalt.

»Du wirst dich erkälten«, sagte Lizbeth. »Komm, geh ins Bett, dann sprechen wir weiter.«

Sie streckte Phillida die Arme hin, während sie sprach. Phillida nahm die Hände vom Gesicht und ließ sich zu dem großen, vierpfostigen Eichenbett mit den Vorhängen aus chinesischer Seide führen. Lizbeth hüllte sie in die Bettücher ein und legte sich dann selbst eine Decke über die Schultern.

»Sage mir, was dich quält«, bat sie und nahm Phillidas Hand.

Phillida wandte den Kopf ab.

»Ich kann es dir nicht sagen«, antwortete sie.

»Aber du mußt«, drängte Lizbeth. »Du hast keinen, mit dem du sprechen kannst. Catherine hört dir nicht zu, außerdem bin ich sicher, daß du dich ihr nicht anvertrauen willst. Sage es mir, Phillida, alle Sorgen sind leichter zu ertragen, wenn man sie mit jemandem teilt.«

»Es gibt nichts zu erzählen«, sagte Phillida eigensinnig.

»Und warum weinst du dann?« fragte Lizbeth.

Phillida versuchte, ihre Hand Lizbeths Griff zu entziehen.

»Du würdest es doch nicht verstehen«, sagte sie.

»Dann stelle mich auf die Probe«, erwiderte Lizbeth. »Es ist wegen Rodney, nicht wahr? Könnte es sein, daß du ihn nicht heiraten willst?«

Sie sah, wie Phillida die Lippen zusammenpreßte und wußte, daß sie auf der richtigen Spur war.

»Du liebst ihn nicht, ist es das? Gibt es jemanden, den du liebst, einen anderen Mann?«

»Nein, es gibt keinen anderen«, antwortete Phillida hastig.

»Dann verstehe ich dich nicht«, sagte Lizbeth. »Wenn es keinen anderen Mann gibt, müßtest du glücklich sein, Rodney heiraten zu können. Ich mag ihn. Er liebt dich, ich bin dessen sicher.«

Sie schloß für einen Moment die Augen und sah Rodneys Gesicht vor sich, als er Phillida zusah, während diese mit ihrer Stickerei beschäftigt war. Sie sah den Ausdruck in seinen Augen, als er sich von Phillida verabschiedete.

»Ich kann ihn nicht heiraten!«

»Warum nicht?« fragte Lizbeth. »Du wirst aber jemanden heiraten müssen.«

»Nein! Nein! Nein« Phillida weinte plötzlich wieder bitterlich.

»Arme Phillida!« Lizbeth umarmte sie impulsiv und wiegte sie wie ein verängstigtes Kind in ihren Armen.

»Wenn du ihn nicht heiraten willst, mußt du ihn nicht heiraten. Du solltest es Vater sagen, und er wird es Rodney erklären. Er wird dich nicht gegen deinen Willen zwingen.«

Phillida hörte nicht auf zu weinen.

»Ich kann nicht verstehen, daß du ihn so verabscheust«, fuhr Lizbeth fort. »Aber du wirst jemanden finden, den du liebst. Ich dachte immer, daß dir vielleicht Sir Richard Sutton oder Master Thomas Hunter gefallen. Sie haben dir letztes Jahr den Hof gemacht und kamen oft genug hierher. Warum bat keiner von ihnen Vater um deine Hand?«

Phillida schwieg immer noch. Plötzlich stieg in Lizbeth der Verdacht auf.

»Phillida, hast du sie weggeschickt?«

»Ja.« Phillidas Stimme klang belegt. »Ich habe ihnen gesagt, daß ich niemals mit ihnen als ... als ihre Gattin würde leben können.« Ihre Stimme war kaum ein Flüstern.

»Phillida!« Lizbeth war entsetzt.

»Sie glaubten mir und kamen nicht wieder«, sagte Phillida. »Aber irgendwie konnte ich mit Master Hawkhurst nicht darüber sprechen. Er wollte mit mir allein sein, er wollte mich lieben ... er wollte mich küssen ... er ... aber ich konnte ihm immer entrinnen.«

Lizbeth umarmte ihre Schwester noch fester.

»Das verstehe ich nicht. Warum fürchtest du dich vor Rodneys Küssen? Das ist nicht unangenehm.«

»Kein Mann wird mich jemals berühren!« Phillidas Gesicht war im Kerzenlicht sehr weiß und sie riß die Augen weit auf. »Verstehst du nicht? Kein Mann wird mich jemals berühren.«

»Willst du damit sagen, daß du die Männer haßt?« fragte Lizbeth.

»Ja, ich hasse sie«, sagte Phillida heftig. »Nein, Haß ist nicht das richtige Wort, denn wir dürfen niemanden hassen. Aber keiner wird mich anrühren. Mein Körper wird niemandem gehören... Er ist... geweiht.«

»Phillida, du bist doch nicht etwa katholisch geworden?« Lizbeths Stimme klang belegt.

Phillida nickte.

Einen Augenblick war Lizbeth sprachlos.

»Wie konnte das geschehen?« fragte sie schließlich.

»Erinnerst du dich an Mr. Andrews?«

»Francis' Hauslehrer? Aber natürlich! Willst du damit sagen, daß er...«

»Er sprach mit mir über Dinge, die mich beeindruckten. Er nahm mich mehrmals in das Haus seines Freundes mit, wo Messen gefeiert wurden, wenn wir angeblich ausritten. Ich wurde von einem Priester, der dort heimlich lebt, in die Kirche aufgenommen. Ich bin Katholikin und wünsche mir vor allem anderen, Nonne zu werden.«

Lizbeth war zu bestürzt, um etwas sagen zu können. Dann beugte sie sich vor und küßte das weiße Gesicht ihrer Schwester.

»Du bist mutiger, als ich es für möglich gehalten hätte.« Die Sanftheit ihrer Worte brachten Phillida wieder zum Weinen.

»Du verstehst mich«, sagte sie leise. »Ich hätte nicht gedacht, daß es in diesem Haus jemanden gibt, der mich verstehen würde.«

»Ich kann nicht behaupten, daß ich deine Gefühle verstehe«, sagte Lizbeth, »aber ich bewundere dich, weil du das tust, was du tun möchtest. Ich dachte immer, du würdest dich für nichts und für niemanden interessieren. Wie sehr kann man sich in Menschen täuschen, die man zu kennen glaubt.«

»Ich habe nicht gewagt, mich jemandem anzuvertrauen«, sagte Phillida. »Außerdem wäre es nicht richtig von mir gewesen, dich in meine Schwierigkeiten zu verwickeln.«

»Zu denken, daß Mr. Andrews Katholik ist, und wir haben es nicht gewußt!«

»Er fürchtete sich davor, daß es jemand erfahren könnte«, sagte Phillida. »So wie auch ich mich davor fürchte, Vater könnte es von irgend jemandem gesagt bekommen.«

»Er wird es nicht erfahren, wenn du es ihm nicht erzählst«, sagte Lizbeth. »Aber er wird es merkwürdig finden, wenn du dich weigerst, Rodney zu heiraten.«

»Ich weiß«, sagte Phillida. »Mit den anderen konnte ich sprechen und sie wegschicken, ehe sie sich an Vater gewandt hatten.

Aber Master Hawkhurst hat schon am ersten Abend, als er hier ankam, um meine Hand angehalten.«

»Er wollte, daß Vater ihm Geld für sein Schiff leiht, deshalb war er schon entschlossen, um dich anzuhalten, noch ehe er dich gesehen hatte. Und als er dich dann sah, verliebte er sich in dich.«

»Ich kann ihn nicht heiraten. Ich kann nicht. Ich habe an Mr. Andrews geschrieben und ihn gebeten, mir zu helfen.«

»Wann hast du den Brief abgeschickt?« fragte Lizbeth.

»Erst heute«, erwiderte Phillida. »Ich gab ihn einem Dienstboten, damit er ihn nach Hatfield bringt. Vater hat ihn nicht gesehen.«

»Und Catherine?« fragte Lizbeth. »Catherine ist viel gefährlicher als Vater und viel mißtrauischer.«

»Ja, ich weiß. Sie verachtet mich. Sie glaubt, ich sei einfältig, eine dumme Gans, die keinen Mann bekommt. Auf dich ist sie eifersüchtig. Vor dir fürchtet sie sich.«

»Sie hat keinen Grund dazu«, sagte Lizbeth.

Plötzlich lächelte Phillida. »Du bist sehr attraktiv, Lizbeth. Ich hoffe, du wirst jemanden finden, der dich liebt und den du wieder lieben kannst.«

Lizbeth schwieg.

Phillida fuhr fort: »Mein Aussehen, das Gott mir gegeben hat, brachte mir nur Unglück. Wenn ich unscheinbar und verkrüppelt geboren wäre, würde mich kein Mann wollen. Dann wäre es leicht für mich, mich aus der Welt zu stehlen und vergessen zu werden. Aber so...« Sie machte eine hilflose Geste.

»So ist Vater stolz auf dich«, sagte Lizbeth. »Er sieht es gern, wenn du bewundert wirst. Er möchte, daß du heiratest.«

»Ja, ich weiß«, sagte Phillida, »und er schämt sich, weil ich so lange ledig geblieben bin. In gewisser Weise hält er mich für ein Spiegelbild seiner selbst. Er ist stolz auf seinen Charme und kann nicht glauben, daß er Kinder hat, die das andere Geschlecht nicht ebenso anziehend finden wie er selbst.«

»Er hat oft über Sir Richard und Tom gesprochen und sich gefragt, warum sie nicht mehr herkommen. Ich habe mich auch darüber gewundert. Oh, Phillida, bist du sicher, daß du in ein Kloster eintreten willst?«

»Ich wünsche es mir mehr als alles andere auf der Welt«, antwortete Phillida.

Ihr Gesicht leuchtete auf, und ihre Augen strahlten. In ihrer Miene lag eine Ekstase, wie Lizbeth es noch nie gesehen hatte. Sie erkannte, daß Phillida sich etwas Unerreichbares wünschte.

In England gab es keine Nonnenklöster mehr. Sie waren von Heinrich VIII. abgeschafft, von Maria wieder eingeführt und von Elizabeth wieder abgeschafft worden. Die Nonnen waren nach Irland und Frankreich geflohen, und danach hatte niemand mehr etwas von ihnen gehört. Wenn sie noch mit ihren Familien in Verbindung standen, dann wurde dies streng geheimgehalten.

Lizbeth wußte, daß Phillida keine Möglichkeit hatte, ihren Wunsch erfüllt zu bekommen, aber sie war zartfühlend genug, dies nicht zu erwähnen. Statt dessen streckte sie ihr die Hände hin, und einen Augenblick sahen sich die beiden Mädchen an und waren in den dunklen Schatten des Zimmers miteinander verbunden.

»Wenn Vater herausfindet, daß du katholisch bist, wird er dich töten«, sagte Lizbeth leise.

»Ja, ich weiß«, erwiderte Phillida.

Sie sprach mit einer Stärke, die Lizbeth bisher nicht an ihr gekannt hatte. Während sie schweigend beieinander saßen, verlosch eine Kerze.

Lizbeth dachte plötzlich an Francis. »Ich lasse dich jetzt allein. Schlafe und versprich mir, daß du nicht mehr weinst.«

»Danke für deine Hilfe. Irgendwie kommt es mir so vor, als wären die Dinge jetzt nicht mehr so hoffnungslos wie ich dachte. Gott wird mir helfen!«

»Ich bete darum, daß er es tut«, antwortete Lizbeth. Sie beugte sich vor, küßte Phillida und ging dann zur Tür, nachdem sie die letzte Kerze ausgeblasen hatte.

»Gute Nacht«, flüsterte sie.

»Gott segne dich, Lizbeth«, erwiderte Phillida.

Lizbeth schlich zurück in ihr Zimmer. Ihre Gedanken waren chaotisch, und als sie zwischen ihre Bettdecken schlüpfte, fragte sie sich, ob das, was sie erfahren hatte, Wirklichkeit war oder nur ein böser Traum. Sie konnte kaum glauben, daß Phillida, die stille, unauffällige Schwester, die alle so oft verächtlich betrachteten, tatsächlich die gleiche war, die sie eben verlassen hatte, eine Frau voller Gefühle, die um ihres Glaubens willen einen einsamen Kampf führte.

Die Religion spielte im Land eine große Rolle, und es gab viel Streit darum. Für Lizbeth bedeutete sie nur lautstarke Auseinandersetzungen und endlose, langweilige Gottesdienste jeden Sonntag in der Dorfkirche. Dort, in der großen Familienbank mit ihren hohen, aus Eichenholz geschnitzten Seiten, die sie von der Gemeinde abschirmten, schlief ihr Vater gewöhnlich, während ihre

Stiefmutter in einem Buch las. Lizbeth erinnerte sich noch daran, wie sie als Kind gelangweilt herumgezappelt hatte, bis es ihr im Laufe der Jahre gelang, kraft ihrer Fantasie an andere Orte zu entfliehen, so daß sie die langen ausführlichen Predigten, die gewöhnlich fast zwei Stunden dauerten, gar nicht mehr hörte.

Und doch fragte sie sich, ob die Religion mehr für sie hätte bedeuten sollen. Die Gebete, die sie als Kind gesprochen hatte, waren ihr damals richtig erschienen. Aber neben dem tiefen Glauben, der Phillida zur Rebellion gegen ihren Vater und das Leben, zu dem sie erzogen worden war, trieb, kamen sie ihr belanglos und armselig vor, so wie Francis' Gedichte.

War Francis' Interesse an Elita Liebe, oder war es auch die Religion, die ihn zu ihr hinzog? Lizbeth stellte sich das Gesicht ihres Vaters vor, wenn er erfahren sollte, daß zwei seiner Kinder in den Fängen des Papsttums waren. Während sie gerade versuchte, sich sein Entsetzen vorzustellen, hörte sie vor ihrem Fenster Schritte. Es war Francis, der zurückkehrte, dessen war sie sicher. Sie eilte durch das Zimmer, schob die Vorhänge zurück und sah, daß sie recht gehabt hatte.

Die Wolken waren aufgerissen, und der Mond warf sein blasses Licht über den Garten. Die Schatten waren dunkel, und das silberne Licht schimmerte auf den nassen Pflastersteinen und in den Pfützen der Einfahrt. Francis war jetzt genau unter ihr. Sie sah, daß er seinen Hut tief in die Stirn gezogen hatte. Er versuchte die Tür zu öffnen, die er unverschlossen gelassen hatte. Aber obwohl er den schweren, runden Griff herumdrehte, wollte sie nicht aufgehen.

Sie bekam plötzlich Angst, so daß es ihr im Moment unmöglich war, sich zu bewegen. Denn Lizbeth erriet, was geschehen war. Nachdem Francis aus dem Haus geschlichen war, hatte jemand die Tür hinter ihm verriegelt. Plötzlich zog sich ihre Kehle zusammen, und ihr Herz begann wild zu schlagen. Jemand hatte also gewußt, daß Francis das Haus verlassen hatte.

Sie hörte, wie Francis noch einmal am Türgriff drehte und sah, wie er sich mit aller Kraft gegen die Tür stemmte. Und dann, als er überrascht und erschrocken zurücktrat, pfiff Lizbeth leise.

Er blickte zu ihrem Fenster hinauf. Sie wußte, daß er ihr Gesicht im Mondschein sehen konnte. Sie legte einen Finger an die Lippen. Er verstand und deutete auf die Tür.

Sie nickte, trat vom Fenster zurück, ergriff einen warmen Schal, der über dem Stuhl lag, und warf ihn sich über die Schultern. Sie öffnete leise ihre Zimmertür. Der Korridor lag im Dunkeln, abgesehen von dem Mondlicht, daß durch das hohe Butzenscheibenfenster an der Treppe hereinfiel.

Auf Zehenspitzen lief Lizbeth durch den Korridor. Dann ging sie, eine Hand auf das breite Eichengeländer gestützt, die Treppe hinab. Die Binsen in der Halle kitzelten an ihren Füßen. Sie raschelten auch, als sie zur Haustür lief. Wie sie erwartet hatte, war der schwere Riegel vorgeschoben und der große, eiserne Schlüssel im Schloß herumgedreht worden.

Sie brauchte ihre ganze Kraft, um den Riegel zurückzuschieben, aber als sie es getan hatte, ging die Tür auf, und Francis trat ins Haus. Er nahm seinen Hut vom Kopf.

»Danke«, flüsterte er.

Lizbeth bedeutete ihm zu schweigen. Sie schloß wieder die Tür und bemühte sich, den Riegel vorzuschieben. Aber er war zu schwer für sie. Sie winkte Francis zu sich, und er schob ihn vor, wobei es ein schwaches Geräusch gab, so daß Lizbeth »Psst!« machte.

Er lächelte sie an. Es war, als ob er über ihre Ängste spottete. Er beugte sich vor und küßte sie auf die Wange, aus Dankbarkeit für das, was sie für ihn getan hatte.

Seine Lippen waren warm, und sein Atem roch nach Wein. Er hatte getrunken, dachte sie, nicht viel, aber genug, um ihn unvorsichtig zu machen und furchtloser, als er es gewöhnlich war. Der gefährlichste Teil ihres Abenteuers lag noch vor ihnen. Als sie durch die Halle gingen, sah Lizbeth auf Francis' Stiefel hinunter. Sie fragte sich, ob es nicht klüger wäre, wenn er sie auszöge, bevor sie die Treppe hinaufgingen. Gerade als sie es ihm zuflüstern wollte, sah sie, wie Francis entsetzt die Augen aufriß und zum oberen Treppenabsatz hinaufsah.

Sein Gesichtsausdruck ließ auch sie erschrocken aufblicken, und was sie sah, nahm ihr den Atem. Die Schlafzimmertür ihres Vaters stand offen, und das Licht fiel breit in den Korridor. Lizbeth sah ihre Stiefmutter mit einem silbernen Kerzenhalter in der Hand hinaustreten, hinter ihr Sir Harry mit einer Nachtmütze auf dem Kopf und ebenfalls mit einer Kerze in der Hand.

Catherine trug ein Peignoir aus weißer Seide über ihrem Nachthemd. Ihr Haar hing in zwei langen Zöpfen herab. Ihre Augen waren dunkel und boshaft. Ihre Lippen lächelten, als genieße sie die Szene, die jetzt bevorstand. Lizbeth brauchte sie nur anzusehen, um zu wissen, wer die Tür verriegelt hatte.

Sir Harry sah furchterregend aus, obwohl er nur ein Nachthemd trug. Er stand da, an den Treppenpfosten gelehnt, die Kerze in der Hand, sein Gesicht purpurrot. Seine dichten Augenbrauen stießen auf der Stirn beinahe zusammen. Er starrte auf Lizbeth und Francis herab.

Plötzlich polterte seine Stimme: »Kommt her! Alle beide!«

Lizbeth hatte das Gefühl, als ob die Treppe endlos wäre. Sie glaubte, sie und Francis würden niemals oben ankommen. Als sie eine Stufe nach der anderen hinaufstiegen, machten Francis' Stiefel genügend Lärm, um das ganze Haus zu wecken. Lizbeth spürte, wie sein Mut, die Hochstimmung, in der er nach Hause gekommen war, schwanden.

Francis war seinem Vater noch nie gewachsen gewesen. Er hatte sich immer vor ihm gefürchtet, schon als Kind. Und lange, ehe sie oben ankamen, wußte Lizbeth, daß er zitterte und daß seine Lippen trocken waren und er sie nicht nur einmal, sondern fortwährend mit der Zunge anfeuchten mußte.

»Nun, vielleicht erklärst du mir gefälligst, wo du gewesen bist?« fauchte Sir Harry, als Francis die oberste Stufe erreichte.

Lizbeth sah das Gesicht ihres Bruders im Kerzenlicht. Er war jetzt blaß und zwinkerte mit den Augen, als wäre er geblendet oder als schämte er sich. Er sah einfältig und unbedeutend aus, und einen Augenblick lang konnte Lizbeth nachfühlen, was ihr Vater empfand, der doch ein ganzer Mann war. In seiner Jugend mußte er gut ausgesehen haben, aber wichtiger war sein Wagemut und sein Schneid, den er an den Tag legte, ob er nun einen Kampf austrug oder eine Frau verführte.

Lizbeth wußte, daß sein Vater ihm verziehen hätte und stolz auf ihn gewesen wäre, wenn er hätte sagen können, er sei in London bei einer schönen Frau gewesen oder er habe einem Dorfmädchen den Kopf verdreht. Aber es war nicht die Liebe, die Francis zu den Keens trieb, es war etwas anderes, das sie fürchtete, und sie wußte, daß auch ihr Vater sich davor fürchtete.

»Sprich, wo bist du gewesen?« fragte Sir Harry ein zweites Mal.

»Bei... bei... bei Dr. Keen, Sir.«

»Verflucht! Ich wußte es! Ich hätte es mir denken können, daß du dich meinen Befehlen widersetzt. Ich habe dir gesagt, daß ich es dir verbiete, dort hinzugehen und dir verführerische Reden anzuhören oder dich in eine papistische Verschwörung verwickeln zu lassen. Ich habe dir sein Haus verboten, oder etwa nicht?«

»Ja, Sir.«

»Und trotzdem warst du ungehorsam. Du schleichst aus dem

Haus, wenn ich schlafe, und kommst wie ein Dieb oder ein Dienstbote wieder, aber nicht wie ein Herr. Ich werde dir eine Lektion erteilen, denn ich kann mich offenbar nicht auf dich verlassen. Du kehrst nicht nach Oxford zurück! Du wirst mit Master Hawkhurst auf seinem Schiff segeln, an dem ich mit einer ansehnlichen Summe beteiligt bin. Wir wollen doch sehen, ob er einen Mann aus dir machen kann.«

»Nein! Nein, ich gehe nicht! Ich gehe nicht!« rief Francis leidenschaftlich. Aber seinem Protest fehlte die Überzeugungskraft. Seine Stimme klang schrill. Es war die Stimme eines Jungen und nicht die eines Mannes.

»Du befolgst meine Befehle!« herrschte ihn Sir Harry an. »Ich schreibe an Master Hawkhurst einen Brief und kündige ihm deine Ankunft an. Du packst deine Sachen und brichst nach Plymouth auf, sobald es sich machen läßt. In der Zwischenzeit verbiete ich dir, das Haus zu verlassen. Hast du mich verstanden? Du wirst dieses Haus nicht verlassen, und du wirst auch keine Verbindung mit Dr. Keen und seiner Tochter aufnehmen. Das ist ein Befehl! Wenn du mir nicht gehorchst, lasse ich dich in einem Zimmer einschließen und notfalls an den Bettpfosten ketten.«

Sir Harry drehte sich um und ging mit einer Würde in sein Schlafzimmer, die, wenn man die Umstände betrachtete, erstaunlich war. Catherine folgte ihm. Als sie die Schlafzimmertür erreichte, blickte sie sich noch einmal um. Ihr Lächeln war triumphierend.

Francis rührte sich nicht, als sein Vater und seine Stiefmutter gegangen waren. Er blicke zu Boden, seine Hände hingen schlaff herab, aber seine Fäuste waren geballt.

»Ich gehe nicht, ich gehe nicht!« murmelte er.

Lizbeth zupfte ihn am Ärmel.

»Komm mit in dein Zimmer«, sagte sie beschwörend.

Mit schlurfenden Schritten folgte ihr Francis. Als sie in seinem Zimmer waren und Lizbeth hinter sich die Tür geschlossen hatte, warf er sich auf sein Bett und trommelte mit den Fäusten auf sein Kissen wie ein ungezogenes Kind.

»Ich gehe nicht! Ich gehe nicht!« wiederholte er.

Lizbeth tastete nach der Zunderdose und zündete die Kerzen auf dem Toilettentisch an. Sie überlegte, was sie sagen könnte, um Francis zu beruhigen, und als sie zu seinem Bett hinüberging, erinnerte sie sich an die Worte ihrer Mutter.

»Du mußt dich um Francis kümmern«, hatte sie gesagt, bevor sie starb.

»Ja«, hatte Lizbeth geantwortet.

»Er kann nicht für sich selbst sorgen, das darfst du niemals vergessen.«

Lizbeth mußte jetzt daran denken. Francis konnte sich nicht selbst helfen. Sie setzte sich auf das Bett und streichelte sein Haar.

»Ich gehe nicht zur See«, sagte Francis hilflos in sein Kissen, aber er sagte es ohne Überzeugungskraft. Er war nicht stark genug, um sich gegen seinen Vater durchzusetzen, und er wie auch Lizbeth wußten es.

Lizbeth spürte, wie die Tränen in ihr aufstiegen.

»Ich hasse sie alle. Sie sind alle gegen mich, und ich kann nie das tun, was ich tun möchte. Das ist ungerecht«, schluchzte Francis.

Nein, es war nicht gerecht, dachte Lizbeth, daß es so viel Unglück unter einem Dach gab.

4. Kapitel

Rodney Hawkhurst ging auf dem Achterdeck auf und ab und beobachtete die Hektik der letzten Minuten, als das Schiff klar gemacht wurde, um in See zu stechen. Die Männer hasteten über die Decks, und der schrille Klang der Pfeifen, die heiseren Befehle des Hochbootsmannes und einige kräftige Flüche sagten ihm, daß sie die Pinasse hochhievten.

Auf dem Kai standen wie üblich weinende Frauen und großäugige Kinder, und ihre Hilflosigkeit war mitleiderregender, da Rodney wußte, daß viele der Männer, denen sie Lebewohl sagten, ebenso aufgeregt waren wie er, weil der Augenblick gekommen war, wo sie die Küste verlassen und auf das offene Meer hinaussegeln würden.

Er war ungeduldig und sogar gereizt über die Verzögerungen, die unvermeidlicherweise jedesmal auftraten, bevor man absegelte. Unter den Geräuschen auf den Decks hörte er das Blöken des Schafes, das er in letzter Minute an Bord hatte bringen lassen.

Auf dem Schiff gab es auch einen Schweinestall tief unter dem Deck und zwei bis drei Dutzend Hühner, die er an diesem Morgen auf dcm Markt gekauft hatte, was er jetzt allerdings für einen Luxus hielt. Immer und immer wieder hatte er im Geist den Proviant und die Vorräte überschlagen, die er an Bord hatte bringen lassen, und er hatte sich gefragt, ob sie für die lange Reise, die nun vor ihnen lag, ausreichen würden. Unter den Vorräten waren Reis, Erbsen, Öl, Kerzen, Laternen, Lampen, Ochsenhäute, Hanf und Bleiplatten, um Einschußlöcher zu schließen.

Er hatte jeden Penny, den er erübrigen konnte, für das beste gesalzene Rindfleisch, für Schinken und Schweinefleisch, für sechs Tonnen Schiffszwieback, von denen der Krämer geschworen hatte, daß sie noch nicht lange in seinem Besitz waren, ausgegeben.

Jeden, der zur See ging, erwarteten unglaubliche Strapazen, Gefahren und schlechte Ernährung. Aber Rodney wollte seiner Mannschaft unnütze Leiden ersparen. Er wußte, wie leicht Männer auf einer langen Reise deprimiert und unglücklich wurden und daß die Monotonie und Schalheit ihrer Speisen viel mit ihrer schlechten Laune und ihren kleinen Bosheiten zu tun hatten.

Als er mit Drake gesegelt war, hatte er es gelernt, auf das Wohlergehen der Mannschaft ebenso zu achten wie auf das der Offiziere. Auf den meisten Schiffen wurden die Seeleute unnötig brutal behandelt. Rodney wollte auf seinem Schiff die Disziplin, die seemännische Tradition und Sitte hochhalten, gleichzeitig aber Gerechtigkeit walten lassen und seine Männer eher führen, als durch physische Gewalt antreiben.

Die *Sea Hawk* war kein schönes Schiff, und Rodney besaß kein übriges Geld, um sie zu verschönern, aber sie war kräftig und stabil gebaut, und sein erster Offizier, Master Barlow, hatte seine Meinung bestätigt, daß sie sich leicht manövrieren ließ. Sie trug zweiundzwanzig Kanonen und sieben Halbkanonen auf jeder Seite des Unterdecks, sechs Falkonetten, die Kartätschen abfeuerten, auf dem oberen und zwei bronzene Buggeschütze auf dem Achterdeck.

Außer diesen starken Geschützen hatte Rodney eine Anzahl Hakenbüchsen und eine Menge Feuerbomben und Wurfspieße mit Teerspitzen an Bord genommen, die sich bei Drake als sehr wirksam erwiesen hatten.

Die *Sea Hawk* hatte eine Mannschaft von achtzig Mann. Fünfzig davon waren erfahrene Seeleute, und Rodney und Barlow schätzten sich glücklich, sie angeheuert zu haben. Fast zwei Dutzend von ihnen hatten schon vorher mit ihnen zusammen gedient und waren durch das Versprechen, einen größeren Anteil an der Beute als gewöhnlich zu bekommen, überredet worden, an diesem Abenteuer teilzunehmen.

Rodney hatte sich Sorgen wegen seiner Mannschaft gemacht. Es war nicht zu erwarten gewesen, daß er die besten Männer bekommen würde, falls sie die Möglichkeit hatten, unter der Führung bekannter Helden wie Drake oder Raleigh zu segeln. Männer wurden auch in den Dienst der Königin genommen und segelten unter dem Befehl von Lord Howard für Ihre Majestät.

Es war Barlow gewesen, der Rodney beruhigt hatte und der auch schließlich eine bessere Mannschaft zusammenbrachte, als er selbst es zu hoffen gewagt hatte. Schiffsjungen, Freiwillige und eine Anzahl Handwerker wie der Schiffszimmermann und der Schmied vervollständigten sie.

Dann waren da noch die Offiziere an Bord: Barlow und drei weitere, Baxter, Gadstone und Walters mit Namen; Hales der Maat; Simson der Purser und Dobson der Arzt, ein Mann mit einem guten Ruf, obwohl Rodney bereits jetzt daran zweifelte, ob es klug gewesen war, ihn anzuheuern.

Erstens war er schon älter, und zweitens war er mit geröteten Augen und einem chronischen Husten an Bord gekommen, der er einer durchwachten Nacht an Land zuschrieb, von dem Rodney aber vermutete, daß er von einer angegriffenen Konstitution herrührte. Aber nun war es zu spät gewesen, um noch etwas zu ändern, und Rodney hoffte, daß dieses und viele andere Probleme sich von selbst lösen würden, sobald sie auf See waren.

Die Pinasse war an Bord, und die letzten Vorräte wurden nach unten gebracht. Rodney vergewisserte sich, daß die Wasserfässer sicher in ihren Befestigungen waren. Sie waren zuletzt gefüllt worden. Er wußte nur zu gut, was nach ein paar Monaten auf See aus dem Wasser wurde. Dann war es faul und voller Lebewesen. Es war immer gut, wenn man es im letztmöglichen Augenblick an Bord nahm.

In wenigen Minuten würden sie in See stechen. Auf dem Kai entstand eine Unruhe, als ein Seemann auf unsicheren Füßen, halb gezogen und halb gestützt von einer Prostituierten, zum Schiff gebracht wurde. Rodney hatte sie schon früher auf den Docks gesehen. Sie schleppte den Mann über die Planke, und dann, als er auf das Deck fiel, rief sie ein fröhliches, wenn auch unzüchtiges Lebewohl, das den Männern, die auf den Decks arbeiteten, ein brüllendes Gelächter entlockte.

Ihre Hände in die breiten Hüften gestemmt und das Kleid fast bis zur Taille geöffnet, tauschte sie derbe Scherze mit den Männern an Bord aus. Die Frauen auf dem Kai hörten mißmutig und angewidert zu.

»Segel hoch, Master Barlow!« sagte Rodney. Er wollte nicht länger warten.

Alle mußten jetzt an Bord sein. Doch dann verdüsterte sich seine Miene, und er ging nervös auf dem Achterdeck auf und ab.

Er dachte an den Augenblick, da er Francis Gillingham an Bord willkommen heißen mußte. Er hatte Barlow eigens befohlen, ihn in seine Kajüte zu schicken, sobald er an Bord kam.

»Ich schwöre, ich wollte keine verdammten Herrenabenteurer an Bord haben«, hatte Rodney geflucht, nachdem man ihm Sir Harrys Brief überbracht hatte. »Bei Gott, ich habe gute Lust und schicke ihn wieder nach Hause.«

»Sir Harry Gillingham ist ein Teilhaber«, hatte Barlow ruhig geantwortet. »Angenommen, Sir, er verlangt sein Gold zurück?«

»Ich würde ihm sagen, er solle sich zum Teufel scheren«, erklärte Rodney großspurig, aber er wußte zu gut, daß dies nur große Worte waren und er tun mußte, worum Sir Harry ihn gebeten hatte. Er mußte seinen Sohn mit auf die Reise nehmen und versuchen, aus ihm einen Mann zu machen.

Sir Harry hatte nicht erklärt, weshalb er zu diesem plötzlichen Entschluß gekommen war. Aber aus dem Tonfall seines Briefes schloß Rodney, daß etwas vorgefallen war.

»Der Junge hat sich in etwas hineingeritten«, sagte Rodney, »aber ich habe keine Lust, für ein greinendes Kind die Kinderfrau zu spielen.«

Es stimmte, daß Rodney entschlossen gewesen war, keine Herrenabenteurer an Bord der *Sea Hawk* zu nehmen. Sie störten unweigerlich, denn da sie nur auf die Beute aus waren, die die Reise einbringen würde, waren sie gewöhnlich seekrank und zu undiszipliniert, um auf dem Schiff von irgendeinem Nutzen zu sein.

Rodney wußte sehr wohl, daß diese Reise gefährlich werden konnte. Ein einzelnes Schiff war angreifbar. Und obwohl er hoffnungsvoll und zuversichtlich war, daß sie rasch ein kleineres Schiff kapern würden, war dies nur ein schwacher Trost. Es gab auch die andere Seite der Medaille: sie konnten versenkt oder gefangengenommen werden, und niemand würde sie retten.

Außerdem war das Schiff voll beladen. Er hatte nur eine einzige Kajüte, die neben seiner eigenen unter dem Poopdeck lag, leer gelassen, da er daran denken mußte, daß er sie eventuell für einen hochgestellten Gefangenen brauchen würde, und wenn nicht dafür, so konnte er einen Teil der Beute darin verstauen.

Aber es war sinnlos, sich zu beklagen. Er konnte nur versuchen, früher als geplant abzusegeln, und hoffen, daß Francis sich verspätete.

Der Befehl kam, das Hauptsegel zu bemannen. Rodney sah zu, wie die Männer das Rigg hinaufeilten, von den Fallen zu den Brassen, während die Hektik am Bug ihm sagte, daß die Vertäuungen gelöst wurden. Er leckte seinen Zeigefinger und hielt ihn in die Höhe, um festzustellen, ob der Wind auffrischte; denn Devil's Point zu umsegeln, würde nicht einfach sein. Als die Taue gelöst waren, drehte sich die *Sea Hawk* nach Steuerbord und nahm langsam Fahrt auf.

Auf dem Kai erhob sich ein Wehklagen. Die Kinder winkten aufgeregt mit ihren Taschentüchern, und die Frauen hielten sie sich an die Augen. Für einige von ihnen war es das letzte Mal, daß sie ihre Männer sahen.

»Kümmert euch um eure Arbeit«, rief ein Maat, denn jetzt mußte jedermann wachsam sein und die Segel nach dem Wind trimmen.

Rodney spürte, wie sich das Schiff zur Seite neigte. Barlow steuerte es so hart an den Wind wie möglich; und plötzlich, als Rodney das Auf und Nieder der Wellen spürte und das vertraute Klatschen der Segel, das Rasseln der Blöcke und das Kreischen der Balken hörte, fühlte er, wie ihn die Erregung überkam. Er mußte die Lippen fest zusammenpressen, um nicht in die Jubelschreie der Männer einzustimmen, als Stone House Bill sich vor ihnen öffnete.

Sie waren auf See! Das Abenteuer lag vor ihnen und England hinter ihnen.

Rodney sah plötzlich im Geist Phillida vor sich. Einen Augenblick schien sie neben ihm zu stehen, so schön, daß er wie betäubt war. Als er England Lebewohl sagte, wünschte er, er könne auch Phillida Lebewohl sagen, nicht so, wie er es getan hatte, als er Camfield verließ, wo er ihre kalte Hand an seine Lippen gehoben hatte, sondern so, wie die Seeleute sich von ihren Geliebten und von ihren Frauen verabschiedeten.

Er hätte Phillida küssen sollen. Er hätte sie mit seinem eigenen Feuer entzünden sollen. Jetzt in der Rückschau konnte er kaum glauben, daß er so töricht gewesen war, sich von ihr auf Armeslänge fernhalten zu lassen.

Trotz aller nur denkbaren Bemühungen seinerseits hatte sie es erreicht, nicht mit ihm allein zu sein. Rodney nannte sich einen Schwachkopf. Er hätte sich ihr aufdrängen sollen, ja, er hätte ihr sogar bis in ihr Schlafzimmer folgen sollen, und es wäre nicht das erste Mal gewesen, daß er die Proteste und das Zögern einer Frau überwand.

»Phillida!« Er sprach ihren Namen in den Wind, aber plötzlich stand Lizbeths Gesicht vor ihm, unerwünscht, und in ihren Augen blitzte der Übermut, ihre Lippen waren rot und spöttisch.

Rodney zwang sich, an Phillida zu denken, aber der Augenblick ihrer Nähe war vorbei, und er vergaß sie eine Sekunde später.

Der Himmel war den ganzen Tag grau und bedeckt gewesen, aber jetzt brach die Sonne durch und schien eine Botschaft der Hoffnung und Freude zu bringen. Sie glitzerte auf den Wellen und blendete Rodney, als er über das Meer blickte.

»Setzt die Topsegel, Master Barlow«, rief er.

Der Wind blies nun kräftiger, als sie sich der offenen See näherten. Sie fuhren in den Sund. Unter dem Druck der vermehrten Segel begann die *Sea Hawk* zum ersten Mal zu rollen. Einige Männer wurden seekrank. Rodney gratulierte sich dazu, daß es viele Jahre her war, seit er an die Reling taumeln mußte. Aber er hatte nicht vergessen, wie elend ihm auf seiner ersten Reise zumute gewesen war, als er so seekrank wurde, daß er darum betete, sterben zu können. Er hatte in den darauffolgenden Jahren erfahren, daß viele Männer, selbst wenn sie erfahrene Seeleute waren, in den ersten Stunden einer Reise seekrank wurden, bevor sie sich an die See gewöhnt hatten.

Er durfte nicht vergessen, Barlow zu sagen, daß er die seekranken Männer nicht zu hart anfassen sollte. Er sah, daß die Maate zu willkürlich mit den Tauenden umgingen, und er beschloß, mit allen, die Befehlsgewalt hatten, zu sprechen und ihnen klarzumachen, daß er keine unnütze Grausamkeit an Bord dulden würde.

Rodney wußte, daß die Loyalität und die Zuneigung, die Drake in seinen Leuten geweckt hatte, zu einem großen Teil seiner Freundlichkeit zuzuschreiben waren. Die Männer waren es nicht gewöhnt, und sie hörten niemals auf, sich zu wundern, daß ein so erfolgreicher und furchtloser Mann wie Drake ihnen persönliche Aufmerksamkeit schenkte, und, was noch mehr war, jeden einzelnen Mann unter seinem Kommando kannte.

Rodney hatte sich vorgenommen, sich ebenso zu verhalten. Aber jetzt empfand er beinahe ein Gefühl der Hilfloskeit, als er die Männer auf dem Deck hin und her eilen und die Takelung hinaufschwärmen sah. Für sie war er eine Repräsentationsfigur, der Kapitän des Schiffes, ihr Schicksal, einer, dem man gehorchen mußte, der aber nicht aus dem gleichen Fleisch und Blut wie sie selbst war.

Er wollte sie kennenlernen. Und er wollte sie lehren, ihm zu vertrauen. Sie wußten, daß er als Kapitän unerfahren war, und kannten oft besser als er die Gefahren und Risiken seines ersten Kommandos. Und doch konnten alle Zweifel und Ängste das Hochgefühl in Rodney nicht abschwächen. Sie waren auf See, und die Segel waren gefüllt.

Er hatte noch nie solch ein Gefühl wilder Erregung empfunden wie in diesem Augenblick. Die *Sea Hawk* zu besitzen, war sein sehnlichster Wunsch gewesen, als wenn sie eine Frau gewesen wäre, die sich ihm hingegeben hatte. Er fühlte, wie sein ganzes Wesen von der triumphierenden Freude eines Mannes erfüllt war, der gekämpft und erobert hatte, ein Mann, der seine Männlichkeit bewiesen hatte.

Er dachte in diesem Augenblick weder an Phillida noch an eine andere Frau. Er war in eine Herrin verliebt, die erregender war, temperamentvoller und unberechenbarer als jede, die er bisher gekannt hatte, und ihr Name war *Sea Hawk*.

Lange Zeit stand er da, sah auf das Meer hinaus und spürte den Wind auf seinem Gesicht. Dann bemerkte er, daß der Wind immer noch auffrischte und daß sie wahrscheinlich in schweres Wetter kommen würden, ehe sie die Biskaya erreichten.

»Holt das Vorsegel ein, Master Baxter«, sagte er zum wachhabenden Offizier. Dann drehte er sich um und ging zur Heckkajüte.

Sie war klein, aber bequem mit einem eichenen Tisch und geschnitzten Eichenstühlen möbliert. Glücklicherweise waren die Möbel im Kaufpreis des Schiffes enthalten gewesen, sonst wäre es Rodney schwergefallen, sich einen solchen Luxus zu leisten. Er war froh, daß die *Sea Hawk* gut ausgestattet war. Das war ein wesentlicher Teil der Würde des Kapitäns. Drake hatte auf Pomp und Luxus Wert gelegt. An Bord seines Schiffes kündigten Trompeten das Mittag- und das Abendessen an. Um bei Tisch Musik zu haben, nahm er stets Geiger auf die Reise mit. Und das Tafelgeschirr auf seinem Tisch und sogar in der Küche war aus purem Silber.

Alle, die bei Drake gedient hatten, schwärmten, wenn sie an Land kamen, von dem Silbergeschirr, das der Kapitän benutzte, wenn er aß, und von dem feinen Linnen, an dem er sich die Hände abtrocknete, nachdem er sie in parfümiertes Wasser getaucht hatte. Er behauptete, die Königin selbst habe es ihm geschenkt. Rodney wußte, daß dies alles nur seine Macht demonstrieren sollte.

Rodney wollte nicht dem Pomp seines früheren Kapitäns nacheifern, aber er war zufrieden, als er sich in den großen Armsessel an der Stirnseite des Tisches setzte und die kleine Handglocke läutete, die auf der polierten Tischplatte lag.

Hapley, den er zu seinem persönlichen Diener ernannt hatte, kam sofort herein.

Er war ein großer, gutmütiger Mann aus Cornwall, der auch an Bord der *Golden Hind* gewesen war und der sich am Ende der Reise Rodney mit einem Eifer angeboten hatte, den dieser schmeichelhaft fand. Hapley hatte einen stattlichen, muskulösen Körper und Fäuste, die jeden es sich zweimal überlegen ließen, ob er ihn zu einem Kampf herausfordern sollte. Diese gleichen Hände konnten aber, wenn es darauf ankam, so sanft wie die einer Frau sein, und allein sein Geschick im Nähen machte ihn für jeden Herrn begehrenswert, der seine Dinge in guter Ordnung haben wollte.

Hapley grinste von Ohr zu Ohr, als er in die Kajüte trat. Er war von dem Kauf der *Sea Hawk* ebenso begeistert gewesen wie Rodney selbst, und er war genauso stolz auf sie wie ihr Besitzer. Rodney war jedoch entschlossen, mit Hapley nicht unangemessen vertraulich umzugehen. Es war unvorteilhaft für die Disziplin auf einem Schiff, wenn man von einem Mann annahm, er habe mehr Einfluß als die anderen.

»Bitte die Offiziere, sofort zu mir zu kommen«, sagte er kühl. »Und... Master Gillingham ebenfalls.«

Francis war ihm nachträglich eingefallen, und er war der Ansicht, es wäre am besten, wenn der Junge gleich von allem Anfang an erfuhr, wie es auf einem Schiff zuging. Wenn Sir Harry es wünschte, daß er einen Mann aus ihm machte, dann mußte Francis mit den anderen zusammenarbeiten.

Rodney hatte sich mit der Tatsache abgefunden, daß er eine Last sein würde, aber trotzdem wollte er seine Pflicht nicht vernachlässigen und dem Jungen so viel beibringen, wie er konnte.

»Aye, aye, Sir.«

Hapley schob die schweren Eichenstühle an den Tisch. Einen Augenblick überlegte Rodney, ob er Hapley sagen solle, er möge seinen Befehl unverzüglich ausführen, aber dann fiel ihm ein, daß die Kajütendecke sehr niedrig war, viel niedriger als die der *Golden Hind*. Wenn er mit seinen Offizieren sprechen wollte, mußten sie Platz nehmen, sonst wären sie in einer unnatürlich gebückten Haltung dagestanden. Außerdem rollte das Schiff jetzt ganz beträchtlich. Man hörte die Wellen gegen die Bullaugen klatschen. Wiederum war Rodney dankbar dafür, daß er nicht mehr seekrank wurde, aber Francis würde zweifellos in seiner Kajüte bleiben. Er war jene Art Schwächling, dachte Rodney verächtlich, der sich nicht bemühen würde, sein Unwohlsein zu überwinden.

Draußen hörte man Schritte. Rodney lehnte sich in seinem Stuhl zurück und demonstrierte Selbstsicherheit. Er war jung und klug genug zu wissen, daß er die Rolle des würdevollen Kapitäns spielen und dabei gleichzeitig das Vertrauen der Offiziere durch seine Freundlichkeit gewinnen mußte.

Plötzlich fühlte er sich unsicher und verkrampfte sich. Es kam ihm fast so vor, als wären seine Offiziere seine Feinde und nicht seine Vertrauten. Aber dann zwang er sich, über seine eigenen Ängste zu lächeln. Er hatte doppelt so viel Erfahrung wie viele von ihnen, mit Ausnahme von Barlow, der sieben Jahre älter war als er und seit seinem elften Lebensjahr zur See fuhr.

Sie kamen jetzt in die Kajüte, Barlow als erster, dann Hales, der Maat, Gadstone und Walters, die beiden Offiziere, und Dobson, der Arzt, der auf eine unangenehme Art und Weise hustete, die Rodney ärgerte, seitdem er an Bord gekommen war.

»Bitte nehmt Platz, meine Herren.«

Die Tür stand immer noch offen. Er blicke zu ihr hinüber.

»Kommt Master Gillingham?« fragte er scharf. Er wußte, daß Hapley vor der Tür stand, und dessen Antwort: »Er kommt gerade, Sir«, besänftigte nicht im mindesten den Ärger, den Rodney in sich aufsteigen spürte.

Zum Teufel mit Francis! Es war genauso, wie er es sich gedacht hatte, Francis ließ ihn warten, obwohl seine Kajüte direkt nebenan lag. Aber er wollte verdammt sein, wenn er auf den Jungen wartete.

Rodney wandte sich an die Männer, die um den Tisch herumsaßen.

»Ich glaube, wir sind vollzählig«, sagte er, »mit Ausnahme von Master Baxter, der Wache hat, und Master Gillingham, der offenbar säumig ist. Ich möchte zu Beginn der Reise die Gelegenheit ergreifen, um mit Euch zu sprechen und gewisse Dinge klar zu machen, die uns alle angehen. Erstens, das Wohlergehen der Männer...«

Rodney hörte ein Geräusch an der Tür. Er hob den Kopf. Francis hatte also endlich geruht zu erscheinen, dachte er. Er mußte aufstehen, um ihn zu begrüßen, so sehr er den Jungen auch verabscheute, denn schließlich war er Sir Harrys Sohn, und ohne Sir Harrys Gold würde er die *Sea Hawk* jetzt nicht befehligen. Er schob seinen Stuhl zurück.

»Guten Abend, Master Gillingham«, sagte er. »Erlaubt mir, Euch in unserer Gesellschaft willkommen zu heißen.«

In der Kajüte war es dunkel geworden. Die Sonne, die ihre

Abreise von Plymouth begleitet hatte, war hinter tiefhängenden Wolken verschwunden, und die Wellen, die gegen die Bullaugen schlugen, schluckten einen großen Teil des Tageslichts. Einen Augenblick hatte Rodney das Gefühl, daß Francis kleiner war, als er ihn in Erinnerung hatte, und als dieser ihm die Hand hinstreckte, lag seine Hand warm und weich in der seinen. Ein plötzlicher Verdacht stieg in Rodney auf, der ihm die Sprache nahm, so daß er nur ungläubig auf das kleine, ovale Gesicht herabsah, in zwei grüne Augen, an die er sich nur zu lebhaft erinnerte.

Es durfte nicht wahr sein, es war unmöglich, sagte sich Rodney. Aber es gab gar keinen Zweifel daran. Es war nicht Francis, der in die Kajüte gekommen war, sondern Lizbeth! Ihr rotes Haar war kurz geschnitten und aus der Stirn gekämmt. Ihr schönes Wams aus dunkelblauem Samt mit dem kurzen, seidengefütterten Cape war dasjenige, das Francis getragen hatte, und der Degen, der an ihrer Seite baumelte, war zweifellos der seine.

Sie nahm zwar die Stelle ihres Bruder sein, blieb aber unzweifelhaft sie selbst. Rodney stand sprachlos vor ihr und bemühte sich vergeblich, Worte zu finden und seine Gedanken zu sammeln.

Lizbeth sprach als erste.

»Ich danke Euch für Euern Willkommensgruß, Master Hawkhurst«, sagte sie leise. »Ich freue mich, hier zu sein, und mein Vater schickt Euch seine Grüße und wünscht Euch viel Erfolg auf der Reise, die vor uns liegt.«

Sie ging durch die Kajüte und setzte sich auf einen Stuhl am anderen Ende des Tisches. Sie hatte Rodney damit klar zu verstehen gegeben, was sie von ihm erwartete, und im Augenblick, da sich alles in seinem Kopf drehte, fiel ihm nichts besseres ein, als zu seinem eigenen Stuhl zurückzukehren.

Lizbeth sprach jetzt die Offiziere an. »Darf ich mich Euch vorstellen, meine Herren«, sagte sie. »Ich bin Francis Gillingham, wie Master Hawkhurst Euch vielleicht schon erzählt hat.«

Sie alle verbeugten sich, wie es von ihnen erwartet wurde, und dann, als die Formalitäten beendet waren, blickten sie zu Rodney hinüber und warteten darauf, daß er mit seiner Rede fortfuhr.

Was danach gesprochen wurde, wußte er später nicht mehr. Er nahm an, daß er die Gedanken aussprach, die er sich früher am Tag überlegt hatte. Aber er wußte auch, daß das Feuer, der Elan, mit dem er seine Rede hatte halten wollen, verflogen war, so daß die Aufmerksamkeit der Offiziere nachließ, und der Husten des Arztes von Zeit zu Zeit seine eigene Stimme zu übertönen schien.

Wie betäubt beendete er seine Rede, und die Gesichter seiner Zuhörer wirkten gleichgültig in dem nachlassenden Tageslicht, Rodney entließ sie.

»Das ist alles, meine Herren. Ich weiß, Sie haben heute abend noch viel zu tun.«

Sie standen auf und Lizbeth mit ihnen. Als sie zur Tür ging, sagte Rodney:

»Ihr bleibt hier, Master Gillingham.«

Lizbeth antwortete nicht, sondern wartete, bis die Offiziere die Kajüte verlassen hatten und die Tür sich hinter ihnen schloß.

Rodney erschien jetzt die Kajüte noch dunkler. Er konnte nur noch Lizbeths weißes Gesicht sehen und fragte heiser:

»Warum seid Ihr hier? Wo ist Euer Bruder? Was hat das zu bedeuten?«

Lizbeth trat neben ihn. Sie sah ihn an, und ihre Hände ruhten auf der Stuhllehne.

»Es tut mir leid, daß ich Euch vorher nichts von meiner Anwesenheit mitteilen konnte«, sagte sie. »Als vorhin Hapley kam, um mich zu holen, überlegte ich, ob es besser wäre, in der Kajüte zu bleiben oder Eurer Bitte zu gehorchen. Wie Ihr seht, habe ich gehorcht.«

Rodney schlug mit der Faust auf den Tisch.

»Gott verdammt! Es ist unerhört! Ich werde Euch zurückschikken! Ich werde Euch wieder an Land setzen!«

Er sah sich suchend um, als erwarte er, daß sich irgend etwas ereignen würde, durch das er seine Drohung wahrmachen könnte.

»Ich glaube, das ist nicht möglich«, erwiderte Lizbeth.

Sie sprach sehr leise, aber er argwöhnte, daß sie sich über ihn amüsierte und genau wußte, daß es jetzt unmöglich war, wieder umzukehren. Sie waren schon mindestens drei Stunden von Plymouth entfernt, und sie segelten vor dem Wind. Außerdem würde es als schlechtes Omen ausgelegt werden, wenn sie noch einmal in den Hafen zurückkehrten, nachdem die Reise schon begonnen hatte.

»Wie konntet Ihr es wagen, an Bord zu kommen!« sagte Rodney wütend. »Wo ist Euer Bruder?«

»Ich weiß, ich schulde Euch eine Erklärung«, erwiderte Lizbeth. »Darf ich mich setzen?«

Ihre Bitte veranlaßte Rodney nicht, irgendwelche guten Manieren zu zeigen.

»Ja, setzt Euch und erklärt es mir doch nur, wenn Ihr könnt.«

Lizbeth blickte kurz zu ihm auf, dann faltete sie die Hände vor sich auf dem Tisch und begann:

»Vater war sehr aufgebracht, weil Francis mit einem Nachbarn von uns verkehrt, der im Verdacht steht, mit Spanien zu sympathisieren. Er ertappte Francis, als dieser sehr spät in der Nacht von Dr. Keen nach Hause kam, und er beschloß sofort, Francis müsse mit Euch absegeln. Am nächsten Morgen wurde ein Bote nach Plymouth geschickt, um Euch die Nachricht zu überbringen. Francis war verzweifelt bei dem Gedanken daran, was ihm bevorstand. Er hat sein ganzes Leben lang die See gehaßt. Er fürchtet sich vor dem Meer, und er hat mir geschworen, sich eher umzubringen als an dieser Reise teilzunehmen. Wir haben uns alles mögliche ausgedacht, um Vater umzustimmen.

Wir planten, daß Francis so tun würde, als wäre er schwer krank oder daß er tatsächlich etwas äße, was ihm nicht bekommen würde. Aber während der Reisevorbereitungen begann Vater sich vor unseren Bekannten zu rühmen, daß Francis England verlassen würde, um gegen die Spanier zu kämpfen.

Er hat sich immer für Francis geschämt, weil dieser nicht tapfer und mutig war wie er selbst. Und nun bot sich ihm die Gelegenheit, seinen Freunden und Nachbarn zu beweisen, daß sein Sohn doch anders war, als alle anderen jungen Männer. Viele Bekannte kamen zu Besuch. Sie gratulierten Francis und wünschten ihm eine gute Fahrt und brachten sogar Geschenke für ihn mit.

Wir sahen bald ein, daß es unmöglich war, ohne Ehrverlust noch einen Rückzieher zu machen. Und da Francis schwor, daß ihn nach wie vor niemand dazu bringen würde, an Bord der *Sea Hawk* zu gehen, hatte ich eine Idee, die ihn retten konnte.«

»Und zwar, selbst zu kommen«, unterbrach Rodney.

»Ja, genau«, antwortete Lizbeth. »Vater hatte eingewilligt, daß ich Francis nach Plymouth begleiten durfte. Ich glaube, er fürchtete, daß Francis weglaufen würde, und hoffte, wenn ich ihn nach Plymouth begleiten würde, könnte ich ihn daran hindern. Vier Diener reisten mit uns. Vater hatte sie angewiesen, Francis an Bord zu begleiten und mich dann nach Hause zu bringen. Vater wollte kein Risiko eingehen.

Wir brachen also von Camfield auf. Eine Menge Freunde verabschiedeten uns, und Vater war so stolz wie ein Pfau, weil Francis endlich im Begriff war, das zu tun, was Vater in seinem Alter getan hätte oder sogar jetzt noch gern tun würde.

Den ganzen Weg nach Plymouth versuchte ich, Francis umzustimmen, damit er es sich anders überlegte, um doch mit Euch zu segeln, sich die Welt anzusehen, sich zu zwingen, die Strafe auf sich zu nehmen, die Vater ihm auferlegt hatte, so hart sie ihm im Augenblick auch erscheinen mochte.

Aber Francis wollte nichts davon wissen. Er zog seinen Degen und schwor auf die Bibel, daß er sich umbringen würde, wenn ich ihn nicht vor dem rettete, was er für eine Hölle auf Erden hielt.

Als wir gestern abend in einem Gasthaus einkehrten, wurde mir klar, daß es mir nicht gelingen würde, Francis umzustimmen oder ihn von seinem Vorhaben abzubringen. Er war entschlossen, nicht zur See zu gehen, selbst wenn es ihn das Leben kosten solle. Deshalb ging ich schließlich auf seine Wünsche ein.

Als der Morgen dämmerte, sprachen wir fröhlich vor den Dienstboten miteinander, bis es beinahe Zeit war, an Bord zu gehen. In der Eile der letzten Minuten schickten wir sie in die Stadt, um einige Dinge zu kaufen, die wir angeblich vergessen hatten. Sobald sie weg waren, schnitt ich mir das Haar kurz, zog Francis' Kleider an und kam allein zu den Docks, während Francis im Gasthaus blieb, bis das Schiff abgesegelt war.

Ich gab dem Wirt eine Notiz, die er den Dienern geben sollte, sobald diese zurückkehrten. Ich schrieb ihnen darin, Ihr hättet uns mitgeteilt, daß Euer Schiff eine halbe Stunde früher als vorgesehen absegeln würde. Ich schrieb, wir seien deshalb an Bord gegangen, und sie sollten Francis' Seeschrank und mein Gepäck zum Schiff bringen, denn ich, Lizbeth, hätte Eure Einladung angenommen, als Euer Gast mitzusegeln.«

»Das habt Ihr geschrieben?« fragte Rodney ungläubig.

»Was hätte ich sonst schreiben sollen? Ich mußte mein Verschwinden doch irgendwie erklären. Die Diener durften keine Einwände erheben.«

»Und was wird Euer Vater sagen?« fragte Rodney.

»Was kann er schon sagen, nachdem das Schiff abgesegelt ist? Er wird schreien und fluchen, aber vielleicht wird Catherine ihn davon überzeugen, daß es so am besten ist. Sie wird hoffen, daß die Haifische mich fressen oder daß Ihr mich aus lauter Wut über Bord werft.«

Lizbeth lachte. Rodney sah sie finster an. Seine Empörung und die Heftigkeit seiner Gefühle ließen ihn zittern.

»Gott verdammt, Ihr wagt es noch zu lachen! Wißt Ihr nicht, was das für meinen Ruf bedeutet? Ich werde zur Zielscheibe des Spotts für jedes Schiff, das von Plymouth absegelt.«

»Daran habe ich auch gedacht«, sagte Lizbeth. »Ich habe deshalb die Dienstboten in meinem Brief angewiesen, striktes Schweigen zu bewahren, und ihnen befohlen, mit niemandem über meine Reise zu sprechen, bis ich wieder nach Hause zurückgekehrt bin. Ich schrieb auch einen Brief an Vater, in dem ich ihm erklärte, daß Francis nicht ohne mich absegeln wollte, und ich schlug ihm vor, niemandem zu erzählen, wo ich sei, sondern einfach zu behaupten, ich sei bei Freunden. Nur wenige Menschen interessieren sich in Camfield dafür, ob ich zu Hause bin oder nicht, das versichere ich Euch.«

»Und was ist mit Francis?«

»Er hat mir versichert, daß er für sich selbst sorgen kann«, antwortete Lizbeth. »Er wird nicht nach Hause zurückkehren, bis wir wieder in England sind.«

»Wenn Ihr glaubt, daß ich Euren Vater über seinen teuren Sohn anlügen werde, dann irrt Ihr Euch. Sobald wir zurückgekehrt sind, wird er die Wahrheit erfahren.«

»Wenn wir zurückkehren, wird das nicht viel ausmachen«, sagte Lizbeth.

»Und was soll ich in der Zwischenzeit mit Euch tun?« fragte Rodney. »Gott, Allmächtiger, hat es jemals eine solche Situation gegeben?«

»Ich meine, daß Ihr sehr wenig tun könnt«, antwortete Lizbeth. »Ich weiß nicht, ob Ihr jemandem erzählt habt, wie alt Master Gillingham ist. Aber als ich mich in Francis' Kleidern und mit meiner neuen Frisur im Spiegel sah, fand ich, daß ich wie ein nicht übler Bursche von vierzehn oder fünfzehn Jahren aussehe.«

»Ihr seht so aus, wie das, was Ihr auch seid, nämlich wie ein Mädchen, das sich Kleider eines Jungen angezogen hat!«

»Scheint es Euch nicht nur so, weil Ihr die Wahrheit kennt?« fragte Lizbeth. »Ihr werdet bemerkt haben, daß mir Eure Offiziere keinen zweiten Blick geschenkt haben. Ich stellte mich ihnen als Master Gillingham vor, und sie akzeptierten mich als solchen. Die Leute glauben das, was man ihnen sagt, und wer würde vermuten, daß Ihr eine Frau an Bord genommen habt?«

»Ja, wer?« sagte Rodney grimmig. »Es gibt Kapitäne, die das tun. Aber ich bin keiner von dieser Sorte, und ich habe nicht vor, so weit zu sinken.«

»Dann ist es am besten, Ihr werft mich über Bord«, sagte Lizbeth ruhig.

Diesmal schlug Rodney mit beiden Fäusten auf den Tisch. Er

stand abrupt auf und stieß sich dabei den Kopf an den Balken an, da er ganz vergessen hatte, wie niedrig die Kajüte war. Er fluchte laut und entschuldigte sich nicht dafür. Er wollte in der Kajüte auf- und abgehen, aber dafür war sie zu klein. Deshalb setzte er sich wieder hin.

»Ist Euch klar, daß Ihr auf dieser Reise umkommen könnt?« fauchte er sie an. »Die Männer leiden auf See an vielerlei Krankheiten. Ganz abgesehen davon, daß das Feuer aus einer spanischen Kanone sie das Leben kosten kann.«

»Ich fürchte mich nicht«, sagte Lizbeth einfach. »Und, offen gestanden, ich glaube, es ist weniger wahrscheinlich, daß ich sterbe, eher noch Francis. Ich bin stärker als er.«

»Es ist unerträglich!« schrie Rodney. »Daran zu denken, daß ich so weit gehen muß, meine Offiziere und meine gesamte Mannschaft, die mir vertrauen, anzulügen und Ausflüchte zu machen. Und was ist, wenn Ihr entdeckt werdet?«

»Dann müßt Ihr einfach schwören, daß Ihr keine Ahnung hattet, welchen Geschlechts ich bin«, sagte Lizbeth. »Es tut mir leid, daß ich Euch erzürnt habe. Ich sehe die Schwierigkeiten, in die ich Euch gebracht habe, aber die Ehre und das Leben meines Bruders standen auf dem Spiel.«

»Wenn Euer Bruder hier wäre, würde ich ihm gern das verabreichen, was ich Euch jetzt verabreichen möchte, und zwar eine tüchtige Tracht Prügel«, sagte Rodney grimmig.

Lizbeths Lachen hallte in der Kajüte wider. Rodney bemerkte, daß die Dunkelheit voll hereingebrochen war. Er konnte ihr Gesicht nicht mehr sehen. Er konnte sie nur noch hören. Er haßte sie, weil sie lachen konnte, während er das Bedürfnis hatte, ihr Gewalt anzutun. Er war geschlagen, und er wußte es.

Lizbeth war an Bord gekommen, und er konnte nun nichts anderes mehr tun, als dies zu akzeptieren und darum zu beten, daß niemand entdeckte, was für ein Streich ihm gespielt worden war. Zu spät tadelte er sich dafür, daß er sich nicht so benommen hatte, wie er es hätte tun müssen, und zwar den Sohn des Teilhabers zu begrüßen, als dieser an Bord kam. Wenn er Lizbeth empfangen hätte, dann wäre es noch möglich gewesen, sie wegzuschicken. Er war seiner eigenen Übellaunigkeit in die Falle gegangen.

Er sah jetzt nur allzu deutlich, wie geschickt ihr Plan ausgedacht gewesen war. Als die Diener das Gepäck brachten, hatten sie sich vermutlich vergewissert, daß Master Gillingham an Bord sei, und als man es ihnen bestätigte, waren sie zufrieden gewesen, daß die Aufgabe, Francis aufs Schiff zu bringen, nun hinter ihnen lag.

Rodney haßte plötzlich die ganze Familie Gillingham – Sir Harry, der beschlossen hatte, ihm seinen Sohn Francis auf das Schiff zu schicken, einen Schwächling und Feigling; Lizbeth, die geschickt und listig genug war, um ihn in diese Situation zu bringen, aus der er keinen Ausweg wußte; Catherine Gillingham mit ihren lüsternen Augen und ihrem verführerischen Körper, und Phillida... nein, sie allein war anders.

Rodney setzte sich an den Tisch und kam sich ohnmächtig und hilflos vor. Er hörte Lizbeths Atmen und spürte ihre Nähe.

Sie hatte alles verdorben. Seine Hochstimmung und seine Freude darüber, daß er das Kommando übernommen hatte, und das Gefühl der Freiheit, das er empfunden hatte, als die *Sea Hawk* den Hafen verließ, waren verflogen. An deren Stelle war das Gefühl der Anspannung, der Wut, der Unfähigkeit getreten, damit fertig zu werden.

»Hinaus! Hinaus, verdammt!« schrie er plötzlich.

Er hörte, wie Lizbeth aufstand. Er hörte ihre leichten Schritte, als sie über den schwankenden Boden ging. Er hörte, wie die Tür geöffnet wurde, sah einen Augenblick ihre Silhouette vor dem Licht im Gang, und dann war er allein in der Dunkelheit. Seine Finger trommelten auf den Tisch. Dies war das einzige Geräusch in der Kabine.

5. Kapitel

Lizbeth ging im Sonnenschein auf dem Deck auf und ab. Plötzlich hörte sie den Wachposten auf dem Mast aufgeregt rufen:

»Land Ho! Land Ho! Land drei Strich Steuerbord, Sir!«

Lizbeth blickte über das Meer. Sie konnte kein Land sehen. Die Farbe des Wassers wechselte zwischen smaragdgrün und saphirblau unter dem endlosen blauen Himmel. Sie wußte, daß dies die Nachricht war, auf die Rodney gewartet hatte, und daß die Berge, die bald ins Blickfeld treten würden, entweder die von Dominica oder von Guadelupe waren. Der Kanal zwischen diesen Inseln war das Einfallstor der Piraten in das Karibische Meer.

Es war der siebenunddreißigste Tag, seit sie Plymouth verlassen hatten. Am zwölften Tag waren sie auf den Kanarischen Inseln gelandet und hatten Wasser an Bord genommen. Rodney wollte sich dort nicht lange aufhalten, weil die Spanier sehr gut wußten, daß die Kanarischen Inseln ein wichtiger Anlegehafen für die englischen Schiffe waren, und es ihnen leichtfallen würde, sie dort zu überfallen.

Deshalb waren sie so rasch wie möglich weitergesegelt und hatten unterwegs nichts Größeres als einen Wal und einen Schwarm Tümmler gesehen. Aber sie hielten fortgesetzt nach dem Feind Ausschau.

Lizbeth hatte sich allmählich an das Leben an Bord gewöhnt. Zuerst war es für sie eine endlose Kette von Überraschungen gewesen. Da sie daheim die Geschichten und die Abenteuer von Hawkins und Drake gehört hatte, meinte sie, ein wenig über das Leben, das sich auf See abspielte, zu wissen. Aber nun stimmte es in keiner Weise mit ihren romantischen Träumen überein. Die Lebensbedingungen waren hart, und sobald die frischen Lebensmittel aufgebraucht waren, fiel es ihr schwer, an der eintönigen Kost Geschmack zu finden, die aus gesalzenem Rind- und Schweinefleisch, von Würmern durchsetztem Schiffszwieback und zweimal in der Woche einem Glas Zitronensaft gegen den Skorbut bestand.

Es war nicht leicht, sich an die derbe Nahrung zu gewöhnen, aber noch schwerer war es, nicht zu zeigen, wie überrascht sie über jene war, für die dies alles ganz selbstverständlich war. Zum ersten Mal in ihrem Leben war sie mit Männern zusammen, die sich nicht wie Kavaliere benahmen, sondern eben wie Männer. Sie hatte sich nicht vorstellen können, wie das Leben der Männer ohne den gesellschaftlichen Anstrich aussah.

Es war nicht so, daß sie etwa übermäßig derb oder grob gewesen wären. Sie verkehrte nun täglich mit den Offizieren. Es waren anständige, saubere Männer und nicht im geringsten anstößig in ihren Gesprächen.

Es war zu erwarten gewesen, daß ihr Humor manchmal gröber war, als wenn sie sich über ihr Geschlecht im klaren gewesen wären. Bei solchen Anlässen amüsierte es sie, daß Rodney sehr viel verlegener war als sie selbst. Nein, sie war nicht schockiert über das, was an Bord geschah. Sie war nur überrascht und verblüfft über die strenge Disziplin, über die anstrengende Arbeit, die täglich zu erledigen war und über die Distanz des Kapitäns zum Rest der Mannschaft.

Es war, als befände er sich in olympischen Höhen, und die Offiziere blickten ebenso wie die Mannschaft ehrfurchtsvoll und mit Respekt zu ihm auf. Lizbeth sagte sich nicht nur einmal, sondern mehrere Male am Tag, daß er kein Übermensch war, sondern Rodney Hawkhurst, der hier dank des Geldes ihres Vaters das Schiff befehligte und der mit ihrer Halbschwester Phillida verlobt war. Trotzdem fühlte sie sich von einem trotzigen Respekt angetrieben, wenn sie, wie die anderen an Bord, »Aye, aye, Sir« sagte und seinen Befehlen aufs Wort gehorchte.

Anfangs sprach Rodney in seinem Zorn nur dann mit ihr, wenn andere anwesend waren, und auch dann tat er es nur sehr formell. Aber als die Reise sich in die Länge zog, wurde er allmählich freundlicher zu ihr. Nur sie aß am Tisch des Kapitäns, wie es einem Ehrengast zukam. Sie frühstückte allein in ihrer Kajüte von einem Tablett, das Hapley ihr jeden Morgen brachte. Aber das Mittag- und das Abendessen nahm sie zusammen mit Rodney ein, sofern Rodney nicht den einen oder anderen der Offiziere dazubat.

Anfangs saßen sie sich stumm gegenüber, aber allmählich brach Rodney das Schweigen. Sie wußte nur allzu gut, daß es kein besonderes Kompliment war, wenn er sich ihr anvertraute. Er dachte oft laut nach und selten über etwas anderes als über die Probleme, die es auf dem Schiff zu lösen gab, und doch war sie für diese kleine Gunst dankbar.

Sie wußte, daß er ständig fürchtete, ihre Identität könnte entdeckt werden. Deshalb verkehrte sie so wenig wie möglich mit den Offizieren und ließ sich nur sehen, wenn es unbedingt notwendig war. Sie ging auch nur dann auf dem Achterdeck spazieren, wenn sie das Gefühl hatte, daß sie niemandem im Wege war. Ihr sichtbarer Wunsch, allein zu sein, bewirkte, daß die Offiziere ihr aus dem Weg gingen. Aber wenn sie unvermeidlicherweise mit ihnen in Berührung kam, waren sie freundlich, und, soweit sie es beurteilen konnte, völlig ahnungslos.

Anfangs verhielt sie sich hinreichend bußfertig gegenüber Rodneys lautlosem Zorn, aber als er sich später mit ihr zu unterhalten begann, fiel es ihr schwer, nicht ihre Freude darüber zu zeigen. Es war schade, dachte sie mehr als einmal, daß er so ärgerlich auf sie war, denn sie hätten sonst beide Freude an ihrem Zusammensein gehabt. Sie hätten ebenso verständnisvoll miteinander sprechen können wie an jenem Morgen in Camfield, als sie ihn, in Gedanken vertieft, durch den Garten auf sich zukommen sah.

Einmal vergaß sie sich sogar soweit, daß sie nach dem Abendessen im sanften Licht der Kajütenlampe mit ihm flirtete.

»Würdet Ihr lieber ein Schiff Eurem Willen unterwerfen oder eine Frau?« fragte sie keck.

Er lächelte über ihre Frage, und sein Blick ruhte auf ihr mit jenem Ausdruck, der sie in Camfield halb geängstigt und halb fasziniert hatte. Es war der gleiche Gesichtsausdruck, den er an jenem Morgen am Teich hatte, als er sich überlegte, ob er sie küssen solle.

»Beides ist erregend«, antwortete Rodney. »Die Freude, die man dabei empfindet, hängt sowohl von dem Schiff als auch von der Frau ab.«

»Aber Ihr seid zuversichtlich, daß Ihr beide erobern könnt?« fragte sie neckend weiter.

»Ja, sehr zuversichtlich. Zweifelt Ihr an mir?«

»Und wenn?«

»Vielleicht kann ich es Euch eines Tages beweisen.«

Ihre Blicke trafen sich und ruhten ineinander. Dann sah Rodney mit Mühe und einem gemurmelten Fluch zur Seite und läutete heftig mit der Glocke nach noch mehr Wein.

Als die Tage verstrichen, erkannte sie allmählich, unter welcher Anspannung er lebte. Es schien so, als müsse er ständig die Rolle eines allmächtigen, unerschrockenen Dompteurs spielen, der sein Schiff sicher zum Erfolg lenkte.

Es gehörte zu seiner Rolle, wie Lizbeth wußte, jetzt langsam und ohne ein Zeichen der Erregung auf das Achterdeck zu kommen, während alle über das Wasser starrten und den Horizont absuchten, um als erste Land zu sehen. Maate und Matrosen schwärmten nun die Takelage hinauf.

»Dort ist es Sir! Dort!« schrie Gadstone mit schriller Stimme wie ein aufgeregter Schuljunge.

Dies war seine erste Seereise, und jeder einzelne Augenblick davon schien für ihn das reine Entzücken zu sein.

»Was Ihr dort seht, ist Dominica, Master Gadstone«, sagte Rodney ruhig. »Aber es gibt noch eine Menge zu tun, bevor wir anlegen. Ich werde Euch dann mit dem Auffüllen der Wasserfässer beauftragen. Geht höher an den Wind, Master Baxter, wenn Ihr Euch an einer ganz gewöhnlichen Insel sattgesehen habt.«

Rodneys Sarkasmus machte allen Beine. Lizbeth beobachtete ihn aus den Augenwinkeln. Eine kleine Ader pochte an seinem Hals, und in seinen Augen lag ein Leuchten, das zu der betonten Ruhe seiner Stimme im Widerspruch stand. Auch er war aufgeregt, das sah sie. Vor ihnen lag nun das Tor zum Abenteuer, das ihn gewinnen oder verlieren lassen würde.

Plötzlich hatte sie das Bedürfnis, eine Hand auf seinen Arm zu legen, um ihm zu zeigen, daß sie ihn verstand. Aber statt dessen trat sie zur Seite, aus seinem Blickfeld, damit er sie nicht sah und daran erinnert wurde, wie sehr ihre Anwesenheit ihn ärgerte. Außerdem war er noch wegen einer anderen Begebenheit über sie verärgert.

An diesem Morgen war sie früher als gewöhnlich auf Deck gekommen. Es war eine sehr schwüle Nacht gewesen, und sie hatte keinen Schlaf gefunden. Deshalb war sie, anstatt zu warten, bis Hapley ihr das Frühstück brachte, auf das Achterdeck gegangen, noch ehe die acht Glockenschläge erklungen waren und Rodney erschien.

Sie war noch nicht mit allen Sitten auf dem Schiff vertraut, und deshalb traf sie Master Barlows Befehl: »Vor zur Bestrafung!« unvorbereitet.

Die Pfeifen des Hochbootsmannes schrillten.

»Alles auf Deck!« brüllte ein Maat, und die Männer kamen von unten heraufgerannt, während Rodney reglos an der Heckreling stand.

Seine Miene war ernst, und in seiner Haltung und ebenso in der der Männer lag etwas, daß Lizbeth wünschen ließ, sie wäre in ihrer Kajüte geblieben. Aber sie konnte sich nun nicht mehr an Rodney vorbeizwängen und das Achterdeck verlassen. Sie mußte mitansehen, wie die Obermaate einen Mann, der bis zur Hüfte nackt war, die Haupttakelage hinaufzogen. Die Trommeln begannen zu wirbeln.

In ihrem kurzen, beschützten Leben hatte Lizbeth sich in ihren wildesten Träumen nicht so etwas Bestialisches vorstellen können wie die Neunschwänzige Katze, die nun durch die Luft peitschte und das nackte Fleisch vom Körper des Mannes riß, bis das Blut von seinem Rücken auf das sauber geschrubbte Deck tropfte.

Wie man es von einem altgedienten Seemann erwartete, gab er keinen Laut von sich, sondern hing nach zwei Dutzend Streichen stumm und reglos da. Ein Eimer Wasser wurde über ihn geschüttet, seine Fesseln wurden gelöst, und er wurde ins Unterdeck gebracht.

»Alles zum Frühstück, Master Barlow!« befahl Rodney.

Die Männer auf Deck verschwanden so rasch, wie sie gekommen waren. Erst da drehte sich Rodney um und sah Lizbeth mit weißem

Gesicht vor sich stehen. Sie hatte die Fäuste geballt, um nicht in Ohnmacht zu fallen.

»Ihr seid heute sehr früh auf«, bemerkte er. Sie glaubte, daß er mit Genugtuung ihre Schwäche sah.

Das ganze Entsetzen über das, was sie eben miterlebt hatte, steigerte sich in ihr zu einem plötzlichen Haß auf ihn.

»Seid Ihr ein Teufel?« fragte sie leidenschaftlich, »daß Ihr einen Menschen so malträtieren laßt?«

»Der Mann hat sich meinen Befehlen widersetzt«, antwortete Rodney ruhig. »Wenn ich es zulasse, daß die Männer straflos den Gehorsam verweigern, ist es nicht möglich, das Schiff zu führen.«

»Es war grausam und bestialisch!« sagte Lizbeth.

»Sie kennen alle die Strafe für Ungehorsam«, sagte Rodney. »Es ist schade, daß Euer Bruder Francis nicht hier ist und dies mitangesehen hat.«

Rodney drehte sich auf dem Absatz um und ging hinunter in seine Kajüte.

Lizbeth stand da, umklammerte die Reling und verwünschte sich, weil ihr Tränen in die Augen traten. Der Schock über das, was sie eben gesehen hatte, ließ sie am ganzen Körper zittern. Sie glaubte, daß der Anblick des zerschundenen und aufgerissenen Rücken des Mannes sie ihr ganzes Leben lang verfolgen würde.

Sie konnte nicht wissen, daß Rodney, der allein an seinem Frühstückstisch saß, die Auspeitschungen immer verabscheut hatte, die auf jedem Schiff Tradition waren, das auf den sieben Meeren segelte. Er wäre lieber gestorben, als dies vor Lizbeth zuzugeben, denn er schämte sich einer solchen Schwäche. Obwohl er Hunderte solcher Auspeitschungen mitangesehen hatte, wurde ihm immer noch übel dabei, und jedes Frühstück, selbst das appetitanregendste, schmeckte hinterher nach Sägespänen.

Bei dem Gedanken an Lizbeths weißes Gesicht und ihre zitternden Hände schob er seinen Teller beiseite. Er hatte nur einen Bissen zu sich genommen.

»Zum Teufel mit ihr!« sagte er laut. »Sie hat es nicht anders gewollt.«

Und doch wußte er, daß er niemals für ihre Schmerzen und Leiden unempfindlich sein würde. Ebenso wie eine Auspeitschung ihn körperlich aufwühlte, tat ihm Lizbeths Qual weh.

Ihr kleines Gesicht, weiß und angespannt vom Schock, quälte ihn. Ihre Augen waren groß gewesen und trotzten den Tränen, mit denen sie gekämpft hatte. Und ihre Lippen zitterten, diese

Lippen, die er geküßt hatte und die er seither nie hatte vergessen können.

Er nannte sich einen Narren, und doch konnte er nichts dagegen tun. Ihre Anwesenheit an Bord seines Schiffes war ihm immer bewußt, und er sagte sich, daß sie ihm seine ganze Freude an der Fahrt verdorben hatte.

Da er wenig von Frauen verstand und sie für zerbrechliche Wesen hielt, die bei der ersten Strapaze zusammenbrachen, hatte er erwartet, daß sie einige Tage krank sein würde, nachdem sie in See gestochen waren. Aber Lizbeth hatte sich erstaunlich gut gehalten, und wenn sie Beschwerden hatte, dann hatte sie wenigstens ihm gegenüber kein Wort davon erwähnt. In der Biscaya waren sie in ein schweres Wetter gekommen, und obwohl sie blaß und mitgenommen ausgesehen und bei den Mahlzeiten nur sehr wenig gegessen hatte, hatte sie sich nicht ins Bett gelegt.

»Master Gillingham kann auf seinen Magen stolz sein«, hatte Barlow eines Abends gesagt. »Die meisten Burschen in seinem Alter hätte der Seegang, den wir eben erlebt haben, umgeworfen.«

Rodney glaubte herauszuhören, daß Barlow seine unhöflichen Worte mißbilligte, die er geäußert hatte, als er erfuhr, daß Francis an Bord kommen würde. Er gab eine knappe Antwort und war sicher, daß Barlow ihn für ungerecht hielt, unwillens zu loben, wo ein Lob angebracht war.

Er war dadurch Lizbeth keineswegs freundlicher gesonnen, und er wünschte, sie würden einem Schiff begegnen, das nach England zurückfuhr, denn in diesem Fall würde er sie wieder nach Hause zurückschicken. Zum Glück wußte Lizbeth nichts von dieser Absicht, und als sie die Insel Dominica erblickte, freute sie sich ebenso sehr wie alle anderen Männer an Bord.

Sie war dabei gewesen, als Rodney den Offizieren seine Pläne erläuterte. Er würde auf der Insel sein Schiff mit Wasser versorgen und dann in die Karibische See einfahren. In Nombre de Dios würden sie anlegen, einer kleinen, aber wichtigen Stadt, die am Ende der Panama-Goldroute lag. Die Schätze wurden von den spanischen Schiffen von Peru aus nach Panama gebracht. Dort wurden sie auf Maulesel verladen und über den Isthmus nach Nombre de Dios gebracht.

Drake hatte 1572, also vor sechzehn Jahren, davon gewußt, als er die Mauleselkarawanen angriff und seine Leute über Land führte, um sie zu berauben, bevor sie Nombre de Dios erreichten. Er hatte sich mit den Eingeborenen angefreundet, die ihm in jeder erdenklichen Weise halfen. Man sagte ihm Freundlichkeit und Gerechtigkeit nach, weshalb er dort niemals vergessen worden war.

Die Spanier hatten Vorsichtsmaßnahmen getroffen, nachdem sie Frachten von großem Wert an Drake verloren hatten, und jetzt war Nombre de Dios nicht nur eine bewaffnete Festung, sondern die Schatzschiffe wurden auch auf dem gesamten Rückweg nach Spanien bewacht.

Die Piraten hatten Nombre de Dios und das Karibische Meer während der letzten drei Jahre in Ruhe gelassen. Sie hatten es für zu gefährlich gehalten, die spanischen Schiffe dort zu überfallen. Aber Rodney glaubte, es sei einen Versuch wert, sich in einen der Häfen zu stehlen und einen Teil des Schatzes an sich zu bringen, ehe er verladen wurde.

Wenn ihm dies mißlang, konnte er immer noch die Küste von Darien hinabsegeln und versuchen, Beute zu finden. Er hoffte, daß ihm die Eingeborenen dabei helfen würden. Aber bei dem riskanten Geschäft der Piraten konnte er auch in dieser Hinsicht nicht viel vorausplanen. Man mußte abwarten und sehen, wie die Umstände sich entwickelten, und die Gelegenheit ergreifen, wenn sie sich bot.

Die *Sea Hawk* erreichte Dominica spät an diesem Nachmittag und ankerte in einer kleinen Bucht, die von einer hohen Klippe geschützt war. Dort gab es Trinkwasser genug, denn das Land war von schäumenden Bergflüssen überzogen. Die Mannschaft war begierig darauf, die bewaldeten Hügel zu erforschen, aber Rodney bestand darauf, daß zuerst Wasser an Bord genommen wurde, ehe er ihnen erlaubte, sich die Beine zu vertreten und nach tropischen Früchten zu suchen. Er wußte zu gut, daß es gefährlich war, sich in der Nähe der Inseln aufzuhalten, und er gab Befehl, das Schiff jederzeit startbereit zu halten.

Ein weiterer Grund dafür, so schnell wie möglich abzusegeln, war, daß die Eingeborenen dieser Karibischen Inseln Kannibalen waren, ein wildes, kriegerisches Volk, das den Spaniern und den Seeleuten aller Nationen Widerstand leistete, und alle, die auf Dominica anlegten, hielten es für klüger, jede Begegnung mit ihnen zu vermeiden.

Sie ankerten an einer einsamen Stelle, und nur die Seevögel kreisten und schrien über ihnen. Sie blieben eine Nacht, lichteten am nächsten Morgen die Anker und segelten in das Karibische Meer. Während der nächsten zwölf Tage sahen sie weder Land noch die Segel eines anderen Schiffes. Es war sehr heiß, und

Lizbeth hatte Mitleid mit den Männern, die über die Decks eilten, Taue zogen und Segel heißen oder raffen mußten, während der Schweiß an ihren halbnackten Körpern herablief.

Die Hitze machte sie merkwürdig sinnlich. Sie sehnte sich nach wilden, ausgefallenen Erlebnissen, die ihr niemals vorher in den Sinn gekommen waren. Sie hatte seltsame Träume, Träume von Rodney, so daß sie manchmal errötete, wenn sie ihn am nächsten Morgen traf.

Eines Abends standen sie unter einem sternenübersäten Himmel in der dumpfen Hitze der Tropennacht nahe beisammen auf dem Deck, und Lizbeth hatte das unwiderstehliche Bedürfnis, Rodney zu berühren, um sicher zu sein, daß er wirklich neben ihr stand und kein Fantasiegebilde von ihr war.

»Woran denkt Ihr?« fragte Rodney, und seine Stimme klang ungewöhnlich tief.

»An Euch!« Lizbeth konnte nichts anderes als die Wahrheit sagen.

»Und ich denke an Euch!« erwiderte er.

»Warum?«

»Weil ich nicht anders kann. Weil ich Euch nicht loswerden kann«, sagte er ärgerlich.

Sie stand ruhig da, und das Meeresleuchten schien um ihre Haare zu flimmern.

»Zum Teufel mit Euch!« sagte Rodney, aber in seiner Stimme lag kein Zorn.

Sie zitterte bei seinen Worten, und doch war es ein wundervolles, ekstatisches Gefühl.

Dann brachten die Schiffsglocken sie wieder in die Gegenwart zurück.

Ohne ein weiteres Wort zu sagen, ging Rodney nach unten und ließ Lizbeth allein auf dem Deck zurück. Sie preßte die Hände vor die Brust, um ihren inneren Aufruhr zu bekämpfen.

Der Morgen des zwölften Tages, nachdem sie Dominica verlassen hatten, dämmerte gerade, als der Ausguckposten rief:

»Segel Ho!«

Rodney vergaß bei dieser Gelegenheit, gefaßt zu erscheinen, und kam aus seiner Kajüte auf das Achterdeck geeilt.

»Wo?« fragte er.

»An Backbord, Sir. Ich glaube, es ist eine Galeone!«

»Ja, eine Galeone, Sir«, schrie ein anderer vom Top des Hauptmastes. »Sie ist genau im Wind unter vollen Segeln, Sir!«

Ein paar Sekunden lang sah auf Deck niemand etwas, und dann erblickte Rodney für einen Sekundenbruchteil ein schimmerndes weißes Viereck am Horizont und sah es wieder verschwinden. Minuten verstrichen. Dann waren die Segel häufiger zu sehen, bis schließlich das ganze Schiff über dem Horizont erschien.

»Sie trägt die spanischen Farben am Hauptmast, Sir«, rief der Ausguck.

Rodney nickte. Er hatte dies auch schon bemerkt, aber gefürchtet, daß seine Stimme seine Erregung verraten könnte, wenn er es äußerte.

»Sie hat mindestens siebenhundert Tonnen, Sir«, sagte Barlow neben ihm.

Rodney antwortete nicht sofort. Er sah das Schiff näherkommen. Ihm war bewußt, daß die Kanonen dieses Schiffes seinen eigenen überlegen waren. Es war ein großes Schiff, und die ›spanischen Festungen zur See‹, wie man sie nannte, konnten es sich leisten, schwere und weitreichende Kanonen zu tragen.

»Klar zum Angriff!«

Die Schotten gingen auf. Die Schiffsjungen jubelten, als sie mit dem Pulver für die Kanonen heraufgerannt kamen, zwischen denen die schwarzen Eisenkugeln bereitlagen. Auf der Steuerbordseite wurden die Kanonen aus ihren hölzernen Schienen gezogen und innerhalb weniger Sekunden geladen. Auf der Backbordseite schoben die Mannschaften die Ladungen in die Rohre und brachten die Kanonen in Position.

»Bereit zum Angriff, Sir!« sagte Barlow.

Plötzlich kam ein Schrei vom Masttop:

»Segel Ho!«

Rodney hob den Kopf.

»Auf der Steuerbordseite, Sir! Genau vor der Sonne! Ein Logger!«

Alle Köpfe fuhren in Richtung Steuerbord. Sie waren so damit beschäftigt gewesen, die Galeone auf der Backbordseite zu beobachten, daß der Logger über den Horizont kommen konnte, ohne daß sie ihn bemerkt hatten. Es war ein Zweimaster, vielleicht ein Perlenfischer aus dem Golf von Panama. Auch er würde bewaffnet sein, und es stand außer Frage, wessen Flagge er trug.

Rodney begann zu berechnen, wie lange es dauern würde, bis die beiden Schiffe sie in die Zange nehmen würden. Vom Masttop der *Sea Hawk* aus konnte man in dem klaren Licht der Karibik ein Schiff auf eine Entfernung von zwanzig Meilen ausmachen. Der

Abstand zwischen den Schiffen und ihnen selbst wurde immer geringer. Er wußte, wenn er nichts unternahm, würde er in kürzester Zeit zwischen den beiden spanischen Schiffen zermalmt werden. Er sah, wie die Männer ihn fragend anblickten und Barlow auf seine Befehle wartete. Und er wußte in einem Sekundenbruchteil, daß er nur einen einzigen Befehl geben konnte.

»Setzt das Topsegel, Master Barlow!« befahl er.

Er glaubte, ein leichtes Zögern in Barlows Stimme zu hören, ehe dieser den Befehl wiederholte.

»Setzt mehr Segel! Fiert die Fallen!« befahl Rodney.

Barlow wiederholte den Befehl.

»Segelt geradeaus weiter, Master Barlow«, befahl Rodney einen Augenblick später.

Es wehte eine frische Brise. Die Segel füllten sich. Die Männer eilten über die Decks und wurden von den Maaten angetrieben, als sie die Takelage hinaufkletterten. Die Mannschaft war mit den Segeln bereit. Die Kanoniere warteten wie die Schnelläufer bei einem Rennen auf den Start.

Rodney blickte zu der Galeone hinüber. Sie näherte sich rascher als der Logger, der gegen den Wind segelte.

»Der Wind dreht sich«, schrie Master Barlow.

»Geradeaus weitersegeln!« erwiderte Rodney.

»Geradeaus, Sir!« wiederholte Barlow. In seiner Stimme lag Zweifel.

»Das habe ich gesagt, Master Barlow.«

Barlow begriff jetzt, worum es ging. Rodney sah, wie seine Miene ernst wurde. Als die *Sea Hawk* auf das Extrasegel reagierte und Geschwindigkeit aufnahm, erkannten auch die Matrosen, daß sie flohen.

So etwas wie ein Stöhnen wurde laut, das Rodney verächtlich vorkam, aber er ließ sich nicht beirren. Er sah die Galeone auf der einen und den Logger auf der anderen Seite näherkommen. Zwischen den beiden eingezwängt, würde es für die *Sea Hawk* keine Chance geben, und doch wußte er nur zu gut, was die Männer dachten.

Wir hätten eine von beiden angreifen können, sagte er sich, aber nicht alle beide. Allein die Galeone mit ihren Kanonen würde uns vernichten. Selbst wenn wir mit ihr kämpfen und ihr einigen Schaden zufügen würden, wäre es wahrscheinlicher, daß wir uns auf dem Meeresgrund wiederfänden.

Er hatte seinen Entschluß gefaßt, so unpopulär dieser auch war.

Die *Sea Hawk* segelte unter vollen Segeln so schnell sie konnte über das Karibische Meer. Er konzentrierte sich so sehr auf die Galeone, daß er nicht sofort die leise Stimme neben sich hörte.

»Rodney«, sagte sie. »Rodney!«

Er hörte, daß Lizbeth ihn beim Vornamen nannte, ganz im Gegensatz zu ihrer sonstigen Gewohnheit, seit sie an Bord gekommen war.

»Was ist?«

Er stellte die Frage beinahe grob.

»Ich hörte Master Hales sagen, wir würden fliehen. Das kann doch nicht wahr sein? Ihr wolltet doch kämpfen!«

»Gegen zwei spanische Schiffe? Das wäre Wahnsinn!«

Er wußte nicht, warum er ihr überhaupt antwortete, aber es war eine Erleichterung, jemandem seine Gedanken mitteilen zu können.

»Fürchtet Ihr Euch?«

Lizbeths Frage war eine Unverschämtheit, die er nicht dulden konnte.

»Ich fürchte nicht um mich selbst«, fauchte Rodney. »Ich fürchte um mein Schiff, um die Männer, die mit mir fahren, und um Euch übrigens auch.«

»Ich möchte nicht, daß Ihr Euch meinetwegen wie ein Feigling benehmt«, sagte Lizbeth.

»Feigling«, wiederholte Rodney fast tonlos.

Dann verlor er die Fassung und sah Lizbeth so wütend an, daß sie instinktiv einen Schritt zurücktrat.

»Wollt Ihr mir einen Gefallen tun, Master Gillingham«, sagte er mit einer Stimme, die für die Umstehenden deutlich hörbar war, »indem Ihr Euch in Eure Kajüte begebt und dort bleibt. Das ist ein Befehl, Sir!«

Er wandte seine Aufmerksamkeit wieder der Galeone zu. Er wußte, daß Lizbeth ihm gehorchen würde, und doch befriedigte ihn dies nur sehr wenig. Der Wind frischte auf, aber wenn dies ein Vorteil für die *Sea Hawk* war, dann galt das auch für das spanische Schiff. Es jagte hinter ihnen her, und es bestand kein Zweifel daran, daß es seinen Kurs geändert hatte und der Bug genau auf sie gerichtet war. Es nahm Geschwindigkeit auf, und Rodney berechnete, daß es sie in ungefähr einer Stunde einholen würde.

Er blickte zum Himmel hinauf. Die Dämmerung fiel mit rapider Geschwindigkeit ein, wie sich nur in den Tropen ein sonniger, wolkenloser Tag plötzlich in Nacht verwandelte. Er wußte, daß dies seine einzige Hoffnung war. Die Dunkelheit würde ihren Rückzug decken, und vor der Morgendämmerung konnten sie vielleicht die Spanier abschütteln.

Der Logger blieb auf der Steuerbordseite zurück. Auch er hatte die Verfolgung aufgenommen, vielleicht auf Signale der Galeone hin. Vielleicht war es auch gar kein Perlenfischer, wie er zuerst angenommen hatte, sondern ein Schiff der Küstenwache, die die Spanier an den Küsten entlang patrouillieren ließen.

Die Brise ließ plötzlich nach, frischte dann aber wieder auf. Rodney beobachtete die Galeone, um zu sehen, ob auch sie im Wind lag. In den tropischen Gewässern konnte ein Schiff guten Wind haben, während ein anderes, nur ein paar Meilen entfernt, in einer Flaute lag. Rodney fürchtete schon, daß der Wind sich völlig legen könnte. Aber die *Sea Hawk* hielt Kurs. Die Galeone mit ihren größeren Segeln kam näher und näher.

Und dann sah er plötzlich, wie ein weißer Fleck auf der Seite der Galeone erschien. Der Fleck wurde größer, er wurde eine kleine Wolke, und sechs Sekunden nach seinem Erscheinen erreichte das dumpfe Grollen eines Schusses seine Ohren.

»Sie haben zwei Höllenteufel auf dem Achterdeck stehen«, murmelte Barlow.

Auf dem spanischen Schiff stieg ein zweites Mal Rauch auf. Wasser spritzte auf der Steuerbordseite der *Sea Hawk* auf. Rodney rief Baxter zu sich.

»Seht zu, was wir mit unseren Geschützen ausrichten können.«

Der Hauptkanonier schüttelte zweifelnd den Kopf, als er die Entfernung zwischen den beiden Schiffen abschätzte. Eine der Kanonen auf dem Achterdeck wurde anvisiert. Er wog die Pulverladung auf einer Waagschale ab, brachte sie in die Ladekammer und stand dann mit einer glühenden Lunte in der Hand da. Er beobachtete, wie sich das Schiff hob und senkte. Plötzlich berührte er mit der Lunte das Zündloch, riß am Taljereep, und die Kanone röhrte auf. »Drei Faden zu kurz!« rief eine Stimme vom Vormast.

Das spanische Schiff feuerte jetzt rasch. Es gab ein splitterndes Geräusch, und ein Loch entstand auf dem Achterdeck. Ein weiterer Schuß durchbrach die Planken des Vorderdecks. Ein Mann fiel schwer auf das Deck, und plötzlich war das Deck von Blut überströmt. Rodney sah, wie der Mann fiel, es war Dobson.

Die Kanonen der *Sea Hawk* röhrten auf, und es gab einen hellen Blitz, denn inzwischen war es fast dunkel geworden. Nur noch wenige Augenblicke, und die Nacht würde hereinbrechen.

Ein weiterer Schuß traf das Schiff.

»Feuer einstellen!« befahl Rodney.

Er stellte sich das Erstaunen auf Barlows Gesicht eher vor, als daß er es sah.

»Feuer einstellen, Sir?«

»Sofort, Barlow!«

Es war zu spät, um einen weiteren Schuß zu verhindern, und eine Sekunde danach war ein Feuerblitz die Antwort aus der spanischen Kanone. Rodney wußte, daß die *Sea Hawk* jetzt nicht mehr zu sehen sein konnte, denn er selbst erkannte das spanische Schiff nur noch an dem Mündungsfeuer der Kanonen.

Der Wind frischte weiter auf, und als er ihn spürte, traf Rodney die zweite schwerwiegende Entscheidung des Abends.

Wenn sie geradeaus weiterfuhren, sagte er sich, konnten die Spanier ihnen folgen, sie einholen und weiterhin auf sie feuern.

Außerdem wären sie sich in der Morgendämmerung nahe genug, um die Zerstörung zu vollenden, mit der sie bereits begonnen hatten. Die Nächte der Karibik waren kurz. Sie hatten nicht viel Zeit zu fliehen. Um dies zu erreichen, mußte er ungewöhnliche Methoden ausprobieren. Er beschloß, den Kurs zu ändern und in nordwestlicher Richtung zu fahren. Sie hatten dann zwar einen weniger günstigen Wind, aber mit dieser Reaktion würden die Spanier nicht gerechnet haben.

Er gab den Befehl, und er wußte, daß sowohl Barlow als auch der Steuermann ihn für verrückt halten würden. Er segnete die Dunkelheit und mit ihr die Möglichkeit, sein Schiff zu retten, denn nur auf dies allein kam es ihm jetzt an.

Sie lagen nur ein paar Augenblicke auf ihrem neuen Kurs, als ein Blitz die Dunkelheit zerriß und ein Schuß das Meer aufspritzen ließ.

»Geradeaus weiter, Master Barlow!« befahl Rodney.

»Aye, aye, Sir.«

Barlows Stimme klang jetzt weniger kritisch. Er hatte begriffen, was Rodney vorhatte.

Die Brise wurde noch stärker. Und dann, als Rodney gerade erleichtert aufseufzen wollte, hörte er ein Bersten, das das Schiff vom Heck bis zum Bug erzittern ließ.

Rodney fiel auf das Achterdeck.

»Seid Ihr verletzt, Sir?« fragte Barlow.

»Nein! Kurs halten!«

Es war ein Treffer, der sie eigentlich hätte verfehlen müssen.

Rodney sagte sich, daß das, was er getan hatte, im Prinzip richtig war, obwohl die *Sea Hawk* auf der Breitseite getroffen worden war.

Der nächste Schuß ging eine halbe Meile daneben, ebenso der folgende und der darauf folgende. Es war ein Glück, daß die Masten noch standen und die *Sea Hawk* ihren Verfolgern noch entfliehen konnte. Aber der Schuß, der sie getroffen hatte, war keineswegs harmlos gewesen. Rodney hätte nach unten gehen und sich den Schaden besehen müssen, aber er wußte, daß er im Augenblick auf Deck bleiben und den Kurs berichtigen mußte, einen Kurs, der sie aus der Reichweite der spanischen Kanonen brachte, ehe der Morgen dämmerte.

6. Kapitel

Die Morgendämmerung brach ganz plötzlich an, was für das Karibische Meer charakteristisch ist. Im Augenblick war noch alles dunkel bis auf die Sterne, die über ihnen blinkten, doch dann im nächsten Moment wischten große, rosarote Hände die Schwärze von See und Himmel, und es war Tag.

Bleich, hohläugig und übernächtigt blickte Rodney über das Meer, und alle, jeder Offizier und jeder Matrose auf Deck, waren erleichtert. Die Wellen schlugen gegen den Schiffsrumpf, die Takelage knirschte, als die Segel sich über ihnen aufbauschten.

Kein Schiff war in Sicht.

Rodney hörte Barlow sagen: »Gelobt sei der Herr!«

Und während er versucht war, es ihm nachzusprechen, gelang es ihm zu schweigen, so gern auch er laut seine Freude und Erleichterung kundgetan hätte.

Es war eine sorgenvolle Nacht gewesen. Fast unmittelbar nach Einbruch der Dunkelheit frischte ein kräftiger Wind von Südosten auf. Rodney änderte wieder den Kurs, so daß die *Sea Hawk* in Richtung amerikanische Küste getragen wurde. Dabei gab es unzählige Gefahren, wenn man mit solcher Geschwindigkeit in der Dunkelheit über praktisch unerforschte Meere fuhr.

Es konnte jederzeit geschehen, daß sie auf eine Insel aufliefen, auf Felsen oder Sandbänke, die in den Seekarten nicht eingezeichnet waren. Außerdem konnten sie bei der Schnelligkeit, mit der sie nun fuhren, leicht die Küste selbst erreichen. Aber er mußte das Risiko eingehen. Die spanischen Schiffe würden nach ihnen Ausschau halten, und darüber hinaus bestand immer die Gefahr, daß sie auch anderen Schiffen begegneten, wenn sie sich der Küste näherten.

Während der Dunkelheit war Rodney derartig niedergeschlagen gewesen, wie er es in seinem Leben bisher nicht gekannt hatte. Er hatte in den vergangenen zehn Jahren unzählige Male dem Tod ins Auge gesehen. Er hatte verzweifelt gefürchtet, niemals wieder die Heimat zu erreichen, aber die Sorgen, die er in dieser Nacht durchlebt hatte, schienen ihm wie ein Vorgeschmack zur Hölle zu sein.

Immer wieder fragte er sich, ob es richtig gewesen war, zu fliehen. Nur zu deutlich sah er noch die Verachtung in Lizbeths Blick, das Erstaunen in Barlows Miene und in den Gesichtern der anderen Offiziere.

Die *Sea Hawk* war feige gewesen, und doch hätte Rodney keine andere Möglichkeit gewußt, die er hätte wählen können, ohne törichterweise Selbstmord zu begehen. Es mochte sehr heroisch klingen, im Kampf gegen eine überwältigende Übermacht zu sterben, aber Rodney wollte leben, er wollte die *Sea Hawk* nach Plymouth zurückbringen und sie nicht zerstört am Grund des Karibischen Meeres zurücklassen.

Er hatte nicht anders handeln können, sagte er sich immer wieder und schob trotzig das Kinn vor. Und doch konnte er die unausgesprochene Kritik aller, die er befehligte, nicht ignorieren und mußte ihren Glauben und ihr Vertrauen in ihn wieder herstellen.

Er empfand eine bedrückende Einsamkeit und erkannte wie niemals zuvor, daß die Verantwortung für ein Schiff nicht immer angenehm war. Seine Männer waren erschöpft, und das Schiff war beschädigt.

Aber mit Gottes Hilfe war der Feind verschwunden. Die Wellen, noch rauh vom Wind der letzten Nacht, spiegelten das tiefe Blau des Himmels wider. Rodney wartete ein paar Sekunden angespannt, ob der Ausguckposten ihm meldete, es sei ein Segel in Sicht. Als er vom Masttop nichts hörte, blickte er sich auf dem Schiff um und stellte fest, daß sehr viel zu tun war.

Das Achterdeck war übersät mit Holzsplittern, Haufen zerrissener Takelage lagen herum, und Trümmer türmten sich auf dem Halbdeck und dem Vorderdeck. Master Dobson, der Arzt, lag noch immer dort, wo er gestorben war, aber jemand hatte ein Segeltuch über ihn geworfen.

Rodney hörte Barlow zwei Matrosen einen Befehl geben. Sie gingen zur Leiche hinüber. Sie würden später eine Beisetzungsfeier abhalten. Rodney fragte sich, wie viele Menschen dem Arzt noch folgen würden.

Aber ehe er sich um den Toten kümmerte, mußte er sich mit den Lebenden befassen. Die *Sea Hawk* bewegte sich schwerfällig und lag tiefer im Wasser als am Tag zuvor. Er blickte sich nach Barlow um und sah, daß dieser nach unten gegangen war.

Im Augenblick kam es Rodney so vor, als wäre der Schaden nicht allzu groß. Doch dann erinnerte er sich an den Einschlag des letzten Schusses, der die *Sea Hawk* getroffen hatte. Er hatte sich während der Nacht immer wieder gefragt, wie groß der Schaden wohl sein mochte, aber er hatte es nicht gewagt, das Deck zu verlassen. Er glaubte, wenn es darum ging, eine Gefahr zu spüren, wären seine Ohren und seine Sinne besser als die seiner Untergebenen. Er machte sich aber sofort Sorgen, als Barlow ein paar Minuten später auf Deck kam. Sein Blick drückte nichts Gutes aus.

»Wie tief?« fragte Rodney, noch ehe Barlow etwas sagte.

»Etwa sieben Fuß, Sir.«

»Wo ist das Loch?«

»Ein Fuß über der Wasserlinie, Sir. Bei ruhiger See wäre alles in Ordnung, aber die Wellen haben die ganze Nacht dagegengeschlagen.«

»Können wir ein Segel über das Loch ziehen?« fragte Rodney.

»Ich fürchte, dafür ist das Loch zu groß, Sir. Wir haben schon so viel Wasser aufgenommen, daß die Männer unmöglich unten arbeiten können. Wir können es natürlich versuchen. Die Männer sind an den Pumpen, aber das Loch ist ungefähr drei Fuß breit.«

Es blieb ihnen nichts anderes übrig, als das Schiff an Land zu ziehen und ordentlich zu reparieren. Es fragte sich nur, wie das geschehen sollte. Sie mußten einen Ort finden, wo sie lange genug ungestört liegen konnten, um die notwendigen Ausbesserungen vorzunehmen. In diesem Augenblick rief der Ausguckposten: »Land Ho, Sir!«

Rodney sah Barlow an.

»Wir werden den bestmöglichen Liegeplatz ausfindig machen. Wie sieht die Verlustliste aus?«

»Zwei Mann sind tot, außer Mr. Dobson, Sir. Und zwölf sind verwundet.«

»Kümmert Euch um sie, so gut Ihr könnt«, sagte Rodney. »Und

bereitet die Beisetzungsfeierlichkeiten für die Toten vor. Wir müssen an der Küste anlegen. Der Wind macht keine Anstalten abzuflauen.«

Rodneys Stimme klang nüchtern, aber sein Blick zeigte Barlow, daß völliges Einvernehmen zwischen ihnen herrschte. Beide wußten, daß das Schiff mit jeder Minute, die verstrich, schwerer wurde und tiefer ins Wasser einsank. Die Wellen klatschten stetig gegen den Schiffsrumpf. Sie waren eine ebenso tödliche Gefahr wie die spanischen Kanonen.

Die Pumpen, die klein und nicht sehr effektiv waren, konnten gegen diese Wassermassen, wie die *Sea Hawk* sie während der Nacht aufgenommen hatte und immer noch aufnahm, nichts ausrichten. Es war ein Segen, daß Land in Sicht war. Sie mußten noch ungefähr fünfzehn bis zwanzig Meilen segeln, bis sie das Land erreichten, und Gott allein wußte, ob es sich als ein sicherer Hafen erweisen würde.

Aber weder Rodney noch Barlow ließen sich die Sorgen ansehen, die sie quälten. Die Männer reinigten inzwischen die Decks. Die Leichen der Toten wurden in Leinwände eingenäht und nebeneinander gelegt.

Nachdem Rodney Master Baxter angewiesen hatte, ihn zu informieren, sobald es die kleinste Schwierigkeit beim Steuern geben sollte oder falls ein Segel in Sicht kam, ging Rodney ins Unterdeck. Er hätte sich gern gewaschen und gefrühstückt, denn er hatte, seitdem sie die spanische Galeone gesichtet hatten, weder etwas gegessen noch getrunken. Aber er wußte, daß er sich jetzt zuerst um die Verwundeten kümmern mußte.

Barlow folgte ihm. In den unteren Decks war es dunkel, und die Öllampen, die an den Balken hingen, flackerten und warfen lange Schatten. Es war stickig hier unten, und selbst für Rodney, der an den muffigen Geruch der Schiffe gewöhnt war, war die Atmosphäre bedrückend. Die Verwundeten lagen in einer Reihe. Einige von ihnen fluchten gotteslästerlich, weil das Rollen des Schiffes ihre verwundeten Glieder malträtierte.

Erst kurz bevor er bei den Männern ankam, dachte Rodney daran, daß Dobson tot war und er einen anderen damit hätte beauftragen sollen, dessen Pflichten zu übernehmen. Er fragte sich, wer von den Männern an Bord am ehesten diese Aufgabe ausführen konnte.

Rodney hatte Dobson nicht gemocht, und er konnte nicht so tun, als täte ihm leid, daß der Mann tot war. Andererseits kam ihm sein

Tod höchst ungelegen. Auf einer Fahrt wie dieser war ein Schiffsarzt lebensnotwendig.

Rodney versuchte, sich an das zu erinnern, was er bei Drake gelernt hatte. Dieser ungewöhnliche Mann hatte eine umfassende medizinische Kenntnis. Er hatte den Gebrauch von Heilkräutern studiert, und die Männer, die mit ihm segelten, vertrauten sich ihm eher an als einem Arzt, wie gut dessen Ruf auch sein mochte.

Aber als sich Rodney daran zu erinnern versuchte, was er bei Drake gesehen und gehört hatte, kam er sich plötzlich hilflos vor. Er war nicht sicher, ob er sich auf sein Gedächtnis verlassen konnte, und eigentlich war er auf diesem Gebiet ebenso unerfahren wie das jüngste Schiffsmitglied.

In diesem Augenblick sah er in dem flackernden Licht der Laterne eine Gestalt neben einem der Männer knien. Jemand hatte die Kiste des Doktors mit allen Utensilien auf dem Fußboden geöffnet.

Rodney blieb wie angewurzelt stehen, als das Licht der schwankenden Laterne auf einen rotgoldenen Kopf fiel, und er sah, wer da kniete.

Lizbeth verband den Arm eines Mannes, der unter Schmerzen einen Fluch nach dem anderen ausstieß.

»Ruhe!« Rodneys Stimme klang scharf, und sofort verstummte der Mann.

Rodney blickte auf Lizbeth herunter und wußte nicht, was er sagen sollte. Es war ein Schock für ihn zu sehen, wie sie einen halbnackten Mann versorgte. Keine anständige oder hochgestellte Frau verrichtete die schmutzige Arbeit der Krankenpflege. Gin trinkende alte Frauen arbeiteten wohl als Hebammen, und Frauen der unteren Schichten ohne irgendwelche Ausbildung versorgten die Kranken. Es war eine wenig angesehene Art, seinen Lebensunterhalt zu verdienen. Im wesentlichen war die Krankenpflege Männerarbeit, auf See wie an Land.

Rodney wußte nicht, was er sagen sollte. Im Grunde hätte er Lizbeth befehlen müssen, den Mann sofort sich selbst zu überlassen und auf Deck zu gehen. Und doch wußte er, daß er das unter diesen Umständen nicht tun durfte. Jemand mußte Dobsons Arbeit übernehmen. Er beabsichtigte, einen Maat damit zu beauftragen, einen, der am entbehrlichsten war. Auf keinen Fall war es die Aufgabe seines Ehrengastes, sich um die Verletzten zu kümmern.

»Habt Ihr *aqua vitae* an Bord?« fragte Lizbeth und blickte zu Rodney auf, der sprachlos neben ihr stand.

»*Aqua vitae*?« wiederholte er.

»Ja, ich brauche es für einen anderen Kranken.«

Sie deutete mit dem Kopf auf einen Mann, der an der Schulter schwer verwundet war. Die Wunde war groß und von Pulver geschwärzt.

»Gebt ihm Alkohol, wenn Ihr keine Opiumtinktur mehr habt«, sagte Rodney. Er wußte, daß es für die Verwundeten nur zwei Arten von Medizin gab, wenn die Schmerzen unerträglich wurden.

»Ich möchte nicht, daß er das *aqua vitae* trinkt, ich möchte damit seine Wunde reinigen«, sagte Lizbeth.

»Mein Gott, wozu das?« fragte Rodney.

Er hatte ein paar Flaschen Kognak an Bord, die er selbst genoß, und zögerte, als Lizbeth ihn darum bat, seinen Alkohol für einen solchen Zweck zu opfern.

Geduldig sagte sie: »Ihr seht, wie schmutzig seine Wunde ist. Als die spanische Kugel ihn traf, trug er gerade das Schießpulver zu unseren Kanonen. Eine so schmutzige Wunde wird brandig, wenn wir sie nicht säubern. Wenn ich Heilkräuter hätte, würde es ausreichen. Auch eine Knoblauchzehe würde genügen, aber ich habe nichts dergleichen hier und glaube, das *aqua vitae* tut den gleichen Dienst.«

»Woher wißt Ihr über solche Dinge Bescheid?« fragte Rodney.

»Ich habe seit meiner Kindheit Männer über ihre Verwundungen sprechen hören. Es war ein Lieblingsthema am Tisch meines Vaters. Ich verstehe ein wenig von der Heilkraft der Kräuter und weiß, daß starker Schnaps desinfizierend wirkt. Kann ich das *aqua vitae* haben?«

Rodney schickte einen Schiffsjungen in seine Kabine, um eine Flache Kognak zu holen.

Der Verletzte fluchte, als Lizbeth den Inhalt über seine Wunde goß. Aber als sie ihn verbunden hatte, dankte er ihr.

Es waren noch drei Männer zu versorgen. Rodney wartete, bis Lizbeth fertig war. Aus der Brust des einen Seemannes mußte ein Holzsplitter mit den sehr unzureichenden Instrumenten aus Dobsons Medizinkoffer entfernt werden. Der andere Mann hatte eine schwere Fußverletzung, und Lizbeth konnte nicht viel tun. Sie wußte, daß das verletzte Glied amputiert werden mußte. Das war eine Arbeit für einen Mann. Und da Dobson tot war, blieb die Arbeit ungetan, bis sie im Hafen liegen würden.

Der dritte Mann war tot. Eine große Blutlache breitete sich neben ihm auf dem Fußboden aus. Seine Augen standen weit offen, und der starre Blick war erschreckend. Rodneys Stimme klang rauh, als er den Befehl gab, den Mann auch zu den anderen drei Leichen an Deck zu tragen.

Rodney hatte den Mann gut gekannt. Er war ein großer, stämmiger Mann namens Clerihew aus Devon gewesen, der schon auf der *Golden Hind* mit Rodney gesegelt war, als sie mit Drake die *Cacafuego* gekapert hatten und dann reich mit Beute beladen nach Hause zurückkamen. Jetzt war Clerihew tot, und Rodney kam es vor, als hätte er einen guten Freund verloren. Es überraschte ihn, wie sehr ihm der Gedanke widerstrebte, daß dieser Mann für nichts und wieder nichts gestorben war. Sie hatten nichts erreicht, sie waren nur geflohen.

Lizbeth hatte ihre Arbeit beendet und stand auf. Sie sah auf die Verwundeten und bat einen Mann, der unverletzt war, es ihnen so bequem wie möglich zu machen.

»Es ist heiß hier unten«, sagte sie. »Kann man ihnen etwas frische Luft verschaffen?«

»Man wird sie später an Deck tragen«, sagte Rodney. Er hätte Lizbeth in diesem Augenblick alles versprochen, nur um sie von hier unten fortzubekommen. Es machte ihn verlegen, sie in der Nähe der Verwundeten zu sehen.

»Danke, das wird ihnen helfen«, sagte Lizbeth.

Sie wandte sich einem Matrosen zu und bat ihn, die Medizintasche in ihre Kajüte zu tragen. Dann ging sie das Unterdeck entlang zur Kajütentreppe.

»Es ist besser, wenn die Medikamente nicht bei den Männern bleiben«, sagte sie. »Sie könnten in Versuchung kommen, sich selbst zu bedienen. Es sind einige Drogen drunter, die tödlich sein können.«

Rodney erwiderte nichts, bis sie das Oberdeck erreichten. Er holte tief Luft und sagte dann: »Ich möchte mich bei Euch bedanken für das, was Ihr für die Männer getan habt. Ihr braucht Euch nicht weiter um sie zu kümmern. Ich werde einen Ersatzpfleger ernennen.«

Er blickte zum Horizont, während er sprach, aber es war kein Schiff zu sehen. Die Küste war in Sicht, und sie hatten sie nicht zu früh erreicht, dachte Rodney. Er wollte seine Leute nicht beunruhigen, aber während er unten gewesen war und zugesehen hatte, wie Lizbeth die Verwundeten verband, hatte er Geräusche gehört, die unheilverkündend waren.

Er hörte das Wasser gegen das Unterdeck klatschen und ein

murmelndes Geräusch, das sich von dem üblichen Plätschern der Bilge unterschied. Er vernahm auch das monotone Klappern der Pumpen, und er wußte, wie wenig diese bewirkten. Es bedurfte viel Wassers, um ein Schiff wie die *Sea Hawk* zum Sinken zu bringen, und doch war es keineswegs unmöglich. Und sie waren immer noch acht bis zehn Meilen von der Küste entfernt.

Lizbeth unterbrach seine Gedanken.

»Ist jemand an Bord, der etwas von Krankenpflege versteht?« fragte sie. »Der wirklich etwas versteht?«

»Ich habe keine Ahnung«, sagte er. »Ich werde mich erkundigen.«

»Wenn es niemanden gibt, wie ich vermute«, fuhr Lizbeth fort, »dann werde ich mich weiterhin um die Verletzten kümmern. Ich ekele mich nicht vor Blut wie manche Frauen, und ich gehe sanfter mit den Verwundeten um als der Mann, der sie versorgen wollte.«

»Ich verbiete es«, erwiderte Rodney rasch.

»Diesmal weigere ich mich, Euch zu gehorchen«, sagte Lizbeth. »Ihr befehligt zwar das Schiff, aber wir können die Männer nicht sterben lassen.«

»Ich habe Euch gesagt, das ist keine Arbeit für Euch«, sagte Rodney scharf.

»Aber ich werde mich um sie kümmern, und nichts kann mich davon abhalten«, antwortete Lizbeth.

Obwohl er todmüde war, ärgerte ihn ihr Eigensinn. Er hätte sie gern an den Schultern gepackt und geschüttelt. Im Augenblick vergaß er beinahe, daß sie eine Frau war. Sie war etwas, das ihm widersprach, und Rodney war es nicht gewöhnt, daß man sich seinem Willen widersetzte.

»Ihr werdet tun, was ich sage, oder ich lasse Euch in Ketten legen!«

Sie lachte und warf dabei den Kopf zurück.

»Das werdet Ihr nicht wagen«, erwiderte sie.

»Geht sofort in Eure Kajüte«, befahl er wütend, »oder ich lasse Euch dort hintragen.«

Sie rührte sich nicht, aber ihre grünen Augen funkelten unter ihren dunklen Wimpern. Sie waren beide so außer sich vor Erregung, daß sie alles um sich herum vergaßen.

Barlows Stimme holte sie in die Gegenwart zurück.

»Entschuldigung Sir«, sagte er, »direkt vor uns ist ein kleines Fischerboot mit drei Mann. Sollen wir sie an Bord holen?«

Rodney blickte auf das Wasser.

»Ja, holt sie an Bord, Master Barlow. Aber haltet Euch so wenig wie möglich dabei auf.«

Barlow verstand, und Rodney ging mit ihm zum Achterdeck und beobachtete das Drama, das sich unter ihnen abspielte.

Das Fischerboot wurde gezwungen beizudrehen, und nach kurzer Zeit wurden die Männer an Bord gebracht. Einer von ihnen war ein Indianer, daran gab es gar keinen Zweifel. Die beiden anderen waren dunkelhäutig mit ausgeprägten Wangenknochen, wulstigen Lippen und gekraustem Kopfhaar. Rodney sah auf den ersten Blick , daß sie Cimaroons waren.

Die Cimaroons waren erbitterte Feinde der Spanier, Negersklaven, die der Grausamkeit ihrer Herren entkommen waren und sich mit den Indianern zusammentaten.

Während der spanischen Herrschaft waren viele geflohen. Sie lebten nun in den Wäldern um die Landenge von Panama, hatten ihren eigenen König und waren in mehrere Stämme aufgesplittert. Und sie alle einte der Haß ihren spanischen Unterdrückern gegenüber.

Die drei Männer wurden über das Deck gezerrt. Ihre Gesichter waren finster, und ihre Augen funkelten. Rodney sprach sie auf spanisch an. Er fragte sie, wer sie seien, und als der älteste Mann ihm mürrisch antwortete, daß er und sein Bruder Cimaroons seien, lächelte Rodney.

»Bindet sie los«, befahl er.

Die Matrosen gehorchten erstaunt. Und als er mit den Gefangenen weiterhin spanisch sprach, bemerkten sie verwundert, welche Veränderung in den drei Männern vorging. Zuerst blickten diese überrascht, dann lächelten sie, und schließlich fielen sie vor Rodney auf die Knie und berührten mit ihren Stirnen das Deck.

Zum ersten Mal in ihrem Leben war Lizbeth dankbar, daß sie eine so gute Bildung erhalten hatte. Ihr Vater ließ ihr die gleiche Ausbildung zukommen, wie Königin Elizabeth sie erhalten hatte. Mit zehn Jahren lernte sie Italienisch, Französisch, Lateinisch und Griechisch. Und als sie zwölf Jahre alt war, fand ihr Vater einen Spanischlehrer für sie. Außer Rodney verstand nur sie allein an Bord der *Sea Hawk*, warum die drei Männer ihr Verhalten so rasch geändert hatten. Sie hatten anfangs gefürchtet, sie seien von Spaniern gefangengenommen worden.

Als sie erfuhren, daß dies ein englisches Schiff war und daß sein Kapitän mit ihrem Freund Sir Francis Drake gesegelt war, boten sie Rodney bereitwillig jede nur erdenkliche Hilfe an.

Rodney sagte ihnen, daß er als erstes einen Hafen benötige. Die Eingeborenen sahen einander an, und schließlich erklärte der Älteste von ihnen, daß die Küste von Nicaragua unmittelbar vor ihnen läge.

Rodney erschrak darüber. Er hatte erwartet, südlich von Panama zu landen, aber der Nachtwind hatte sie weiter abgetrieben als gewünscht.

Der Cimaroon erzählte ihm ausführlich, daß er und sein Bruder vor einer Woche einc indianische Siedlung besucht hatten. Während sie dort waren, sei eines der Goldschiffe aus Panama auf dem Weg nach Havanna genötigt gewesen, in dem Hafen Schutz zu suchen und ein zerbrochenes Ruder zu reparieren. Die Spanier töteten viele Indianer und zwangen die Überlebenden in die Sklaverei. Sie hatten die Frauen vergewaltigt und anstatt ihren eigenen Proviant zu verzehren, hatten sie im ganzen Land Nahrungsmittel geplündert.

Der Häuptling des Stammes fürchtete, daß die Spanier, obwohl ihr Schiff nun startklar war, keine Eile hatten aufzubrechen, weil die Goldschatzflotte ohne sie in Begleitung einer Kriegsflotte nach Havanna weitergesegelt war. Und nun war außerdem unter den Galeerensklaven Fieber ausgebrochen.

Um ihr Leben fürchtend, waren die beiden Cimaroons mit dem Sohn des Häuptlings aus der Siedlung geflohen.

»Wenn die Spanier hier an Land gegangen sind, können wir nicht anlegen«, sagte Rodney unglücklich.

Der Indianer verneinte das. Er wüßte eine kleine Bucht, nicht weit von der Indianersiedlung entfernt, in der die *Sea Hawk* sicher wäre. Dort könnten die Engländer in Ruhe ihr Schiff reparieren, ohne daß die Spanier etwas davon erfahren würden. Die eigentliche Gefahr drohte von der Küstenwache her. Aber viele Wachposten waren mit nach Havanna gesegelt, um die mit Gold beladenen Schiffe zu begleiten, das sie in Nombre de Dios an Bord genommen hatten.

Das spanische Schiff in ihrem Hafen war das letzte der Goldschiffe, das Nombre de Dios verlassen hatte. Auf die Frage Rodneys, ob keines der Kriegsschiffe zurückgekehrt sei, um nach ihnen zu sehen, sagte der Indianer, daß auch die spanischen Offiziere bittere Bemerkungen darüber gemacht hätten, weil man sie im Stich gelassen hatte.

Ein Schiff, das von Nombre de Dios nach Havanna aufgebrochen war, mußte mit Silber, Gold und anderen Schätzen angefüllt sein.

Rodney spürte, wie seine Erregung wuchs. Was sollte er tun? Sein eigenes Schiff war schwer beschädigt. Er schätzte, daß es selbst mit Hilfe der freundlichen Eingeborenen mehrere Tage dauern würde, bis es repariert war. Es war noch zu früh, um an etwas anderes als an die Sicherheit zu denken und daran, den erwähnten Hafen im Schutz der Klippen zu erreichen.

Da sie nördlich der Landenge von Panama waren, konnten Schiffe ihren Weg kreuzen, aber das war ein Risiko, das sie eingehen mußten. Gleichzeitig hatte Rodney aber das Gefühl, daß sich sein Glück wendete. Nichts konnte hilfreicher sein, als daß sie gerade jetzt auf die drei freundlichen Eingeborenen gestoßen waren.

Rodney erinnerte sich daran, daß es vor ungefähr dreißig Jahren eine Revolte der Indianer auf Nicaragua gegen die grausame Unterdrückung durch die Spanier gegeben hatte. Es war von Anfang an eine verlorene Sache gewesen. Die Spanier hatten das Land erforscht und in Besitz genommen, nachdem Christoph Columbus es entdeckt hatte, und sie hatten die Eingeborenen mit unglaublicher Härte behandelt. Rodney konnte sicher sein, daß die Indianer Nicaraguas ihm helfen würden, um sich an den Spaniern zu rächen.

Erst als er sein Gespräch mit den Eingeborenen beendet hatte und er mit ihnen zum Achterdeck gehen wollte, damit sie ihm halfen, das Schiff in den Hafen zu steuern, wurde Rodney klar, daß niemand ein Wort von ihrer Unterredung mitbekommen hatte. Er sah Barlows fragenden Blick und wußte, daß er ihm eine Erklärung schuldete. Aber da die Zeit drängte, zögerte er einen kurzen Augenblick.

Lizbeth bemerkte es und sagte rasch: »Soll ich Master Barlow berichten, was Ihr beschlossen habt?«

»Ihr sprecht Spanisch?« fragte Rodney erstaunt.

»Ja, und noch andere Sprachen, falls es für Euch nützlich sein sollte«, sagte sie.

Sie lächelte, und Rodney spürte, daß sie das Kriegsbeil begraben wollte.

»Danke, Master Gillingham. Sagt Master Barlow und den anderen, was gesprochen wurde.«

Rodney schloß die Offiziere in seine Geste mit ein.

Lizbeth faßte das Gespräch, das zwischen Rodney und den Eingeborenen stattgefunden hatte, zusammen.

»Ein spanisches Schiff!« rief Master Gadstone, und seine Augen leuchteten vor Freude. »Wir werden es kapern! Ich habe mir schon immer gewünscht, daß ich diese verdammten Spanier einmal zu fassen kriege. Schon als Kind haßte ich sie, als ich von dem Verrat gegenüber John Hawkins in der Schlacht von St. Juan de Ulua hörte. Ich beschloß damals, wenn ich älter wäre, die Spanier für ihre Grausamkeiten büßen zu lassen, mit denen sie ihre Gefangenen behandelten, und für die Schmerzen der Menschen, die durch sie auf dem Rad starben oder die vergessen in den Gefängnissen von Sevilla dahinsiechten.«

Die Augen Gadstones leuchteten fanatisch, und Lizbeth legte eine Hand auf seinen Arm.

»Ich verstehe, wie Euch zumute ist«, sagte sie, »doch Haß und Grausamkeit sind etwas Beängstigendes.«

Master Gadstone lächelte darüber.

»Ich werde die Spanier beides lehren, und ich bete zu Gott, daß unser Kapitän uns eine Chance dazu geben wird.«

Gadstone schwieg einen Augenblick und fuhr dann fort: »Ich war gestern abend wütend auf ihn, weil er geflohen ist. Und doch hatte er recht. Es war das einzig Richtige.«

»Glaubt Ihr wirklich?« fragte Lizbeth überrascht.

»Ja. Natürlich! Ihr seht ja, wie die spanischen Kanonen uns zugerichtet haben. Wenn wir uns mit ihnen in einen Kampf eingelassen hätten, wären wir von ihnen in Stücke geschossen worden. Auch die Logger können eine Menge Schaden anrichten. Der Kapitän hatte vollkommen recht, obwohl ich ihn in dem Augenblick, als wir flohen, wegen seiner Entscheidung haßte.«

»Mir ging es ebenso«, sagte Lizbeth.

Sie lächelten einander wie zwei Verschwörer an.

»Er ist ein guter Kapitän«, sagte Master Gadstone. »Ich hoffe, daß ich eines Tages so sein werde wie er und auch ein eigenes Schiff besitze.«

Lizbeth sah ihm nach, als er zu seinen Pflichten eilte. Er war jung, stattlich, männlich und für Frauen zweifellos sehr anziehend, aber sie empfand nichts für ihn.

Bei Rodney war es anders. Ihm gegenüber konnte sie niemals gleichgültig sein. Er machte sie zornig, er ließ sie vor Anspannung zittern, aber sie konnte seine Gegenwart niemals ignorieren.

Sie fragte sich, was es wohl war, weshalb sie bei ihm so anders reagierte! Sie dachte an seine ärgerliche Miene, als sie ihm widersprach. Es schien, als wollte er sie am liebsten schlagen, aber sie hatte keine Furcht bei diesem Gedanken empfunden.

Lizbeth wurde sehr nachdenklich, und ein paar Minuten später stahl sie sich auf das Achterdeck, wo Rodney mit den drei Eingeborenen stand. Das Schiff war jetzt schwer und schwierig zu handhaben. Es näherte sich langsam der Küste. Das Meer war ruhig, und trotzdem war es nur eine Frage der Zeit, wann das Schiff vollständig mit Wasser gefüllt sein würde.

Langsam und gekonnt steuerte Rodney das Schiff durch eine schmale Rinne zwischen den Felsen in einen natürlichen Hafen. Er hatte einen Sandstrand und hoch überhängende Klippen. Ein Korallenriff schützte ihn teilweise vor dem offenen Meer.

Ungefähr um die Mittagszeit gingen sie an Land. Obwohl alle übermüdet waren, hatten sie binnen einer Stunde den Amboß aufgestellt, und die Schmiede und Zimmerleute begannen sofort mit den notwendigen Reparaturen an der *Sea Hawk*.

Es war keine leichte Aufgabe. Das war vom ersten Moment an offensichtlich. Aber geschickte Handwerker konnten damit fertig werden. Schlimmer war die Tatsache, daß ein großer Teil der Essensvorräte durch das Salzwasser verdorben worden war. Zum Glück hatten sie nicht ihren ganzen Proviant unten gelagert, denn Rodney hatte dort Platz freigelassen für das Gold, das er nach Hause zu bringen hoffte. Rodney fragte sich, wie er die Vorräte ersetzen könnte. Er kannte die Lösung seiner Probleme, aber im Augenblick wagte er sie sich nicht einmal selbst einzugestehen.

Erst als der Nachmittag verstrich und es Abend wurde, nahm Rodney die Cimaroons und den Indianer beiseite, um sich mit ihnen zu beraten. Er wußte, daß keiner von der Schiffsmannschaft Spanisch verstand, aber er wollte trotzdem vorsichtig sein. Obwohl die Spanier nach den Berichten der Cimaroons fünf Meilen entfernt lagen, befahl er seinen Männern, sich leise zu verhalten und so wenig Lärm wie möglich zu machen, und er verbot ihnen unter Androhung schwerster Strafen, die Bucht selbst zu verlassen.

Im Augenblick waren sie bereit zu gehorchen. Aber Rodney wußte nur zu gut, daß die Abenteuerlustigen unter ihnen Unfug anstellen konnten, wenn sie ausgeruht waren und ihre Arbeit voranging.

Er wollte keine Zeit verlieren und unterrichtete deshalb ungefähr eine Stunde bevor die Abenddämmerung einbrach Master Barlow über seine weiteren Pläne. Er trug einen dunklen Mantel und einen Dolch in seinem Gürtel. Lizbeth, die zugegen war, sah auf den ersten Blick, was er vorhatte.

»Darf ich mitkommen?« bat sie.

Sie wußte, daß es eine vergebliche Frage war, aber sie mußte sie stellen.

»Nein, ich gehe allein mit dem Indianer«, sagte Rodney. »Er hält es sogar für unklug, seine eigenen Freunde mitzunehmen. Er will mir das Land zeigen, das ist alles.«

»Ich würde so gern mitkommen«, sagte Lizbeth. Sie zögerte einen Augenblick und sagte dann schüchtern: »Ich möchte mich für das entschuldigen, was ich gestern abend gesagt habe. Ihr hattet vollkommen recht, das Leben Eurer Männer nicht aufs Spiel zu setzen. Gestern wollte ich gegen unsere Feinde kämpfen, was immer es auch gekostet hätte.«

Sie sprach sehr leise, und Rodney merkte, wie schwer es ihr fiel, sich bei ihm zu entschuldigen. Manchmal war sie wie ein unvernünftiges Kind und in anderen Augenblicken wie eine Frau. Sie war eine Frau, die sich demütigen mußte, die ihren Stolz beiseite schieben und sagen mußte, es täte ihr leid, und das vor einem Mann, der sie nicht sehr höflich und zuvorkommend behandelt hatte.

Impulsiv ging Rodney einen Schritt auf sie zu.

»Ich bin froh, daß Ihr es versteht, Lizbeth. Ich dachte ungern daran, daß Ihr mich falsch einschätzt. Es war die einzige Möglichkeit und das einzig Richtige, so zu handeln. Und jetzt möchte auch ich mich für einige Dinge entschuldigen und für andere danken. Ich bin Euch sehr dankbar dafür, daß Ihr Euch um die Verwundeten gekümmert habt. Das ist keine Frauenarbeit, und ich sah es sehr ungern, daß Ihr diese Aufgabe übernommen habt.«

»Ich werde sofort wieder hinunter zu den Verwundeten gehen«, sagte Lizbeth. »Und Ihr könnt den Mann vergessen, dem der Fuß zerschossen wurde.«

Rodney wurde verlegen. Er hatte ihn vergessen gehabt.

»Ihr braucht nicht noch einmal hinunterzugehen«, sagte Rodney. »Ich werde Barlow Anweisungen geben. Speacock wird alles Notwendige tun.«

»Ich glaube, ich kann besser als Speacock beurteilen, was für die Kranken das beste ist«, sagte Lizbeth lächelnd. »Außerdem werden alle, die Schmerzen haben, Opiumtinktur brauchen, und ich glaube nicht, daß ich es Speacock zutrauen kann, ihnen die richtige Dosis zu geben. Wenn Ihr es mir erlaubt, werde ich morgen den Indianer bitten, einige Kräuter für mich zu suchen, die Heilkräfte haben.«

Rodney bemerkte, daß sie sehr blaß war und wie er Schlaf

benötigte. Er fragte sich, wie Francis die Fahrt bis hierher durchgestanden hätte. Und dann stellte er amüsiert fest, daß er wesentlich lieber Lizbeth an Bord hatte als Francis.

Impulsiv hob er ihre Hand an seine Lippen.

»Ich danke Euch«, sagte er leise.

Ehe sie noch etwas sagen konnte, hatte er die Kajüte verlassen.

7. Kapitel

Niemand schlief in jener Nacht lange an Bord der *Sea Hawk*. Lizbeth, die unruhig in ihrer Kajüte lag, hörte die Männer auf dem Deck auf und ab gehen und miteinander flüstern.

An Land waren die Schmiede unter einem improvisierten Zelt am Werk, um das Glühen des Feuers zu verbergen. Sie schwitzten darunter unerträglich und kamen immer wieder nach draußen, um frische Luft zu schnappen und sich den Schweiß aus den Augen zu wischen.

Sie hatten den ganzen Tag ununterbrochen gearbeitet, aber keiner hatte darum gebeten, abgelöst zu werden. Jeder wußte, ohne daß man es ihm sagen mußte, daß das Leben jedes einzelnen an Bord der *Sea Hawk* davon abhing, wie schnell die Reparaturen ausgeführt wurden. Jeden Augenblick konnte ein spanisches Schiff an der Küste vorbeisegeln und sie entdecken, oder die Spanier weiter unten an der Küste konnten sie von den Klippen ausmachen.

Die *Sea Hawk* war so weit wie möglich an Land gezogen worden, und die Männer hatten den ganzen Tag an den Pumpen gearbeitet. Selbst Lizbeth, die wenig von der Schiffahrt verstand, bemerkte, daß das Schiff jetzt leichter auf den Wellen lag, und ihr fiel auf, daß die Männer wieder fröhlicher wurden.

Die Nacht war heiß, kein Windhauch regte sich. Selbst ohne ihre Sorgen um Rodney hätte Lizbeth in dieser stickigen Atmosphäre kaum schlafen können. Die Männer arbeiteten immer noch, denn sie wußten, daß jede Arbeit, so ermüdend und anstrengend sie auch sein mochte, einem spanischen Gefängnis vorzuziehen war und auch einer spanischen Galeere, in der man angekettet wurde, bis man vor Erschöpfung starb.

Rodney! Sie wollte seinen Namen rufen.

Entsetzt dachte sie daran, daß sie ihn vielleicht nie wieder sehen würde. Die Spanier konnten ihn gefangennehmen oder töten. Die Vorstellung bereitete ihr so starke körperliche Schmerzen, daß sie die Augen schloß. Rodney!

Sie sah die gleichmäßige Linie seines Kinns, die hohe Stirn, seine dichten Augenbrauen, die gerade Nase, seine sinnlichen, vollen Lippen, und sie sah auch seine Augen, deren Blick sie erregte. Seine Worte bekamen plötzlich eine neue Bedeutung.

»Ich fürchte den Tod nicht, aber man braucht Mut, um ihm ins Auge zu sehen.«

Sie biß sich in den Finger, um die Tränen zu unterdrücken. Rodney durfte nicht sterben! Er mußte leben! Er mußte zum Schiff zurückkehren ... zu ihr.

Wenn sie nur hätte beten können. Aber sie brachte die Gebete, die sie ihr ganzes Leben lang gesprochen hatte, nicht über die Lippen.

»Lieber Gott, bring ihn zurück«, bat sie, und die Worte brachten ihr ein wenig Trost.

Die Dunkelheit der Nacht bedrängte sie, und sie glaubte, aus Sorge um ihn sterben zu müssen.

Die Stunden verstrichen langsam. Als es dämmerte, war Rodney noch nicht zurück. Er hatte Wachtposten auf den Klippen postiert, die nach dem Feind Ausschau halten sollten, von welcher Seite er auch kommen mochte. Die Männer lagen unter den Kokospalmen zwischen der üppigen Vegetation, die das Land überzog.

Lizbeth konnte sie von unten sehen. Sie sah, daß sie in die Richtung blickten, aus der sie die Rückkehr Rodneys erwarteten.

Als es Tag wurde, beschleunigten alle, die an Bord der *Sea Hawk* unter Barlows Kommando standen, ihre Aktivitäten.

Und dann endlich, als Lizbeth glaubte, ihre Angst um Rodney nicht länger ertragen zu können, kehrte er zurück. Er kam behend die Klippen herunter und dann rasch über den Sandstrand.

Selbst wenn sie ihn nicht gesehen hätte, wäre ihr am Verhalten der Männer aufgefallen, daß er zurückgekehrt war. Die Spannung, die sich auf dem Schiff ausgebreitet hatte, ließ nach.

Dort, wo die Wellen sich spielerisch im Sand überschlugen, wartete ein Boot auf Rodney, und es dauerte nur ein paar Minuten, bis die Matrosen ihn zum Schiff gerudert hatten. Die Pfeifen der Hochbootsleute schrillten trotz Verbots, als er an Bord kam, und Lizbeth war als erste bei ihm.

»Gott sei Dank, daß Ihr in Sicherheit seid«, sagte sie und sah, daß sein Gesicht blaß war, aber seine Augen vor Freude leuchteten.

Sein Wams war staubig, als wäre er die ganze Nacht auf der sandigen Erde gelegen und hätte seither noch keine Zeit gefunden, sich abzubürsten.

Rodney sah Lizbeth an, aber seine ersten Worte waren an Barlow gerichtet, der ein wenig seitwärts stand.

»Ist alles in Ordnung, Master Barlow?«

»Ja. Die Reparaturen werden um die Mittagszeit beendet sein, Sir. Wir können heute abend in See stechen.«

Rodney lächelte. Das hatte er hören wollen.

»Danke, Master Barlow. Ich möchte mit der gesamten Mannschaft sprechen.«

»Jetzt, Sir?«

»Ja, Master Barlow.«

»Aye, aye, Sir.«

Der Befehl ›Alle Mann an Deck‹ wurde gegeben, und die Männer liefen mit einer Schnelligkeit zusammen, die für ihren Eifer sprach. Nur die Schmiede und die Wachposten auf den Klippen fehlten.

Rodney sah die Männer an. Sie waren eine gute Mannschaft, dachte er plötzlich, jeder einzelne von ihnen. Es gab keinen unter ihnen, den er nicht gern in einer gefährlichen Lage neben sich gehabt hätte. Er stand da und wartete auf das gespannte Schweigen, das immer eintrat, ehe er seine ersten Worte sprach.

»Ihr wißt, daß mich der Indianer, den wir an Bord genommen haben, zu seinem Dorf führen wollte«, begann er. »Es liegt ungefähr fünf Meilen nördlich von hier am Rande einer Bucht in einem natürlichen Hafen, der diesem hier sehr ähnelt, nur viel größer ist.

Wie er und seine Freunde uns bereits gesagt hatten, liegt dort ein spanisches Schiff vor Anker, weil die Steuerung repariert werden mußte. Es ist die *Santa Perpetua,* eine große Galeone mit über fünfhundert Tonnen und beladen mit Schätzen aus Panama. Sie war nach Havanna unterwegs. Wenn sie nicht bald dort eintrifft, besteht die Gefahr, daß andere Schiffe auf die Suche nach ihr ausgeschickt werden.

Ich sage euch das, damit ihr wißt, wie sehr wir auf der Hut sein müssen. Unser Freund, dessen Vater der Häuptling des Dorfes ist, glaubt, daß sie ungefähr zweihundert weiße Männer an Bord hat. Sie sind gut bewaffnet, und sie haben Wachtposten um das Dorf herum aufgestellt. An Bord des Schiffes befindet sich ebenfalls eine Wache. Die Offiziere und der Rest der Mannschaft aber machen aus dem erzwungenen Urlaub das beste und vergnügen sich an Land. Die Indianermädchen sind nicht unattraktiv, und der einheimische Alkohol ist stark.«

Rodney hielt eine Minute inne und fuhr dann eindringlich fort: »Heute nacht werden wir die *Santa Perpetua* kapern!«

Ein wilder Freudenschrei erhob sich. Er wurde hastig von Master Barlows energischem Befehl: »Ruhe da!« unterdrückt.

»Wir müssen uns so leise wie möglich verhalten«, sagte Rodney. »Stimmen tragen in dieser Luft sehr weit. Als ich letzte Nacht über dem Indianerdorf lag, konnte ich deutlich die Gespräche mitanhören. Ich konnte hören, wie Befehle gegeben wurden und wie die Kranken stöhnten. Wir haben noch den ganzen Tag vor uns und müssen uns so ruhig wie möglich verhalten, damit wir nicht entdeckt werden.

Ihr werdet alle eure Befehle bekommen, und ich weiß, ihr werdet sie nach besten Kräften ausführen. Der Fehler eines einzigen Mannes kann den Tod von uns allen bedeuten. Ich brauche euch nicht zu sagen, daß wir in der Minderheit sind. Wir verachten die Spanier, aber wir wären Narren, wenn wir sie unterschätzen würden. Sie sind im Nahkampf gut ausgebildet.«

Rodney schwieg. Er sah, daß die Männer warteten, und er spürte ihre Erregung und das Hochgefühl, das sie empfanden, deshalb fuhr er fort:

»Ich möchte euch noch etwas sagen. Ehe ich nach Plymouth ging und die *Sea Hawk* kaufte, verbrachte ich ein paar Abende in Whitehall. Ich hatte nicht die Ehre, unserer Königin vorgestellt zu werden, aber ich sah Ihre Majestät, ja, ich stand nur wenige Schritte von ihr entfernt. Sie kam aus dem Garten in die Galerie, von ihren Edelleuten und Hofdamen begleitet. Ich hatte nicht erwartet, Ihre Majestät zu sehen und trat wie die anderen, die sich dort aufhielten, ehrfürchtig und überrascht beiseite.

Es war ein trüber Tag, aber mir kam es vor, als sei plötzlich die Sonne aufgegangen. Unsere Königin ist nicht groß, und doch ist sie die größte Frau, der ich bis dahin begegnet bin. Sie besitzt Würde und Anmut, die ihr eine unbeschreibliche Schönheit verleihen. Ich würde sie euch gern schildern, aber es ist nicht möglich. Sie repräsentiert England, das Land, das uns geboren hat und das wir alle lieben.

Als ich die Königin sah, wußte ich, daß sie all das verkörpert, wofür wir kämpfen, wofür wir, wenn es notwendig ist, unser Leben lassen. Sie ist unsere Königin. Sie ist Gloriana! Sie ist England!«

Rodney drehte sich um und ging ohne ein weiteres Wort zu sagen über das Deck zur Achterkajüte. Sekundenlang herrschte ehrfürchtiges Schweigen, ein Tribut an den Redner, der das Herz jedes einzelnen Mannes aufgewühlt hatte, und dann wurden zustimmende Rufe laut.

Lizbeth rührte sich nicht. Sie blieb stehen, wo sie war, und bemerkte erst nach einiger Zeit, daß ihre Wangen brannten und ihr Herz fast schmerzhaft schlug.

Sie hatte einen neuen Rodney sprechen hören, einen begeisterten Mann. Es war das erste Mal, daß Lizbeth die Verehrung und Bewunderung spürte, die die Königin bei allen Männern genoß, die ihr dienten.

Die bloße Erwähnung ihres Namens weckte unterschiedliche Erinnerungen in Lizbeth – sie dachte an das Mädchen, dessen Kindheit traurig gewesen war; dessen Mutter gedemütigt und hingerichtet worden war; an die Schatten des Schafotts, die drohend über ihrem eigenen, streng bewachten Leben lagen; die einmal verwöhnt und einmal vernachlässigt wurde, einmal die Erbin des Thrones von England war und im nächsten Augenblick ein verbannter Bastard.

London war angefüllt mit Galgen; Smithfields Feuer brannten, aber Elizabeth hatte diese Gefahren wie durch ein Wunder überlebt.

Lizbeth hatte ihr ganzes Leben lang Erzählungen darüber gehört, daß bei Hof alle von Gloriana angefeuert wurden, wie sie die Königin nannten, und wie Hawkins, Drake, Raleigh und hundert andere die Beute ihrer Fahrten zu Füßen der Frau legten, der sie dienten. Sie hatte viele Geschichten über die Königin gehört. Und sie hatte von der Zuneigung der Königin zu dem Earl of Leicester erfahren, denn ganz England sprach darüber. Es hatte auch Gerüchte über den stattlichen Hatton gegeben, über den schönen Heneage de Vere, den wagemütigen König der Turnierplätze, und den jungen Blount, der stets errötete, wenn der Blick Ihrer Majestät auf ihn fiel. Jetzt sprach man über den Earl of Essex, einen großen, stattlichen und ungebärdigen Mann, der den Gerüchtemachern Nahrung gab.

Und doch konnte niemand leugnen, wie mißgünstig und boshaft er auch sein mochte, daß Elizabeth groß war. Wie Rodney gesagt hatte, waren die Männer bereit, für sie zu leben und, wenn es notwendig war, für sie zu sterben.

Lizbeth erinnerte sich an das Vibrieren in Rodneys Stimme und empfand etwas, das sie noch nie zuvor gefühlt hatte. Obwohl es lächerlich war, sie war eifersüchtig auf die Frau, die die Männer so für sich einnehmen konnte, daß sie nicht nur ihre Leben, sondern auch ihre Herzen in Händen hielt und eine solche Verehrung genoß.

Und dann erkannte Lizbeth, daß sie in diesem Augenblick eine wichtige Lektion gelernt hatte, eine, die alle Frauen lernen sollten: Jede Frau sollte für ihren Mann eine Inspiration sein, ein Ansporn, ein Ideal und letzten Endes ein Ziel, nach dem er streben konnte.

Einen Augenblick machte Lizbeth dieser Gedanke Angst, doch dann, als die Matrosen geschäftig um sie herumeilten und sie den Klang des Schmiedehammers vernahm und das Klatschen der Wellen, lächelte sie befriedigt. Auch sie war eine Frau, obwohl das im Augenblick außer Rodney niemand wußte.

Um zwölf Uhr gab es ein kurzes Mittagessen, aber Lizbeth und Rodney waren wenigstens ein paar Minuten beisammen. Keiner von beiden achtete darauf, was sie aßen, und Rodney schien seinen Ärger über ihre Gegenwart vergessen zu haben. Er sprach unbekümmert und offen mit ihr, als wären sie in Camfield, und er erzählte Lizbeth Einzelheiten über seine Erlebnisse in der Nacht.

»Der junge Indianer ging in das Dorf, um das Neueste zu erfahren. Als er dorthin zurückkehrte, wo ich verborgen lag, berichtete er mir, daß die Steuerung der *Santa Perpetua* repariert worden war und das Schiff morgen in See stechen will. Heute abend soll an Land ein großes Fest stattfinden, und man hat die Eingeborenen angewiesen, ein halbes Dutzend Ochsen und ein Dutzend Schweine aufzutreiben. Sie rebellierten dagegen, aber ich gab ihnen Geld, und es werden sowohl Ochsen als auch Schweine und eine große Anzahl Körbe mit einheimischem Alkohol da sein.«

»Wie ist er?« fragte Lizbeth.

»Sehr feurig und sehr stark. Er wird aus vergorenem Saft der Palmen gewonnen, die fast zwanzig Fuß lange Blätter und fast drei Fuß große, goldene Blüten haben. Der Alkohol heißt Vino de Coyol. Die Spanier besitzen nur wenig davon, denn die Eingeborenen haben den größten Teil ihrer Vorräte vor ihnen versteckt. Der Indianerjunge kam mit seinem Vater, dem Häuptling, zu mir, und ich gab ihm das ganze Geld, das ich hatte, damit er es für dieses Fest ausgibt. Ich glaube, die Spanier werden sehr überrascht sein, wie großzügig sie bewirtet werden.«

»Und während sie feiern...«, begann Lizbeth aufgeregt.

Rodney nickte.

»Ja, während sie feiern, werden wir handeln.« Er trommelte mit den Fingern auf den Tisch, wie immer, wenn er nervös war. »Ich möchte möglichst einen offenen Kampf vermeiden. Ich kann es mir nicht leisten, auch nur einen einzigen Mann zu verlieren, besonders dann, wenn wir mit zwei Schiffen in See stechen müssen.«

»Die Galeone wird Euch gehören, ich bin dessen sicher«, sagte Lizbeth leise.

Er lächelte.

»Ihr habt mir schon einmal gesagt, daß ich erfolgreich sein werde, und doch habt Ihr mich gestern mit der Bemerkung gekränkt, ich sei ein Feigling.«

»Ich schäme mich deswegen«, sagte Lizbeth. »Ich habe gestern Eure Beweggründe nicht verstanden. Ich wollte gegen die Spanier kämpfen und siegen.« Sie zögerte einen Augenblick und fuhr dann leise fort: »Ich hatte nicht gewußt, was für Verletzungen diese Kanonen Menschen zufügen können. Der Mann mit dem zerschossenen Bein ist heute amputiert worden. Ich wußte nicht, daß Menschen so viel leiden und doch am Leben bleiben können.«

Impulsiv legte Rodney seine Hand auf die ihre.

»Ich habe Euch schon einmal gesagt, überlaßt die Verwundeten jenen, die an solche Dinge schon gewöhnt sind.«

»Und ich habe Euch gesagt, daß ich Euch in dieser Angelegenheit nicht gehorchen werde«, erwiderte Lizbeth. »Wer versteht etwas von Medizin an Bord und davon, wie man Verletzte behandelt?«

Rodney antwortete nicht, und Lizbeth fuhr triumphierend fort: »Seht Ihr, Ihr wißt es auch nicht! Und deshalb werde ich mein möglichstes tun. Hat man Euch schon gesagt, daß der Mann, über dessen Wunde ich das *aqua vitae* gegossen habe, jetzt fieberfrei ist?«

»Ich glaube, ich werde am Ende der Reise nur noch Wasser trinken«, sagte Rodney.

Aber Lizbeth lächelte nicht über diesen Scherz. Mit zusammengezogenen Augenbrauen sagte sie:

»Wenn ich nur etwas mehr davon verstünde. Ich habe gehört, daß die Indianer die Kraft der Heilpflanzen kennen. Darf ich Euren jungen Freund darum bitten, einige für mich zu suchen?«

»Ja, Ihr könnt ihn später darum bitten«, antwortete Rodney.

Sie sahen einander an, und beide hatten den gleichen Gedanken. So zuversichtlich Rodney auch war, würde es für sie überhaupt ein Später geben?

Rodney stand auf.

»Ich darf mich jetzt nicht länger hier aufhalten«, sagte er. »Es gibt noch viel zu tun.«

»Wollt Ihr mir nicht genau sagen, was für Pläne Ihr habt?« fragte Lizbeth bittend.

»Ihr werdet es rechtzeitig erfahren«, antwortete er.

Sie hatte das Bedürfnis, die Arme nach ihm auszustrecken und ihn zu bitten, er möge nicht gehen. Was spielte eine Galeone für eine Rolle oder die Spanier oder selbst die Königin, wenn Rodney nur in Sicherheit war. Lizbeth wolle ihn bei sich haben. Sie wollte... aber was wolle sie eigentlich?

Es war ihr nicht möglich, dies in Worte zu fassen. Sie wußte nur, daß ihr Inneres von einander widersprechenden Gefühlen aufgewühlt war, von Stolz, Bewunderung, vermischt mit Furcht und einem anderen Gefühl, dem sie keinen Namen geben konnte.

Sie dachte daran, was für Ängste sie während der Nacht um ihn ausgestanden hatte, als sie gefürchtet hatte, er würde nicht zurückkehren, und sie wußte, daß das, was sie jetzt durchmachen mußte, noch unendlich viel schlimmer sein würde. Ihr Gebet wurde einmal erhört, aber konnte sie sicher sein, daß es auch ein zweites Mal erhört wurde?

Wenn sie es nur wagen könnte, ihm vorzuschlagen hierzubleiben, dachte Lizbeth. Aber dann kehrte ihre Zuversicht zurück. Rodney würde Erfolg haben, sie war dessen sicher. Und sie mußte ihn ermutigen und durfte aus ihm keinen Feigling oder Schwächling machen.

»Er wird Erfolg haben.« Sie sagte die Worte laut und wischte sich die Tränen aus den Augen.

Aber erst eine Stunde, ehe die Dunkelheit anbrach, begriff Lizbeth wirklich, was geschah. Kurz zuvor hatte Rodney Barlow gebeten herauszufinden, wer von den Männern schwimmen konnte. Barlow hatte ihn überrascht angesehen.

»Schwimmen, Sir?«

Die meisten Seeleute hielten es für ungut, schwimmen zu können. Wenn ihr Schiff versenkt wurde, war es besser, so rasch wie möglich mit unterzugehen. Wenn man schwamm, verlängerte man nur die Qual. Rodney wußte dies und verstand deshalb Barlows Erstaunen.

»Ich brauche diesmal Männer, die schwimmen können, und zwar gut schwimmen können«, sagte er. »Wählt niemanden aus, der im Wasser herumzappelt und gerettet zu werden hofft. Habt Ihr mich verstanden?«

»Ja, Sir.«

Barlow kam mit der Nachricht zurück, daß zwölf Mann an Bord schwimmen konnten. Aber ihr Boot hatte nur acht Ruder, und deshalb wählte Barlow nur die acht besten Männer für die bevorstehende Arbeit aus.

»Acht genügen, Master Barlow«, sagte Rodney. »Außerdem werde ich selbst mitfahren. Ihr werdet inzwischen die *Sea Hawk* befehligen.«

»Ich möchte gern mit Euch gehen, Sir«, sagte Barlow eifrig.

Rodney schüttelte den Kopf.

»Nein, Ihr übernehmt hier das Kommando, und wenn unser Plan mißlingen sollte, lautet mein Befehl, sofort in See zu stechen. Habt Ihr verstanden?«

»Ja, Sir.«

»Schickt Master Gadstone zu mir.«

Gadstone wurde geholt. Und als er in die Kabine kam, sprang er fast in die Luft vor Freude. Er hatte auf diesen Tag gewartet, seit sie England verlassen hátten.

»Hört mir genau zu, Master Gadstone«, sagte Rodney. »Ich gebe Euch eine außerordentlich schwierige Aufgabe. Sie erfordert viel Geduld, Verstand und die Fähigkeit davonzulaufen.«

»Davonzulaufen, Sir?«

»Ja, davonzulaufen!« sagte Rodney.

Er sprach absichtlich autoritär, denn er wollte Gadstones Hochgefühl dämpfen. Es war keine einfache Aufgabe.

Als Gadstone jedoch später mit einer kleinen Gruppe von sechs Mann zu den Klippen aufbrach, wirkte er ruhig und beherrscht. Sie waren alle jung, und wie Rodney zu Barlow sagte, sie konnten laufen wie die Teufel.

»Wartet bis zum letzten Augenblick auf sie, Master Barlow«, sagte Rodney. »Aber setzt nicht die Sicherheit des Schiffes aufs Spiel.«

»Sehr wohl, Sir.«

Barlow sprach mit Resignation in der Stimme. Er wußte, daß Rodneys Plan gut durchdacht war, und doch haßte er die Rolle, die er darin spielen mußte. Er sollte ruhig an Bord der *Sea Hawk* warten und dann vielleicht in See stechen, wenn sowohl der Kapitän als auch sein Kapitänleutnant tot oder gefangengenommen waren.

»Ich breche in fünf Minuten auf«, sagte Rodney.

Er ging in die Kajüte, um eine letzte Eintragung in das Logbuch zu machen. Lizbeth stand neben dem Bullauge. Sie drehte sich um, als er eintrat, und weil er sie hier nicht erwartet hatte, sah sie sein Gesicht für einen Augenblick ohne Maske. Er war aufgeregt wie ein Schuljunge. Zwar gelang es ihm, denen, die er befehligte, nüchtern und emotionslos entgegenzutreten, aber in diesem Augenblick war er ein Mann, vor dem ein Abenteuer lag, ein Spieler, der alles auf einen Wurf setzte.

»Wenn ich nur mit Euch gehen dürfte«, sagte Lizbeth.

Es schien, als erinnere er sich daran, daß sie eine Frau war, und was geschehen würde, wenn er ums Leben käme oder sein Schiff gekapert würde. Er wurde plötzlich sehr ernst und kam zu ihr hinüber.

»Es ist nicht meine Schuld, daß Ihr hier seid«, sagte er, »und doch fühle ich mich für Euch verantwortlich. Wenn mir etwas zustoßen sollte, befehligt Barlow die *Sea Hawk*. Er hat meine Anweisung, Sie nach England zurückzubringen. Falls ihm dies aber mißlingen sollte... bitte ich Euch... laßt Euch nicht von den Spaniern gefangennehmen.«

»Was wollt Ihr damit sagen?« fragte Lizbeth.

»Es gibt bessere Möglichkeiten zu sterben, als in einem Kerker von Sevilla dahinzusiechen«, sagte Rodney. »Und wenn sie feststellen, daß Ihr eine Frau seid, würde es... würde es Euch auch nicht helfen.«

Mehr brauchte er nicht zu sagen. Sie wußten beide, welches Schicksal sie erwarten würde.

»In der Doktortasche sind mehrere Gifte«, sagte Lizbeth leise.

»Wir wollen beten, daß Ihr sie nicht benützen müßt«, sagte Rodney.

»Ich fürchte mich nicht vor dem Sterben. Ich würde gern mit Euch gehen.«

»Ich wußte nicht, daß Frauen so mutig sind«, sagte Rodney.

Sie lächelte.

»Ich glaube, Ihr wißt sehr wenig über Frauen.«

»Oder vielleicht sehr wenig über Euch?« sagte Rodney.

Sie blickte zu ihm auf, und sie sahen einander in die Augen. Instinktiv streckte sie ihm die Hände hin.

»Gebt auf Euch acht, Rodney.«

Er zögerte einen Augenblick, als wolle er etwas sagen. Dann legte er eine Hand auf ihre Schulter, eine liebevolle Geste der Kameradschaft, die er auch Francis gegenüber gemacht hätte.

»Mir wird nichts zustoßen«, sagte er lächelnd.

Einen Augenblick später hörte Lizbeth, wie er mehrere Befehle gab. Sie ging langsam zur Tür und hinaus auf das Deck. Die Männer waren schon im Boot, und Rodney stieg zu ihnen über die Reling. Sie hatten ihre Hemden ausgezogen, auch Rodney. Ihre Füße waren nackt, und jeder hatte einen Degengürtel, einen Stutzsäbel und ein scharfes Messer, das sie zwischen die Zähne nehmen konnten, wenn sie schwammen.

Es blieb ihnen nur noch eine Stunde, ehe es dunkel wurde, und sie mußten einen gefährlichen Teil der Küste umrunden, ehe sie sich auf die Lauer legen konnten. Rodney hatte es sich nicht so nervenaufreibend vorgestellt, auf das Meer hinauszufahren, unter den Klippen entlang, und dabei ständig auf Wachtposten von oben oder auf Küstenschiffe zu achten.

Auch die Strecke selbst war gefährlich, denn an manchen Stellen gab es Unterströmung und vorspringende Korallenbänke, die leicht ein Loch in das Boot reißen konnten.

Aber schließlich kamen sie zu der Stelle, die der Indianer ihnen als bestes Versteck genannt hatte, und dort verbargen sie sich, bis die Dunkelheit vollends hereinbrach.

Nun würde es nicht mehr lange dauern, dachte Rodney. Er hieß seinen Stern willkommen, der über ihnen am samtenen Himmel erschien. Rodneys Gedanken wanderten zu Gadstone, der sich nun seinem Versteck oberhalb des Dorfes nähern mußte. Ein Indianer wollte ihn dort treffen.

Gadstone und seine Männer sollten sich verborgen halten und alles beobachten, was unten auf dem Festplatz vorging. Sie sollten nichts unternehmen, wenn alles gutging, bis sie drei Pfiffe von der *Santa Perpetua* hörten. Auf dieses Signal hin sollten sie sofort aufbrechen und so rasch ihre Beine sie trugen, zur *Sea Hawk* zurücklaufen und an Bord gehen, ehe diese absegelte, um zu dem gekaperten Schiff zu stoßen.

Aber wenn etwas schiefging, sollte Gadstones kleine Gruppe zur Ablenkung dienen. Sie hatten mehrere Feuerbomben dabei, und jeder Mann trug einen mit Teer getränkten Wurfspieß. Obwohl sie gegen die große Anzahl der Spanier wenig ausrichten konnten, würden sie doch einige Verwirrung stiften, und, wenn es notwendig war, die Aufmerksamkeit von dem Schiff im Hafen ablenken.

Dies war Rodneys Plan für Gadstone. Jetzt mußte nur noch sein eigener Plan ausgeführt werden. Leise gab er einen Befehl, vorwärts zu rudern. Sie tauchten die Ruder vorsichtig ins Wasser, und dann öffnete sich vor ihnen der Hafen, und sie sahen an Land das Fest in vollem Gange, wie der Indianerhäuptling es ihnen versprochen hatte.

Vier große Freudenfeuer brannten. Über weiteren Feuern wurden die Ochsen und Schweine gebraten. Das Licht beleuchtete die Feiernden, die teils im weichen Sand lagerten oder blumengeschmückte Indianermädchen umarmten, während sie aßen und tranken, was ihnen von älteren Indianern serviert wurde.

Hinter den Eingeborenenhütten war eine Einzäunung, in der die Galeerensklaven von Soldaten bewacht wurden.

Die *Santa Perpetua* lag in der Bucht, und ihre hohen Masten zeichneten sich gegen den Himmel ab. Es war schwierig, etwas deutlich zu sehen, und doch war Rodney sicher, daß sie im tiefen Wasser lag. Er schätzte, daß ein Boot mindestens drei oder vier Minuten brauchte, um sie vom Ufer aus zu erreichen.

Stimmengewirr und Gelächter kamen vom Strand herüber. Es herrschte ein beträchtlicher Lärm, aber trotzdem flüsterte Rodney, als er seine Männer anwies, das Boot an Land zu bringen.

Ein paar Minuten schwammen sie, jeder mit einem Messer zwischen den Zähnen, in der Dunkelheit auf das Schiff zu. Sein Kurzschwert schlug ihm lästig gegen die Beine. Das Meer war so warm wie Milch, und Rodney, der ein guter Schwimmer war, überholte die anderen Männer und kam als erster bei der *Santa Perpetua* an. Er packte ein Tau, das an der Seite herunterhing, und wartete, bis die anderen bei ihm waren. Dann kletterten sie so leise sie konnten einer nach dem anderen auf das Schiff.

Vorsichtig hoben sie die Köpfe über das kräftige Schanzkleid, das zum Glück nicht mit Netzen überzogen war. Die Wachtposten, die an Bord des Schiffes zurückgelassen worden waren, standen an der Reling und blickten sehnsüchtig zu den Festlichkeiten am Ufer hinüber.

Es gab einen Augenblick tödlicher Gefahr, als die Engländer die ganze Länge des Decks überqueren mußten, um die Männer niederzumachen, ehe sie von ihnen entdeckt wurden.

Aber gerade als sie über das Deck zu schleichen begannen, fingen die Eingeborenen an Land zu singen und zu tanzen an und machten einen derartigen Lärm, daß er alle anderen Geräusche übertönte.

Nach wenigen Sekunden war alles vorüber. Die sechs Wachtposten bekamen jeder ein Messer in den Rücken, und ehe sie einen Laut von sich geben konnten, legte sich eine breite Hand auf ihren Mund und erstickte ihren Todesschrei.

»Schaut nach unten«, flüsterte Rodney.

Die Männer kamen nach ein paar Minuten zurück.

»Es ist niemand mehr an Bord, Sir.«

»Sehr gut.«

Jeder Mann hatte seine Aufgabe zugewiesen bekommen, ehe sie die *Sea Hawk* verlassen hatten. Sie eilten jetzt zu den Fallen und Blöcken des Vorsegels. Den ganzen Tag über war es windstill gewesen, aber jetzt blies eine Abendbrise vom Land her, und das Schiff schaukelte in seiner Vertäuung, als wäre es zur Abfahrt bereit. Rodney hielt den Atem an. Bemerkte jemand an Land was vor sich ging? Die Indianer tanzten wild um eines der Freudenfeuer, und ihre nackten Körper drehten sich und wirbelten herum.

»Bereit zum Anker lichten, Sir. Sie hat eine der neuen Ankerwinden«, sagte ein Maat.

Rodney sah sich nach ihm um. Er wußte, daß dies der gefährlichste Augenblick war, wenn sie den Anker einholen mußten. Jeder von ihnen wußte, was für einen Lärm der Anker machte, wenn er an Bord gehievt wurde.

Die Lustbarkeiten am Ufer waren immer noch laut und ausgelassen, ja sie steigerten sich sogar noch, wie Rodney es mit dem Indianerhäuptling besprochen hatte. Und doch, wer konnte es wissen, hatte vielleicht einer der Offiziere gute Augen und nicht so viel getrunken wie die anderen?

Langsam machten sie sich an ihre Aufgabe. Ihre nackten Füße suchten Halt auf dem glatten Deck, als sie ihr ganzes Gewicht auf die Stangen der Ankerwinde legten. Das Tau kam herauf, aber das gleichmäßige Rattern der Ankerwinde schien die Nachricht über das, was an Bord vorging, hinauszuschreien.

Jemand mußte es hören, dachte Rodney besorgt und schwitzte, als er mit ganzer Kraft die Ankerwinde drehte.

Das Tau war schwer, wie er es bei einem so großen Schiff erwartet hatte, aber es kam glatt herauf. Und nun endlich erschien der Anker selbst!

Erst jetzt wagte Rodney zur Küste zu blicken. Die Eingeborenen wirbelten mit der Hingabe von Derwischen um das Feuer. Diejenigen, die nicht tanzten, stampften mit den Füßen auf, andere schlugen Trommeln, und sie alle erprobten ihre Stimmen mit einem lauten Lied. Die Indianer arbeiteten gut mit!

»Bemannt das Hauptsegel!« sagte Rodney. Er selbst ging zum Steuer und brachte die *Santa Perpetua* in den Wind.

Eine plötzliche Windböe kam im richtigen Augenblick. Die Segel fielen in sich zusammen. Rodney spürte, daß sein Herz wie rasend schlug, als er die riesige Ausdehnung der Leinwand sah. Die Segel füllten sich. Das Schiff bewegte sich. Er konnte kaum glauben, was er sah.

Das Schiff legte sich mit knirschendem und stöhnendem Tauwerk in den Wind, und dann hörte Rodney, wie die Wellen gegen den Bug schlugen. Der Wind nahm zu und drehte nach Nordost, wie er und Barlow es schon früher am Abend erhofft hatten. Und die *Santa Perpetua* nahm Fahrt auf.

Da zog Rodney seine Pfeife aus der Tasche und pfiff dreimal laut. Er wartete einen Augenblick und pfiff dann noch dreimal, falls Gadstone ihn durch den Lärm nicht gehört haben sollte.

Aber er war sicher, daß Gadstone und seine Männer gesehen haben mußten, wie die *Santa Perpetua* in See stach.

Plötzlich kam von der Küste her ein Schrei, ein Laut, der sich von allem anderen Lärm unterschied. Männer rannten gestikulierend und schreiend zum Wasser. In diesem Augenblick sah man auf den Klippen einen Blitz und hörte eine Explosion. Rodney grinste. Trotz seiner gegenteiligen Anweisung hätte er sich denken können, daß Gadstone es nicht unterlassen konnte, seine Feuerbomben zu zünden.

Es war unnötig und gegen seinen Befehl, aber er wußte, daß jene langen Wartestunden in der Dunkelheit Gadstones Nerven strapaziert haben mußten. Er und seine Männer würden nun zurück zur *Sea Hawk* laufen.

Wie Rodney erwartet hatte, vergrößerten die Feuerbomben die Verwirrung an Land. Er sah, daß die Eingeborenen immer noch die vereinbarte Rolle spielten. Sie rannten schreiend umher, und die Spanier, betrunken und völlig überrascht, wußten nicht, was sie tun sollten.

Die *Santa Perpetua* hatte inzwischen die Bucht verlassen und fuhr auf das offene Meer hinaus. Die Topsegel und die Sprietsegel wurden rasch gesetzt. Aber es war keine Eile. Obwohl einige Spanier zu den Booten eilen, die am Ufer lagen, wußte Rodney, daß sie keine Chance mehr hatten, das Schiff einzuholen. Sie würden die Verfolgung bald aufgeben, wenn die Dunkelheit vollständig eingesetzt hatte.

Er hielt Kurs nach Süden. Es würde nicht lange dauern, so schätzte er, bis die *Sea Hawk* zu ihnen stieß, und zusammen würden sie die Küste von Darien entlangsegeln.

Die *Santa Perpetua* war groß und schwer, und doch konnte

Rodney sie leicht handhaben. Es war viele Jahre her, seitdem er am Steuer gestanden hatte, und es erregte ihn, das glatte Holz mit seinen Händen zu liebkosen und zu spüren, wie das Schiff auf die kleinste Berührung hin reagierte. Und er spürte die Brise, hörte sie in der Takelage und vernahm das Klatschen der Wellen gegen den Rumpf, als sie in die sternenübersäte Nacht fuhren.

Rodney warf den Kopf zurück und atmete tief ein. Sie hatten es geschafft. Er konnte kaum glauben, daß es wahr war, aber sie hatten es geschafft. Die *Santa Perpetua* gehörte ihnen. Er hatte sie gekapert, genau wie er es geplant hatte, ohne einen einzigen Mann zu verlieren. Er hatte sie für England gekapert und für – Gloriana.

8. Kapitel

Die Morgendämmerung brach um drei Uhr an. Rodney hatte die ganze Nacht das Steuer nicht verlassen. Er spürte keine Müdigkeit. Er fühlte seinen Körper nicht mehr , sondern er handelte automatisch.

Manchmal sprach er laut vor sich hin. Seine Stimme klang ruhig in der Dunkelheit und ging im Murmeln des Meeres unter.

»Sprich mit mir, Phillida«, bat er, »warum verbirgst du dich vor mir? Ich werde dich finden, wohin du auch gehst und wo immer du dich verbirgst. Du bist mein! Ich werde dich mich lieben lehren...«

Aber es war nicht Phillida, die er vor sich sah, sondern Lizbeth, und ihre grünen Augen neckten ihn, beherrschten seine Träume.

Lizbeths lange Wimpern, die niedergeschlagen waren, nicht um mädchenhafte Scheu zu verbergen, sondern blitzenden Zorn, einen Zorn, der dem seinen gleichkam.

Lizbeth ihm gegenüber am Eßtisch; Lizbeth im Sonnenschein auf Deck; Lizbeth so nahe bei ihm, daß er ihren Atem spüren konnte... oder war es nur die Brise? Er jetzt todmüde... er war... und doch mußte er das Schiff zu... Lizbeth bringen.

Als es dämmerte und das Tageslicht das glatte Muster der Wellen enthüllte, die sich endlos über einen dunstigen Horizont erstreckten, sah Rodney, daß er die *Santa Perpetua* sicher von der Küste entfernt und ins offene Meer hinausgesteuert hatte.

Er hoffte, daß es ihm gelungen war, den Kurs zu halten, den er und Barlow vereinbart hatten. Ihr Ziel war es, die Handelsroute von Nombre de Dios nach Havanna zu vermeiden. Und dann, als sein müdes Gehirn versuchte, für einen Augenblick bei dem Gedanken Erleichterung zu finden, daß nichts Gefährliches in Sicht war, erscholl ein Ruf vom Hauptmast.

»Segel Ho!«

Die Nebel der Müdigkeit verflogen sofort. Rodney antwortete nicht, sondern hob nur erwartungsvoll den Kopf. Er wußte, was er hören wollte, und doch schien es eine Ewigkeit zu dauern, bis die beruhigende Nachricht kam.

»Es ist die *Sea Hawk*, Sir. Auf der Steuerbordseite, Sir. Sie hält Kurs auf uns zu.«

Rodney stieß einen tiefen Seufzer der Erleichterung aus.

»Ein Becher Wein, Sir?« sagte eine Stimme neben ihm.

Rodney blickte sich um. Einer seiner Männer stand mit einem Tablett in der Hand neben ihm. Darauf standen ein Krug und ein Becher von so exquisiter Handwerkskunst, daß Rodney sie sprachlos anstarrte. Sie waren aus Gold, mit kostbaren Edelsteinen verziert, die in der Morgensonne funkelten. Sie schienen eher aus einem Palast zu stammen als aus einer Schiffskajüte. Rodney sah den Mann breit grinsen.

»Die Achterkajüte ist voll von diesem Plunder, Sir«, sagte er. »Es sieht so aus, als hätten wir Glück gehabt.«

Rodney nahm den Becher und trank den Wein. Er war stark, und Rodney spürte, daß er ihm neues Leben und neue Energie gab.

»Hoffen wir, daß die übrige Fracht ebenso kostbar ist«, sagte er kurz und stellte den Becher wieder auf das Tablett. »Macht das Kombüsenfeuer an, wir alle brauchen ein Frühstück.«

»Aye, aye, Sir.«

Der Mann ging davon, und einen Augenblick beneidete ihn Rodney, denn er sah tatkräftig und energiegeladen aus, während er selbst sich erschöpft fühlte. Er verachtete sich wegen seiner Schwäche, aber dann fiel ihm ein, daß dies die dritte Nacht war, die er nicht geschlafen hatte, und daß seine Müdigkeit entschuldbar war. Er blickte zur *Sea Hawk* hinüber, die unbeirrt auf sie zukam, aber sie segelte langsamer als die *Santa Perpetua*.

Rodney hätte gern das Schiff erforscht. Er war neugierig darauf, mehr davon zu sehen als das, was er von seinem Standort hinter dem Steuerrad überblicken konnte. Aber es war niemand da, dem er seinen Platz anvertrauen konnte. Jeder Mann wurde an den Segeln gebraucht. Es war schwierig gewesen, sie in der Dunkelheit zu setzen, denn die Männer mußten sich auf einem unbekannten Schiff vortasten, das für britische Seeleute ungewohnt war.

Rodney sah, daß sie die Leinwände festmachten und daß sie die Segel, die sie in der Eile hochgezogen oder aufgewickelt hatten, nun fachmännisch zurechtzogen. Er wußte, daß die Männer, die nun die Takelage hinaufkletterten und einander Anweisungen zuriefen, ihren Kumpeln an Bord der *Sea Hawk* imponieren wollen, wenn diese beidrehte. Sie alle wollten angeben, und es war eine sehr menschliche Schwäche.

Rodney grinste im Stillen. So schmuck das Schiff auch aussehen mochte, er und seine Männer ähnelten eher Gassenjungen. Sie waren halb nackt, die wenigen Kleidungsstücke, die sie trugen, waren zerrissen und schmutzig, sie waren barfuß und doch mit Kurzsäbel und Messer bewaffnet und sahen wie Freibeuter und Piraten aus, was sie ja auch waren.

Rodney war hungrig. Aber mehr als nach Nahrung sehnte er sich nach einer Möglichkeit, sich zu waschen und ein sauberes Leinenhemd auf seiner Haut zu spüren.

Die Sonne brannte heiß. Er wußte, daß es in einer Stunde noch heißer sein und der Wind dann wahrscheinlich nachlassen würde. Vorher mußten sie die *Sea Hawk* erreichen. Sie kam nun immer näher, und er konnte sich die Erregung auf Deck vorstellen.

Er blickte zum Hauptmast hinauf und sah dort einen der Männer ohne Anweisung die rotgelbe Flagge Spaniens herunterholen. Er dachte daran, daß er diesen Befehl hätte geben müssen und daß er es vergessen hatte. Master Barlow würde aufmerksam den Hauptmast mustern, wenn er auf das Schiff zufuhr.

Jetzt glaubte Rodney, Gestalten auf dem Vorderdeck stehen zu sehen. Er fragte sich, ob Lizbeth unter ihnen war. Und er war sicher, daß sie da war. Jetzt würde sie ihn nicht mehr einen Feigling nennen. Obwohl sie sich für ihre Worte entschuldigt hatte, verletzten sie ihn immer noch.

Mit der Kaperung der *Santa Perpetua* hatte er die Flucht gerechtfertigt, wenn es einer Rechtfertigung bedurfte; denn er war vor einer Übermacht geflohen und hatte sich geweigert, sein Schiff und das Leben seiner Männer in einem Kampf aufs Spiel zu setzen, den sie nur verlieren konnten. Er hatte recht gehabt, natürlich hatte er recht gehabt, und obwohl es kindisch war, freute er sich darüber.

Die *Sea Hawk* kam nun jeden Augenblick näher. Er konnte sehen, daß an Bord aufgeregt gewinkt wurde. Barlow kam mit der *Sea Hawk* gut zurecht, wie Rodney bemerkte. Er fuhr einen gleichmäßigen Kurs und machte das beste aus dem Wind. Zum tausendsten Mal, seitdem er Plymouth verlassen hatte, sagte er sich, daß er froh sein konnte, Barlow bei sich zu haben. Er konnte ihm vertrauen, und auch wenn ihm die Eigeninitiative fehlte und jene unerklärliche Inspiration, die für einen guten Kommandeur notwendig war, als zweiter Mann kam ihm keiner gleich.

Die *Sea Hawk* war jetzt in Rufweite, und die Männer stießen Hochrufe aus. Dabei fühlte Rodney plötzlich einen Kloß in der Kehle. Das war so englisch, so sehr ein Stück Heimat, wie die Männer die Kaperung der *Santa Perpetua* mit Hochrufen bejubelten, so wie sie ein Spiel oder den Anblick des Hafens selbst nach einer langen Reise begrüßt hätten. Sie hatten ihm keine Vorwürfe gemacht, als er vor der spanischen Galeone und vor dem Logger geflohen war, aber er wußte, daß er sie damals enttäuscht hatte. Jetzt gaben sie ihm ihre volle Zustimmung, und er fühlte plötzlich beinahe Dankbarkeit darüber, daß er getan hatte, was sie von ihm erwartet hatten. Es war nicht schwer, in der offenen See beizudrehen. Es war fast windstill. Ein Boot wurde von der *Sea Hawk* heruntergelassen, und Rodney amüsierte sich, als er sah, daß die erste Person, die an Bord der *Santa Perpetua* kletterte, Lizbeth war. Sie konnte sich still und unauffällig verhalten, wenn es notwendig war, aber wenn es darum ging, etwas zu tun, was sie wollte, nützte sie den Vorteil ihrer Stellung als Ehrengast voll aus.

»Rodney, Ihr habt es geschafft.«

Ihre Hände umfaßten die seinen , und sie vergaß in ihrer Freude alles, auch die notwendige Vorsicht.

»Meine Glückwünsche, Sir!« Barlows Willkommensgruß war formell, aber auch in seinem Gesicht war Freude zu sehen. Sein Blick schweifte umher und nahm jedes Detail der Galeone in sich auf, den breiten Decksbalken, den vorstehenden Bug, das quadratische Heck, das Poopdeck, das wie ein Kastell in die Luft ragte, die Heckreling, die drei bis vier Fuß dick war und hinter der ein halbes Dutzend Kanonen schimmerten, polierte Messingfeldschlangen und Halbkanonen.

Barlow begutachtete das Holzwerk, auf dem goldene Insignien schimmerten, feine Schnitzereien und Wappen, während die Galionsfigur und die große, seltsame oktagonale Kompliziertheit der Takelage ihn belustigten.

»Bei der Seele von König Harry!«

Es war Barlows kräftigster Fluch, den er nur aussprach, wenn er tief bewegt war.

»Das ist das schönste Schiff, das ich je gesehen habe«, sagte

Lizbeth und holte tief Luft. »Bitte erzählt uns alles. Wie habt Ihr es gekapert? Gab es einen Kampf?«

»Es ging alles nach Plan«, sagte Rodney und sah dabei Barlow an und nicht Lizbeth. »Ist Master Gadstone mit seinen Männern an Bord?«

»Ja, Sir.«

Rodney lächelte. Das war ein Punkt gewesen, über den er sich Sorgen gemacht hatte.

»Dann wollen wir unseren neuen Besitz besichtigen, und danach suchen wir uns einen stillen Hafen, wo wir die Fracht ungestört inspizieren können. Ist der Indianer mit Master Gadstone zurückgekehrt?«

Barlow nickte.

»Ja, Sir. Sie waren aufgeregt wie Kinder.«

Rodney lachte.

Er ging voraus zur Achterkajüte. Kurz bevor er sie erreichte, trat durch die offene Tür ein Mann an Deck.

Einen Augenblick waren sie alle zu überrascht, um etwas anderes zu tun als ihn erstaunt anzustarren.

Er war jung, sah außerordentlich gut aus, hatte eine olivfarbene Haut und dunkle Augen, die seine spanische Herkunft verrieten.

Er trug ein rotes Wams und Kniehosen von der gleichen Farbe. Seine Strümpfe waren etwas heller, und seine kleine Halskrause war golddurchwirkt. Die Rosen auf seinen Schuhen paßten zu seinem Wams, auch sie waren goldgesprenkelt. Um seinen Hals lag eine Kette aus kostbaren Steinen.

Der junge Mann blickte nacheinander Barlow, Lizbeth und Rodney an.

Rodney wurde sich plötzlich seines schäbigen Aussehens bewußt, ergriff aber die Initiative. Er straffte seine Schultern und sagte mit einer Arroganz, die aufgesetzt war:

»Euer Name, Señor?«

Rodney sprach Spanisch, und der junge Mann antwortete ihm in der gleichen Sprache.

»Ich bin Don Miguel, der Sohn des Marquis de Suavez, des Besitzers dieses Schiffes.«

Rodney neigte den Kopf. »Ich bin Rodney Hawkhurst, Diener seiner Majestät, der Königin von England, Kommandeur der *Sea Hawk* und nun auch der *Santa Perpetua*.«

»Ich verstehe, Sir.«

Der Spanier sprach ruhig und gefaßt. Er legte seine Hand auf den

Degen, der an seiner Seite hing, löste den Gürtel und überreichte ihn Rodney mit der Geste desjenigen, der besiegt worden war.

Rodney nahm ihn ihm ab und reichte ihn Barlow.

»Ich danke Euch, Señor de Suavez«, sagte er. »Ihr müßt Euch natürlich als meinen Gefangenen betrachten. Aber wir werden es Euch so bequem wie möglich machen, bis wir England erreichen.«

Der Spanier lächelte ironisch, als ahnte er nur zu gut die Härten des Gefängnislebens, die ihn dort erwarteten.

»Ihr seid sehr gnädig, Sir«, sagte er. »Ich bedaure, daß ich Euch nicht an Bord kommen hörte. Ich litt an einem Fieber, und der Schiffsarzt hatte mir ein Beruhigungsmittel verschrieben, das so stark war, daß ich den Kampf überschlafen haben muß.« Er hielt einen Augenblick inne und fuhr dann fort: »Ihr werdet mir meine Neugier verzeihen, aber wurden viele Männer der *Santa Perpetua* getötet?«

»Ich kann Euch beruhigen«, erwiderte Rodney. »Außer den sechs Wachtposten, die an Bord zurückgeblieben waren, während der Rest der Mannschaft am Ufer feierte, wurde niemand getötet.«

Zum ersten Mal zeigte sich in der Miene des jungen Mannes Erregung.

»Ich habe ihnen gesagt, daß das Fest unnötig und lächerlich sei«, sagte er gereizt. »Es gab nichts zu feiern außer einer gebrochenen Steuerung.«

»Ich werde Euch alles genau erzählen, wenn wir mehr Zeit haben«, sagte Rodney. »Im Augenblick haben ich und meine Offiziere viel zu tun. Ich wäre Ihnen sehr dankbar, Señor, wenn Ihr in Eure Kajüte zurückkehren würdet.«

Der Spanier verbeugte sich und ging durch die Achterkajüte zu einer kleinen Tür auf der hinteren Seite. Da seine Schlafkajüte hinter der Achterkajüte lag, hatten die Männer, die das Schiff durchsucht hatten, ihn deshalb nicht entdeckt.

Rodneys Augen leuchteten vor Freude, als er die Logbücher, Seekarten und Aufzeichnungen sah, die er in der Kapitänskajüte fand.

Er hatte noch niemals zuvor so etwas Luxuriöses gesehen wie die Ausstattung der Räumlichkeiten des Kapitäns und der Offiziere an Bord der *Santa Perpetua*. Er sah erstaunt, daß die Schlafkojen mit feinster Leinwand ausgestattet waren und es auch Federmatratzen gab, Dinge die er noch nie zuvor auf einem Schiff gesehen hatte. Die Spanier wußten, wie man es sich bequem machte.

Die Möblierung der Kajüten entlockte sowohl Lizbeth als auch

Barlow ehrfürchtige Ausrufe. Große, geschnitzte Tische waren mit goldenen und silbernen Ornamenten geschmückt, und es war offensichtlich, daß der Kapitän des Schiffes und seine Gäste von goldenen Tellern aßen. Weiche Teppiche lagen auf dem Fußboden, und über den Bullaugen hingen dicke Samtvorhänge, während die Tapisserien und Bilder die Dunkelheit der getäfelten Wände aufhellten.

Aber solch ein Luxus bedeutete auch Gefahr, denn die Spanier würden ein so wertvolles Schiff wie die *Santa Perpetua* nicht einfach verlieren wollen und deshalb nach ihr suchen.

Rodney befahl Barlow, die *Santa Perpetua* mit den besten Leuten zu bemannen, die auf der *Sea Hawk* entbehrlich waren. Er hatte bereits beschlossen, die *Santa Perpetua* selbst zu übernehmen und sie nicht einem seiner Männer zu überlassen. Außerdem ahnte er, daß ihre starke Bewaffnung und die schweren Kanonen für sie nützlich werden könnten.

Und schon formten sich neue, ehrgeizige Pläne in seinem Geist. Aber im Augenblick kam es darauf an, sich so schnell wie möglich davonzumachen.

Der junge Indianer und die Cimaroons, die sie zur Küste von Darien begleiteten, kamen an Bord. Rodney dankte dem Indianer dafür, daß er die Kaperung der *Santa Perpetua* möglich gemacht hatte, und versprach ihm eine hohe Belohnung für sich und sein Dorf. Er nannte eine Summe von Pesos, die den Jungen vor Freude keuchen ließ.

Rodney besaß nicht so viel Geld, aber er war sicher, daß eine Menge Gold und Silber an Bord er *Santa Perpetua* war, und darin täuschte er sich nicht.

Als sie einen kleinen, verborgenen Hafen südlich der Landenge von Panama erreichten und Zeit fanden, das spanische Schiff gründlich zu inspizieren, entdeckten sie vierhunderttausend Stück Gold, fünfzehn Kisten Silbermünzen, dreißig Tonnen Silber in Barren und zweihundert Pfund rohes Gold, dazu eine Fracht von Bernstein, Ambra, Elfenbein, Moschus, Weine, chinesische Seiden, Parfums, Spitzen, seltene eingemachte Früchte, feines Porzellan und noch viele andere, wertvolle und schöne Dinge.

Einen Teil davon ließ Rodney auf die *Sea Hawk* bringen, um das Risiko zu vermindern. Die Männer waren wild vor Aufregung bei dem Gedanken an den Anteil der Beute, den sie erhalten würden, wenn sie nach Hause zurückgekehrt waren und die Schiffsfracht verkauft und der Erlös geteilt wurde.

Mit zwei Schiffen unter ihrer Obhut waren sie natürlich unterbemannt. Rodney schickte die Cimaroons an Land, um nach Freiwilligen Ausschau zu halten. Er widersetzte sich Barlows Vorschlag, daß sie, wie es üblich war, Eingeborene kidnappen und versklaven sollten. Dies war Sitte unter den Schiffen aller Nationen, aber Rodney hatte eine eingewurzelte Abneigung gegen diesen Menschenraub. Und obwohl ihn seine Offiziere für verrückt hielten, hoffte er, die Eingeborenen würden freiwillig kommen, und er würde sie für ihre Dienste bezahlen.

Abgesehen davon, daß dieser Plan ungewöhnlich war, hielten es Master Barlow und die anderen Offiziere für unwahrscheinlich, daß der Cimaroon auch nur einen einzigen Freiwilligen finden würde. Rodney wußte, daß die Offiziere und Mannschaften, obwohl sie es nicht laut aussprachen, weil sie seinen Zorn fürchteten, Wetten abgeschlossen hatten, daß er auf diese Weise keinen Eingeborenen an Bord bekommen würde, selbst wenn dieser krank und verunstaltet und deshalb für seinen eigenen Stamm nicht von Nutzen war.

Und doch wurde Rodneys Verhalten am dritten Tag im Hafen belohnt. Der Cimaroon kehrte am Abend mit zwanzig Mann und der Nachricht zurück, daß sie möglicherwiese noch die doppelte Anzahl weiter unten an der Küste anheuern konnten, wo sich ein größeres Eingeborenendorf befand.

»Sie sind jung«, sagte er zu Rodney, »und sie sind stark und tüchtig. Ich habe ihnen gesagt, daß sie auf Euer Wort vertrauen können und daß sie bezahlt werden. Keiner von ihnen hat bisher jemals Geld bekommen. Manche von ihnen würden gern zur See fahren und lernen, wie man ein Schiff handhabt.«

»Ich bin dankbar dafür, daß du mir in dieser Sache geholfen hast«, sagte Rodney. »Meine Leute waren sicher, daß nur wenige von deinem Stamm ihre Küste verlassen wollen.«

Der Cimaroon schüttelte den Kopf.

»Ein junger Mann hat hier wenig Möglichkeiten in seinem Leben. Überall sind die Spanier. Es werden von Tag zu Tag mehr. Wenn ein Mann hart arbeitet und schließlich ein paar Kühe und Schweine besitzt, kommen die Spanier und nehmen sie ihm weg. Außerdem versklaven sie die Männer, um nicht nur Arbeitskräfte für ihre Schiffe zu bekommen, sondern auch für die Bergwerke auf der anderen Seite der Landenge. Unsere jungen Männer fürchten sich vor ihnen. Aber Euch vertrauen sie. Ihr seid ein Freund von unserem Freund Sir Francis Drake.«

Kein Wunder, daß Rodney mit sich zufrieden war, dachte Lizbeth an jenem Abend beim Essen, als er ihr gegenüber saß. Das Kerzenlicht spiegelte sich in den Ornamenten aus Gold und Edelsteinen. Don Miguel speiste mit ihnen, denn Rodney hatte auf der *Golden Hind* gelernt, mit welcher Höflichkeit wichtige Gefangene behandelt werden mußten.

Bald stellten sie fest, daß der junge Spanier auch Englisch konnte, und zwar fließender, als sie Spanisch sprachen. Er war dreiundzwanzig Jahre alt, und dies war seine erste Reise, auf der er den Besitz seines Vaters im spanischen Maine besichtigen sollte. Er erzählte ihnen ein wenig von den Schätzen, die auf den anderen sechs Schiffen von Nombre de Dios nach Havanna transportiert wurden, mit denen er jetzt segeln würde, wenn das Steuer nicht gebrochen wäre.

»Kein Wunder, daß Spanien so arrogant ist, wenn es über derartige Reichtümer verfügt«, sagte Rodney.

»Wir wollten immer mit England befreundet sein«, sagte Don Miguel.

»Ihr wolltet uns beherrschen«, erwiderte Rodney.

Der Spanier zuckte die Achseln.

»Die Freundschaft zwischen Nationen ist wie eine Ehe«, sagte er, »einer von beiden ist immer der Herr.«

Rodney lachte.

»Euer König mag vielleicht Mary übertrumpfen, aber Elizabeth ist in einer anderen Position. Kein Mann wird sie jemals beherrschen so wie keine Nation jemals England beherrschen wird.«

»Wir werden sehen«, sagte Don Miguel, und sowohl Lizbeth als auch Rodney wußten, daß er an die Armada dachte.

Einen Augenblick empfanden sie beide einen Anflug von Sorge. Was mochte in England geschehen sein, während sie hier waren? Lizbeth mußte an die Geschichten denken, die sie über die großen Galeonen gehört hatte. Sie waren zweimal so groß wie die *Santa Perpetua* und warteten nur auf eine Chance, mit der ganzen Macht, Stärke und dem Reichtum Spaniens hinter sich, den Ärmelkanal hinaufzusegeln.

Aber Rodney erinnerte sich daran, wie Drake bei seinem Angriff auf den Hafen von Cadiz ›den Bart des Königs von Spanien versengt hatte‹. Die spanischen Galeonen waren zu schwerfällig und unbeholfen gewesen, um gegen die raschen und leichter manövrierbaren kleineren Schiffe Drakes etwas auszurichten. Über hundert Schiffe waren an jenem Tag zerstört worden. Die spanische Armada mochte wohl furchterregend aussehen, aber die Engländer würden sie überlisten, wo immer sie ihr begegneten. Aus Höflichkeit sprach er diesen Gedanken aber nicht laut aus.

Es war unmöglich, Don Miguel nicht zu mögen. Er war charmant, was selbst diejenigen nicht abstreiten konnten, die behaupteten, daß jeder Spanier ein Teufel und ein Unmensch sei.

Lizbeth war anfangs allerdings voreingenommen gewesen aufgrund der abstoßenden Dinge, die sie über die Spanier gehört hatte, so daß sie Don Miguel mied. Aber später, als sie ihn Tag für Tag bei den Mahlzeiten traf und sie zusammen über das Deck der *Santa Perpetua* gingen, weil keiner von beiden etwas anderes zu tun hatte, lernten sie sich näher kennen. Und sie behandelte ihn so, wie sie es mit jedem jungen Mann seines Alters getan hätte.

Es war unmöglich, die ganze Zeit über Dinge wie Krieg und nationale Feindseligkeiten zu sprechen. Sie waren beide jung und unerhielten sich über das Leben und über alles, was sie gemeinsam interessierte.

Don Miguel war ein leidenschaftlicher Reiter, und Lizbeth selbst ritt, seitdem sie laufen konnte, und liebte Pferde über alles. Nachdem sie anfangs in Don Miguels Gegenwart zurückhaltend und sogar abweisend gewesen war, freute sie sich jetzt auf die Gelegenheiten, mit ihm zusammen zu sein.

Wenn sie in einem Hafen lagen, war er, außer bei den Mahlzeiten, in seiner Kajüte eingeschlossen, und ein Wächter stand vor seiner Tür.

Aber wenn sie auf See waren, durfte er sich auf dem Schiff frei bewegen, denn Rodney wußte, daß er nicht fliehen konnte.

Lizbeth und Don Miguel sprachen manchmal englisch miteinander, manchmal auch spanisch, und gelegentlich probierten sie ihr Französisch und ihr Latein aus und lachten über ihre Fehler.

Der Hafen, in dem Rodney die Fracht überprüfte, lag zu nahe bei der Meerenge von Panama, als daß sie dort länger als ein paar Tage verweilen konnten. Deshalb fuhren sie mit den angeheuerten Eingeborenen an Bord die Küste hinab, die von Meile zu Meile eindrucksvoller und schöner wurde.

Große Wälder erstreckten sich, so weit das Auge reichte. Die Vegetation war tropisch, und wenn sie an Land gingen, erstand Lizbeth so viel Heilkräuter wie möglich für die Verwundeten. Es gab auch Schildkröteneier, Kokosnüsse, Paradiesfeigen, Ananas und Bananen. Sie kochten eine Schildkröte, die überraschend angenehm schmeckte. Es gab noch andere Dinge, die an Bord gebracht wurden und die den ersten Teil ihrer Reise von England hierher wie einen Alptraum erscheinen ließen.

An der Küste von Darien gab es Fasane im Überfluß. Sie fuhren an einem Hafen vorbei, in dem Drake angelegt hatte und der Fasanenhafen genannt worden war, weil es dort viele dieser herrlichen Vögel gab. Hier war es nicht sicher zu verweilen, denn die Spanier hatten Drakes Ausfälle von diesem Hafen aus nie vergessen. Deshalb segelten sie daran vorbei und hofften, daß sie nicht gesehen worden waren.

Es gab wilde Vögel, Wildbret, Hühner und Schweine, die man den Eingeborenen abkaufen konnte. Rodney bestand darauf, daß alles bezahlt wurde. Daher kehrten die Eingeborenen, die an Land gingen, oft mit ein paar Freunden zurück, die sich ebenfalls der englischen Mannschaft anschließen wollten.

Es waren zwei glückliche Schiffe, und obwohl es manchmal Strafen gab, wenn ein Mann zu eigenwillig wurde, wußte Lizbeth, daß Don Miguel oft überrascht die vergnügten Gesichter der Männer betrachtete, die auf den Decks arbeiteten. Sie sangen fröhlich bei ihrer Arbeit, was für ihre Zufriedenheit sprach.

»Sie sind glücklich«, sagte er eines nachmittags, als er und Lizbeth vor Sonnenuntergang in der Achterkajüte saßen. Es war ein Seemannslied, das ihn zu dieser Bemerkung veranlaßt hatte und das jeder Mann an Bord seit seiner Kindheit kannte und in das sie alle aus vollem Hals einstimmten.

»Ja, sie sind glücklich«, sagte Lizbeth. »Sie sind gut genährt, und sie waren erfolgreich. Jeder von ihnen wird ein gutes Beutegeld erhalten, sobald wir in Plymouth sind.«

Sie sagte es leichthin und befürchtete dann, sie hätte ihn gekränkt, weil sie auf die Kaperung seines Schiffes angespielt hatte. Deshalb fügte sie rasch hinzu:

»Es tut mir leid, für Euch, meine ich.«

Er lächelte sie an. Sie saß halb zusammengekauert in einem Armsessel. Ihr Kinn ruhte auf ihrer Hand, und ihr Haar, das während der Reise gewachsen war, ringelte sich fast bis auf ihre Schultern. Es leuchtete vor dem dunklen Samt des Armsessels, in dem sie saß. Da sie sich über sein Schweigen wunderte, hob sie den Blick. Etwas in seinen Augen ließ sie unsicher werden.

»Ihr seid sehr hübsch«, sagte er leise auf englisch.

Sie spürte, wie ihr das Blut in die Wangen stieg.

»Was meint Ihr damit?« stammelte sie.

»Dachtet Ihr wirklich, Ihr könntet mich täuschen?« fragte er.

»Ich wußte es vom ersten Augenblick an, da ich Euch sah. Sind Engländer wirklich so blind oder tun sie nur so?«

Lizbeth machte keinen Versuch zu leugnen.

»Rodney weiß es«, sagte sie, »aber die anderen nicht.«

Don Miguel machte eine abfällige Handbewegung.

»Ich wußte immer, daß die Engländer dumm sind, aber sich vorzustellen, daß solcher Liebreiz einem Jungen gehören könnte, das ist Irrsinn.«

Lizbeth lachte.

»Bitte versprecht mir, daß Ihr nichts verraten werdet«, sagte sie. »Ich werde Euch auch erklären, warum ich hier bin.«

Sie erzählte ihm die Geschichte, aber um seine Gefühle zu schonen, erwähnte sie den Ärger ihres Vaters über Francis' Freundschaft mit Dr. Keen nicht. Sie erzählte ihm, warum sie Francis' Stelle eingenommen hatte und wie empört Rodney gewesen war, als er feststellte, daß er von ihr übertölpelt worden war. Alle Mann an Bord akzeptierten sie als Jungen und hatten niemals den geringsten Zweifel an ihrem Geschlecht geäußert.

Don Miguel hatte ihr aufmerksam zugehört. Plötzlich beugte er sich vor und fragte:

»Spielt Ihr gern den Jungen?«

»Natürlich«, erwiderte Lizbeth trotzig. »Anfangs war es seltsam, aber inzwischen habe ich mich daran gewöhnt.«

»Und doch wäre die Atmosphäre auf dem Schiff eine ganz andere, wenn Ihr Euch als Frau zu erkennen geben würdet. Alle würden versuchen, Euch zu gefallen. Die Offiziere würden sich um Eure Gunst bemühen, jeder Mann wäre galant. Männer arbeiten am besten, wenn sie einer Frau gefallen wollen.«

»Was Ihr sagt, würde Rodney schockieren«, erwiderte Lizbeth. »Er ist dagegen, daß Frauen an Bord sind. Und wer könnte es ihm übelnehmen. Nur die losesten Kapitäne und die leichtsinnigsten Frauen segeln zusammen auf englischen Schiffen.«

»Die Engländer sind ein merkwürdiges Volk«, sagte Don Miguel. »Aber ich kann nicht begreifen, wie Ihr sie auch nur einen einzigen Augenblick täuschen konntet, da Ihr so hübsch seid. Ich würde Euch gern in der kostbaren Seide sehen, die jetzt unten im Schiff liegt. Wir haben Seide aus China, die so fein ist, daß man sie durch einen Ring ziehen kann, und so weich, daß die bloße Berührung damit die Haut zu liebkosen scheint. Wir haben auch Seide von der Farbe der Smaragde, und dort liegen auch Smaragde, die an Eurem weißen Hals entzückend aussehen würden.«

Er stand plötzlich auf und blickte zur Tür, die zum Außendeck führte. Sie war geschlossen. Die Männer sangen immer noch. Über ihnen hörten sie die langsamen Schritte des wachhabenden Offiziers.

»Ich will Euch etwas zeigen«, sagte Don Miguel.

Er ging durch die Kajüte, nahm ein Bild von der Wand und stellte es auf den Fußboden. Die Holztäfelung hinter dem Bild glich derjenigen im übrigen Raum. Er drückte auf eine geheime Feder, und ein Teil der Täfelung sprang auf. Es war ein geschickt angelegtes Versteck, von dem niemand etwas geahnt hatte.

Lizbeth hielt den Atem an. Aus der Vertiefung der Täfelung nahm Don Miguel ein mit Ornamenten verziertes Kästchen. Es hatte ein Vorhängeschloß, und er nahm ein Band von seinem Hals, an dem ein goldener Schlüssel hing. Das kleine Schloß, das ebenfalls aus Gold war, sprang auf, und als Don Miguel das Kästchen öffnete, stieß Lizbeth einen erstaunen Schrei aus. Es war bis zum Rand mit Juwelen gefüllt.

Da lagen Perlen in allen Größen und Formen, große Saphire, die in ziseliertes Silber eingefaßt waren, und eine goldene Halskette mit Smaragden, die Don Miguel ihr hinhielt. Es war das schönste, was sie jemals gesehen hatte.

Instinktiv griff sie nach der Kette.

»Ich möchte die Kette an Eurem Hals sehen«, sagte er.

»Sie ist herrlich«, rief Lizbeth. »Ich habe noch nie so große Smaragde gesehen.«

»Eine Brosche und ein Ring gehören auch dazu«, sagte Don Miguel.

»Sie haben ein unglaubliches Feuer«, sagte Lizbeth.

»Ja, wißt Ihr nicht, daß das Feuer eines Smaragdes das Feuer im Herzen des Mannes widerspiegelt, wenn er vor der Frau steht, die er liebt?« fragte Don Miguel. »Rubine verkörpern die Leidenschaft, aber bei uns in Spanien verkörpern Smaragde die Liebe, und sie ist größer als die Leidenschaft.«

Als er dies sagte, nahm er einen Ring mit einem viereckigen großen Smaragd aus dem Kästchen, der in einer merkwürdig gewundenen Form in Gold eingefaßt war. Don Miguel ergriff Lizbeths Hand, noch ehe sie verstand, was geschah, und steckte ihr den Ring an den Finger.

»Er gehört Euch!« sagte er. »Ich schenke ihn Euch.«

Mit einer Heftigkeit, die ihn überraschte, zog Lizbeth ihre Hand zurück.

»Wie könnt Ihr glauben, daß ich ihn annehme?« sagte sie ärgerlich. Sie zog den Ring vom Finger und legte ihn zurück in das Kästchen. »Wißt Ihr nicht, daß alles auf diesem Schiff nicht einer Person gehört, sondern allen? Ein Teil gehört jenen, die das Schiff befahren, der Rest geht an die Teilhaber, die die Fahrt finanziert haben. Wenn ich den Ring annehmen würde, würde ich sie bestehlen. Und was noch schlimmer ist, jetzt, nachdem Ihr mir die Juwelen gezeigt habt, müßt Ihr auch Rodney über das Versteck berichten.«

Don Miguel schwieg.

»Wenn Ihr das nicht macht, werde ich es tun«, sagte Lizbeth.

Er lächelte sie an, und sie stellte fest, daß ihr Ärger verflog.

»Bitte seid nicht ärgerlich auf mich«, bat er. »Ich dachte nicht, daß Ihr so strenge Vorstellungen von Gerechtigkeit habt. Aber was bedeutet schon ein Ring bei dieser reichen Fracht, die viele tausend englische Pfund wert ist? Ich wollte Euch etwas schenken, was mir gehört. Ich vergaß, daß ich nichts mehr besitze.«

Lizbeth war gerührt über die Demut in seiner Stimme.

»Bitte verzeiht mir«, sagte sie rasch, »es war freundlich von Euch, daß Ihr mir ein Geschenk machen wolltet. Ich danke Euch dafür, auch wenn ich es nicht annehmen kann.«

»Aber Ihr habt schon etwas angenommen«, sagte Don Miguel.

Er verschloß das Kästchen, während er sprach, und seine Stimme war leise und sehr ernst.

»Was habe ich angenommen?« fragte Lizbeth verwirrt.

»Mein Herz«, antwortete er.

Einen Augenblick konnte sie kaum glauben, was er gesagt hatte, und dann sah sie in seinen Augen das Feuer, wie sie es in den Tiefen der Smaragde gesehen hatte.

»Nein! Nein!« rief sie impulsiv.

»Es ist wahr«, sagte Don Miguel. »Ihr könnt doch unmöglich so bescheiden sein, zu glauben, daß ich Tag für Tag mit Euch zusammensein kann, Euch sehe, Euch höre, mit Euch spreche, ohne mich in Euch zu verlieben? Wißt Ihr nicht, wie anziehend Ihr seid?«

»Nein, natürlich nicht.«

Lizbeth konnte nicht verhindern, daß ein Grübchen in ihren Wangen erschien.

»Ihr seid reizend, Ihr seid anmutig, Ihr seid hinreißend. Ihr bezaubert mich jeden Augenblick, den ich mit Euch zusammen bin«, sagte Don Miguel. »Ich glaubte bis jetzt, alle englischen Frauen seien kalt, nüchtern und sehr, sehr langweilig, aber Ihr seid wie Quecksilber. Ihr zieht mich an wie die Wärme eines Feuers einen frierenden Mann anzieht. Ich brauche Eure Wärme, Lizbeth. Ich bin einsam. Ich brauche Euch.«

Lizbeth preßte die Hände an ihre Ohren.

»Das geht nicht! Ihr dürft nicht so mit mir sprechen! Ich darf Euch nicht zuhören!«

»Warum nicht! Wir sind beide einsam.« Don Miguel trat zu ihr, und sie mußte zu ihm aufblicken.

Er war sehr viel größer als sie. Als sie sein Gesicht sah, zärtlich vor Sehnsucht und Liebe, hatte sie plötzlich das Bedürfnis, die Arme um ihn zu schlingen. Er war ein Junge wie Francis, weit weg von zu Hause, der unter den schwierigsten Umständen tapfer sein mußte. Er war ein Gefangener auf seinem eigenen Schiff.

Einen Augenblick vergaß Lizbeth, daß er sie liebte. Sie dachte nur daran, daß sie jung und einsam waren und daß er sich nicht nur einmal, sondern viele Male bemüht hatte, das beste aus seiner bedrückenden Situation zu machen.

»Armer Miguel«, sagte sie und nannte ihn zum ersten Mal bei seinem Vornamen. »Ich wollte, ich könnte Euch helfen.«

Sie meinte es ehrlich und erkannte erst an seinem Gesichtsausdruck, wie er ihre Freundlichkeit auslegte.

Ehe sie ihn davon abhalten konnte, nahm er sie in seine Arme. Sie spürte zum ersten Mal seine Kraft und war überrascht darüber. Dann küßte er sie zärtlich und doch mit einer fordernden Leidenschaft, die ihr den Atem nahm.

9. Kapitel

Rodney summte leise vor sich hin, als er auf dem Achterdeck auf und ab ging. Es war glühend heiß, und das Schiff bewegte sich nur langsam. Die Brise war beinahe unmerklich, und meistens hingen die Segel schlaff herunter. Das Meer selbst war so ruhig, daß das Wasser an dem hölzernen Rumpf der *Santa Perpetua* zu kleben schien.

Die *Sea Hawk*, ungefähr eine halbe Meile entfernt, war in der gleichen Lage. Rodney sah, wie Barlow unruhig seine Topsegel betrachtete. Barlow war immer sofort besorgt, wenn Flaute herrschte. Das schien ihm irgendwie unnatürlich zu ein, während ein Sturm ihn völlig unbewegt und gänzlich unbesorgt ließ.

Rodney dagegen genoß Perioden mit ruhiger See und sonnenüberstrahltem Himmel. Es gab nichts zu tun als zu warten, bis der Wind wieder auffrischte. Er genoß die Ruhe nach den Aufregungen der letzten Tage.

Da er sich nun um zwei Schiffe kümmern mußte, konnte er nachts kaum schlafen und war ein halbes Dutzend Mal aufgestanden, um nach den Lichtern der *Sea Hawk* zu sehen, die über das Wasser leuchteten. Er hätte diese Schwäche vor niemandem zugegeben, aber er glaubte, er würde es nach seiner triumphalen Kaperung der *Santa Perpetua* nicht ertragen können, eines seiner Schiffe zu verlieren.

Ihre Lage war sehr gefährlich, bis sie sich von Nombre de Dios und der Landenge von Panama entfernt hatten. Die Spanier hatten in Havanna eine Flotte liegen, und nichts war wahrscheinlicher, als daß sie zwei oder drei Schiffe davon auf die Suche nach der *Santa Perpetua* ausschicken würden.

Außerdem war Don Miguel eine wichtige Person. Rodney hatte erfahren, daß sein Vater einer der größten Grundbesitzer im spanischen Maine und der Eigentümer vieler Schiffe war, die reich beladen mit Schätzen aus Peru von den Goldminen über Panama nach Hause segelten. Es war nicht zu erwarten, daß der einzige Sohn des Marquis de Suavez verlorenging, ohne daß nicht nur in Havanna, sondern auch in Spanien selbst große Aufregung herrschte. Don Miguel hatte seine Gefangennahme mit großer Selbstbeherrschung und einer Würde aufgenommen, die sogar Master Gadstone unwillige, aber aufrichtige Bewunderung entlockte.

Erst als sie viele Meilen von der Gefahrenzone entfernt waren, begann Rodney freier zu atmen, und er spürte, daß er sich bewegen konnte, ohne ständig den Horizont nach einem Segel abzusuchen.

Es wurde immer heißer, und die Vegetation auf dem Festland wurde tropischer und exotischer. Und trotzdem kamen die Vögel mit ihrem leuchtenden Gefieder nicht der wunderbaren Vielfalt und Farbe der Fische gleich, die in dem klaren Wasser schwammen.

Rodney wurde niemals müde, sie zu beobachten. Es belustigte ihn, die Bemühungen der rauhen Seeleute mitanzusehen, die einige dieser zarten, märchenhaften Lebewesen einzufangen versuchten und an Bord zu halten. Aber in den irdenen Gefäßen oder Zinnkrügen verloren sie bald ihre Schönheit und ihr Leben, und die Männer gaben sich schließlich damit zufrieden, eine Riesenschildkröte zu ihrem Haustier zu machen und bunte Papageien, Makaos und Tukane von den Eingeborenen zu kaufen, die sie nur allzu gern gegen eine kleine Silbermünze eintauschten, egal, welche Nation sie geprägt haben mochte.

Es gab Blüten in großer Fülle. Und Rodney, der eine seltsame weiße Blüte, nicht unähnlich einer Lilie, hinter dem Ohr eines Eingeborenen sah, als dieser leichtfüßig die Takelage hinaufkletterte, mußte plötzlich an Phillida denken. Er hatte sie mit einer Lilie verglichen, als er sie zum ersten Mal sah.

Mit ihrer klaren, weißen Haut und dem Haar, das so golden war wie der Weizen, der in der Sonne reift, hatte ihre Schönheit ihm den Atem genommen. Und doch sagte er sich schuldbewußt, daß es lange her war, seit er zum letzten Mal an sie gedacht hatte, ja sich überhaupt an ihre Existenz erinnert hatte.

Irgendwie erinnerte er sich nur noch an den Ausdruck ihrer Augen. Sie hatten nichts gemein mit dem warmen, schimmernden Blau des Meeres, über das er segelte. Es war ein kaltes, ein frostiges Blau, das das Blut in den Adern eines Mannes nicht erwärmen konnte.

Unbewußt schüttelte er sich, als er über das Achterdeck ging. Phillida war eine der schönsten Frauen, die er je gesehen hatte, und er hatte viele Frauen gesehen, als er mit Drake um die Welt gesegelt war. Nicht einmal in Whitehall war ihr eine gleichgekommen. Obwohl er nur eine kurze Zeit in London verbracht hatte, war es ihm möglich gewesen, die meisten der gefeierten Schönheiten zu sehen – Lady Mary Howard, Elizabeth Throgmorton und die Gräfin von Warwick. Phillida war reizender als sie alle, und wenn er, reich und erfolgreich von seiner Reise zurückkehrte, würde sie ihm gehören.

Er versuchte sich vorzustellen, wie es wäre, sie in seinen Armen zu halten, ihre Lippen zu suchen, ihre weiche Haut unter seinen Händen zu spüren. Aber seine Vorstellungskraft reichte dazu nicht aus, so sehr er es auch versuchte. Er erinnerte sich nur noch daran, wie sie ihn auf der Terrasse in Camfield anflehte, daß ihre Hochzeit nicht zu bald stattfinden solle.

In ihrer Miene hatte Furcht gelegen und noch etwas, das er nicht deuten konnte, das ihm aber Unbehagen bereitete.

Er ging über das Deck und mußte daran denken, um wie vieles angenehmer es war, den Platz der *Santa Perpetua* zur Verfügung zu haben, wo man sich die Beine vertreten konnte, und nicht auf den engen Raum der *Sea Hawk* beschränkt zu sein. Seine Gedanken stürzten sich auf das neue Thema, als wären sie froh, nicht mehr bei Phillida verweilen zu müssen.

Er dachte an die großen Kanonen der *Santa Perpetua*, die bis jetzt nicht aufgehört hatten, den Hauptkanonier zu faszinieren, und an denen die Männer jeden Morgen übten. Und er dachte an die kostbare Fracht, die unten in den Lagerräumen gestapelt war. Rodneys Blick fiel auf eine kleine Pinasse, die die *Santa Perpetua* im Schlepptau hatte. Sie hatten sie am Tag zuvor ihrem spanischen Besitzer samt seiner Mannschaft von sechs Eingeborenen abgenommen.

Die Pinasse war mit Hühnern, Schweinen und Honig vollgepackt gewesen, eine Fracht, die sie rasch auf die *Santa Perpetua* verladen hatten. Rodney zog sie nun hinter sich her, da er sie gebrauchen konnte, während sie an der Küste entlangfuhren. Später würde er das tun, was Drake immer gemacht hatte, er würde sie zerstören, ehe er den Atlantik überquerte. Die kleine Pinasse war auf dem offenen Meer nutzlos, aber für die Spanier war sie bei ihrer Küstenfahrt sehr nützlich, und er durfte sie deshalb nicht intakt zurücklassen.

Rodney hatte gehofft, daß sie heute einem Perlenlogger begegnen würden und eine Chance bekämen, die Perlen an sich zu nehmen, bevor diese nach Nombre de Dios und von dort aus nach Spanien gebracht würden. Er wollte eine Kette für Phillidas weißen Hals, dachte er, und wußte dabei, daß dies nichts als ein Trostpflaster für sein schlechtes Gewissen war. Er lächelte über seine eigenen Selbstvorwürfe.

Wenn Männer mit schwierigen und gefährlichen Situationen fertig werden mußten, hatten sie keine Zeit an Frauen zu denken. Wenn er nach Hause zurückgekehrt war, wäre alles anders. Dann würde er Phillida lehren, was Liebe hieß. Aber im Augenblick gab es Wichtigeres zu tun.

Die *Santa Perpetua* lag jetzt beinahe still. Rodney wußte, daß am Abend Wind aufkommen würde. Es war gefährlich, in der Nacht weiterzusegeln, aber sie konnten unmittelbar, wenn die Morgendämmerung anbrach, Segel setzen und so lange fahren, bis die Mittagshitze die Brise absterben ließ und sie wieder auf einem glasigen Meer schaukelten.

Er sah zur *Sea Hawk* hinüber und dann über das leere Meer. Sie konnten nichts anderes tun als auf den Wind warten. Sie waren nahe der Küste, aber das Wasser war tief, und die einzige Gefahr lauerte in verborgenen Korallenriffen. Der Mann mit dem Senkblei rief die Tiefen aus. Rodney hörte seine Stimme.

»Kein Grund«, sagte er.

Rodney blickte in das klare Wasser und sah die Fische um ihr Schiff herumschwimmen. Die Sonne brannte und wurde von keinem Windhauch gemildert.

Auf der *Sea Hawk* starrte Barlow zu seinen Topsegeln hinauf. Er fieberte danach loszufahren, und plötzlich war Rodney nicht sicher, ob ihm nicht ebenso danach zumute war. Plötzlich war er unruhig, obwohl er nicht hätte sagen können, weshalb.

Er fragte sich, was Lizbeth wohl tat. Um diese Stunde kam sie gewöhnlich an Deck. Ihre Anwesenheit störte ihn nun nicht mehr, wie es anfangs der Fall gewesen war. Er freute sich sogar auf die Mahlzeiten, bei denen sie miteinander sprechen konnten, und seit er die *Santa Perpetua* gekapert hatte, fand er häufig Grund, für ihre Anwesenheit dankbar zu sein.

Es wäre nicht einfach gewesen, allein mit Don Miguel am Tisch zu sitzen und seine Speisen von seinen goldenen Tellern zu essen. Lizbeths Gegenwart milderte die Spannung, die zwischen ihm und seinem Gast herrschte. Ihr Mißtrauen und ihre Abneigung gegen den Spanier war kurzlebig gewesen, und bald unterhielten sich alle drei miteinander, als wären sie alte Freunde.

Don Miguel erzählte ihnen von seinem Leben in Spanien, Rodney revanchierte sich mit einer Beschreibung seiner Reisen um die Welt, ohne sich dabei zu lange bei ihren Kämpfen mit den Spaniern aufzuhalten, und Lizbeth sprach von ihren Pferden, ihrem Elternhaus und vermied es geschickt, wie Rodney fand, Erlebnisse zu berichten, die hätten enthüllen können, daß sie für einen Jungen höchst ungewöhnlich erzogen worden war.

Rodney fand, daß die Mahlzeiten auf der *Santa Perpetua* ungewöhnlich angenehm verliefen, und er fragte sich, als er die Tür der Achterkajüte öffnete, was es wohl zum Abendessen geben würde.

Im nächsten Augenblick blieb er wie angewurzelt stehen. Lizbeth lag in den Armen des Spaniers. Er küßte sie.

Rodney stand da, und es schien ihm eine Ewigkeit zu dauern, was in Wirklichkeit nur der Bruchteil einer Sekunde war.

Als hätten sie seine Anwesenheit gespürt, hob Don Miguel den Kopf. Er ließ Lizbeth los, aber Rodney war nicht sicher, ob sie sich ohne sein Erscheinen von ihm zurückgezogen hätte. Rodney stand immer noch in der Tür, und Don Miguel und Lizbeth warteten darauf, daß er als erster sprach.

Er trat ein, schloß die Tür hinter sich und ging langsam durch die Kajüte. Er wirkte ruhig und selbstbeherrscht, aber in Wirklichkeit war er aufgewühlt. Er hatte plötzlich das irrsinnige Bedürfnis, seinen Degen zu ziehen und den Spanier damit zu durchbohren, der, wie es Rodney schien, mit einem unverschämten Lächeln dastand.

Rodneys Hand fuhr an den Degengriff. Aber dann fiel ihm ein, daß dieser Mann sein Gefangener war. Und es war gegen jede Anstandsregel, daß er ihn angriff oder zu einem Kampf herausforderte.

»Ich wäre Euch dankbar, Señor de Suavez«, sagte er, »wenn Ihr in Eure Kajüte ginget und dort bliebet, bis ich Euch rufen lasse.«

Don Miguel verbeugte sich.

»Ich gehorche Euch, Sir«, sagte er, »aber ehe ich gehe, möchte ich Euch sagen, daß meine Liebe zu Eurer künftigen Schwägerin ehrenhaft ist.«

Es schien Rodney, als läge Spott in den Worten des Spaniers. Wie konnte es dieser wagen, Lizbeth seine künftige Schwägerin zu nennen und ihn dadurch in die fantasielose Rolle eines Sittenwächters zu zwingen.

»Ihr werdet mir ohne Widerrede gehorchen«, sagte Rodney scharf.

Don Miguel verbeugte sich noch einmal und sagte dann, zu Lizbeth gewandt, die schweigend neben ihm stand:

»Mein Leben liegt Euch zu Füßen.«

Don Miguel hob ihre Hand an seine Lippen und verließ lächelnd und mit erhobenem Kopf die Kajüte.

Einen Augenblick trafen sich die Blicke der beiden Männer, als er an Rodney vorüberging. Ihre Willen prallten aufeinander, es war ein Kampf, der heftiger war als alles, was an ihren ausdruckslosen Gesichtern abzulesen war. Als Don Miguel die Tür erreicht hatte, deutete er mit einer theatralischen Geste auf das Juwelenkästchen.

»Noch eine Gabe für den Eroberer«, sagte er.

Die Kajütentür schloß sich hinter ihm. Schweigen trat ein, ein Schweigen, in dem es Lizbeth so schien, als müsse Rodney ihr Herz schlagen hören. Noch nie hatte sie ihn so ernst gesehen. Zum ersten Mal fürchtete sie sich vor ihm. Dann aber sagte sie sich, daß eine solche Haltung lächerlich war.

Mit Mühe zwang sie sich, auf das Juwelenkästchen zu deuten.

»Darin sind Juwelen, Rodney.« Sie versuchte, natürlich zu

sprechen, aber ihre Stimme zitterte. »Juwelen, wie Ihr sie noch niemals gesehen habt.«

»Ich interessiere mich nicht für Juwelen«, antwortete Rodney. »Ich erwarte eine Erklärung.«

Er war wie ein strenger Lehrer, dachte Lizbeth plötzlich, und obwohl ihr Herz heftig schlug, gelang es ihr zu antworten.

»Es tut mir leid, aber Don Miguel fand heraus, daß ich kein Junge bin. Ich versichere Euch, ich habe es ihm nicht gesagt. Ich glaube, Fremde sind scharfsichtiger als Engländer.«

»Wie hat er es herausgefunden?« fragte Rodney.

»Ich habe keine Ahnung«, erwiderte Lizbeth. »Er sagte mir nur, daß er es vom ersten Moment an wußte, als er mich sah.« Sie blickte Rodney an, sah den Zorn in seinen Augen und seine zusammengepreßten Lippen. »Es... es tut mir leid, Rodney.«

»Leid!« Er schrie ihr das Wort ins Gesicht. »Kein Wunder, wenn ich hereinkomme und Euch in den Armen des Spaniers finde!«

Lizbeth hatte erwartet, daß er darauf zu sprechen kommen würde, und doch errötete sie jetzt. Ihre Augen wurden lebhaft grün, als sie sich mit ungeheurer Anstrengung zwang, ihn anzusehen. Leise sagte sie:

»Auch das tut mir leid. Es... es kam ganz unerwartet... und unaufgefordert.«

»Ich bin froh, daß es nicht schon seit einiger Zeit hinter meinem Rücken geschehen ist«, bemerkte Rodney sarkastisch.

»Ich... ich hatte keine Ahnung... daß Don Miguel mich liebt«, erwiderte Lizbeth.

»Euch liebt!«

Um mit seinen Gefühlen leichter fertigzuwerden, löste Rodney seinen Degen und schleuderte ihn auf den Tisch. »Das kommt davon, wenn man eine Frau an Bord hat. In Euch verliebt! Ein Spanier! Ein Mann, der unser erbittertster Feind ist! Ein Mann, der einer Nation angehört, die unser Volk gequält hat! Ein Mann, den Ihr verabscheuen und hassen solltet! Und was stelle ich fest? Ich finde Euch statt dessen in seinen Armen.«

»Ich weiß, daß ich nicht so empfinden sollte«, antwortete Lizbeth, »aber Rodney, irgendwie ist es unmöglich. Ich dachte, alle Spanier seien Unmenschen, aber Ihr wißt so gut wie ich, daß man dies nicht von Don Miguel sagen kann. Er ist jung, weit weg von zu Hause, einsam, und er vermißt seine Mutter, seinen Vater, seine Schwester. Er verliebt sich in mich, wahrscheinlich, weil keine andere Frau außer mir da ist.«

Lizbeth war auf Rodney zugegangen, als sie sprach, und jetzt stand sie mit gefalteten Händen vor ihm und blickte zu ihm auf. Ihre weichen, roten Lippen waren geöffnet. Er sah auf sie hinab. Ihm war bis jetzt nicht bewußt gewesen, wie lieblich sie war. Ihr Haar hatte sich während der Umarmung mit Don Miguel gelöst. Es umspielte sanft ihr Gesicht und schien vor der dunklen Eichenholzwand der Kajüte fast wie ein Feuer zu glühen.

»Du bist reizend«, sagte er ziemlich leise, wie zu sich selbst.

Ja, sie war reizend, dachte er, und dann konnte er plötzlich den Ärger, der ihn verzehrte, seitdem er die Kajüte betreten hatte, nicht länger bezähmen. Er packte sie an den Schultern und zog sie an sich, so daß er ihr ins Gesicht sehen konnte.

»Du bist sehr sprachgewandt, wenn es darum geht, für einen Spanier zu bitten«, sagte er. »Aber was ist mir dir? Wenn du nach Küssen hungrig bist, können dich dann englische nicht befriedigen?«

Seine Stimme klang heiser und brutal, und ehe Lizbeth ahnte, was er vorhatte, bog er mit einer Hand ihren Kopf zurück und preßte seine Lippen auf die ihren.

Dieser Kuß war anders als der erste. Sein Mund verletzte sie. Seine Arme waren wie stählerne Bänder, so daß sie nach Atem rang. Er hielt sie so fest, als wollte er sie nie wieder loslassen. Sein Kuß war beängstigend, und als er seine Lippen von den ihren nahm, lockerte er seinen Griff nicht. Er sah auf sie herab, und sie bemerkte die Grausamkeit in seinem Blick. Dann küßte er sie noch einmal. Er küßte sie, bis sie bat:

»Rodney, bitte laßt mich los... ich bitte Euch!«

Aber er hörte sie nicht.

Dies war nicht der Rodney, den sie kannte, der Rodney, dem sie vertraute – es war ein anderer Mann, ein Fremder, so schien es, der Besitz von dem Menschen ergriffen hatte, den sie für einen Freund gehalten hatte.

»Rodney, ich bitte Euch! Um Gottes willen...«

Sie begann zu weinen. Die Tränen liefen ihr an den Wangen herab, so daß ihre Lippen salzig wurden. Endlich bemerkte er, was er tat. Mit einem Schrei, der sie erschreckte, stieß er sie von sich.

Sie fiel zu Boden, und dann hörte sie, wie die Kajütentür hinter ihr zuschlug. Sie war allein. Einen Augenblick lag sie weinend am Fußboden, aber dann brachten ihre eigenen Tränen sie wieder zur Vernunft.

Jeden Augenblick konnte Hapley hereinkommen, um den Eßtisch zu decken. Er durfte sie nicht in einer solchen Verfassung sehen. Sie wischte sich mit einem Taschentuch über die Augen und zwang sich, die Schluchzer zu unterdrücken. Unsicher, als wäre die See rauh, ging sie hinüber in ihre Kajüte. Dort schloß sie sich ein und warf sich in ihre Koje.

Wie stolz war sie auf ihre neue Kajüte auf der *Santa Perpetua* gewesen! Aber jetzt haßte sie sie, sie haßte die Weichheit ihres Bettes, den Luxus der Leinentücher, das Federkissen und die gewobenen Decken. Sie wünschte, sie wäre wieder auf der *Sea Hawk*, die immer nach Bilge roch, mit der schaukelnden Hängematte in ihrer Kajüte.

Dort war sie glücklich gewesen. Obwohl Rodney anfangs wütend auf sie gewesen war, waren sie allmählich Freunde geworden. Sie dachte an die vertrauensvollen Gespräche mit ihm, und wie sie sich beide auf die Abenteuer gefreut hatten, die vor ihnen lagen.

Unglücklich und von dem Menschen gedemütigt, den man liebte, so endeten die Abenteuer, dachte Lizbeth. Plötzlich richtete sie sich auf. Was hatte sie eben gesagt? Und dann wußte sie es klar und unmißverständlich – sie liebte Rodney. Sie mußte ihn schon lange geliebt haben, dachte sie, vielleicht schon bevor sie England verlassen hatten, aber sie hatte es nicht gewußt. Wie blind sie gewesen war! Wie dumm, ihre eigenen Gefühle nicht zu erkennen! Jetzt, da sie ihren malträtierten Mund berührte, wußte sie, daß sie Rodney schon von jenem ersten Augenblick an geliebt hatte, als er sie unter den Fliederbüschen küßte, weil sie seinen Hut durchschossen hatte.

Ihre Lippen bluteten. Sein Kuß war die brutale Zurschaustellung eines Mannes gewesen, der völlig die Selbstkontrolle verloren hatte. Und doch verstand Lizbeth ihn. Wie Don Miguel vermißte er die Frauen, die er gekannt und geliebt hatte und die ihn liebten. Und anders als Don Miguel war er von ihrer Gegenwart erzürnt und aufgebracht, so daß es ihm danach verlangte, ihr wehzutun, sie leiden zu lassen, weil sie ihn auf eine ganz andere Art durch ihre Anwesenheit leiden ließ.

Wenn sie ein Mann gewesen wäre, hätte er sie bestrafen können. Dann wäre die ganze Episode rasch vergessen gewesen. Aber da sie eine Frau war, mußte er sich an ihr auf eine andere Art und Weise rächen. Lizbeth begann wieder zu weinen.

Aber es waren nicht mehr die Tränen der Angst, die sie in Rodneys Armen geweint hatte, es waren die sehnsüchtigen Tränen einer verliebten Frau, einer Frau, die weiß, daß ihre Liebe nicht erwidert wird.

Hatte es jemals eine solche Verwicklung gegeben? fragte sich Lizbeth. Rodney war in Phillida verliebt – darüber gab sie sich keinen Illusionen hin; Phillida verabscheute alle Männer und wollte Nonne werden; und sie selbst – sie liebte Rodney, wie sie es in ihrem ganzen Leben niemals für möglich gehalten hätte.

Jetzt glaubte sie, daß sie auf diese Liebe ihr Leben lang gewartet hatte, seitdem sie von der Liebe zu träumen und sich den Mann vorzustellen begonnen hatte, dem sie sich für alle Zeiten unterwerfen würde. Es waren fantasievolle Träume ihrer Kindheit gewesen, Träume, die mit dem Klang der Hochzeitsglocken endeten, Träume, in denen keine Schatten das Glück umwölkten.

Aber die Wirklichkeit war anders. Lizbeth weinte, weil sie einsam war und sich nach dem Mann sehnte, der sie grob von sich gestoßen hatte und der sie haßte und ihre Liebe nicht erwiderte. In diesem Augenblick schien es Lizbeth, als wäre sie erwachsen geworden. Sie war nicht mehr das unbeschwerte, glückliche Mädchen, das in Camfield über die Wiesen geritten war, seiner Stiefmutter Streiche gespielt hatte und Schwierigkeiten bekam, weil sie ihre Pflichten in der Vorratskammer nicht verrichtete.

Lizbeth sah, daß die Liebe nicht im geringsten das war, was sie sich darunter vorgestellt hatte. Innerhalb ganz kurzer Zeit hatte sie die Liebe in einem Mann geweckt, den sie nicht wollte, und die Begierde in dem Mann, den sie liebte.

Sie sah den Unterschied zwischen richtig und falsch, und wußte, wie sie zu wählen hatte, so viele Schmerzen es ihr auch bringen mochte.

Ihre Tränen versiegten nach einer Weile. Sie wusch sich das Gesicht und zog sich für das Abendessen um. Einen Augenblick fragte sie sich, ob sie Rodney und Don Miguel je wieder ins Gesicht sehen konnte, und dann wußte sie, daß alles nur noch schlimmer werden würde, wenn sie heute abend in ihrer Kajüte blieb. Es gab kein Entrinnen auf dem Schiff. Sie mußten sich benehmen, als wäre nichts geschehen, denn so sehr auch ihre Herzen schmerzen würden, sie waren zwei Monate von zu Hause entfernt.

Zum ersten Mal, seitdem sie auf das Schiff gekommen war, spürte Lizbeth, daß die Dinge leichter wären, wenn sie als Frau auftreten könnte. Es begann ihr lästig zu werden, vor den Offizieren und den Mannschaften so tun zu müssen, als wäre sie Mr. Gillingham, und sie wünschte, sie könne wenigstens heute nacht

Lizbeth sein, sowohl für Rodney, der sie haßte, als auch für Don Miguel, der sie liebte.

Es war Eitelkeit, die sie Francis' bestes Wams aus blauer Seide wählen ließ, dessen Ärmel weit und füllig waren. Die Halskrause, die dazu gehörte, war mit einer Silberborte eingefaßt, und als sich Lizbeth in dem Spiegel betrachtete, schämte sie sich ihres Äußeren nicht.

Trotzdem sah sie sich kurz im Geist in der grünen chinesischen Seide, von der Don Miguel gesprochen hatte, und sie stellte sich die Smaragde an ihrem Hals vor, den Armreif an ihrem Handgelenk und den Ring an ihrem Finger. Sie fragte sich, ob Rodneys Augen aufleuchten würden, wenn sie so gekleidet in die Kajüte käme, und ob er wieder sagen würde, wie vor ein paar Stunden:

»Ihr seid reizend.«

Sie konnte seine Stimme hören, und doch wußte sie, daß die Worte nicht so ausgesprochen worden waren, wie sie sie gern gehört hätte. Lizbeth gebot ihrer Fantasie Einhalt. Rodney gehörte Phillida. Sie waren verlobt. Phillida war ihm versprochen, ob sie es wünschte oder nicht.

Lizbeth schlug die Hände vor ihr Gesicht. Doch dann warf sie trotzig den Kopf zurück und öffnete die Tür. Sie mochte wohl vieles tun, was falsch war, aber sie war nicht feige. Sie würde Rodney heute abend gegenübertreten, so sehr sie davor auch zurückschreckte, und so sehr es ihr auch wehtun mochte.

Sie ging in die Achterkajüte, Rodney und Don Miguel warteten auf sie. Beide waren blaß und schwiegen, und beiden Männern schien ihre Anwesenheit unangenehm zu sein. Als Hapley hereinkam und das schwere, goldene Tafelgeschirr für den ersten Gang brachte, nahm Rodney an der Stirnseite des Tisches Platz. Lizbeth setzte sich zu seiner Rechten und Don Miguel zu seiner Linken.

Sie nahmen das Abendessen schweigend ein. Lizbeth hatte später keine Ahnung mehr, was sie gegessen hatte oder was ihr vorgesetzt worden war. Als die Diener sich zurückzogen und sie allein in dem von Kerzen beleuchteten Raum zurückblieben, leerte Rodney seinen Becher Wein und stellte ihn wieder auf den Tisch.

Er hatte auf diesen Augenblick gewartet, dachte Lizbeth. Sie wußte, daß das, was er sagen würde, unangenehm wäre.

»Ich habe schon mit Señor de Suavez gesprochen«, begann Rodney. »Ich habe ihm gesagt, daß er sich nicht mehr frei auf dem Schiff bewegen darf, da er sich nicht wie ein Gentleman benahm. Er wird die Mahlzeiten mit uns einnehmen. Ansonsten aber wird er sich in seiner Kajüte aufhalten. Er wird eingeschlossen, und ein Wachtposten wird vor seiner Tür stehen. Ich brauche nicht zu erwähnen, daß Ihr keinerlei Umgang mehr mit ihm pflegen werdet. Wenn Ihr mit ihm sprechen wollt, werdet Ihr dies in meiner Gegenwart tun.«

»Rodney, das könnt Ihr nicht tun«, protestierte Lizbeth. »Das ist ungerecht. Don Miguel hat nichts getan, was mich gekränkt hätte. Und wenn er von Liebe gesprochen hat, dann ist das meine und seine Sache. Es hat nichts mit Euch zu tun.«

»Es hat sehr viel mit mir zu tun«, erwiderte Rodney.

Lizbeth bemerkte, wie stark die Ader an seinem Hals schlug, und daß die Ruhe, mit der er sprach, nur Pose war. Er war immer noch wütend und aufgebracht.

»Ihr seid Gast auf meinem Schiff«, fuhr Rodney fort, »und de Suavez ist mein Gefangener. Ich könnte ihn in Ketten legen lassen. Aus Freundlichkeit habe ich ihm einen Platz an meinem Tisch gegeben und ihm erlaubt, mit Euch und den anderen an Bord zu sprechen. Er hat meine Großzügigkeit mißbraucht, indem er versuchte, Euch zu verführen.«

»Ihr tut ihm unrecht«, sagte Lizbeth empört. »Es ist ein Unglück für Don Miguel, daß ich an Bord bin. Es ist mein Fehler, nicht der seine. Und wenn Ihr jemanden bestrafen wollt, dann solltet Ihr mich bestrafen.«

Ihre Worte milderten Rodneys Zorn aber in keiner Weise.

»Ihr redet Unsinn«, sagte er grob. »Außerdem will ich nicht mit Euch streiten. Ich habe de Suavez schon gesagt, was er zu erwarten hat. Ein Wachtposten steht schon vor seiner Kajütentür. Und er wird dort bleiben, bis ich de Suavez den Behörden in England übergebe.«

Lizbeth kam es so vor, als erbleiche Don Miguel. Aber er sagte nichts.

Lizbeth war nicht bereit, sich von Rodney einschüchtern zu lassen. Sie liebte ihn, dachte sie, als sie sein Gesicht im Kerzenschein betrachtete, und doch sah sie seine Fehler. In dieser Angelegenheit war er zu hartherzig und zu kleinlich. Er war ungerecht und nützte seine Stellung aus.

Vielleicht war er auch nur verärgert, weil Don Miguel das Geheimnis ihres Geschlechts entdeckt hatte, dachte sie. Was auch immer der Grund sein mochte, sie war nicht bereit, ihn zu akzeptieren. Sie schob ihren Stuhl ein wenig zurück.

»Wenn man Don Miguel jetzt anders behandelt als vorher«,

sagte sie, »werden auf dem Schiff Gerüchte entstehen. Die Männer werden sich Gedanken darüber machen, was geschehen ist. Und wenn Leute ein Geheimnis lösen wollen, dann wird es gewöhnlich auch gelöst. Wir alle machen Fehler, und vielleicht hat Don Miguel heute abend einen Fehler gemacht, als er zu mir von seinen Gefühlen sprach. Vielleicht hätte er sich beherrschen sollen. Aber andere Menschen verlieren gelegentlich auch die Kontrolle über sich und werden nicht so hart dafür bestraft.«

Sie wußte, daß das, was sie sagte, mutig war. Sie wußte aber auch, daß ihre Argumente auf Rodney Eindruck machen würden. Er runzelte die Stirn und zog die Augenbrauen zusammen. Er dachte über ihre Worte nach und fragte sich, ob es wirklich unklug von ihm war, seine Haltung gegenüber seinem Gefangenen zu ändern.

»Also gut«, sagte er schließlich, »ich stimme dem unter der einen Bedingung zu, daß Ihr beide mir Euer Ehrenwort gebt, Euch nicht mehr allein in dieser Kajüte oder sonst einem Ort aufzuhalten.«

Es entstand eine kleine Pause, und da Lizbeth wußte, daß das Zugeständnis gegen Rodneys Stolz war, sagte sie langsam:

»Ich verspreche es Euch, Don Miguel und ich werden uns nur noch in Anwesenheit Dritter unterhalten.«

»Und es wäre mir recht, wenn Ihr so wenig wie möglich miteinander sprechen würdet. Könnt Ihr mir das versprechen, de Suavez?«

»Ich gebe Euch mein Ehrenwort«, antwortete Don Miguel.

Seine dunklen Augen sahen Lizbeth an, als er sprach, und sie hätte weinen können über den Schmerz, der in ihnen lag. Aber im Augenblick konnte sie nichts weiter für ihn tun. Sie hatte bei Rodney Fürsprache für ihn eingelegt und Erfolg gehabt. Aber sie wußte auch, daß sie Rodney jetzt nicht um mehr bitten durfte.

Don Miguel stand auf.

»Wenn Ihr erlaubt, ziehe ich mich in meine Kajüte zurück.«

»Bitte sehr«, sagte Rodney kalt. »Der Wachtposten wird zurückgezogen.«

»Danke.«

Don Miguel verbeugte sich vor Lizbeth und verließ die Kajüte.

»Danke«, sagte Lizbeth leise zu Rodney.

Er schlug mit der geballten Faust auf den Tisch.

»Dankt mir nicht!« schrie er. »Wenn es nach mir ginge, würde ich den Spanier am liebsten an der Rahnock aufhängen. Außer ihm weiß niemand an Bord, wer Ihr seid und weshalb Ihr hier seid. So gibt es nur Schwierigkeiten.«

Lizbeth antwortete nicht. Sie stand auf und ging durch die Kajüte. Einen Augenblick blieb sie vor dem Bild stehen, hinter dem Don Miguels geheimes Versteck lag und betrachtete es. Dann sah sie, daß das Juwelenkästchen nicht mehr auf dem Tisch stand, als dieser für das Abendessen gedeckt worden war, sondern nun auf der Kommode unter dem Bild. Sie fragte sich, ob Rodney die Juwelen schon gesehen oder ob er sie in seinem Zorn ignoriert hatte.

Sie erschrak, als sie seine Stimme hinter sich hörte. Sie hatte nicht gemerkt, daß er aufgestanden war.

»Lizbeth, es tut mir leid.«

Seine Stimme klang jetzt normal. Lizbeth blickte zu ihm auf und sah, daß die Arroganz aus seiner Miene verschwunden war. Er war wieder er selbst.

»Es tut mir leid«, sagte er noch einmal. »Ich hätte mich Euch gegenüber niemals so benehmen dürfen.«

»Wir wollen es vergessen«, sagte Lizbeth leise und wußte genau, daß sie die Härte seiner Lippen und die Kraft seiner Arme niemals vergessen würde.

»Dann ist es gut«, sagte Rodney erleichtert.

Er griff nach dem Juwelenkästchen.

»Ihr wolltet mir darüber erzählen«, sagte er.

»Ja, die Juwelen waren hinter diesem Bild verborgen«, sagte Lizbeth und bemühte sich, so natürlich wie möglich zu sprechen. »Don Miguel zeigte sie mir.«

Rodney öffnete das Kästchen, das nicht wieder verschlossen worden war, und jetzt hielt er den Atem an, als er die Juwelen sah und ihren Wert erkannte.

»Sie sind ein Vermögen wert«, rief er aus. »Ihr sagt, de Suavez hat sie Euch gezeigt?«

»Ja. Sie waren hinter diesem Bild in einem Geheimfach verborgen.«

»Warum hat er sie Euch gezeigt...«, begann Rodney.

Lizbeth blickte ängstlich zur Seite.

»Aber natürlich, ich weiß! Er wollte sie Euch schenken. Er liebt Euch«, fügte er scharf hinzu. »Soviel hat er zugegeben.«

»Ich habe sie zurückgewiesen«, sagte Lizbeth rasch.

»Wie konnte er es wagen!« schrie Rodney. »Er weiß so gut wie ich, daß die Beute auf dem Schiff allen gehört.«

»Ich zweifle daran, ob Ihr die Juwelen je gefunden hättet«, sagte Lizbeth ruhig. »Wenn er sie mir nicht gezeigt hätte, hätten wir niemals erfahren, daß sie hier verborgen waren. Ihr hattet auch keine Ahnung davon.«

Rodney blickte zuerst auf die Smaragde in dem Kästchen und dann auf Lizbeth.

»Er muß Euch sehr lieben. Wart Ihr versucht, sie anzunehmen?«

»Natürlich nicht«, sagte Lizbeth entrüstet.

»Ich wollte, ich könnte Euch glauben. Vielleicht war mein Erscheinen in der Kajüte unpassender, als mir bewußt war...«

»Ihr seid beleidigend«, sagte Lizbeth. »Ich habe Euch schon gesagt, daß ich die Juwelen zurückgewiesen habe. Es ist sinnlos, weiter darüber zu sprechen.«

Sie ging zur Tür und hoffte, daß er sie zurückrufen würde. Aber er sagte nichts mehr, sondern blickte nachdenklich auf den großen, quadratisch geschliffenen Smaragd.

10. Kapitel

Die Männer jubelten halb ironisch, als ein Perlenlogger längsseits der *Santa Perpetua* gebracht wurde. Sechs Spanier waren auf dem Schiff, und als sie an Bord kamen, sah Lizbeth, daß sie genauso aussahen, wie sie sich alle Spanier vorgestellt hatte, bevor sie Don Miguel kennengelernt hatte.

Ihre Gesichter waren breit und derb, ihr Verhalten arrogant, und daß sie brutal waren, zeigte sich, wenn man die Eingeborenen ansah, die sie auf ihrem Logger befehligten. Jeder einzelne davon hatte offene Wunden auf dem Rücken, verursacht durch vielschwänzige Peitschen, mit denen die Spanier ihre Sklaven so grausam behandelten.

Sie waren in der Tat ganz anders als die Eingeborenen, die Rodney gebeten hatte, freiwillig auf den englischen Schiffen zu dienen. Sie waren eingeschüchtert und an Geist und Körper gebrochen, und es schien ihnen gleichgültig zu sein, was mit ihnen geschah. Die Tatsache, daß ihr Schiff gekapert worden war, nahmen sie apathisch hin.

Rodney rief den Cimaroon zu sich.

»Kennst du diese Leute?« fragte er.

Der Mann nickte.

»Sie sind nicht von meinem Stamm«, sagte er. »Sie kommen weiter von Süden.«

»Sie würden uns kaum nützlich sein, selbst wenn sie bereit wären, mit uns zu segeln«, sagte Rodney. »Können sie zu ihren eigenen Leuten zurückkehren, wenn ich sie an Land setze?«

Der Cimaroon zuckte die Achseln.

»Diejenigen, die überleben, werden sicherlich den Weg nach Hause finden«, sagte er.

»Dann versuchen wir es.«

Rodney gab Befehl, die Sklaven in den Booten an Land zu bringen. Aber nicht einmal dies riß die Indianer aus ihrer Lethargie. Und die Spanier, die das für verrückt hielten, höhnten lauthals. Ihre boshaften Gesichter und harten Augen ließen Lizbeth frösteln.

Sie erinnerte sich daran, wie Rodney ihr geraten hatte, sich eher zu vergiften, als sich von den Spaniern gefangennehmen zu lassen. Jetzt begriff sie warum. Der Tod war eine bessere Lösung, als der Gnade solcher Männer ausgeliefert zu sein. Sie war erleichtert, als sie Rodneys Befehl hörte, die Spanier nach unten zu führen und in Ketten legen zu lassen.

Die Fracht des Loggers wurde an Bord geholt. Sie bestand aus einer kleinen Menge Silber und etwas Wein, der für den Gouverneur einer Siedlung weiter im Norden bestimmt gewesen war. Aber diese Dinge waren unbedeutend gegenüber den Perlen, die der Logger in Nombre de Dios hatte abliefern sollen, ehe die nächste Goldflotte nach Spanien aufbrach.

Es waren volle Leinwandsäcke, die in der Kapitänskabine verborgen gewesen waren. Sie waren wertvoll, aber es waren keine außergewöhnlich kostbaren Stücke darunter, befand Rodney, bis eine weitere Durchsuchung des Loggers eine kleine Blechdose zum Vorschein brachte, die unter den Planken der Kajüte versteckt gewesen war. Nur sechs Perlen lagen darin, aber die entlockten Rodney einen bewundernden Ausruf. Sie waren rosarot wie der Morgenhimmel und schimmerten irisierend im Sonnenlicht. Sie waren so zart und so schön in ihrer Textur, daß sogar der unerfahrenste Betrachter ihren Wert ahnen konnte.

Rodney brachte sie in seine eigene Kajüte und befahl, den Logger so lange in Schlepp zu nehmen, bis sie einen geeigneten Platz fanden, um ihn zu zerstören. Dann signalisierte er zur *Sea Hawk* hinüber, daß er mit Barlow sprechen wolle.

Es dauerte nicht lange, bis Barlow an Bord kam. Er lächelte bei dem Gedanken daran, weshalb Rodney ihn zu sehen wünschte.

Lizbeth, die im Sonnenschein saß, beobachtete, wie die beiden Männer in die Achterkajüte gingen.

Sie konnte sich denken, worüber sie sich berieten, denn obwohl Rodney dies nicht ausgesprochen hatte, wußte sie, daß er erwog, nach Hause zurückzukehren.

Am Tag zuvor hatten sie eine kleine spanische Siedlung angegriffen, die an einem der vielen natürlichen Häfen am Festland errichtet worden war. Es lagen keine Schiffe im Hafen, als die *Santa Perpetua* an der Küste entlangsegelte. Der Cimaroon hatte Rodney gesagt, daß es in dieser Siedlung Beute zu machen gab, und Rodney richtete sofort seine Pläne darauf ein.

Er schickte nördlich des Hafens ein Boot mit achtzehn Mann, bewaffnet mit englischen Hakenbüchsen und einigen Bogenschützen an Land. Sie hatten Anweisung, die Straßen, die aus der Siedlung herausführten, zu bewachen und zu verhindern, daß die Spanier mit ihrem Schatz entkamen, ehe Rodney ihn ihnen abnahm. Er war sich bewußt, daß die Bewohner der Siedlung fliehen und alles Wertvolle mit sich nehmen würden, wenn er von der See her angriff.

Nachdem seine Männer an Land gegangen waren, segelte Rodney mit der *Santa Perpetua* in den Hafen. Er wußte, daß der Gouverneur und die anderen beim ersten Anblick des Schiffes glauben würden, es sei mit Spaniern bemannt. Erst als sie geankert hatten und seine Männer an Land ruderten, ließ Rodney die St. Georgs-Flagge hochziehen.

Es gab einige Nahkämpfe, aber als Rodney den Spaniern eine Kostprobe von den Kanonen der *Santa Perpetua* gab, ergaben sie sich bedingungslos.

In der Siedlung lagerte eine große Menge Gold und Silber in Form von Münzen und Hausgerät und einige sehr schöne Ballen Seide, die der Gouverneur erstanden hatte, um sie nach Spanien zu schicken. Sie fanden auch Zedernholzbretter und spanische Waffen, die in England von großem Wert waren.

Während sie in dem Hafen lagen, nutzten sie auch die Gelegenheit, die *Santa Perpetua* und die *Sea Hawk* mit Proviant und gutem chilenischen Wein zu versorgen. Es wäre nicht klug gewesen, sich hier lange aufzuhalten, da sie jederzeit von spanischen Kriegsschiffen überrascht werden konnten. Deshalb segelte Rodney sofort ab, nachdem sie alles Brauchbare an Bord gebracht hatten, und sie ließen die Spanier wütend und machtlos zurück, die nichts tun konnten, um ihre Abfahrt zu verhindern.

Die *Sea Hawk* war jetzt ebenso voll beladen mit Fracht wie die *Santa Perpetua*, und Lizbeth vermutete, daß es nun unklug wäre, ihre Rückfahrt nach Hause hinauszuzögern. Sie war sicher, daß Rodney in diesem Augenblick mit Barlow darüber sprach. Die Boote kehrten von der Küste zurück, nachdem sie die Sklaven von Bord des Perlenloggers abgesetzt hatten.

Lizbeth hörte Schritte, und als sie aufblickte, sah sie, daß Don Miguel über das Achterdeck auf sie zukam.

Er war während der Begegnung mit dem Perlenlogger in seine Kajüte eingeschlossen worden. Sie lächelte zu ihm auf, war sich aber bewußt, daß Master Gadstone in Hörweite war.

»Noch ein Fang?« sagte Don Miguel.

Lizbeth nickte.

»Ja, ein Perlenlogger«, erwiderte sie.

»Eine gute Beute?« fragte er.

»Ich weiß nicht«, log Lizbeth. Irgendwie brachte sie es nicht fertig, ihm von jenen sechs wertvollen Perlen zu erzählen.

Sie hatte keinen Grund, es zu verschweigen, aber sie wollte vor Don Miguel nicht mit Rodneys Erfolg protzen. Sie war stolz auf das, war er erreicht hatte, und doch ließ ihre neu erwachte Liebe sie auch vieles von dem verstehen, was Don Miguel empfand.

Auch er wollte erfolgreich sein. Auch er wollte erobern und der Eroberer sein. Sie konnte jetzt den Schmerz in seiner Stimme und seinen plötzlichen rauhen Tonfall besser verstehen, als er sagte:

»Master Hawkhurst hat den Segen der Götter. Das Glück ist immer auf seiner Seite.«

»Wir sind noch nicht zu Hause«, antwortete Lizbeth.

Don Miguel warf einen Blick zu Master Gadstone hinüber, der sich offensichtlich für ihr Gespräch interessierte, obwohl er zusah, wie die Boote von der Küste zurückkehrten.

»Und wenn wir das, was Ihr Zuhause nennt, erreicht haben,« sagte Don Miguel und sprach nun spanisch, »werde ich Euch nie wiedersehen. Wißt Ihr nicht, daß ich jeden Augenblick, jede Sekunde, Tag und Nacht daran denke? Ich bin ein Gefangener auf meinem eigenen Schiff. Aber in gewisser Weise habe auch ich Glück, denn Ihr seid nicht fern von mir, und es gibt Augenblicke wie diesen, da ich Euch sehen kann.«

»Psst, wir müssen vorsichtig sein«, sagte Lizbeth leise.

Sie war erschrocken, als sie den mißtrauischen Blick sah, den Master Godstone Don Miguel zuwarf, nachdem er spanisch zu sprechen begonnen hatte. Gleichgültig, welche Sprache er benutzte, er konnte den zärtlichen, liebenden Tonfall seiner Stimme und den Ausdruck in seinen Augen, wenn er sie ansah, nicht verbergen.

»Wir müssen vorsichtig sein«, wiederholte Lizbeth noch einmal leise.

Sie stand auf, während sie sprach, und ging über das Achterdeck. Sie stieg die Treppe zum Poopdeck hinauf, welches ihr von allen die weitmöglichste Entfernung bot. Don Miguel folgte ihr. Sie standen jetzt nebeneinander hoch über dem Meer.

»Ich liebe Euch«, sagte er.

»Wenn Rodney das hören würde, ließe er Euch in Eure Kajüte einsperren.«

Don Miguel zuckte die Achseln.

»Master Hawkhurst ist eifersüchtig, deshalb benimmt er sich so.«

Lizbeth schüttelte den Kopf.

»Nein, er ist nicht eifersüchtig«, widersprach sie und wünschte von ganzem Herzen, er wäre es. Rodneys schlechte Laune war schwer zu ertragen. Lizbeth war während der vergangenen Wochen unglücklicher gewesen als jemals zuvor in ihrem ganzen Leben. Rodney war ein seltsamer, schwieriger Charakter. Seine Stimmungen verletzten und quälten sie. Sie hatte keine Macht über ihn, wie über Don Miguel, den sie mit einem Lächeln oder einem Stirnrunzeln glücklich oder auch unglücklich machen konnte.

Rodney war wütend auf sie, und das ließ er sie jedes Mal spüren, sobald sie sich zu einer Mahlzeit hinsetzten. Sie wollte nicht glauben, daß er sich so vollständig verändert haben konnte, ein so anderer Mann geworden war als der heitere, angenehme Gefährte, mit dem sie die Reise begonnen hatte, bis Don Miguel in ihre Freundschaft einbrach.

Rodney war zornig auf sie gewesen, als sie Plymouth verlassen hatten, und sein unhöfliches Schweigen war unbehaglich gewesen, aber er hatte sich gefangen und sein Schweigen gebrochen.

Aber jetzt war es anders. Jetzt sprach er bitter, grob und oft mit einem kalten Sarkasmus, der schmerzlicher war als Schläge. Lizbeth glaubte, daß er sie verabscheue. Sie wollte ihn anflehen, ihn um Vergebung bitten, ihm schwören, wenn er dies wollte, daß sie nie wieder mit Don Miguel sprechen würde. Doch ihr Stolz verbot es ihr.

Sie konnte sich vor einem Mann nicht so erniedrigen, selbst wenn sie ihn so sehr liebte, wie sie Rodney liebte. Er war ungerecht, er irrte sich mit seinen Vermutungen, aber sie schwor, sich nicht zu demütigen und um seine Gunst zu bitten. Doch sie konnte nicht verhindern, daß sie verletzt, verzweifelt und unglücklich war.

Sie sah Rodney bei den Mahlzeiten. Don Miguel war immer dabei. Bei anderen Gelegenheiten ignorierte Rodney ihre Gegenwart. Sie war für ihn unsichtbar oder etwas Niedrigeres als ein Sklave, dachte sie, nach der Art zu schließen, wie er über sie hinwegsah, wenn er ihr begegnete.

Allein in ihrer Kajüte, weinte Lizbeth oft stundenlang. Die Liebe hatte ihr kein Glück gebracht, dachte sie. Unter diesen Umständen war es schwer, nicht Trost zu suchen, wo er sich bot, und gegen ihren eigenen Willen fand sie Don Miguels Liebe tröstlich.

»Ich liebe Euch.«

In diesen Worten lag ein Zauber, auch wenn sie von einem Mann gesprochen wurden, den sie nicht liebte. Und doch liebte sie Don Miguel auf eine gewisse Weise. Sie liebte ihn mit einer Zuneigung, die in ihrer Wärme beinahe mütterlich war. Sie wollte ihn trösten, sie wollte ihn vor den Schrecken und dem Elend beschützen, das ihn in der Zukunft erwartete.

Er war jung, nicht dem Alter nach, aber nach seinem Aussehen und in seinem Wesen. Sie wußte aus den Geschichten, die er ihr über seine Kindheit erzählt hatte, daß er von seiner Mutter verwöhnt worden war, daß sie ihn vor allen Unannehmlichkeiten des Lebens beschützt hatte. Er hatte immer im Luxus gelebt und war in der Sicherheit des Familienlebens geborgen gewesen und von den Frauen, die ihn umsorgten, behütet worden.

Sein Vater hatte verlangt, daß er zur See fuhr und das spanische Maine besuchte. Die *Santa Perpetua* war zusammen mit mehreren anderen Schiffen von Spanien abgesegelt und sollte unter der Bewachung einer Kriegsflotte zurückkehren. Was hätte sicherer sein können? Wie hätte man voraussehen sollen, daß Don Miguel etwas zustoßen würde?

Er hatte Charakter, dachte Lizbeth, auch wenn dieser noch nicht vollständig entwickelt war. Aber er hatte alle Gefühle durchlebt, und sie wußte, auch ohne daß er ihr es sagte, daß seine Liebe zu ihr etwas Überwältigendes, Großes war.

»Ich liebe Euch.«

Sie hatte nicht gewußt, wie viel unterdrückte Sehnsucht mit diesen drei einfachen Worten ausgedrückt werden konnte. Ob sie nun auf englisch oder spanisch ausgesprochen wurden, sie bedeuteten immer das gleiche, die Sehnsucht seiner ganzen Seele.

Sie wünschte, wie schon mehrmals zuvor, sie könnte seine Liebe erwidern. Sie hätten dann für eine sehr kurze Zeit Glück und Freude zusammen gefunden. Und sie hätte ihm einige Erinnerungen mitgeben können, die ihn trösten würden, wenn er gefangen war. Aber so sehr sie es auch versuchte, sie konnte nicht so tun, als liebe sie Don Miguel, da sie bereits Rodney ihr Herz gegeben hatte.

Aber Rodney hatte keinen Bedarf daran. Wenn er überhaupt an eine Frau dachte, dann an Phillida. Und doch liebte ihn Lizbeth, liebte ihn selbst dann, wenn er wütend und zornig am Mittagstisch saß und die Atmosphäre so unangenehm machte, daß sie nicht bemerkte, was sie aß, und die Speisen ihr den Hals zuschnürten, als wären sie vergiftet.

Don Miguel war von Rodneys Zorn nicht beeindruckt. Er sprach wenig, aber seine Augen beobachteten sie mit einer Intensität, von der er wußte, ohne daß man es ihm sagte, daß sie Rodney mehr als alles andere erzürnte.

»Ich liebe Euch.«

Don Miguels Stimme unterbrach Lizbeths Gedanken, als sie jetzt auf dem Poopdeck standen. Als sie sich umdrehte, sah sie Master Barlow aus der Achterkajüte kommen, über das Halbdeck gehen und hinunter in sein wartendes Boot steigen. Er hatte es so eilig, daß sie dies in ihrem Glauben bestärkte, sie würden nun nach Hause zurückkehren.

Sie wollte sich gerade an Don Miguel wenden, als sie Rodney auf das Achterdeck kommen sah und Master Gadstone Befehle geben hörte.

Plötzlich wurde es auf dem Schiff lebendig. Boote wurden längsseits gebracht, und Männer kletterten die Takelage hinauf.

Lizbeth sah Don Miguel an. Sein Gesicht war sehr blaß, und seine Augen wirkten dunkel und verletzt.

»Ihr fahrt nach Hause«, sagte er leise. »Und Ihr freut Euch darüber. Ich sah die Freude in Eure Augen treten, als Ihr Euch dessen sicher wart. Ihr werdet mich vergessen, aber solange Leben in meinem Körper ist, werde ich Euch niemals vergessen.«

»Ich Euch auch nicht«, sagte Lizbeth rasch. »Ich werde an Euch denken und... für Euch beten.«

Sie sah, daß ihre Worte ihn nicht trösteten und fügte hinzu:

»Vielleicht ist der Krieg bald vorbei. Vielleicht werdet Ihr nicht lange gefangen sein – vielleicht überhaupt nicht. Vielleicht wird Euch die Königin nach Hause, nach Spanien schicken, und Ihr könnt wieder mit Eurer Familie zusammen sein.«

Don Miguel lachte bitter. Lizbeth erkannte, wie absurd ihre Worte gewesen waren. Es gab jetzt keinen spanischen Botschafter in England, der für ihn hätte eintreten können. Jahrelang, vielleicht sein ganzes Leben lang, würde er vergessen in irgendeinem dunklen Gefängnis festgehalten, so wie Engländer in spanischen Gefängnissen litten.

Lizbeth dachte an ihre eigenen Gefühle, als sie an Bord der *Sea Hawk* gekommen war. Damals hatte sie gegen alle Spanier kämpfen wollen. Sie hatte nicht einmal Mitleid mit denjenigen empfunden, die starben, und sie wußte, daß die öffentliche Meinung in England über die Spanier voller Haß war.

Sie dachte an die gefangenen Spanier von dem Perlenlogger und wußte, daß auch sie für diese nicht um Gnade bitten würde. Sie waren grausam und hart. Nur Don Miguel war anders, und das kam vielleicht daher, daß er sie liebte. Wenn menschliche Gefühle sich mit der Politik vermengen, dachte sie plötzlich, wurden die Dinge schwierig.

Es war leicht, seinen Feind zu hassen, bis er ein liebender Mann wurde. Es wurde alles zu schwierig für sie, um es zu verstehen. Aber sie wollte Don Miguel vor seinem unvermeidlichen Geschick retten und hatte keine Ahnung, wie sie dies erreichen konnte.

Sie sah, wie Rodney zu ihnen hochblickte, als sie vor dem sonnenüberstrahlten Himmel standen, und sie sah, daß seine Augen dabei hart waren und seine Lippen verkniffen, wie sie es am meisten fürchtete.

Die Männer eilten über die Decks, und Rodney stand da und beobachtete sie. In seiner Haltung, in der Breite seiner Schultern und in der Art, wie er den Kopf hochtrug, lag etwas, das Lizbeth stolz auf ihn machte. Er war eine geborene Führernatur. Sie hatte in den zwei Monaten, die sie zusammen auf See waren, erfahren, daß seine Methoden zwar ungewöhnlich waren, aber Resultate zeitigten, und daß die Männer ihn nicht nur verehrten, sondern ihm auch vertrauten. Lizbeth wußte, daß sie alles für ihn tun würden, was er von ihnen verlangte.

Er besaß Führereigenschaften. Und als Lizbeth ihn jetzt beobachtete, wußte sie, daß Rodney das Zeug zu einem großen Engländer in sich trug. Er war noch jung, aber eines Tages würde er auf der gleichen Stufe wie Drake, Frobisher und Hawkins und all die anderen berühmten Helden stehen, Elizabeths Männer, die den Namen Englands in der ganzen Welt gefürchtet, geliebt und beneidet machten.

»Ich glaube an Euch.«

Sie wollte diese Worte laut herausschreien. Sie wollte zu ihm laufen und ihm sagen, daß sie an ihn glaubte, nicht nur, weil sie ihn liebte, sondern auch, weil sie seine wahre Größe erkannte.

Und doch konnte sie nichts anderes tun, als mitten in dem Tumult, der sie umgab, dastehen, klein und unbedeutend, in einer Welt geschäftiger und entschlossener Männer. Als hätte sich etwas von der Intensität ihrer Gefühle auf Rodney übertragen, drehte er sich um und kam auf sie zu.

Er ignorierte Don Miguel und sprach nur zu ihr:

»Wir fahren nach Hause«, sagte er.

Die Freude in seiner Miene spiegelte sich in der ihren wider.

»Ihr habt alles erreicht, was Ihr Euch vorgenommen hattet«, sagte sie und dachte dabei nur an ihn.

Er blickte über das Meer zur *Sea Hawk* hinüber und dann über die breiten Decks und die üppigen Verzierungen der *Santa Perpetua*.

»Ich brauche mich nicht zu schämen, wenn ich in Plymouth einlaufe«, sagte er, und ein Lächeln flog auf seinen Lippen.

»Ich werde stolz sein, ungeheuer stolz, daß ich dabei sein durfte«, sagte Lizbeth.

Rodney sah sie an. Seine Augen schienen ihr Gesicht zu prüfen, als ob er ihr wortlos eine Frage stellte. Und dann sagte Don Miguel:

»Wie lange wird es Eurer Ansicht nach dauern?«

Es war eine gewöhnliche Frage, und doch kam es Lizbeth so vor, als wäre jedes einzelne Wort wie ein Schwertstreich. Sie konnte nicht sagen warum, aber sie wußte, daß etwas Schönes, Kostbares durch diese Frage erschüttert worden war.

Rodney schwieg einen Augenblick. Er sah Don Miguel an, und seine Miene verfinsterte sich.

»Bald genug, Señor, soweit es Euch anbetrifft.« Er drehte sich um und ging über das Deck.

Don Miguel zuckte die Achseln. Er hielt Rodney einfach für unhöflich, was er in der Tat auch gewesen war, aber Lizbeth wußte, daß in seiner Antwort mehr als bloße Unhöflichkeit gelegen hatte.

Sie entschuldigte sich bei Don Miguel und ging in ihre Kajüte hinunter. Dort setzte sie sich in ihre Koje und starrte auf den polierten Metallspiegel, der an der gegenüberliegenden Wand hing. Ihre kleine, gerade Nase war mit Sommersprossen übersät, und ihre Haut hatte einen schwachen bronzenen Ton angenommen, wo sie dem Sonnenlicht ausgesetzt gewesen war. Sie dachte, daß sich diese Spuren der Reise leicht durch Schminke und Puder verbergen ließen. Aber nichts konnte die Gefühle verändern, die sie jetzt bewegten.

Sie liebte Rodney. Sie spürte, wie sich ihr ganzer Körper nach ihm sehnte, wenn er neben ihr stand, so daß es ihr schwerfiel, ihre Gefühle unter Kontrolle zu halten, damit er ihr Geheimnis nicht erriet. Sie glaubte jetzt, daß sie vor Scham sterben würde, wenn er erführe, daß sie ihn liebte.

Schließlich war er mit Phillida verlobt, und sie fragte sich, wie sie es ertragen sollte, ihn für den Rest ihres Lebens als Schwager zu behandeln. Er und Phillida konnten heiraten, sobald sie es wünschten. Die Fracht der beiden Schiffe würde verkauft werden, und nachdem das Beutegeld verteilt war, würden die Anteilseigner den Rest erhalten. Rodneys Anteil an dem Beutegeld und seiner Dividende als Anteilseigner würden zusammen eine beachtliche Summe ausmachen.

Ja, er und Phillida konnten heiraten, und sie, Lizbeth würde in Camfield zurückbleiben und die üble Laune Catherines und die Trübsal Francis' ertragen müssen. Phillida wollte in eine Nonnenkloster eintreten. Aber Lizbeth wußte, daß derartige Ideen nicht die geringste Aussicht auf Erfolg hatten.

Nein, Phillida würde Rodney heiraten, ob sie ihn wollte oder nicht. Vielleicht würde sie, wenn sie erster einmal verheiratet war, ihre Sehnsucht nach der Religion vergessen und sich mit der Aufgabe als Gattin und Mutter zufrieden geben.

Mit einem Schluchzer schlug Lizbeth die Hände vor das Gesicht. Sie selbst wollte Rodneys Kind tragen; sie wollte ihm als Frau gehören. Sie wollte die Kraft seiner Arme spüren, und dann, als sie daran dachte, wie grob er sie in den Armen gehalten hatte, spürte sie, wie ihr die Tränen durch die Finger liefen. Selbst brutale Küsse waren besser als gar keine. In diesem Augenblick verlangte sie nach ihm, bis ihr ganzer Körper schmerzte.

Wie lange sie in ihrer Kajüte saß, wußte sie nicht. Aber als sie die Schiffsglocke schlagen hörte, wußte sie, daß es Zeit zum Abendessen war. Zum ersten Mal, seitdem sie England verlassen hatte, wünschte sie sich, die Reise wäre vorüber. Diese Qual war zu groß, als daß sie es noch lange ertragen konnte. Es war das beste, wenn sie zu Hause wäre, wo sie vergessen konnte, was Rodney ihr bedeutete, und sei es nur für ein paar Augenblicke. Das dachte sie während der nächsten dreißig Tage nicht nur einmal, sondern hundertmal.

Sie durchquerten ohne Zwischenfall die Karibik, nahmen in Dominica Wasser auf, wie sie es schon auf der Herfahrt getan hatten, und setzten dann Segel, um zu den Kanarischen Inseln zu kommen.

Die Männer waren aufgeregt bei dem Gedanken an die Heimkehr, und obwohl Rodneys Stimmung wechselte, war er doch im ganzen genommen gut gelaunt. Lizbeth hätte die Fahrt genießen können, aber sie wurde von widerstreitenden Gefühlen hin und her gerissen. Es war ein bittersüßes Glück, mit Rodney zusammen zu sein, ihn zu beobachten, seine Stimme zu hören und doch zu wissen, daß seine Gefühle für sie nicht tiefer gingen als bei einer gewöhnlichen Freundschaft, einer Freundschaft, die er auch für Francis empfunden hätte, wenn er an dieser Fahrt teilgenommen hätte, wie Sir Harry es befohlen hatte.

Es war niederdrückend, Don Miguels Liebesbekenntnisse zu hören und dabei zu wissen, daß er verzweifelt und unglücklich war, und zu erkennen, daß jede Meile, die sie der Heimat näherbrachte, für ihn eine Meile näher zum Gefängnis bedeutete. Wenn sie eine Aufgabe gehabt hätte, etwas, das sie ablenkte, wäre die Reise für Lizbeth leichter vorübergegangen. So aber konnte sie nur denken und fühlen und leiden und beten, daß diese Qual bald ein Ende nehmen würde.

Sie wurde bleich und konnte nichts essen, und ihre Augen schienen zu groß für ihr kleines Gesicht. Und obwohl Rodney darauf bestand, daß sie von dem starken Wein trank, der zu jeder Mahlzeit gereicht wurde, bekam er ihr nicht, und sie konnte Rodney nicht die wahre Ursache ihres Elends nennen.

Zwei Stunden vor der Abenddämmerung sah der Ausguckposten die Kanarischen Inseln. Rodney setzte auf der *Santa Perpetua* alle Segel, um noch vor Einbruch der Nacht in den Schutz der Klippen zu kommen. Sie hielten nach spanischen Schiffen Ausschau, aber das Meer war leer.

»Das Glück ist auf meiner Seite«, rühmte sich Rodney. »Wir brauchen Wasser, und ich hätte die Inseln ungern passiert, ohne anzulegen.«

Er sprach mit Lizbeth und Master Gadstone, die neben ihm auf dem Achterdeck standen.

»Für die Spanier müssen die Inseln ebenso wichtig sein wie für uns«, bemerkte Master Gadstone.

»Das ist wahr«, sagte Rodney. »Ich dachte, wir würden ein halbes Dutzend Galeonen sehen, wenn wir über den Horizont kommen. Vielleicht hat unser spanischer Gast um den Anblick einer rotgelben Flagge gebetet«, fügte er unfreundlich hinzu.

Lizbeth erschrak. Rodneys Worte gaben ihr eine Idee ein. Langsam ging sie über das Deck zu Don Miguel, der sich mit einer Hand auf der Reling aufstützte und zu den Inseln hinüberblickte.

Lizbeth spürte instinktiv, daß Rodney die Stirn runzelte, als sie zu Don Miguel trat, aber diesmal kümmerte sie sich nicht darum.

Sie erkannte am Ausdruck seiner Augen und seiner heruntergezogenen Mundwinkel, daß Don Miguel niedergeschlagen und traurig war.

»Das sind die Kanarischen Inseln«, sagte Lizbeth laut genug, daß Rodney und Master Gadstone sie hören konnten. Und dann fragte sie ganz leise: »Könnt Ihr schwimmen?«

Don Miguel wurde aufmerksam. Er verstand den Grund ihrer Frage.

»Ja.«

»Gut?«

»Gut genug.«

»Wir werden dort Wasser aufnehmen«, sagte Lizbeth laut und deutete dabei immer noch auf die Inseln. »Haltet Euch nach Einbruch der Dunkelheit bereit«, flüsterte sie.

Es war gefährlich, mehr zu sagen. Sie ging zu Rodney zurück, der den Wind in den Segeln beobachtete.

Die Dämmerung brach herein, als sie an der gleichen Stelle wie auf der Hinfahrt Anker warfen. Die Wasserfässer wurden bereitgestellt, um in der Morgendämmerung gefüllt zu werden. Und dann beobachtete die Mannschaft, wie die *Sea Hawk* längsseits kam.

Das Abendessen wurde serviert, sobald Rodney das Deck verlassen konnte. Lizbeth versuchte, sich sowohl mit ihm als auch mit Don Miguel ungezwungen zu unterhalten. Don Miguel war verkrampft und nervös, und sie fürchtete halb, Rodney könnte den Grund erraten. Das Abendessen schien unendlich lange zu dauern, als Gang auf Gang folgte und die Becher wieder und wieder mit Wein gefüllt wurden.

Das Essen war nicht mehr so gut, wie es an der Küste von Darien gewesen war. Aber es gab jeden Tag frische Fische, und das gesalzene Schweinefleisch, das an Bord der *Santa Perpetua* gegessen wurde, war in jeder Hinsicht besser als jenes, das Rodney in Plymouth gekauft hatte.

Als das Mahl beendet war, wartete der Wachtposten vor der Tür, um Don Miguel in seine Kajüte zu bringen und ihn für die Nacht einzuschließen. Don Miguel hatte seine eigene Kajüte nicht mehr benützt, seitdem Rodney das Kommando auf dem Schiff übernommen hatte.

»Gute Nacht, Sir.«

»Gute Nacht, Señor.«

Don Miguel verbeugte sich vor Rodney und dann vor Lizbeth. In seinen Augen lag ein Ausdruck, der seine Worte lügen strafte.

Sie blieb in der Kajüte und unterhielt sich noch eine Weile mit Rodney. Schließlich stand sie auf, um Gute Nacht zu sagen, und sah ihn, bevor sie ging, seine eigene Kajüte betreten.

Sie wartete einen Augenblick vor der Kajüte. Mehrere Laternen brannten, aber die Schatten waren tief und geheimnisvoll. Als sie sicher war, daß Rodney seine Tür geschlossen hatte, eilte sie so rasch sie konnte zu Don Miguels Kajüte.

Der Wachtposten war einer der Seeleute, die sie vom Sehen her recht gut kannte. Er lehnte mit gefalteten Armen gegen den Türpfosten und trug eine gelangweilte Miene zur Schau. Musik kam aus dem Mannschaftsdeck, und Lizbeth erriet, daß er lieber dort mit den anderen Männern gewesen wäre.

Sie ging mit dem Gehabe eines Menschen, der eine wichtige Nachricht bringt, auf ihn zu.

»Der Kapitän hat auf dem Achterdeck eine Karte verloren«, sagte sie. »Er bittet Euch, eine Laterne zu nehmen und danach zu suchen.«

»Aye, aye, Sir«, antwortete der Mann mit der bedächtigen, ruhigen Stimme eines Landmenschen, die er in vielen Jahren zur See nicht abgelegt hatte. Er sah die Kajütentür an. »Aber ich bin auf Wache, Sir.«

»Ja, ich weiß«, erwiderte Lizbeth. »Ich sagte dem Kapitän, daß ich Eure Stelle einnehmen werde.«

»Danke, Sir.«

Der Mann nahm eine Laterne vom Haken und lief die Kajütentreppe zum Achterdeck hinauf. Jetzt ging es um Sekunden, das wußte Lizbeth genau. Sie trat rasch zur Kajütentür, nachdem sie bereits vorher bemerkt hatte, daß der Schlüssel im Schloß stak. Sie drehte ihn rasch um. Die Tür öffnete sich, und Don Miguel stand davor. Sie konnten einander in der Dunkelheit kaum sehen, aber seine Arme umfaßten sie, und sie spürte den Druck seiner Lippen auf den ihren.

»Danke, meine Liebe, mein Leben«, flüsterte er, ehe er mit einer Schnelligkeit, die sie nicht für möglich gehalten hatte, über das Deck rannte und ins Meer sprang.

Sie hörte das Aufklatschen, als er ins Wasser eintauchte. Einer der Wachtposten stieß einen Schrei aus. Er wurde von einem anderen wiederholt.

»Mann über Bord! Mann über Bord!«

Der Matrose mit der Laterne kam die Kajütentreppe heruntergerannt.

»Was ist geschehen, Sir?«

Die Frage erstarb auf seinen Lippen, als er die offene Kajütentür sah. Er erriet, was geschehen war, oder er hatte Don Miguel selbst gesehen, als dieser über Bord sprang. Danach schien es Lizbeth so, als laufe alles zusammenhanglos ab. Männer schrien und rannten über die Decks. Wie Lizbeth nur zu gut wußte, konnten nur wenige von ihnen schwimmen, und die paar, die es konnten, warteten auf Befehle, ehe sie dem entflohenen Gefangenen folgen würden.

Als Rodney aus seiner Kajüte geholt wurde, hatte Don Miguel bereits einen guten Vorsprung.

»Was ist los? Ich möchte nicht, daß Ihr alle auf einmal sprecht«, sagte er scharf, als sich ein Stimmengewirr erhob.

»Master Gadstone, vielleicht erklärt Ihr es mir?«

Gadstone war selbst nur wenige Augenblicke vor Rodney heraufgekommen und wußte nur eine wichtige Tatsache.

»Der Gefangene ist weg, Sir!«

»Wer? De Suavez?« fragte er. Er sah zur offenen Kajütentür.

Es dauerte ein paar Sekunden, bis er von dem wachhabenden Matrosen die Tatsachen erfahren hatte. Rodney brauchte Lizbeth nicht zu fragen, wie es geschehen war. Ihre Miene verriet sie, und nach einem einzigen Blick auf sie wußte Rodney, was sie getan hatte.

Er sah hinaus in die dunkle Nacht.

»Heute abend können wir nichts mehr tun«, sagte er. »Wir werden morgen nach ihm suchen. Aber ich zweifle daran, daß wir ihn wiederfinden.«

Noch während er sprach, drehte er sich um und ging in seine Kajüte. Er befahl Lizbeth nicht, ihm zu folgen, aber sie tat es. Im Kerzenlicht sah sie sein verkniffenes Gesicht, und einen Augenblick fürchtete sie sich vor ihm. Er stand da und wartete. Mit ungeheurer Anstrengung zwang sie sich, ihm in die Augen zu sehen.

»Ihr habt ihn laufen lassen«, sagte Rodney.

Es war eine Feststellung, keine Frage.

Lizbeth nickte. Sie spürte, daß sie Rodney nicht erklären konnte, was sie für Don Miguel empfand. Er würde es doch nicht verstehen. Er war an Härte gewöhnt und würde einen Mann verachten, der die Härten eines Gefängnisses unerträglich fand.

»Ihr habt ihn geliebt?«

Rodneys Frage kam für sie völlig überraschend. Sie hatte erwartet, daß er sie als Verräter beschimpfen würde, aber nicht diese einfache Frage. Sie war dankbar, daß sie ihm wahrheitsgemäß antworten konnte.

»Nein, ich habe Don Miguel nicht geliebt, aber er tat mir leid. Er war jung und verletzbar. Jetzt wird er nach Spanien zu seiner Familie zurückkehren.«

»Ihr habt ihn geliebt!«

In seinen Worten lag sowohl Anklage, als auch Verachtung.

»Wenn ich das getan hätte, wäre ich mit ihm gegangen«, antwortete Lizbeth.

Sie sah Erstaunen und Erschrecken in Rodneys Blick. Und plötzlich stieg in ihr Zorn auf, den sie vorher nicht empfunden hatte.

»Könnt Ihr Euch nicht mit dem, was Ihr schon habt, zufriedengeben?« fragte sie. »Ihr hättet großzügig sein und ihn an Land setzen können, genau wie jene Eingeborenen. Aber Ihr wolltet ihn zu Eurem eigenen Ruhm nach England bringen. Ihr wolltet mit Eurer Eroberung protzen. Und doch habt Ihr genug auch ohne ihn. Er ist fast noch ein Kind, und zu alledem trägt er einen großen Namen. Ihr habt ihm schon so viel weggenommen, daß Ihr ihm wenigstens sein Leben lassen könntet.«

Rodney starrte sie schweigend an.

Lizbeth stampfte mit dem Fuß auf.

»Ich glaube, ich hasse Euch«, rief sie. Und als ihre Stimme mit einem Schluchzer abbrach, stürmte sie aus der Kajüte und schlug die Tür hinter sich zu.

11. Kapitel

Der Nebel war dicht und die See rauh. Das Rollen der *Santa Perpetua* unterschied sich sehr von dem der *Sea Hawk*, als diese durch das graue Wasser pflügte, und Rodney bedauerte, daß er sich nicht auf dem kleineren Schiff befand.

Sie waren immer noch acht Tage von England entfernt. Sie alle dachten an die Heimat und daran, wieder den Fuß auf englischen Boden setzen zu können. Die Seeleute wurden von einer Ungeduld ergriffen, die sich in allem zeigte, was sie taten. Selbst der Klang ihrer Stimmen, wenn sie bei der Arbeit sangen oder pfiffen, schien ihre Ungeduld zu verraten. Es war nicht nur der Gedanke an den Anteil der Beute, die ihnen gehörte, wenn sie an Land gingen, denn sie würden alle reich sein, so lange, bis das Geld ausgegeben war und sie wieder gezwungen waren, zur See zu fahren. Vielleicht war es teilweise die uneingestandene Furcht, daß man ihnen selbst jetzt noch ihre Beute wegnehmen konnte.

Sie fuhren in gefährlichen Gewässern. Es gab keinen Mann an Bord, der so dumm war, dies nicht zu wissen, abgesehen von den eingeborenen Freiwilligen, und sie, die armen Teufel, waren zu sehr mit dem Wetterwechsel beschäftigt, um etwas anderes als körperliches Unwohlsein zu empfinden.

Es war nicht nur die Kälte, die ihnen zu schaffen machte. Die *Sea Hawk* hatte zehn Fälle von Gelbfieber an Bord, bald nachdem sie die Kanarischen Inseln verlassen hatten.

Barlow hatte Rodney darüber berichtet, der an Bord der *Santa Perpetua* nichts davon verlauten ließ, denn er wußte, daß Lizbeth darauf bestanden hätte, die Männer zu pflegen, wenn sie von der Krankheit gehört hätte.

Für Gelbfieberkranke konnte man wenig tun, das wußte Rodney sehr gut. Die zehn Männer starben, und es war sehr wahrscheinlich, daß auch die Eingeborenen der Krankheit erliegen würden, ehe sie Plymouth erreichten.

Die Mannschaft der *Santa Perpetua* hatte bis jetzt außerordentliches Glück gehabt. Nur fünf Engländer und sieben Eingeborene waren gestorben, seitdem sie das Schiff gekapert hatten. Diese Zahl war klein, verglichen mit der üblichen Sterblichkeitsrate auf solch einer Reise. Aber das Glück konnte sich über Nacht wenden, und Rodney hatte das Gefühl, daß er sich an das Glück klammern mußte und es keine Sekunde loslassen durfte, bis sie sicher in den Ärmelkanal einfuhren.

An diesem Morgen wehte ein kräftiger Wind. Er war willkommen, denn dadurch kamen sie rasch voran. Aber Rodney fror, als der Wind durch sein dünnes Wams drang. Kein Wunder, daß die Eingeborenen litten, dachte er. Sie waren an die warmen, tropischen Temperaturen gewöhnt, die sie jetzt hinter sich gelassen hatten.

Sie würden nicht lange in England bleiben. Er würde sie gut bezahlen. Sie würden sich zweifellos in Plymouth ungefähr eine Woche lang bemühen müssen, um ein Schiff ausfindig zu machen, das nach Westen segelte, falls sie nicht in der Zwischenzeit das Pech hatten, in die Kriegsmarine gezwungen zu werden.

Der Nebel lichtete sich ein wenig. Der Himmel war dunkel und verhangen. Es würde bald regnen. Rodney sprach mit dem Mann an der Steuerstange und befahl ihm, seinen Kurs zwei Strich nach Backbord zu verändern.

Und dann hörte er plötzlich einen wilden Schrei vom Hauptmast.

»Segel in Sicht – zwei Segel, Sir! Es ist... es ist der Feind!«

Der Ausguckposten wäre kaum notwendig gewesen, denn als sich der Nebel lichtete, sah Rodney selbst die Schiffe. Sie waren nicht weiter als fünf Meilen von ihnen entfernt und segelten direkt auf sie zu. Es waren spanische Galeonen, so groß wie die *Santa Perpetua*, wenn nicht noch größer, und Rodney vermutete, daß sie zu den Kanarischen Inseln fuhren.

Sehr wahrscheinlich waren es Kauffahrtei-Schiffe auf ihrem Weg zurück nach Havanna. Rodney überlegte rasch, daß sie, was die Beute anging, wertlos sein würden. Aber es waren spanische Schiffe, und das genügte ihm.

»Spanier, Sir! Spanier!« rief Master Gadstone, der neben Rodney stand. Er konnte seine Füße kaum stillhalten.

»Ja, ich weiß, Master Gadstone. Klar zum Angriff!«

Es war fast nicht nötig, den Befehl zu geben. Die Männer arbeiteten bereits an den Kanonen und scherzten und lachten dabei.

Der Nebel zog jetzt in niedrigen Schwaden über das Meer, so daß man einmal die Schiffe ganz deutlich und im nächsten Augenblick überhaupt nicht sah. Bei klarer Sicht bemerkte Rodney, daß die nähere der beiden Galeonen in freundlicher Unschuld ihre Flagge setzte und sie wieder und wieder dippte. Er war froh, daß er auf der *Santa Perpetua* keine Flagge gesetzt hatte.

Er wollte bis zum letzten Augenblick warten, ehe er das rote

St. Georgs-Kreuz aufziehen ließ und die Spanier erfuhren, welcher Nation sie angehörten.

»Kurs halten, Master Gadstone!« sagte Rodney scharf.

»Aye, aye, Sir!« erwiderte Gadstone glücklich, als hätte ihm Rodney keinen Befehl, sondern einen Sack Gold gegeben.

Rodney hatte Master Gadstone absichtlich an Bord der *Santa Perpetua* genommen, da er glaubte, er sei besser als Barlow in der Lage, den Überschwang des jungen Mannes im Zaum zu halten. Aber jetzt war er froh über dessen Enthusiasmus. Nach Gadstones Meinung konnte man mit den Spaniern nur eines tun, sie um jeden Preis angreifen.

Rodney wußte, ohne sich umzusehen oder den Ausguckposten zu fragen, daß die *Sea Hawk* noch nicht in Sicht war. Sie war wegen einiger leichter Reparaturarbeiten zurückgeblieben, würde sie aber später am Tag einholen. Es hatte keinen Sinn, jetzt auf sie zu warten. Wenn sie sich mit den Spaniern auseinandersetzen wollten, dann mußte das jetzt geschehen oder nie. Er machte sich daran, die Manöver zu planen, die nur allzu bald stattfinden würde.

Die *Santa Perpetua* segelte mit dem Wind. Die Galeonen mußten gegen den Wind kreuzen. Er sah eine von ihnen jetzt von der Breitseite und erkannte, daß er ihre Größe unterschätzt hatte. Sie war viel größer als die *Santa Perpetua,* und ihre Kanonen waren entsprechend gefährlich.

Das andere Schiff hatte ungefähr die gleiche Tonnage. Sie lagen so dicht beieinander, wie es der Gewohnheit der Spanier entsprach. Er beschloß, zwischen sie zu fahren und gab die nötigen Befehle.

»Bemannt die Brassen, Master Gadstone. Alle das Feuer zurückhalten!«

Die Männer an den Kanonen konnten ihn hören und ahnten, was er vorhatte. Sie wußten so gut wie er, daß eine vorzeitige Breitseite die ganze Operation verderben konnte.

Rodney rief die Männer mit den Hakenbüchsen und die Bogenschützen an Deck. Sie kamen gerade in dem Augenblick heraufgerannt, als der Nebel sich wieder über sie senkte. Er befahl ihnen, sich hinter den schweren Schanzkleidern zu ducken und sich bis zum letzten Augenblick nicht blicken zu lassen.

Er sah die Galeonen ein paar Minuten später wieder, als der Nebel aufriß. Sie trugen vierstöckige Deckshäuser, die ihnen ein eindrucksvolles Aussehen verliehen. Wie viele spanische Schiffe waren sie fast so lang wie hoch, und Netze waren über ihre Halbdecks gespannt, um ein Entern der Schiffe zu vermeiden. Dies wäre eine Abschreckung gewesen, wenn Rodney vorgehabt hätte, sie zu kapern. Aber er wußte, daß er keine Chance dazu gehabt hätte, da sie zu zweit waren. Er konnte nur eines zum Ruhm Englands tun, und zwar sie zu versenken oder sie so seeuntüchtig zu machen, daß sie in dem bevorstehenden Sturm von selbst untergehen würden.

Die Galeonen waren in rauhem Wetter schwer zu handhaben. Sie waren langsam und fast hilflos bei der Fahrt gegen den Wind. Trotzdem unterschätzte Rodney die Gefährlichkeit ihrer Kanonen im Nahkampf nicht. Sie trugen auch eine Bewaffnung aus merkwürdigen Katapulten, und die spanischen Soldaten konnten bekanntermaßen mit ihren Hakenbüchsen umgehen.

Die Schiffe kamen einander näher, und der Nebel hob sich. Rodney sah die Rüstungen der Spanier, die sich am Bug zusammendrängten. Er vermutete, daß sie neugierig waren, weshalb die *Santa Perpetua* ihre Signale nicht erwiderte. Sie näherten sich zielstrebig den beiden spanischen Galeonen.

Jetzt gab Rodney den Befehl, und die Männer zogen das St. Georgs-Kreuz auf. Nach wenigen Sekunden würde für die Spanier kein Zweifel mehr daran bestehen, wem die *Santa Perpetua* gehörte.

»Feuer zurückhalten!« rief er warnend Master Gadstone zu.

Im Laufe der nächsten paar Sekunden würden die Buggeschütze zu feuern beginnen.

Die Schiffe lagen jetzt Bug an Bug, und so behend wie ein Mädchen bei ihrem ersten Tanz, glitt die *Santa Perpetua* zwischen die beiden Galeonen.

Rodney sah, wie die spanischen Offiziere auf den Hauptmast der *Santa Perpetua* deuteten. Er hörte, wie Befehle geschrien wurden. In ihren Stimmen lag Panik.

Die Männer an den Kanonen auf dem Vorderdeck bückten sich und visierten. Dann gab Master Gadstone den Befehl. Die Breitseiten der *Santa Perpetua* donnerten in Flammen und Rauch auf.

»Dranbleiben, Männer!« schrie Rodney.

Jetzt zahlten sich die vielen Übungsstunden unter der heißen Sonne der Karibischen See aus. In der Sekunde, in der die Schwämme zurückgezogen wurden, lagen das Pulver, der Ladestock und die Kugel bereit. Die Männer warfen sich auf die Talje, und die Kanonen donnerten von neuen.

Die Männer mit den Hakenbüchsen und die Bogenschützen

hatten ihre Leute ausgewählt. Auch die Kanone beschädigte die Decks und traf den Rumpf der Galeone.

Als der Rauch abgezogen war, sah Rodney, daß die Galeone auf der Backbordseite am meisten gelitten hatte. Sie war ihnen näher als die andere gewesen. Ihr Hauptmast neigte sich wie ein gebrochener Flügel nach vorn, das Deck war ein Chaos von Spieren, Leinwand und toten Männern.

Die andere Galeone hatte ihren Besanmast verloren, und in ihrem Rumpf klafften mehrere große Löcher. Aber ihre Mannschaft war die raschere von beiden, und jetzt wurde die *Santa Perpetua* von einem Schuß getroffen. Die Takelage zerriß an mehreren Stellen über Rodneys Kopf, und es gab einen Schauer aus Holzsplittern, der gefährlicher war als die Salve aus den spanischen Musketen. Dann waren sie aus der Reichweite des spanischen Schiffes.

»Steuerbord!« schrie Rodney dem Rudergänger zu. »Bleibt auf der Backbordseite bei euren Kanonen!«

Es war ein schwieriges Manöver, die *Santa Perpetua* zu wenden und ihre Kanonen auf die übermäßig verzierte Heckseite zu richten, aber es gelang ihnen. Ein paar Sekunden später war die zweite Galeone, von Achtern attackiert, ebenso hilflos wie ihre Gefährtin. Ihre Besanmast war umgefallen, die Segel hingen über die Seiten hinab ins Meer. Und obwohl die Heckgeschütze immer noch feuerten, waren die Schüsse nun wirkungslos. Rodney vermutete, daß die Mannschaften demoralisiert waren, wie es bei den Spaniern so oft geschah, wenn man sie zu fassen bekam.

»Kurs halten!« kommandierte er, und die Mannschaft jubelte, als sie erkannte, daß der Kampf vorüber war.

Aber der Sieg war nicht ohne Verluste errungen worden. Das Deck war aufgerissen, und die hölzernen Verzierungen, die der Stolz derjenigen gewesen sein mußten, die sie geschnitzt hatten, waren an vielen Stellen beschädigt. Die Segel waren gerissen und hatten Löcher, und zwischen den Trümmern auf dem Deck lagen die Männer, die unter dem spanischen Feuer gefallen waren.

Es war eine ganze Anzahl, dachte Rodney, und mit einem entsetzten Ausruf sah er, daß Gadstone unter ihnen war.

Gadstone lehnte an der Heckreling und war haltlos zusammengebrochen. Ein großer, roter Fleck breitete sich in der Herzgegend auf seinem Wams aus.

Lizbeth kniete neben ihm. Erst später erfuhr Rodney, daß sie während der ganzen Aktion auf Deck gewesen war. Sie war dem ersten Mann, der fiel, zu Hilfe geeilt, aber nur, um festzustellen, daß er schon tot war.

Über dem Donnern der Kanonen hörte sie, wie ein Seemann sie ansprach.

»Master Gadstone, Sir! Er ist verletzt!«

Sie lief über das Deck zu Gadstone. Dabei traf sie ein Splitter. Aber ihre aufgebauschten Puffärmel verhinderten, daß er sie ernstlich verletzte. Sie spürte nur ein leichtes Stechen auf der Haut, achtete aber nicht weiter darauf. Sie mußte sich zuerst um Gadstone kümmern.

Sie hockte sich neben ihn und hielt instinktiv den Kopf unter das Schanzkleid.

»Wir haben sie geschlagen, nicht wahr?« fragte Gadstone schwach.

»Ja, natürlich«, antwortete Lizbeth.

»Das ist ein Sieg!« Er versuchte zu jubeln, aber seine Stimme war nur ein Krächzen. »Ein Sieg über die verdammten Spanier...«

Seine Stimme versagte, ehe er den Satz vollenden konnte. Als er vornüber auf sie fiel, wußte Lizbeth, daß er tot war. Sie preßte seinen Kopf an ihre Brust, weil sie nicht wußte, was sie sonst tun sollte. Sie war wie betäubt von dem Lärm und Getöse und benommen vom Anblick des Todes rings um sie her.

Lizbeth stellte fest, daß sie betete, daß sie laut betete, während sie Gadstone an sich preßte. Erst lange danach, als sie Rodney neben sich stehen sah, wurde ihr bewußt, daß sie für ihn und nicht für sich oder Gadstone gebetet hatte.

Die Stille, die jetzt herrschte, tat beinahe weh. Ihre Augen brannten vom Rauch, und es kratzte ihr in der Kehle, so daß sie husten mußte. Und dann spürte sie, daß sie weinte.

Rodney zog sie hoch, und sie hörte ihn sagen, daß die Leiche Gadstones weggetragen werden sollte, während er sie zur Achterkajüte führte.

Alles war drunter und drüber. Die Bilder waren von der Wand gefallen, der goldene Zierat lag über dem Fußboden verstreut, und die Stühle waren umgefallen.

»Trinkt den Wein«, sagte Rodney leise, und seine ruhige Stimme besänftigte Lizbeth viel mehr als der Wein, den er ihr an die Lippen hielt.

»Setzt Euch!« sagte er. »Ich muß wieder an Deck gehen, es gibt viel für mich zu tun.«

Nach ein paar Minuten folgte ihm Lizbeth.

»Fünfzehn Männer sind tot und dreißig sind verwundet, Sir«, berichtete der Hauptkanonier.

Hier war ihre Aufgabe, und sie machte sich sofort daran. Sie stellte bei der Arbeit fest, daß die Bedingungen auf der *Santa Perpetua* viel besser waren als auf der *Sea Hawk*.

Sie hatte die Kajüte des Arztes inspiziert, nachdem sie das Schiff gekapert hatten, und war erstaunt gewesen über das, was sie dort fand. Dieses Mal brauchte sie Rodney nicht um *aqua vitae* zu bitten, denn die Spanier hatten einen Spezialessig, den sie benützten, um Wunden zu säubern und zu kühlen. Lizbeth hatte seine Wirksamkeit bereits an Männern erprobt, die sich bei der täglichen Arbeit verletzt hatten.

Es gab auch Rollen aus feinem Leinen, die man als Bandagen benützte, und Töpfe und Flaschen mit heilenden Wassern und Salben, von denen einige ihr aber zu fremd waren, als daß sie es riskiert hätte, sie anzuwenden. Andere hatte sie bereits ausprobiert.

Es dauerte mehrere Stunden, bis sie die Verwundeten versorgt hatte, und Rodney daran dachte, nach ihr zu fragen. Er schickte nach ihr, als sie gerade den letzten Mann versorgt hatte.

Als sie an Deck kam, bemerkte sie, daß das Schiff schwer rollte, und sich die Wellen auf den Decks brachen. Die restliche Mannschaft der *Santa Perpetua* hatte in dieser Zeit Wunder vollbracht, und vom Hauptdeck waren die meisten Spuren des Kampfes verschwunden.

Der Hochbootsmann und seine Maate spleißten immer noch die Takelage. Der Zimmermann war an der Arbeit. Aber der Segelmacher hatte bereits neue Segel angefertigt, die anstelle der zerfetzten an die Masten angebracht worden waren. Es mußte eine harte Arbeit gewesen sein, aber sie hatten es fertiggebracht. Und jetzt in dem schweren Seegang, in dem die Gischt alle durchweichte, die an Deck waren, lag die einzige Gefahr darin, daß die Mannschaft zu klein war, um die *Santa Perpetua* sicher in den Heimathafen zu bringen.

Als Lizbeth die Achterkajüte erreichte, kam Rodney herausgerannt und stieß fast mit ihr zusammen.

»Ruhe!« schrie er sie an, obwohl sie nichts gesagt hatte. »Hört Ihr etwas?«

Es war schwer, bei dem Getöse überhaupt etwas zu hören, dachte Lizbeth. Aber ein Matrose, der Rodneys Frage gehört hatte, antwortete:

»Das sind Kanonen, Sir. Kanonen südlich von uns!«

Lizbeth hörte sie jetzt ebenfalls.

»Es ist die *Sea Hawk*«, rief Rodney. »Ich würde den Donner ihrer Dreißigpfünder überall heraushören. Das ist die *Sea Hawk*. Sie gibt den spanischen Galeonen den Rest!«

Es war natürlich eine Vermutung, aber eine Vermutung, die sich als richtig erwies, als die *Sea Hawk* sie kurz vor Einbruch der Dunkelheit einholte. Rodney hatte beigedreht und voll Ungeduld auf sie gewartet, was er vor allen, nur nicht vor Lizbeth verbergen konnte. Sie kannte die Anzeichen der Anspannung um seine Augen und seinen Mund zu gut.

Die übrige Mannschaft war nicht so selbstbeherrscht, und trotz des schlechten Wetters waren die meisten von ihnen an Deck, als die *Sea Hawk* schließlich am Horizont erschien.

Der Ausguckposten schrie:

»Schiff Ho!«

Und einen Augenblick später kam der Ruf, auf den Rodney so sehnsüchtig gewartet hatte.

»Es ist die *Sea Hawk*, Sir.«

Da jubelten sie, und unter den Decks hörte Lizbeth eine Minute später auch die Verwundeten jubeln, denn die Nachricht hatte auch sie erreicht.

»Sie ist in Sicherheit!« Lizbeth sprach die Worte mit tiefer Dankbarkeit.

Rodney drehte sich um und sah sie an. Der Wind peitschte das Haar um ihre Wangen und ließ sie so weiblich aussehen, daß er noch vor ein paar Monaten entsetzt gefürchtet hätte, jemand könnte ihre Identität erraten.

Jetzt aber erfüllte ihn ihr Mut mit Stolz, und ihr müdes, kleines Gesicht weckte in ihm Beschützergefühle.

»Und Ihr seid auch in Sicherheit«, er sprach leise, aber sie hörte ihn durch das Peitschen des Windes.

»Rodney, Ihr wart wunderbar!« Sie konnte nicht anders, sie mußte die Bewunderung, die sie für ihn empfand, ausdrücken.

Er ergriff ihren Arm und rief voller Freude:

»Gemeinsam haben wir es erreicht, kleine Lizbeth.«

Es kam ihr vor, als hätte er ihr eine Krone auf den Kopf gesetzt.

»Gemeinsam.« Das Wort hatte einen Glanz. Und sie liebte Rodney – liebte ihn mit jedem Schlag ihres Herzens, mit jedem Atemzug, mit jedem Tropfen Blut in ihren Adern. Rodney der Eroberer, der Sieger, der Mann ihrer Träume.

Die Männer jubelten immer noch, denn es war tatsächlich die *Sea Hawk*, die nur einen zersplitterten Topmast und ein Dutzend Löcher in den Segeln hatte. Die See war so ruhig geworden, daß Master Barlow an Bord kommen und die Geschichte in allen Einzelheiten erzählen konnte.

»Sie feuerten über unseren Top hinweg, Sir«, sagte Barlow, was die geringen Schäden an der *Sea Hawk* erklärte.

Es war einer der Mängel der hohen Galeonen, daß sie unweigerlich den Rumpf der kleinen Schiffe verfehlten, sobald sie zu nahe bei ihnen lagen.

»Wir hörten Eure Kanonen, Sir, und errieten, was geschehen war«, sagte Barlow. »Als wir selbst auf die Galeonen stießen, nahmen sie Wasser auf und trieben hilflos umher. Wir glaubten nicht, daß eine von ihnen noch den Hafen erreichen würde, aber wir hielten es für das beste, uns Gewißheit zu verschaffen.«

»Recht getan, Master Barlow«, sagte Rodney.

Matrosen von der *Sea Hawk* kamen, um die Mannschaft der *Santa Perpetua* aufzufüllen, und als die Dämmerung hereinbrach, waren beide Schiffe wieder auf dem Weg.

Die Zimmerleute arbeiteten an den Schäden unter Deck, bis sie Land's End sichteten. Danach gab es nichts mehr zu tun als das Schiff zu schmücken und unter allen Flaggen in den Hafen von Plymouth zu steuern.

Für Lizbeth gingen die letzten paar Tage unglaublich rasch vorüber. Es schien ihr, daß sie kaum einen Augenblick zum Nachdenken hatte. Die dreißig verwundeten Männer brauchten so viel Pflege, daß sie nachts kaum eine Stunde schlafen konnte, ohne daß jemand an ihre Tür klopfte. Fünf Männer starben, aber die übrigen waren trotz gefährlicher Verletzungen auf dem Weg der Besserung, als sie Rame Head umrundeten.

Jene, die gehen oder kriechen konnten, schleppten sich an Deck. Niemand wollte den erhebenden Augenblick versäumen, wenn die Mannschaften anderer Schiffe, die in den Hafen einfuhren oder ihn verließen, verblüfft die *Santa Perpetua* anstarrten und sie als ein Beutestück erkannten.

Rodney war ebenso beschäftigt wie Lizbeth, aber als sie am letzten Abend zusammen in der großen, eichengetäfelten Kajüte saßen, spürte Lizbeth plötzlich, wie sich ihr Herz zusammenzog, als ihr bewußt wurde, daß die Reise zu Ende ging und dies vielleicht das letzte Mal war, daß sie mit Rodney allein war.

Ihre Liebe zu ihm war schwer zu ertragen, ebenso schwer wie die

Wunden der Männer, die sie so fürsorglich pflegte. Die Männer waren auf dem Weg der Genesung, sie selbst aber würde niemals genesen. Ihre Liebe zu Rodney war zu groß, und sie wußte mit jener seltsamen Klarheit, die ihr seit ihrer Kindheit eigen gewesen war, daß sie ihn bis zu ihrem Tod lieben würde, was immer auch die Zukunft für sie beiden bereithielt.

Sie war nicht sicher, woher sie dies wußte. Sie war sich nur bewußt, daß jeder Nerv und jede Faser in ihrem Körper ihm gehörte. Es spielte keine Rolle, ob er zornig oder freundlich zu ihr war, ob brutal oder zärtlich, sie würde ihn lieben, und nichts als der Tod würde sie von dem Schmerz heilen, den er ihr zugefügt hatte, dachte sie verwundert.

Als sie beim Abendessen saßen, und die Kerzen niederbrannten, sprachen sie nicht von der Zukunft, sondern von der Vergangenheit, von dem, was sie erlebt hatten, seitdem sie England vor 166 Tagen verlassen hatten, von den amüsanten, kleinen Zwischenfällen, über die sie noch einmal lachen mußten. Und es waren Erinnerungen an Master Gadstone, an seinen Eifer und seinen Haß auf die Spanier, die Lizbeth weinen ließen und einen ernsten Tonfall in Rodneys Stimme brachten.

Sie erinnerten sich an den blauen Himmel und das klare Wasser der Karibik, an die Papageien und Makaos mit ihrem leuchtenden Gefieder, von denen viele auf der Heimfahrt gestorben waren, und begeisterten sich an den Fischen, die zwischen den Korallenriffen geschwommen waren und niemals für längere Zeit lebend aus ihren natürlichen Jagdgründen geholt werden konnten.

Aber irgendwie war es in dem grauen englischen Herbst schwer, sich die betäubende Schönheit des tropischen Meeres zu vergegenwärtigen, und Lizbeth fragte sich, ob auch die Beute ihren Glanz und ihren Wert verlieren würde, wenn sie auf den Docks von Plymouth ausgeladen wurde und ihr der Hintergrund der üppigen Vegetation und der goldene Sand der karibischen Küsten fehlte.

Selbst der kostbare Zierat auf dem Tisch schien matter und weniger strahlend. Aber dann erkannte sie, daß es die Trauer über den Abschied war, die alles verdüsterte. Einen verrückten Augenblick lang überlegte sie, ob sie Rodney sagen sollte, was sie für ihn empfand.

Aber das war eine absurde Idee, und sie lächelte nun darüber. Und doch fürchtete sie den Augenblick, in dem sie ihn verlassen und in ihr wirkliches Leben zurückkehren mußte. In der Rückschau wurde die ganze Reise ein wundervoller Traum. Die Ängste, die

Befürchtungen und sogar das Elend waren vergessen oder verblaßten neben dem Glück und der Freude darüber, daß sie und Rodney in einer Kameradschaft miteinander verbunden waren, die sie vorher nicht gekannt hatte. Sie würde es nie wieder erleben. Sie mußte nach Camfield zurück, zu ihrem Vater und ihrer Stiefmutter, zu Phillida, Francis, in ihr Elternhaus.

Es erschien ihr alles so unbedeutend, so trivial und unwichtig, verglichen mit dem Leben, das sie an Bord von Rodneys Schiffen und an Rodneys Seite geführt hatte. Morgen würden sie in den Hafen einlaufen. Es gab nichts mehr für sie zu tun, als mit so viel Würde und Selbstbeherrschung, wie sie aufbringen konnte, Lebewohl zu sagen.

Rodney sah sie an, wie sie mit aufgestützten Ellenbogen am Tisch saß und ihr Kinn in die Hände legte. Die weiße, gestärkte Halskrause Francis' umrahmte ihren Hals, und der grüne Samt ihres Wamses spielte das Grün ihrer Augen wider.

»Seid Ihr zufrieden mit dem, was wir erreicht haben?«

Er stellte die Frage, obwohl er die Antwort kannte.

»Niemand hätte mehr erreichen können.«

Ihre Stimme klang erregt, und er freute sich eigenartigerweise über ihr Lob, obwohl er es erwartet hatte.

»Ich habe einmaliges Glück gehabt.«

»Wie ich es vorhergesagt habe.«

Er lächelte.

»Ihr werdet noch einmal als Hexe verbrannt werden. Ich glaube an Eure Voraussagen, aber ich fürchte mich auch davor.«

»Warum, wenn sie zu Euern Gunsten ausfallen?« fragte Lizbeth.

»Ihr selbst seid unberechenbar. Ihr kommt verkleidet an Bord meines Schiffes, Ihr seid eine Frau, und doch bringt Ihr mir Glück. Wenn es anders gewesen wäre, hätte ich Euch im Verdacht gehabt, Ihr hättet den bösen Blick.«

»Und statt dessen – wie wollt Ihr mich belohnen?«

Lizbeth neckte ihn, und ihre Augen strahlten im Kerzenlicht.

»Was soll ich Euch geben? Die Smaragdkette?«

Es war das erste Mal, daß er seither wieder über die Juwelen sprach.

»Sie gehört den Anteilseignern«, erwiderte sie kühl.

»Und ich bin einer von ihnen. Außerdem bin ich der Kapitän des erfolgreichen Schiffes und habe die erste Wahl unter den Beutestücken. Wenn ich mich recht erinnere, erhielt Drake Güter im Wert von zehntausend Pfund, ehe die Fracht der *Golden Hind* aufgeteilt wurde.«

»Ich danke Euch – aber ich möchte die Smaragde nicht haben«, sagte Lizbeth.

Sie würde sie niemals ansehen können, ohne an Don Miguel zu denken. Sie konnte nur allzu deutlich seine Stimme hören, wie er über seine Liebe sprach, und den Schmerz in seinen Augen sehen.

»Nein, ich will nichts haben«, sagte sie.

»Nur Eure Erinnerungen«, sagte Rodney, und seine Stimme klang hart.

Er weiß, warum ich die Smaragde nicht annehmen will, warum ich allein schon vor dem Gedanken daran zurückschrecke, dachte sie.

»Ja, die Erinnerungen gehören mir für immer.«

Lizbeths Antwort war trotzig, und sie hob dabei ein wenig das Kinn. Aber als Antwort streckte Rodney die Hand mit einer liebevollen Geste aus, die sie nicht erwartet hatte.

»Vergebt mir, Lizbeth. Ich kann Euch nichts anbieten, was Euch für alles das, was Ihr getan habt, entlohnen würde... für Eure Freundlichkeit gegenüber meinen Verwundeten, für Euren Mut in der Gefahr, dafür, daß Ihr Euch nie beklagt und niemals gejammert habt.«

Ihre Hand lag in der seinen, und als sie seine warmen und starken Finger spürte, schlug ihr Herz schneller.

»Auf Lizbeth!« Er hob mit der einen Hand einen Becher Wein.

»Danke.«

Ihre Stimme zitterte bei dem einfachen Wort, ihr ganzer Körper zitterte unter seiner Berührung, und sie fürchtete, er würde ihre Erregung bemerken.

Er stellte den Becher hin und blickte auf ihre Hand, die in seiner Handfläche lag.

»So klein«, sagte er und fügte leise hinzu: »und so tapfer.«

Lizbeth dachte, dies könne nicht sein Ernst sein. Es war nur ein sentimentaler Gedanke, weil die Reise zu Ende ging. Sie zog ihre Hand zurück und hob ihren Becher.

»Auf die Zukunft«, sagte sie, »und möge sie Euch alles bringen, was Ihr Euch von ihr wünscht.«

Sie dachte dabei an Phillida. Dann stellte sie den Becher wieder auf den Tisch und stand auf.

»Es ist Zeit, schlafen zu gehen«, sagte sie in einem absichtlich beiläufigen Tonfall.

Wenn er jetzt noch einmal freundlich zu ihr wäre, dachte sie in plötzlicher Panik, würde sie in Tränen ausbrechen.

»Gute Nacht, süße Hexe. Gott segne Euch.«

Es fiel ihr schwer, die Tür zu finden. Aber es gelang ihr, obwohl die Tränen an ihren Wangen herabliefen, als sie die Abgeschiedenheit ihrer Kajüte erreichte. Aber es waren Tränen des Glücks. Rodney hatte ihr gedankt! Sie hatte niemals so viel von ihm erwartet. Aber wie, so fragte sie sich, konnte sie ihm morgen Lebewohl sagen?

Sie lag die ganze Nacht wach, beunruhigt von ihren eigenen Gedanken, und doch war alles nicht so schwierig, wie sie es erwartet hatte.

Als sie die Bucht erreichten und Leben und Trubel um sie war, hatte Rodney, der sich über die Reling beugte, der Mannschaft eines vorüberfahrenden Schiffes, die sie mit offenen Mündern anstarrten, zugerufen:

»Lebt die Königin?«

Er stellte die Frage absichtlich, Drake nachahmend, der bei der Rückkehr von seiner Reise um die Welt die gleiche Frage gestellt hatte. Die Antwort auf seine Frage kam jubelnd über die Wellen:

»Sie lebt.«

»Wir haben die dreimal verfluchten Spanier geschlagen!«

»Wir haben die Armada besiegt und zerstört!«

Es war schwierig, die einzelnen Antworten auseinanderzuhalten, aber als sie ihre Bedeutung begriffen, sahen Rodney und Lizbeth einander an, und beide holten tief Luft. Die Armada war geschlagen, so viel war auf jeden Fall klar. Sie konnten auf die Einzelheiten warten, bis sie Plymouth erreichten.

Sie liefen mit Musik in den Hafen ein, und Rodney schwenkte wie wild seinen Hut vor der versammelten Menschenmenge. Tausende von Menschen standen auf dem Kai, jubelten und winkten, um sie willkommen zu heißen. Boten wurden nach London zu Sir Francis Walsingham und zu den Behörden von Plymouth geschickt, um ihnen mitzuteilen, was in den Frachträumen der *Santa Perpetua* und der *Sea Hawk* lagerte.

Die Nachricht über ihre Rückkehr und den Erfolg ihrer Reise breitete sich wie ein Lauffeuer aus, als die *Santa Perpetua* im Hafen ankerte und unter den kleineren und schmuckloseren Schiffen merkwürdig fehl am Platz wirkte. Jeder Seemann an Bord der *Santa Perpetua* und der *Sea Hawk* schien nicht nur eine Stimme zu haben, sondern deren zwei, als man über die Beute und die Größe des versprochenen Beutegeldes sprach.

»Hier kommen die Aasgeier«, lachte ein Mann, als die Frauen von Plymouth angelaufen kamen – Geliebte, Dienstmädchen, Prostituierte. Sie stießen einander und stritten sich, um so nahe wie möglich an die zurückgekehrten Seeräuber heranzukommen.

In dem Tumult und dem Durcheinander fiel es Lizbeth leicht, sich davonzustehlen. Sie hatte Rodney am Abend zuvor gesagt, daß sie sobald wie möglich nach Camfield aufbrechen wolle. Er hatte ihrem Entschluß aus vollem Herzen zugestimmt, denn es lag ihm sehr daran, daß niemand erfuhr, daß sie an Bord gewesen war.

Er wußte, es würde einige Zeit dauern, bis er sie wiedersah. Zuerst mußte die Fracht registriert werden, und wenn das Beutegeld ausgeteilt war, mußte der Rest verkauft und der Erlös unter die Anteilseigner verteilt werden. Das bedeutete alles viel Arbeit, aber wenn sie getan war, würde er nach Camfield eilen.

Als die goldbetreßten Beamten an Bord der *Santa Perpetua* strömten, verließ Lizbeth das Schiff. Zwei Seeleute brachten ihr Gepäck in das Boot und gaben ihr zum Abschied die Hand. Sie hätte sich gern von Master Barlow, von Baxter, Hales und all den anderen Männern verabschiedet, mit denen sie gesegelt war, aber sie wußte, daß diese es nicht erwarteten; außerdem waren sie in diesem Augenblick viel zu sehr beschäftigt.

Die Sonne glitzerte auf dem Wasser, als das Boot sie zum Kai brachte. Es war eine blasse, fahle Sonne ohne jede Wärme, die den kalten Wind nicht milderte. Graue, über den Himmel fegende Wolken kündigten Regen an.

Lizbeth wußte, daß Rodney für ihre Rückkehr nach Camfield Vorkehrungen hatte treffen wollen. Er hatte vorgehabt, Pferde zu besorgen und Dienstboten, die sie auf ihrem Ritt von Plymouth nach Camfield begleiten sollten. Aber sie traf diese Vorbereitungen lieber selber, als ihn zu behelligen, und ging deshalb in das Gasthaus, in dem sie und Francis übernachtet hatten, ehe sie an Bord der *Sea Hawk* gegangen war.

Der Wirt hielt sie für ihren Bruder und besorgte ihr bereitwillig anständige Pferde und vertrauenswürdige Männer.

Als alles arrangiert war, ging sie zu Bett und lag schlaflos da. Es war ihr unmöglich einzuschlafen, weil der Raum stillstand und es weder knarrendes Holz noch das Rasseln der Takelage gab. Sie haßte die Stille der Nacht und war froh, als die Dämmerung anbrach. Eine Stunde vor der ausgemachten Zeit war sie zum Aufbruch bereit.

Es nieselte. Ein feiner Sprühregen ging nieder, der ihr Gesicht näßte. Aber als sie sich im Sattel umdrehte und auf die Stadt zurückblickte, auf den Hafen, die grauen Wellen des Meeres, da wußte sie, daß es nicht der Sprühregen war, der sie blind machte, sondern die Tränen der Einsamkeit, der Sehnsucht nach dem Mann, den sie zurückgelassen hatte.

12. Kapitel

Es wurde Abend, und die vom Wind gejagten Regenwolken ließen alles noch dunkler erscheinen. Die Pferde und die Reiter waren müde, denn Lizbeth hatte sie zur Eile gedrängt. Nach einiger Zeit kannte sie den Weg und war der kleinen Gruppe von Männern und Packpferden mit einer Eile vorausgeritten, die es den anderen schwermachte, mit ihr Schritt zu halten. Schließlich bog sie auf den gewundenen, schlammigen Weg ein, der nach Camfield führte.

Sie sehnte sich nach der Wärme der Tropensonne, und in ihrer Müdigkeit sah sie sich im Geist auf dem Achterdeck der *Santa Perpetua* an der Küste entlangsegeln, über ein Meer, das so leuchtend blau war wie der Himmel darüber. Sie sah Rodney in Gedanken vertieft auf und ab gehen, die Hände auf dem Rücken verschränkt, mit ernster und nachdenklicher Miene.

Dann sah sie ihn, wie sie ihn zuletzt gesehen hatte, als er vor der jubelnden Menge seinen Hut schwenkte. Seine Augen strahlten, und er hatte den Kopf vor Freude zurückgeworfen über die Begeisterung, die die ganze Mannschaft bei ihrer Heimkehr empfand.

Er hatte seine erzwungene Pose, bei allem, was geschah, ruhig und unberührt zu erscheinen, abgelegt. Jetzt zügelte er seine Gefühle nicht mehr, und sie dachte daran, wie jung und stattlich er aussah, wenn er sich unbeobachtet wähnte. Rodney! Lizbeth kam es so vor, als drehten sich ihre Gedanken nur noch um Rodney. Und doch, wie wenig wußte sie von ihm! Er hatte selten über seine Vergangenheit gesprochen. Über Drakes Beutezüge konnte er stundenlang reden, aber er sprach selten über seinen eigenen Anteil an diesen Abenteuern.

Obwohl sie nichts darüber wußte, vermutete sie, daß es in seinem Leben viele Frauen gegeben hatte, und bei dem Gedanken daran empfand sie stechende Eifersucht – Frauen, die Rodney geliebt und die sich nach ihm gesehnt haben mußten, genauso wie sie selbst ihn jetzt liebte und nach ihm verlangte.

Über seine Kindheit hatte sie nur erfahren, daß er zu Hause unglücklich gewesen war. Seine Mutter war gestorben, als er noch ein Kind war, und sein Vater hatte ihn und seine älteren Brüder und Schwestern schikaniert. Er war ein brillanter Gelehrter gewesen und hatte erwartet, daß diejenigen, die seinen Namen trugen, in seine gelehrten Fußstapfen traten. Er nahm es übel, als sie andere Interessen zeigten.

Die älteren Familienmitglieder hatten nacheinander das Haus verlassen, und schließlich war Rodney geflohen, um sich der Kriegsmarine anzuschließen, da er körperliche Strapazen geistigen Anstrengungen vorzog.

Das war alles, was Lizbeth über sein früheres Leben erfahren hatte. Die Erinnerungen an die unglücklichen Jahre seiner Jugend waren noch zu lebhaft, als daß er leicht hätte darüber sprechen können. Aber da Lizbeth sich an den Schmerz über den Tod ihrer eigenen Mutter erinnerte, verstand sie vieles von dem, was ungesagt blieb.

Rodney! Rodney! Selbst der Wind in den Bäumen schien seinen Namen zu flüstern.

Es war nur noch eine halbe Meile bis Camfield Place! Aber zuerst mußte sie etwas erledigen. Sie gab Befehl zu halten, und die Männer sahen sie erstaunt an.

»Wartet hier auf mich«, sagte sie. »Ich muß kurz jemanden besuchen. Ich bin nicht lange weg.«

Sie hätten gern Einwände erhoben. Aber Lizbeths Autorität und das Versprechen einer guten Bezahlung hatte die Männer schon zu Beginn der Reise überzeugt. Trotzdem konnte sie sie leise murren hören, als sie von der Straße abbog und rasch die ungepflegte Einfahrt zu Dr. Keens Haus hinabritt.

Es war aus grauem Stein gebaut und stand in einem kleinen Garten, umgeben von alten Bäumen. Es war noch nie ein attraktives Haus gewesen, und jetzt schien es Lizbeth finster und abweisend. Seine Fensterläden waren geschlossen, und es war kein freundlicher Lichtschimmer zu sehen.

Sie ritt direkt zur Vordertür, stieg vom Pferd und klopfte mit dem Griff ihrer Reitgerte an die grobe Eichentür. Ihr Klopfen wurde vom Wind übertönt. Nach ein paar Augenblicken klopfte sie noch einmal. Ein Efeuzweig hing unordentlich an der Seite des Hauses herunter, eine Wasserpfütze hatte sich vor der Eingangstür gebildet, und über allem lag ein Hauch von Lieblosigkeit und Tristheit, die sich auf Lizbeth zu übertragen begann.

Konnte Dr. Keen ausgezogen sein? fragte sie sich. War das Haus unbewohnt? Und dann, noch während sie sich diese Frage stellte, war sie sicher, daß es bewohnt war. Sie hatte das untrügliche Gefühl, daß jemand im Haus war. Die Fensterläden waren zwar geschlossen, die Räume waren dunkel, und doch war sie sicher, daß jemand im Haus war.

Sie klopfte noch einmal an die Tür, und diesmal hob sie den Kopf und rief zu den oberen Fenstern hinauf:

»Elita! Elita!«

Die einzige Antwort war das Pfeifen des Windes. Lizbeth rief noch einmal:

»Elita, bist du da? Ich möchte mit dir sprechen!«

Während sie wartete, hörte sie, wie ein Fensterladen leise geöffnet wurde. Es war zu dunkel, um deutlich zu sehen, aber sie glaubte, sicher zu sein, daß jemand aus einem Fenster im ersten Stockwerk zu ihr heruntersah. Sie rief wieder:

»Elita! Elita!«

Dieses Mal bekam sie Antwort. Das Fenster über der Haustür bewegte sich ein paar Zoll, und Elita fragte leise und mit heiserer Stimme:

»Was wollt Ihr?«

»Ich bin es, Lizbeth. Ich möchte mit dir sprechen. Laß mich ein.«

Elita antwortete nicht, und Lizbeth hatte das Gefühl, daß sie sich überlegte, ob sie ablehnen sollte.

Hastig rief sie:

»Komm herunter, Elita, ich muß mit dir sprechen. Es ist sehr wichtig. Es ist niemand bei mir.«

»Niemand?« fragte Elita. »Bist du allein?«

»Ja, ich bin allein«, antwortete Lizbeth.

Sie glaubte zu sehen, daß Elita die Schatten absuchte, um sich zu vergewissern. Dann schloß sie das Fenster. Nach ein paar Augenblicken hörte Lizbeth Schritte auf dem steinernen Fußboden in der Diele, Ketten wurden gelöst und Riegel zurückgeschoben. Nach einer scheinbar endlosen Zeit wurde die Tür ein paar Zentimeter geöffnet.

»Was willst du?«

Elitas Stimme klang mürrisch, und jetzt sah Lizbeth in der Dunkelheit undeutlich ihr weißes Gesicht. Elitas dunkle Augen waren mißtrauisch und wachsam.

»Wo ist Francis?«

Zu Lizbeths Überraschung erhielt sie keine Antwort. Statt dessen trat ein Anflug von Furcht in Elitas Miene.

»Laß mich ein«, sagte Lizbeth ungeduldig. »Wir können nicht hier draußen miteinander reden, wo uns jeder sehen kann.«

Lizbeth ließ den Zügel ihres Pferdes los.

»Das Pferd wird sich nicht weit entfernen, es ist zu müde«, sagte sie mehr zu sich selbst als zu Elita.

Sie trat auf die Tür zu, doch diese öffnete sich nicht für sie. Elita versperrte ihr den Weg, und war durch den schmalen Türspalt nur halb zu sehen.

»Geh weg!« sagte sie leise und eindringlich. »Ich hätte dir nicht geantwortet, wenn ich nicht gefürchtet hätte, du würdest mit deinem Rufen die ganze Nachbarschaft aufwecken.«

»Warum benimmst du dich so eigenartig?« fragte Lizbeth. »Laß mich ein, Elita. Wir können hier draußen nicht miteinander sprechen.«

Ihre Hartnäckigkeit zwang Elita zu Nachgeben. Die Tür wurde geöffnet, und eine Sekunde später stand Lizbeth in der Halle. Beide Mädchen standen einen Augenblick in der Dunkelheit, während Elita etwas suchte und schließlich eine Kerze anzündete.

Sie brannte, aber in ihrem Licht sah Lizbeth Elita, und sie erschrak über das, was sie sah. Das Mädchen war offensichtlich krank. Es war mager und ausgemergelt. Ihre Wangenknochen standen hervor, ihre Augen brannten fiebrig. Sie war nicht mehr die exotische Schönheit, von der Lizbeth gefürchtet hatte, sie würde Francis um ihrer eigenen Ziele willen verführen.

Irgend etwas stimmte hier nicht, das sah Lizbeth auf einen Blick, und sie bemerkte, daß Elitas Hände zitterten, als Lizbeth sie ansah. In der Halle roch es muffig, und es war kalt. Lizbeth wurde von einer Atmosphäre des Schreckens ergriffen. Mit einer Stimme, die kaum mehr als ein Flüstern war, sagte sie:

»Wo ist Francis?«

Jetzt bestand kein Zweifel mehr daran, daß Elita sich fürchtete. Sie zitterte am ganzen Leib, als sie zur Tür blickte, so als fürchte sie, jemand könnte dort stehen und hören, was sie zu sagen hatte. Ihr Gesicht war jetzt verzerrt. Lizbeth merkte, daß ihre Zähne klapperten. In Lizbeth stieg die Angst auf.

»Antworte! Wo ist Francis?«

»Er ist tot.«

Da wußte Lizbeth, daß sie diese Worte erwartet hatte, noch ehe Elita sie ausgesprochen hatte.

»Wann ist er gestorben? Was ist geschehen?«

Sie hörte ihre eigene Stimme widerhallen.

»Psst, es könnte uns jemand hören.«

»Wie ist er gestorben?« fragte Lizbeth leise.

»Er ging mit meinem Vater in das Haus eines Freundes in Northampton«, sagte Elita. »Dort fand eine ... Versammlung statt. Aber sie wurde entdeckt ... Soldaten kamen ...«

Elita schlug die Hände vor das Gesicht, und ihre Stimme starb ab.

»Erzähle weiter!« sagte Lizbeth ungeduldig. »Mit einer Versammlung meinst du wahrscheinlich, daß mein Bruder an einer Verschwörung gegen die Königin teilgenommen hat?«

Elita bemühte sich nicht, dies abzuleugnen, sondern sagte heiser: »Sie wurden zum Tod verurteilt ... alle, die dort waren ... Mein Vater ... gab einen falschen Namen an und auch ... Francis ...«

»Wurden sie gehängt?« fragte Lizbeth.

Elita nickte. »Ja und gestreckt und gevierteilt ...«, flüsterte sie.

Ihre Augen waren einen Moment fast irre vor Entsetzen. Aber Lizbeth gelang es, ruhig zu sprechen.

»Wann ist das geschehen?«

»Vor einem Monat«, erwiderte Elita. »Ich habe mich seitdem hier versteckt ... aber ich muß weg ... Jemand muß mir helfen ... Ich habe Freunde, die mich ... nach Spanien bringen. Dort werde ich sicher sein ... vor denen, die ... die ... meinen Vater ermordet haben ... ja ... ermordet.«

Jetzt schluchzte sie, und ihr ganzer Körper schüttelte sich wie im Fieber.

»Wer weiß davon?« fragte Lizbeth, und da Elita nicht antwortete, legte sie eine Hand auf die Schulter des Mädchens, um deren Aufmerksamkeit zu erlangen.

»Wer weiß davon?« wiederholte sie.

Elita hob ihr tränenüberströmtes Gesicht.

»Wie soll ich das wissen, wer alles davon weiß? Vielleicht wollen sie mich in eine Falle locken. Aber wenn sie glauben, das Haus sei leer, werden sie weggehen, und dann bin ich in Sicherheit ... in Sicherheit.«

Sie war halb wahnsinnig vor Furcht. Aber Lizbeth empfand kein Mitleid mit ihr. Sie hatte nur den Wunsch, mehr über Francis zu erfahren.

»Du sagst, Francis gab einen falschen Namen an«, sagte Lizbeth. »Wer weiß, daß sein Name falsch war?«

»Nur die, die an jenem Abend dabei waren«, erwiderte Elita. »Zwei von ihnen konnten fliehen. Sie kamen hierher und erzählten mir, was geschehen war. Mein Vater war da schon... tot. Sie haben sich im Haus eines Freundes in der Nachbarschaft verborgen gehalten, bis die Verfolgung vorüber war. Sie berichteten mir alles und... dann ließen sie mich hier allein zurück. Ich flehte sie an, mich mitzunehmen, aber... sie wollten nicht.«

Elitas Stimme klang verzweifelt.

»Solange sie mich nicht finden... geschieht mir nichts... nichts... bis ich in Spanien bin.«

Elita schlug die Hände vor das Gesicht.

Lizbeth wandte sich zur Haustür. Francis war tot. Jetzt erst begann das, was Elita ihr berichtet hatte, die Betäubung zu durchdringen, die sie von dem Moment an erfaßt hatte, als sie die Nachricht hörte. Francis war tot – der unbekümmerte, fröhliche Francis, der nur in der Sonne liegen und Gedichte hatte schreiben wollen.

Er war gestorben, weil er sich von seinen sogenannten Freunden dazu hatte überreden lassen, an ihren ruchlosen Plänen teilzunehmen. Francis war kein Intrigant, er war nicht raffiniert genug dafür, und doch hatte er den höchsten Preis dafür bezahlt. Sie hoffte, daß er tapfer gestorben war, aber sie wagte nicht, danach zu fragen, aus Angst, daß sie das Gegenteil erfahren würde. Ihre Hand lag auf der Türklinke, als Elita sagte:

»Hilf mir... bitte hilf mir.«

Die Worte kamen heiser aus ihrer Kehle, und sie griff nach Lizbeths Hand.

»Hilf mir«, flehte sie kniend, wie besessen von ihrer eigenen Furcht.

»Ich kann dir nicht helfen«, sagte Lizbeth leise. »Und wenn ich es könnte, würde ich es nicht tun! Du hast meinen Bruder getötet.«

Lizbeth verließ das Haus, ohne sich noch einmal umzusehen. Sie zog die Tür hinter sich zu. Und ehe sie in der Dunkelheit ihr Pferd gefunden hatte und aufgestiegen war, hörte sie, wie die Türriegel vorgeschoben und die Ketten angebracht wurden. Das Licht in der Halle ging aus. Elita war allein in der Dunkelheit, allein mit ihren Ängsten und ihrem Gewissen.

Langsam ritt Lizbeth die Einfahrt hinauf. Es regnete wieder, aber sie spürte es nicht. Sie dachte an Francis und daran, wie nahe sie ihm früher gewesen war und wie sie ihrer Mutter versprochen hatte, sich um ihn zu kümmern. Aber sie hatte versagt. Francis lag im Grab eines Verräters, gehängt, gestreckt und gevierteilt.

Sie dachte daran, wie sie zuletzt in Plymouth im Gasthaus zusammen gewesen waren und wie zufrieden er damit war, daß sie seine Stelle an Bord der *Sea Hawk* einnahm. Er hatte es sein ganzes Leben lang vermieden, die Dinge zu tun, die er hätte tun sollen, und immer andere dazu gebracht, sie für ihn zu erledigen.

Er war schwach und verantwortungslos gewesen, aber sie hatte ihn geliebt. Ja, sie hatte ihn geliebt, dachte Lizbeth plötzlich, als wäre er ihr Sohn und nicht ihr Bruder gewesen. Sie hatte immer das Gefühl gehabt, daß sie ihn beschützen mußte, und doch war sie in der Stunde seines Todes nicht bei ihm gewesen. Es war nicht ihre Schuld, und doch machte sie sich Vorwürfe. Irgendwie hätte sie darauf bestehen sollen, daß er zur See fuhr, wie ihr Vater es befohlen hatte. Aber Francis' Hysterie bei dem Gedanken daran, hatte es ihr unmöglich gemacht.

Er hatte sie gezwungen, ihm zur Flucht zu verhelfen, aber was ihm nun widerfahren war, war viel schlimmer als das, was ihn auf See erwartet hätte. Er hatte sich vor dem Tod gefürchtet, das wußte Lizbeth. Sie war verzweifelt und entsetzt bei dem Gedanken daran, was er gelitten haben mußte. Doch dann war es wie ein Lichtschimmer im Dunkeln, als ihr der Gedanke kam, daß er vor Gericht nicht enthüllt hatte, wer er war. Er hatte nicht nach seinem Vater geschickt und ihn gebeten, seinen Einfluß geltend zu machen, um ihn zu retten. Lizbeth fand plötzlich bei diesem Gedanken Trost. Am Ende war Francis tapfer gewesen. Er war tapfer genug gewesen, anonym zu bleiben, um die Ehre seines Namens zu retten, selbst wenn er durch sein Schweigen die einzige schwache Hoffnung, gerettet zu werden, zunichte machte.

Er war am Ende tapfer gewesen – das Hufgeklapper von Lizbeths Pferd schien die Worte zu wiederholen. Er war tapfer gewesen.

Als sie bei den Männern und Packpferden ankam, die naß und mürrisch am Ende der Einfahrt auf sie warteten, sagte sie:

»Es ist jetzt nur noch ein kurzer Stück.« Sie war überrascht, wie ruhig ihre Stimme klang.

Sie erreichten das Tor von Camfield Place, und als sie hindurchritt, dachte sie daran, daß sie in wenigen Minuten ihrem Vater und ihrer Stiefmutter gegenüberstehen würde. Sie würden sie nach Francis fragen, und sie würde antworten müssen.

Ihre Gedanken wirbelten durcheinander und hatten keinerlei

Sinn und Zusammenhang. Francis war tot. Sie wiederholte die Worte immer wieder. Francis war tot, aber er war tapfer gestorben. Sie stellte sich vor, wie er gehängt worden war, zusammen mit den anderen Verrätern.

Sie hatte immer geargwöhnt, daß Dr. Keen aufrührerisch war. Eine Verschwörung nach der anderen hatte man in England aufdecken können. Verschwörungen von Leuten, die mit den Spaniern sympathisierten und sich von der protestantischen Königin befreien wollten. Es war ein Wunder, daß Dr. Keen nicht schon früher entlarvt worden war.

Lizbeth, die sich an seine verschlagenen Augen und seine dünnen, blassen Lippen erinnerte, die selbst die einfachste Wahrheit zu verzerren schienen, war ihm gegenüber immer mißtrauisch gewesen. Er war raffiniert gewesen, aber nicht raffiniert genug, und er hatte Francis in seine gemeinen Handlungen verwickelt.

Lizbeth holte tief Luft. Sie hatte die Haustür erreicht, ohne die vertraute Einfahrt und die Gärten wahrzunehmen. Jetzt bemerkte sie mit Herzklopfen, daß sie zu Hause war. Sie blickte zu den Giebeln hinauf und sah an den breitausladenden Flügeln des Hauses entlang. Es schien fast so, als würden die Mauern sie umarmen, der Ort, wo sie geboren worden war und ihr ganzes Leben verbracht hatte.

Im Haus hörte sie Hunde bellen und Schritte zur Tür eilen. Da überkam sie Panik. Sie war nach Hause zurückgekehrt, aber allein. Was sollte sie sagen?

Und plötzlich, wie als Antwort auf die verzweifelte Frage, hörte sie so lebhaft Lärm, den Donner der Schlacht um sich herum, als wäre sie immer noch mitten drin, und spürte Master Gadstones schweren Kopf an ihrer Brust. Als sie vom Pferd stieg und das Haus betrat, wußte sie, was sie sagen mußte.

Die Dienstboten verneigten sich und lächelten, als sie sie sahen. Die Hunde sprangen an ihr hoch und bellten vor Freude. Ihr Vater eilte in der großen Kammer auf sie zu und Catherine hinter ihm her.

»Mein Kind, wie froh bin ich, dich zu sehen!« rief Sir Harry.

Seine starken Arme hüllten seine Tochter ein, und er drückte ihr schmatzende Küsse auf beide Wangen.

»Lizbeth, du bist ein schlimmes Mädchen, dich einfach so davonzustehlen«, schalt Catherine.

In ihrer Stimme lag keine Gehässigkeit, und Lizbeth wußte plötzlich, daß sie sich vor ihrer Stiefmutter nicht mehr fürchtete.

Der Raum kam ihr sehr groß vor, ganz anders als die Kajüte auf der *Santa Perpetua*.

»Wo ist Francis?« sagte ihr Vater und sah dabei zur Tür.

Der gefürchtete Augenblick war gekommen.

»Francis ist tot«, sagte Lizbeth ruhig.

»Tot?«

Ihr Blick ruhte auf seinem Gesicht.

»Ja, tot. Er starb in unserer letzten Schlacht gegen die Spanier. Er war sehr tapfer. Ihr wäret stolz auf ihn gewesen, Vater.«

»Ich bin stolz auf ihn.«

Ihr Vater hauchte diese Worte eher, als daß er sie sprach, und auf seinem Gesicht lag ein Ausdruck, den sie nicht zu deuten wußte. Es sah fast so aus, als wäre er erleichtert. Wie war das möglich? Eine flüchtige Sekunde lang fragte sie sich, ob er wußte oder argwöhnte, daß es um Francis' Tod ein Geheimnis gab, aber sie zwang sich dazu, diese Gedanken zu verbannen.

Francis war im Kampf gegen die Spanier gefallen. Sie würde es schwören, und wenn es ihr Todesschwur sein würde, und sie würde Rodney bitten, wenn sie ihn sah, die gleiche Geschichte zu erzählen. Er würde es ihr nicht abschlagen, dessen war sie sicher.

»Ich bin sehr traurig, das über den armen Francis zu hören«, sagte Catherine und wischte sich mit ihrem Spitzentaschentuch über die Augen.

»Und war denn die Reise auch ein Erfolg?« fragte Sir Harry.

Bei dieser Frage strahlte Lizbeth. Sie erzählte ihm von der kostbaren Fracht der *Santa Perpetua* und der *Sea Hawk*, daß Rodney sich nun um diese Dinge in Plymouth kümmerte und daß er nach Camfield kommen würde, sobald der Verkauf abgeschlossen war.

Sir Harry jubelte vor Begeisterung und fragte immer und immer wieder nach Einzelheiten über die Beute. Er ließ sich die Perlen beschreiben, die sie von dem Logger erbeutet hatten, und den Wert des Raubes von der spanischen Siedlung.

Sie sprach über ihre Abenteuer, und irgendwie erleichterte es ihren Schmerz ein wenig, als sie von Rodney erzählte.

»Rodney sagte... Rodney befahl... Rodney eroberte... Rodney! Rodney! Rodney!«

Es war eine bittersüße Freude, seinen Namen auszusprechen und jene Monate wieder heraufzubeschwören, in denen sie mit ihm zusammengewesen war. Wie würde sie die einsame Zukunft ohne ihn ertragen? Aber daran durfte sie jetzt nicht denken, sondern nur an die glorreiche Vergangenheit.

»Ich liebe ihn!« wollte sie ihrem Vater sagen. »Ich liebe ihn. Ich würde barfuß durch die ganze Welt laufen, wenn er es wünschte, um an seiner Seite zu sein. Ich würde für ihn sterben... und Gott im Himmel weiß, daß ich nicht ohne ihn leben kann.«

Doch statt dessen mußte sie seinen Namen ruhig und nüchtern aussprechen und hoffen, daß ihre Augen und ihre Stimme sie nicht verrieten.

Speisen und Wein wurden gebracht, während Lizbeth dasaß und erzählte. Erst viel später sagte sie, daß sie nach oben gehen und sich umziehen wolle, denn ihre Kleider waren naß und schmutzig von dem langen Ritt. Als sie sich ein wenig steif erhob, stellte sie die Frage, die sie schon lange gequält hatte.

»Wo ist Phillida?«

Einen Augenblick herrschte Schweigen. Dann schrie ihr Vater:

»Es ist ein Jammer, daß ich mit solch einer Tochter geschlagen bin. Sie stellt sich krank und liegt seit Tagen im Bett, während sie auf dem Weg nach Whitehall sein sollte. Ich war zornig auf dich, mein Mädchen, ich leugne es nicht, als ich erfuhr, daß du dich mit Francis davongemacht hattest. Ich steigerte mich in einen tüchtigen Zorn hinein, das kann ich dir sagen. Aber ich vergebe dir wegen der guten Nachrichten, die du gebracht hast. Aber Phillida...«

Er warf in einer ausdrucksvollen Geste die Arme in die Luft.

Lizbeth sah ihre Stiefmutter an.

»Was ist mit ihr?« fragte Lizbeth.

Catherine zuckte die Schultern.

»Nichts, was wir wüßten oder was der Arzt herausfinden kann. Sie liegt da und weint und will den Wünschen deines Vaters nicht gehorchen.«

»Meinen Wünschen!« brüllte Sir Harry. »Man hätte denken sollen, daß sich jedes normale Mädchen von solch einer Auszeichnung geehrt fühlt! Aber nicht meine Tochter! O Nein! Sie liegt da und winselt und wimmert im Krankenbett und bringt dadurch große Schande über uns alle.«

»Was ist geschehen?« fragte Lizbeth.

Die Augen ihres Vaters leuchteten plötzlich auf.

»Bei meinem Schwert! Ich habe die Lösung! Lizbeth ist zu Hause, was könnte besser sein? Sie wird Phillidas Stelle einnehmen. In dem Brief heißt es ›Eure Tochter‹, ohne daß ein Name erwähnt wurde. Und Lizbeth ist meine Tochter, so sicher wie Phillida es ist, und sie ist bei weitem besser geeignet.«

Er hielt inne, holte tief Luft und fuhr dann fort:

»Das ist die Lösung! Catherine, meine Liebe, regle alles! Das Mädchen muß passend gekleidet werden.«

»Und in welcher Hinsicht soll ich Phillidas Stelle einnehmen?« fragte Lizbeth und blickte von einem zum anderen.

»Mein Kind, wir sind von Ihrer Majestät der Königin geehrt worden«, erklärte Sir Harry. »Man hat mich aufgefordert, meine Tochter als Ehrenjungfer zur Begleitung der Königin nach London zu schicken.«

»Als Ehrenjungfer?« wiederholte Lizbeth. Sie war nicht sicher, ob die Nachricht gut oder schlecht war.

»Nach Whitehall«, fügte Sir Harry feierlich hinzu. »Phillida weint sich die Augen aus dem Kopf und schwört, sie sei zu krank, um die Reise anzutreten.«

»Ich werde mit ihr sprechen«, sagte Lizbeth und brannte plötzlich darauf, ihre Halbschwester zu sehen.

Sie verließ die große Kammer und lief in Phillidas Zimmer hinauf. Sie stürmte ohne anzuklopfen hinein. Zwei Kerzen flackerten neben dem Bett, und Phillida lag hinter den zugezogenen Vorhängen, die an dem schweren Baldachin hingen.

»Phillida, ich bin zu Hause. Ich bin es, Lizbeth.«

Mit einem Freudenschrei setzte sich Phillida in ihrem Bett auf und streckte beide Arme nach Lizbeth aus. Die Tränen liefen an ihrem blassen Gesicht herunter.

»Liebste, was ist los?« fragte Lizbeth.

Phillida zögerte, ehe sie sprach, und blickte über die Schulter zurück, um zu sehen, ob die Tür geschlossen war. Flüsternd sagte sie:

»Lizbeth, ich bin froh, daß du wieder da bist. Ich habe dich mehr vermißt, als ich es für möglich gehalten hätte. Du mußt mir helfen. Bitte hilf mir, ich kann nicht nach Whitehall gehen.«

»Das brauchst du auch nicht«, antwortete Lizbeth, »nachdem ich jetzt zu Hause bin.«

Phillida lächelte. »Ich verstehe, du willst dort meinen Platz einnehmen, liebe Lizbeth, zum ersten Mal, seitdem du weggingst, bin ich glücklich.«

»Warum willst du nicht nach London gehen?« fragte Lizbeth.

»Versuche mich zu verstehen, Lizbeth, wie könnte ich mit meiner Einstellung nach Whitehall gehen?«

»Als ich abreiste, hattest du gerade an Mr. Andrews einen Brief geschrieben. Hat er dir geantwortet?«

Phillida schüttelte traurig den Kopf, und Lizbeth sah im Kerzenlicht, daß Phillida noch genauso schön war wie zuvor. Sie hatte abgenommen. Ihre Mundwinkel waren wehmütig nach unten gezogen.

»Nein, er konnte mir wohl nicht helfen. Oder er fürchtete sich«, erwiderte Phillida. »Deshalb mußte ich auf deine Rückkehr warten.«

Ihre Stimme zitterte, und Lizbeth wußte, daß Phillida im Geist an einen anderen Namen gedacht hatte. Impulsiv ergriff sie den Stier bei den Hörnern.

»Rodney war sehr erfolgreich«, sagte sie. »Er hat sehr wertvolle Fracht mitgebracht. Er wird ein reicher Mann sein, Phillida.«

»Wann kommt er hierher?« Phillida war so blaß, daß Lizbeth fürchtete, sie würde in Ohnmacht fallen.

»Sobald in Plymouth alles geregelt ist«, antwortete sie. Phillida schloß die Augen. Sie war schön, dachte Lizbeth, und Rodney liebte sie. Sie würden heiraten, so sehr Phillida auch vor dem Gedanken daran zurückschreckte.

»Ich werde nach London reisen und deine Stelle als Ehrenjungfer einnehmen«, sagte sie.

»Ich weiß nicht, welches das schlimmere von beiden Übeln ist«, flüsterte Phillida. »Ich könnte den Gedanken nicht ertragen, der Königin aufzuwarten, aber jetzt ist es vielleicht besser als die ... als die ...

Phillida brachte das Wort »Heirat« nicht über die Lippen.

Lizbeth wußte, was sie sagen wollte, und unterbrach sie.

»Rodney ist ein wundervoller Mensch, Phillida. Du solltest dich entschließen, ihn zu heiraten. Ich bin in den letzten Monaten mit ihm zusammen gewesen, und ich weiß, daß es auf der ganzen Welt keinen gibt wie ihn.«

Sie konnte nicht verhindern, daß ihre Stimme zitterte, aber sie hoffte, daß Phillida es nicht bemerkte.

»Was ist mit Francis?« fragte Phillida plötzlich. »Hat die Reise ihn erwachsen gemacht?«

Lizbeth zögerte nur einen Augenblick. Dann erzählte sie Phillida, was sie schon ihrem Vater erzählt hatte, daß Francis im Kampf gegen die Spanier gestorben war.

»Möge seine Seele und die Seelen aller dahingeschiedenen Gläubigen in Frieden ruhen«, betete Phillida und fügte hinzu: »Ich weiß, du hast deinen Bruder sehr geliebt, Lizbeth. Sein Tod muß dir viel Schmerz bereitet haben.«

Lizbeth stand auf. Sie war unfähig, weiter über Francis zu sprechen. Es war schwer genug, den Schmerz selbst zu tragen.

»Ich möchte jetzt baden und mich umziehen«, sagte sie.

»Ich bin dankbar, daß du zu Hause bist, Lizbeth«, sagte Phillida. »Aber in einer Hinsicht macht es die Dinge schlimmer... Es bringt die...« Ihre Stimme brach ab. Wieder brachte sie es nicht fertig, das Wort »Heirat« auszusprechen.

Plötzlich wurde Lizbeth ärgerlich über Phillidas Tränen. Wenn sie nur selbst Rodney heiraten könnte, anstelle der zögernden Phillida, die sich nach der Einsamkeit der Klosterzelle sehnte.

»Ich muß jetzt gehen«, sagte Lizbeth. »Vater wartet auf mich.«

Sie lief rasch in ihr Zimmer, wo Nanna sie erwartete.

Vielleicht weil sie müde war, vielleicht auch, weil ihr Herz auf tausenderlei Weise hin- und hergerissen war, schlang sie die Arme um Nanna und brach in Tränen aus.

»Aber, aber, meine Liebe«, sagte Nanna. »Das ist nur die Aufregung über die Heimkehr. Aber wie konntest du uns auch so erschrecken – dich einfach so davonstehlen und mit Master Francis abzusegeln!«

»Haben sich alle sehr gewundert?« fragte Lizbeth und lächelte durch die Tränen.

»Uns blieb allen fast der Verstand stehen«, sagte Nanna. »Sir Harry brüllte durch das Haus wie ein Stier, die gnädige Frau versuchte, ihn zu beruhigen, und Mistreß Phillida wurde so weiß wie ein Leintuch, als sie hörte, daß du nicht zurückkommst. Vielleicht hat sie sich deshalb ins Bett gelegt, es würde mich nicht wundern. Aber schließlich weiß man ja nie, was sie denkt.«

Lizbeth setzte sich auf einen Stuhl, und Nanna zog ihr die Reitstiefel aus.

»Jetzt erzähle mir alles der Reihe nach, meine Liebe«, sagte sie dabei. »Und wie kam Master Francis mit all den rauhen Seeleuten aus?«

Da wußte Lizbeth, daß ihre Schicksalsprüfung noch nicht vorüber war. Sie mußte Nanna von Francis erzählen, und die alte Kinderfrau weinte bitterlich bei dem Gedanken daran, daß sie ihn nie mehr wiedersehen würde.

Es war leicht, Lügen zu erzählen, aber schwer, daran festzuhalten. Wie viele Menschen würden noch mit ihr über Francis sprechen wollen? Und da sie aus ihm einen Helden gemacht hatte, mußte sie das Bild mit Einzelheiten über sein Heldentum ausschmücken.

Plötzlich spürte sie, daß sie todmüde war. Es war ein langer, anstrengender Ritt von Plymouth hierher gewesen, und in ihrer Ruhelosigkeit hatte sie weder die Diener, die sie begleiteten, noch sich selbst geschont. Ihr Körper begann sich zu rächen. Mehr als alles andere wünschte sie, zwischen die kühlen Leinentücher ihres Bettes zu schlafen und mit ihren eigenen Gedanken allein sein zu können.

Aber sie wußte, daß dies heute abend unmöglich war. Ihr Vater wäre bitter enttäuscht, wenn sie nicht hinunterginge, um ihm mehr über die Reise zu erzählen, über die Beute, den Kampf gegen die Spanier und über Francis' Tod.

Da mußte Lizbeth an Elita denken, die allein mit ihren Ängsten in der Dunkelheit des leeren Hauses war. Aber so sehr sie es auch versuchte, sie konnte kein Mitleid mit ihr empfinden.

Lizbeth hatte gesehen und gehört, was die Königin für Männer wie Rodney bedeutete. Sie waren bereit, für England und für Gloriana zu sterben, und man konnte nicht dulden, daß Leute wie Dr. Keen und seine Tochter sich verschworen, um das zu zerstören, was anderen so teuer war.

Lizbeth ging langsam in einem Kleid aus grünem Samt die gewachsten Treppenstufen hinunter. Es kam ihr merkwürdig vor, wieder als Frau gekleidet zu sein und die Weichheit des Samtes auf ihrer Haut zu spüren. Der tiefe Halsausschnitt kam ihr unschicklich vor, nachdem sie monatelang eine Halskrause getragen hatte. Nanna hatte sich gewundert, daß ihr Haar so kurz geschnitten war. Aber Lizbeth hatte ihr erklärt, in der Karibik sei es so heiß, daß man das Haar nicht länger tragen könne. Nun war es zu Zöpfen geflochten und mit Haarnadeln, die mit Perlenköpfen verziert waren, zusammengehalten. Sie konnte sich kaum noch vorstellen, daß sie es einmal so kurz geschnitten hatte, um wie ein Junge auszusehen.

Wie sie es erwartet hatte, warteten ihr Vater und ihre Stiefmutter in der großen Kammer auf sie.

»Du hast Sommersprossen«, bemerkte Catherine kritisch, als Lizbeth sich neben sie vor das Holzfeuer setzte.

»Ich schäme mich sowohl meiner Nase als auch meiner Hände«, antwortete sie lachend.

»Wir werden morgen ein Hautwasser aus Gurken und Galmei herstellen«, versprach Catherine. »Wenn du nach Whitehall gehst, kannst du nicht wie ein Küchenmädchen aussehen.«

»Ich habe mit Phillida gesprochen, Vater«, sagte Lizbeth. »Und ich werde an ihrer Stelle hingehen. Aber ich muß warten, bis

Rodney in Camfield ist. Er wird in Kürze hier sein, und ich möchte ihn wiedersehen, ehe ich nach London abreise.«

»Hast du die letzten Monate nicht genug von ihm gesehen?« fragte Sir Harry heiter.

»Darum geht es nicht«, antwortete Lizbeth kühl und bemerkte, daß Catherine sie mißtrauisch beobachtete. »Es gab mehrere Dinge über einige Mannschaftsmitglieder, die wir miteinander besprechen wollten. Aber ich kam nicht mehr dazu, ehe ich Plymouth verließ. Es spielte auch keine so große Rolle, da ich sicher war, ihn in kurzer Zeit hier wiederzusehen. Aber nun sagt Ihr mir, daß ich nach London gehen soll. Ich bin bereit dazu, aber erst, nachdem ich Rodney gesprochen habe.«

»Schön, schön. Gut, gut. Ich habe schon einen Boten mit der Nachricht nach Whitehall geschickt, daß Phillida unpäßlich ist, auf ein paar Tage mehr oder weniger kommt es nun nicht mehr an«, stimmte Sir Harry zu.

»Und wir brauchen etwas Zeit, um Lizbeth einzukleiden«, sagte Catherine.

»Kleider! Ihr Weibervolk könnt an nichts anderes denken«, lachte Sir Harry. »Aber Ihr sollt Euren Willen haben. Am Tag nach Hawkhursts Ankunft kann Lizbeth nach Whitehall aufbrechen.«

Sie hatte ihren Willen bekommen. Francis' Ehre war gerettet, sofern sie mit Rodney sprechen konnte, ehe dieser mit den anderen zusammentraf. Und doch gestand sie sich ein, daß ihre Erleichterung und Freude darüber, diese Zustimmung ihres Vaters erhalten zu haben, nicht nur daher rührte, daß sie das Gedächtnis ihres Bruders hochhielt. Sie wollte Rodney wiedersehen.

Auf dem ganzen Weg von Plymouth hierher hatte sie sich nach ihm gesehnt, und sie hatte ihn stärker vermißt, als sie es je für möglich gehalten hätte. Kindlicherweise hatte sie geglaubt, der Schmerz um ihn würde nachlassen, wenn sie zu Hause war. Es kam ihr fast so vor, als wäre sie nach Camfield geeilt wie in die Arme einer Mutter, um Trost zu finden.

Aber nun, da sie hier war, litt sie immer noch an der lähmenden Sehnsucht nach dem Mann, den sie zurückgelassen hatte. Und sie wußte, daß nichts und niemand ihr helfen konnte, ihre Liebe zu vergessen. Sie war ein untrennbarer Teil von ihr, sie lebte und atmete für nichts anderes.

Liebe, Liebe zu Rodney, Liebe zu ihrem künftigen Schwager!

Es bereitete ihr in gewisser Hinsicht eine schmerzliche Freude, über ihn sprechen zu können, in der großen Kammer zu sitzen und

Sir Harry und Catherine mit den Berichten über die Karibik, über die ganze Fahrt zu fesseln.

Sie hörte sich sprechen, während die Stunden verstrichen, und jetzt war sie nicht mehr müde, sondern verloren in ihrer Welt, einer Welt, in der Rodney der Kapitän und sie selbst ein Teil seiner Schiffsmannschaft war. Sie sprach über Don Miguel und folgte ihm im Geist in die Dunkelheit der Kanarischen Inseln. Es war leicht, die Gründe, weshalb er geflohen war, zu bemänteln, jedoch schwieriger, ihre eigenen Gedanken von den Augenblicken abzuwenden, in denen Rodney sie beschuldigt hatte, sie liebe Don Miguel.

Sie sah wieder den Zorn in seinen Augen, sein energisches Kinn und seine zusammengepreßten Lippen. Manchmal fragte sie sich, ob Catherine und ihr Vater in ihrer Geschichte Widersprüche entdeckten, plötzliche Lücken, wenn sie es nicht wagte, mehr zu erzählen, und vor den Gedanken an ihr persönliches Drama zurückschreckte, die sich jetzt so groß und beherrschend in ihr auftürmten wie die Schiffe, die sie gekapert hatten, und die Kämpfe, die sie ausgetragen hatten.

Aber Sir Harry und Catherine waren verzaubert wie Kinder, die einem Märchen lauschten. Sir Harrys Augen leuchteten und er rieb sich die Hände bei dem Gedanken an die Dividende, die ihm bald ausgezahlt werden würde.

Catherine wollte immer und immer wieder von den Seidenstoffen und Parfüms an Bord der *Santa Perpetua* erzählt bekommen und von den Perlen, die Rodney auf dem spanischen Logger erbeutet hatte.

»Ich möchte jetzt schlafen gehen«, sagte Lizbeth schließlich.

Es war beinahe zwei Uhr, und sie konnte nicht mehr weitersprechen, sie wollte nur noch schlafen.

»Hinaus mit dir«, rief Sir Harry. »Ich bin froh, dich wiederzuhaben, mein Kind, und ich bin stolz auf dich, so stolz, als wärest du mein Sohn.«

Wieder lag ein seltsamer Ausdruck in seinen Augen. Aber Lizbeth war zu müde, um sich darüber Gedanken zu machen. Sie machte vor ihrem Vater einen Knicks und küßte Catherine flüchtig, wie es Frauen tun, die einander verabscheuen, aber eine gespielte Zuneigung zur Schau stellen.

Endlich war sie in der Abgeschiedenheit ihres eigenen Zimmers, und Nanna half ihr beim Auskleiden. Mit halbgeschlossenen Augen ging sie zu Bett. Aber trotzdem konnte sie nicht schlafen, als sie die Kerzen ausgeblasen hatte. Sie sah Elita vor sich, zitternd in ihrer Angst, und hörte sie immer wieder sagen, Francis sei tot. Ja, Francis, den zu beschützen und zu behüten sie versprochen hatte, war tot. Er war den Tod eines Verräters gestorben. Er war gehängt, gestreckt und gevierteilt worden...

13. Kapitel

Erst einige Stunden nachdem die *Santa Perpetua* und die *Sea Hawk* in Plymouth eingelaufen waren, bemerkte Rodney, daß Lizbeth weg war.

Er hatte für das Vertäuen des Schiffes gesorgt, mit zahlreichen Beamten gesprochen und ein dutzendmal die Geschichte seiner Reise erzählt und Leuten die Hände geschüttelt, die er noch nie zuvor gesehen hatte und von denen er den Eindruck hatte, daß sie sich für ihn und seine Reise nicht interessiert hätten, wenn diese nicht so erfolgreich verlaufen wäre.

Schließlich legte sich der Tumult ein wenig, und als Hapley ihm sagte, das Abendessen sei in der Kajüte serviert, erwartete er, Lizbeth dort anzutreffen. Er hatte mehrere Einladungen, an Land zu essen, abgelehnt, mit der Begründung, er müsse zuerst für das Entladen der Fracht sorgen.

Festlichkeiten und Ehrenbanketts lagen vor ihm, und im Augenblick wollte er nichts weiter als ein Mahl aus gesalzenem Schweinefleisch, das er während der Reise so monoton gefunden hatte.

Er war niedergeschlagen, als er die Achterkajüte betrat, denn er war sich dessen bewußt, daß dies vermutlich die letzte Mahlzeit an Bord der *Santa Perpetua* war. Plump, reich verziert und schwerer zu handhaben als die *Sea Hawk*, hatte er sie doch liebgewonnen, und jetzt würde sie zweifellos als Beuteschiff in den Dienst der Königin übernommen oder von einer reichen Handelsgesellschaft gekauft werden.

Der Gedanke stimmte ihn traurig, daß er nie wieder mit ihr segeln würde, und er war gespannt, ob Lizbeth genauso empfand. Erst als er an sie dachte, stellte er fest, daß sie nicht da war, und zu gleicher Zeit sah er, daß nur für ihn gedeckt war.

»Wo ist denn eigentlich Master Gillingham?« fragte er Hapley.

»Master Gillingham hat schon vor mehreren Stunden das Schiff verlassen, Sir.«

»Verlassen? Warum?«

»Ich habe keine Ahnung, Sir. Er ging an Land. Er sagte mir Lebewohl.«

Auf Hapleys Gesicht lag ein Lächeln, aus dem Rodney schloß, daß Lizbeth ihm ein gutes Trinkgeld gegeben hatte. Ärgerlich setzte er sich in den großen Armsessel, den Hapley für ihn zurechtgeschoben hatte, und trommelte nervös mit den Fingern auf den Tisch.

Lizbeth war also ohne ein Abschiedswort gegangen. Er war wütend darüber, wie sie sich davongestohlen hatte. Er hatte mit ihr sprechen wollen, hatte mit ihr bereden wollen, was sie Sir Harry sagen würden. Es war rücksichtslos von ihr, dachte Rodney, und dann verwandelte sich sein Zorn plötzlich in ein Gefühl des Verlustes.

Er hatte sich daran gewöhnt, bei den Mahlzeiten ihr kleines, ovales Gesicht zu seiner Rechten zu sehen. Ihr rotes Haar leuchtete vor den dunklen Kajütenwänden, und ihre Augen waren hell und lebhaft, von einer unerwarteten Farbe, die wie ein kostbares Juwel glänzten.

Er dachte an die vielen Mahlzeiten, die sie zusammen eingenommen hatten und die so angenehm gewesen waren. Er erinnerte sich an Lizbeths helles, klares Lachen.

Langsam schob Rodney seinen Teller beiseite. Er war nicht mehr hungrig. Allein zu essen, nahm ihm den Appetit. Er wollte Lizbeth fragen, was sie von ihrem Empfang in Plymouth hielt. Er wollte ihr von den Komplimenten erzählen, die die Beamten ihm gemacht hatten, als sie ihn im Hafen begrüßten. Es gab so vieles, was er mit ihr hätte besprechen wollen.

Er trank ein Glas Wein und schickte Hapley weg, als dieser ihm die weiteren Gänge auftragen wollte. Er ging ruhelos in der Kajüte auf und ab und mußte wieder daran denken, wie ungern er die *Santa Perpetua* verließ. Das lag nicht nur an ihrer luxuriösen, kostbaren Ausstattung. Es war etwas Tieferes und Grundlegenderes, als wäre sie in der kurzen Zeit, in der er sie befehligt hatte, ein Teil seines Lebens geworden.

Vielleicht würde das für jede Reise und für jedes Schiff, das unter seinem Kommando stand, zutreffen. Für ihn war es aber das erste Mal, und erfahrene Kapitäne hätten ihm sagen können, daß dies Gefühl bei jeder Rückkehr in den Hafen auftrat.

Er ging in der Kajüte auf und ab und dachte an den erregenden Augenblick, als er und seine Männer an Bord der *Santa Perpetua* geklettert waren. Er erlebte noch einmal, wie er sein Messer in den Rücken des spanischen Wachtpostens stieß, der die Festlichkeiten an Land beobachtete, und spürte den heißen Atem des Mannes an seiner Hand, als er sie ihm vor den Mund preßte.

Wie vieles gab es, sich zu erinnern! An die Bewegung des Steuerrades unter seinen Händen, an den Wind, der sie hinaus auf das Meer trug, an den Morgen, als die Segel des *Sea Hawk* in Sicht kamen, und wie Lizbeth zu ihm an Bord kletterte. Er sah ihr Gesicht vor sich, ihre Augen strahlten, ihre Lippen waren in der Erregung geöffnet. Wie reizend war sie bei solchen Gelegenheiten gewesen. Und mit einem plötzlichen Schmerz erinnerte sich Rodney an ihr Gesicht, als es weiß und tränenüberströmt vor seien brutalen Küssen zurückgewichen war, sie sie gegen ihn angekämpft hatte.

Er konnte ihre Stimme hören, wie sie ihn anflehte und um Gnade weinte. Rodney trat wütend gegen den Eichenstuhl, der ihm im Weg stand. Weshalb mußte er sich jetzt an diese Dinge erinnern? Sie hatte sich danach vor ihm gefürchtet. Er hatte es an der Art und Weise bemerkt, wie sie kaum merklich erschrak, wenn er unerwartet zu ihr trat, und die Farbe in ihre Wangen stieg.

Und doch hatte sie sich nicht gefürchtet, Don Miguel aus seiner bewachten Kajüte zu befreien, den Wachtposten zu überlisten, und seinem Zorn ins Auge zu sehen. Rodney trat wieder gegen den Eichenstuhl, und dieses Mal fiel er um, und seine kurzen geschnitzten Beine ragten in die Luft. Er haßte den Spanier, dachte Rodney. Er haßte ihn! Er war zu höflich, zu vornehm, zu elegant und zu zivilisiert, um von einem Abenteurer, wie er selbst einer war, toleriert zu werden.

Und doch mußte er sich gerechterweise daran erinnern, daß er in Don Miguel einen anregenden Gesprächspartner gehabt hatte. Sie hatten miteinander gelacht, und doch haßte er ihn. Er spürte wieder jene plötzliche Anspannung in sich, die er empfunden hatte, als er in die Achterkajüte kam und Lizbeth in Don Miguels Armen fand.

Es hatte etwas in der Haltung des Spaniers gelegen, daß Rodney die Sprache verschlug. Es war nicht Don Miguels Verlangen nach einer Frau gewesen oder die Leidenschaft, die ihn veranlaßt hatte, Lizbeth zu küssen. Er liebte sie. Rodney war sich dessen sicher. Ja, Don Miguel liebte Lizbeth.

Es war zu erkennen an der Art, wie er sie ansah, an dem zärtlichen Tonfall seiner Stimme, wenn er sie ansprach. Von da an haßte Rodney Don Miguel, und er wünschte sich nicht nur einmal, sondern hundertmal ihn zu einem Duell herauszufordern, ihn in Ketten zu legen, ihn unter Deck zu schicken, wo Lizbeth ihn niemals sehen konnte, oder ihn in einen gefährlichen von Haifischen heimgesuchten Teil des Ozeans über Bord zu werfen.

Ja, er hatte Don Miguel gehaßt, und er tat es immer noch. Sein Haß war so groß, daß er glaubte, ihn erst dann überwinden zu können, wenn der Spanier nicht mehr lebte. Rodney erlebte noch einmal den ganzen Zorn, den er immer dann empfunden hatte, wenn er Don Miguel und Lizbeth miteinander sprechen, lachen oder flüstern hörte.

Und als er jetzt den Zorn und den Haß in sich aufsteigen spürte, erkannte er die Wahrheit, wußte er plötzlich, warum der Gedanke an Don Miguel ihn quälte – er selbst liebte Lizbeth!

Er hatte es bis zu diesem Augenblick nicht gewußt. Er erkannte die Wahrheit erst jetzt, nachdem sie weg war, und er fühlte, was sie ihm in den vergangenen Monaten bedeutet hatte. Er hatte sich so daran gewöhnt, sie in seiner Nähe zu haben, daß er ihre Anwesenheit für selbstverständlich gehalten hatte. Jetzt verwünschte er sich, daß er so blind, so dumm gewesen war.

Er begriff jetzt, daß ein großer Teil der Freude, die er erlebt hatte, ob beim Kapern der *Santa Perpetua*, beim Plündern der spanischen Siedlung, oder beim Raub des Perlenloggers, daher kam, daß Lizbeth seinen Erfolg miterlebt hatte und seine Siege lobte. Er wußte jetzt, daß er fast die ganze Zeit an sie gedacht hatte. Er war ärgerlich gewesen, weil sie ihn überlistet hatte, mitzusegeln. Er konnte auf seinem Schiff keine Frau brauchen und wankte niemals auch nur einen Augenblick in seiner Entschlossenheit, sie wie einen Jungen zu behandeln.

Aber ihre Weiblichkeit war nicht zu übersehen. Ohne es zu wollen und ohne es vor sich selbst zuzugeben, war sie für ihn Lizbeth gewesen, und erst mit der Ankunft von Don Miguel an Bord wurde sein Selbstbetrug erschüttert. Er erkannte jetzt, daß das Gefühl, welches er empfand, als er Lizbeth in Don Miguels Armen sah, eines der ältesten der Welt gewesen war.

Es war Eifersucht gewesen, schiere, ungezügelte Eifersucht, und sie hatte ihn dazu gebracht, Lizbeth gegenüber brutal zu sein und sich einzubilden, er hasse sie ebenso wie Don Miguel. Wie blind und dumm war er gewesen!

In diesem Augenblick wollte er vor ihr auf die Knie fallen und sie um Verzeihung bitten. Er dachte plötzlich mit einer Zärtlichkeit an sie, wie er sie niemals zuvor empfunden hatte.

Und dann, als er sich an ihre weichen Lippen erinnerte, an ihren weißen Hals, die sanften Kurven ihres Körpers und ihr verführerisches, flammendes Haar, verlangte er nach ihr, leidenschaftlich und besitzergreifend, wie ein Mann nach einer Frau verlangt. Er wollte sie erobern, wie er so viele andere Dinge erobert hatte, er wollte sie in die Arme nehmen und ihr sagen, daß sie ihm und keinem anderen gehörte.

Er wünschte in diesem Augenblick, er könnte seine Liebe, seine Freude, sein Glück laut hinausschreien. Lizbeth war sein, und er würde sie vor der ganzen Welt beanspruchen. Und dann ließ seine Freude so schnell nach, wie sie gekommen war. Ihm fiel ein, daß Lizbeth nicht sein war und es nie sein würde, denn er war mit Phillida verlobt.

Er warf sich auf einen Stuhl und runzelte die Stirn. Wie konnte er überhaupt jemals eine Ehe mit einer Frau erwägen, die er nicht mehr liebte und von der er sicher war, daß sie ihn nicht liebte?

Diese Heirat war ihm vernünftig und zweckmäßig erschienen, als sein Pate es ihm vorgeschlagen hatte, und es war ihm als etwas Selbstverständliches vorgekommen, als er es ihrem Vater vorschlug und Sir Harry einwilligte, Phillida zu heiraten. Jetzt bäumte sich alles in ihm dagegen auf.

Phillida würde in Camfield auf ihn warten, und Lizbeth war ihre Halbschwester. Rodney trommelte mit den Fingern auf die Armlehne des Stuhles und starrte ins Leere, bis das Trillern der Pfeife des Hochbootsmannes ihm sagte, daß wichtige Besucher an Bord kamen.

Er rief seine Gedanken in die Gegenwart zurück und zwang sich, an die Schiffe und die Fracht zu denken. Es war nicht die richtige Zeit, in der Kajüte zu sitzen und zu brüten. Lizbeth war weg, und vorerst mußte er sie sich aus dem Kopf schlagen.

Als Rodney aufstand, hatte er das Gefühl, daß der Ruhm seiner Rückkehr den Glanz verloren hatte. Ihm schien, als wäre die Sonne am Himmel verschwunden und er spüre den kühlen Wind der Einsamkeit.

Es war schwer, die Geschäfte rasch abzuwickeln, wenn die ganze Bürokratie dagegenstand. Rodney schäumte und wütete in Plymouth. Er konnte die Dinge nicht beschleunigen, bevor nicht die Schreiber ein Inventarverzeichnis mit ihren kratzenden Federkielen anlegten.

Für Lizbeth, die in Camfield auf ihn wartete, wurde die Verzögerung seiner Ankunft mit jedem Tag unerträglicher. Es fiel ihr schwer, sich auf die Garderobe zu konzentrieren, die nach den Anweisungen ihrer Stiefmutter für sie angefertigt wurde. Es waren Gewänder aus Satin, Brokat, Samt und Stickereien, die feiner waren als alles, was sie bisher in ihrem ganzen Leben besessen hatte, und trotzdem waren sie so uninteressant wie alles andere, was sie in der Gegenwart oder in der Zukunft erwartete.

Nur die Vergangheit zählte, die Vergangenheit, an die sie sich in jedem Augenblick, Tag und Nacht erinnerte, die sie in ihrem Herzen nährte, als wäre sie ein Schatz, den niemand mit ihr teilen dürfte. Selbst Phillidas blasses, ängstliches Gesicht und ihr Entsetzen über ihre bevorstehende Hochzeit schien Lizbeth neben ihren eigenen Erinnerungen an Rodney unwesentlich.

Daß er, der so männlich war und voller Tatendrang und Begeisterung, sich mit der langweiligen, ängstlichen Phillida verbinden sollte, war nicht zu glauben. Ihre Halbschwester war Lizbeth niemals als eine starke Persönlichkeit vorgekommen, und jetzt hatte sie etwas Gespenstisches an sich, als sie weinend hinter den Vorhängen ihres Bettes lag und darum betete, von Rodney erlöst zu werden.

Obwohl Lizbeth wußte, daß ihre Liebe hoffnungslos war, blies sie keine Trübsal und ließ auch nicht den Kopf hängen, wie Phillida es tat. Die Liebe, und selbst die unglückliche Liebe schien sie so zu beleben, daß sie singen und lachen und tanzen und der ganzen Welt erzählen wollte, daß sie Rodney liebte. Sie wußte, daß sie beide voller Leben waren. Sie waren jung zu einer Zeit, wo es Abenteuer und große Taten zu vollbringen gab.

Wenn sie Rodney sehen könnte, würde sie es ihm sagen. Aber sie wußte auch, daß sie beiseitetreten und zusehen mußte, wenn er kam und Phillida in die Arme nahm.

Sie überredete ihre Halbschwester, das Bett zu verlassen, in die große Kammer herunterzukommen und beim Kaminfeuer zu sitzen. Geschwächt vom Weinen und von den Ängsten, war Phillida trotzdem immer noch schön. Ihre Augen waren lebhaft blau im Gegensatz zu ihrer durchsichtigen weißen Haut. Ihr Haar, golden wie der Sonnenschein nach dem Regen, umrahmte ihr Gesicht, das bleich und mager war, aber seine zarten Konturen nicht verloren hatte.

Ja, Phillida war schön, dachte Lizbeth, noch schöner, als Rodney sie vor Monaten gesehen hatte.

Sir Harry drängte Lizbeth, nach London aufzubrechen. Aber sie wagte es nicht, Camfield zu verlassen, ehe sie nicht mit Rodney gesprochen hatte. Er mußte ihre Geschichte über Francis erfahren.

Seit ihrer Ankunft war sie nicht mehr in die Nähe von Dr. Keens Haus gegangen. Sie hatte auch keine Erkundigungen über Elita eingezogen. Manchmal fragte sie sich, ob das Mädchen hinter den verschlossenen Fensterläden verhungerte, oder ob ihre Freunde gekommen waren, um sie zu retten, und sie nach Spanien gebracht hatten. Es war Lizbeth gleichgültig, was mit Elita geschah. Sie sorgte sich jetzt nur um die Familienehre und wollte die Illusionen ihres Vaters über Francis' Tod aufrechterhalten.

Rodney würde ihr dabei helfen, dessen war sie sicher. Und doch verstrichen die Tage, und er kam nicht.

Sir Harry begann zu fürchten, die Stellung der Ehrenjungfer in Whitehall könnte anderweitig besetzt werden.

Lizbeth dachte nicht an das, was sie in London erwartete. Ihre Gedanken kreisten nur um Rodney und den Augenblick, da sie ihn wiedersehen würde.

Es war Abend, als er kam, eine stürmische, kalte Nacht, Schnee lag in der Luft.

Lizbeth hatte gehofft, daß er bei Tag eintreffen würde, und hatte die Dienstboten gebeten, ständig nach ihm Ausschau zu halten. Sie hatte ihnen eine gute Belohnung versprochen, wenn sie sie vor den anderen von seiner Ankunft benachrichtigen würden.

Es geschah beim Abendessen, daß Sir Harry von Rodneys Eintreffen unterrichtet wurde. Sie alle eilten aus dem Bankettsaal in die große Kammer und fanden Rodney, der mit dem Rücken zum Fenster stand und darauf wartete, sie zu begrüßen.

Bei seinem Anblick hielt Lizbeth den Atem an. Ihr war entfallen, wie stattlich er war, wie breit seine Schultern, wie anmutig seine Bewegungen. Sie sah zu, wie er ihrem Vater die Hände schüttelte, wie er sich über Catherines Hand beugte, aber als er sich an Phillida wandte, schloß sie die Augen. Sie konnte es nicht ertragen, Rodney ins Gesicht zu sehen, wenn er Phillidas blaße Schönheit wiedersah.

Sie hörte ihn etwas sagen, was sie nicht verstand, und dann hörte sie seine Stimme, lebhaft, fröhlich und unwiderstehlich gewinnend ihren eigenen Namen sagen.

»Lizbeth! Kleine Lizbeth, habt Ihr mich schon vergessen?«

Ihre beiden Hände waren in den seinen, und sie lächelte zu ihm auf, eine überwältigende Freude ließ sie alles und jedermann vergessen außer der Tatsache, daß er da war.

»Rodney! O Rodney!«

Sie flüsterte seinen Namen, und ihre Lippen spiegelten sein Lächeln wider. Sie fragte sich, ob alle das rasche Schlagen ihres Herzens hören konnten, und dachte plötzlich daran, was sie ihm sagen mußte. Sie hielt immer noch seine Hände, und ihre Finger gruben sich fest in die seinen, als sie sagte:

»Ich habe Vater über Francis erzählt. Ich habe ihm erzählt, wie er an Bord der *Santa Perpetua* bei unserem letzten Kampf gegen die spanischen Galeonen starb. Ich habe ihm erzählt, wie tapfer Francis gewesen ist und wie stolz wir auf ihn sind.«

Sie sah, wie Rodneys Miene sich veränderte, und sie wußte, daß er verstanden hatte. Sie spürte, wie er ihre Hände tröstend drückte, und dann wandte er sich beiläufig an Sir Harry.

»Es tut mir leid, Sir, daß wir Euch sowohl schlechte als auch gute Nachricht bringen mußten.«

Sir Harry legte eine Hand auf Rodneys Schulter.

»Ich bin stolz darauf, meinen Sohn für eine solche Sache hergegeben zu haben«, sagte er. »Wir wollen ein andermal darüber sprechen. Unsere persönliche Trauer soll nicht die Freude überschatten, die wir über Eure Ankunft empfinden.«

Lizbeth atmete erleichtert auf. Der peinliche Augenblick war vorüber. Wein und Speisen wurden in den Bankettsaal gebracht. Als Rodney mit ihrem Vater sprach, kam es ihr einen Augenblick so vor, als säßen sie wieder um den Tisch in der Achterkajüte.

Phillida hörte ebenfalls zu. Farbe trat in ihre Wangen, und sie lächelte, wie sie schon lange nicht mehr gelächelt hatte.

»Sie wird es lernen, ihn zu lieben«, sagte sich Lizbeth und erschrak über den Schmerz, den sie bei diesem Gedanken empfand.

Rodney sprach in der Art, die sie so gut kannte, voll Feuer und Begeisterung. Lizbeth, die ihn so oft gehört hatte, sah, wie seine Worte auf die anderen Familienmitglieder wirkten.

Sir Harry lehnte sich bequem im Stuhl zurück, entspannt und doch voller Aufmerksamkeit. Catherine, die die Arme auf den Tisch stützte und ihr Kinn in ihre Hände legte, hing an Rodneys Lippen. Ihre Augen wurden ein wenig schmaler, und ihr Mund zuckte verführerisch. Auch Phillida hörte interessiert zu.

Als Lizbeth ihre Halbschwester beobachtete, sah sie, daß sie von Rodneys Geschichten bezaubert war. Sie lehnte sich ein wenig im Stuhl vor, und die Schönheit ihres Halses und ihrer Schultern waren nie vorteilhafter zum Ausdruck gekommen. Plötzlich konnte es Lizbeth nicht länger ertragen.

Als Rodney nach dem Essen hinausging, um die Männer zu bezahlen, die ihn nach Camfield begleitet hatten und in der Morgendämmerung die Rückreise antreten wollten, nützte Lizbeth die Gelegenheit.

»Ich werde morgen in aller Frühe nach London aufbrechen«, sagte sie.

Sie sah die Erleichterung auf Sir Harrys Gesicht.

»Es ist alles bereit«, sagte Catherine, und Lizbeth wußte, daß sie froh war, sie loszuwerden.

Lizbeth verließ die große Kammer, ehe Rodney zurückkam. Aber als sie durch die Halle ging, stand sie ihm plötzlich von Angesicht zu Angesicht gegenüber. Rasch blickte sie sich um. Es war niemand in Hörweite. Sie legte ihre Hand auf seinen Arm und sprach so leise, daß es kaum ein Flüstern war.

»Francis ist tot. Ich kann jetzt nicht erklären, wie und warum er gestorben ist, aber sagt Vater... und den anderen... daß er tapfer war, daß Ihr... stolz auf ihn wart.«

Sie sah ihn beschwörend an.

»Ich werde tun, worum Ihr mich bittet«, erwiderte Rodney.

»Danke. Vielen Dank.«

Ihre Blicke trafen sich, und die Worte erstarben ihr auf den Lippen. Sie war ihm so nahe, daß sie seinen Atem spürte. Die Halle verschwamm vor ihren Augen. Sie waren allein, sie und Rodney, und es gab nichts und niemanden sonst, nur sie beide.

Dann hörte sie Sir Harrys Stimme:

»Kommt ans Feuer, Hawkhurst, hier draußen ist es zu kalt!«

Lizbeth blickte über die Schulter zurück. Ihr Vater stand unter der Tür der großen Kammer und hielt ein Glas Wein in der Hand.

»Ich komme, Sir«, sagte Rodney. »Ich sprach eben mit Lizbeth über unsere Reise.«

»Wenn das Mädchen sich unterhalten will, dann bringt es zurück ans Feuer«, sagte Sir Harry verdrießlich.

Aber Lizbeth lief die Treppe hinauf.

»Gute Nacht, Rodney.«

Die Tür ihres Zimmers schloß sich hinter ihr.

Sie setzte sich an den Toilettentisch. Er war zu Phillida gegangen! Sie hatte gehofft, daß Phillida mit ihr nach oben gehen würde. Aber Phillida, die noch vor ein paar Tagen zu schwach gewesen war, um das Bett zu verlassen, saß da und hörte Rodney aufmerksam zu.

Lizbeth ließ sich von Nanna entkleiden und tat dann so, als

machte sie es sich zwischen den Kissen bequem. Doch sie wußte, daß sie nicht würde schlafen können. Sie nahm ein Buch und versuchte zu lesen, aber als sie zwei Stunden später die anderen die Treppe heraufkommen hörte, stellte sie fest, daß kein einziges Wort von den Seiten, die sie umgeblättert hatte, in ihr Bewußtsein gedrungen war.

Rodney befand sich unter dem gleichen Dach wie sie. Sie hatte oft an ihn gedacht, wenn er in seiner Koje auf der anderen Seite des Schiffes lag. Und doch schien er ihr hier in Camfield, in ihrem eigenen Heim, näher zu sein als jemals zuvor.

Sie dachte an die Strapazen und die Gefahren, die sie gemeinsam bestanden hatten, und fragte sich, ob auch er, der jetzt in dem schönen, holzgetäfelten Gästezimmer lag, an sie dachte.

Dann erinnerte sie sich daran, wie Phillida ihn über den Eßtisch hinweg angesehen hatte und wußte, daß sie nur närrisch war.

Don Miguel hätte sie vielleicht liebreizend genannt, aber im Vergleich zur goldblonden, weißen Schönheit Phillidas war sie nicht schön.

Lizbeth blies die Kerzen aus, stieg aus dem Bett und setzte sich auf die Fensterbank. Sie sah in die dunkle Nacht hinaus, hörte den Wind um das Haus pfeifen und den Regen an die Butzenscheiben prasseln. Sie war verzweifelt, traurig und allein.

Francis war tot, ihre Mutter war tot, es gab niemanden mehr, der ihr wichtig war. Sie würde weggehen. Vielleicht würde sie im Dienst der Königin Vergessen finden.

Sie hörte, wie die Uhren schlugen, und dann mußte sie eingeschlafen sein, denn als sie aufwachte, war sie verkrampft und fror. Die Nacht war vorüber. Es war ein grauer, stürmischer Tag. Und eigenartigerweise war sie froh darüber, denn er hatte nichts an sich, was sie an das karibische Wetter erinnerte.

Kurz nach acht Uhr kam Lizbeth die Treppe herunter. Sie hatte in ihrem Zimmer gefrühstückt. Ihr Pferd und eine Begleitung aus Stallknechten und Vorreitern warteten vor der Haustür auf sie. Ihr Gepäck war auf einer Kutsche aufgetürmt, in der Nanna saß, die sie ebenfalls nach London begleitete.

Lizbeth hatte sich von Phillida verabschieden wollen, aber man hatte ihr gesagt, daß Phillida noch schlief. Auch Catherine würde zu dieser frühen Morgenstunde nicht wach sein, dies wußte Lizbeth, und sie war froh, sich nicht von ihrer Stiefmutter verabschieden zu müssen.

Ihr Vater war da, wie sie es erwartet hatte. Er küßte sie stürmisch, sagte ihr, sie solle sich gut benehmen, und legte ihr eine schwere Geldbörse in die Hand.

»Wenn du mehr brauchst, mußt du es mich wissen lassen«, sagte er.

»Danke, Vater.«

Sie wußte, daß seine Großzügigkeit nicht ihr selbst galt, sondern der Stellung, die sie als Ehrenjungfer einnehmen würde. Er betrachtete das als Auszeichnung seiner eigenen Person.

Sie sagte den Dienern in der Halle Lebewohl, und dann half ihr ein Stallknecht, ihr Lieblingspferd zu besteigen.

Sie war anders gekleidet als sonst, wenn sie in Camfield ausritt. Sie trug keine hohen Stiefel und Hosen, die die Bürger von London schockiert hätten, sondern ein Reitkostüm mit einem langen Rock aus grünem Samt, und die Feder, die ihren Hut schmückte, war kanariengelb und reichte fast bis zu ihrer Schulter.

Als sie die Zügel in die Hand nahm, sah sie Rodney durch die Haustür auf sie zukommen. Sie spürte, wie sie zitterte. Jeder Muskel in ihrem Körper schien zum Leben zu erwachen.

»Ihr verlaßt Camfield, Lizbeth?«

Bildete sie sich die Bestürzung in seiner Stimme ein, fragte sie sich. »Ich muß nach London. Vater wird Euch erzählen, daß ich Ehrenjungfer Ihrer Majestät geworden bin.«

»Ich hatte keine Ahnung davon.«

Lag Erstaunen in seinem Blick?

»Ich habe Euch noch nicht allein gesprochen«, sagte er. »Es gibt so vieles, was wir miteinander bereden müssen.«

»Ich muß fort.«

Lizbeth sprach rasch. Sie fürchtete, die Selbstbeherrschung zu verlieren, als sie ihm in die Augen sah. Sie wünschte sich mehr als jemals in ihrem ganzen Leben zuvor, sich zu ihm hinunterzubeugen und ihn zu küssen. Es wäre das Risiko wert, das Entsetzen, die Entrüstung und den Skandal, den dies auslösen würde. Sie wagte nicht mehr, ihn anzusehen.

»Ich muß fort«, sagte sie und trieb das Pferd an.

Jetzt war sie unterwegs.

»Lizbeth, ich bitte Euch...«

Seine Stimme ging im Hufgeklapper unter. Ohne sich umzudrehen wußte sie, daß er immer noch in der Einfahrt stand und der Kavalkade der Diener nachsah, die ihr folgten. Es war quälend, sich nicht umzudrehen. Sie spürte, wie ihr trotz der großen Kälte der Schweiß auf die Stirn trat.

Das Tor lag vor ihr. Jetzt konnte er sie nicht mehr sehen, sie waren außer Sichtweite. Sie wollte weinen. Sie wollte ihre Liebe zu ihm hinausschreien. Aber sie tat nichts dergleichen, sondern ritt weiter den gewundenen, schmalen Weg entlang, der voller Pfützen und Wagenspuren war und der schließlich in die breitere Landstraße einbog, die direkt nach London führte.

Lizbeth war schon oft in London gewesen. Aber die Stadt, die man ›das Lagerhaus und den Markt Europas‹ nannte, erregte sie immer aufs neue. Als sie die alte Stadtmauer sah, einen Rest der alten Befestigung, spürte sie, wie die Erregung in ihr erwachte. Ungeachtet des Wetters war London für sie immer schön, ob es Winter, Sommer oder Frühling war.

Seine Türme und Dächer standen heute gegen den grauen Himmel, und auch die Themse sah aus wie geschmolzenes Silber, auf dem sich Hunderte von Schwänen mit ihrem schneeweißen Gefieder spiegelten, die ebenso zum Leben des Flusses gehörten wie die großen Frachtschiffe. Lizbeth liebte es, auf dem Wasser zu reisen, und in der Tat zogen viele den Fluß der Straße vor, denn es war in mancher Hinsicht wesentlich angenehmer und sicherer. Aber heute hatte sie nur einen flüchtigen Blick für die Themse übrig, als sie durch die überfüllten Straßen ritt. Wie gewöhnlich war sie von den Menschen und dem Treiben entzückt.

Männer und Frauen priesen ihre heißen Apfel- und Haferkuchen an. Schornsteinfeger kündigten sich mit lauten Rufen an, und hübsche Mädchen verkauften Orangen und Zitronen und sangen dazu ein besonderes Lied, das den allgemeinen Tumult übertönte und die Menschen an ihre Stände lockte.

Lizbeth stellte fest, daß sie einiges von dem bunten Treiben, das es in London zu sehen und zu hören gab, vergessen hatte. Gepäckträger wankten durch die Straßen und schwitzten unter ihren enormen Lasten. Herren mit ernsten Gesichtern, die zur königlichen Börse gingen, schritten gemessen in ihren langen, üppig mit Pelz besetzten Roben und mit ihren kostbaren goldenen Ketten an ihr vorbei. Und Männer in Seidensatin und mit Juwelen geschmückt stolzierten daher, beneidet von den Landleuten in ihren rotbraunen Jacken, mit blauen Batistärmeln, Pluderhosen, grünen Kopfhauben und Strumpfhosen aus Wolle.

Lizbeth ritt Cheapside entlang und dann die Holborn, die eine der wichtigsten Straßen von London war. Sie war breit und gut gepflastert und berühmt für ihre Gold- und Silberwaren, die in den Läden zum Verkauf ausgestellt waren.

Jeder, der London besuchte, wußte, daß es gefährlich war, sich in weniger berühmten Straßen aufzuhalten. Sie waren schmutzig und überfüllt. Es gab zahllose Straßen, in denen Königin Elizabeth die Regel ›ein Haus, eine Familie‹ durchzusetzen versuchte. Aber selbst der Rat war machtlos gegen das Netzwerk von schmalen, ungepflasterten Gassen, die halb im Dunkeln lagen, überschattet von den überhängenden Vorderfronten der Häuser, und die durch die Gewohnheit ihrer Bewohner, den Abfall vor dem Haus auszuschütten, fast unpassierbar gemacht wurden.

In den besseren Gegenden der Stadt hatten alle großen Häuser Gärten, und obwohl sie jetzt ohne Blumen und kahl waren, wußte Lizbeth, daß sie im Frühling und Sommer voller Blumen und schattenspendender Bäume waren.

Aber sie vermißte die Schönheiten des Frühlings und Sommers nicht, wenn die Hausierer ihre farbenprächtigen Bauchläden hochhielten, damit Lizbeth sie in Augenschein nehmen konnte, als sie durch die Menge ritt.

»Schöne Orangen aus Sevilla, schöne Zitronen!»

»Habt Ihr Hühneraugen an den Zehen?«

»Was braucht Ihr? Kauft, Mistreß! Was fehlt Euch: Nadeln, Federn, Strumpfbänder, Sockenhalter, spanische Handschuhe oder Seidenbänder?«

»Kauft Wäschestärke, Mistreß!«

Lizbeth lachte, während sie die aufdringlichen Hausierer abwimmelte und schließlich zu dem stillen und würdevollen Whitehall Palast kam.

Einen Augenblick fürchtete sie sich, als sie am Flußufer das große, weitausladende Gebäude sah, vor dem die Staatsbarke der Königin wartete.

Plötzlich sehnte sie sich nach Camfield zurück, nach dem Frieden ihres Zimmers, von dem aus sie über den Park und den See blickte. Doch dann sagte sie sich, daß das lächerlich war. Sie mußte Camfield und alles, was darinnen war, vergessen. Hier wartete ein neues und aufregendes Leben, und es gab nichts, wovor man sich ängstigen mußte.

Es war jedoch unmöglich, von dem Palast nicht beeindruckt zu sein. Und noch ehe sie die Quartiere der Ehrenjungfern erreichte, war Lizbeth nicht nur einmal, sondern Dutzende Male ergriffen und überwältigt. Die großen Bildergalerien und schönen Tapisserien bezauberten sie. Der Turnierhof und der Rasenplatz für das Bowlingspiel waren grüne Oasen, die man von den Butzenscheibenfenstern aus sah. Und im Schloß selbst befand man sich in einem Labyrinth von Korridoren, hohen Kammern und schönen Treppenhäusern.

›Hier werde ich nie wieder hinausfinden‹, dachte Lizbeth atemlos, und einen Augenblick lang kam es ihr so vor, als wäre sie in einem architektonischen Irrgarten gefangen, dem sie nicht wieder entrinnen konnte. Als sie zu den Räumen der Ehrenjungfern kamen, war sie entzückt.

Von den Fenstern aus überblickte man die Themse. Barken fuhren über das ruhige Wasser, einige davon gehörten den großen Londoner Gilden oder Edelleuten, deren Häuser den Fluß zwischen Westminster und der City säumten. Fährleute machten sich mit lauten Rufen bemerkbar und wollten auf dem Fluß angeheuert werden. Zwischen ihnen schwammen ungerührt die Schwäne, neigten ihre weißen Hälse und streckten sie tief ins Wasser wie auf der Suche nach einem verborgenen Schatz.

Lizbeth klatschte vor Freude in die Hände.

»Das ist wunderschön!« rief sie. Sie drehte sich um und sah, wie Nanna sie anlächelte.

»Ja, es ist schön«, stimmte Nanna zu. »Ein Palast für eine Königin. Und so muß es auch sein.«

Darüber mußte Lizbeth lachen.

Es war ein großes Zugeständnis von Catherine gewesen, daß sie Nanna mitnehmen durfte. Catherine hatte verschiedene andere Mädchen vorgeschlagen, aber Lizbeth hatte auf Nanna bestanden, und nach langem Hin und Her hatte Nanna schließlich die Erlaubnis erhalten, sie zu begleiten.

»Komm mit und sieh dir London an«, sagte Lizbeth zu Nanna und nahm sie am Arm.

»Ich habe keine Zeit für Sehenswürdigkeiten«, erwiderte Nanna streng. »Es gibt so viel auszupacken, und Gott weiß, worum ich mich noch alles kümmern muß.«

Lizbeth lachte, als Nanna davoneilte, um die Gepäckträger anzuleiten, die ihre Schrankkoffer herauftrugen.

Während Lizbeth die Schiffe beobachtete, wanderten ihre Gedanken zu Rodney. Im Grunde waren ihre Gedanken ständig bei ihm, und jetzt konnte sie wieder seine Stimme hören, wie er sie rief, als sie vor ihm geflohen war. Hätte sie in Camfield bleiben sollen? Aber als sie sich die Frage stellte, wußte sie, daß sie das Richtige getan hatte. Sie hatte ihn Phillida gelassen.

Rastlos ging sie im Zimmer auf und ab, weil sie nicht ruhig

dasitzen konnte, während sie an die beiden dachte. In ganz England hätte jedes Mädchen in ihrem Alter sie heute beneidet. Sie war Ehrenjungfer Ihrer Majestät, ein neues Gesicht in Whitehall. Man würde sie bewundern, über sie reden, sie beneiden.

Es war kaum zu fassen, daß sie hier im Palast war. In Kürze, vielleicht schon in ein paar Stunden würde sie der bedeutendsten Frau der Welt gegenüberstehen – Königin Elizabeth, die die Welt bewunderte, beneidete, und, soweit es ihre eigenen Untertanen anbetraf, verehrte. Lizbeth sollte ihr dienen, ihr aufwarten und ständig in ihrer ehrfurchtgebietenden Nähe sein.

Und dann, als Lizbeth an ihre Zukunft dachte, während sie über den geschäftigen Fluß sah und über die Mauern von Whitehall, die sie einschlossen, wußte sie, daß dieser ganze Pomp und Reichtum für sie vergeudet waren. Sie wollte nichts anderes als die Nähe Rodneys spüren, die ihr Sicherheit, Glück und die Berührung seiner Lippen bringen würden.

14. Kapitel

Lizbeth beruhigte ihr Pferd, das wegen der Jubelrufe, der Schreie der Menge, der flatternden Taschentücher und Fahnen störrisch war.

Die Strand und die Fleet Street waren blau geschmückt, und Fahnen und Banner flatterten an jedem Haus, das am Weg zur St. Paul's Kathedrale lag. Es war Sonntag, der 24. November, und die Königin war in Gala erschienen, um die Rettung des Landes vor Spanien zu feiern.

Ihre Majestät saß in einem Triumphwagen, auf dem ein Thron angebracht worden war, der von vier Säulen gestützt und von einem Löwen und einem Drachen gekrönt wurde, die das Wappen von England hielten. Der Wagen wurde von zwei Schimmeln gezogen und von Staatsdienern begleitet. An der Spitze der Prozession schritten die Herolde und königlichen Zeremonienmeister, gefolgt von den Hofärzten, Richtern, Bischöfen, Edelleuten. Vor dem Triumphwagen der Königin schritt der französische Botschafter, ihre Ratgeber, der Großkämmerer, der Sprecher des Parlaments und die Hellebardiers.

Es war ein prächtiger Anblick, dachte Lizbeth. Sie konnte sich nicht sattsehen an den Farben, der Schönheit und dem Prunk.

Dicht neben Ihrer Majestät ritt der neue Oberstallmeister, der fröhliche und galante Earl of Essex, und führte das reichgeschmückte Staatspferd. Die sechs Ehrenjungfern, die ihm folgten, warfen verstohlene Blicke in seine Richtung. Sein schönes, bärtiges Gesicht war imposant. Aber Lizbeth zog Sir Walter Raleigh vor. Dieser war umgeben von seinen Gardisten mit ihren vergoldeten Hellebarden, deren Griffe mit Samt überzogen waren, und er betrachtete den neuen Favoriten der Königin mit Abneigung.

Lizbeth trug eine weiße Satinrobe, die mit silbernen Blüten bestickt war. Sie hatte ihre Robe für kostbar gehalten, bis sie die Gewänder der anderen Ehrenjungfern und die glitzernde Pracht der Königin selbst sah.

Sie hatte sich in den wenigen Tagen, die sie nun bei Hof war, daran gewöhnt, Ihre Majestät prunkvoll gekleidet zu sehen. Aber heute schien sie alles andere zu übertreffen, und selbst die Ratsherren in ihren scharlachroten Roben und der juwelengeschmückte Bürgermeister schienen nur ein blasser Abglanz ihres Pomps zu sein.

Am Tor des Gerichtsgebäudes wurde die Prozession mit Musik der Stadtmusikanten empfangen. Hier hieß auch der Bürgermeister die Königin in Stadt und Kammer willkommen. Nach der üblichen Zeremonie mit Schlüsseln und Schwertern hielt sie das Zepter in der Hand. Als die Prozession weiterzog, säumten die Stadtzünfte mit ihren Bannern die eine Seite der Straße, während auf der anderen Straßenseite die Anwälte und Herren der Gerichtshöfe standen.

Am großen Westtor der St. Paul's Kathedrale stieg die Königin von ihrem Thron. Sie wurde vom Bischof von London, dem Dekan und fünfzig weiteren Geistlichen empfangen, die kostbar bestickte Gewänder trugen.

Die Ehrenjungfern stellten sich hinter der Königin auf, und die Marquise von Winchester trug die Schleppe Ihrer Majestät. Als sie sich langsam in Bewegung setzten, blickte Lizbeth auf und sah die Banner und all die anderen Trophäen von der besiegten Armada in der Kathedrale hängen.

Sie wollte am Gottesdienst teilnehmen, aber irgendwie fiel es ihr schwer, dem Chor zuzuhören, der die Litanei sang, und der wortgewandten Predigt des Bischofs von Salisbury zu folgen. Sie schämte sich ihres Mangels an religiösem Gefühl, aber es gab so vieles zu sehen, und Lizbeth mußte unwillkürlich die farbenprächtige Versammlung betrachten, die wie aus einem Schauspiel zu stammen schien.

Der Lordoberschatzmeister Burleigh sah, wie es seine Gewohnheit war, reserviert und entschlossen aus. Er litt an Gicht, war aber klug in seinem Urteil und immer noch zu einer ungeheuerlichen Arbeitsleistung fähig. Lizbeths Blick streifte kurz Sir Francis Walsingham, der zwar an Gallensteinen litt, aber so geschickt und brillant wie je war.

Lady Mary Howard versuchte kühn, die Aufmerksamkeit des Earl of Essex auf sich zu lenken. Sie hatte das fröhlichste, hübscheste und frecheste Gesicht, das Lizbeth je gesehen hatte. Obwohl Lizbeth erst wenige Tage in Whitehall war, wußte sie, daß Lady Mary Schwierigkeiten mit der Königin hatte und daß ihre Versuche, mit dem neuen Favoriten der Königin zu flirten, nichts Gutes für ihre Zukunft verhießen.

Lizbeth liebte Lady Mary. Als sie an jenem ersten Abend nach ihrer Ankunft in Whitehall allein gewesen war und über den Fluß geblickt hatte, war Lady Mary mit einem Entzückensschrei in das Zimmer gestürmt, um Lizbeth zu begrüßen.

Von diesem Augenblick an war es Lizbeth unmöglich gewesen, traurig oder niedergeschlagen zu sein. Lady Mary sagte ihr, was sie für Pflichten hatte, und sie stellte ihr diese so amüsant dar, daß Lizbeth lauthals lachte. Und in diesem Zustand befand sie sich während der nächsten achtundvierzig Stunden, denn die Ehrenjungfern der Königin waren eine fröhliche, heitere, lärmende Schar junger Mädchen, die anscheinend ständig im Kampf mit den Dienern Ihrer Majestät lagen.

Wie Lizbeth zu ihrer Überraschung feststellte, schliefen sie alle sechs zusammen in einem großen Raum, der sich ihrem privaten Salon anschloß. Als sie ihre Überraschung darüber ausdrückte, daß sie zusammen schliefen, hatte Lady Mary gelacht.

»Ihre Majestät glaubt, daß es uns vom Unfugmachen abhält«, erklärte sie, aber ihr Gesichtsausdruck sagte Lizbeth, daß Lady Mary immer Mittel und Wege fand, die frommen Hoffnungen ihrer Königin zu vereiteln.

Lizbeth erfuhr schon am ersten Abend, in welchen schlechten Ruf sich die Ehrenjungfern gebracht hatten. Nachdem sie sich für die Nacht zurückgezogen hatten, unterhielten sie sich laut miteinander, und zwei der Mädchen führten Lizbeth die neuesten Tänze vor, bis die Tür aufging und Sir Francis Knowles, ein altgedienter Soldat, in ihren Schlafsaal kam und sie gründlich auszankte. Er trug einen Hausrock, hatte ein dickes Buch in der Hand und eine Brille auf der Nase. Es war unmöglich, bei seinem Anblick nicht zu kichern, als er auf- und abmarschierte und auf lateinisch ihr Verhalten tadelte, das es ihm unmöglich machte zu schlafen oder zu studieren, wie er sagte.

Einige der Mädchen waren schon halb entkleidet und baten ihn hinauszugehen, aber er schwor, er würde ihnen ihren Schlafraum nicht allein überlassen, solange sie seine Ruhe störten. Erst als sie versprachen, leise zu sein, zog er sich zurück.

Lizbeth stellte fest, daß es immer irgendwelche Zwischenfälle gab und die Mädchen viel Anlaß zum Lachen fanden. Sie fürchteten sich jedoch alle vor der Königin, und das konnte Lizbeth gut verstehen, als sie dieser vorgeführt wurde.

Es war nicht zu glauben, daß die Königin fünfundfünfzig Jahre alt war. In ihrem weiten Reifrock, einem blausilbernen Mieder und einem weiten Halsausschnitt, geschlitzten Puffärmeln, die mit Perlen in der Größe von Vogeleiern besetzt waren, sah sie nicht nur königlich, sondern auch schön aus.

Als Lizbeth einen tiefen Knicks machte, schien alles, was sie bisher über die Königin gehört hatte, unbedeutend zu sein neben der erstaunlichen Ausstrahlung von Würde und Charme.

Zum ersten Mal verstand Lizbeth, weshalb sich der Einfluß der Königin auf die ganze Welt erstreckte. Sie begriff, weshalb die Männer bereit waren, für Elizabeth von England zu kämpfen und zu sterben.

Als Lizbeth sich verneigte, erinnerte sie sich an den besonderen Ton in Rodneys Stimme, wenn er von Gloriana sprach. Die Königin war intelligent, temperamentvoll, gebieterisch und königlich zugleich und bezauberte sowohl den Hof als auch das Land.

Nur einer Frau mit überragenden Gaben konnte dies gelingen.

Spät am Abend, als Lizbeth dem Tanz zusah, trat Sir Christopher Hatton, der Großkanzler, neben sie und fragte sie, wie sie ihren ersten Tag am Hof verbracht habe. Diese Frage traf Liz unvorbereitet.

»Es ist alles so überraschend«, sagte sie. »Und... und... die Königin...«

Sir Christopher lächelte.

»Die Königin angelt Männerherzen«, sagte er. »Und sie hat einen so süßen Köder, daß keiner ihrem Netz entgeht.«

Lizbeth verstand, was er damit sagen wollte, und an den folgenden Tagen wußte sie, daß ihre eigene Seele in Elizabeths Netz gefangen war. Die Tugenden der Königin wurden überall gepriesen, wo immer auch ihr Name genannt wurde, aber ihre Ehrenjungfern sahen sie in einem anderen Licht als die übrigen Menschen.

Sie durchbrach ständig die Hofformalitäten. Sie konnte sanft und liebenswürdig sein, und eine Sekunde später konnte sie die gleiche Person mit einer Heftigkeit ausschelten, die wie ein sommerliches Gewitter war. Tränen folgten auf Lächeln, und doch kam das Lächeln so rasch wieder, wie es erloschen war.

Aber selbst wenn sie ärgerlich war, dachte Lizbeth, verlor die Königin niemals ihre königliche Würde. Heute, ganz in Weiß auf dem goldenen Thron, sah sie wie eine Göttin aus, und es war zu verstehen, daß das Herz eines jeden Mannes, ob er jung war wie der Earl of Essex oder so alt wie Sir Francis Walsingham, schneller schlug, wenn sie in ihrer Nähe war.

Der Earl schwankte zwischen feurigem Temperament und schmollender Lässigkeit, und doch bewunderte ihn jedermann bei Hof, und die Königin sehnte sich nach seiner frischen, fröhlichen Vitalität, wenn er nicht da war.

Alle Ehrenjungfern waren in irgend jemanden verliebt. Lady Mary Howard in den jungen Earl; Elizabeth Throgmorton, deren blaue Augen und goldenes Haar Lizbeth an Phillida erinnerten, sehnte sich nach Sir Walter Raleigh; eine andere zog den hochmütigen Earl of Southampton vor, die nächste den großen, anmutigen Sir Charles Blount, einen weiteren Favoriten der Königin, oder ihren Patensohn, Sir John Harrington.

»Du wirst dich auch in jemanden verlieben, noch ehe du eine Woche hier bist«, sagte Lady Mary zu Lizbeth.

Aber Lizbeth vertraute sich ihr nicht an. Sie wußte, daß keiner dieser jungen Männer, wie schön und vornehm er auch sein mochte, sich mit Rodney vergleichen konnte, an den sie fast jede Minute, ja, jede Sekunde des Tages dachte.

Die Balladen und die Musik, die während des Banketts der Königin vorgetragen wurden, handelten immer von der Liebe. Und wenn Ihre Majestät allein speiste, hörte sie sich Lieder an, die unweigerlich die zärtlichsten Gefühle in den Zuhörern wecken mußten. Das ganze Schloß, so alt und grau seine Mauern auch sein mochten, schien die passende Umgebung für die stattlichen Männer und die schönen Frauen zu sein, die hier lebten, und Kupido verschoß seine Pfeile hinter jeder Mauer.

Die Gesellschaft betrat nun die Kathedrale, und Lizbeth sammelte ihre Gedanken. Sie nahm ihren Platz neben den anderen Mädchen ein, als sie langsam den Mittelgang entlangschritten. Die

Königin wollte später im Palast des Bischofs von London speisen. Danach würden sie in der gleichen Anordnung wie zuvor durch dieselben Straßen zurückkehren, die dann aber von Fackeln erleuchtet sein würden.

Als sie die Kathedrale verließen, riefen die Menschen:

»Gott beschütze die Königin!«

Die Königin lächelte, winkte und erwiderte:

»Gott segne Euch alle, mein gutes Volk.«

Bei diesen Worten brauste Jubel auf, und die Königin fügte hinzu:

»Ihr könntet vielleicht einen bedeutenderen Fürsten haben, aber Ihr werdet niemals einen Fürsten haben, der Euch mehr liebt!«

Darüber erhob sich neuer Jubel, und Lizbeth stellte fest, daß ihre Augen feucht wurden. Die Königin sagte immer das Richtige im richtigen Augenblick, dachte sie. An ihre Worte würde sich jeder erinnern, der sie gehört hatte.

Das Bankett war eindrucksvoll, aber Lady Mary sagte mit einer Grimasse:

»Wenn du einmal bei einem Bankett dabei gewesen bist, sind alle anderen gleich.«

Musik spielte, es gab viele Reden und viel Unterhaltung, ehe sie sich schließlich auf den Heimweg machten. Wieder hatte Lizbeth Schwierigkeiten mit ihrem Pferd, denn die Fackeln, die im Wind flackerten, machten es scheu. Mehrmals wurde sie ermahnt, vorsichtiger zu reiten.

Schließlich erreichten sie Whitehall. Die Königin stieg vom Pferd, und ihre Damen folgten ihr in den Palast. Lizbeth sah, wie Sir Francis Walsingham sich aus einer Gruppe von Herren löste und jemanden begrüßte, der in der hohen Eingangshalle auf sie wartete.

Sie hatte nur kurz hingesehen und spürte, wie ihr Herz wie wahnsinnig zu klopfen begann. Es war Rodney. Er war kostbar gekleidet, in Samt und Spitzen, und seine mit Edelsteinen besetzten Knöpfe funkelten, als er vortrat, um der Königin vorgestellt zu werden.

Lizbeth folgte wie betäubt den anderen in die lange Galerie, wo die Königin gern die Abende verbrachte. Als die Kerzen in den großen, silbernen Leuchtern angezündet wurden, funkelte und glitzerte die ganze Galerie, als wäre sie mit Juwelen verziert.

Lizbeth wagte es kaum, Rodney anzusehen, aus Angst, ihre Augen könnten ihm ihr Geheimnis verraten. Aber sein Blick ruhte auf der Königin, und Ihre Majestät sprach überaus gnädig mit ihm. Obwohl Lizbeth nicht hören konnte, was sie sagte, erriet sie, daß sie über seine Reise und über die wertvolle Fracht sprachen, mit der er zurückgekehrt war. Dann kniete Rodney nieder und legte ein kleines Kästchen in die Hand der Königin. Als diese es öffnete und hineinsah, wußte Lizbeth, was darin lag.

Es waren die Perlen von dem Logger, dessen war sie sicher. Und sie wußte jetzt, daß Rodney sie vom ersten Augenblick an der Königin zugedacht hatte, als man sie unter den Bodenplanken der Kapitänskajüte fand.

Es war in der Tat ein Geschenk, das Glorianas würdig war. Sie hörte, wie die Königin Lord Burleigh bat, ihr ein Schwert zu bringen. Lizbeth holte vor Aufregung tief Luft.

Die Königin legte das goldene Schwert auf Rodneys Schulter und bat ihn dann aufzustehen.

Nur mit Mühe konnte Lizbeth sich zurückhalten, zu ihm zu eilen, ihm als erste zu gratulieren und ihm zu sagen, wie stolz sie war. Statt dessen mußte sie stillstehen. Sie preßte die Hände so fest zusammen, daß ihre Knöchel weiß wurden.

Sir Rodney Hawkhurst! Sie wollte die Worte laut hinausschreien, aber in diesem Augenblick sah sie, daß die Königin sich zur Nacht zurückzog und sie selbst der Marquise von Winchester und der Gräfin von Warwick folgen mußte, die Ihre Majestät bereits die Galerie hinabbegleiteten.

Die Herren waren zur Seite getreten, und Lizbeth bemerkte, daß sie dicht an Rodney vorbeigehen mußte, so daß er sie nicht übersehen konnte. Sein Gesicht strahlte. Er war von der Ehre, die ihm erwiesen worden war, ergriffen. Sein Blick traf den ihren, und für einen Augenblick war alles vergessen. Lizbeth bemerkte nicht, daß sie weiterging, sie wußte nur, daß es in der langen Galerie nur sie und Rodney gab und daß sie einander die Arme entgegenstreckten.

Dann ging der Augenblick vorüber. Er beugte sich über ihre Hand, und sie machte vor ihm einen Knicks.

»Trefft mich in der großen Halle, sobald Ihr könnt«, sagte er so leise, daß sie es kaum hören konnte. »Ich muß Euch dringend sprechen.«

Sie hatte keine Zeit zu antworten, ja, sie war viel zu ängstlich, um etwas zu sagen. Sie war schon jetzt hinter den anderen Ehrenjungfern zurückgeblieben und eilte ihnen nach. Sie fragte sich, ob irgend jemand gehört haben konnte, was Rodney ihr zugeflüstert hatte.

Es würde nicht leicht sein, ihn in der Halle zu treffen, das wußte sie. Aber sie zögerte keinen Augenblick, seiner Bitte nachzukommen. Irgendwie mußte es ihr gelingen, und sie glaubte, daß es möglich war, wenn sie sich nicht mit den anderen in die Schlafkammer zurückzog, sondern sich vorher versteckte, so daß die Mädchen glaubten, sie sei von der Königin zurückgehalten oder von einer der Hofdamen auf einen Botengang geschickt worden.

Sie ging mit den anderen auf die Gemächer Ihrer Majestät zu, wo die Königin ihnen eine Gute Nacht wünschte.

»Es war ein großer Tag«, sagte die Königin. »Ein Tag, an den Ihr Euch immer erinnern werdet. Wir müssen Gott dafür danken.«

»Ja, Ma'am«, stimmten die Mädchen zu und verbeugten sich tief.

»Ein großer Tag«, wiederholte die Königin wie zu sich selbst. Und dann fügte sie mit einem schelmischen Lächeln hinzu: »Dux femina facti.«

Die Mädchen lachten, und Lizbeth, die wußte, daß diese Worte bedeuteten ›eine Frau hat es vollbracht‹, erinnerte sich daran, daß sie die Worte auf einigen Medaillen gesehen hatte, die zum Gedächtnis an den Sieg über die Armada geschlagen worden waren.

Die Königin zog sich in das innere Gemach zurück, gefolgt von ihren Hofdamen.

Sobald diese gegangen war, begannen die Ehrenjungfern miteinander zu reden und zu scherzen, und Lizbeth nützte die Gelegenheit. Der Korridor war voller Schatten. Sie trat hinter eine Säule und wartete, bis sie die Stimmen fast nicht mehr hörte. Dann eilte sie die Treppe hinab.

Die Wachtposten sahen sie überrascht an, als sie an ihnen vorbeikam. Aber es war nicht ihre Sache zu erkunden, was sie vorhatte. Die Diener und Pagen in ihren goldgestickten Umhängen gähnten, als sie müde nach den langen Stunden der Pflicht ihre eigenen Quartiere aufsuchten.

Lizbeth fürchtete, sie könnte einigen älteren Hofdamen begegnen. Aber sie hatte Glück. Sie erreichte die Halle, wo Rodney sie erwartete. Seine mit Edelsteinen besetzten Knöpfe funkelten im Licht des Kaminfeuers.

Lizbeth lief impulsiv auf ihn zu. Es war schwer, in diesem Augenblick die Selbstbeherrschung zu bewahren und an Phillida zu denken, und das Geheimnis ihres eigenen Herzens nicht zu verraten.

»Rodney, ich bin so stolz!«

Die Worte sprudelten aus ihr heraus.

»Ich freue mich, daß Ihr dabei wart«, sagte er. »In Wahrheit hättet Ihr die Ehre mit mir teilen sollen.«

Er sah sie an, und sie spürte, daß er mit seinen Worten mehr ausdrücken wollte. Dann sagte er hastig:

»Kommt mit, draußen wartet jemand auf Euch.«

»Draußen?« wiederholte Lizbeth erstaunt.

Rodney nickte. Er nahm das Samtcape von seinen Schultern und legte es ihr um.

»Es ist kalt draußen,« sagte er.

»Wer ist da?« fragte Lizbeth.

Wenn es nicht Rodney gewesen wäre, hätte sie sich geweigert, zu dieser späten Nachtstunde in ihrem kostbaren Gewand hinauszugehen. Die Edelsteine an ihrem Hals und in ihrem Haar konnten die Aufmerksamkeit der Straßenräuber erregen.

»Kommt mit, fürchtet Euch nicht«, sagte Rodney beruhigend.

Sein Cape lag warm auf ihren Schultern, und sie ließ sich von ihm an den Wachtposten vorbei hinausführen.

Mehrere Pferde standen im Hof, und selbst im schwachen Licht der Laternen erkannte Lizbeth die kastanienbraune Stute. Sie stieß einen überraschten Schrei aus, als sie sah, wer darauf saß. Und während sie die Treppe hinablief, stieg Phillida vom Pferd und kam auf sie zu.

»Phillida, was hat das zu bedeuten?«

Plötzlich kam Lizbeth der Gedanke, daß Phillida und Rodney verheiratet waren. Deshalb waren sie hier. Es konnte keine andere Erklärung für Phillidas Anwesenheit geben. Lizbeth begann zu frieren und wußte, daß dies nicht von der kalten Luft herrührte, sondern von ihrem Schmerz.

Phillida küßte Lizbeth und zog sie beiseite, damit sie außer Hörweite der Pferdeknechte und Wachtposten waren.

»Ich muß dich sprechen, Lizbeth«, sagte sie.

Lizbeth sah Phillida an und sah, daß sie glücklich war. Sie versuchte, ihre Eifersucht zu unterdrücken, und fragte mit trockenen Lippen:

»Ihr seid verheiratet – du und Rodney?«

»Nein, keineswegs!« antwortete Phillida fröhlich. »Ich habe andere Neuigkeiten für dich, Lizbeth, die so wunderbar und unerwartet sind, daß ich selbst sie kaum glauben kann.«

Lizbeth hatte Phillida noch nie so freudig erregt gesehen. Ihre sonst so blassen Wangen waren gerötet.

»Rodney hat alles für mich geregelt«, sagte Phillida. »Ich breche heute nacht nach Frankreich auf. Ich gehe nach Le Havre und trete in das Kloster Notre Dame de Consolation ein.«

»In ein Kloster?« Lizbeth fiel es schwer, die Worte auszusprechen.

»Ja, Rodney hat alles für mich arrangiert.«

Phillida senkte plötzlich verlegen den Blick, und Lizbeth wußte, ohne daß man es ihr gesagt hatte, daß Rodney nicht nur für Phillidas Überfahrt nach Frankreich gesorgt, sondern ihr auch die Mitgift gegeben hatte, die für ihren Eintritt in das Kloster erforderlich war.

»Wie hat er das fertiggebracht? Bist du sicher, daß du angenommen wirst?« fragte Lizbeth verwirrt.

Rodney, der hinter ihr stand, beantwortete die Frage:

»Es war nicht schwer. Sie ist dort willkommen. Ich kann es beschwören, denn meine Schwester ist die Äbtissin des Klosters, in das sie eintritt.«

»Eure Schwester ist Katholikin?« rief Lizbeth.

Rodney sah sie verlegen an.

»Der Glaube ist etwas, worüber ein Mann nicht unnötigerweise spricht«, erwiderte er.

Darüber mußte Lizbeth lächeln. Sie hatte die Wahrheit über Phillida vor Rodney verschwiegen, und er hatte das Geheimnis bewahrt, daß seine Schwester ebenfalls katholisch und dazu noch eine Äbtissin war.

»Meine Schwester ist viel älter als ich«, sagte er.

»Ich habe Rodney die Wahrheit gesagt«, unterbrach Phillida. »Und dann war alles ganz leicht. Er versprach, mir zu helfen. Wie kann ich ihm jemals dafür danken.«

»Indem Ihr Euch jetzt auf den Weg macht«, erwiderte Rodney. »Wir dürfen nicht länger verweilen. Lizbeth könnte Schwierigkeiten bekommen, und Euer Schiff segelt mit der Ebbe.«

»Ich komme sofort«, sagte Phillida.

Sie umarmte Lizbeth.

»Lebewohl, kleine Schwester», sagte sie. »Wir werden uns vielleicht nie wiedersehen. Aber ich bin glücklich, denke immer daran. Ich bin glücklich.«

»Darauf kommt es an«, sagte Lizbeth. »Oh, Phillida, ich bin so froh für dich.«

Phillida preßte ihre Wange an Lizbeths Gesicht, und leise sagte sie, so daß nur Lizbeth es hören konnte:

»Du liebst ihn, ich weiß es. Ich sah es in deinen Augen, als er an dem Abend in Camfield eintraf. Ich werde darum beten, daß Ihr miteinander glücklich werdet.«

Lizbeth fand keine Worte. Sie umarmte Phillida.

Dann hob Rodney Phillida in den Sattel, und die Pferdehufe klapperten über den gepflasterten Hof.

Erst als sie fort waren, bemerkte Lizbeth, daß sie immer noch Rodneys Cape über den Schultern trug. Sie ging in den Palast zurück, nahm das Cape ab, hielt es zärtlich in den Händen, und drückte es plötzlich leidenschaftlich an sich. Es gehörte ihm. Es war ein Teil von ihm. Er hatte es getragen. Sie preßte ihre Lippen auf den weichen Stoff. Sie liebte ihn, und jetzt war er wunderbarerweise frei, aber sie war nicht sicher, ob er zu ihr zurückkommen würde.

Sie verbarg das Cape in der Truhe in ihrem Zimmer und stellte fest, daß ihre Abwesenheit unbemerkt geblieben war. Die Ehrenjungfern redeten aufgeregt über die Tagesereignisse, und nur Elizabeth Throgmorten saß mit einem verträumten Ausdruck in ihren blauen Augen auf ihrem Bett und dachte an Sir Walter.

»Ich werde der Königin Lord Essex abspenstig machen, was wettet Ihr mit mir?« fragte Lady Mary, und ihr Gesicht strahlte vor Übermut, als Lizbeth eintrat.

»Wie kannst du es wagen, so etwas laut zu äußern«, sagte eines der Mädchen. »Die Königin wird dich in den Tower sperren, wenn du ihn auch nur ansiehst.«

»Ich werde sehr viel mehr tun als ihn nur ansehen«, sagte Lady Mary.

Die anderen ereiferten sich und sagten ihr, sie sei verrückt, aber sie lachte nur, warf sich auf ihr Bett und lag mit unter dem Kopf verschränkten Armen da.

»Die Königin ist alt«, sagte sie. »Ist euch klar, daß auch wir alt werden? Weshalb sollen wir unsere Jugend, unsere Schönheit und unsere Liebe verkümmern lassen?«

»Du wirst nicht alt werden, wenn dich die Königin hört«, drohte ihr jemand.

»Das macht mir nichts aus«, erwiderte Lady Mary. »Das Alter ist etwas Häßliches. Wir werden uns die Haare färben müssen, unsere Zähne werden faul und schwarz, und wir spüren all die Schmerzen in unseren verwelkten Körpern. Wir müssen ausruhen, wenn wir tanzen oder reiten oder Hand in Hand mit jemandem, den wir lieben, durch die Gärten laufen.«

»Sei still, du machst mich traurig.«

Es war Elizabeth Throgmorton, die zum ersten Mal etwas sagte, und ihr reizendes Gesicht wurde ängstlich, als ahnte sie, daß die Jahre vorübergehen und sie niemals den Mann gewinnen würde, den sie so innig liebte.

»Aber es ist wahr«, beharrte Lady Mary.

Lizbeth konnte ihrem Gerede nicht länger zuhören. Es war wahr, was Lady Mary gesagt hatte, daß die Königin ihr Haar färbte und ihre Zähne schwarz waren. Und doch inspirierte sie Männer wie Drake, Raleigh und Rodney zu großen Taten. Diese Männer dienten ihr nicht nur mit Geist und Körper, sondern mit ihren Herzen. Was konnte eine Frau mehr verlangen? Es kam nicht auf das Alter an, es war etwas Größeres, Wichtigeres als die Anzahl der Jahre.

Sie konnte lange nicht einschlafen. Als sie aufwachte, dämmerte es schon. Die anderen Mädchen schliefen noch, und als sie dalag und auf ihren leisen Atem lauschte, bekam Lizbeth Sehnsucht nach der frischen Luft auf dem Land, nach dem Wind, der das Tal in Camfield heraufblies, nach dem Reif, der weiß auf dem Rasen des Parks lag.

Sie stand leise auf und schlich in den benachbarten Raum hinüber. Sie schickte das Mädchen, das Dienst hatte, um Nanna zu holen.

Lizbeth bat Nanna, ihr das Reitkostüm zu bringen, und ließ einem Boten ausrichten, sie brauche sofort ein Pferd.

»Du solltest nicht so früh ausreiten«, sagte Nanna vorwurfsvoll. »Es ist recht und schön, wenn du in Camfield deinen Grillen frönst, aber Ihre Majestät wird es in Whitehall nicht dulden.«

»Ich brauche frische Luft«, sagte Lizbeth.

Grollend und nörgelnd brachte Nanna ihr das Reitkostüm und den Federhut. Als Lizbeth angezogen war, sah sie durch das Fenster zum Fluß hinab, wo die frühe Morgensonne den silbernen Nebel auflöste. Es war kalt, aber die Luft erfrischte sie, und der Frost rötete ihre Wangen, als sie mit ihrem Pferd durch die schmalen Straßen ritt und schließlich den Park erreichte.

Die laublosen Zweige der Bäume vor dem blassen Himmel sahen unbeschreiblich schön aus. In der Ferne schimmerte die Serpentine silbrig wie der See in Camfield. Sie atmete den Duft des Herbstes ein, das Aroma der modernden Blätter und den schwachen, beißenden Rauch der Holzfällerfeuer.

Ihr Pferd war ausgeruht, und Lizbeth ließ ihm seinen Willen. Bald hatte sie den Reitknecht weit hinter sich gelassen und war allein. Sie vergaß alles. Sie freute sich, eins zu sein mit dem Tier, auf dessen Rücken sie saß.

Und dann, als wäre dieser Augenblick vom Beginn ihres Lebens an vorherbestimmt gewesen, als hätte alles, was sie gedacht und getan hatte, zu diesem Augenblick geführt, sah sie Rodney zwischen den Bäumen auf sich zureiten. Sonnenschein lag auf ihrem Gesicht, als sie ihn nicht mit Worten, sondern mit einer plötzlichen Freude in den Augen begrüßte.

Er zügelte sein Pferd neben dem ihren. Einen Augenblick sprach keiner von ihnen. Die Tiere wurden ruhig, als warteten sie auf den Höhepunkt des Schauspiels, der nun gekommen war.

»Lizbeth...« begann Rodney.

Aber als er ihr in die Augen sah, vergaß er, was er ihr hatte sagen wollen. »Ich liebe dich«, sagte er einfach. »Ich liebe dich... ich verehre dich... es war mir nicht klar, bis du mich verlassen hast. Ich wußte nicht, wie leer mein Leben ohne dich ist, wieviel du für mich bedeutest und wie wenig ich ohne dich tun kann.«

Einen kurzen Augenblick lang fürchtete Lizbeth, sie würde träumen, und sie könnte aufwachen und sich im Bett finden, nicht in Camfield oder in Whitehall, sondern auf der *Santa Perpetua*.

Nach diesen Worten hatte sie sich so lange gesehnt, diese Zärtlichkeit in seiner Stimme hatte sie hören wollen, diesen Ausdruck in seinen Augen sehen.

Es war wahr! Sie streckte ihm die Hand entgegen. Er zog ihr den Handschuh von den Fingern, hob ihre Hand an seine Lippen und küßte die weiche Handfläche leidenschaftlich.

Sie spürte, wie sie zitterte. Plötzlich war die ganze Welt so strahlend und schön, daß sie es fast nicht ertrug.

»Ich liebe dich«, sagte Rodney wieder, und seine Stimme war leise und tief.

Undeutlich und wie ein Echo hörte sie eine andere Stimme das gleiche sagen, und dann war alles vergessen. Rodney war neben ihr, und ihre Liebe zu ihm durchströmte sie wie eine Welle.

Er hielt immer noch ihre Hand, und jetzt, geschickt im Reiten wie in allem anderen, kam er näher und legte seinen Arm und ihre Taille. Er zog sie an sich. Sie hob ihm ihr Gesicht entgegen.

»Du bist mein«, sagte Rodney, »und ich werde dich nie wieder gehenlassen.«

Lizbeth blickte zu ihm auf, und ihr schien, als drücke seine Miene all die vielen Facetten seines Charakters aus. Sie sah die Ehrfurcht und Bewunderung, die er der Königin entgegenbrachte, die Entschlossenheit, mit der er den Spaniern begegnete, die Gnade, die er den mißhandelten Eingeborenen erwies, den Haß auf Don Miguel, der sie geängstigt hatte, und ein neues und seltsames Gefühl, das sie nicht kannte.

Einen Augenblick glaubte sie, es sei Mut, jene Courage, die für alles charakteristisch war, was Rodney dachte und tat, doch dann erkannte sie es als den Ausdruck der Liebe.

Rodney liebte sie, und alles, was er war und sein würde, legte er zu ihren Füßen. Lizbeth hörte ihr Herz schlagen. Ihr ganzes Wesen war in Aufruhr. Atemlos öffnete sie die Lippen, aber ehe sie etwas sagen konnte, war Rodneys Mund auf dem ihren. Die Welt tanzte um sie. Das war das Leben, das war das Abenteuer, größer als alles, was sie bis jetzt erlebt hatte.

Sie wußte, daß Rodneys Herz für immer und alle Zeiten ihr gehören würde.

Als Lizbeth an die Königin dachte, empfand sie einen letzten, flüchtigen Stich der Eifersucht. Und dann hörte sie Rodney sagen:

»Meine kleine Liebste, meine Süße, meine Geliebte!«

Sie spürte, wie seine Lippen ihre Seele aus ihrem Körper sogen, und mit einem Gefühl ungebärdigen Glücks gab sie sich rückhaltlos dem Kuß ihres Geliebten hin.

Barbara Cartland
Meisterin des historischen Liebesromans

Im Guinness-Buch der Rekorde ist sie als Schriftstellerin mit den höchsten Auflagenzahlen der Welt aufgeführt. Bisher hat sie mehr als 500 Bücher geschrieben, die in 21 Sprachen übersetzt und in 139 Ländern über 500 Millionen mal verkauft wurden. Ihre Leser sind fast ausschließlich Frauen. »Ich gebe den Frauen, was sie am sehnlichsten im Leben suchen: Liebe, Schönheit und Romantik. Das sind rare Güter in einer Welt voll täglichem Horror, Krieg, Gewalt und Pornographie.«
Barbara Cartlands Liebesgeschichten spielen meist im 19. Jahrhundert: »Für jeden meiner Romane studiere ich vorher etwa 30 Werke über die sozialen Zustände, die Sitten und politischen Ereignisse jener Zeit.« Jede Anspielung auf historische Geschehnisse ist genau recherchiert, denn mit ihren Romanen will die Autorin nicht nur unterhalten, sondern auch bilden.
Geboren wurde Barbara Cartland am 9. Juli 1901. Ihr erstes Buch verfaßte sie als 21jährige. Ihr Vater war im Ersten Weltkrieg gefallen und hatte die Familie fast mittellos zurückgelassen. Barbara mußte Geld verdienen lernen. Schreiben war das einzige, was die Tochter aus gutem Hause konnte. Sie verkaufte ihre Liebesgeschichten und Novellen zunächst an Zeitungen. Ihr erstes Buch war, wie sie selbst sagt, »ein tapsiges Unternehmen. Erst ein Jahr später oder besser vier Romane später hatte ich meinen eigenen Stil gefunden«.
Inzwischen hält sie – seit 13 Jahren! – mit durchschnittlich 23 Titeln pro Jahr den Weltrekord im Bücherschreiben. In ihrem viktorianischen Landhaus in der Nähe von London arbeitet sie täglich mehr als sechs Stunden.
Barbara Cartland ist verwitwet, Mutter von drei Kindern und Großmutter von sechs Enkeln. Ihre Stiefenkelin, Prinzessin Diana, ist die Ehefrau des britischen Thronfolgers. Von ihr sagt die Schriftstellerin: »Diana ist eine echte Barbara-Cartland-Heldin. Sie ist ein schlichtes, sauberes Mädchen, weiblich und charmant, nicht aggressiv und kinderlieb.«
Mit dem Schreiben aufzuhören, daran denkt Barbara Cartland nicht. Die Arbeit hält sie jung, versichert sie. Neben Romanen veröffentlicht die produktive Schriftstellerin auch Theaterstücke, Kochbücher und historische Werke. 1978 nahm sie, begleitet vom Londonder Royal Philharmonic Orchestra, eine Schallplatte mit Liebesliedern auf.

Ihr tatkräftiges politisches Engagement kam bisher vor allem Krankenschwestern, alten Leuten und den Zigeunern in England zugute. Barbara Cartland ist Gründerin und Präsidentin der Nationalen Gesundheitsorganisation und hat als solche auch auf internationaler Ebene zahlreiche Verpflichtungen wahrzunehmen. »Ich genieße es sehr, eine wichtige Persönlichkeit zu sein und durch die Welt zu reisen«, sagt sie.

Barbara Cartland
Verzeichnis lieferbarer Titel

(Stand Juli 1990)

Älter werden, jung bleiben
Allein in Paris
Alwina, Engel meines Herzens
Anschlag auf die Liebe (01/6714)
Die arme Gouvernante
Atemlos aus lauter Liebe
Auf den Flügeln der Liebe
Auf der Suche nach dem Glück
Augenblicke der Liebe
Bis daß der Tod uns scheidet
Bittersüße Leidenschaft
Der blaue Saphir
Der böse Marquis (01/6770)
Botin der Liebe
Die Brautfahrt
Brigantenbraut
Die Bucht der Liebe
Dämmerung der Liebe (01/6488)
Dein zärtlicher Blick
Drache und Diamant
Duell der Herzen (01/6225)
Fallstricke der Liebe
Die falsche Braut
Die falsche Herzogin
Falsches Spiel der Liebe wegen
Der Fehltritt
Das ferne Schloß
Fesseln der Liebe
Der Fluch der Hexe
Flucht ins Glück
Flucht vor der Liebe (01/6318)
Das gebrochene Herz
Gefährliches Doppelspiel
Das Geheimnis der Lady Olivia
Das Geheimnis der Moschee
Das Geisterschloß
Geliebt und glücklich
Geliebte Lady
Das gestohlene Herz (01/6441)
Glück am seidenen Faden
Glück im Spiel und in der Liebe
Das Glück in deinen Augen
Glück unter der Zirkuskuppel
Des Glücks verschlungene Wege
Die Göttin der Liebe
Der griechische Prinz
Die Heimkehr des Herzogs
Herrin der Liebe
Die Herrin des Clans
Das Herz einer Frau
Hochzeit wider Willen
Ich liebe Sie, Mylord
Im Banne der Hexe
Im Banne der Liebe
Im Labyrinth der Liebe
Im Schatten der Sphinx
Im Sog der Leidenschaft (01/6604)
Im Tal der Blumengöttin
Im Zeichen der Liebe
In deinen Armen will ich träumen
Inkognito in Monte Carlo
Irrweg der Liebe (01/7970)
Jagd nach dem Glück
Jubiläumsband zum 85. Geburtstag
Die Kapelle im Wald
Keine Zeit für Zärtlichkeit

Die kleine Heuchlerin
Dem König versprochen
Königliche Liebe
Ein Kuß für den König
Ein Kuß im Mondschein
Lady Bartons Rache
Eine lästige Pflicht
Lektion in Sachen Liebe
Liebe im Hochland
Liebe kennt keine Grenzen
Liebe mit Hindernissen
Die Liebe siegt (01/7901)
Liebende im Paradies
Ein Liebeslied (01/6451)
Liebestraum
Das Lied der Nachtigall
Ein Lord aus Schottland
Lord Ravenscars Rache
Der Marquis und die schöne Korsarin
Melodie der Liebe
Melodie des Herzens
Mit den Waffen der Liebe (01/7657)
Niemand ist ohne Liebe
Nur deine Liebe kann mich retten
Nur dem Namen nach
Nur die Liebe zählt
Opfer der Gefühle
Prinzessin meines Herzens
Prinzessin zwischen Thron und Liebe (01/6869)
Rache des Herzens (01/7759)
Rettung in letzter Minute
Rhapsodie der Liebe (01/6549)
Romanze auf hoher See
Schiff der Versuchung
Schlittenfahrt ins Glück
Das Schloß der Liebe (01/6259)
Die schöne Reiterin
Die Schöne und der Prinz
Die schöne Witwe
Sonne im Herzen
Ein spanischer Traum
Spiel der Herzen
Spiel der Masken
Die Spionin des Kaisers
Stern des Westens
Die Stimme der Liebe
Die Strafe der Königin
Stürme der Liebe
Tanz weiter, mein Herz
Teuflische Machenschaften
Träume werden Wirklichkeit (01/6353)
Der Traum vom Glück
Triumph der Liebe
Trügerisches Paradies
Das Trugbild
Ungarische Melodie
Valeta erbt das große Glück
Venetianische Nächte
Ein verhängnisvoller Schritt
Verlangen des Herzens
Verurteilt zum Schweigen
Virginia und der ehescheue Graf
Die Vollendung der Liebe (01/6404)
Vom Leben verstoßen
Wagnis der Liebe
Weiße Lilie
Wende des Schicksals (01/6961)
Wenn die Heide blüht
Wer die Leidenschaft flieht
Ein widerspenstiger Engel (01/6585)
Zärtliche Versuchung
Zauber des Herzens
Die Zweckheirat

3 bzw. 4 Romane in einem Band:

Die falsche Herzogin / Der Marquis und die schöne Korsarin / Virginia und der ehescheue Graf

Das gestohlene Herz / Träume werden Wirklichkeit / Flucht vor der Liebe (23/15)

Der griechische Prinz/Fesseln der Liebe / Spiel der Herzen

Inkognito in Monte Carlo / Auf den Flügeln der Liebe / Drache und Diamant

Insel der Sehnsucht / Heimliche Brautschau / Die Schmugglerbraut / Porträt eines Engels

Wenn die Heide blüht / Herrin der Liebe / Tanz weiter, mein Herz

Die Bandnummern der Heyne Taschenbücher sind jeweils in Klammern angegeben.

HEYNE BÜCHER

BARBARA CARTLAND

Die unbestrittene Königin des historischen Liebesromans

01/6604

01/6714

01/6770

01/6869

01/6961

01/7657

01/7759

01/7901

HEYNE
BÜCHER

HEYNE
TASCHENBÜCHER

Dramatische Romane über Frauen, deren Schicksal von spannenden Abenteuern und romantischen Erlebnissen geprägt ist.

01/7914

01/7908

01/7870

01/7812

01/7882

01/5035

Wilhelm Heyne Verlag München

HEYNE BÜCHER

Große Romane

01/7836

01/7876

01/7627

01/7910

01/7735

01/7781

01/7908

01/7890

01/7851

große Erzähler

HEYNE BÜCHER

01/7835

01/7734

01/7754

01/7911

01/7917

01/7813

01/7723

01/7897

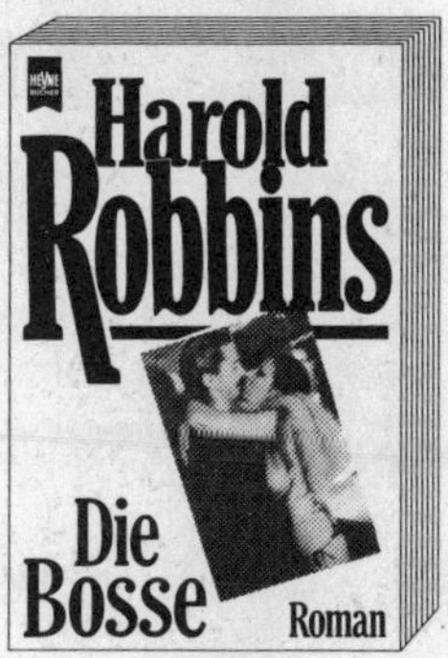

01/7864

HEYNE BÜCHER

DIE GROSSE HEYNE-JAHRESAKTION '90

»Ein himmlisches Buch«

Millionen Lesern ist Anna mit »Hallo, Mister Gott, hier spricht Anna« ans Herz gewachsen. Aus ihren Briefen, Geschichten und »Notizien« für Mister Gott spricht eine wunderbar unverbogene Lebensphilosophie.
Heyne-Taschenbuch 01/8120

»Le Carrés Meisterwerk«

Le Carrés Meisterwerk – ein überragender Spionageroman, der neue Maßstäbe in der Thrillerliteratur setzte und den Autor weltberühmt machte.
Heyne-Taschenbuch 01/8121

»Der ewig-junge Schulklassiker«

Einer der schönsten heiteren Romane der deutschen Literatur. Jeder findet in ihm ein Stück seiner eigenen Schul- und Jugenderinnerungen gespiegelt. »Ein heimliches Loblied auf die Schule.«
Heyne-Taschenbuch 01/8122

Wilhelm Heyne Verlag München

DIE GROSSE HEYNE-JAHRESAKTION '90

HEYNE BÜCHER

»Der beste Forsyth«

Ein atemberaubender Thriller, in dem ein hochdotierter Berufskiller auf den bestbewachten Staatsmann der westlichen Welt angesetzt wird – es beginnt eine tödliche Jagd.
Heyne-Taschenbuch 01/8123

»Ein Lesebuch der Sinnlichkeit«

Bedeutende Schriftsteller schreiben über ihre sexuellen Phantasien, über Liebe, Lust und Leidenschaft. Diese Sammlung vereint ausgewählte Höhepunkte der modernen erotischen Weltliteratur.
Heyne-Taschenbuch 01/8124

»Ein einfühlsames, brillantes Buch«

Jane Somers, einer erfolgreichen Frau mittleren Alters, passiert das, was man Liebe auf den ersten Blick nennt. Ein zeitgenössischer Roman voll Sentiment, aber ohne Sentimentalität – eines der besten Bücher.
Heyne-Taschenbuch 01/8125

Wilhelm Heyne Verlag München

Heyne Taschenbücher. Das große Programm von Spannung bis Wissen.

HEYNE BÜCHER

Allgemeine Reihe mit großen Romanen und Erzählungen

Tip des Monats

Heyne Sachbuch

Heyne Report

Heyne Psycho

Scene

Heyne MINI

Heyne Filmbibliothek

Heyne Biographien

Heyne Lyrik

Heyne Ex Libris

Heyne Ratgeber

Ratgeber Esoterik

Heyne Kochbücher

Kompaktwissen

Heyne Western

Blaue Krimis/ Crime Classics

Der große Liebesroman

Romantic Thriller

Exquisit Bücher

Heyne Science Fiction

Heyne Fantasy

Bibliothek der SF-Literatur

Jeden Monat erscheinen mehr als 40 neue Titel.

Ausführlich informiert Sie das Gesamtverzeichnis der Heyne-Taschenbücher. Bitte mit diesem Coupon oder mit Postkarte anfordern.

Senden Sie mir bitte kostenlos das neue Gesamtverzeichnis

Name

Straße

PLZ/Ort

An den Wilhelm Heyne Verlag
Postfach 2012 04 · 8000 München 2